MONGO BLANCO

CARLOS BARDEM

MONGO BLANCO

PLAZA JANÉS

SPANISH
FIC BARDEM

Primera edición: mayo de 2019
Primera reimpresión: junio de 2019

© 2019, Carlos Bardem, representado por la Agencia Literaria Dos Passos
© 2019, Penguin Random House Grupo Editorial, S. A. U.
Travessera de Gràcia, 47-49. 08021 Barcelona

Printed in Spain – Impreso en España

ISBN: 978-84-01-02264-7
Depósito legal: B-7.610-2019

Compuesto en Pleca Digital, S. L. U.

Impreso en Liberdúplex
Sant Llorenç d'Hortons (Barcelona)

L022647

Penguin
Random House
Grupo Editorial

A Cecilia Gessa, que llena de viento mis velas
y rompe mis cadenas cada día

El que recuerda, imagina. El que imagina, recuerda.

CARLOS FUENTES,
La gran novela latinoamericana

Me encuentro en el mundo y reconozco que solo tengo un derecho: exigir un comportamiento humano a los demás.

FRANTZ FANON,
Piel negra, máscaras blancas

La libertad no es placer propio: es deber extenderla a los demás: el esclavo desdora al dueño: da vergüenza ser dueño de otro.

JOSÉ MARTÍ

MÁLAGA

Málaga, Siglo XIX (1838)

I

¿Lo maté?

Sí, lo maté.

Los maté, los vi morir. A todos.

¿Me matan?

¿Me muero?

¿Me estoy ahogando?

¡Esto no es el mar!

Morirás cuando veas por encima y por debajo del agua a la vez y te sonría tu mujer muerta...

A latigazos, atados de a dos y engrilletados, salen los negros a cubierta. Unos lloran, otros tascan con odio los dientes. O cantan en lamentos profundos. El contramaestre vuelve a azotar aire y espaldas con la tralla. Murmuran en sus lenguas, sudan sangre. Los muleques, los críos, lloran entre hipidos y tiemblan pese a un calor de mil demonios que debería hacerles sentir en casa. Las mujeres lloran con rabia por el dolor de sus hijos. Todos hieden a sudor rancio y mierda, las fragancias del miedo. Yo me cuelgo como un mono de una jarcia para verlo mejor. Estepa, ¿qué hace aquí Estepa?, ríe fuerte y bromea con unos marineros. No es él, ni siquiera se parece a él, pero es Estepa. Me ve, escupe sobre cubierta, maldice y señala a los negros con un golpe de cabeza. ¿No le regalas unos a tu madre? Los esclavos murmuran, guiñan por el sol y el sudor que les entra en los ojos y no pueden enjuagarse por andar atados. Simões ordena usar bombas y mangueras para darles un agua, ¡bañad a los bozales! Lo primero es quitarles el olor a muerte que impregna la bodega, eso es lo primero, luego afeitarlos de cualquier cabello que sea jungla para liendres. Después otra agua, esta vez dulce. Simões dejó la trata, no trae sacos de carbón, bozales, negros, piezas de Guinea, esclavos, muleques y mujeres, guerreros mandingas o dóciles yolofes. Pero aquí está, preparando la mercancía para llevarlos directamente al tablado donde se venderán a buen precio a terratenientes con ridículas chisteras y sombreros alones de paja. Muchos pujan a pie del estrado, cambiando opiniones de entendidos. Otros desde sus elegantes volantas, calesas, quitrines y *cabriolets*, veguero en la boca y disimulando entre risas las obscenidades que murmuran a las escotadas damas que se sientan a su lado. Uno de los negros, al contacto con el agua, estalla en mil mariposas azules, irisadas, que vuelan en bandada entre los palos, vergas y masteleros antes de deshacerse en el cielo azul de Bahía. Porque estoy, estamos en Bahía, sé que es Bahía aunque no lo parece. También es Recife. Las mariposas giran y giran y sus alas centellean como turbonadas. Lo hacen un par de veces, riendo, alrededor del cuerpo ahorcado de una antena de aquel Nicolasillo Gamero que se mató en San Telmo y que ahora, sin muecas, orina como una fuente.

Una mariposa enorme se posa sobre la lengua negra e hinchada de mi compañerito, que la enrosca como un camaleón y se la traga. Ahora la mariposa revolotea a través de sus ojos abiertos y espantados de colgado. Yo estoy muy lejos para verlo, pero lo veo. Sudo como si mi cuerpo fuera un odre agujereado, perdiendo a chorros mi alma líquida. Todos, trepados de jarcias y amuras para ver mejor, sudamos como si hubiera que devolver al mar un peaje de agua y de sal por no habernos matado. Por habernos permitido piratear con beneficio —¡habrá comisión para todos, Pedrinho!, celebra Simões— entre África y el Brasil, destino de los bozales que llevamos en bodega. No han muerto tantos, no más de lo normal. Y, además, hemos hecho dos presas. Napoleón era un pirata terrestre... Napoleón nos da la espalda mientras mira hacia Francia desde Santa Elena. ¡Hay que hacer que *El Holandés Errante* lo rescate!, grita Mérel. El emperador está de espaldas, cagando sentado en un dompedro, una de esas bacinillas con tapa para que no escape el olor de las inmundicias. *A merda do imperador, é uma sorte do caralho, Pedrinho!*, gorgojea Simões palmeándose los muslos. Dos presas. Un pequeño *cutter* inglés y una goleta holandesa, desvalijadas de su carga. Una hundida por capricho del capitán, poco amigo de herejes y luteranos. La otra desarbolada y dejada a capricho del océano, también porque este fue el designio de Simões, sentencia que dio serio y, según él, al dictado de ese san José al que iríamos a agradecer tan pronto atracásemos en Bahía, al patrón de los negreros. Nunca averigüé por qué. Nunca fui de santos, la verdad. Iremos a cegarnos con el pan de oro que hace arder por dentro la *igreja dos escravos*. El oro y la sangre corren por igual en venas e iglesias. Y siempre los siervos agradecen con oro a los dioses de los hombres que los subyugan, rezando para poder liberarse y ser ellos amos de otros con menos suerte. Para eso rezan y estofan con oro los muros de las iglesias de un dios blanco.

Del calor de África al calor del Brasil. Ahora la proa del bergantín de Simões se desenclava y se abre como una enorme boca bajo la nariz del bauprés, vomitando toneladas de arroz, de marfil, de oro —no de oro, no; el oro y los esclavos solo los traen los capitanes negreros—, olas de aceite de palma..., que un ejército de mulatos mal vestidos y negros semidesnudos se apresuran a cargar en carretas. Don Joaquín Gómez toma del ala su sombrero y se destoca para saludarme, sonriéndome con su cara quemada por el ácido, con su cara con agujeros en vez de ojos y boca...

Yo no recuerdo cómo, pero ya no estoy en la jarcia. Ni con Simões. Camino entre la multitud de un día de Reyes en La Habana, el verdadero carnaval de la negrada. Un cabildo de congos, con su rey, reina y portaestandarte, vestidos con copias grotescas de las galas de los nobles y soldados españoles, me arrastra como un río por la calle Obispo hasta la Plaza de Armas. Bajo el balcón del Palacio de Gobierno se juntan a otros cabildos y todos gritan ¡Viva el rey! ¡Viva el rey Fernando VII!, mientras el gobernador y damas que son calaveras pintadas les arrojan monedas. Me escapo de allí. Negritos graciosos espantan las moscas de los opíparos banquetes de sus amos blancos. Usan largos abanicos de yarey y cuando una mosca cae en los platos, hay muchas moscas y muchos platos, allí mismo les dan de latigazos. Uno llora y se deshace en un charco que traga la tierra y que procuro no pisar. Ahora camino descalzo sobre una hierba recia, grama, mientras bebo aguardiente de caña... Sí, es el Jardín de las Delicias de mister Reeves. Poco a poco, me rodean sus *filhas*, *suas meninas*. Incontables, pronto son legión. Son bellas, hermosas y tentadoras como diablos y bailan casi desnudas a mi alrededor, abanicando el aire caliente, húmedo, con sus abiertas túnicas de fino algodón que muestran pechos llenos con pezones puntiagudos, piernas largas de caderas rotundas y tobillos finos. Tambores, panderos y birimbaos las mueven como vientos. Se me enroscan como serpientes de piel dorada, caliente, tersa. Me clavan sus ojos verdes, azules. Me muestran sonrientes unos dientes blancos, perfectos, grandes perlas irisadas en sus bocas negras de labios gruesos, sensuales. Dientes para morder con dulzura, para desatar nudos y rasgar camisas. Para despedazar. La entrepierna me arde, se tensa, a la caricia de esos ojos zarcos, esmeralda, faroles en esos rostros morenos, canela, enmarcados por cabellos castaños, rubios, rizados en cortos tirabuzones. Cabellos de negra con guedejas doradas. Mujeres niñas, niñas amujeradas, ninguna parece mayor de quince o dieciséis años, cuya dulzura está a un fruncir de labios, a un enarcar de cejas de ser heraldos de la más feroz lascivia.

Promesa de fiebre, de locura, también hay *meninos*, apolos de piel oscura, ojos claros y vergas descomunales, brillantes, que ya gotean por sus glandes inflamados. Son los monstruos hermosos de mister Reeves, otro anglosajón protestante amigo del progreso y de la ciencia. Si estuviera aquí el bueno del doctor Castells los presentaría para que hablaran de las divinas abominaciones del inglés... Pero faltan muchos años para conocer a mi loquero y lo sé de alguna manera.

Las chicas y los chicos se cierran sobre mí, se enroscan entre ellos, frotándose, tocándose, penetrándose con vergas, lenguas y dedos. Acompasando su placer como si obedecieran a una sola alma o un solo deseo, como si fueran abejas de un mismo panal. Toco, muerdo, entro en vaginas y culos mientras también me toman una y otra vez y de mil formas. Un ¿chico?, ¿chica? saca mi pene de un cuerpo, ¿vagina?, ¿culo?, con dulzura mientras sonríe y susurra *deixa, eu tomo conta, vai gostar...* Quiero hablar, pero la excitación solo me permite gemir mientras asiento. Se lo mete en la boca, se lo traga, lo saca y lo relame hasta empaparlo mientras con la otra mano sostiene mis huevos, tan inflamados que duelen, con delicadeza. Lo mira satisfecho y lo introduce con firmeza en un culo que asoma como el cáliz de una flor cuya corola fueran una infinidad de pétalos que son brazos, torsos, pechos y piernas entrelazadas, sin fin, palpitando, y entonces me derramo y siento que la vida se me escapa, que un reguero de fuego me baja de la nuca por una espalda que de arquearse más se partiría y... ¿grito? ¿Yo grito? ¿Quién grita?

Grita un loco, el que duerme a mi lado, aterido por la humedad, en este dormitorio del asilo. Grita desesperado; no quisiera conocer sus pesadillas ni sus demonios. Cuando mi vista se hace a la oscuridad me incorporo y siento la dureza de mi erección contra el basto tejido de mi camisón. Camino descalzo sobre las frías losas de piedra, pulidas por miles de pasos dementes. Dicen que antes de manicomio fue cárcel. Si es así, el uso no ha cambiado, solo los presos. Ahora enfermos de difícil encaje entre el común de los mortales. No tan peligrosos, pero sí muy incómodos. A nadie le gusta ver a su padre meter los dedos en su propia mierda y chupárselos con la mirada perdida. En fin. Loco o no, este gritón me ha jodido un magnífico sueño y una erección de mil pares de cojones, de las que ya no tengo ni nadie me provoca. Me siento a su lado, en su jergón. Sigue gritando dormido. Lo observo un instante. Babas y mocos flamean como velas sucias en cada grito. Lo despierto de una bofetada y se incorpora sobresaltado. Me limpio la mano de viscosidades en su pechera. Me mira intentando comprender.

—¿Luis, eres Luis? —pregunto.

—Sí..., sí, Mongo Blanco —balbucea.

—¿Me conoces?

—¡Sí, y os seguiría hasta el infierno, capitán!

—Ya estamos en el infierno —señalo.

—Es cierto —acepta.

—Entonces ¿sabes quién soy?

—Sí, ya os he dicho...

—Bien, tranquilo, mírame a los ojos. —Lo hace—. Si vuelves a tener una pesadilla y gritas, si crees que eso puede pasar, muerde fuerte, arráncate la lengua y trágatela. O vendré yo otra vez, hasta aquí, a tu lado, y te mataré. No te dolerá. Matar a un hombre que no quiere morir o cuando uno no sabe matar puede ser muy difícil. Pero estoy seguro de que tú quieres morir y sabes que yo sé matar. Aun en el peor de los infiernos Dios o el diablo, que vienen a ser lo mismo, siempre nos dejan una última elección. Una que por más desesperados que estemos se nos revela con total claridad. Hazte a la idea de que, para ti, yo soy Dios y de que será hasta mañana solo si yo quiero. —Le acaricio el pelo ralo y sudado. Él asiente despacio—. Ahora duérmete. Yo intentaré hacer lo mismo y retomar mi sueño donde lo dejé.

Me levanto y vuelvo a mi yacija. Hay maneras para retomar los sueños. Inspiro y espiro profundamente, imitando la cadencia del sueño, invitándolo a venir. Sueña, Pedro. Sueña para salir de aquí. Si ese cretino no grita quizá lo consiga.

Nada.

Si tuviera una pistola me la metería en la boca y mis sesos se esparcirían a mi espalda. El hombre en su conjunto es una creación asombrosa. Tomado en partes, despedazado, se queda en heces y restos pegajosos, sanguinolentos, difíciles de limpiar...

Dicen que estoy loco. Que he perdido la razón. ¿Loco? Los locos son muertos en vida, almas perdidas atrapadas en una cárcel de carne y huesos. ¿Cuándo podré dejar de recordar y así morir?

Dicen que esto no es un barco, ni esos fantasmas babeantes que aúllan en los pasillos marinería que alistar. Ni mi celda la recámara del capitán.

No. No estoy loco. Más bien, memorioso en exceso. ¿Por qué veo espaldas abiertas, heridas, palpitantes, mordidas por las puntas de plomo? ¿Él no las ve?

—Estás enfermo, Pedro. Enajenado.

—No, doctor. —No, mi joven doctor don Alberto Castells, no. No por mucho que me preciséis loco para aplicarme vuestras curas y remedios revolucionarios, esos que aprendéis quemando unos ojos azules y bellos en tratados de eruditos franceses, austríacos y alemanes. Sois hermoso. Me queréis ayudar.

Solo por esa amable debilidad, en otro tiempo y lugar, os hubiera corrompido—. No, doctor, yo no estoy loco.

Castells toma notas. Hace una seña a ese gigante de ojos muertos y manos fuertes, Joseph. Manos para pegar, manos para apretar, asfixiar, romper y desgarrar. Manos para sostener látigos y chicotes, manos de buen *cigano* y yo sé bien lo que digo. Manos para echar cerrojos y cadenas a otros más débiles y asustados. Esas manos culpables nunca están ociosas en este perro mundo.

Salen.

No estoy loco. Yo sé lo que es la locura, la locura que asesina o que suicida. La que convierte a leones en guiñapos llorosos. La que te hace feroz e invencible. No estoy loco. Afuera truena y ruge la tormenta, puedo hasta recoger la sal de mis labios con la lengua. Y otros gimen sujetos por grilletes, encerrados tras puertas y barras de hierro. Viento, agua y rayos que se cuelan por las ventanas e iluminan ojos enloquecidos por el miedo. Ya hay alguno gritando, ya crujen las vigas. Ya hay más sollozando, chillan las gavias y las antenas parecen a punto de partirse mientras el bergantín cabecea como un caballo que nos quiere quitar de su lomo. Un aullido de terror.

—¡Calma, bracead el trapo y mantened el rumbo! ¡Mérel, asegurad escotas y trampillas! —Tengo que hacer algo o esta tormenta se nos llevará a todos al infierno.

Les doy voces a través de la puerta, órdenes a Mérel. El bueno de Christian Mérel, mi viejo *grognard*, mi feroz bonapartista, las transmite a través de la cubierta. Rezos, murmullos... El miedo es el padre de los dioses —el capitán sabe lo que hace, ¡obedeced!—, miedo mojado, calado de mar. Y locura que viene de abajo, voces graves, dolientes, en los cánticos y oraciones paganos —¿y qué rezos que no sean a ti mismo no lo son?— de los sacos de carbón amontonados en las bodegas. Ellos sí están locos, locos y aterrorizados. Alguno se morderá la lengua hasta cortársela y escupirla, para morir desangrado. Otro intentará degollarse con el borde áspero de un grillete. Varios todavía espantados se lanzarán al mar, a los tiburones que ventean sangre desde que abandonamos la costa, el primer día que amaine esta tormenta del diablo y los soleemos en cubierta.

Sacos de carbón, piezas de Guinea, bozales, muleques, negros y negras arrancados de selvas, playas y poblados. Desesperados creyendo que cruzan el gran río para servir de comida a los demonios blancos. Humillados y asustados cuando, puestos en fila por el *cigano*, los palpan, les separan los labios, las bembas, los penetran con los dedos, los hacen flexionar las piernas y corretear para ver que no están mal de los pies. Y algunos, los más expertos, saborean un poco del sudor recogido con las yemas...

—Aprende esto, Pedrito, por el sabor del sudor se sabe la salud del negro. Los enfermos saben a muerte.

—Sí, don Joaquín. —Su rostro aún es su rostro y no una llaga supurante, una quemadura con huecos por ojos. Aún es él, el negrero sabio. Mi mentor.

—Y eso igual vale para las putas, Pedrito.

¿Loco? No, a decir verdad, quizá me ayudara tener menos memoria. ¿Cuántas vidas caben en una vida? ¿Y cuántas muertes? He vivido mucho, demasiado para no haber provocado tragedias y cadáveres. Cierto es que cada vez me duele más la cabeza, más fuerte y más seguido. Que siento las cuadernas de mi cráneo a punto de descuadrarse como el casco viejo y podrido de un barco. ¿Cuántos recuerdos caben en una cabeza sin reventarla?

Sí, he visto y disfrutado de la locura en los ojos de otros. De socios y empleados, ¿amigos?, en orgías en La Habana, en palacios y en bohíos. Y en Gallinas, mi reino de este mundo. De enemigos en el momento de acuchillarlos, descargarles un pistoletazo, quebrar sus cráneos con mazas, tajarlos con hachas de abordaje. La locura fugaz y terrible, apenas un instante, del que comprende que se muere.

No, no estoy loco. Nunca lo estuve, ni aun cuando creé un reino brumoso sobre el terror y la demencia. Yo siempre tuve una razón, mi razón, pues nunca culpé cobardemente ni a Dios ni al diablo por mis actos, para hacer lo que hice. Y las recuerdo, todas y cada una de esas razones. El mundo no existe para nadie hasta que nuestras ideas, buenas, malas o abominables, lo llenan con nuestras acciones. Solo al actuar sobre él el mundo se nos manifiesta, se nos entrega o nos repele al rincón de los locos. Yo creé mundos, el único mundo real y posible para mí. Nada me importaron nunca los mundos de los demás, irreales, si no era para limitar o atacar el único mundo verdadero, el mío. Ahora solo hay vacío.

Recuerdo la cara del joven doctor Castells cuando le conté de mi época en Lomboko, el más grande de mis islotes en Gallinas. Se puso pálido y se aseguró de que el bruto de Joseph estaba en la celda y yo bien encadenado, ¡como si no lo supiera, como si hubiera entrado aquí alguna vez sin él! Sus ojos se anticiparon a su boca en calificar aquello de locura. ¿Locura, doctor? No, política, negocio, supervivencia. El terror como herramienta. ¿Placer? Al final, codicia. Siempre la codicia. O de cuando rifamos en un bote quién moriría para que los demás viviésemos y comí carne humana. Nadie volvió a mencionarlo nunca, claro. No se alardea de caníbal. Si acaso se comenta por encima con otros marinos, en las noches interminables de lluvia de África, con gente que sepa de qué se habla. Amén de eso, la carne humana es sabrosa como la del puerco y de mejor digestión, deliciosa si se cocina cuando está a punto de *faisandage*. Y os recomiendo siempre la pierna izquierda sobre la derecha. Hay menos zurdos así que, normalmente, la pierna derecha está más fuerte y es más dura. ¿Loco? ¿No la comeríais si vuestra vida y la de un reino dependiera de ello? ¿Si honrados accionistas en Londres, Madrid y La Habana os pidieran resultados y rentabilidades? Sí, doctor, al final, o al principio, de toda gran fortuna hay océanos de llanto, sangre y semen. Y no bastan los buenos modales, los perfumes, las camisas almidonadas y los despachos entelados para disimular su hedor. Yo lo comprendí demasiado tarde.

Pareciera que la tormenta arrecia y que puede acabar con todos nosotros, con toda Barcelona y sus habitantes esta misma noche. Pero no lo hará, lo sé y no estoy loco. Con iguales ansias de vivir y ganas de perecer he atravesado huracanes frente a Cuba, bordeando esos cayos que son como cuchillos para la panza blanda de los navíos, tormentas frente a Jamaica y las Antillas Menores que parecían moverse buscándonos para matarnos, tifones frente a Méjico y la Florida, olas gigantes y gélidas frente a Baltimore y Nueva York. Cuando fui al norte a piratear, un invierno frente a Cape Cod vi las barbas y los dedos de los hombres volverse de cristal y romperse como este, helarse el mar y tiburones vararse en las playas convertidos en témpanos con aletas. Borrascas cárdenas y eternas, que cosían el cielo y el mar como un sudario durante semanas, en el golfo de Guinea. No será una tormenta sino la memoria excesiva y desordenada la que me mate.

—«... mas quien al cielo se atreve...»

Aquellos visillos de hilo blanco y la risa de mi madre.

—Perdonad, ahora los recojo. Pedrito, hijo, ayúdame.

—Sí, madre.

Hilo blanco que mi madre acaricia mientras ata los visillos para que la brisa marina no los mueva, los hinche como velas y se conviertan en vaporosas presencias que añadir a las pétreas, figuradas, de la representación de *El Burlador de Sevilla* que hay en nuestra casa de Málaga, en el Perchel.

—Ven, Pedrito —ríe mi madre, ríe porque ella es siempre risa. O así fue durante años, antes de que...—, siéntate a mis pies.

Se reanuda el drama que representan, sano entretenimiento burgués, amigos y familiares con más —esto lo imagino ahora, no lo recuerdo— voluntad que talento.

—«... mas quien al cielo se atreve...»

Los dedos finos y el olor a limpio de mi madre se enredan con dulzura en los rizos de mi nuca.

—«... mas quien al cielo se atreve / sin duda es gigante o monstruo.»

—¡Bravo! —aplaude mi madre, hermosamente feliz, por la sentida entonación del verso desatando las risas de los demás.

«Mas quien al cielo se atreve / sin duda es gigante o monstruo.» O loco, ¿verdad, doctor Castells? Supongo que yo he ultrajado al cielo, como lo he hecho con la mar y con los hombres.

Sí, ahora sí estoy loco. La locura es esa voz que no quieres oír y que no calla, ese susurro atronador que no para, ese grito que no quieres gritar y te despelleja la garganta, esa mano que se engarfia, ese temblor, esa furia homicida que no sabes de dónde sale pero que no te asusta, que te calma y te permite dormir. Sí, imágenes de muerte y destrucción que te traen paz y un sentimiento de justicia. Eso es la locura. Demonios que no te avisan, que no esperas, que se presentan de improviso y te despedazan, te agujerean, te desgarran, de los que es imposible librarse hasta que ellos mismos no deciden irse tan de improviso como se presentaron. El miedo a que vengan es también la locura.

¿Qué se siente al estar loco? Estar solo es algo que no puedes compartir con nadie, que nadie puede entender. Nadie puede ponerse en tu lugar cuando estás loco. La locura nos asusta porque está dentro de nosotros, porque la intuimos, la vislumbramos feroz por un momento aunque luego nos libremos de ella. A los locos nos ocultan en estos pudrideros porque un loco para la mayoría no es más que un boceto grotesco de sí mismos. Pero ¿quién no está loco en este mundo? Quien diga que no está loco tiene miedo. Y miente.

Yo. Un loco.

Pedro Joaquín Benedicto Blanco y Fernández de Trava.

Don Pedro Blanco y Fernández de Trava.

Don Pedro Blanco, negrero.

Pedro Blanco, gigante o monstruo.

El Mongo Blanco.

El Gran Mago-Espejo-Sol.

El Rey de Gallinas.

El Patriota y Colonizador Español.

El Sodomita Pregonado.

El Pirata.

El Padre.

El Hermano.

Lo pago, abandonado de todos, en este manicomio de Barcelona.

Una pistola. Si tuviera una pistola mancharía una pared con mis sesos.

> **Artículo 2.** *La instrucción a que se refiere el artículo anterior de-*
> *berá darse por las noches, después de concluido el trabajo, y acto*
> *continuo se les hará rezar el rosario o algunas otras oraciones de-*
> *votas.*

II

—No, no soy racista, doctor. ¿Y usted?

—No, claro que no.

—Bueno, lo contrario tampoco sería extraño. Es en los amables salones de los burgueses donde más he topado con gente prejuiciosa y racista. —Castells sonríe y asiente—. No, no lo soy porque no creo en la bondad de una raza sobre otras. Al fin humanos, todas son detestables. Nunca odié a los negros. Un viejo chiste esclavista venía a decir: «Amo a los negros, me encantaría llevar aún más en la bodega».

El doctor no sonríe ahora, solo me mira un instante y sigue apuntando.

—¡Y no era fácil abstraerse a un extendido sentimiento de superioridad racial, claro! Imaginad, Castells, si el hombre es intransigente con el igual, cómo no lo será con el sometido.

—Explícate, Pedro.

—Los árabes nos enseñaron durante siglos a esclavizar negros, no lo olvidéis. Ellos empezaron. En realidad, el esclavismo era parte de todas las culturas africanas desde siempre, ¿lo sabíais? Nosotros, los blancos, solo lo multiplicamos hasta el infinito, al punto de que los negros abandonaron cualquier otra tarea, los campos, los rebaños. Lo dejaron todo por raptarse los unos a los otros y vendérsenos como esclavos a cambio de aguardiente, armas y pólvora. Claro que la historia y la mejor ciencia nos pusieron a los blancos sobre el resto de las razas, ¿verdad? Raptamos a millones de africanos y los llevamos a otra tierra. Y esto no se puede hacer sin disminuir su humanidad, sin convertirlos en bestias a las que reventar o poseer. No hago juicios morales, explico lo que pasó. Así, sus cultos fueron ridiculizados por diabólicos y propios de gente ignorante, sus hablas igualadas a gruñidos y ruidos de monos, las familias separadas como se separan los cachorros de una camada de perros... Lo primero que se hacía con una cargazón de bozales, hombres, mujeres y niños, era dejarlos desnudos y raparlos antes de embarcarlos. Por higiene, sí, pero también por dominarlos, humillarlos, anularlos. Verlos a todos iguales para dejar de ver personas. El blanco que llegaba a las Antillas, si no era ya rico y poderoso, era un miserable que o huía del hambre o de algún crimen. Y era poner un pie en Cuba o Puerto Rico y se convertía por decreto en un ser superior. Los negros, en cambio, solo podían desesperar, aullar como bestias enjauladas y morir reventados por el trabajo. Solo las horcas, torturas y el uso generoso en extremo de la cáscara de vaca los...

—¿Cáscara de vaca?

—Sí, así llamaban los mayorales de los ingenios de azúcar y plantaciones al látigo con el que solían despellejar a los negros. Solo eso los contenía.

—¿Y tú, el gran esclavista, comulgabas con ello? ¿Te remordía la conciencia?

—No. En absoluto. No, y nunca me pensé mejor o peor que nadie por mi color. Además, pasé meses en una partida de rancheadores...

—¿Cómo rancheadores?

—Sí, trabajé unos meses en un ingenio cerca de La Habana y luego me uní a unos rancheadores. Trabajé de cazador de negros huidos, de cimarrones y apalencados que habían escapado de los ingenios de azúcar y la brutalidad de amos y mayorales. Los cazábamos en los montes y sierras de Matanzas, donde se escondían y montaban sus palenques. Estos negros eran distintos, luchadores, iban vestidos, tenían barbas y pelos más largos, nombres. Aquí cazábamos personas capaces de organizarse en comunidades, de sacar con nada frutos de la tierra y luchar por sus vidas. Los atrapábamos vivos o muertos, destruíamos sus palenques y bohíos, sus ranchos, para desanimar a otros negros y que no los utilizaran. A los vivos los devolvíamos a los cepos de las plantaciones y al látigo. Estos cimarrones eran gente dura, desesperada; sabían lo que les esperaba de ser capturados.

—Pareces admirarlos, Pedro.

—Siempre respetaré a quien lucha y mata por su vida y su libertad. Amigo o enemigo. Solo si estás dispuesto a morir por tu libertad la mereces. No es tanta la gente así. Blancos, negros o amarillos, las personas se resignan pronto a la esclavitud, a la dominación. Les resulta más cómoda, es como si les quitaran una responsabilidad insoportable de encima. No, yo no he admirado a hombres de ningún color sobre los de otro. Los he detestado a todos por igual. Solo he querido a individuos, mi humanidad nunca fue más allá de las personas que quise. ¿Humanidad? Solo otra de esas grandes palabras que nada significan y son coartadas para los mayores crímenes, como patria y Dios. Siempre tuve claro que vendía personas y no me importó.

—¿Por qué, Pedro?

—Porque siempre supe que en otras circunstancias ellas me habrían apresado y vendido a mí sin el menor reparo.

—¿Eres creyente, Pedro?

—¿Y usted, doctor Castells?

Me dirá que no, ya lo sé. Ya sé que os negáis a creer en un dios que no escucha el llanto de los niños, que no remedia el dolor de los inocentes porque todo lo fía a un juicio final y al otro mundo. Que decís que un dios así es inútil, impotente y dañino. Que los dioses son superstición, consuelo y cárcel para los ignorantes de este mundo. Hemos hablado de esto antes, como de casi todo en los meses, ¿cuántos ya?, que llevo aquí. Cada tanto volvemos a las mismas preguntas, como si él pensara que mi locura pudiera con mi memoria y cambiara lo que soy, lo que fui. Castells quiere que recuerde, pero yo siempre recuerdo lo que no le interesa. O eso creo.

—No, Pedro, ya sabes que no. Creo en la ciencia, en el hombre y en el progreso.

—El hombre, doctor, es el mayor obstáculo para el progreso. Os lo digo yo, que durante años llevé el progreso a los salvajes africanos. Digamos que no estaban interesados más que en aspectos muy parciales del mismo: el ron, los mosquetes y la pólvora. Justo lo necesario para negarles el progreso y la libertad a sus vecinos.

—¿Ríes?

—Se puede reír de pena, doctor. El ser humano es una mierda cobarde. Una sentina. Quizá por eso crea dioses que le den una esperanza de salvarse de sí mismo.

Calla. Me mira desde su juventud, su soberbia. La soberbia del que se sabe bueno. La certeza de un futuro mejor que habita en el joven idealista y en sus fuerzas para moldearlo. ¡Pobre, no se da cuenta de que ha cambiado a Jehová, Alá y Cristo por otra superchería llamada el Hombre!

—Doctor, ¿es cierto que las almas de los locos van a la luna?

—Bueno, Pedro, eso se decía y fue lugar común en el siglo pasado. De ahí lo de lunáticos. Y supongo que viene de creencias aún más antiguas. Pero la ciencia no tiene pruebas de la existencia del alma y mucho menos de que viaje a uno u otro lugar del universo por la condición de su dueño. Si te preocupa el destino de tu alma es porque eres creyente, ¿no?

—No, doctor, no soy creyente. He tratado con demasiados curas como para no saber que son ratas mentirosas, codiciosos de lo que niegan a sus feligreses. Su negocio no funciona sin la culpa de los demás. No creo en Dios, no lo he visto en ningún lado cuando he oído suplicarle en muchas lenguas, llamarle con muchos nombres y con toda el alma miles de veces. He visto tantos horrores que si aceptara la existencia de Dios, sería un dios atroz, un dios del mal. Pero tampoco creo en el hombre porque he vivido en el infierno. Yo he creado el infierno de otros y no soy ni Dios ni el diablo. Solo un hombre.

—Pareces confundir Dios e Iglesia. Muchos piensan que no son la misma cosa y así disculpan a una y a otra.

—Nada confundo. A mí no me la dan con esos cuentos. Como decía Napoleón, la religión es lo único que impide que los pobres degüellen a los ricos. Y es cierto, lo sé porque yo fui un dios, menor pero tan caprichoso y sanguinario como el del Antiguo Testamento, para algunos miserables en barcos, junglas y ríos pestilentes. Dios, el de los cristianos, es solo una buena idea, una esperanza de justicia, pervertida por los curas para aplacar a quienes más deberían desear asaltar palacios y despensas. ¡Qué gran invención esa de sufre ahora, aguanta con resignación, tu mansedumbre te será recompensada en la otra vida...! ¿Qué otra vida? No hay más vida que esta y ya estamos todos condenados al nacer. —El doctor Castells sonríe. Sé que con estas palabras acaricio su alma, su ateísmo un punto romántico. Lo que no sabe es que igualmente defendería lo contrario a cambio de otra sonrisa, de otra mirada azul mar, de una tregua en la soledad de la celda y en el silencio que yo lleno con mil voces terribles, sangres y tormentas—. Ese es el drama de nuestra patria, querido doctor. Nunca nos han dejado vivir sin Dios. ¡Somos tierra de inquisidores, obispos codiciosos y curas gordos y entrometidos! No nos permiten dejar de creer en su Dios, porque entonces podríamos dejar de creer en lo demás, en la monarquía, en los privilegios heredados. ¡Se empieza dudando de Dios y se acaba guillotinando reyes! Nada sujeta mejor a los esclavos que la convicción de que así son las cosas, así las quiso Dios y no está en el hombre poder cambiarlas. Nada, ni rifles ni látigos son necesarios cuando el esclavo ama a su dueño.

—¿Y en qué crees, Pedro?

El doctor Castells anota y anota. ¿Escribirá un libro sobre mí? ¿Son mis desvaríos más intensos o lúcidos que los de otros? ¡Ah, mi vanidad!

—Pues creo que somos los primeros hombres sin dios, sin dioses. Este es el siglo en que todo nos está permitido. Mirad Napoleón. O las máquinas. La electricidad. Sin dios somos libres. Y el futuro será terrible por ello. La gente vive mucho más tranquila en la esclavitud de la religión o la brujería, que tanto dan una que otra. Cuando tienen mandamientos, preceptos o hechizos. Una guía clara de cómo salvarse o perderse. Como los negros africanos, que piensan que todo pasa porque así lo quieren los espíritus. O el buen o mal *ju-ju*. Nadie quiere realmente ser libre, ni blanco ni negro ni amarillo. Solo quieren la apariencia de la libertad. La de verdad los asusta y por eso la regalan con facilidad.

—Según tú, la gente no sabe qué hacer con la libertad y renuncia a ella fácilmente.

—Sí, prefieren que alguien les diga cómo vivir. Les exima de equivocarse. Por eso se les maneja tan fácilmente con agitar una bandera o un fetiche hecho con cuentas, cuernos y pelo de cabra.

—Ya. Ya entiendo, Pedro. Pero es difícil vivir sin creer en algo más que en uno mismo. ¿No crees en nada superior o externo a ti mismo?

—Creo en los muertos.

—¿Cómo?

—Creo que no estamos solos, creo en que nos acompañan nuestros muertos, los seres queridos que nos precedieron en la nada. Y también los muertos furiosos, los que matamos.

—¿Te consideras espiritista? ¿A eso te refieres?

—No, si acaso... ¿Cómo decirlo? En África y en Cuba vi cosas inexplicables desde la razón, nuestra razón. Los negros hablan con los muertos como yo con usted. Si quieren y te arrimas, si te lo permiten, te sientan con ellos un rato.

—Explícate, Pedro, por favor.

—Los muertos. Somos nuestros muertos. De todos tomamos algo, con todos nos quedó algo pendiente, algo que no dijimos. Nunca he sentido paz, nunca salvo cuando pude hablar y llorar con mis muertos. Cuadrar las cuentas. Pero también, y esto sí os sonará a locura, somos nuestros yoes que han ido muriendo, que matamos en algún momento por creerlos débiles. También con ellos hay que hacer las paces. En Cuba, frecuenté un tiempo los cabildos de negros, en La Habana y Camagüey. Conocí a babalús, sus obispos, que ellos veneran. Me sacaron el santo, el dios del que te creen hijo según tus cualidades. O defectos, pues su religión es más terrenal que la nuestra y admiten debilidades muy humanas en sus deidades. Me bautizaron y recibí mi collar de cuentas, el rojiblanco de Changó, y mi resguardo o amuleto. En La Habana traté sobre todo con un viejo yoruba cristianado como Oscár, así, acentuado en la a. Ya había dejado atrás mi reino de Lomboko, en el río Gallinas, ese infierno en la Tierra que creé de la nada y donde nunca hubo otra ley que mis deseos. Pero por más que me perfumara y me envolviera en sedas y linos, no despegaba de mí un siniestro olor a muerte, a crueldad, que en nada convenía a la vida en sociedad que quería para mi hija y para mí. Oscár chasqueaba la lengua, negaba con la cabeza y clavaba la vista en un café aún más negro que él.

»—*Su mersé, amo Pedro* —decía—, *trae un trabajo bien fuerte ensima. Está salao... Viene con algo hecho desde que empesó en el comersio. Algo que lo trae perdío y no lo deja estar contento con nada...Tiene hecha brujería, muy fuete, por com-*

pañeros que sufren con su éxito. Vista larga y paso corto, siempre. Que sus pies no deshagan lo que hace su cabesa. Cuídese de los puñales de su enemigo, de su lengua... Pero, su mersé, usté es un rey... Cuidado con el agua, se pué ahogar y no en el mar o en el río... En aguas poco profundas. Usté verá el agua po ensima y po abajo, una mujer suya, mueta, le sonreirá...

—¡Qué clarividencia! ¡Eras marino, Pedro! ¡No creerías semejantes supersticiones! Aquí estás, ya anciano y lejos de cualquier barco, mar o río. No te ahogarás, tranquilo. —Castells se ríe y cabecea mientras se quita sus *pince-nez* y los limpia con un pañuelo. Tan seguro de su ciencia, tan positivista, tan indefenso e ignorante de que la razón no rige ni el mundo ni nuestras vidas. Yo solo fui un negrero, pero lo sé. Lo miro; se calla y sigo hablando.

—También me dijo que la vanidad es peor que las aves carroñeras y las bestias, que te comen cuando estás muerto. Me avisó contra ella porque la vanidad te come y te debilita cuando estás vivo, que desconfiara del halago ajeno porque es así que se te metía dentro como esos gusanos que comen carne. ¡Cuánta razón tenía y qué viejo era yo cuando lo entendí! ¡El Mongo Blanco, el rey de Gallinas, el rico señor de La Habana, el político interesado, el colonizador! ¡Aupado sobre el miedo y el halago de los demás, doctor! Hay que ser un Diógenes y vivir como un perro para darse cuenta de cuántos afectos verdaderos te rodean... ¡Este lugar es mi tinaja y solo con vuestra atención cuento, doctor!

—Tienes mi atención y mi afecto. Todos aquí la tenéis, Pedro. He jurado hacer lo que esté en mi mano para sanaros. O al menos aliviaros. Sigue, por favor.

—Oscár me dijo que estaba en peligro y me recetó varios remedios. Primero que cogiera un coco, lo pelara, lo lavara bien, luego me lo restregara por el cuerpo y después lo pintara a rayas con cuatro colores. Los colores de los cuatro orishas principales. Tras esto tenía que romperlo en algún arrecife o escollera. Como me sacó el santo y soy hijo de Changó, que llevara siempre algo rojo encima. También me aconsejó blanquear los muros y dinteles de mi palacio en La Habana, blanco puro para pedir la protección de su orisha supremo, Obatalá. Y que pusiera gruesas cadenas de hierro colgando de horcones en los accesos, que así Elegguá me cuidaría de la salación y la cosa mala. Pero lo más importante que me dijo fue otra cosa.

—¿Qué otra?

—*Su mersé tié que hablá con su mueto pa que le ayuden*, me dijo el viejo. Él decía que siempre llevaba a un muerto con él, que le hablaba a la oreja, que le aconsejaba... Me hablaba de hacer las paces con mis difuntos para sofocar el fuego, la ira que me ardía dentro. Un día me sentó frente a una sillita vacía y me dijo que mirara en silencio, que mirara al niño que había en ella. No hay nadie, le objeté escéptico. Insistió. Por aquellas fechas yo debía de llevar unos treinta años sin llorar una lágrima. Bueno, salvo cuando... ¡No, digamos que yo no había llorado en muchísimos años! Pero aquella silla... Miré y, aunque por supuesto no estaba allí, vi al niño. Lloré inconsolable y le pedí perdón, perdón por todo el mal que le había hecho. Y mientras lo hacía sentí que como una marea que baja, todo lo sucio de mi alma, de mi vida, se retiraba. Sentí paz. Vislumbré en mí otra vida posible, de marino en el mar más viejo del mundo, mirando las Pléyades como los antiguos griegos para que ellas me dijeran cuándo faenar o cuándo dejar mi barca varada en la arena.

—¿Quién era ese niño, Pedro?

—Yo, doctor. Era yo, Pedrito...

Luz blanca, muy blanca. No dorada como en el Caribe, no roja como la africana. Luz blanca, pura, que hace el mar más azul y no de verdes como en las Antillas, ni oleoso y de fango como en el estuario del río Gallinas, como en Lomboko. Blanco puro, azul cobalto, los colores de aquel niño feliz. Niño amado. Niño de una madre hermosa, cantarina y risueña, de Gertrudis Fernández, madrileña. Niño amado, hijo orgulloso de Vicente Blanco, un hombre gallardo que casi doblaba en edad a su joven esposa y que a diferencia del *miles gloriosus* de Plauto contaba poco de sus hazañas, siempre pulcro y elegante. De hablar sereno y risa grave que hacía hermoso contrapunto a las fugas barrocas que nacían de la felicidad de mi madre.

Niño nacido en 1792 en el Perchel. Niño de juegos, de sol y aire. Hermano feliz de Rosa, tan guapa como tímida, con una enfermiza delicadeza que me convirtió, desde que recuerdo, en su *chevalier servant*, su paladín, su...

—¿Podemos, madre?

—Sí, antes de que vuelva vuestro padre. Corred... ¡Vamos!

Hijo enamorado de esa madre niña que les dejaba comer sardinas con las manos junto a los pescadores.

Padre era distinto. Lo recuerdo severo, pero nunca injusto. Militar retirado y pensionado por sus muchas heridas al servicio de la Corona como oficial de granaderos del regimiento de infantería de Navarra, «El Triunfante», añadía él...

—Al inglés hay que temerle en el mar como ellos nos temen en la tierra, Pedro. Son bravos y tozudos. Los franceses por el contrario son solo bravos, que no es poco. Pero no hay infantería como la española...

Los ingleses y el mar. Nunca lo olvidé, padre. Los ingleses en el mar y yo, Pedro Blanco, en la tierra...

Don Vicente Blanco, mi padre, narrador excelente y atento al detalle cuando le forzaban a contar. Capaz de hechizar a un salón con sus acciones de guerra en América, sus combates en la bahía de Mobila y en Pensacola, donde siendo apenas un muchacho asaltó a la bayoneta el fuerte Jorge a las órdenes del heroico Bernardo de Gálvez, tan grande si no más, Pedrito, que aquel Marte que fuera antaño Blas de Lezo, la defensa del fuerte Natchez en la margen izquierda del enorme Mississippi, un río tan grande, Pedrito, que bien podría contener todos los de España y habitado por salvajes cobrizos, que usan de pintar su desnudez y adornarse con plumas y crestas el cráneo. Guerreros feroces y muy buenos como escaramuceadores. O en la Luisiana. O en Argel, en la defensa de Orán. O sus últimas campañas en los Pirineos contra los *sans-culottes* de la Convención, esos descreídos sin dios ni rey, Pedrito. Aún le recuerdo dejando boquiabiertos a las damas y caballeros que nos visitaban en nuestra casa. Sus discusiones con don José Bonet, un gentilhombre y comerciante en vinos, hijo de un chueta «peluca», de los que fueran a quejarse de persecución a Carlos III. Hacía años que vivía en Málaga y era muy amigo suyo...

—¡Mal hace el papa Pío VI en no sancionar como una cruzada la lucha contra estos herejes que nos han de devorar, como le pidieron Su Majestad el Rey y su ministro Floridablanca! Los españoles de siempre hemos acuchillado con más ganas a los enemigos de Cristo y su Santa Iglesia...

—¡Pero son cristianos, como nosotros, Vicente!

—No, José, los buenos cristianos no decapitan a sus reyes. ¡Por Dios! Y un mal cristiano es, a todos los efectos, peor que un hereje.

—En cualquier caso, querido Vicente, mala suerte tenemos, que en estos tiempos de mudanzas terribles nos gobierne esta «Santa Trinidad en la Tierra»: un rey cazador y relojero, su Mesalina italiana y ese guitarrista extremeño de Godoy y su mondongo...

—¡Muy afrancesado y acaso republicano os veo, Bonet! ¿No seréis acólito de ese impío y traidor abate Marchena?

—¡Ah, en este país todo se soluciona insultando y despreciando a quien no piensa igual! Nunca nos esforzamos en escuchar y discutir, Vicente, y eso es fanatismo. Nos empobrece.

—¡No se escucha a los traidores, José!

Y ahí se podían enzarzar durante horas, mi padre siempre defendiendo a los monarcas y don José diciendo que mejor nos iría sin esos alelados medio primos y su sangre floja, que muchos de los males del reino venían siempre de disculpar la impericia y el mal gobierno de los reyes acusando a sus ministros de malos consejeros.

—¡Ah, Vicente, ya sabéis lo que decía el griego Carnéades de los príncipes!

—¿El qué?

—¡Que reyes y príncipes solo son buenos en montar a caballo, que el bruto no distingue nobles y plebeyos a la hora de tirarlos! En todo lo demás la gente los deja ganar por halagarlos, por ser favorecidos o por miedo.

—¡Bonet, os digo que sois un republicano del demonio!

—¿Como el Corso?

—¡Como el Corso!

Luego mi padre solía comentar el genio militar de Napoleón, desmenuzar sus tácticas y estrategias con mal disimulada admiración. Bonet ahí escuchaba, asentía y solía terminar diciendo que ese Prometeo iba a poner el mundo patas arriba y volvían a discutir. Solo concordaban en que habría guerra y sería terrible.

El recuerdo de la guerra volvía taciturno a mi padre.

De mayor comprendí esos silencios y ausencias en los que caía a veces. No se transita por la muerte y el dolor de la guerra sin que una parte de tu alma, si no toda, se haya muerto también. Comprendí que recordaba la gloria y callaba el miedo, el asesinato, las enfermedades y los miembros amputados. Elegía qué contar, pero no podía olvidar el resto.

¡Entendí con los años tantas cosas de mi padre, de sus melancolías! Al fin y al cabo, aprendí luego que hay algo demoníaco en que los recuerdos de tu juventud, de tus mejores años, sean memorias de matanzas. Si la memoria, la construcción de un relato, siempre cambiante y justificador, nace empapada en sangre es más difícil enjuagarla. Quizá el pobre Pedrito, admirador de aquel héroe, intuía ya que debía morir antes de debilitarme con melancolías, la añoranza de otras vidas posibles y reparos.

—Apunta sin prisa. Siempre al pecho, lo más ancho. Si se agacha le darás en la cabeza. Si salta, en las tripas. Y tranquilo, porque siempre vive el que es capaz de mirar al cañón de su enemigo sin descomponerse. Eso y no otra cosa es lo que llaman tener puntería. Así, bien, tira suavemente del gatillo mientras exhalas... ¡Bien, hijo, bien! ¡Le has dado!

—¡Gracias, padre!

—Serás un buen tirador.

Lo fui. Y sí, todo tiene que ver más, a la hora de matar o morir, con una calma fría que con otra cosa. También lo recordé siempre, padre.

Don Vicente Blanco, oficial pensionado del regimiento de Navarra, guardaba un par de buenas pistolas inglesas con las que le gustaba ejercitarse. Y, en cuanto pude sostenerlas, ejercitarme yo para admiración de mi madre, hermana y amigos.

—¡Bravo, Pedro, qué puntería!

Y Rosa, mi hermana, desataba una cintilla de raso blanco de su pelo y me la anudaba al brazo...

—¡Lancelot du Lac!

Rosa, mi Rosa.

Mi padre y sus historias, sus relatos de La Habana, donde estuvo destacado, de sus criollos, sus hermosas damas, sus casas solariegas de calicanto, sus ingenios de azúcar, los negros. Pedrito escuchaba embobado. Mi padre siempre tuvo a gala su amor a las armas, al ejército, nunca se consideró chusma de la que llegaba a Cuba alistada para huir de sus crímenes en España, que pronto se diluían como azucarillos en los peores vicios y en la sensualidad de las negras, empujados por la continua ociosidad que era la vida militar en la isla. Ocio y saberse superiores a todos los negros y mulatos, libres o esclavos, de la isla. No, mi padre era un militar de carrera y su honor era el de su regimiento.

No es cierto que presintamos el destino. Yo oía a mi padre hablar de La Habana y nunca intuí que don Pedro Blanco y Fernández de Trava, el Mongo de Gallinas, sería un día rico entre los más ricos de esa ciudad pecadora...

Pedrito, el niño que yo maté, era un niño alegre, hijo de una casa feliz y con un cuartillo de hidalguía. Para nada ricos, pero sí con un buen pasar. El apuesto militar, a veces taciturno y distante, y la bella Gertrudis eran invitados a los mejores salones de Málaga, incluso a bailes en el Palacio de Larios.

Amantes de las letras y el teatro, frecuentaban corrales de comedias, el Teatro Principal y el del Príncipe Alfonso. También organizaban, ya lo dije, veladas poéticas y representaciones con amigos, a los que Rosa y yo escuchábamos fascinados declamar antiguos romances caballerescos y versos de Lope, Calderón, Tirso o Garcilaso. Y divertidos, representar comedias de estos autores y franceses como Molière o Racine. Apostaría que fue en el salón de mi madre donde se representó por aficionados, por primera vez en Málaga, *La mojigata* de Moratín. También solían en esas *soirées* jugar a las prendas y acertijos de lo más variados. Aún recuerdo a mi madre colgada del cuello de mi padre, riendo y besándole, cuando este compró en un viaje a Madrid, en la librería de Cerro, en la calle Alcalá, dijo satisfecho como si ese fuera un dato que a todos nos debía admirar, un libro titulado *Lícito recreo casero o colección de cincuenta juegos conocidos comúnmente con el nombre de juegos de prendas*. Mi padre gustaba más de mirar que de participar y era siempre elegido como juez, tan severo y sabio como Zeus tonante, de las risibles disputas que se originaban.

Rosa y yo podíamos participar a veces de una primera tanda

de juegos, pero cuando anochecía nos mandaban retirarnos a dormir y entonces se permitían otras picardías y atrevimientos en las preguntas, respuestas y castigos que se imponían unos a otros, siempre sujetos a la discreción de mi padre. Castigos y prendas que iban desde cantar, hacer algún baile ridículo, hasta enhebrar una aguja sentado en un almirez con las piernas extendidas y los pies cruzados, o escuchar lo que los demás pensaban de uno o decir secretos que nadie supiera. Y esto lo espiábamos Rosa y yo por cerraduras y rendijas, por supuesto incapaces de dormir ante tanto jolgorio regado a esas horas con cremas, rosolís y aceites de anís, café, ron naranja, Placer de Damas, Diabolini y almendras amargas, que en botellas de cuartillo nunca faltaban en la casa. Aquellas veladas eran muy populares y allí se concertaron no pocos noviazgos al ritmo de un rigodón.

Rosa y yo aprendimos las primeras letras en casa, y yo llegué leyendo en francés a la Real Escuela Náutica de San Telmo, colindante al consulado de Málaga, lo qué me fue de mucha utilidad en mis estudios.

—Madre...

—¿Qué, Pedro?

—Te quiero.

Niño feliz con el sol en la cara, tumbado con la cabeza apoyada en el regazo de su hermosa madre. Hay viento fresco de poniente. Sostengo la mano de Rosa que, con los ojitos cerrados por el sol, no ha visto la mariposa que aletea entre las guedejas castañas de su pelo y que yo intento tocar con los deditos abiertos y estirados. Una mariposa pequeña, blanca como la luz, que ahora vuela más rápido contra la brisa para mantenerse en el pelo de mi hermana. Y que, ¡por fin!, alcanzo con la pinza de mis dedos y sostengo contra el cielo. Mi madre sonríe con los ojos cerrados, está pensando en algo que la divierte. Rosa parece adormilada. Acerco la mariposa a mi cara. Le busco un rostro, unos ojos que por supuesto no tiene. La aplasto entre mis dedos hasta convertirla en un polvillo blanco en mis yemas. No ha gritado al morir. No tiene boca.

—¿Madre?

—¿Qué, mi amor?

—Te quiero.

—Lo sé, Pedro...

Me acaricia ajena al rastro de la muerte entre mis dedos.

—Pedro... Pedro...

—¡Pedro! —El joven doctor Castells me mira fijamente, ojos azules tras sus antiparras. Hay una hoja totalmente blanca en su cuaderno—. Llevas minutos en silencio. Me ibas a contar de un niño en una silla que dices que eras tú.

—Ya le he contado todo, ¿no?

—No.

—Perdón.

—Te has privado unos instantes. ¿Estás bien?

—Cansado. Llevo días sin dormir. Anoche se amotinaron los negros de la bodega y...

El joven doctor me mira serio y cierra su cuaderno.

—Será mejor que descanses. —El buen doctor saca un frasquito con extracto de opio y echa un generoso chorro en mi vaso de agua. Me da opio para descansar. Cuando caigo en mutismo y letargo me da una infusión de hojas de coca. Parecida a la que les daban a negros de algunas plantaciones e ingenios para que no sintieran ni el hambre ni el cansancio. Un avance que se trajo el bueno de Jacinto Villegas tras un viaje a tierras del Perú. Luego probó a hacerles mascar la hoja junto a ciertas cenizas, lo que redoblaba los efectos del principio activo de la planta. Si aquellos indios pequeñajos no se cansaban de andar y acarrear fardos por los Andes, qué no haría con unos fuertes yorubas. El buen doctor Castells...—. Seguiremos mañana, Pedro. Vámonos, Joseph.

—A sus órdenes, doctor —respondo llevándome dos dedos a la frente—. Mañana. No se preocupe. No me iré. ¿Puedo preguntar por qué hace semanas que me privaron de mi sirviente y mi celda privada?

—Pedro, hace meses de eso. Tu familia dejó de hacer provisión para esos gastos y se te pasó a un régimen más común.

—¿Hace meses?

—Dos meses.

—Ya.

—¿Algo más, Pedro?

Niego con la cabeza.

Me deja solo con los muertos, los míos y los ajenos. Nunca callan. Los muertos no tienen maneras ni quien se las enseñe. Acaso solo sean bocinas huecas para nuestra propia obsesión y por eso nunca callan.

Nunca.

III

¿Cuánto llevo aquí? ¿Años? Abandonado por mi hija, preso de mi locura. ¿Desvarío? No lo creo; simplemente, a veces, mezclo pasado y presente. Revivo otros tiempos y estas paredes de piedra, esta puerta de madera y su rejilla de barrotes, se transforman en otras paredes y tablazones de buen roble vivo. O de madera agusanada, húmeda y quejumbrosa, zarandeada, que comparto con otros locos. Si estoy loco, que insisto no lo creo, ya lo estaba antes y lo único que sufro es de memoria. ¿Quién puede vivir sin estar loco? ¿Por qué estoy aquí y desde cuándo? ¡Ah, sí, el doctor Castells me lo explicó...! Mi yerno y mi hija me trajeron desde la torre de Sant Gervasi. Allí me cuidaban otros... Sí, el doctor Prats y dos enfermeros, Martínez y Burón. Tuve un ataque. Uno de ellos, no recuerdo cuál, quiso abrir mi cofre en forma de barco. Donde guardó su..., donde la guardó desde que el cesto se pudrió. Enloquecí y tuvieron que traer más gente del servicio para reducir a este viejo y liberar su pescuezo de mis manos y mis débiles dientes... ¡Loco, hijo de puta! Me gritaron. Discutieron luego con mi hija como si yo no estuviera ahí. Hubo voces y palabras gruesas. Yo aferraba el cajón. Mi hija me convenció con buenas palabras de que lo soltara. Está bien, padre, tranquilo. Luego me dieron algo y desperté aquí, al cuidado de este joven doctor Castells. Es solo hasta que te mejores, padre, me dijo mi hija. Yo vendré a verte y comprobar tus progresos, me dijo también. ¿Cuánto llevo aquí? Una vida sin ilusiones o propósitos se funde en un solo día y una sola noche, redondos e interminables.

Anoche volví a gritar. Una fragata británica nos daba caza. Yo estaba afiebrado, en mi recámara, pero aún tuve fuerzas de ordenar la maniobra.

—¡Contramaestre, monsieur Mérel!

—Capitán...

—¿A qué distancia están los ingleses?

—Lejos aún. Apenas asoman los juanetes y las luces del coronamiento del alcázar aparecen y desaparecen en el mar.

—Bien. La noche está al caer y no hay luna. Apagad los fanales y cubrid la luz de bitácora. Todo a oscuras y en silencio, atentos a mi señal para virar hasta cortar el rumbo de esa fragata. Nos adelantará sin vernos y se alejará de nuestra derrota. Luego largad todo el trapo y mantened el nuevo rumbo unas cuarenta millas. Corred la voz, no quiero gritos. Todo en silencio.

—¡Así se hará, capitán! ¡Ingleses del demonio! —Mi buen Mérel, mi *grognard*. Siempre me fue fiel. Bueno, hasta que dejó de serlo.

Ingleses del demonio... Los ingleses en el mar...

Escapamos. Siempre escapamos y luego me despierto aquí, entre estas cuatro paredes desnudas, en un camastro revuelto y sudado. La mar era tan grande y esta celda es tan pequeña. La mar era cruel, pero yo siempre entendí su maldad, comprendí su afán por matarnos a todos, lo respeté y la volví mi aliado, mi noche en que esconderme. Siempre escapé. La mar.

Aprendí mucho y bien cuando entré, con nueve años, en la Real Escuela Náutica de San Telmo. También nueve años duró mi estancia allí como alumno, formándome como piloto para mejor servicio del comercio de vinos y aceites malagueños, motivo de la creación del colegio y su mantenimiento por comerciantes y consulado en aquella época de emprendimientos ilustrados... Y dizque para mejor servicio de España. ¡Cuántos como yo no acabaron de pilotos en barcos negreros y piratas! Ninguno como yo fue mongo.

Entré gracias a las recomendaciones que consiguió mi padre de potentados malagueños, y a las de mi tío Fernando Fernández de Trava, marino formado también en San Telmo. Y lo hice como uno de los quince alumnos porcioneros de aquel año. Así nos llamaban, pues pagábamos una porción de cuatro reales por nuestra formación, a diferencia de los numerarios, casi todos huérfanos de gente de mar y pobretones que nada pagaban. Ellos eran cien y los porcioneros quince, así que desde chico aprendí a defenderme. Aprendí el valor de la ferocidad en la pelea, de que la brutalidad y desmesura en tu respuesta confunda y amilane al ofensor. Fue entrar, vestir el uniforme, muy al estilo del Seminario de Nobles de Madrid, y empezar las peleas. Todos vestíamos camisa, calzones, pañuelo de crea, chupa y calzón largo de lino crudo, calcetas y zapatos de cordobán negro. Sombrero y casacón de paño pardo para la calle. Pero los porcionistas gastábamos mejores paños y, a diferencia de los otros, nos señalaba un cuello de terciopelo carmesí. Recibí pronto dos lecciones a cuenta del puto cuello: señalarte como distinto es crearte enemigos y peleando limpiamente contra dos o tres siempre pierdes. Y lo aprendí tan bien como el resto de las cosas que aquellos curas y profesores me hicieron la merced de enseñarme.

En San Telmo vivíamos internos, no comíamos mal y, al inicio de los estudios, el señor capellán se encargaba de enseñarnos las primeras letras y los rudimentos de álgebra. También le daban mucha importancia al francés. Yo ya venía de casa muy práctico en leer, escribir con buena ortografía y letra clara, con un francés más que decente. Tanto que la edición bilingüe del catecismo del abate Fleury con que enseñaban pronto se me quedó corta y me encomendaron lecturas de más enjundia.

Como el estudio no me planteaba el menor problema, avancé en otras materias que me pillaban más de nuevas, como sobrevivir a las bromas, pullas, robos y hasta favores nefandos de que nos hacían víctimas numerarios y porcioneros más mayores, que en lo de maltratarnos a los nuevos, derecho de piso lo llamaban, estaban todos de acuerdo y en franca alianza. Allí mismo se me empezó a romper la infancia, a enturbiar el niño para luego torcer el joven y viciar al hombre. Las agresiones y abusos de los más mayores, o de algún páter, eran constantes, jerarquizadas, una mierda que siempre resbalaba de arriba abajo, hasta los más pequeños. En ese miedo cimentaban los más antiguos su autoridad y nuestro único consuelo, como bien nos repetían entre risas, es que ya nos tocaría a nosotros crecer y hacérselo a otros. ¡Ya nos llegaría el turno de ser crueles con otros más débiles! Así que en aquel colegio recibíamos una educación de lo más completa sobre el mar y la vida. Nuestro carácter se decantaba más en aquellas violencias de sangre y esperma, de rincones, gritos ahogados y súplicas, que en las bien iluminadas aulas.

Yo pasé por ello, como todos, y aprendí que todo en la vida es poder, es donde ese poder te coloque respecto a los demás, solo de eso depende que sea el tuyo o el de otro el culo que sangre. Y que conste que allí todos éramos y nos decíamos bien machitos, que tomábamos aquello como casi un rito, una tradición colegial más, y los amujerados vivían un infierno. Solo esperábamos nuestra vez de causar dolor y sentirnos poderosos sobre otros más niños, más nuevos. Aquello poco o nada tenía que ver con afectos y goces. Era solo poder, ejercerlo sobre otros más débiles simplemente porque podías. Y toda la excitación venía simplemente de eso, del poder. ¿Acaso no se me metió para siempre esa ansia en el alma? Sí, cada vez que tomaba negras, hijas de reyes, de mi harén en Lomboko o me enredaba rápidos desfogues con algún esclavo en La Habana era siempre el niño de San Telmo susurrando: Hazlo, hazlo porque puedes, hazlo porque eres su dueño. Hazlo y demuéstraselo. Solo con ella fue amor, fue un gozo libre, un pacto de caricias y mutuos descubrimientos. Solo con ella...

Antiguos y novicios, eso sí, hacíamos una cuestión de honor de no andarles con quejas ni chismes a curas y profesores, menos aún a los padres en las escasas visitas permitidas, y solucionarlo todo entre nosotros. Ir con denuncias era ser declarado chivato y apestado por todos. Tanto era así que un tal Nicolasillo Gamero, de diez años de edad, tuvo al colgarse de una viga baja el temple que le faltó cuando fue a quejarse a los curas de las palizas que le daban otros pupilos día sí y día también. Palizas y otras cosas, pues un numerario más mayor y ya con vicios de hombre, le usaba para aliviarse. El pobre Nicolasillo no entendió que debía hacerse respetar, que es mejor un momento de dolor que mil de humillación y de miedo, y sobre todo no entendió que en una tan noble institución no se debían denunciar ciertas cosas a los curas porque sencillamente «esas cosas no pasaban» y muchos de ellos, socapa de ser hombres rodeados de críos, poderosos entre débiles, tenían también sus cosas con ellos. Era un niño callado, menudo, de rostro fino y ojos tristes y grandes. Yo le oía llorar todas las noches, gemidos ahogados como no queriendo molestar. Quizá aquí pongo mucho de mi parte pero, y yo he visto muchos así, traía la muerte cerca y dejó que le alcanzara.

—Pedro, pusiste una cara muy rara al ver al pobre Nicolás, ahí, ahorcado... Tampoco era tan amigo. A decir verdad, no tenía amigos.

—Es el primer muerto que veo. Y por su mano.

—Yo vi una vez un ahogado en la playa. Estaba como hinchado y azulado, comido por peces y gaviotas.

—Es raro.

—¿Qué es raro?

—La muerte. Estar muerto.

—¿Cómo que raro?

—Sí, era Nicolasillo. Pero como si ya no lo fuera, como si le hubieran sacado algo.

—Claro, el alma. Los curas nos lo explicaron.

—¿El alma?

—El alma.

—Será.

—Apaga el cabo y vamos a dormir. O los curas nos sacarán el alma a golpes.

—Sí.

¿El alma? ¿Es el alma la que da brillo a nuestros ojos? ¿La que hace que no parezcamos un pellejo de vino vacío? La muerte, la muerte... Hasta ese día nunca había tenido contacto con ella, pero pareciera que fue la señal para que ya no se separara nunca de mí, tan íntima, tan perseverante compañera que llegué con los años a confundirla conmigo y pensar que yo era la misma parca y mi capricho su guadaña.

La vida en San Telmo estaba reglada al minuto, una rutina cargada que nos mantenía ocupados y nos preparaba para la vida de turnos y guardias que nos esperaba en el mar. Nos levantábamos a las cinco para oír misa y desayunar, por ese orden, pues para los curas el alimento del alma es más importante que el del cuerpo. Y más si el cuerpo no es el suyo. De siete a once, clases. Luego media hora para repasar las materias de la tarde y otra media para aseo y recreo. Comida al mediodía y luego tres horas libres, con una siesta obligatoria en verano. Tres horas donde cada uno hacía lo que quería y donde, año tras año, aprendí que cuando el diablo se aburre mata moscas con el rabo. Tres horas en las que, sin vigilancia de los mayores, se ordenaba aquella pequeña sociedad uniformada en función de la crueldad, el vicio y el valor de cada uno para con los otros. Tres horas en las que día a día se formaban negreros y esclavos a fuerza de pequeños hurtos y violencias, puñetes y el brillo disimulado de algún cuchillejo. Tres horas de libertad mentirosa, de tedio, de rincones, susurros amenazantes y súplicas. Si en las clases aprendíamos, y bien, de letras, números y náutica, en aquellos recreos forzados aprendimos del mundo y cómo se aprontan los hombres en él. Todos niños, todos uniformados, todos tan iguales por fuera y en verdad tan distintos. Lobos y corderos mezclados.

A las cuatro y hasta las seis volvíamos a clase, se restablecía el orden de los mayores, y tiranos y siervos se volvían a disimular ante la autoridad de curas y profesores. A las siete recreo, estudio y rezo del santo rosario. De ocho a nueve cenábamos. Por último, el toque de silencio y a dormir.

Comíamos bien y variado. Buen pan de trigo, queso, manteca, caldos, carne de vaca o carnero, pescado, huevos, legumbres y frutas. Muchos, especialmente entre los huérfanos que entraban como numerarios, ganaban en salud y talla con los años de alimentación regular.

En julio y agosto nos daban libre para pasar parte del verano con la familia.

—Estoy muy orgulloso de ti, hijo. Tus calificaciones son aún mejores que las del curso pasado. ¡Bien!

—Gracias, padre. Intento esforzarme cada vez más en las materias que menos me gustan.

—Y estás más alto y más fuerte.

La risa de mi madre es mi verdadera casa, pienso, mientras disfruto del frescor del patio. Y Rosita me pasa la mano por el pelo.

—Estás muy guapo. Parece un soldado, ¿verdad, padre?

Mi padre se ríe.

—¡Un marino, hija, un marino!

—Un marino grande que va a reventar el uniforme de cadete —se burla cariñosa mi madre—. ¡Habrá que encargarle ropa nueva!

Y bebo limonada y río con los míos. Sí, mis calificaciones del tercer año son buenas. Ningún suspenso, suficiente o el más lustroso suficiente con firmeza y autoridad. Muchos sobresalientes y algún excelente, «concedido a los que aventajen por su reunión de talento, convicción y conocimiento a lo que es propio de su edad». Hay compañeros que me odian, que me envidian por mis conocimientos, que me reprochan que los muestre. Algunos me buscan, alguno ya ha sangrado acuchillado. Nunca me asustan sus bravatas, algo en mi interior me dice siempre que puedo vencerlos, matarlos y fisgar sus entrañas. Mirar fríamente el instante en que su alma los abandona y se vuelven pellejos vacíos. Ese fugaz momento que lo divide todo como la sombra recorta la luz en las paredes.

Al final de ese tercer año fui elegido para los ejercicios literarios que cerraban el curso. Con mi familia sentada entre los invitados, junto a otros alumnos aventajados fui contestando a las preguntas del público sobre marinería, cálculo, geografía... El director nos exhortó a cumplir con nuestro deber anteponiendo el bien de la patria a cualquier otra consideración. Nos entregaron regalos, como estuches de pintura o instrumentos de navegación. Yo elegí un astrolabio. Y grados honoríficos de capitán que podíamos ostentar durante el curso siguiente. El director les dijo a mis padres que yo era un alumno brillante, culto y lector, un capitán para alumnos más flojos y que siempre actuaba con sentido del deber. El deber para con la patria. Siempre lo tuve presente, siempre, por ello moví cielo y tierra para que los gobiernos del duque de la Victoria, el regente único Espartero, actuaran y no cedieran Fernando Poo a los voraces ingleses. Siempre el deber. Comercio es comercio, de vino de Málaga o de negros, todo por engrandecer la patria. Hipócritas aquellos que me habéis condenado. Os hice ricos.

Así, entre cursos y veranos en casa seguí creciendo en cuerpo y autoestima. Mis puños eran tan rápidos y fuertes como mi mente, amén de que ya poseía una eslora más que mediana que disuadía de abordarme a otros barcos. Nunca fui de bravuconadas, pero también aprendí a esas edades que aparejarse rápido y sin miedo para el combate lo evita muchas veces.

Con quince años empecé el último tercio de mi formación en San Telmo: a aritmética, náutica y geografía más complejas se unían hidrografía, maniobra y artillería, que practicábamos con un cañón en un patio del colegio. Allí aprendíamos a cargarlo, cebar la mecha, dispararlo y devolver la cureña a su posición tras el disparo jalando de los bragueros. También nos llevaban a visitar navíos surtos en el puerto de Málaga, para familiarizarnos con aparejos, obenques y flechastes, para subir a vergas y gavias, manejar cañas de timón, distinguir cubiertas, alcázares, botalones y sentinas. Allí oímos también a marineros decidores que parecían disfrutar especialmente contándonos historias espantosas de tormentas, motines sangrientos y escorbutos. O de batallas contra ingleses o franceses, según tocara la alianza de turno. En uno de esos barcos oí canturrear a uno cojo y desdentado:

> *En el golfo de Guinea id con cuidado,*
> *solo un hombre salió de cuarenta que entraron...*

Marinos sin trabajo, ociosos a su pesar, borrachos, viciosos, condenados a no trabajar desde que la guerra con Inglaterra y el desastre de Trafalgar habían acabado con el comercio en las Américas. En aquellos paseos empecé a descubrir otra Málaga que nada tenía que ver con la risa de mi madre y mi casa en el Perchel. Una ciudad llena de marineros sin barco, de recuerdos de muerte desde las fiebres de 1803 y 1804, que se llevaron a uno de cada cuatro en la ciudad. ¡Los muertos, siempre los muertos, mezclándose en la vida de los vivos, ahogándolos con sus ausencias!

Los años seguían pasando en el colegio. Y junto a la rutina de estudios y exámenes, los más mayores aprendimos también sus grietas, las rendijas de sus muros, los postigos mal cerrados, las ventanas bajas y las manos dispuestas a entornarlas por unas monedas. El fuego de nuestra juventud, consejas y fábulas de los más mayores, nos aventaron a esa Málaga de sombras, vino, guitarras, navajazos en callejones, putas y sodomitas. Ya con dieciséis años participé en reyertas a cuchillo y conocí el goce de la carne. Me descubrí bello para otros. Entendí que me daba poder sobre ellos y me gustó. Me derramé por igual en bocas de mujeres y hombres, de golfas machirulas, gitanos amujerados y marineros borrachos, hechos a largas soledades, sin remilgos de género o condición. Toqué y me tocaron. Y en todos los monstruos hallé belleza al entregarse, al abandonarse, cuando por unos segundos dejaban de ser ellos para ser míos. Mis monstruos amados, siquiera un instante, ese en el que intentaba no cerrar los ojos y verlos gozar, preguntándome si yo sería así cuando lo hacía, si el placer me cerraba los ojos, me abría la boca, me ahogaba, me tensaba como un arco unos instantes para luego dejarme laxo, exangüe, abandonado... Indefenso. Los miraba mientras me hacían o les hacía, como miré a aquella mariposa entre mis dedos, buscando unos ojos que me negaban. Mientras les daba con mis manos, con mi boca, esa *petite mort*, intentando ver salir y entrar el alma de sus cuerpos. Y descubrí que como en el combate, aguantar firme y domeñar el goce de otros aplazando el mío me daba control sobre ellos. Y placer más allá del de la carne, el placer de dominar, de poseer.

Pasé los tribunales sin problemas y con mis calificaciones como velamen puse proa a mi casa y mi familia. Aquel verano allí me esperaba la Muerte.

La misma casa blanca, la misma luz y el mar de añil, pero según me acerco el sonido de la vida en las calles de Málaga desaparece y deja sitio a un cerco de silencio. Un ¡callad! que nadie grita, una sombra de postigos cerrados y murmullos, rezos y voces quedas. Es verano, llego de San Telmo y la vida no sale a mi encuentro. Hay sol y brisa, pero es un poniente frío, racheado, que viene del Estrecho. No oigo voces, ni saludos ni órdenes a doncella y cocinera. ¿Dónde está la risa cristalina de mi madre, la bella Gertrudis, la risa que más que cualquier otra cosa siento mi casa? ¿Dónde la risa grave y elegante de mi padre? ¿Quiénes son estas enlutadas que me miran con pena y se apartan para que cruce la puerta?

Es mi casa, pero no la reconozco. Hay olor a velones y ando como por un sueño a través de pasillos, mil veces medidos con mis pies de niño, que no recordaba tan largos ni tan oscuros. Intuyendo más que viendo bultos negros contra las paredes blancas en sombra.

—¡Pobre niño!

—¡Pobre Pedrito!

—Pobre...

De los negros embozos salen, a mi paso, lamentos y manos blancas, cadavéricas, que se persignan y luego se tienden hacia mí buscando tocarme. Manos de viejas como nudosos sarmientos. Yo giro asustado mientras esquivo esas manos que con caricias me hablan de muerte. De muerte, pero ¿de quién? Camino y doy vueltas hasta que los faldones de mi levita de colegial se enrollan en mis muslos. Un vacío frío, sólido, me llena las tripas. Es el sabor del miedo. Quiero gritar, pero apenas un hilillo de voz sale de mi boca.

—¿Madre?

Las plañideras y los caballeros de rostro compungido se hacen más compactos a mi alrededor. Me falta el aire. Nunca imaginé que aquella casa blanca, grande, llena de luz pudiera albergar tantas sombras, tanto gris, tantos sollozos y tanto negro.

—¿Madre?

Siento miedo y los ojos se me llenan de lágrimas. Un nudo estrangula mi garganta. Solo era un niño, un crío asustado. Luego lo supe. Yo era este de aquí, tembloroso, no el gozador de tabernas y lupanares.

—¡Pobre Pedrito, pobre niño hermoso!

—¡Pobre, ay...!

—Pobre...

Cruzo el salón y allí, por fin, veo el rostro lloroso de mi hermana Rosa. Llora, sí, pero al verme sonríe tímidamente y corre a mi encuentro, a abrazar a su Lancelot, a su Cortés y su Pizarro, al hermano al que ama con ternura. Me abraza fuerte, con sus manos chiquitas y blancas se aferra a mi espalda. No es un abrazo de bienvenida, es una petición de socorro. Le llevo apenas dos años, pero me doy cuenta de que he crecido, de que al separar su mejilla húmeda de la mía la miro desde arriba. Rosa, Rosita, por curar tu miedo me recompongo y muestro un valor que no poseo.

—¿Qué ha pasado, Rosa?

—Padre... Padre ha muerto. Ven.

Me agarra de la mano y me conduce por un mar de luto, un mar que se abre y cierra a nuestro paso, hasta el dormitorio de mis padres.

—¿Madre?

—Está junto a padre. No se separa de él. Está muy triste, Pedro, muy mal.

Y al fin la cama en la que reposa mi padre, vestido con su uniforme de oficial de granaderos del regimiento de infantería de Navarra. Las manos cruzadas sobre el pomo de su espadín de gala y un rosario de azabache, plata y madreperla.

Está pálido y han dado un poco de rubor a sus labios y mejillas con colorete. Dos altos velones le guardan desde el cabecero cubierto con un antiguo estandarte y gualdrapas negras con una calavera con tibias cruzadas bordada en hilo dorado: *Memento mori.* De inmediato detecto ese extraño vacío que deja el alma, ¿el aliento de la vida?, al partir. Es mi padre, es él sin duda, pero no lo es por entero. O ya no lo es. Me prometo que algún día veré salir el alma de un cuerpo, para luego extrañarme de la idea, que ya nunca me abandonó. Por eso años después, gustaba de recoger a marineros moribundos en uno de los islotes pestilentes de Gallinas, por eso creé un hospital para todos esos perros del mar, piratas y negreros huidos de Freetown, atraídos por la fama del Mongo Blanco.

Las fiebres son el peaje de vidas que África cobra a los blancos por esclavizar a sus hijos, decía el doctor que puse al frente de aquel pudridero. Yo asentía. Solo me sentaba a escuchar; a ninguno hablé o conforté nunca, despreciaba su sentimentalismo y sus lloros. Aun así, yo era para ellos lo más parecido a un confesor en aquellos hongos cenagosos de Lomboko. Sentarme ante ellos y escuchar sus historias febriles, sus delirios, oírles jurar que el ángel de la muerte o el mismísimo diablo estaban a los pies de la cama esperando como yo ver salir el alma de sus cuerpos. Atrapar ese momento exacto. Yo y mi eterna fascinación por la muerte, por el instante preciso de la muerte. Quizá toda mi vida se explique mejor desde esa obsesión. Y lo que hice con mi hermana Rosa cuando... Pero todavía soy un niño y el cadáver es mi padre. Sí y no. Ya no es mi padre sino un triste retrato, como hecho por un mal pintor, del que fue. Un retrato grotesco y macabro por, precisamente, faltarle vida. Ese monigote rígido de mejillas maquilladas y piel cerúlea, uniforme, rosario y espadín, con esa peluca empolvada que ya casi nadie usa por demodé, ese monigote ridículamente inerte bajo la enseña de «El Triunfante», del regimiento de Navarra, no es don Vicente Blanco. No es mi padre. No tiene su voz grave ni sus manos fuertes y elegantes.

—¡Hijo, Pedro!

—¡Madre, por Dios, madre...!

Tomo sus manos y me arrodillo ante ella, la beso. Busco en sus ojos respuestas, certezas, pero los tiene enrojecidos y muy abiertos. Es ella la que me mira asustada. No dice nada, solo me mira y llora. Hay algo nuevo en su rostro, algo que aún no descifro. Mi padre se ha llevado con él algo de la bella Gertrudis.

—Pedro, hijo, dile a mi hermano Fernando que venga.

—Mi tío no está aquí, madre.

—¿No está?

—No.

—¡Ah!

Una mano se posa en mi hombro. Es don José Bonet, el buen amigo de mi padre, un hombre culto, bueno y amable. Me toma suavemente de los hombros y me alza. Me pide que lo siga, hemos de hablar, me dice. Balbuceo algo y miro a mi madre. Sus ojos ya no están conmigo y han vuelto al muerto, pero sigue aferrada a mis manos con las suyas, crispadas y temblorosas. Don José posa las suyas, cálidas, sobre las nuestras y consigue que me suelte. Las manos de mi madre caen sobre su regazo, con las palmas hacia arriba y los dedos engarfiados, rendidas como un náufrago que, tras gritar, ve pasar de largo el barco del rescate.

Don José me conduce a otra habitación vacía de gente. Entramos y cierra la puerta tras él. Me hace sentar en una silla y él toma otra, la acerca. Me explica que la muerte de mi padre ha sido súbita, del todo inesperada, que se le paró el corazón mientras dormía. No debió de sufrir, pues ni siquiera desveló a su mujer, me dice, tu madre se despertó junto al cadáver a la mañana siguiente. Todo acaeció hacía apenas una noche y por eso no hubo manera de avisarme. Lo escucho todo sin entender demasiado. Pero la voz serena y profunda de don José Bonet me da paz, me hace pensar en un puerto seguro frente a la tormenta de ahí fuera. Voz de hombre.

Mi padre muerto mientras dormía... No hubo forma de avisarme... Muerto... El corazón.

Don José es un hombre cariñoso y mientras habla lo veo reírse en este mismo cuarto junto a mi padre, bebiendo vino y discutiéndole sobre la maldad del Ogro Corso que a todos, afirma el antiguo soldado, nos ha de engullir. Don José se da cuenta de mi estupor.

—¿Estás bien? Es un golpe terrible, Pedro, lo sé. Sobrevivir a las fiebres que nos diezmaron hace tres años para morir ahora, de repente. Terrible e inesperado. Pero has de reponerte rápido. Tu madre y Rosita te necesitan. Tienes quince años. Ahora eres el hombre de la casa y hay asuntos que atender. Valor.

Era el 7 de mayo de 1807.

IV

¿Por qué este sabor a hierro y sal en mi boca? ¿Sangre, es sangre? Sí, conozco su sabor y este ardor en el labio. ¿Por qué Joseph conduce con prisas al doctor Castells fuera de la celda? ¿Qué hice, Dios mío, qué hice?

—¡Doctor...!

Castells me mira con tristeza mientras sale aferrando sus cuadernos, empujado más que conducido por ese ogro detestable, que me mira burlón mientras cierra la gruesa puerta.

—¡Doctor Castells, por favor...!

—¿Qué has hecho, Pedro? ¿Qué has hecho?

Y niego con la cabeza mientras veo como en destellos, como cuando un relámpago ilumina la estancia más oscura, veo cómo dejé de hablar, me acerqué susurrándole, tomé su cara entre mis manos y le quise meter mi lengua anciana en lo más profundo de su boca. Luego vino su asco, el grito y la mano pesada de Joseph abofeteándome de revés, la quemazón y la sangre. Me baila un diente. Ruido de metal, de cerrojo, dolor... y estoy solo. Ovillado. El doctor insistía en preguntarme si recordaba dónde había... ¿Dónde había qué? Cuando salieron juraría haber visto a un hombre vestido de gris en la puerta. Me miró frío, inexpresivo un instante, se giró y dijo algo que no oí a alguien de quien solo vi el borde de una falda. Luego mi celda se cerró de un portazo. Respiro agitado y siento placer en la quemazón que el hierro del grillete causa en mi tobillo llagado.

Fuera cuchichean. Diría que incluso riñen mientras se alejan. Aún no se ha extinguido el ruido de sus pasos y estoy solo.

Solo.

Aún no...

Aún no se habían extinguido los elogios hacia el muerto, los llantos en el aire lóbrego de esa casa de postigos cerrados, cuando miré a mi alrededor y nos vi solos. Solos e interrogado por los ojos asustados de mi hermana y los perdidos de mi pobre madre. La bella Gertrudis, Rosa y yo, solos. Y es cierto que el hombre se crece ante la adversidad, al menos algunos lo hacemos, pues sentí en esos pocos meses de verano, que con licencia de la Real Escuela pasé en casa, que crecí en edad, en conocimiento de la vida y de la condición humana, que se me alargaba el cuerpo a la par que el entendimiento. Y que a todo sobrepujaba una rabia que me mordía feroz y arañaba mis entrañas como un lobo famélico, para salirse de mí y saciarse matando. El lobo, mi lobo. Nunca me ha dejado desde aquellos días, aquel verano de 1807, en que para hacerse sitio devoró al niño Pedrito.

Muerto mi padre, me tocó enterarme de cosas y asuntos familiares. No es que fueran secretos, sino que no eran asuntos que pudieran ocupar a un niño. Que en ese vivir despreocupado y en creerte inmortal consiste ser un crío, en levantarte tras un pistoletazo fingido y seguir jugando ajeno a negocios y reveses. Pensarte inmortal por desconocer la vida y sus tragedias, fatigas y desengaños... Mi hija, ¿dónde está mi hija?..., que golpean como un mar furioso la piedra de nuestras ilusiones y certezas hasta convertirnos en arenilla y arrastrarnos al fondo.

¿Mi hija por qué no viene? ¿Me amó alguna vez? La vergüenza engendra vergüenza. Es una herencia que pasa de una generación a otra. Un saco que nos encorva. Por eso quise redimir ante la buena sociedad mi nombre, no por mí, por ella. Por mi hija, que me detesta y me abandona.

Muerto mi padre, me tocó enterarme de que él era el de los amigos y las relaciones, y no tanto mi madre. Aprendí que nada podíamos esperar de mis abuelos y tíos maternos, los Fernández de Trava, los únicos vivos y a los que hasta ahora nunca había echado en falta no conocer, pues la bella Gertrudis se casó con el valiente soldado contra la opinión de su familia, que le tenía arreglada una boda mejor. Así lo admitió mi madre antes de dar por zanjado el tema y avisarme de que no teníamos familia...

—No me perdonan mi rebeldía, pero menos aún los reales y las influencias perdidas. Estamos solos, hijo.

Pedro, mi abuelo materno, era oficial importante en la Hacienda Real y venía de un linaje de burócratas ilustres e ilustrados, crecidos en dineros y orgullo al socaire de las reformas y censos de Jovellanos, Floridablanca y Aranda. Su vanidad, como luego la mía —¿irá en la sangre o es sevicia de este perro mundo y sus tiránicas apariencias?—, le hizo buscar ennoblecerse vía el casorio de Gertrudis con algún chisgarabís con más títulos que dineros. Algo tan fuera de lugar como el amor desbarató para siempre sus designios y repudiaron a mi madre y a su descendencia para siempre. Eso de casarse por amor era, para mi abuelo y en aquellos tiempos, una extravagancia. La gente no se casaba por amor, este ya vendría después si había suerte, o no y tampoco sería una tragedia. Lo hacían por interés, por acrecentar o preservar patrimonios, por establecer alianzas o juntar tierras. La pasión era algo extraño, inconveniente y ajeno al sentido común, un error de cálculo. ¿Casarse por amor, enamorado? ¡Pero qué estupidez, qué niñería es esa! ¡El amor destruiría la institución del matrimonio! ¿Qué sería de la sociedad si aceptáramos que los casados se amaran entre sí como si fueran amantes y queridas, si llevaran pasiones pecaminosas al lecho conyugal? La verdad es que esto del amor, luego tan en boga, es el invento de unos cuantos poetas alemanes y algunos novelistas franceses de este siglo. Desde luego nada que pudiera comprender ni aceptar mi abuelo. Entonces entendí algunos chismes, silencios incómodos, tirones del brazo y caras volteadas a la salida de misa. Solo recibimos la visita y el ánimo de mi tío Fernando, en escala en Málaga de sus travesías como sobrecargo por el Mediterráneo. Trajo una breve ilusión de alegría a nuestro luto, pues siempre tuvo un carácter bravo y sanguíneo, pero con tendencia a la broma. Nos quería, me quería. Se interesó por mi educación y nos dejó unos reales que fueron prontamente utilizados. Nuestro luto ya se teñía de locura y cuchicheos por los desvaríos de mi madre.

—¡Tienes que creerme, Fernando! Tú eres el único que me queda.

—Te creo, Gertrudis, pero creo que debes saber los rumores que nuestro propio padre difunde.

—Pero ¿qué rumores?

—Pues que puteas con capitanes de paso para costear los estudios de Pedro y tus extravagancias.

—¡Por Dios santo, qué barbaridad!

—Lo sé, hermana, lo sé.

De alguna manera, quizá menos feroz pero no menos cierta, mi tío Fernando era también otro repudiado por los Fernández de Trava. Yo lo amaba, siempre disfruté de sus cortas visitas. Para mi tío no había marinos más expertos y valerosos que los piratas y corsarios, pues si de navegar veloz y hacer del mar un enorme escondite se trataba, estos eran los más duchos. Se fue a los pocos días y ya solo lo reencontraría años después en La Habana. Los dos muy cambiados. Me miraría con miedo.

Quien a los cielos se atreve, siquiera a los del amor, si no es gigante acaba solo como un monstruo.

En esos días tuve pues que aplicar mis conocimientos de aritmética para poner orden en las cuentas de la casa. El niño Pedrito tuvo que dejar de jugar bajo la luz blanca con su hermana Rosa —hermosa y ligera, leve y tornasolada de risas y mohínes, niña mariposa...—, para que el hombre Pedro se sentara junto a su madre con recado de escribir para hacer balances imposibles, equilibrios y, al acabo, efímera magia con columnas de tamaños dispares e irreconciliables. Deudas, haberes, gastos y rentas. Descubrí a la fuerza la necesidad y utilidad del dinero, de cuadrar las cuentas, de costes y beneficios. Pedro Blanco, aquel niño del Perchel, nunca vendió a un negro por debajo de su valor.

Así me enteré de que fuera de su pensión militar, mi padre aportaba otros dineros que ganaba como tutor de hijos de buenas familias, a los que ayudaba con sus estudios de geografía, matemáticas, francés y esgrima. Y que sobre esos dineros y poco más se sustentaba el reino ocioso y alegre de la bella Gertrudis, sus veladas teatrales, sus chocolatadas y su corto pero escogido vestuario.

Una punzada de dolor, ¿celos?, se me clavó en el alma cuando entendí por qué mi padre me transmitía tan fácilmente sus conocimientos. El ilustre soldado, el héroe, era tutor de otros niños. Otros que me robaron más tiempo a su lado. Mi padre, siempre cansado y aun así siempre dispuesto a jugar conmigo, enseñarme a tirar una estocada tendida o descargar un pistoletazo. A pasear con la bella Gertrudis y a admitir en su casa las gracias de aquellos pequeños burgueses malagueños que jugaban a crear su Parnaso, invocando por igual a Talía, Clío y Melpómene.

Un poco de realidad, dura, inmisericorde con las fantasías de un niño, bastó para bajar a los santos de las peanas, para descolgar telas y gualdrapas dejando las imágenes desnudas, patéticas, de quienes éramos realmente. Solo la muerte del soldado que la protegía me permitió desentrañar ese misterio de risas, guedejas, lazos y encajes que era mi madre. Una niña hermosa y despreocupada que se enamoró de un gallardo militar mucho mayor que ella. Una madre niña que, hasta que la muerte nos golpeó, siempre supo borrar con una caricia o un beso cualquier dolor de sus hijos.

Hasta ahora.

—Madre, nuestras deudas superan en mucho la pensión de padre. ¿Qué creéis que podemos hacer? Vuestros gastos en...

—¡Quizá don José Bonet pudiera...!

—No lo creo, madre. Ya nos ha ayudado varias veces y tampoco es rico. La última vez, sin duda lo notasteis, se mostró un tanto más seco. ¿No lo recuerda?

—Sí, es cierto. ¡Pobre don José, verse así apretado por la viuda y los hijos de su amigo!

—¿Os burláis?

—¡No, Pedrito! No, lo digo muy en serio y con un punto de tristeza... ¡Qué vergüenza!

—Tranquila, madre. Volver a incordiarle sería perder el único amigo cierto que nos queda... ¿Qué decís pues que hagamos? Ya no nos fían en el mercado y poco o nada conservamos ya para vender.

La fea muerte no solo asesinó a mi padre, sino que también mató su memoria y nos obligó, como primera providencia, a poner en almoneda sus recuerdos, a malvender —al principio siempre de noche, con disimulo vergonzante— los restos materiales de aquellas fabulosas historias que contaba: sus casacas, pelucas y calzas, bandas y medallas, tricornios con la escarapela roja de los Borbones españoles... ¡Su espada y sus pistolas inglesas, que nos permitieron mantener una ilusión de prosperidad pasajera y una mujer de servicio por un corto tiempo!

Pero pronto muros, suelos, alcancías y baúles se fueron desnudando de adornos, vaciando, convirtiendo a mi padre en un recuerdo borroso al que seguían al más allá fantasmales cornucopias, reposteros, tabaqueras, vajilla y cubiertos, y que si me visitaba en sueños era para mirarme ceñudo, reprochándome mi poco tino en sostener nuestra casa y hacienda.

Cada día éramos más pobres. Descubrí curioso que da igual lo que atesoremos en una vida, al morir nada de eso ha de perdurar o conservar sentido alguno si no es aliviar el hambre de parientes pobretones. Las galas de mi padre, sin él dentro, no eran más que ropas y telas pasadas de moda, mortajas y pelucones que criarían polvo y chinches. O eso o unos reales en la mano y algo de comida en la mesa. *Sic transit gloria mundi.*

—Venderemos mi cama, madre.

—¿La que te regaló tu padre? —Me mira asombrada.

—Sí, el marco, el cabecero. El colchón es de buena borraja.

Mi madre abre la boca, parece a punto de decir algo, pero no lo hace. Con los ojos recorre las paredes desnudas, marcadas por los muebles y cuadros que ya vendimos. Percibo un ligero temblor en sus manos mientras las pasa nerviosa por su falda. Me mira, pero aparta la vista cuando yo lo hago. Se incorpora, camina hacia la ventana y abre los postigos. La luz la dora, la jaspea. La alivia.

—Esto pasará, Pedro, quizá no sea necesario...

—Madre, no podemos...

—Pronto recibiremos otra vez a los amigos. Volverán. El luto no puede ser eterno. Tu padre era alegre. No le gustaría vernos así. Tristes.

Aunque está de espaldas me imagino que sonríe para espantar sus miedos y los míos. Me gustaría decirle que yo no estoy asustado.

—Rosa y yo seguiremos durmiendo juntos, como hasta no hace mucho. Además, yo casi siempre dormiré en el colegio. No podemos gastar en...

—¡Calla!

—¿Qué dice, madre?

—¿Que qué digo? Pues que basta de quemarte los ojos y la sangre con esos números imposibles, no más por hoy.

—¡Pero, madre...!

—¡Basta he dicho! —Intenta parecer severa pero solo la veo quebradiza, frágil—. Quiero que vos, nuestro Amadís, nuestro Palmerín, nos llevéis a Rosita y a mí de paseo. Os prometemos, *chevalier*, que no os avergonzaréis por nuestro aspecto.

Mi madre. La viuda de mi padre y, durante esos días, llenos de desengaños y revelaciones dolorosas, también un poco mi esposa pues, de algún modo, cayó sobre mi joven espalda la responsabilidad de un marido. Sin sus goces, claro está. Ahora que lo pienso, quizá solo me faltó ese rasgo para ser el monstruo perfecto que merece el olvido de todos, este encierro y los golpes de Joseph. La bella Gertrudis estaba en verdad aterrada y se descubrió tan niña o más que Rosita y yo. Otra mujer criada para pasar de la tutela del padre a la del esposo y, luego, a la del hijo. Mi madre reía, reía de forma desesperada, pueril; reía para ocultar su miedo a la miseria. Su belleza y su risa le habían proporcionado amor, familia y un buen pasar, así que ¿por qué no seguir riendo? A cada pregunta una risa, un juego, una jícara de chocolate —que pronto no pudimos pagar—, una limonada cada vez más aguada o un paseo a la orilla del mar.

Y sin embargo, a pesar de que cada día éramos más pobres y solo yo parecía entenderlo, a pesar de que, poco a poco y sin ruidosos portazos, los salones de las buenas familias se fueron cerrando para la bella Gertrudis —el cierto alivio con que mi madre llevaba su luto fue la comidilla de sus antaño amigas, ahora todas unas brujas hijas de mil putas— y sus hijos, de que ya nadie visitaba nuestra casa salvo muy de cuando en cuando el bueno de don José Bonet, pese a todo nunca fui más feliz que cuando fui el hombre de mi madre y el padre de mi hermana. De cada revés sacaba cebo para engordar más mi orgullo y no fue con poca alegría, con cierta sensación de libertad, que me arranqué el cuello carmesí del uniforme cuando, a mi vuelta en San Telmo, me vi pasar de porcionero a un numerario pobretón más. Hubo burlas, que a alguno le costó un par de tajos, perdí los pocos amigos que tenía, pero cualquier degradación estaba más que compensada por los ojos llenos de admiración de mi madre y mi hermana. Por su amor.

—Madre, he conseguido licencia en San Telmo. Solo me quedan unos pocos meses para recibirme de piloto y mi desempeño siempre fue bueno. Me permiten salir y visitaros a las dos. También podré dar clases a los alumnos novicios.

—¡Dios mío, Pedrito, como tu padre!

—Con lo que ahorramos al pasar a numerario y lo que saque de las clases, ahora que por fin despedisteis al servicio y cerramos parte de la casa, podremos aguantar hasta que acabe mis estudios y me asignen barco y oficio.

Mi madre ríe y llora a la vez y Rosita le cuenta tímida que está haciendo labores de aguja para varias familias. Y miro a mi hermana y siento amor y orgullo, y encuentro belleza en su fragilidad. En su determinación.

Y madre llora y ríe, nos besa y nos abraza. En ese instante siento que nada ni nadie nos podrá separar nunca, que no hay otro sitio en el mundo en el que quisiera estar. Soy feliz, y me siento fuerte. Un hombre al fin.

—¡Vamos, hijos, vamos a la playa! ¡Vamos al mar! Nos ahogamos en esta casa, ¿verdad? ¡Rosita, los parasoles, los sombreros!

Y allí que nos fuimos, yo envuelto en mi orgullo y todos en el peculiar luto de risas, cintas y parasoles negros de la bella Gertrudis y la floreciente Rosita. A la playa ignorando el chismorreo y los ojos tras los postigos, crueles con esa viuda loca y sus pobres hijos. Ignorando yo un brillo de cristal roto en los ojos nerviosos de mi madre que no presagiaba nada bueno.

A la playa de la Malagueta. Ahí comenzó mi particular odisea. Aún no lo sabía, ¿cómo podía?, pero ese día empecé a encerrarme en este asilo para dementes. Pero eso es vivir, ¿no? Descubrirlo todo demasiado tarde. Cuando ya nada tiene remedio.

> **Artículo 5.** *Pondrán el mayor esmero y diligencia posible en hacerles comprender la obediencia que deben a las autoridades constituidas, la obligación de reverenciar a los sacerdotes, de respetar a las personas blancas, de comportarse bien con las gentes de color, y de vivir en buena armonía con sus compañeros.*

V

Ruido de cerrojos, ¿me despierta? Se abre la mirilla de la puerta y alguien mira, resopla y dice algo que no entiendo. El cuadrado enrejado de la mirilla se convierte en un fanal, o un faro, en un rayo de luz que raja mi noche. La pesada puerta se abre con ruido. Es Joseph. Su silueta se recorta contra la luz que ilumina el pasillo. ¿Luz? ¿No era de noche cuando me abofeteó y sacó al asqueado Castells en volandas? ¿Ya pasó otra noche? ¿Dormí? No lo sé. En esta celda sin ventanas, de castigo, el tiempo lo marcan las comidas y las visitas de Castells, los ratos que dedicamos a su cura de conversación, así la llama. Sí, es luz del sol, es otro día. ¿Cuántos llevo aquí? Sé que a veces lo pregunto y el doctor me lo dice, ¿por qué no lo recuerdo o lo grabo en un muro? ¿Y mi hija? ¿Dónde está? Juraría que ayer olí su perfume llegando a través de la puerta, que intuí su voz susurrando.

Joseph me mira con una mueca que no me atrevería a llamar sonrisa mientras se cuelga del cinto el pesado manojo de llaves. Sé que esa mole oscura recortada en el marco de la puerta es el animal de Joseph, como sé que en esa cara que no veo hay una mueca cruel. ¡Tantos de estos bestias me sirvieron, me temieron! Entra y cierra la puerta tras él, y sé que en esa mano derecha que no veo aferra una corta porra de madera, la sopesa. La luz que se filtra por la mirilla, sólida, cegadora, convierte a Joseph al acercarse, al cruzarla, en una fiera atigrada. ¿Yo ya estaba de rodillas o me agaché al sentir su corpachón acercarse? No sé, pero ahora me arrastro hacia él, con el vientre pegado a la piedra fría, húmeda. No viene con el doctor, no tiene por qué estar aquí. Y cuando esta bestia viene sin razón... Le temo, ¡yo, le temo! Me aterra anticipar un golpe brutal de la porra y el crujir de los huesos de mi cráneo. Seguro que le han pagado para que me asesine, ¿mi yerno o el cabrón de su padre? ¿Gente del gobierno? Sé tantas cosas de Su Majestad la Gran Zorra Isabel II, de su intrigante madre, de los manejos del dictador Narváez con los británicos, de su traición para regalarles nuestras posesiones africanas. ¡África!... ¿Y mi hija, dónde está mi hija? ¡Quiero vivir! ¡Salir de aquí y explicarle que todo lo que hice fue por ella, por amor a ella! ¡El amor perdió al monstruo!

Vivir, musito mientras me arrastro, un despojo que pide perdón. Joseph se ha detenido, no me atrevo a mirarle a los ojos... El miedo siempre estuvo ahí y lo desafié; lo que he descubierto en mi vejez es la cobardía, la elección de vivir asustado. Mis dedos alcanzan la punta de sus botas, pero quiero estar más cerca, quiero abrazarme a sus piernas, subir por ellas, sumiso, sollozando, sin mirarle, hasta arrodillarme a la altura de su verga, gruesa y con ese olor acre entre sus pliegues, y ofrecerle mi boca desdentada, rogando que venga a saciarse y no a matarme. A Joseph le gusta sentir mi miedo, le excita mi humillación y ya aceptó esta ofrenda de mi pánico, nunca de mi deseo, otras veces. Como hará de seguro con locos más jóvenes. Acabarse en nosotros nada tiene que ver con el goce, sino con el poder. Hasta en el agujero más infecto, en la peor sentina, hasta en los esclavos más desesperados hacinados en un corral, siempre la maldad elige a uno para reinar sobre el miedo de los otros. Bien lo sé yo.

Subo, los ojos bajos, sin mirarle para que mi cara no le recuerde que soy un viejo loco, repugnante, que mi fealdad no le recuerde su monstruosidad.

—No, viejo bujarra. —La porra me acaricia el rostro antes de detenerse con fuerza entre mi cuello y clavícula, golpeando el hueso. Duele—. El doctor Castells te quiere en el patio. ¡Debe de ser un premio por lo asqueroso que fuiste ayer!

—¿Al patio?

De rodillas le hablo al suelo, a sus zapatos, a sus pezuñas. Se las lamería. Yo, el monstruo depravado, el mismo Pedro Blanco que mereció la venganza del capitán general don Jerónimo Valdés, en La Habana, quien harto de no agarrarme decidió escribir mi famosa *Hoja Biográfica*, compendio de todos los pecados que se podían atribuir a un hombre para destruir su reputación y su vida en sociedad. Me arrastro yo que, según tal alta autoridad, soborné, asesiné, pegué a mi mujer, secuestré, corrompí menores y fui sodomita. Que tras mis andanzas con el criminal Cha-Chá, creé un reino de terror en el río Gallinas, en Lomboko, donde gocé un serrallo con cientos de esclavas, hijas de reyezuelos paganos. Que volví luego a Cuba, con una hija, a reunirme con mi abandonada esposa y a la que pronto exigí prácticas impropias como la sodomía y cosas peores, a las que se resistió con dignidad, por lo que la maltraté. Mi esposa, que veía desfilar por mis aposentos a jóvenes negros y blancos, a niñas mulatas...

El 5 de junio de 1834 le sorprendió sodomizando a un negro esclavo llamado Tomás, marchándose el citado don Pedro Blanco a sus posesiones africanas en el río Gallinas cuatro días después. No regresará a La Habana hasta el año de 1839, según registros oficiales de esta Capitanía General. De ese año hasta el 15 de agosto de este año, las informaciones en poder de este capitán general son aún más escandalosas: aventuras tabernarias con marineros, un más que seguro asesinato y ni los propios sobrinos de este individuo han podido librarse del furor de su bárbara pasión, decidiéndose al fin su pobre esposa a denunciarle por obligarla a asistir a las prácticas nefandas a las que sometía a sus desdichados sobrinos. No contento con...

... en la ciudad de La Habana a 20 de agosto de 1841...

Pedro Blanco, el monstruo que sacrificaba a los esclavos tras gozarlos, ahora se arrastra suplicante.

—¿Al patio? Sí, gracias, Joseph.

—A mí no me agradezcas, por mí te pudrirías aquí, viejo puto. Esa hija tan bonita, ¿seguro que es tuya? Ya no viene mucho del asco que le das, ¿verdad? —Joseph se ríe sin esperar respuesta mientras me desencadena y me alza del suelo con una mano, sin esfuerzo—. ¡Camina!

Salgo al pasillo, cegado por la luz al principio, mis ojos se han hecho a la penumbra. Siento la manaza de Joseph sobre mi hombro derecho, guiándome hacia el brasero dorado que es el patio. ¿Es verano? Tanta luz...

—Baja la vista y ni una palabra al resto de los chiflados, ¿eh? —ordena Joseph—. Acuérdate de por qué el doctor decidió encerrarte en la celda.

—Sí, sí, no miraré ni hablaré con nadie. —¿Me acuerdo? ¿De qué?—. Con nadie salvo el buen doctor.

Camino y con el rabillo del ojo intuyo a otros locos, con sus camisones manchados, hablando con una pared, babeando, o golpeándose con ella.

—¡Camina y no mires!

No, no miro, no me hace falta para notar la agitación de algunos de los locos, el correteo de sus pies y el creciente murmullo. La firmeza con que ahora la mano de Joseph aferra mi nuca y me inclina más la cabeza también me previene.

—¡Capitán, aquí, capitán! —grita uno.

Callo, sonrío, recuerdo. Sí, mis locos, mi tripulación unos, mis negros otros. Los amotiné y casi tomamos por sorpresa el puente de mando del... ¿manicomio? Unos mis marinos, otros mis sacos de carbón, mis piezas de Guinea. A dos de estos los convencí para que se mordieran las lenguas hasta cortarlas y tragárselas. Lo hicieron y a poco se desangran. La sangre, siempre tan escandalosa, me dio un tiempo precioso. Si solo hubiera tenido un par de mis bravos, de los de verdad, nos habríamos hecho con el barco y la carga. Y el hijo de perra de Joseph colgaría de una antena.

—¡Capitán Blanco, capitán Blanco! —otro.

—¡Don Pedro! —ese.

—¿Cuándo zarpamos? —aquel.

Aún me recuerdan, podría alzarlos de nuevo. Escapar y raptar a mi hija como rapté a su madre. Volver a África. ¿Cuántos motines encabecé? Muchos, pero menos que los que ahogué en sangre, en el mar, en el río o en la tierra roja de Gallinas. El negocio de la trata siempre fue peligroso y yo fui el mejor, el...

—¡Mongo Blanco!

Estoy a punto de contestar cuando siento cerrarse la garra de Joseph al tiempo que me clava la punta de su porra entre las costillas. ¡Qué buen *cigano* habrías sido, cabrón! Lo llevas en la sangre. Hay hombres que solo encuentran su razón de ser en el dolor de otros hombres, en ser sus verdugos, sus carceleros.

—¡Ni una palabra! Cuidado con el escalón. Ahí está el doctor.

Ahora sí me atrevo a alzar la vista y veo al joven Castells sentado en un banco de piedra, a la sombra de un castaño de Indias, la libreta en el regazo, mirándome sonriente. Hace calor, me gusta.

—Nada de motines ni arengas, ¿eh, Pedro?

—Claro que no, doctor. Estad tranquilo.

—Esto no es un barco negrero, ¿verdad?

—No, doctor, no huele a muerte.

Callo mientras veo motas de polvo danzar doradas en un rayo de luz. Es bonito.

—Doctor, siento una vergüenza infinita por lo que os hice ayer. Yo..., yo no sabía lo que hacía.

—Tranquilo, Pedro. A diferencia de otros cuando yo te digo que te comprendo, que puedo..., que quiero imaginarme por lo que has pasado, no lo hago por cortesía o para cambiar de tema. Estoy aquí para escucharte, para intentar conocerte y así ayudarte. A ti y a los demás. Seguramente yo también estoy un poco loco al decidir hacer de ese intento mi forma de vida.

Castells sonríe y apunta. Siempre apunta cosas.

—¿Os puedo preguntar qué escribís, doctor?

—Puedes... Cosas, detalles, palabras que me ayudan a entenderte mejor. Si entiendo de dónde nace el dolor, el desvarío, quizá podamos eliminarlo. Y entonces podrás recordar lo necesario.

—Pero ¿cómo? ¿Qué escribís?

Castells suspira, cierra su libreta y me escruta un instante. Al fin sonríe.

—Verás, Pedro, me interesa el estudio científico de la locura. En especial de la locura homicida.

—Me consideráis un asesino, ¿no?

—Tú mismo te catalogas como tal, Pedro.

—Lo soy. Lo fui.

—Digamos entonces que me interesa saber cómo funciona tu mente y la de otros como tú. Sobre eso escribo. Shakespeare nos legó a través de sus obras una perfecta definición de los tres tipos de asesinos. Macbeth es el asesino nato, Otelo el pasional y Hamlet el loco. A mí me interesa este, no el criminal ocasional o por celos, el que luego se arrepiente más o menos. No. A mí me interesa el loco, el que no se cuestiona sus aberraciones y no siente dolor al revivirlas.

—¿Y ese soy yo?

—Te gusta hablar. O al menos no te cuesta. Y no lo haces desde el arrepentimiento, ¿verdad?

Asiento, callo, zumba una mosca. Sí, ahora me gusta hablar. Antes no, era más bien callado. Sí, este edificio de piedra antigua no es un barco. Los navíos no tienen patios con arbolitos... En el Perchel teníamos una higuera en un patio y...

—En los barcos no hay patios con arbolitos, doctor.

—¿Cómo? —Castells sonríe, sorprendido por mi ataque de lucidez, y vuelve a abrir su cuaderno—. No, claro que no, Pedro. Si acaso mástiles y vergas.

—¿Estoy loco, doctor?

—¿Qué es estar loco para ti, Pedro?

Callo. Siempre una pregunta para contestar a mi pregunta. Siento paz, el calor del aire aun en la sombra y el sosiego en la voz de este hombre joven y bueno al que ¿ayer? ataqué.

—Pero ¿estoy loco, doctor?

—¿Tú qué crees?

—Sois vos quien debe explicarme, sanarme. Sé, ahora, aquí, que esto es un asilo y no una goleta esclavista. Aunque cualquier barco negrero es mitad manicomio y mitad burdel... ¿Por qué anotáis lo que digo si no me dais respuesta?

—Encontraremos juntos las respuestas, Pedro. Mientras nos preguntamos, aprendemos. Es la mayéutica...

—Socrática —interrumpo. El doctor sonríe—. ¿Por qué yo? ¿Por qué vuestro interés?

El doctor me mira en silencio, suspira, alza los hombros y luego sonríe.

—Pedro, ¿me tomarías por un frívolo si te dijera que eres una persona interesante? Eres culto, muy leído, tus historias... Eres diferente.

—Soy diferente porque soy un monstruo.

—¿Tú crees?

—Lo sé. Hice cosas terribles.

—Por eso te pido que conversemos, que recuerdes esos hechos que te atormentan, Pedro. Nombrarlos, pensarlos, puede ayudar a desvanecer la afección y el malestar que provocan el negarlos o ignorarlos. Según ultimísimas teorías, esa ira sin resolver es la que te trastorna y se convierte en desvaríos. Si conseguimos enfrentarla, comprenderla y aceptarla, desaparecerá el dolor.

Hay calidez en sus ojos azules y una sonrisa franca. ¿Cómo pude querer ofender a este hombre bueno?

—¿De dónde sacáis esas ideas, doctor?

El doctor cierra el cuaderno sobre sus piernas, dejando su lápiz entre las hojas como marcador. Mira un momento al frente, con el ceño levemente fruncido, como sopesando algo. Luego me mira y empieza a hablar, a compartir algo de lo que realmente le gusta.

—¿Sabías que el primer sanatorio para tratar la locura lo creó en Viena el emperador José II del Sacro Imperio? —Niego con la cabeza y me preparo para descansar la lengua y disfrutar de la pasión ajena—. Era muy aficionado a estos asuntos, si es que alguien puede serlo sin ser víctima a su vez de una curiosidad morbosa o de algún tipo de demencia, que lo dudo. Y lo era a su manera, precientífica y teñida de mistificaciones propias de las edades oscuras. Allí abrió, en 1784, su *Narrenturm* o Torre de los Locos. Una torre cilíndrica con cinco pisos, uno por cada elemento básico: tierra, fuego, aire, éter y agua. Este diseño con mucho de esotérico y alquimista se suponía que podía mejorar el estado de sus internos, según cuál fuera su tipo de locura. ¡Imagínate, Pedro, hace menos de cien años se te hubiera tratado con remedios e ideas próximos a la brujería medieval! ¡Menos de cien años y mira lo que hemos avanzado, tal es el poder de la ciencia para destruir tinieblas y supersticiones! Poco a poco hemos ido superando aquellos tratamientos y clasificaciones de la locura.

—¿Hay clases de locos, doctor? ¡Claro, tiene que haberlas! Como nosotros teníamos clases distintas de negros según su físico y su carácter... El mundo no puede funcionar sin clasificarlo todo, ¿verdad?

—El hombre y la ciencia no pueden, Pedro. Se clasifica para estudiar mejor las cosas, para aislar sus componentes, sus rasgos y entenderlas mejor. Es necesario.

—Y entonces, doctor, ¿qué clase de loco soy yo? Decidme.

—Pues hasta hace no mucho aún se usaban las categorías clínicas heredadas de la *Narrenturm*. Serías melancólico, histérico, rabioso, militar loco o alcohólico.

—¿Militar loco era una clase en sí? ¿Y por qué no cura loco? ¿O gobernantes locos?

—Buena pregunta, Pedro. No lo sé. Y demuestra lo acientífica de esa clasificación.

—Y yo sería...

—Ya te digo que están superadas. Y, además, no existen los tipos puros, varias patologías en mayor o menor grado pueden convivir en un paciente. Salvo la de militar, claro. —El doctor se ríe de su propia broma y yo le imito—. Ahora buscamos otro tipo de diagnosis, más compleja.

—¿Y los locos se curaban?

—Difícil. Todas las curas se basaban en restablecer los cuatro humores que, según una teoría que venía de Hipócrates y Teofrasto, de los antiguos griegos y romanos, existían en nuestro cuerpo: la bilis, la bilis negra, la flema y la sangre. La locura sería consecuencia del desequilibrio entre estos humores y la excesiva preponderancia de uno sobre los demás. En consecuencia, las curas buscaban reponer ese equilibrio mediante purgas, las aún muy populares sangrías, o tratamientos con calor y frío. Pero son teorías superadas y somos cada vez más los que pensamos que el secreto de ciertas demencias está en lo vivido. En lo soportado. En la mente. De ahí la importancia de conocer al paciente, de escucharle hablar de sí mismo. —Asiento y sonrío, guardándome mi opinión de que baldear con agua helada, engrilletar, atar a las camas, alimentar con embudos o las palizas y abusos de Joseph se me hacen poco científicos. El doctor posa una mano en mi hombro, lo palmea—. De alguna manera estás sirviendo para avanzar, Pedro. Para ayudar a otros.

—¡Ah, bien! ¿Ayudar? ¿A otros? ¿Me ayudará a mí?

—Eso espero.

—¿A qué?

—A recordar. A no sufrir esos ataques de melancolía y euforia entremezclados. A domar tu furia para que puedas volver a casa. Contigo intento demostrar que hay que ir más allá de recluiros y maltrataros, esconderos en sitios como este del miedo y la vergüenza ajena. Sois enfermos y solo mejoraréis con alivio y tratamiento, buscando una cura. Hasta ahora, asilos y manicomios no son más que pozos donde ocultar lo que nos asusta, lo que tememos. Eso tiene que cambiar. Y por eso trato de visitar contigo, cronológicamente, los hechos de tu vida, porque quizá así lleguemos al punto al que queremos llegar. La locura ya no es una piedra que se puede extraer de la cabeza como en tiempos del Bosco, Pedro. Es un proceso complejo y misterioso. Y yo creo que el mismo camino que te llevó a volverte loco puede desandarse; si te escucho y te trato con humanidad quizá podamos devolverte a la normalidad. Son teorías y como te digo son novísimas, se debaten entre mis mejores colegas de Viena, París... ¡Métodos novísimos y excepcionales para un hombre excepcional, Pedro!

—Mi buen doctor, sois tan bondadoso, dedicado y erudito, pese a vuestra juventud, que os auguro el exilio o la muerte en este país de mediocres y envidiosos, donde se castiga el mérito y se premia el compadreo y la ignorancia. ¿Leyendo a autores extranjeros y modernos? Insensato. Aquí todo se soluciona con despreciar lo que no se entiende, al que no calla. En España la locura ha sido siempre cosa del demonio y los curas farsantes sus únicos doctores. Huid de España, Castells, antes de que España os mate por bueno y por culto.

El doctor me mira en silencio, sonríe con tristeza y asiente. Luego pasa la vista por el patio hasta detenerla en el castaño que nos da sombra.

—¿Esto es un árbol, Pedro?

—Sí.

El doctor Castells sonríe y suspira.

—Ayer me hablabas de cómo, a la muerte de tu padre, quedaste a cargo de tu madre y tu hermana.

—Así es.

—Y que sentías que en ese preciso momento se inició el viaje que, locura tras locura, te trajo aquí.

—Sí, ayer antes de atacaros. —La vergüenza me ahoga. ¿Vergüenza por atacarle o por ser un viejo repugnante, vencido, odiado por su hija, al que nunca este hermoso joven podría mirar con deseo? No lo sé—. Sí, mi odisea comenzó ese día en que fuimos a ver competir las jábegas a la playa.

—Estás convencido de ello, ¿verdad, Pedro? —El doctor elude sin más mi desagradable desafuero. Es un buen hombre—. Ahí comenzó el viaje del héroe, tu *nostos*.

—¿*Nostos*?

—Sí, es una palabra griega que significa «viaje», pero, sobre todo, «retorno». El retorno dificultoso y lleno de peligros. Como *La Odisea*. Has cometido atrocidades, sin duda, y yo no te juzgo por ello. No es ese mi cometido. Además, tú mismo lo has hecho con dureza y eso te trajo aquí, lo creo firmemente. Pero también has hecho cosas desmesuradas, increíbles. Un héroe puede serlo de una manera trágica, como los antiguos griegos, Pedro. En realidad, no creo que existan los héroes felices.

—Supongo.

—Una vez... —El doctor cierra su cuaderno y hace una pausa, como calibrando la importancia de lo que me va a confiar—. Una vez leí algo interesante, algo sobre el viaje del héroe. Su vida es siempre un cúmulo de luchas, de combates, físicos, morales, contra los monstruos de la razón, los que heredamos de la familia y los que enfrentamos al vivir. Monstruos que, como a Odiseo, solo quieren impedirnos volver a casa. Al tiempo en que fuimos felices.

—Creo que os entiendo, doctor. Yo, por sacudirme mis monstruos, solo conseguí esparcir muerte y dolor. Y aún me muerden las entrañas.

—La paz solo llegará cuando los mires y veas que no existen. ¿Me dijiste que veías un árbol en este castaño? —El doctor lo señala con la cabeza, recorre su copa con los ojos—. Es un avance. ¿Sabes que «nostalgia» viene de *nostos*? El hombre en su nostalgia, en su locura por volver a la realidad, pasa por tres etapas. En la primera ve que el árbol es solo un árbol. Nada más que lo que es. Pero en la segunda, el árbol es cualquier cosa menos un árbol. Lo complica todo, lo deforma y cubre las ramas con monstruos y miedos. Ve cualquier cosa que le aflija o preocupe, pero nunca el árbol. Pero al final, Pedro, y ahí tenemos que llegar, el árbol vuelve a ser solo eso, un árbol. Como este. Entonces llega la paz.

Veo la luz filtrarse entre las hojas y la enramada, como brillantes que bailan en la sombra, y siento ganas de llorar, de limpiarme llorando. Le sonrío, como lo haría un niño suplicando una caricia, a punto de la lágrima, mientras pienso, siento, que me gustaría penetrar su boca sin suavidad, sin detenerme despacio en sus labios, penetrar su boca con mi lengua hasta lo más hondo, hasta lamerle el alma... Haría cualquier cosa para ganarme a este ángel, me arrastraría para mancillarlo.

—Háblame de aquel día de las jábegas en la playa de Málaga, Pedro.

> *Artículo 6. Los amos darán precisamente a sus esclavos de campo dos o tres comidas al día, como mejor les apetezca, con tal que sean suficientes para mantenerlos y reponerlos de sus fatigas; teniendo entendido que se regula como alimento diario y de absoluta necesidad para cada individuo seis u ocho plátanos, o su equivalente en boniatos, ñames, yucas y otras raíces alimenticias, ocho onzas de carne o bacalao, y cuatro onzas de arroz u otra menestra o harina.*

VI

Mi madre, pese al sombrero y sombrilla, se protege con la mano del resol fuerte de la Malagueta. Está tan hermosa... Mi hermana la observa de reojo y la imita. La mirada de mi madre recorre divertida la vida de la playa, las cabañas de juncos de los pescadores, los faluchos volcados en la arena a cuya sombra juegan, con naipes grasientos, al pecado o al cané, marineros, soldados y charranes, pícaros inquietos y decidores, siempre con la barba sobre el hombro no sea que llegue un baratero patilludo y les saque parte de sus ganancias con golpes, amenazas o el brillo de alguna navaja. A su lado pescadores tapando con ricos meros el pobre bacalao, disfrazando las cajas para colar la bacalá. La gente bien evita a los jugadores mientras espera que empiece la competencia de las jábegas, y da mejor en comprarle una nieve de sabor a un hombre que las vende con un borriquillo. Y a decir verdad, por su deambular y sordas discusiones, también nos evitan a nosotros. A la sombra, apoyados contra el muro de una azucarera, otros hombres en camisa y calzones cortos, descalzos, miran impasibles el mar, como esperando algo. Casi como un anuncio de la miseria futura. Noto tristeza en mi madre al verlos, siquiera por un segundo. Un aire fresco que viene racheado del mar, rizándolo contra la playa, juega con su cabello que se escapa de su sombrero. Tan bella mi madre, erguida de cara a la fuerte brisa, que pega las ropas a su cuerpo fino y largo y la dibuja como una cariátide enlutada, los ojos fijos en los pescadores que luchan contra el rebalaje, el escurrirse de espuma, arena y piedras que se forma en la orilla al retirarse la ola que rompió. Jabegotes y marengos, pescadores, hombres descamisados, secos, de piel morena y brazos fuertes, que ríen y maldicen con igual gana. Mi madre esposa y mi hija hermana me preguntan cosas, me miran divertidas y yo disfruto de enseñarles algo que no saben con mi voz de hombrecito.

—Cuéntanos, Pedrito, ¿qué barcas son esas que se miden en la orilla, hijo?

—Todas las que veis son embarcaciones de pesca, de bajura. Una pinaza —y se las señalo—, faluchos, bateles y chalupas. Nunca navegan mar adentro, solo costean. Y esas tan bonitas que hoy compiten se llaman jábegas. Son muy rápidas y maniobreras. Las hay por todo el Mediterráneo andaluz y hoy se desafían muchas aquí para ver quiénes son los jabegotes más diestros.

—¿Los jabegotes? —pregunta Rosita. Siempre se emociona con lo nuevo y esta palabra lo es.

—Sí, así se llaman los remeros, que pueden ser hasta trece. Luego hay un remo guía que hace de timón, la espadilla, gobernada por el *mandaor*, el patrón. Ese que da órdenes. —Les indico a un hombre de voz grave y gesto seguro, espaldas anchas, pelo ensortijado y grandes patillas negras. Patronea con tino a sus hombres y hace bailar por unos instantes su jábega sobre la espuma del rebalaje. Grita, ríe y maldice, manejando con pericia la percha para evitar que la barca encalle—. ¿Veis?, ahora la jábega vuelve al agua tras dejar un cabo del copo...

—¿Qué copo? —pregunta Rosita mientras mi madre parece absorta en la maniobra, recoloca alguna guedeja rebelde y se muerde ligeramente el labio inferior un instante.

—El copo es el nombre de este arte de pesca. Dejan un cabo de esa red de arrastre asegurado en la playa, allí. El copo es como una media luna. Ahora remarán con fuerza trazando un semicírculo y encerrarán la pesca volviendo a la orilla. Por eso es importante que no encallen en el rebalaje y lo aprovechen para entrar y salir rápidos. Luego otros hombres jalarán la red a mano hasta tierra con ayuda de la tralla, ese cinto de cuero en bandolera, y sacarán la pesca.

Rosita me mira entusiasmada.

—¡Cuantísimo sabes, hermano! Pero ¿tú navegarás en un barco grande, un velero con cañones, uno de verdad?

—¡Sí, en una fragata de las que van a América! —Rosa ríe, pero mi madre no, sigue con la vista fija en ese hombre guapo, recio, que patronea su barca con una pericia evidente—. ¿Madre?

La bella Gertrudis, silenciosa, ausente, no parece escuchar, ni siquiera cuando un golpe de viento nos trae pedazos de otras voces.

—¡Qué vergüenza de...!

—Dicen...

—... loca.

—¡Pobres criaturas!

Me vuelvo hacia las voces y reconozco a antiguos amigos de la familia, padre y madre apurando a los hijos para que caminen más rápido y no se giren. Miro a mi madre. Gertrudis no parece notarlo. De pronto un golpe de aire vuelve a descolocarle el pelo y ella se ríe mientras intenta devolverlo a su lugar.

—¿Madre?

—Y dime, ¿esas jábegas por qué llevan ojos pintados en las proas?

—¡Ah!, es costumbre en todo este mar, de aquí a Constantinopla o las cruceras de Alejandría. Los fenicios, que fueron grandes navegantes y mejores mercaderes, lo copiaron de los antiguos egipcios y su dios Osiris. La creencia es que sirven para orientar la navegación y espantar el mal de ojo. ¡Supersticiones!

—Es bonito, ojos para no extraviarse. Ojos para encontrar a los perdidos, a los náufragos.

Rosita se ríe, recoge una pluma de calamar de la arena y me la da con una graciosa reverencia.

—Aceptad este galardón, regalo de Neptuno, por ser el más bello, bueno e instruido de los hermanos.

Los tres reímos. Mi madre nos toma por los hombros.

—Acerquémonos, a ver qué hacen.

Caminamos hacia el círculo de hombres que sacaban la pesca del copo y la extendían sobre esteras. Estaban felices, habían sido los más rápidos y los de mejores capturas, los más diestros. Se palmeaban los hombros, reían y felicitaban, sobre todo al *mandaor* de negras patillas, que feliz dio un trago a una bota de vino que luego pasó a sus hombres. Pronto llegaron jabegotes y *mandaores* de otras barcas, que también celebraban a los vencedores, junto a curiosos que venían con el dinero casi en la mano a pujar por alguno de aquellos pescados que boqueaban al sol: boquerón, jureles, chanquetes, sardinitas y pintarrojas; antes de que los cenacheros los cargaran en sus cestos para vocearlos por las calles de Málaga.

Mi madre y el patrón no dejan de mirarse. Yo me siento incómodo, sin entender por qué, y aferro la mano de mi hermana. Noto sus deditos cerrarse sobre la mía. Sonríe. De improviso me siento poco más que un niño, apenas un muchacho que ve sin entender cómo su esposa se transforma en su madre. O peor, cómo su madre, la viuda, se convierte en mujer. Y ese cambio lo veo también en la mirada del pescador insolente. Hablan. Y yo busco en Rosita un aliado, pero a ella no parece inquietarle el sesgo de la situación. Parece fascinada por esos estúpidos peces que agonizan en las esteras. Estoy solo y tengo calor, la garganta seca...

—Me llamo Jacinto Estepa... Sí, soy el dueño de esta jábega y de dos sardinales... Mi castigo es soportar a esta cuerda de borrachos... ¡No molestéis a la señora! —¿Por qué se ríen sus hombres? Los llama borrachos. ¿Por qué ninguno lo ataja o lo golpea? ¿Por qué se ríe mi madre? ¿No se da cuenta de cómo la observan algunos conocidos?—. Pronto compraré otra jábega. Sería feliz si me permitieseis pintar vuestros hermosos ojos en la proa.

¡No, madre, no bajes la cabeza con falso pudor, no sonrías! ¿Asientes?

—En ese momento la odié, la desprecié. Sentí que algo se me helaba muy adentro... La hubiera matado.

—¿A tu madre, Pedro?

—Sí, doctor, a mi madre. Que fue incapaz de respetar el recuerdo de mi padre, que no reparó en guardarle luto, en que su falta de decoro nos comprometía aún más a todos, y que en un par de meses se casó con el tal Estepa, un bruto sin más méritos que sus patillas y sus sardinales. Que nos fue diciendo adiós en silencio, escondiéndonos los ojos, a medida que aquel hombre fue imponiendo su tiranía en nuestra casa, a la que se vino a vivir.

—¿Aún la odias?

—No, estoy demasiado cerca de la muerte para gastar mis pocas energías en odiar a un muerto. A nadie. Es una pena que solo al final entendamos de qué va vivir, demasiado tarde para cambiar nada. Duele pensar, visto ahora, qué sencillo era todo y cómo corrí toda mi vida tras quimeras. Nadie nos enseña a vivir y cuando hemos fracasado tanto como para aprender, nos llega la hora de morir. Al final nada es tan importante como parecía.

El doctor Castells me mira extrañado, calla: imagino que le desconcierta que el hombre vencido, resignado, que le habla sea el mismo orate furioso de hace horas, o días. A mí no. Le sonrío, lo mataría.

—Tu madre, Pedro, era una mujer sola, sin dineros ni patrimonio. Repudiada por su familia. Y por lo que me cuentas siempre fue romántica, dada al enamoramiento. Más pareciera que aún sintieras celos. Quizá te tomaste muy a pecho el ser el hombre de la casa...

—Es que éramos felices, doctor. Los tres. Madre, Rosa y yo, en aquella casa grande y blanca, en aquel patio, sentados bajo una higuera que para mí era árbol de la ciencia y jardín de las Hespérides, donde cosían y yo les contaba de mis lecturas. Historias que inventaba para ellas. Estaba a punto de hacer mi viaje de prácticas y recibir el título de piloto, podría haber cuidado de las dos... Pero al fin mujer, metió en casa a esa bestia analfabeta. La falta de macho pudo más que el amor a sus hijos.

—Es sabido, Pedro, que cuando niños nada hay que percibamos más íntimamente que la injusticia, o lo que entonces sentimos como injusto...

—Mi vida no ha sido más que huida y venganza de esa injusticia, de aquel dolor que he devuelto multiplicado por mil a hombres, mujeres y niños que nunca supieron de la existencia de mi madre. Mi vida se fue al garete entonces. La traición de mi madre me empujó a completar el censo de mis ofensas a la ley de Dios o a la razón.

—Háblame de tu madre.

—No sabría qué contaros, doctor.

¿Gertrudis? ¿Mi madre niña, mi madre esposa? Nunca pareció que hubiera nada más importante para ella que dar amor. Al soldado, a los hijos, al rufián de Jacinto Estepa. Siempre creí que me entendía con una sola mirada, que sentía lo que yo, que su felicidad era intuir en nosotros cualquier dolor, cualquier pena para sanarla... Siempre a punto esa sonrisa, la caricia justa, la palabra que disipaba cualquier bruma. Que se daba a nosotros, pero manteniéndose siempre fuerte, alegre, sin contagio de nuestros temores. Cuanto más asustados o llorosos estábamos, más tierna y divertida se mostraba. Supongo que con mi padre sería igual. Nunca los vi discutir. O no lo recuerdo. Su risa, recuerdo su risa, su rebeldía a cualquier rutina o monotonía. Su belleza.

No quiero hablar de ella. ¿Estoy hablando? Castells asiente y me mira con dulzura. Debo de estar hablando... Mi padre, ¡la muerte de mi padre! Cambió todo. La joven esposa consentida viró, en cosa de meses, en mujer caprichosa. En histrión que buscaba público para sus alegrías y tristezas, que quería conmover con sus vaivenes emocionales. Fue conocer a Estepa y su ternura se tornó sensualidad, su fragilidad, antes alegre, en dependencia que la hacía más atractiva a los ojos de aquella mala bestia, que se encalabrinaba pensando en poseerla. Ahora solo tenía ojos y oídos para el pescador... Yo no sabía cómo explicarle a la pobre Rosa, que no lo entendía, este súbito desapego por nosotros, por sus hijos, que nos arrinconara por su afán de ser amada y necesitada por su hombre. Nunca más oí su risa. Solo olí su miedo a ser abandonada. Con su silencio nos decía que nosotros, Rosa y yo, tendríamos la culpa si pasaba. Nunca me defendió de los ataques de Estepa, de su brutalidad. A Rosa simplemente la esquinó. Secuaz de la moralidad simplista de su nuevo hombre, un día le gritó a Rosa para que no se asomara a la calle, ¡quita de ahí, ventanera!, y le ordenó cerrar los postigos para siempre. Dejó de ser ella, mi madre, y daba la sensación de solo existir a través de la mirada de ese hombre. De que su amor, zafio, sin gracia, la llenaba de orgullo.

El doctor asiente, ahora con gesto serio, duda un instante y...

—Y Rosa, ¿cómo era?

—¿Qué?

—Tu hermana, ¿cómo era?

¿En aquella época? Aún era modesta, elegante, graciosa, de un discurrir certero si se le requería opinión. Cariñosa, más que nada, cariñosa. Atenta siempre a lo que yo pudiera necesitar o sentir. Pero al pensar en ella siempre recuerdo mejor lo que no era, la ausencia de ira o amargura, su manera de desdibujarse y confundirse con las mejores emociones y el ánimo de los demás. Siendo tan bella era fácil pasarla por alto, olvidar que estaba allí a menos, claro, que la necesitases. Templada, alegre sin escándalo, nunca sentí que me enjuiciara, siempre que me entendía. En Rosa, aun en aquellos días, había una vocación casi religiosa hacia mi felicidad, a que su vida sirviera para que los demás, y en especial yo, fueran felices. ¡Aun en esos días!

Rosa llora, ocultando el rostro, llora y tiembla.

—¡Madre, madre, por Dios, que lo mata!

Pero Gertrudis apenas dijo nada, respaldando así la brutalidad de su marido, que me siguió zarandeando y alzándome la voz y la mano, grande y callosa. No dije nada y me dejé menear mientras buscaba, sin entender, los ojos inexpresivos de mi madre.

Ahora Estepa lo toma de la pechera y pega su cara a la suya.

—¡Harás lo que te diga, señoritingo! ¡Estoy harto de que te des esos aires!

—Rosa, Rosa..., no llores —musita Pedro.

—¡Que llore, que si lo hace será por tu culpa! ¡Que solo tú traes los disgustos a esta casa! ¡No sé cómo sería antes, pero ahora es honrada, humilde pero honrada, y no serás tú quien nos avergüence! ¿Te crees mejor que yo, hijo de Satanás, por ser colegial, por el tiempo que desperdicias en esos libracos, por tanta cosa inútil como sabes? ¿Eh? ¡Ya es hora de que dejes esos dichosos estudios, que nadie eres para tener carrera, y vengas conmigo a la mar, a ganarte el pan que comes!

Al fin la mano del pescador desciende sobre la cara de Pedro, que del golpe cae hacia atrás y se ovilla contra la pared. Cuando se palpa la cara nota la sangre que le mana abundante de la nariz. Estepa da un paso hacia él cuando Pedro, apoyándose en el muro, se levanta. El padrastro se detiene al ver la determinación en la cara del muchacho. Pedro se seca la sangre con el dorso de la mano y le clava los ojos, luego saca una navaja que lleva siempre entre la ropa, bien pegada a la piel, y la abre con gesto seguro.

—Sí, me creo mejor que tú —la voz de Pedro no tiembla—, porque sé que no me importa matarte ahora. O degollarte mientras duermes. Lo haré si osas tocarme otra vez. O a Rosa. Piénsalo bien, Estepa. Tu vida ya no es tuya, sino de quien decide no quitártela. Saldré contigo a la mar y seguiré con los estudios, que cuerpo y cabeza tengo para ambas cosas.

Pedro no espera respuesta y camina retador junto al confundido Estepa. Al pasar Rosa le mira con dulzura, con amor, y él le sonríe. Ahora es su madre la que llora en silencio mientras lo ve salir de casa. Salía cada noche, al puerto, a las tabernas. Allí en la penumbra mal iluminada por lamparillas de aceite maloliente, disfrutaba de putas e invertidos, de gitanas y guitarras. Pero sobre todo bebía con los marineros y escuchaba sus historias, que luego espigaba y adornaba para Rosa. En especial las de un marinero gallego llamado Cunqueiro, de carácter brumoso y hablar exagerado que nunca salía de una tabernucha llamada La Ballena Blanca, así que se decía a sí mismo de la estirpe de Jonás. A Cunqueiro los ingleses le habían volado una pierna de un cañonazo en la batalla de San Vicente, en el 97, sirviendo en aquel leviatán de los navíos que fue el *Santísima Trinidad*. Golpeaba su pata de palo contra el suelo mientras hablaba, para aderezar tal o cual pasaje, simular truenos y salvas de artillería, efectos que traía muy ensayados. A veces se la rascaba. Me la rasco porque me pica, decía.

El gallego solía describir cómo los ingleses, siendo menos y con menos barcos y cañones, nos zurraron la badana a base de bien, por su mayor pericia y mejor orden de batalla. A cambio de vino daba toda clase de detalles y explicaciones sobre la maestría de John Jervis, comandante inglés, y la cobardía e impericia del zoquete de José de Córdoba, que mandaba a los españoles. De cómo quiso rendir el *Santísima Trinidad* y que el propio Cayetano Valdés, ese sí iba bien de coraje y vergüenza, acudió con el *Infante Don Pelayo* en su auxilio y al ver que arriaba el pabellón estando todavía en condición de combatir, lo amenazó con cañonearlo también, lo obligó a luchar y evitó la captura del navío. Pero al bueno de Cunqueiro no le gustaba la guerra. En la guerra solo se pasa miedo, decía. El gallego cuando disfrutaba era contando cómo había navegado desde muy niño con tantos capitanes como días hay en el año, en tantos y tan distintos barcos como años hay en un siglo. Cunqueiro entonces hablaba dulce, como suelen los gallegos, y nos presumía de que aún guardaba en los oídos el sonido de todos y cada uno de los vientos que inflan las velas en los océanos del mundo. Que todos los conocía. Nos hablaba de los mares de China, de cómo allí el emperador siempre manda un respetuoso mensaje a los dragones del mar antes de que sus flotas salgan, explicando a estos monstruos cuál es la misión de sus barcos y que estos no harán ofensa o menoscabo de sus libertades, poderes y dominios. Con esto el emperador consigue que los dragones no azoten las aguas con sus enormes colas, levantando tifones que hundan sus naves y ahoguen a sus hombres, pues en esos mares todos saben que los grandes temporales son cosa de los dragones y sus rabos. Tan por cierto lo tienen que en la cancillería hay un secretario que solo se dedica a estas cartas de cortesía a los dragones y sus complicados protocolos.

Estas eran las historias que luego Pedro le contaba a una arrobada Rosa, por darle a su hermana alas para sobrevolar las tapias de su encierro y hacerla soñar con tierras y mares lejanos, con héroes y con dragones. Rosa lo escuchaba boquiabierta y, a veces, lloraba. Decía que de felicidad. Claro que Pedro elegía mucho qué historias contar porque el tal Cunqueiro, según se emborrachaba, se ponía más salaz y empezaba a contar de casos por él conocidos de marineros que habían fornicado con sirenas. Cuando alguno reía y preguntaba cómo era eso posible, el gallego guiñaba un ojo, golpeaba el suelo con la pata de palo para pedir silencio y, afectando seriedad, concluía que como los bien informados saben, las sirenas no tienen ombligo, sus pechos son grandes y llenos, se peinan con peines de oro y pueden bajarse las escamas que cubren su coño y sus nalgas como si fueran una falda. Así cada noche, señor ya de mi destino, me llenaba de historias en las tabernas del puerto para contárselas luego a mi hermana Rosa. Todo menos volver a casa mientras Estepa y mi madre estuvieran aún despiertos.

Otra noche, sangre en el ojo, volví a discutir con Estepa y

con mi madre. En realidad, yo mismo provoqué al pescador, cada vez más apocado. Me fui y me perdí por las calles, sin rumbo, sin darme cuenta al principio de cuánto y qué rápido había caminado. Y de que lo hacía apretando las cachas de hueso de mi navaja. Reparé en que no sabía muy bien dónde estaba. Me dolía la cabeza, me latía fuerte, jadeaba y sentía que mi cuerpo de culebra estaba tenso como una maroma a punto de partirse. Imaginé que si me hiciera un pequeño corte me deshilacharía en un instante, en mil cabos que azotarían el aire como látigos, que morderían como sierpes. Me recargué en un muro. Nadie me sigue. De un callejón me llegan voces, risas, una guitarra. Alguien termina un cante. Es una taberna. Unos hombres beben vino. Discuten *sottovoce*. Manos crispadas sobre jarras y vasos. Un puñetazo en la mesa.

—¡Madrid!

—... los gabachos... raptar al infante... la gente se levantó...

—¡Es la guerra!

—... el día 3 fusilaron a muchos... hasta dieciocho carros con cadáveres mostraron por la ciudad...

—¡Hijos de mil putas, herejes!

—¿Lo sabrá el rey?

—Me han llegado familiares, huyendo...

Están borrachos y no reparan en mí, dudo si entrar. Sigo mi camino y me cruzo con un par de marinos. Según se acercan, vuelvo a palpar la hoja que escondo. Los estudio, pienso a cuál acuchillar primero. Hay algo que me lleva, al ver a otros acercarse, a pensar en herirlos, en matarlos. No veo personas, sino enemigos y sus puntos débiles. ¿Dónde golpear? ¿En el cuello? La sangre será mucha y la sorpresa también, se vaciará en segundos. No tendrá tiempo de comprender por qué las fuerzas le abandonan. Antes de que sepan quién los ataca iré sobre el otro, le rajaré las tripas de lado a lado. Nadie corre mucho sujetándose las tripas o ahogándose en su propia sangre. La cuchillada nunca se siente, apenas el golpe con que se asesta, solo la escandalosa sangre la denuncia. Eso ya lo sé. Aún no he matado, pero intuyo que la primera reacción del que muere violentamente es la sorpresa, el estupor de sentir lo único que nunca ha sentido antes y no volverá a sentir después. Tendré con el tiempo muchas ocasiones de ver esa sorpresa en los ojos de otros, ese grito silencioso, la extrañeza en sus rostros al perder la vida súbitamente. Estamos a punto de cruzarnos y ya coloco el cuerpo como he aprendido en la esgrima feroz de callejones y garitos. Tenso, presto a girar sobre el pie en el que cargaré el peso que pone la muerte en la cuchillada, balanceo, recobrar, mover la carga al otro, asestar. Acuchillar sin florituras, sin alardes, eso me enseñó mi padre, lo otro es de esgrimistas de salón. Siempre la línea más corta entre tu mano y su muerte. Matar. Matar por no matar a Estepa, a mi madre. Dieciocho carros con muertos, azulados, las manos crispadas, los ojos y las bocas abiertos, lenguas colgantes y llenas de moscas. Mi madre, sangre seca en las patillas del pescador... Saco la navaja, la abro con un gesto seco al tiempo que llevo atrás el brazo y...

—¡Pedro, Pedrito Blanco! —El hombre se desemboza y puedo reconocer a don José Bonet, el comerciante chueta. Me sonríe y al instante mis músculos se distienden, mi voluntad de matar desaparece—. ¿Qué haces por aquí a estas horas, solo?

Balbuceo, no alcanzo a contestarle.

—¿Te has perdido, muchacho? —Asiento. Bonet me sonríe—. ¡Ven, no vivo lejos! ¿Tienes hambre?

—Sí.

—¿Cómo están tu madre y tu hermana? Nada sé de ellas desde que se volvió a casar.

—Bien.

—Entenderás que yo...

—Sí, claro.

—Era muy amigo de tu padre.

—No tiene por qué explicarse, don José.

—Has crecido.

—Sí.

Bonet me alborota el pelo, ríe.

—¡Me alegra haberte encontrado! Quiero que me cuentes de ti... ¡Ah, y tengo magníficas noticias de Cádiz! —Bonet abre mucho los ojos y palmea las manos—. ¡Victoria, Pedrito! ¡La escuadra francesa de Rosily-Mesros ha capitulado hace dos días, el 14 de junio, al sur de Matagorda, al ser atacada por el almirante Ruiz de Apodaca! ¡Se han capturado seis navíos de línea, cuatrocientos cincuenta y seis cañones y tres mil setecientos hombres!

—¡Es magnífico, don José!

—¡Sí, vamos a cenar y beber para celebrarlo, pero en mi casa, que no está la cosa para andar por las calles de noche! ¡Siempre dije que el desastre de Trafalgar fue por el mando francés, ese cobarde de Villeneuve, y no por nuestros bravos marinos! ¡Bien está que les demos en el hocico para recordárselo! Por allí... —Bonet parece feliz y yo siento que el hielo homicida deja sitio a la sangre caliente en mis venas—. Y nada de don José, para ti José o Bonet, como te plazca, que por ambos atiendo a mis amigos.

Asiento, sonrío y nos vamos. Y con el calmarse de mi pulso creo ver una sombra que huye gritando y, a una velocidad imposible, se escurre por la calle y las paredes hasta desaparecer. Miro de reojo a Bonet, que sigue hablando ajeno a tal fantasmagoría. Es la Muerte. ¿Solo yo la veo?

Artículo 7. Deberán darles también dos esquifaciones al año en los meses de diciembre y mayo, compuestas cada una de camisa y calzón de coleta o rusia, un gorro o sombrero y un pañuelo; y en la de diciembre se les añadirá, alternando un año, una camisa o chaqueta de bayeta, y otro año una frazada para abrigarse durante el invierno.

VII

—¿Fue la primera vez que te invitó?

—Sí, doctor, la primera.

—Pero te gustó. ¿Volviste?

—Muchas veces, siempre que pude hasta que abandoné Málaga en 1810.

—¿Bonet vivía solo?

—Sí, nunca se casó ni tuvo hijos. Pasaba el tiempo entre sus negocios y sus lecturas. Era un hombre muy amable, culto y muy buen conversador. Y pronto vi que me tenía en gran aprecio, quizá por lo muy amigo que fuera de mi padre. No lo sé... En su casa encontraba paz, ¡libros!, ¡ideas de las que me sentía tan hambriento! Y un lugar donde esconderme del miserable de Estepa en las cada vez más frecuentes ausencias de San Telmo, donde poco o nada me quedaba por hacer amén de que eran tiempos revueltos y ya nada funcionaba como debía. Mi padrastro me odiaba, veía en sus ojos sus deseos de matarme. Bien que lo intentó, un día de los muchos que me obligó a salir al mar con él, ¡para ganarme el pan, decía!, en pleno temporal me ató al remate de la roda de proa. ¡Para que no estorbes a los verdaderos marineros, rata!, me gritaba desde la caña con un vozarrón del diablo que vencía a los aullidos de la borrasca. Estuvimos varias veces a punto de zozobrar, ahogarnos todos y yo el primero, pues la tablazón me hubiera arrastrado al fondo con ella. ¡Cómo rezaban los demás infelices! Todos menos Estepa y yo, que nos acuchillábamos con los ojos. Extraño, ahora que lo pienso, no me recuerdo aterrado. Ni por un momento dejé que viera miedo en mi rostro, que saliera una queja de mi boca. Y con toda el agua que me golpeaba y tragaba, tampoco pudo notar mis lágrimas. Me odiaba porque iba a navegar el océano, por mi travesía escolar a Cuba. Odiaba mi gusto por aprender, verme con un libro en las manos y no jalando redes en su barca. Patroneaba nuestra familia como si fuera la desgraciada tripulación de su jábega, a gritos, a golpes mientras pudo. Detestaba mi forma de hablar que, según él, era redicha y amanerada, rebuscada solo con el propósito de hacerlo de menos ante mi madre y hermana, que nadie más ponía un pie en aquella casa. Parecía que hubieran pintado con cal una cruz de apestados en nuestra puerta. ¡Pobre Rosa, pobre niña, cada vez más sola y asustada, creciendo presa de la tiranía de un pescador analfabeto y del encoñamiento con él de nuestra madre! Yo al menos iba y venía aún a San Telmo, me bandeaba por el puerto y al atajar a ese canalla me gané la licencia para callejear donde y cuando quisiera. Pero Rosa... Mi pobre hermana se hizo mujer a la sombra de una higuera seca, entre cuatro muros de un patio, rodeada de gatos y en el silencio de una casa triste de postigos cerrados.

—Cuéntame más de tus visitas a Bonet. ¿De qué hablabais?

—¡Pues de lo único que se hablaba en aquel entonces, mi buen Castells! ¡De la invasión francesa y las masacres de mayo en Madrid! Bonet era un heterodoxo, un alma libre y crítica. Y, aunque celebraba las victorias españolas, afrancesado en espíritu, cuando no directamente juramentado. Eran tiempos contradictorios, por más que ahora los cuenten de manera más simple e interesada.

—¿Juramentado?

—Sí, uno de aquellos desgraciados compatriotas que juraron lealtad al rey José I, anteponiendo la lealtad al Estado y sus reformas que a una dinastía, por demás indigna, como los Borbones. Carlos IV, ¡pensadlo!, el último rey de una herencia fabulosa, el último en gobernar desde Madrid posesiones como Filipinas, Méjico y el Perú, Tejas, California, la Luisiana y la Florida, Cuba o la Banda Oriental del Río de la Plata. Pero también un rey abúlico, solo interesado en la caza, componer relojes y rezar por su alma; un cornudo consentidor, que se había entregado al emperador, junto a su mujer y el amante de esta, Godoy, por miedo a su hijo Fernando. Otro desgraciado que llegó a escribirle a Napoleón, mientras el pueblo se dejaba matar por él y le llamaba «El Deseado», para pedirle que lo adoptara como hijo y le dejase renunciar al trono español.

—¡Sí, te concedo que luego llegó a ser el peor de todos los malos reyes de este pobre país!

—Bonet, como muchos españoles, burgueses educados en el arbitrismo y los deseos de modernidad, solo veía en Napoleón el defensor y garante de lo mejor de la revolución, que admiraba en parte. Y también como otros, a los que asustaba el radicalismo jacobino y la guillotina, veía en el emperador el restaurador del orden... Además, la dinastía bonapartista era tan francesa en 1808 como lo fue la borbónica un siglo antes. La misma que había abdicado sin lucha ahora. Un cambio de dinastía no era algo nuevo, lo esencial era mantener la integridad del reino y el orden. Tenía mucho de filósofo el bueno de Bonet.

—Entiendo.

—Aprendí mucho de él en aquellos días, aprendí a desconfiar de la historia, que suele ser siempre falsa y creada a posteriori por los designios e intereses de los ricos y los poderosos. Crear en el pasado la coartada para los crímenes y latrocinios del presente. Me tocó vivirlo en mis carnes años después cuando, ¡pobre negrero ignorante!, intenté hacerle servicio a la patria y echar a los ingleses de Fernando Poo y el Annobón, islas españolas en el golfo de Biafra, en contra de los intereses del regente Espartero que ya cabildeaba con lord Palmerston venderlas en su propio beneficio a los ingleses. ¡Nunca joda con la política, Castells, o lo aplastarán y enterrarán en vida con calumnias y mentiras! Aquel hijoputa de Espartero me...

—¡Pero, Pedro, por partes, háblame del 2 de mayo! Tuvieron que ser días emocionantes, ¿no fue así?

—Los días emocionantes, y yo he vivido demasiados, lo son siempre a posteriori, cuando los adornamos y recordamos, creando un cuento que a todos satisfaga más o menos. Los días emocionantes, las jornadas gloriosas, cuando estás en ellas, suelen ser caóticas, confusas, llenas de llantos, lamentos y gritos de dolor. De gente que se caga encima o se desangra llamando a madres y esposas, rezando o maldiciendo a Dios. Ruido, furia, barro y sangre. De eso están hechas las jornadas gloriosas. Son luego otros los que años después, con estatuas, poemas e himnos, lo embellecen todo para convencer a nuevos idiotas de dejarse matar en el futuro. La gente asustada y corriendo como pollos sin cabeza queda muy mal en estatuas y pinturas. —El bello Castells no se da cuenta de que yo mismo estoy usando los hechos, la memoria, el relato útil para conseguir mis objetivos. Para tener poder sobre él. Estoy acariciando su alma radical, en extremo liberal si no socialista o anarquista, para atrapar su atención, sus ojos, para retenerlo a mi lado más tiempo. He de ser listo. Ahora ya no soy dueño de grilletes y mosquetes, amo de otros más débiles. ¡Pobre Castells, nunca sobreviviría a una jornada gloriosa! Sería de los primeros en caer, de esos que mueren sin enterarse de cómo y por qué, con los ojos asustados y abiertos—. Creedme, no hubo mucho de heroico en aquellos días.

—Pero ¿sí hubo un fervor patriótico contra el francés?

—¡Hubo de todo, Castells, hubo de todo! ¿Héroes? ¡Quizá algunos, pocos! Pero sobre todo lo que había era miedo, lo que algunos dieron en llamar el Gran Temor.

—Explícate, Pedro.

—Yo ya era un joven y, a decir verdad, pasaba más tiempo vagabundeando por calles y muelles que en mi casa o en el colegio. Así que vi y oí todo. La llegada de familias enteras huyendo de Madrid, buscando refugio en casas de familiares y amigos, con sus historias de masacres. A los curas predicar iracundos la defensa del rey y la religión en todas las parroquias. Los hasta hacía poco aliados franceses se transformaron por arte de birlibirloque en perros judíos, brujos posesos del demonio, herejes, sodomitas, violadores y criminales de la peor especie. Napoleón era el nuevo Atila, un monstruo sanguinario. ¡Matar franceses era una obligación cristiana! Además, como siempre que hace falta, empezaron a sucederse milagros y prodigios: que si una Virgen lloraba sangre, que si se oyó ruido de armas en la basílica de Santiago Apóstol. Algunos prestaban oídos a estas locuras, pero los más simplemente tenían miedo, terror a ser asesinados por esos monstruos, pánico a ser alistados y llevados lejos, a luchar en las guerras del emperador en Europa, horror al saqueo. Con tanta gente ya alterada, sobre todo la más humilde, temerosa por la ausencia de la familia real, parecía que tomar las armas y apostarse en murallas y caminos era la única opción. El pobre Bonet, asustado, se lamentaba del asesinato del cónsul de Francia en Málaga a manos de una turba de patriotas aquel mismo junio de 1808... ¡Un hombre tan galante y educado!, se dolía. ¿Sabéis qué dijeron sus asesinos al alcalde mayor al ser restablecido el orden? Que querían matar a alguien, que en Ronda ya habían matado a un par de comerciantes franceses, y otros en Sevilla, y que no querían quedarse detrás. Que ellos también querían matar a uno. Confusión, Castells, y desorden. Todo el mundo hablaba de los horrores por llegar. Hasta que dejé Málaga en 1810, fui testigo de todo. De cómo se celebraba cualquier victoria que aliviara el miedo, como fue la de Bailén, con fiestas, toros, óperas bufas y fuegos de artificio, con reparto de reales y comidas a los pobres, con potentados y nobles arrojando monedas desde los balcones. Pero todo era histeria y temor. Pronto se crearon Juntas en cada región, en cada ciudad, pero casi más por terror a los desórdenes, al pueblo, que a las tropas de Napoleón. El levantamiento patriótico trajo tumultos que, por muy contra los franceses que se dijera, también olían a revolución contra riqueza y privilegios. A una revuelta de los pobres para asesinar por igual a ricos y a franceses. ¡El caos y el odio reprimido por siglos, os digo, Castells, del hambre de muchos, de eso os hablo! De chusma recorriendo la ciudad dando vivas al rey y a la fe, sí, mientras liberaba presos de cárceles, asaltando depósitos de harina y panaderías, quemando registros de deudas, asesinando a autoridades y terratenientes que nada tenían de franceses. Las Juntas y sus milicias honradas, a falta de gabachos, combatieron a braceros y jornaleros que asaltaban ayuntamientos exigiendo tierras y quedar fuera de las quintas del ejército. ¡Si me alistan de qué comerá mi familia!, gritaban. ¡Tierra para alimentarlos!, pedían también a gritos y con armas en la mano. Creedme; yo he sido rey de otros hombres, de otros pueblos, se levantaron contra mí, pero no por ello dejaron de acuchillarse entre ellos, ¡en toda guerra hay mil guerras civiles distintas! Y, como os decía, es mucho después cuando se reescribe todo, se pintan los cuadros y se esculpen las estatuas, ensalzando a unos y escondiendo a otros según convenga.

—Pero siempre se dice que el pueblo se alzó en armas contra el invasor, quizá por un mal rey pero lo hizo, corrió a alistarse o se echó al monte, a la guerrilla. Tú eras un muchacho, ¿no te sentiste tentado a alistarte?

—Desengañaos, Castells. Si hubo gente del pueblo que se alistó fue sin entusiasmo, obligada por las autoridades. Si clamaban por el rey Fernando no era para defender sus derechos dinásticos, que se les daban una higa, sino por una creencia casi mitológica en que un nuevo rey cambiaría las cosas, terminaría con el hambre, los abusos de los señores y las injusticias. Si muchos tomaron las armas fue también solo por miedo. De aquellos días solo recuerdo eso, el miedo de todos. Del pueblo a los franceses y de los poderosos a armar al pueblo. El miedo y la desconfianza de todos con todos.

—No suena a mucho fervor patriótico, Pedro. Pero hace tiempo que te tengo por un cínico y un descreído. —El doctor sonríe burlón y me palmea en la espalda, agradezco el gesto como un perro la caricia de su dueño. Como no tengo rabo que mover, decido seguir agitando las palabras. ¿Así que esto es lo que os complace, mi buen doctor? ¡Tengo tanto para daros!—. ¡Qué versión tan poco heroica de aquellos patriotas!

—¡Oh, no creáis, había patriotas por todas partes! Especialmente los miembros de las Juntas de cada ciudad, esos eran todos muy patriotas y bien se encargaron de pagar y corromper a quien hiciera falta para que sus hijos no marcharan a la guerra, para que solo los pobretones fueran alistados. Yo he conocido a muchos dizque patriotas, españoles de pro, fervorosos defensores de su idea de país y nada más, de la España verdadera del orden que los perpetúe y de su beneficio.

—¿No crees que hubiera un verdadero movimiento patriótico?

—¡Palabrería, doctor! Cuando yo fui rey de tribus en las tierras del Vey, siendo extranjero e invasor, hubo tribus que me combatían más que otras. Más fieras y unidas y con, digamos, más amor a la libertad. Me bastó repartir armas y sobornos, elevar a unas familias sobre otras, para quebrar su resistencia. Donde hay grandes injusticias la patria no existe, Castells, y el patriotismo es una palabra vacía que solo sirve para justificar la opresión de unos sobre otros. ¡Yo mismo grité a los cuatro vientos mi patriotismo cuando quise mantener para España aquellas islas, Fernando Poo y Annobón, invoqué a todo el santoral patriótico! Pero, creedme, lo único que hacía era esconder mis intereses, mi necesidad de sacar a los ingleses metomentodos de allí, con los de la patria. Al fin era mi negocio contra el de Espartero. ¡Cuanto más se agita la bandera, más grande es el chanchullo que se esconde tras ella!

—¡Caramba, Pedro, que me dejas la leyenda en los huesos! Pero estoy contigo en algo. No es más patriota el que más lo grita, sino el que más trabaja por el bienestar de la mayoría, por alimentarlos, sanarlos y educarlos. Patriotismo es combatir la miseria y la ignorancia, liberar de ellas a quien las sufre. —Pedro nota el brillo en los ojos, la ilusión vibrando en la voz del joven médico. Sin duda un hombre apasionado, piensa, y por tanto manejable. Apasionado. Por un segundo Pedro se lo imagina desnudo. Con las corvas de Castells sobre sus hombros, clavándole los ojos en los suyos y la verga en el culo.

—¿Patriotismo? ¡Hubo muchos patriotas, sí, que se pagaron costosos uniformes para alzar banderas, apostarse en almenas, desfilar por calles y plazas haciendo fieros, seducir mujeres ajenas y perseguir a jornaleros hambrientos! ¡Batallones de Cupidos y sin ningún Marte!

»No, doctor, no os engaño. Fueron días confusos. Hubo mucha sangre y ajustes de cuentas. Los campos y las sierras se llenaron de bandoleros, de desertores, de guerrilleros que igual mataban franceses rezagados de sus columnas que paisanos. Las autoridades de Málaga, desesperadas, tuvieron que armar gente, pero no para luchar contra los franceses, en retirada tras Bailén, sino para cazar españoles que asolaban los campos y caminos. Decidieron enviar ladrones a capturar ladrones, usando criminales arrepentidos que sacaban de las mismas cárceles para utilizar como ocasionales policías. Así formaron una partida y le dieron el mando a un tal Matías Hispano con el encargo de recorrer los escondites que bien conocía para apresar y matar a sus antiguos secuaces. No, creedme, no había tal fervor. Tanto es así que por 1809, para animar a la gente del común a tomar las armas, la Junta decidió legitimar el robo a mano armada dando patentes de corso terrestre, estipulando que cualquier dinero o bienes tomados a los franceses pasaban a ser propiedad de quien los apresara o matara. ¿Patriotas? No tantos, no creáis. Mucha gente asustada y mucho aventurero con hambre atrasada en busca de fortuna, eso sí.

—Eras muy joven...

—¡Dieciséis años en 1808! Ya un hombrecito. —Ya un pecador, el embrión de monstruo.

—Sí, pero ¿no tenías miedo?

—No... ¡No! ¿Sabéis quién estaba asustado? —El doctor niega con un gesto y me mira risueño—. ¡El pobre cabrón de Jacinto Estepa! Bueno, y mi madre, que sentía por contagio.

—¿Y eso?

—Los franceses no llegaron a Málaga hasta 1810, pero el miedo a los desórdenes y al populacho se desataron desde el comienzo de la guerra, así que el alcalde mayor dio órdenes para que la gente se estuviera en sus casas y conforme. Por allí no asomaba un gabacho ni de casualidad, pero se usó el miedo para tener a todo el mundo sujeto y en orden. La mayoría aceptó de buen grado que les privaran de libertades, de usos tradicionales, de andar por donde quisieran o reunirse en las tabernas, de blasfemar o de llevar cuchillos y pistolas. Se persiguió el comportamiento indecente y el juego, como si naipes y galanteos fueran a invocar a esos franceses de Satanás. Y se prohibió que los menores y las mujeres pasearan solos a la caída del sol, bajo pena de detención de los padres.

—Un toque de queda.

—Así es. A las autoridades no les preocupaban los por entonces lejanos imperiales, sino que su propio pueblo se reuniera, hablara o maquinara alguna revuelta. La verdad, doctor, yo recuerdo aquellos días con placer. Siempre me gustó lo prohibido. No paraba en casa y andaba de acá para allá, visitando a Bonet, con él celebré también la victoria de Bailén. Encontrándome con otros que como yo caminaban ocultándose en las sombras y recovecos. Tenía al pobre Estepa viviendo en un ay. Temiendo que lo arrestaran por mi culpa y lo mandaran al ejército o algo peor. ¡Pobre diablo, la verdad es que me esmeré en aterrarlo, envejeció años en aquellos días!

Me duele la cabeza, cada vez con más frecuencia. Me cuesta izar el aparejo de la memoria para ofrecerle a Castells los selectos peces dorados, fulgentes, de mis recuerdos. Pescarlos, seleccionarlos, limpiarlos y servírselos a cambio de poder estar un rato más con él, fuera de mi cubículo, de la oscuridad lóbrega, al sol. De poder mirar un poco más su hermosa cara, aprenderla, para luego recrearla cuando a solas me toque. No me excita especialmente que sea un hombre, es que aquí no hay mujeres. Varones y hembras, a ambos he gozado por igual, abusado con las mismas ganas, sometido con mi lujuria insaciable. Sí, pero nunca amé a los hombres que poseí. Ni a las mujeres, a excepción de una. Siempre me amé a mí en ellos, siempre salvo con ella.

Mi cabeza... No, no soy un monstruo. ¿O sí? Solo quise ser distinto, escapar al destino de miseria que me parecía asignado. Tomé mi vida en mis manos y para eso trafiqué y acabé con las de otros, como si el universo se rigiera por una contabilidad perversa y la libertad de uno solo se conquiste a costa de la de otros. Mi vida por las suyas. Sí, ya sé que hay santurrones laicos como usted, doctor, que creen que nuestra libertad está en la libertad de los demás, en el bien común... Pero mi vida, la de todos, estuvo guiada por egoísmos más crueles. ¡A nadie interesaba saber cuánto dolor sufrían los esclavos y cuánta sangre se derramaba en las zafras e ingenios cubanos mientras sus azucareros estuvieran llenos a buen precio y pudieran endulzar sus cafés, no menos sangrientos! ¿Por qué iba yo a ser distinto! Lo quería todo y lo quería ya, no tenía tiempo de cambiar el mundo, pero sí de cambiar el mío. ¡Ande yo caliente...! ¡Que cada palo aguante su vela! ¿No es lo que nos enseñan? ¡Las cosas son así! ¡Siempre habrá pobres y ricos y los mendigos están ahí, tan a propósito, para darles limosnas! ¡Y los confesionarios para aliviarse el alma, poner el balance en blanco! Y al fin, ¿a qué tanto escrúpulo y conmiseración con el prójimo? Yo fui monstruo, sí, un hijo excesivo de mi tiempo, pero ¿todos los que trabajaron para mí y para otros negreros lo fueron? No, hubo marinos y contables que en vez de fletar y anotar balas de algodón lo hacían con personas. Con calma, con eficiencia, que cuando volvían de almacenes y oficinas, ponían orgullosos sus salarios en manos de sus esposas y jugaban cariñosos con sus hijos. Las mayores atrocidades necesitan por fuerza el concurso de la gente más normal para producirse. Patriotas, padres, buenos cristianos, devotos católicos y severos protestantes... Los mismos que me persiguieron tenaces por negrero, esos británicos del *West Africa Squadron*. Aquel capitán Denman que me hubiera ahorcado sin pestañear. De haber nacido unos años antes o bajo otra bandera, hubieran sido igual de aplicados en transportar negros y esclavizarlos que en liberarlos. Los monstruos nada podemos sin una porción conveniente a nuestros delirios de hombres comunes a nuestras órdenes. Las pistolas y las hachas de abordaje que unos desesperados usan contra otros en cualquier lugar del océano, luchando a muerte sobre cubiertas rojas de sangre, se cargan y se afilan en los despachos y libros de asientos de Madrid, Barcelona, Londres, París o Boston. Cada vez que un insignificante escribano asienta una cifra, cuadra una columna, está firmando la muerte o la esclavitud de muchos en la otra parte del mundo.

La cabeza, el cráneo, esa presión de dentro afuera. Me doy cuenta de que llevo un rato callado, guiñando los ojos. Castells me observa compungido.

—¿La Habana? —me pregunta.

—¿Qué? —El doctor me mira esperando respuesta. Odio no poder recordar de qué hablo. Odio que me mire así.

—¿Que si tu viaje de prácticas fue a La Habana, tras tus exámenes?

—Sí..., ¡sí! Tras mis exámenes me embarcaron junto a otros tres alumnos en un bergantín goleta, de tres palos. De los que hacían de correos entre Cádiz y La Habana por su navegar rápido. El *Aurora* se llamaba, e iba con el aparejo mixto de velas cuadradas propias de los bergantines en el palo trinquete y cangrejas en los demás, amén de sus foques y velas de estay. Tenía un casco fino, con la proa lanzada, alta arboladura, muy marinero, y con todo el trapo desplegado era una belleza. Llevaba carga mixta de mercancías, vino, correo y pasaje. Lo capitaneaba un vasco llamado Iztoiz, reservado pero de buen trato, buen navegante y acostumbrado ya a embarcar alumnos de San Telmo y hacerles de maestro.

—Debió de ser excitante verte al fin en un barco, atravesar el océano... ¡Cuba!

—Supongo... Claro que las cosas no son como las vivimos, sino como las recordamos, ¿verdad, doctor?

—Seguramente, Pedro. Al final nada es sino el recuerdo, cambiante, que tenemos de algo o de alguien. ¿Por qué lo dices?

—Pues porque ahora aquella primera singladura me parece otra broma macabra del destino, otra chanza cruel. Algo que siento se repite, en cada capítulo de mi vida. Que quizá está pasando ahora otra vez y ni siquiera lo noto. Si mi locura es exceso de memoria, tal vez se deba a tanto que he vivido y tan contradictorio. Es como si siempre, sin darme cuenta en aquel instante, la vida se me mostrara plena, lógica, ordenada en su belleza para luego, sin aviso, mostrarme lo mismo en su versión más demoníaca, grotesca, sórdida o monstruosa. Vivir el ideal, probarlo, para luego repetir mil veces su versión sacrílega, aberrante. Como si empezara libando con Apolo para acabar borracho con Dionisos y sus bacantes. Mi primera navegación oceánica fue tan perfecta que solo podía ser mentira, pero eso lo entendí más tarde y de la forma más brutal.

—¿Qué quieres decir, Pedro? Explícate.

—El *Aurora* era un barco nuevo y bien aparejado, de navegar ligero. Barco y tripulación, que era, incluidos nosotros, de treinta hombres, reaccionaban sin dificultad a los cambios de las brisas, a las roladas de los vientos. Nunca en esos meses, a diferencia de lo que luego sería toda mi vida en el mar, vi a capitán u oficiales usar el rebenque en la piel de un marinero y desollarlo. Nunca.

—Entiendo... Se me hace difícil de creer que un chico tan joven no estuviera nervioso, emocionado con esa aventura por plácida que fuera. Al fin al cabo estábamos en guerra, ¿no?

—Sí, pero tras Trafalgar los franceses fueron barridos del mar y los ingleses eran entonces aliados. Los rumbos a América estaban expeditos, si acaso existía la posibilidad de topar con algún corsario gabacho, pero era poco probable. Aún no surcaban esas aguas los «particulares», los corsarios de la Gran Colombia que atacarían cualquier bien español infestando las rutas hacia Cuba. No me recuerdo nervioso, tampoco a mis compañeros. Nos parecía que lo natural era estar al fin embarcados. Es curioso. Con los años me di cuenta de la magnífica formación que nos daban en el Colegio del Mar. Lo que sí me viene a la cabeza era nuestra afectada seriedad, nuestra prisa por demostrar a los demás que éramos hombres y marinos capaces, herederos de Gravina y Churruca. Los tres hacíamos funciones de pajes o grumetes, ayudando a los oficiales y marinería en algunas maniobras, el mantenimiento del barco y tareas más personales. En un barco todo es lustrar, aparejar y engrasar, de las bombas de achique a las botas de los oficiales. Se tarda un segundo, si se sabe dónde mirar, en conocer al capitán y la tripulación de un barco. Basta con buscar mugre. Si la hay, malo. No era el caso del *Aurora*. Iztoiz y su primer oficial nos organizaban las guardias de modo que tras estas siempre quedáramos libres al menos dos de nosotros, para acompañarlos, junto al piloto, a estudiar las cartas, trazar derrotas, hacer ejercicios prácticos con compases, sextantes y en las noches claras a navegar con las estrellas. Así, Iztoiz nos explicó cómo bajaríamos de latitud hasta las Canarias para, sin entrar en puerto siquiera, entrar de lleno en la zona de vientos alisios, fuertes aun en esta época del año. Sin anticiparnos en tomar rumbo oeste porque entonces podríamos quedarnos en los bordes de esa franja y allí los vientos eran irregulares, flojos y engañosos. Iríamos hasta Canarias y de allí haríamos rumbo sursuroeste hasta unas ciento cincuenta millas de las islas de Cabo Verde, solo entonces y con los alisios soplando constantes de popa pondríamos rumbo oeste, hasta el Caribe y La Habana. Así se hacía desde tiempos de Colón. ¡Cuántas veces no repetiría esa derrota, pero subiendo desde el sur, desde el ecuador, con la bodega llena de negros! No teníamos tiempo para aburrirnos y por la noche caíamos como muertos en nuestros coys, que nos acunaban al balancearse con el barco mientras oíamos historias de corsarios o negreros. Tan agotado que no recuerdo haber soñado. No sé explicarle por qué, pero todo en aquel viaje resultó fugaz y un tanto irreal para mí. Estaba embarcado, pero no dejaba de ser un colegial de San Telmo que estaría en el mar, de prácticas, lo mínimo indispensable. Mi cabeza volvía constantemente a Málaga, a mi casa, a mi hermana Rosa. Nada de esto quedaba atrás por este primer viaje, ni mucho menos. No, doctor, aún no había soltado cabos.

»Como os digo, la seriedad y pulcritud de Iztoiz marcaban la vida en aquel barco. Hasta los marineros eran aseados y poco o nada decidores. Los domingos se despejaba parte de la cubierta, junto al castillo de popa, y el propio Iztoiz organizaba rezos y *tedeums* con pasaje y tripulación. Casi todos los vascos con que he topado son intensamente religiosos y gustan de cantar a coro. Y en esto nuestro capitán era un vascuence de libro. Entonces no conocía otros navíos y pensé que todos serían así, un prodigio de exactitud geométrica, técnica, donde cada orden, cada cabo, cada vela y cada maniobra se ejecutaban con fluidez y precisión. Nunca estuve más cerca de creer en Dios que en ese barco. Pensé que, por fuerza, siguiendo ese orden angelical todas las tripulaciones serían también así, ordenadas, obedientes, eficaces. Que todas las mercancías serían esos fardos bien entelados y esas pipas bien estibadas. Y los pasajeros educados, amables caballeros y hermosas señoritas con parasoles que reirían discretas las ocurrencias del capitán Pedro Blanco mientras volvían felices a la Perla de las Antillas de algún buen negocio o casamiento. O iban igualmente felices a iniciar una nueva vida, huyendo de la locura que incendiaba Europa. ¡Pobre imbécil! Cuando traes el infierno lo embarcas contigo, y para servir y aparejar infiernos se precisan diablos. Pero eso no lo aprendería en esa plácida travesía, rápida y sin incidentes reseñables. Apenas una calma que duró dos días y que también es típica cuando navegas con vientos alisios. Ni una mar fuerte en la ida o en la vuelta. Siempre con las velas llenas, nos tomó solo veintisiete días pasar bajo la fortaleza del Morro y entrar en La Habana.

—¿Te gustó?

—Solo estuvimos cuatro días. El tiempo de reponer cordaje, agua, bastimentos y reemplazar las pipas de vino de Málaga por fardos de azúcar y tabaco cubano que ya tenían esperándonos. Tuvimos que estibar junto al resto de los marineros. Y estábamos tan contagiados de la disciplina y moralidad de Iztoiz que, cortos de dinero pues los colegiales no recibíamos paga y sobrados de fatiga, que trabajamos como el que más y además estudiábamos, no nos dio el cuero más que para dar paseos por la Plaza de Armas tras la misa diaria a la que nos hacía acompañarlo aquel vasco beato. Recuerdo eso, calor pegajoso, mujeres bonitas y que me impresionó ver tanto negro junto. Nunca antes los había visto. En Málaga no había muchos y allí me parecían ser tres de cada cuatro personas. Negros bozales, mulatos, cuarterones, ochavones. Poco más recuerdo de aquella primera visita. En ningún momento intuí lo que esa ciudad sería para mí y lo que yo, la gente como yo, llegaríamos a ser para esa Sodoma y Gomorra tropical. Otra broma del destino que me reservaba el reventar de esa úlcera para poco más adelante. Luego mi otra Habana, la real, desterró a esta primera al reino de los sueños, la convirtió en algo tan fantástico como una sirena. ¡Aquel viaje solo me mostró lo que se me negaría para siempre, la paz que no volvería a tener! Y no culpo a nadie, doctor, recogí lo que sembré.

Si tuviera una pistola me la metería en la boca y mis sesos se esparcirían a mi espalda. Siempre lo pienso...

> **Artículo 8.** *Los negros recién nacidos o pequeños, cuyas madres vayan a los trabajos de la finca, serán alimentados con cosas muy ligeras, como sopas, atoles, leche u otras semejantes, hasta que salgan de la lactancia y de la dentición.*

VIII

A principios de 1810 mi mundo, tal y como era hasta entonces, desapareció. Tenía dieciocho años y era alto, delgado pero fuerte, con grandes ojos verdes que se aclaraban aún más con el sol, pelo negro y piel blanca; un joven tan hermoso por fuera como vicioso y torcido por dentro, ¡y cómo ayuda la belleza a ofender la virtud! Un muchacho feroz como los días por venir y con el título de piloto tras mi viaje de prácticas.

Los franceses habían retomado la ofensiva y las provincias iban cayendo una tras otra, el pánico era general y solo se hablaba de futuras masacres. El 24 de enero llega la noticia a Málaga: el 4.º Cuerpo del Ejército Imperial, mandado por el general Horace Sebastiani, ha cruzado Despeñaperros sin encontrar resistencia y el 28 ocupa Granada.

Todo son gritos, carreras, gente pidiendo armas y otros aprontando la huida...

—Pero ¿adónde, Pedro, huir adónde?

Rosa tiembla, me abraza. No resisto verla llorar. ¡Es tan hermosa, tan bella! Está tan sola. Mi madre se pasa el día encerrada en su cuarto rezando. Estepa anda de acá para allá, dando voces y juntando gente, tan asustado como ansioso de carnicería. Rosa, aterrada, no asoma a la calle y se sobresalta por todo. Yo siento el mundo y su caos como oportunidad, ella como amenaza, ya como certeza terrible. La calle es solo campo enemigo, cedido a parientes crueles y desdeñosos, a vecinos burlones, a hombres temerosos y por ello peligrosos, gente armada con ganas de sangre. Y la calle, toda Málaga, será pronto de esos franceses asesinos, saqueadores, violadores. Rosa es ya una mujer, una flor crecida en la esquina de un patio, una garza de mirada nerviosa que no sabe volar. Y yo su único escudo, su único amigo. Y me hace sentirlo cada vez más. Su sensibilidad está desbocada, todo parece herirla, asustarla, encerrarla aún más en sí misma. Ya no hace ruido al caminar, apenas habla ni se la oye respirar. Rosa, en aquellos días de miedo y furor generalizados, quiso dejar de vivir, ser transparente, un fantasma que solo para mí se hacía corpóreo, suplicándome calor, protección y seguridades que no podía darle.

—No lo sé, hermana. Pero tranquila, no dejaré que te pase nada. Nunca. —Beso sus ojos y siento la sal de sus lágrimas en mi boca. Tiembla.

El pueblo se alborota al enterarse de la rendición sin lucha de la Junta de Sevilla. Sin pegar un solo tiro. Allí los gabachos se hacen con enormes depósitos de municiones, artillería, tabaco y toda clase de bastimentos que nadie ha destruido. El propio José I se instala allí con su corte, estado mayor y amantes, que pese a motejarlo Botella era abstemio y muy jodedor.

En Málaga los hermanos San Millán, el padre Berrocal, ¡siempre esos curas trabucaires!, y el coronel Abelló impulsan un levantamiento contra la Junta local, partidaria de imitar a la de Sevilla y evitar males mayores, y este último es nombrado capitán general con encargo de preparar la defensa.

—¡No me dejes, Pedro, no me dejes sola, por Dios te lo pido!

—Tengo que ir, Rosa. Al fuerte de la Boca del Asno con la artillería, a detener a los franceses. El capitán general ha ordenado tocar generala. Recuerda, soy tu Lancelot y toca ir a matar dragones. —Intento que sonría. No lo consigo. Sus labios se entreabren, pero no dicen nada. Sus ojos se inundan. Aún no lo sé, ella tampoco, pero mi hermana Rosa es una Casandra terrible y esos ojos grandes, espantados y húmedos, anticipan las desgracias y los horrores por venir. Y mis pecados monstruosos. Ella siempre me querrá tal cual soy, me amará pese a ese desasosiego que crece en mi interior, síntoma del monstruo deforme y larvado, homicida que me habita y me domina. Rosa, mi amada Rosa...—. Es mi deber.

—¿Tu deber? Eso dijiste también cuando me dejaste sola tres meses y te embarcaste para Cuba. Pensé que yo era tu único deber.

—No fueron tres meses y yo tenía que...

—¡Lo sé, lo sé! Pero mira lo que te encontraste al volver. La vida no se detuvo a esperarte. La muerte tampoco.

—Rosa, yo...

—¿Qué hay en el hombre que la sangre y la furia os llama tanto? Quédate conmigo.

—No puedo, no me pidas eso. —¿Tanto deseo matar? Porque estoy seguro de no querer morir—. Rosa, madre estará aquí contigo.

—A ella nada le importo.

—No digas eso. Te quiere.

—¿Irás a las defensas con Estepa?

—¡No, no lo quiero cerca, no sea que sienta tentación de dispararle! —Ahora sí sonríe Rosa—. No, han formado una compañía con los alumnos de San Telmo. Nos apostarán en una de las baterías. Ya sabes que practicábamos con el cañón de la escuela. Mala cosa si somos nosotros los encargados de parar a los franceses.

—¿Tienes miedo?

—Sí.

Rosa me acaricia la cara, me atrae hacia ella, apoya su frente en la mía. Siento temblar su tibieza. Me besa en la boca y siento su lengua buscar la mía, ansiosa. Ámame, me dice sin palabras, yo también tengo miedo. Se pega más a mí mientras su mano aferra mi nuca, la recorre. Otra vez el fuego, el mismo que sentimos siempre desde la primera vez que, hace ya un año, vírgenes los dos, hicimos el amor. Sí, el amor, porque es con Rosa, mi hermana, con la única persona que hago el amor, que el monstruo lascivo que hace de su vicio dominio sobre otros se rinde, se deja, se abandona. Solo con Rosa siento la necesidad de ser uno, de entregarme tanto como para dejar de ser yo. Solo con Rosa cierro los ojos. Y solo conmigo ella pierde su timidez y hace, acaricia, chupa, muerde, gime y llora, quizá también haciéndose el amor a sí misma. Hermanos y tan parecidos, cada uno la copia viril o femenina de un único ser, de la misma belleza. La aparto de mí un instante y voy a la puerta, la trabo. Madre está en su cuarto, absorta en rezos, encadenada a un rosario. ¿Lo sabe? ¿No sospecha?... No lo sabemos. Hace tiempo que nos evita. Y en el mundo de dos que Rosa y yo creamos siendo chicos nada importa, yo soy su entero universo, mis ojos y mis palabras le traen a casa noticia de la vida, igual que mis cuentos y fantasías poblaron sus sueños de niña de hazañas, héroes, princesas, duendes y demonios. Desde niños el nuestro era ese amor maravilloso y feroz en el que hacer todo para el otro se convierte en lo más importante, en lo único que quieres. Teníamos la suerte de vivir en un reino mágico en torno a una higuera, entre aquellas paredes que, poco a poco, Rosa convirtió en todo su mundo. Nunca le interesó lo que pasara fuera de ellas. Y a mí, cuando estaba con ella, tampoco. Mis idas y venidas del colegio servían para reponer nuestra irreal despensa con nuevas historias de marinos y mares lejanos, de monstruos y maravillas que la hacían abrir aún más los ojos y mirarme embelesada. Ese era el secreto de nuestro enamoramiento, la fascinación mutua entre el contador de historias y la que las escuchaba porque las necesitaba para respirar, para imaginar el mundo sin tener que pisarlo. Creábamos un lugar mágico donde nada ni nadie más nos hacía falta. Yo era sus libros, yo era sus cartas de amor, sus mapas y su poesía. Yo era su música.

Rosa se desviste, se desata falda y corpiño. La abrazo, la beso con suavidad, con demora, con todo el tiempo que en realidad no tenemos. La boca, el cuello, la unión perfecta de su cuello largo, fino, con el hombro. Mis manos acarician su espalda, luego bajan por sus costados hasta el talle, lo aprietan diciéndole estoy aquí, contigo. Siente mi fuerza. Te traigo la vida. Sus manos ya no tiemblan, son seguras mientras me sacan la camisa y acarician mi pecho. Certeras en desabrochar mi pretina y liberar mi verga, acariciarla de arriba abajo, de la cabeza a la ingle, apretando con suavidad para sentirla crecer, latir. Una y otra vez. Mi hermana, mi amante. Mi amor. Rosa me toma en su boca, me lame, me traga y siento que mi vida, mi sangre, fluye hacia ella. Mis piernas tiemblan y tengo que apartarla de mí por un instante. Ella se tumba sobre sus ropas, se abre, se ofrece. La penetro sin esfuerzo, mi miembro la abre y siento su humedad empaparme. Empujo, la abrazo. Cierro los ojos, la aprieto tan fuerte como si quisiera meterla dentro de mí, alojarla entre mis costillas, hacerla yo, encerrarla en mi pecho. Una y otra vez, hondo, más hondo. Gime, se retuerce, jadea. Intenta separarse, se arquea, luego se pega y me agarra de las nalgas para sentirme aún más adentro. Ahogamos un grito y me salgo justo a tiempo de derramarme sobre su vientre. Caigo a su lado y Rosa llora casi en silencio, para adentro, mientras nos entrelazamos. Sudor que poco a poco se enfría en esa habitación oscura y me eriza la piel, mi esperma caliente y pegajoso ahora en la cara interna de mi muslo. Nos ovillamos mientras nuestros corazones se calman. Silencio.

Rosa, mi hermana, mi amante. La que haría lo que fuese por no sentirse sola y asustada. La soledad por el padre que se fue y que con ella, a diferencia de conmigo, nunca fue cercano o cariñoso. Soledad por una madre aniñada que acabó siendo una rival, humillándola a medida que crecía más y más bella. Soledad y miedo al nuevo padrastro. La soledad cruel de quien sabe que ya, poco más que una cría, ha pecado contra las leyes de Dios y de los hombres y se siente condenada. La soledad de quien ama a la única persona que le está vedada. Sí, estamos malditos.

Me visto en silencio. Necesito aire, salir. Unir mi locura a la de los otros. Herir, matar. Ser parte de algo más grande y más terrible. El amor de mi hermana, su tristeza infinita, me ahoga.

—¡Pedro, por Dios, que no te maten!

Salgo a la calle. Está vacía. Camino tambaleándome, apoyándome en las paredes. Me recobro. Doblo una esquina y me topo con un hombre que se arrastra a cuatro patas dejando un reguero de sangre. Tras él caminan otros tres, armados de garrotes y una navaja ensangrentada. Se ríen y se burlan. El hombre herido me mira suplicante. Los tres hombres lo alcanzan y lo rodean. Van bien vestidos. También me miran. Nadie habla. Uno de los hombres alza el garrote con las dos manos y golpea al herido en la cabeza. En la calle se oye perfectamente el crujir de los huesos del cráneo. El hombre se desploma, queda tendido, se agita en un par de espasmos y muere sobre el charco de su propia sangre. El que lo ha matado limpia el garrote contra la pernera de sus calzas. Nadie dice nada. Los tres hombres se van y yo sigo mi camino sin preguntarme el porqué de esa muerte. La calles pequeñas y desiertas se ensanchan como venas según me aproximo al centro, pequeños ríos cada vez con más gente que van desembocando en otros mayores y más frecuentados. Gritos. Camino deprisa. Cuando llego al colegio las calles están ya llenas. Mucha confusión. Rumores, bocas abiertas y ojos desorbitados. Hay un nerviosismo generalizado, gentío a un paso de la histeria. Una mujer besa a un hombre, se abrazan. Una madre tira de su hijo, un chiquillo que quiere zafarse de ella y lloriquea porque desea unirse a los mayores. Perros que ladran. ¿Dónde están los gatos?

A las puertas del colegio la compañía de estudiantes está ya formada a las órdenes de un sargento de artillería y un par de soldados. Todo son gritos. Me dan un fusil, diez cartuchos y sus balas. No nos preguntan si alguna vez hemos disparado. También nos reparten aguardiente. Bebemos, quema. Las frascas van de mano en mano. Se rellenan botas y cantimploras. Algunos tosen, pero todos repetimos. Nos dan orden de marchar. Nadie parece excesivamente asustado, más bien muy excitados. El falso valor que da el alcohol. Pronto los muchachos empiezan a jurar como hombres. El sargento escupe y nos mira con lástima, diría yo. Me parece que hace una vida que estuve con Rosa, que habito otro mundo donde mis pecados me podrán ser perdonados, lavados en sangre.

Nos conducen hasta el barrio de Teatinos, a la derecha del camino de Antequera, y nos integran en una batería de la Compañía Fixa de la Real Artillería de Málaga, en principio con el encargo de abastecer las piezas con balas de cañón y sacos de metralla que transportamos en cestillos. Nuestros cañones, parapetados tras fajinas y grandes cestones llenos de tierra, tendrán que detener a los franceses y dar apoyo a caballería e infantería, compuesta de regulares, los suizos de Reading y la Compañía de Honor de Málaga. También hay grupos de civiles armados, de milicias. Busco a Estepa entre ellos y no lo encuentro. Hay hombres muy mayores. Nadie habla y reaccionan con torpeza a las órdenes de los militares que intentan encuadrarlos. Es fácil ver que tienen miedo. Nuestros soldados se disponen en líneas de fusileros y los jinetes, todos caballería ligera de húsares y cazadores, se remueven sobre caballos que piafan nerviosos a un costado del despliegue, listos para atacar o taponar cualquier brecha en las defensas. Pronto llega la vanguardia de

Sebastiani, la caballería de Milhaud, *chasseurs à cheval* con morriones de piel, penachos, *dolmans* escarlata y sables curvos, hechos para tajar. Apenas exploradores que vienen a tantear nuestro dispositivo. Los recibimos a cañonazos y descargas de fusil, caracolean y se retiran. Algunos lo celebran casi como una victoria, alzan las armas y se burlan de los franceses, los llaman cobardes.

—A la primera descarga cerrada de los gabachos verás a todos estos valentones cagarse encima y salir corriendo —le dice el sargento a uno de los soldados, que asiente y sonríe mientras comprueba el filo de su bayoneta. El sargento me mira inexpresivo un instante, luego sonríe despectivo—. Tú no vas a correr, ¿verdad?

—¡No, mi sargento!

—Veremos... —Me pasa su cantimplora y me hace el gesto de que beba. También lleva aguardiente.

Bebo. Siento cómo arde en mi garganta, pero al instante se convierte en calor en mis miembros y estómago. La cabeza me zumba, las sienes me laten con fuerza. ¿Así que esto es el valor? ¿La inconsciencia del borracho es lo que permite afrontar la muerte a pie firme?

Pronto nos llegan los toques de mando de las cornetas francesas y vemos cómo un muro de acero destella bajo el sol mientras se acerca poco a poco, al paso de sus caballos. Ahí vienen, más de dos mil jinetes imperiales, la caballería pesada de Milhaud, gigantescos coraceros sobre enormes caballos, con peto y casco minerva adornado con crines negras, armados con largas espadas rectas para acuchillar y separar cabezas y brazos de los troncos de un solo golpe. Y flanqueándolos dragones y los famosos lanceros polacos con sus lanzas con gallardetes, sus gorros cuadrados. Apretados escuadrones de varias líneas de fondo de la mejor caballería del mundo. Tras ellos se extienden las líneas azules de su infantería y sus cañones de doce libras que empiezan un cañoneo que se queda corto.

La tierra se levanta ante nuestras posiciones durante unos minutos, como una cortina que poco a poco se va acercando. Los hombres se encogen, aferran las armas con más fuerza, se aprietan al de al lado. Cuando cesa y surgidos de la nada, como brotando del suelo apenas a cien pasos de nuestras primeras líneas, se alzan sus *voltigeurs* disparando a discreción sobre nuestras formaciones. Algún hombre cae allí y allá, maldiciones, los primeros gritos de dolor, los primeros huecos en las formaciones que pronto se recomponen con hombres de las líneas posteriores. Los escaramuceadores franceses tiran sobre los oficiales, distinguidos por sus penachos, galones dorados y hombreras. Se ordena a un grupo de cazadores devolverles el fuego y perseguirlos hasta que se retiren. Primeras órdenes y contraórdenes, fusilería y nubes de pólvora que se arrastran pegadas al suelo. Nuestros cañones empiezan a disparar contra los escuadrones de caballería, haciéndoles algunas bajas también, y esa parece la señal para que se desate el infierno del fuego de contrabatería francés. La pieza siguiente a la nuestra recibe un impacto directo que mata o hiere a todos sus artilleros y destroza la cureña del cañón, inutilizándolo. Algunos corren a socorrer a los heridos, todos despedazados por esquirlas de acero hirviente, desmembrados como muñecos por un niño cruel. Uno de nuestros colegiales, apenas un crío, intenta arrastrar a uno de los heridos, pero sus pies se enredan en las tripas del infeliz y cae de bruces sobre él. Se sienta en el suelo, mira a su alrededor como sin entender y llora.

De pronto el silencio. Todo se detiene. De entre el humo surgen un edecán y un dragón franceses. Traen una bandera blanca. Nuestros oficiales dan orden de no disparar. Se detienen y nos intiman a rendirnos por primera vez, ofreciéndonos un trato honroso. Un coronel de infantería les agradece la oferta y les avisa que se retiren, que no nos rendimos y que dará orden de disparar. Los dos franceses cabalgan a sus líneas y sus cañones reanudan el bombardeo, ahora mucho más preciso. Explosiones de obuses, fuego, humo. A esta hora el sol lleva toda la mañana calentando y el suelo está seco, duro, las balas macizas de cañón rebotan en él y destrozan a varios hombres como en un juego de bolos siniestro, despedazándolos mientras quedan suspendidos por un instante en el aire para caer luego por partes al suelo. Los heridos, amputados, llaman a sus madres mientras se desangran. Tengo miedo. Mucho miedo. Las líneas se rehacen y tapan los huecos. Nuestros cañones responden y no me consuela pensar en los brazos y piernas que arrancarán al otro lado. Siento que mi miedo es parte de algo mucho mayor, de una comunión espantosa. Y me sorprende sentir que en este caos de gritos, sangre y muerte le encuentro, por primera vez, un sentido diáfano al mundo, una explicación a la locura. Cierta belleza funesta en la disposición geométrica de líneas de hombres que no son sino carne y miedo. Como yo. Estoy asustado, aterrado, pero también indignado. ¿Por qué yo, por qué yo voy a morir hoy aquí, yo y no otro? ¡El mundo está lleno de cretinos y miserables! ¿Por qué yo? Las piezas están bien surtidas de hombres y munición, así que el sargento nos indica a unos cuantos que nos apostemos tras los haces de fajina como fusileros, en dos líneas de dos al fondo. Van a cargar, vendrán por los cañones, nos dice, con suerte podremos hacerles dos descargas y matar a alguno de esos hijos de Satanás antes de tenerlos encima y que nos acuchillen.

Los franceses amagan hasta dos veces con la carga mientras siguen cañoneando. Dos veces más envían parlamentarios y nos ofrecen rendición. Los rechazamos a tiros. Por fin, un destello metálico, hermoso, recorre las filas de los coraceros como una ola. Han desenvainado las espadas y empiezan un trote largo hacia nosotros. A mi lado un compañero llora en silencio. El polvo, el olor acre de la pólvora y el aguardiente me provocan náuseas, arcadas. El sargento nos ordena prepararnos para disparar. Empujo hacia atrás la llave de mi mosquete. Los artilleros cargan sacos de metralla. La tierra se convierte en un tambor, al principio más lejano pero cada vez de redoble más fuerte según los pesados coraceros pasan al galope y se acercan. Unas piedritas bailan en el relleno de un cestón a mi lado, saltando más y más alto como si también quisieran huir de allí. Aprieto la mano en la caña del fusil, mi mejilla contra la culata.

—¡Atentos, fuego a mi orden! —grita el sargento.

Columnas de tierra se alzan entre la masa de jinetes. Algunos hombres y caballos ruedan por el suelo, pero son una marea incontenible. La artillería francesa ahora va corrigiendo el tiro, disparando por encima de su caballería sobre nuestra retaguardia. Algunos carros y armones de munición estallan a nuestras espaldas. No hay que ser un Alejandro para entender que la disposición que el capitán general Abelló ha hecho de nuestra tropa es pésima; unas pocas líneas sin profundidad, nuestra propia infantería estorba el despliegue de la caballería, no se han dispuesto reservas escalonadas que acudan a reforzar donde se precisen. Tras los tanteos iniciales, los franceses lo han visto también y saben que bastará con romper esas primeras líneas para que todo nuestro campo se desmorone. Su táctica es simple: aplastarnos por el centro con su caballería, un muro gigantesco de carne y acero, un animal monstruoso con fauces y garras formadas de pezuñas, espadas y lanzas, acercándose veloz para acuchillar, cortar y desmembrar.

—¡Primera línea, apunten!

El galope tendido de miles de caballos causa un estruendo incomparable, terrible. Me sudan las manos, no tengo saliva que tragar. Apunto hacia ese muro vivo que avanza para matarme.

—¡Primera línea, fuego!

Disparamos a voleo y es como dispararle al mar. Imposible saber si he alcanzado a algún francés. Ya están encima. Retrocedemos para cargar y la fila posterior toma nuestro lugar.

—¡Segunda línea, apunten!

Sí, con suerte haremos dos descargas contra esa ola gigantesca antes de que nos despedace.

—¡Segunda línea, fuego!

Disparan, y algunas balas hacen un chasquido metálico al atravesar el peto de los coraceros. Unos cuantos ruedan casi hasta nosotros y pronto son pisoteados por sus propios compañeros.

Caballos que nos aplastan, espadas que cortan y abren en dos a los que corren, lanzas que los atraviesan. En cuestión de segundos nada queda de lo que me rodeaba antes, solo sangre y cadáveres, gente que huye. Me lanzo bajo la cureña de un cañón justo a tiempo de que esta detenga la lanza de un polaco. El hijo de puta intenta un par de veces más ensartarme, clavarme al suelo por entre los radios de una rueda, y lo evito rodando sobre charcos de la sangre de mis compañeros. Alguien llama su atención, me mira, ríe a carcajadas y me grita algo en su lengua, mete espuelas y se aleja al galope tras un grupo de desdichados que intentan huir corriendo por el campo abierto. ¡El sueño de cualquier lancero hijo de mil putas! Decido no moverme, hacerme el muerto entre tantos muertos de verdad. Esperar a que pase el último jinete y entonces, con suerte, intentar correr. El cadáver del sargento me mira con los ojos muy abiertos y una mueca siniestra. Por la copa rajada de su bicornio aún bien encasquetado, se derraman sus sesos. Vomito y no me atrevo a separar mi cara, mi boca, de lo que acabo de echar. Aún no, me digo. Tener la mejilla enterrada en el barro también me ayuda a sentir alejarse los caballos enemigos. Espera, Pedro, tendrás una oportunidad antes de que se reagrupen, antes de que llegue su infantería a rematar a los heridos con las bayonetas. Si alguno queda vivo y se remueve o queja al ser robado, serán luego los saqueadores quienes lo acaben a cuchillo. ¿Así que esto es la guerra, la heroica contienda en la que dar la vida con supremo valor? ¿Valor? ¿Gloria? ¡Borrachos de aguardiente asesinando a otros borrachos!

Respiro, intento calmarme mientras espío a mi alrededor con el rabillo del ojo. Los jinetes están cada vez más lejos y parecen reagruparse al otro lado de nuestro desaparecido dispositivo y del camino que era su eje. Los tambores de la infantería francesa aún se oyen lejos. No creo, por la altura del sol, que hayan pasado más de dos horas desde que llegamos desfilando del colegio por el camino de Antequera, a integrarnos en el despliegue de varios miles de hombres que ya no existe. Deben de ser poco más de las cuatro y solo resisten compañías aisladas y un cañón español defendido por lo que queda de la Compañía de Honor malagueña. En breve callará también. Cada bulto a mi alrededor era un hombre con sus sueños, amores, deudas y disgustos. Juraban, reían, se burlaban de otros. Alguien les querría. Ahora solo las moscas llenan sus ojos y sus bocas abiertas para siempre en el grito que dieron al morir. Pronto serán comida para cuervos y buitres, para gusanos, carcasas peladas. El olor dulzón de la sangre y el de los excrementos, la gente se caga al morirse, se mezclan y adueñan del cada vez más silencioso lugar de la batalla.

Todo el orden que había antes del combate ha desaparecido en un choque brutal, corto, sorprendente pese a esperado, y ahora el caos, que es el orden natural del universo y las cosas del hombre, reina sin discusión en el paisaje. ¡Tanta muerte al alcance de mis ojos y no he visto salir ninguna alma de los cuerpos! Tengo que aprovechar ahora, antes de que los regimientos franceses y sus vistosas formaciones, que anuncian pífanos y tambores, restablezcan cierto control en toda esta desolación, cierta geometría.

Veo a unos cientos de pasos una línea de junquillos y hierbajos verdes y altos, marcando los bordes de lo que imagino una acequia. Me levanto y corro con toda mi alma; me arden los pulmones, el corazón me va a estallar, tropiezo, caigo, me levanto como un resorte y sigo corriendo. A mi espalda una voz en francés me ordena detenerme, pero sigo corriendo. Unas balas zumban como moscones asesinos a mi alrededor. Ya puedo ver la acequia. Es honda y ancha. Me lanzo de cabeza en ella, me arrastro, avanzo. No me atrevo a mirar atrás. Trago agua y cieno. Nadie me dispara ahora. Salto fuera de la acequia y corro hacia un pobre caserío, un cuarto de aperos y una pequeña venta antes de entrar en Teatinos. Ahora veo a otros, cada vez más, correr como yo, huir de la muerte, con las manos vacías, arrojando lejos de sí armas y correajes. Detrás, muy atrás ya, a mi izquierda, se oyen descargas de fusilería. Parte de la infantería española se ha recompuesto e intenta frenar a los franceses que avanzan por el camino hacia Málaga. Los masacran.

Con la caída del sol entro en los arrabales, por todas partes se oyen gritos y escaramuzas, disparos aislados. Me digo que los franceses deben de haber penetrado ya en la ciudad y tengo que cruzarla toda para llegar hasta el Perchel, hasta Rosa. Tengo que protegerla, sacarla de allí, pero ¿cómo? ¡Bonet!, tiene que ayudarme. Pasaré por su casa, le pediré algo de dinero, no me lo negará, no puede. ¡Luego buscaré a Rosa! Huiremos de Málaga, juntos..., ¡sí! ¡Debe de estar tan asustada, sufriendo por mí, pensándome muerto y ella sola para siempre, encerrada en ese patio con muros coronados de vidrios rotos!

Por la calle me cruzo con grupos de hombres armados. Unos se apuestan en tejados y bardas, otros las cortan y se recuestan contra parapetos improvisados y barricadas. En las calles se cierran postigos y se trancan las puertas. Los rumores corren más rápido aún: el capitán general Abelló ha huido a uña de caballo hacia Cádiz; no solo era un militar tan vanidoso como inepto, también es un cobarde. Su huida impide cualquier atisbo de resistencia organizada. Será la gente del pueblo, ahora sí defendiendo sus casas y familias, los que se enfrenten a la desesperada a esas tropas francesas acostumbradas a vencer. Se lucha por toda Málaga y ya arden varias casas. Tropiezo con una madre que se arrastra con su bebé en brazos hasta recostarse en una pared. Está herida, una enorme mancha de sangre empapa sus ropas a la altura del vientre. Pide auxilio a los que pasan a su lado, corriendo o luchando, huyendo, alzando hacia ellos su bebé, que llora congestionado, para que alguno se lo lleve. Me refugio junto con varios hombres, civiles armados y soldados, tras un murete bajo justo cuando una sección de granaderos franceses entra por un extremo de la calle, se forma en dos líneas y dispara. Caen varios hombres, alguna mujer. La cabeza del bebé desaparece mientras la madre sigue levantando su cuerpecito en alto pidiendo que alguien se lo lleve. ¡Está muerto, mujer!, le grita finalmente uno mientras huye, y la madre lo sostiene ante sí, como sin comprender; luego acuna su cuerpecito decapitado en un brazo y con el otro se cubre el rostro con una mantilla.

Los granaderos avanzan y rematan a bayonetazos a los heridos, también a la mujer que cae de lado sin soltar el cuerpo sin cabeza del niño. Al hacerlo los granaderos se dispersan por la calle, muchos aun sin recargar sus fusiles. Alguien me da un trabuco corto y ancho. Carga tornillos y clavos, me susurra. Otro nos hace señal de esperar mientras oye más que ve a los imperiales al otro lado del muro. ¡Ahora!, grita, y nos levantamos disparando a bulto, a quemarropa a los sorprendidos granaderos. Yo les vuelo la cara a dos. Corremos antes de que reaccionen, saltando bardas de corrales, doblando esquinas a la carrera siempre con el miedo de topar de frente con los fusiles y espadas de los gabachos. Unos pocos nos escondemos en los bajos de una casa abandonada y cerramos puertas y postigos. Dentro hay un grupo de soldados al mando de un teniente, todos heridos. Hay también varios cadáveres retorcidos de manera grotesca, en la postura en que cayeron. Nadie se ha molestado en cubrirlos o en moverlos. Recargamos. Dudo si cambiar el trabuco por el fusil de un muerto, pero lo conservo. Me será más práctico para luchar cuerpo a cuerpo y en calles estrechas. Otros están apostados en el piso superior, vigilando.

Solo pienso en ver a Bonet y luego correr a casa, en proteger a Rosa de este cataclismo sangriento. Todo es huida a mi alrededor, gritos en francés y en español, órdenes, súplicas, agonías. Me deshago de la levita de mi uniforme, de los correajes, corro empapado en sudor y sangre ajena, intentando alejarme del ruido de descargas y cascos de caballos. Málaga se me ha convertido, de improviso, en una ratonera y solo los disparos y las voces evitan que caiga una y otra vez en una trampa. Ni pensar en el camino más corto, me digo, está lleno de imperiales. Me cruzo con soldados españoles y paisanos que aún intentan resistir, que corren de un lado al otro sin un mando efectivo.

—¡Los franceses han entrado por Zamarrilla y la calle Mármoles!

Esto ya no tiene nada de batalla, es solo carnicería y desesperación.

—¡Hay gabachos en la plaza Mayor! ¡Corred!

Hombres vueltos fieras, animales asustados...

—¡La caballería imperial ha entrado a degüello por la Cruz del Humilladero hacia Santo Domingo!

Sangre, sangre y llantos. Gritos. Muerte...

—¡Otra columna francesa ha entrado por el Perchel y a la Alameda por la playa!

—¿Qué dices, el Perchel? ¡Ahí vivo yo!

Decido no ir a donde Bonet, ya habrá tiempo si no me matan, si él no está ya muerto. Tengo que ir a mi casa, tengo que ver a mi hermana, a Rosa. A mi amante.

> **Artículo 9.** *Mientras las madres estuvieren en el trabajo, queda-*
> *rán todos los chiquillos en una casa o habitación, que deberá ha-*
> *ber en todos los ingenios o cafetales, la cual estará al cuidado de*
> *una o más negras, que el amo o mayordomo crea necesarias, se-*
> *gún el número de aquellos.*

IX

Otra noche feroz. No recuerdo más que sombras e imágenes de muerte. Sin duda he gritado mucho, me duele la garganta. ¿Por qué no me moriré? Solo así dejaría de recordar, de mirarme en un espejo grotesco. ¿Acaso no era ya un monstruo agusanado por dentro a mis dieciocho años, hermoso por fuera y con el alma ya podrida? ¿No vivía ya en mí el viejo babeante que soy ahora? Sería tan fácil romper la escudilla en la que como, hacer-la astillas y clavarme la más larga y afilada justo entre el cuello y la clavícula... Hundirla y sacarla. Ardería un instante, un poco de dolor a cambio de paz. La sangre saldría a golpes, oscura, y en unos segundos me desvanecería. Es sorprendente lo difícil que puede ser matar a un hombre cuando no se sabe dónde herir, o cuando se teme hacerlo. Y lo fácil que es cuando sabes en qué puntos la piel es una fina seda que, apenas rasgada, deja escapar la vida a borbotones. La base del cuello, la axila izquierda, el interior de los muslos. A veces, cuando de dar ejemplo a unos negros amotinados se trataba, no bastaba con matar de un golpe al más rebelde o significado de ellos. No. Convenía alargar la carnicería, dejarle vaciarse a la vista del resto, que vieran cómo sus ojos se nublaban y su piel se tornaba ceniza. Sí, cómo se moría despacio, pero de manera irremediable. Cuanto más larga la agonía, más poderoso te volvías a sus ojos.

Nada tiene que ver un cadáver con otro y si bien mi comercio siempre fue el de negros vivos, me acostumbré a verlos morir y a matarlos de mil y una maneras. Nada tiene que ver la cara del que es sorprendido por la muerte, instantánea y brutal, con la del que siente cómo poco a poco se vacía de vida. En los ojos y la boca de los primeros hay siempre una mueca de perplejidad, de sorpresa desagradable. En los otros en cambio siempre vi el dolor más puro, el miedo que convierte a un gran guerrero yoruba en un niño aterrado. Solo vi dignidad en los que deseaban morir. Los menos. Quizá yo sea uno de esos, un muerto digno. Puede que al final encuentre algo de decencia mientras me libero de mí mismo. ¿Me atreveré? ¿Qué me lo impide? ¿Qué hay de deseable en este remedo de vida que es la locura? ¡Imbécil!, ¿aún guardas la esperanza de que tu hija venga a abrazarte, a decirte que te perdona? Sabes que eso no va a pasar. ¿Quizá si me matara despacio vendría a tomarme la mano?

Las acelgas me provocan gases. Eructo.

—¡Salud! —Castells me sonríe indulgente—. ¿Estaban buenas? No has dejado nada. Pero deberías intentar comer más despacio.

Asiento avergonzado. Yo que mandaba en barco, de Cuba a Santo Domingo, mis camisas a lavar a cierto arroyo porque sentía que quedaban más blancas. Que me limpié el hocico con los más finos encajes de Nantes en mi palacete de La Habana, ahora lo hago con la manga de mi camisa sucia en un asilo para orates. ¿Qué hago aquí? ¿Hoy es hoy? ¿Es ayer? ¿Dormí? ¿Grité?

—Sigue contándome, Pedro. ¿Llegaste con bien a tu casa? ¿Estaban todos sanos y salvos?

—Sí, Rosa y mi madre, sí. Aterradas pero a salvo de la carnicería. Estepa no estaba. Todos lo dimos por muerto. Durante los días y noches siguientes a la batalla, el saqueo, el pillaje y las violaciones se sucedieron por toda Málaga. Yo seguía pensando en buscar a Bonet y pedirle algún tipo de socorro que me permitiera huir de allí con mi hermana.

—¿Y no con tu madre?

—No.

Castells me mira serio, en silencio, esperando una explicación.

—No. Mi madre se encerró en su cuarto, a rezar como nunca lo había hecho. Buscaba en la religión alguna certeza, algo a lo que agarrarse mientras el mundo real se desplomaba. Apenas nos hablaba. Era solo una sombra, una presencia, que salía a comer cuando nos creía dormidos. Los días pasaban y Rosa y yo cada vez teníamos más la sensación de estar solos. De ir tomando para nosotros las sombras, los rincones. Mi hermana; ella me retenía dentro de la casa, a su lado. Pronto se restableció una calma tensa, un silencio vibrante, ominoso, en las calles. Solo roto por las voces de algún piquete francés, por los cascos de sus caballos. Me imaginaba a toda la ciudad encogida, temerosa, esperando ser fusilada o degollada. El miedo es la pestilencia más contagiosa. Ni los perros ladraban.

—¿Hubo represalias?

—¡Claro, doctor! Fusilaban a cualquiera que agarraran portando un mal cuchillejo. Los franceses castigaban la resistencia. Sebastiani ejecutó a los cabecillas, impuso una multa de doce millones de reales a la ciudad, robó toda la plata y el oro de las iglesias como botín personal, dejó al príncipe polaco Sulkowsky el gobierno de Málaga y se marchó.

Y, sin embargo, yo fui feliz en esa casa vacía, feliz siendo el hombre de mi hermana, amándola. Al principio más tímidamente, aún cautelosos ante el espectro de mi madre, miedosos de que la falta de ningún ruido hiciera más escandalosos nuestros jadeos por más que los intentáramos sofocar. Pero pronto perdimos el miedo y nos tomábamos en cada rincón. Con una alegría que contradecía el horror y la tristeza del mundo. Aquellas paredes desnudas, aquella casa con postigos cerrados, su patio, su higuera, fueron para nosotros, poco más que dos niños enamorados, un jardín del Edén donde nada nos estaba prohibido. Nos bebíamos las bocas, los sexos, nos enredábamos con alegría animal. Rosa estaba poseída de una euforia feroz, desesperada.

En esos días y noches no dejamos de probar nada, los dos de acuerdo en no negarnos ningún capricho, ninguna parte de nuestros cuerpos. Nos consumíamos. Pronto nos entendíamos tan bien que cada uno fue un virtuoso en dar placer al otro. Nos parecíamos tanto, de alguna manera, que éramos un único ser, hembra y varón al tiempo, amándose a sí mismo. Solo con mi hermana sentí siempre que podía leerme la cara como un libro, que yo era incapaz de ocultarle nada o mentirle; solo ella conocía el verdadero sonido de mi voz al hacer el amor. Ese sonido que solo emitimos al perder del todo el control. Esa es nuestra verdadera voz, no la que ya había aprendido a utilizar como otras manos u otra lengua, como otras formas de caricia para susurrar al oído de quienes dominaba, poseía, para follarlos con palabras mientras los follaba con mi cuerpo. Solo Rosa entendió siempre el acoplamiento perfecto que no era más que la búsqueda de ser uno.

Mientras el mundo se hundía extramuros nosotros vivíamos la pasión más grande, la felicidad más intensa. Los dos ajenos a cualquier precepto moral, a la idea del pecado. Rosa por no haberlo conocido nunca, pues jamás paseó sola o tuvo hombre antes de mí. Yo sí conocía el pecado, el libertinaje, pero era incapaz de asociar esas palabras a la felicidad que encontraba en la piel de mi hermana. La exaltación que sentíamos no podía ser mala y yo solo temía que escapara del secreto de la casa, como una luz cegadora que acabaría con todo el dolor y la fealdad del mundo.

—Pedro, nunca me cuentas demasiado de tu hermana Rosa. ¿Estaba...?

—Estaba asustada, doctor. Pobre niña. —No, nunca os hablo de mi hermana y nunca lo haré. No estoy tan loco, ni soy tan generoso. La belleza de aquellos días se irá conmigo a la tumba y si, aunque no lo creo, hay un infierno será antes que cualquier otra monstruosidad mi pasaporte a él. ¿Queréis saber, mi buen Castells? Tengo otros despojos para daros—. Aquello duró poco más de una semana, terminó con la vuelta a casa de Estepa.

—¿Vivía?

—No estaba muerto. Murmurando y con los ojos clavados en el suelo, nos contó que los franceses lo habían tenido preso junto a otros sesenta hombres, encerrados en un corral como animales desde el día de la caída de Málaga. A muchos los fueron sacando en pequeños grupos los primeros días, los oían alejarse, unos rezando, otros suplicando. Luego una descarga de fusilería y el silencio. Ese silencio repentino que esparce la muerte. A los que no sacaron los dejaron allí, al sol, sin apenas agua o comida, pegándoles y dejándolos cagarse encima mientras decidían si asesinarlos o no. Una vez lo pusieron junto a otros contra una tapia y simularon fusilarlos. Otra lo llevaron a rastras hasta un oficial que le increpó en francés, le abofeteó y luego le puso una pistola en la cabeza y disparó. No estaba cargada. Al parecer era un juego que divertía a ese hijo de mil putas. Luego calló. ¡Pobre Estepa! El hombre que entró por la puerta era un guiñapo, nada quedaba en él de aquel marinero de brazos fuertes y pecho inflado, del bruto magnífico que sedujo a mi madre. No tuvo una palabra más para nosotros, ni yo, a decir verdad, quise preguntarle nada. Creo que solo en aquel momento, viéndole derrotado, sentí por él algo de compasión. ¿A qué preguntarle? Me bastó mirarlo a los ojos para entender que los cordajes de su alma se habían roto para siempre, era ya solo un barco desarbolado esperando hundirse y desaparecer. Los hombres más fuertes son los más difíciles de recomponer cuando se rompen. Creo que esa fue la única vez que nos miramos a los ojos sin odio, que quizá nos vimos como dos personas y, de alguna manera, nos entendimos. Y también plantó en mí la firme voluntad de no sentir nunca ese miedo, aun a costa de hacérselo sentir a los demás, de colocarme para siempre del lado de los lobos... Doctor, en el alumbramiento de cualquier monstruo solo hay una cosa.

—¿Cuál, Pedro?

—Miedo, miedo a tener miedo, miedo a sufrir a manos de los demás. Todos los verdugos fueron antes víctimas de otros. El miedo asegura una eternidad de horrores.

—Concuerdo contigo, Pedro. Por eso creo firmemente en la necesidad de romper esa cadena, siendo más cultos y más humanos, alejándonos de la bestialidad y la superstición. En educar en la bondad, en enseñar que nada hay más inteligente y, si me apuras, rentable que la bondad.

—Mi buen doctor, acertar en la diagnosis no significa hacerlo en la cura. Mi vida como negrero me inclina más a la opinión de que quien no es monstruo para los demás no lo es sino por falta de ocasión. Dadle a alguien un látigo o poder sobre la vida y la muerte de sus semejantes. Los acabará usando, puede que con temor y solo por curiosidad malsana al principio. Al final lo hará por gusto. Creedme.

El doctor me mira triste, en silencio. Suspira.

—Continúa contándome de tu padrastro, por favor.

—Poco más hubo. Comió en silencio, con la vista baja, y luego se retiró con mi madre a su cuarto. Durante dos noches le oímos sollozar. El miedo de Estepa y de mi madre empezó a pesar más que nuestra alegría y la ilusión de paraíso pronto se desvaneció. Quedó la verdad, tan desnuda como nuestras paredes. Aquella casa era demasiado pequeña para contener tanto dolor y vergüenza.

—Pobre hombre. ¿Qué hiciste luego, Pedro?

—Había pasado apenas una semana desde la entrada de los franceses cuando por fin, pese a los ruegos de Rosa, me decidí a salir en busca de Bonet. La ciudad seguía muda y las pocas personas que me crucé en las calles caminaban deprisa, en silencio y con la mirada esquiva. Del Perchel a la casa de Bonet solo encontré desolación, tabernas y comercios cerrados y manchas de sangre seca que algunas mujeres, vigiladas por fusileros franceses, baldeaban con resignación. Nadie me habló, nadie me preguntó. Cuando llegué a la casa de Bonet, cerca de la Alameda, encontré la puerta de la calle cerrada. La empujé y se abrió. Todo estaba en penumbras, los postigos cerrados. Crucé el zaguán, atento a cualquier sonido, y palpándome bajo la camisa la navaja que llevaba escondida, seguro de que ya los gabachos habrían relajado la requisa de armas. Subí las escaleras ligero, pero sin ruido, y llegué a la sala principal. Todo estaba tirado por los suelos. Llamé a Bonet. No me contestó. Seguí hacia la puerta entornada de su estudio, donde guardaba sus libros, mapas y papeles. Chirrió un poco al abrirse. Una ventana entreabierta dejaba entrar algo de luz. Bonet estaba allí tirado, boca arriba sobre un charco de sangre seca. Me acerqué. Estaba ya lívido, hinchado por los gases de la putrefacción. Olía. A muerto de días y a mierda. Tenía el pecho y abdomen agujereados a cuchilladas y la boca y los ojos llenos de moscas negras y gordas. Quizá llevara así desde el mismo día de la batalla. En la sangre seca del suelo se veían huellas de tamaños distintos, suelas claveteadas de soldados. Dos o tres hombres, pensé. Miré alrededor y solo vi libros por el suelo, un arcón descerrajado y los cajones de su gaveta vacíos y fuera de su sitio. Me acerqué al cuerpo de Bonet tapándome la nariz, me agaché a su lado y de un manotazo intenté espantar las moscas de su rostro. Fue inútil. Lo miré con más atención. Tenía varios golpes en la cara. Le faltaba la oreja izquierda, en su lugar solo había una enorme cicatriz y más moscas comiendo la sangre seca de los bordes. Miré alrededor y la vi pegada en unos papeles, junto a un butacón caído. También le faltaba el meñique de la mano izquierda. Las muñecas estaban amoratadas por donde le sujetaron. Le habían torturado, le preguntarían dónde guardaba el dinero y las joyas. Él debió de negarse. Quién sabe si el viejo testarudo intentó resistirse. Eché el crimen a la cuenta de los franceses y me dije que nada quedaba allí para mí. El pobre Bonet de seguro acabó hablando en el francés tan florido que gastaba. Y cuando los asesinos tuvieron lo que buscaban lo mataron. Sin más. Otra consecuencia indeseable de una jornada gloriosa, doctor. Cuando la guerra suspende las leyes de Dios y de los hombres, libera a la bestia que hay en muchos de nosotros. Tras el heroico asesinato a toque de corneta y redoble de tambor, siempre llegan otros menos lucidos, violaciones y saqueos.

—¿Y qué pasó después?

—Intenté salir de allí con el mismo o mayor sigilo que cuando entré. Sentía que llevaba pegado a mí el olor fuerte a muerte, a putrefacción... Temía que cualquiera pudiera olerlo y empezar a gritar, a acusarme. Con los años, en los barcos negreros y en los barracones de Lomboko, ese hedor terrible al que nunca, se lo aseguro, doctor, se puede nadie acostumbrar, fue el perfume de mi vida. Habréis olido a un muerto, doctor.

—Sí, en absoluto agradable. Aunque he de reconocer que nuestros muertos venían limpios, se conservaban en hielo y formol. Lo que olíamos era ese químico.

—Supongo que es distinto. Un muerto sin preservar huele igual que un filete echado a perder, aunque mucho más fuerte. Como varias libras de filetes podridos. Los pulmones le huelen a retrete, a sentina. Es un olor inolvidable, que todos los vivos llevamos dentro esperando su momento para salir. Nunca he podido evitar relativizar la altivez, o la belleza, de algunos y algunas. Pensar que tras su perfección apolínea, el frufrú de sus sedas y la frescura de sus perfumes, solo eran vejigas llenas de gases pestilentes que esperaban pacientemente su ocasión para apestar. Nunca he podido separar la imagen de la belleza perfecta, fugaz, de la imaginación de su corrupción lenta, inexorable. Quizá por eso mismo siempre me apuré en tomar esa belleza cuando pude, hacerla mía. Poseerla... Y por ello también siempre gusté de una extremada limpieza personal, de los buenos perfumes y el olor de la ropa limpia, del mejor jabón francés y los cuartos bien aireados. De todo lo que alejara de mí el olor a muerto que me perseguía, acusador como un fiscal... Miradme ahora, oledme. Entre los colgajos de mi piel anciana, en sus arrugas, crece ya el hedor de la muerte. Soy un muerto que camina y habla, sobre mí ya crece la vida que habrá de devorarme.

—¿Volviste a casa? Entiendo que no eran los mejores momentos para vagar por la ciudad.

—En efecto no lo eran, pero no regresé. A decir verdad, andaba como ido con la muerte de Bonet en la cabeza. En él cifraba todas mis esperanzas de socorro. Me puse a andar sin rumbo fijo, bien pegado a las paredes, saltando de sombra en sombra. Me crucé con algún piquete de franceses, pero ninguno me dio el alto. La noche me sorprendió cerca del puerto y si el miedo puede apresar la alegría o la virtud, nada puede contra el vicio o la adicción. Los comercios más respetables aún seguían cerrados, pero no así los de la carne y el vino, que al vicio de los parroquianos naturales se sumó enseguida el de los victoriosos soldados imperiales, todos con algún real de más en la bolsa fruto del saqueo y prisa por gastarlo. Nunca conocí ni soldados ni piratas ni negreros ahorradores, supongo que la intimidad con la muerte desanima ciertas actitudes. Las putas no, las putas son la mayoría muy de ahorrar y pensar en el mañana. En su caso, el amor más animal las empuja a una ensoñación romántica. Lo cual tampoco tiene mucho sentido, ¿verdad, doctor?

—Cualquiera tiene derecho a soñar con algo mejor, con que otra vida es posible, y hacer lo que crea necesario para conseguirla.

—¿Cualquier cosa?

—Cualquier cosa, Pedro, siempre que no suponga el sufrimiento, la esclavitud o la muerte de otros. ¿Estás de acuerdo?

—Ahora que nada puedo me es muy sencillo estar de acuerdo con usted, doctor. Es muy fácil ser virtuoso cuando no tienes otra opción, ni fuerzas ni medios para ser otra cosa. Os lo dije antes, dadle a alguien un látigo y poder sobre otros. Os sorprendería ver los pocos que renuncian a utilizarlo, la facilidad de casi todos para armarse de razones y convencerse de lo deseable que es azotar espaldas ajenas en nombre del Dios verdadero, de la raza superior, del progreso o cualquier otra canallada.

—¡Pedro Blanco, el negrero arrepentido! —Castells hace una pausa, me escruta con gesto amable y, juraría que burlón. ¿Se ríe de mí, él, que ha de sanarme? ¿Quizá es en su cuello donde debería hundir un trozo filoso de mi escudilla?—. Sí sabías de la maldad profunda de tu comercio, ¿por qué no renunciaste a él? ¿De qué justificaciones te armaste durante años para destruir la vida de tantos otros?

Ahora soy yo el que estudia al doctor. Esta exaltación, este golpe de sangre traducido en burla por su parte me dice que, pese a sus esfuerzos por comprenderme, lo asusto y le repugno. Y eso no es nuevo para mí.

—¿Mis razones, doctor? ¡Oh, variaron en cada momento! Curioso como soy, amigo de discutir, de polemizar, siempre pude defender una cosa y la contraria según con quién hablara. Siendo descreído podía vestir mi hambre de fe religiosa, pontificar sobre la salvación de mis negros, esos salvajes que rescatábamos de la idolatría y de una vida de salvajismo miserable en África. Ningún ingenio de azúcar en Cuba o plantación de algodón en la Luisiana podía ser peor que los antros demoníacos donde vivían y sus prácticas caníbales. Fue fray Bartolomé de Las Casas, ese santo varón, quien aterrado por la mortandad de esos indios, que tanto amó, en las encomiendas, recomendó sustituirlos por negros africanos que, era bien sabido, no tenían alma. Al fin y al cabo, los vendíamos a buenos amos cristianos. Así, por ejemplo, conseguí que el arzobispo de Toledo invirtiese parte de las rentas de su diócesis en mis compañías esclavistas en vez de ayudar a los pobres. Le dije lo que quería oír; su hipócrita codicia necesitó de mis razones aún más hipócritas para justificarse. Los dos obviamos elegantemente, mientras tomábamos un café azucarado en exceso, que el mismo Bartolomé de Las Casas acabó abominando de cualquier esclavitud. En otros círculos mis razones también fueron otras, más científicas o filosóficas, *si vous me le permettez.* Allí citaba de Aristóteles que dijo bien claro que algunas personas habían nacido para ser esclavas. ¿Acaso aquella luminaria de la jurisprudencia que fue Egidio Colonna no escribió, ya en el siglo XIII, que aquellos pueblos que no vivían bajo formas de gobierno conocidas eran conformados por bestias y por tanto sujetos a esclavizarlos? En los salones burgueses, en los palacios de los aristócratas y príncipes de la Santa Iglesia Católica, el argumento siempre era el mismo: Los negros esclavizados por cristianos vivían mejor que como ateos y salvajes en libertad en África.

—Y tú, Pedro, ¿de qué razones te pertrechaste para encontrarle justificación a tal monstruosidad? ¿Qué te decías?

—¿Yo?

—Sí, tú. Hablamos de ti, Pedro. No de lo brillante que podías ser dando razones a los demás, alimentando su codicia. ¿Cuál fue tu razón?

—Hubo un dominico, un fray Francisco de la Cruz, quien informó a la Santa Inquisición de que un ángel de la guarda le había dicho que los negros eran justamente cautivos por los pecados de sus antepasados, la tribu bíblica de Aser, que también por ello era su piel tan oscura... Los propios negros mahometanos, los fulanis, llevaron la yihad en 1804 contra los negros animistas, los malditos infieles señalados por el Profeta y merecedores de la esclavitud. La Biblia y el Corán, nada menos. ¡Así, doctor, que quién era yo para enmendar el castigo divino! Al arzobispo le encantaban estas citas de religiosos que yo manejaba. —Me río y consigo que el agnóstico Castells también sonría, pero hay algo en su mirada que me dice que mejor no le mienta. Es mi único cabo a tierra, a cierta cordura. A la posibilidad, por remota que sea, de volver a ver a mi hija. No debo mentirle, aunque a veces nada hay más falso, más carente de verdadero significado que una simple verdad—. Yo... Entiendo que..., creo que el miedo.

—¿El miedo a qué?

—Al hambre, al frío, a no ser nadie. El miedo que se me metió muy dentro cuando de niño vi entrar la miseria por la puerta de casa y salir la felicidad por las ventanas. El miedo a la pobreza que acostó a un extraño en la cama de mi madre y a ella la convirtió en una desconocida para mí. Nunca fue otra cosa que eso. Si me hice amo y rey de otros hombres, si amasé una fortuna obscena, no fue por odio o por vanidad. Eso llegó luego. Fue por miedo. Al principio fue solo eso, miedo. Ahora lo sé. Luego, a medida que viajaba, que crecía y conocía más a mis congéneres, empezó a impulsarme una certeza.

—¿Cuál?

—La certeza de que solo el éxito santifica los crímenes y los hace aceptables a los ojos de los demás. Los criminales, los esclavistas, los ladrones y asesinos que fracasan en sus emprendimientos y atrocidades acaban ahorcados o fusilados. O pudriéndose en mazmorras donde nadie conoce ya su nombre. Pero los que triunfan se convierten, por arte de magia, loas y estatuas, en los estadistas, grandes próceres, capitanes y señores de las siguientes generaciones. Eso me repetía cuando un asomo de conciencia, sobre todo al principio o tras nacer mi hija, me estorbaba.

—¿Qué te decías?

—¡Mejor ellos que yo! Llegué a pensar en ponerlo como lema cuando fantaseé con un título y un escudo de armas. ¡Mejor ellos que yo! En latín..., *melius est illis quam me...* ¡Pobre negrero de mierda! ¡Si hubiera sabido...!

—¿Pobre negrero, Pedro? Eres cómplice del mayor crimen contra la humanidad hasta la fecha, del rapto, violación y asesinato de cientos de miles de personas. De la infelicidad de millones. Del horror. ¿Si hubieras sabido qué?

—¡Que nada de ese dinero sirvió para librarme del olor a muerto, del estigma de negrero a ojos de los verdaderamente poderosos! ¡Ni a los de mi hija! —Callo, siento que me ahogo.

El doctor me observa y tras unos instantes posa la mano en mi hombro, suspira, asiente. Me quita los ojos de encima de manera elegante, considerada, dándome intimidad por unos instantes.

—¿Ves, Pedro? A veces me cuesta romper tu coraza de cinismo, la brillantez tras la que escondes tu miedo, Me cuesta..., ¡nos cuesta!, llegar a tu dolor. Y es la negación de ese dolor, tu rechazo a enfrentarlo, lo que creo que impide tu mejoría y te sumerge en tus delirios. Pienso que tus raptos de la realidad, tus alucinaciones, no son otra cosa que tu forma de revisar tu vida, de encontrarte con ese dolor, con esa insatisfacción; de revivir tus errores e intentar, por supuesto sin éxito, resolverlos de manera distinta.

—La trata de esclavos no la inventé yo, doctor. Sí la mejoré, la modernicé hasta extremos nunca vistos, pero no la inventé. No, no soy un pobre negrero. ¡Soy el Mongo Blanco, el negrero más grande de la historia! —Al elevar la voz siento, no me hace falta verlo, avanzar hacia nosotros el corpachón de Joseph porra en mano. Percibo una leve seña que le hace Castells para tranquilizarlo—. Ni pobre ni miserable, no más que otros insignes personajes e instituciones que se enriquecieron con los esclavos. Siempre pecamos de proyectar nuestra moral sobre el pasado, juzgarlo desde ella, desde nuestro hoy. Yo no inventé la trata de esclavos y diría que, de algún modo, fue ella la que me inventó a mí, la que creó el hombre que necesitaba en ese momento. ¿Negreros? ¡Ha habido tantos y tan poco arrepentidos! ¡Hombres de su tiempo, algunos muy brillantes, incluso geniales, que simplemente hicieron lo que se consideraba legal e incluso moral! El Robinson Crusoe de vuestras lecturas juveniles, el personaje de Daniel Defoe, era náufrago de un barco negrero entre el Brasil y África, una travesía que yo mismo hice decenas de veces. ¿Sabíais que Jonathan Swift, el autor de *Los viajes de Gulliver*, siempre alardeó de que la mejor inversión que hizo en su vida fueron las quinientas libras que puso en la Compañía de los Mares del Sur, asentadora de esclavos en la América del XVIII? ¿No?

—No, no lo sabía.

—Sois científico, os supongo admirador de Isaac Newton.

—Lo soy, en efecto. Fue un parteaguas en el conocimiento humano, una luminaria.

—Y un negrero fracasado. Perdió veinte mil libras con el hundimiento de la misma compañía que tan feliz hizo a Swift. Durante el resto de su vida no pudo oír ni pronunciar las palabras «Mares del Sur». —El doctor no puede evitar sorprenderse y reír—. Sí, luego la persiguieron ferozmente, pero todo el siglo pasado los ingleses gustaron de enriquecerse con la trata: la reina Ana y su sucesor Jorge I, el duque de Gales, el poeta Alexander Pope y hasta el King's College de Cambridge, todos accionistas de compañías esclavistas. ¿Más? El gobierno del cantón suizo de Berna. ¿Y aquí? Todos nuestros reyes y reinas de Felipe V para acá. Del arzobispo de Toledo ya os hablé, accionista de mis compañías. La cazalla, ese pésimo brandi que se hace en Cazalla de la Sierra, los viñedos que producen ese veneno se plantaron por negreros españoles para producir en abundancia un brebaje barato que trocar por esclavos en los puertos de África. ¡Por Dios, Castells!, ¿de dónde creéis que salió el dinero para crear la Bolsa y la banca catalana que financió tantos telares y fábricas? ¿O las anchas y nuevas calles de esta ciudad? ¿Las torres y los palacios? ¡Pues de las espaldas desolladas de los esclavos, de la trata, por supuesto! ¡De adecentar las enormes fortunas de la trata! ¡Pero, al final, el negrero apestado soy yo!

—Cálmate, Pedro. No es bueno que te excites. No puedo justificar en ningún caso el comercio infame al que consagraste tu vida. Y no creo que tú tampoco debas hacerlo escudándote en la codicia ajena. Tanta o más gente, célebre o no, estuvo siempre en contra de esclavizar y vender a otros seres humanos...

—¿Eso pensáis, doctor? ¿Quiénes, quiénes son esos santurrones? ¿Vos qué habríais hecho? ¿Sois mejor que yo? Es evidente que lo pensáis.

—Pedro, estoy aquí para ayudarte, para sanarte. No es de mí de quien debemos hablar. Espero sinceramente que algún día tu estado te permita vernos fuera de este recinto. Si ese momento llega y aún sientes curiosidad, hablaremos de mí.

Silencio. Vergüenza. Sí, lo mataría. Despacio.

—Claro, doctor, tenéis razón...

—Me decías que tras salir de casa de Bonet estabas confuso, que vagaste sin rumbo fijo y te sorprendió la noche.

—¿Sin rumbo? No lo sé. A mí siempre que la razón se me ofuscaba y dejaba de guiarme, de inmediato eran las tripas y las ingles, el instinto, quienes tomaban el timón. Sin darme cuenta, caminé hacia el puerto donde, como ya os he dicho, al pecado de los naturales se sumó el de los victoriosos invasores. Pasé junto a zaguanes que gemían, ya con voces de mujer o de hombre, junto a ventanas de las que escapaban respiraciones agitadas y juramentos *sottovoce* en español, en francés o en polaco. —Sí, doctor, puteríos, *captiveries* de esclavas y harenes con techos de palma y divanes de seda, cabildos de brujas intoxicadas con hongos o estramonio, o fumaderos de opio chino, pero también antros de sodomitas, camerinos de hombres amujerados o la carreta de un feriante hermafrodita. Pero no os hablaré de mis pasiones homoeróticas. De lo que os hubiera hecho en otro tiempo y circunstancias. De cómo os hubiera disfrutado, bello Castells. No, no regresé. Cuando algo suspendía mi juicio nunca acabé entre académicos y libros, sino enroscado entre las piernas de putas y bujarrones, escondido entre las sombras donde se dan estas flores pestilentes y sus venenos. No regresé, pero excusad que no os cuente (a veces la gente es más comprensiva con la violencia que con los amores prohibidos) que con la luna a mi espalda vi cómo una sombra alargada se acercaba a la mía. Apreté el paso sin mirar. La sombra también. Me palpé el cuchillo. Esperé a que mi sombra y la de mi perseguidor fueran una para girarme y ponerle mi filo sobre el cuello. Era un joven oficial francés, hermoso como solo los diablos más viciosos lo son. Me sonrió sin mostrar miedo a que lo degollara. Me sonrió y me susurró en francés con voz calma, profunda. Bajé mi arma y él me empujó con suavidad hacia un zaguán oscuro. Se arrodilló sin dejar de mirarme y de sonreír. Desabrochó mi pretina y se tragó toda mi verga, sin prisa, con delicadeza al principio hasta que la sintió dura, luego con más fuerza. Rodeándola con la lengua, apretándola contra su paladar hasta provocarse arcadas. Luego se la sacó de la boca y la estrujó con la mano para llenarla aún más de sangre, mientras se ponía en pie. Me empapó la polla con su saliva, se giró y apoyándose en una pared se bajó las calzas, apartó los faldones de su levita y se la metió hasta lo más hondo. También llevó mi mano sobre su miembro para que lo masturbara mientras le hundía el mío por detrás. Nos acabamos juntos, yo en su culo y él en mi mano. Nos quedamos así unos minutos, el francés apoyado en la pared y yo sobre él. Jadeando, sin hablar. Luego se volvió hacia mí en silencio, mirándome mientras se ajustaba el uniforme. Me sonrió con lascivia, *mon vaurien mignon!*, siseó, me acarició la cara, el pelo, y se fue. ¿Cuántos encuentros furtivos no habré tenido? Con el tiempo, el poder absoluto me volvió despreocupado, descuidado, y cualquier lugar era bueno para saciarme. ¡Bien lo usaron contra mí aquel maldito capitán general Valdés y la zorra estúpida de mi mujer en La Habana, cuando me acusaron de violar a mis propios parientes, a los sobrinos de ella! ¿Violarlos? ¡Por

Dios santo, me aventajaban en lujuria y era la codicia lo que les hacía poner el culo!—. Anduve perdido dos noches en garitos y casas de lenocinio del puerto, donde putas, tahúres y barateros esperaban agazapados la normalidad que traía a sus vidas el vicio y el oro de los franceses. Dos noches de vino malo y jodienda a cuenta de mentiras, mi juventud y el mal uso de mi belleza.

—¿Y luego?

—Al tercer día me desperté sobresaltado en un jergón, comido de pulgas y sepultado por los muslos de una puta genovesa, Simona o Simonetta por mal nombre. No era fea, tomada por partes era hasta hermosa: pelo rubio, ojos verdosos, labios llenos, pechos pequeños y redondos, pero caderas rotundas. Como digo, no era fea, pero había en ella esa falta de simetría que delata generaciones de hambre y enfermedad en las familias. El ataque francés a Málaga la había agarrado por sorpresa e interrumpido en su intento de llegar a Cádiz y de ahí a Cuba. Era una de esas vulpejas que poblaban los puertos del Mediterráneo, haciendo cabotaje de una a otra orilla, entre jergones de antros de judíos en Tánger, burdeles en Nápoles o tabernas del puerto de Barcelona. Rubias, negras, moras, niñas o ancianas desdentadas, coladas en barcuchos o pagando pasaje con la boca, el coño o con el culo. Siempre tras los marinos felices, recién desembarcados y con la paga caliente. O consolando el mal vino de los que andaban sin barco, encallados en las tabernas, tan inútiles y peligrosos como serpientes. Siempre soñando con un guapo capitán que las enamorara y las llevara al otro lado del océano, donde tenían la pretensión de que nadie las conociera, para formar casa y familia. A Simona un poniente de días racheado de calmas la había embarrancado en una ciudad tomada. Entre que se reabrían los caminos, ella abría las piernas y hacía negocio. Tenía la boca seca. Me dolía la cabeza por el vinacho y el aguardiente, pero era el nombre de Rosa, su imagen, lo que se me clavaba como astillas en las sienes cuando palpitaban. Salí a la calle, que ya se veía más poblada, y enderecé para el Perchel bajo un sol cegador. Cuando estaba llegando, a dos calles de mi casa me salió al paso mi padrastro, Jacinto Estepa. Me agarró de un brazo y clavándome los ojos me hizo una seña de silencio. Me arrastró bajo el arco de una escalera de obra y allí, medio oculto, me dijo que huyera, que mi madre había enloquecido y me acusaba de cosas horribles.

—¿Qué cosas, Pedro?

—Al parecer, siempre según Estepa, mi hermana tuvo una crisis de nervios al ver que yo no regresaba, no paraba de llorar y de gritar mi nombre. Los ya delicados nervios de mi madre no lo soportaron y la abofeteó. Mi madre arrastró a Rosa por los pelos hasta la calle y convocó a voces a los vecinos, acusando a su hija de ser la ramera de su hijo, de acostarse conmigo... ¿Os lo podéis imaginar, doctor? ¿Semejante aberración?

—Claro que me lo puedo imaginar. Y por descontado que una chiquilla como tu hermana, enclaustrada, sin vida social en el despertar de su femineidad, abrigaría en su interior alguna pasión romántica por ti, el único varón a su alcance. En cualquier caso, es la segunda vez que aparece la acusación de incesto en tu relato. Y tú siempre te complaces en describirte como un monstruo que hizo un dios de sus deseos y con el que no valían las leyes de los hombres, ¿no es así, Pedro?

—¿Pensáis que me acosté con mi hermana, doctor?

—¿Qué importa lo que yo piense? Lo único que importa es lo que tú cuentas. —Lo sabe, este malnacido lo sabe, me ve por dentro y mis mentiras y mis silencios no le engañan. Nunca fui un gran mentiroso, no me hizo falta para conseguir lo que quería. Lo tomaba y punto. O eso pensé, pobre estúpido—. Sigue, por favor.

—¡Por Dios santo, doctor, qué barbaridad!

—Sigue, ¿qué más te dijo Estepa?

—Me pidió que me fuera, que le dejara a él intentar recomponer la cordura y la salud de mi madre, a la que amaba. Me sorprendió la dulzura, la mansedumbre y los buenos argumentos con que me habló aquel hombre, antaño una bestia arrogante. La voz le temblaba y tenía los ojos húmedos mientras me rogaba que me fuera, que les diera una oportunidad de ser felices.

—¿Y tu hermana?

—Eso mismo le pregunté yo. Se encogió de hombros y me dijo que mi madre había decidido meterla en una institución religiosa, al cuidado de unas monjas. Con el tiempo se le saldrían los demonios del cuerpo y Rosa misma podría, si lo deseaba, ordenarse y consagrarse al amor de Dios o colocarse en alguna casa. Modales no le faltaban. ¡Mi madre, la misma que reía y daba representaciones de teatro en casa, de Molière, de Racine, era ahora una beata amargada que quería enterrar en vida a su hija! Le contesté que se olvidara de eso, que pensaba regresar a casa y llevarme yo mismo a mi hermana de ahí, busqué ofenderlo, exaltarlo. Pero aquel hombre, tan feroz en otra época con sus marineros o conmigo, aquel que blasfemando se enfrentaba a temporales, era ahora un hombre roto, vencido, que a mis voces solo oponía lágrimas y súplicas de silencio y comprensión. No vi mérito en humillarlo o golpearlo. Insistí y finalmente me dijo que si llegaba hasta la casa no saldría vivo, que los vecinos se habían armado con palos y piedras con la intención de asesinarme si aparecía. Incluso un sargento y tres soldados franceses estaban allí para asegurarse de que mis buenos vecinos desfogaran correctamente su furia conmigo y contra nada ni nadie más, que no se saliera el apedreamiento de su buen cauce y aquello derivara en tumulto. Al parecer los gritos de mi madre habían llamado la atención de un piquete de infantería imperial, y una vez que ella había informado al oficial al mando de sus horribles certezas sobre sus hijos, a este le había parecido muy bien y a propósito para aplacar tensiones dejar que unos españoles sanguinarios, nerviosos aún tras los desastres de los días pasados, ajusticiaran a uno de los suyos. Así que allí había desplegado a sus hombres para cerciorarse de que el asesinato, de producirse, discurriera dentro del orden deseable. No daba crédito a lo que oía, pero la candidez y las súplicas del pobre Estepa me convencieron de la veracidad de semejante monstruosidad. Fue una lección que tomé por buena desde entonces, nos desdeñar por absurda o loca ninguna amenaza. Los franceses habían arrasado Málaga, matado y violado, y ahora estaban a la puerta de mi casa para asegurarse de que mi madre y mis buenos vecinos pudieran asesinarme sin alborotar más de lo necesario. Mi vida, mi casa, mi familia, mis estudios, mi ciudad, todo había desaparecido en cuestión de días para mí. Miré a Estepa en silencio, luego asentí, le di las gracias, giré en redondo y regresé por donde había venido, regresé al único sitio donde me habían tratado bien en las últimas horas. Al jergón de Simona, la genovesa. A las dos noches conseguimos, gracias a las buenas artes de mi puta enamorada, embarcar a escondidas en un lento jabeque napolitano que partía para Cádiz a la mañana siguiente. La idea era transbordar allí a algún bergantín que fuera para Cuba, llegar a La Habana, instalarnos con sus pocos ahorros hasta que yo encontrara trabajo de piloto y luego casarnos.

—¿Pudisteis entrar en Cádiz sin dificultades?

—Sí, los franceses de Victor y Soult habían atacado Cádiz casi al tiempo que Sebastiani lo hacía con Málaga, pero aquí los contuvieron. Los derrotamos en la batalla del Portazgo, así que los imperiales establecieron el asedio y bombardeo de Cádiz y la isla de León. Se dispusieron en un semicírculo alrededor de la ciudad, que iba de Chiclana a Puerto Real y El Puerto de Santa María. En ese terreno de marismas se quedaron clavados hasta 1812. Nuestro jabeque entró sin estorbo en la bahía, el mar pertenecía a los ahora aliados ingleses y a nuestras cañoneras.

—¿Cómo era Cádiz en ese momento, Pedro, con el gobierno del país allí, sitiado, y redactando la Constitución? ¿Qué recuerdas?

—¿Ansioso de más momentos gloriosos, doctor?

—Bueno, viviste jornadas históricas.

—Siento defraudaros. No viví un carajo. No había huido de Málaga para caer en Malagón, y perdonadme el mal chiste. Había tenido bastante gloria con la carnicería en mi ciudad y no le veía el punto a escapar de Sebastiani y mi madre para que me matara una bomba de los gabachos ahora. Además, Simona y yo estábamos en ese jabeque poco menos que como polizones, sin papeles ni más dineros que los reales que ella llevaba escondidos y administraba con cicatería. No sentí curiosidad por los grandes discursos liberales y la agitación de una ciudad sitiada, bombardeada y, según decían, a un paso de una revolución. Solo una noche salí a callejear por el puerto y entré en algunas tabernas. El destino es curioso y parece escrito en piedra por algo mucho más fuerte que nosotros. ¿No lo creéis así, doctor?

—¿Por qué lo dices?

—En una de aquellas tabernas, harto de oírme a mí mismo, me senté espalda con espalda y el oído bien abierto junto a un grupo de varios caballeros, bien vestidos y ya algo bebidos, que reían fuerte y hablaban de la propuesta que dos de ellos defenderían al día siguiente en las famosas Cortes de Cádiz.

—¿Eran liberales?

—Así se decían. Lo que eran desde luego, y a esto viene lo del destino, es esclavistas. Hacendados cubanos que venían desde allí enviados por sus pares y traficantes de esclavos, a defender la trata en contra de la idea de adoptar la solución virginiana.

—¿La solución era la abolición?

—¡Nooo! Ni mucho menos. Los plantadores de Virginia, en Norteamérica, habían optado por la cría *in situ* de esclavos y algunos liberales españoles querían esta solución para Cuba como medida contra la trata. Pero esa noche aprendí que otros liberales españoles, como los que allí bebían, preferían mantener la trata de esclavos porque permitía reponer a un coste inferior los caballos reventados.

—¿Cómo?

—Los hacendados habaneros discutían los detalles, pero todos estaban de acuerdo en el discurso que darían en las Cortes y se lo repetían para pulirlo mientras uno lo escribía: «La esclava preñada y parida es inútil muchos meses, y en ese largo período de inacción su alimento debe ser mayor y de mejor calidad. Esta privación de trabajo y aumento de costo en la madre, sale del bolsillo del amo. Esto y otros desembolsos son de tanta consideración que el negro que ha nacido en casa ha costado más que el que se compra en pública feria». Allí recibí y gratis mi primera lección sobre la trata de negros y nunca la olvidé. Desde siempre la trata se favorecía a sí misma al limitar la fertilidad de los esclavos y perpetuar de este modo la idea de que era más barato reponer los esclavos que criarlos. Por ello siempre se solían vender ocho negros por cada dos negras. Esta ratio era una estrategia de la propia trata que yo siempre me cuidé de mantener en mis envíos a Cuba, las Antillas y el Brasil. Solo en los Estados Unidos, en el Sur y con el crecimiento de las plantaciones del algodón desde 1800, empezaron a demandar más y más mujeres. Creían que sus manitas eran más indicadas para la minuciosa cosecha del algodón y fueron invirtiendo esa proporción al punto de, con el tiempo, optar por la cría. Lo paradójico es que así han llegado a ser los que menos negros importaban, pero los que más población esclava tienen. Así opera la codicia en la vida de los hombres.

—¡Pero es una monstruosidad, Pedro! Hablar así de comerciar con seres humanos.

—Cambian los detalles, pero el hombre siempre es mercancía para el hombre. Ahora no hay esclavos negros, pero hay trabajadores, blancos y negros, que trabajan como esclavos por una miseria, ¿no? Son libres de escoger cómo morirse de hambre. Es un progreso.

—Pero, Pedro, ¿cómo podía ser más rentable raptar pueblos enteros, transportarlos...?

—¿Que criar esclavos? ¡Mucho más, tan desmesurada era la oferta y tan baratos los precios que salía más rentable reventarlos a trabajar y reponerlos que cuidarlos y que vivieran su tiempo natural! Tan baratos que siempre fue práctica negrera tirarlos por la borda, cargamentos enteros, antes que tener problemas con las flotillas antiesclavistas británicas. Los barcos negreros llevaban redes con piedras para mandar mejor al fondo a los negros si había que deshacerse de ellos y estaban vivos. Simplemente se volvía a por más.

—Pero ¿te das cuenta de la monstruosidad que era todo esto?

—Bueno, doctor, ya sabéis lo que pensaba Blanco White sobre los tratantes...

—No, ¿qué dijo?

—Pues el gran heterodoxo, que por cierto murió exiliado en Liverpool, otrora gran puerto negrero, escribió que si la disposición natural, la costumbre y la necesidad se combinan para despojar a una persona de todo sentimiento humano, ¿qué serán sino verdaderas fieras? Así que todo el que se emplea activamente en la conducción de negros es un monstruo por oficio. Eso o algo parecido escribió.

—Estas cosas las recuerdas con detalle, Pedro. ¿Y qué piensas?

—¿Queréis saber si estoy arrepentido? Yo elegí ser fiera a ser presa y ni así lo conseguí. A decir verdad, nunca conocí a un negrero que se mintiese a sí mismo o buscase cínicas justificaciones. Todos sabíamos lo que hacíamos. No así el arzobispo de Toledo, que ante la gran mortandad de negros que precisamente garantizaba la rentabilidad del negocio, movía la cabecita apenado y decía que al menos morían bautizados y eran almas ganadas para la fe. Muy cristiano el hijoputa, ¿verdad? Doctor, los negreros, tratantes, mongos y tripulantes veníamos todos de las vidas más duras, de mucha miseria. Éramos la hez, gente feroz, desalmada, pero nunca nos contábamos cuentitos sobre lo que hacíamos. Muchos enloquecimos. Sé de algunos que se frotaron hasta desollarse para quitarse de la piel el olor a muerte. Supongo que hay un límite para cualquier ser humano, incluso para los monstruos.

El joven doctor también parece haber alcanzado algún misterioso *limes*, ¿quizá el de su repugnancia por mí?, y me mira en silencio. Luego reajusta sus quevedos, se pellizca la barba y anota.

—¿Qué más pasó en Cádiz?

—Nada. Salvo esa noche, me quedé entre las piernas de mi genovesa, lugar que cedía gustoso al capitán napolitano a cambio de escondite, comida e información del puerto, donde el italiano sí podía deambular a su antojo.

—¡Caramba! Yo pensé que...

—¡Qué manía siempre con pensar, con pensar la vida de los otros! ¿No os duele la cabeza? ¿Qué digo?, si a eso os dedicáis, doctor. Como una portera chismosa de la locura ajena. Insisto, lamento decepcionaros. En Cádiz estuve poco y nada. De aquella emoción política solo me quedó una cajita redonda de lata, pequeña como para llevar en un bolsillo y con un desplegable dentro, una ristra de circulitos donde con letra apretada se reproducían artículos de la futura Constitución. Los liberales las regalaban por la calle. No pocas de esas latas e ideas viajaron a América, ¿sabéis...? A los tres días llegó el napolitano y nos contó que había un bergantín con destino a Génova, abarloado en nuestro mismo muelle, y que el capitán andaba buscando marinería. Allá que me fui, me presenté y me aceptaron sin demasiadas preguntas. Al parecer el buque venía del golfo de Guinea y varios de sus marineros habían contraído fiebres. Alguno había muerto. Pasada la cuarentena y encontrada carga buscaban marinería, sin paga. Comida por trabajo. En Cádiz si algo sobraban eran marinos sin destino, sin barco, pero con ganas de salir de allí. Me confirmaron la partida para el siguiente amanecer.

—¿Y te fuiste sin más?

—No, doctor, sin más no. ¿Queréis otro momento glorioso, Castells? ¡Ahí os va! Hablé primero con el capitán napolitano y le expliqué mis intenciones, que le parecieron muy bien porque el pobre andaba ya a esas alturas tan encoñado con mi Simona como ella de mí. Luego me fui a hablar con ella, le conté que había encontrado pasaje para los dos en un bergantín con rumbo a La Habana a cambio de trabajar como segundo piloto, gracias a mis estudios en San Telmo, y que el barco saldría en dos noches.

—¿Entonces...?

—Sí, doctor, le mentí. Entre el napolitano y yo la emborrachamos. Luego él se retiró y yo le hice el amor cuanto pude. Tanto con mi verga, mis manos y mi lengua como con mis promesas y fantasías sobre nuestra vida juntos en Cuba. ¡El destino es un bromista cruel y ella sonrió pensando en América y yo en huir precisamente a Génova! Y a mis pocos años podía joder y mentir mucho, creedme. Cuando al fin se durmió, esperé, esperé a ver clarear el cielo por la escotilla. No me hizo falta registrar en demasía, sabía ya dónde escondía la pobre zorra sus ahorros, los reales ganados con el sudor de sus muslos. Se los robé y me largué sin ruido. Con el napolitano combiné que tras mostrarse asombrado de mi maldad, se encargaría encantado de consolarla, de aguantar su rabia. Me confortó pensar que quizá se casara con ella, parecía hombre liberal y apasionado. Aunque lo más probable es que la dejara en algún puerto tras cansarse de ella.

—Pero, Pedro..., ¿qué sentiste al...?

—¿Queréis saber lo que sentí? ¿Lo que sentí faenando en el bauprés de proa de ese bergantín cuando no vi otra cosa que velas llenas de viento y mar a la popa y más mar, rizada y espumeante, a la proa? ¡Sentí libertad! ¡Libertad!

> **Artículo 10.** *Si enfermasen durante la lactancia, deberán enton-ces ser alimentados a los pechos de sus mismas madres, separando a estas de las labores o tareas del campo, y aplicándolas a otras ocupaciones domésticas.*

X

Una cucaracha sale corriendo de debajo de mi jergón al revol-verme. Corre deprisa hasta toparse con la pared. Se queda quieta. ¿Tiene ojos? ¿Me ve? Porque yo la veo a ella. ¿Se hace la muer-ta? Es grande y gorda. En África comí insectos aderezados con ajís muy picantes. Estaban ricos. Crujían como las quisquillas. En Méjico y en Asia también los comen. La cucaracha y yo se-guimos quietos, mirándonos. Haciéndonos los muertos.

Castells siempre me pregunta por el origen de mis desvaríos, no le gusta usar la palabra «locura», llamarme loco. Mientras acompaso mi quietud a la de la cucaracha, rubia y gorda, trato de recordar cuándo me volví loco. Y por qué. Mi memoria es como un espejo roto, me devuelve mi imagen multiplicada, repetida en cada trozo. Pero también me la devuelve deforme. Soy yo, me reconozco, pero mis rasgos no están ordenados. Tengo tres ojos, todos a diferente altura. Y una boca y media también desencaja-da. Mi memoria me devuelve una imagen deforme, monstruosa. Quizá es más verdadera por ser la de mi alma.

Todo fue siempre una búsqueda. Desde que embarqué en ese barco en Cádiz, con la cabeza llena de libros de viajes, de aven-tureros y conquistadores. Y con el corazón lleno de vergüenza. De rabia. Sí, buscaba. No sabía el qué, pero buscaba. Era como una bala de cañón disparada al azar, sin blanco fijo. Recién dis-parada. Me movía con más rapidez y más determinación que la gente que me iba cruzando, apartándolos en carambolas impo-sibles, destrozándolos, usándolos y olvidándolos. Solo ahora, hacia el final y cuando ya nada puedo borrar de lo que hice, ahora que estoy detenido contra un muro infranqueable como la cucaracha, creo entender qué buscaba. Lo que cualquiera al final, cuando ya sabemos que todo está perdido y no queda sino morir. Buscaba volver al único paraíso que todos, de los príncipes al último esclavo, hemos conocido. Volver a la relación simple, natural, manejable con el mundo, las emociones y las pocas personas que en ese momento necesitas para darle sentido al mundo. No digo la infancia en general, toda la infancia. Hay infancias que apestan, terribles, míseras y violentas, que auguran una vida aún peor a los que las sufren. Pero incluso en estas, si alguna vez pasamos un día o un año en el paraíso, fue en algún momento de nuestra niñez. Y esa felicidad absoluta se nos marca encima como el *carimbo* en la piel de los negros. Y nos hace esclavos de ese momento.

Despacio me tumbo sobre mi costado y doblo con dificultad una rodilla sobre mi pecho sin dejar de mirar a la cucaracha. Si tuviera el tamaño de un cerdo o una vaca sería un engendro infernal. Un *kraken*.

Toda mi vida aventurera y mi locura fueron un intento de regresar a los paseos con mi padre, con el soldado valiente que me contaba sus combates contra ingleses, franceses o contra los salvajes americanos y me hacía soñar con aventuras magníficas y valerosas. En el fondo, de una manera loca, descabellada, vertiendo cada vez más sangre sobre sangre, lo único que quise ser siempre fue mi padre. Él murió sin estar yo presente, así que para recuperarlo solo quedaba ser yo él. Y fue demasiado tarde, había muerto ya demasiada gente, se habían hundido en llanto ya demasiadas vidas y demasiados barcos en el mar, cuando me di cuenta de que eso era imposible. Imposible sin importar cuán rico fuese, cuánto poder sobre la vida, el sexo y la muerte de miles de esclavos y esclavas hubiera tenido, cuántas ilusorias influencias políticas creyera tener. Una vez que te echan del paraíso no hay nada que te pueda devolver a él. La vida, como en aquel hermoso *Aurora* de Iztoiz, me mostró la felicidad perfecta en aquellos años con mi padre, mi alegre madre, mi hermana; me mostró la Arcadia para luego expulsarme de ella para siempre haciéndome imposible olvidarla. Y cuando uno conoció el paraíso y lo echaron de él, solo queda la tristeza, la locura y el trámite de morir. La vida es eso, el tiempo entre nacer moqueando y cagándote encima y morir más o menos loco, babeando y cagándote encima.

Extiendo la mano despacio hacia mi pie, buscando mi sandalia, pero solo toco mis dedos encallecidos, duros, mis gruesas y engarfiadas uñas. Mi cadena tintinea. Hace años me hacían la pedicura niñas mulatas enseñadas en los mayores refinamientos. Antes yo encadenaba a los demás. La cucaracha azota el muro con sus antenas, pero sigue clavada en el sitio.

Vivimos en un mundo que valora y admira a los criminales, a los héroes egoístas y sanguinarios, a los maquinadores y a los asesinos. A la gente le gustan las historias de piratas, contrabandistas, crímenes y conquistas sangrientas. Le gustan en los libros y en los escenarios. Yo le gusté a mucha gente mientras no pensé en nadie más que en mí mismo, mientras mis ansias de poder y aventura fueron útiles a su codicia y antídoto a su aburrimiento. Mi rabia, mi furia, mi juventud, pues todo se disculpa mejor a quien es bello y joven, me elevaron sobre otros menos sanguinarios o más escrupulosos. Crucé el cielo de Cuba, del océano y de África como un cometa que dejara una estela de reales, pesos, dólares, libras y francos, espaldas negras abiertas hasta el hueso blanco, grilletes y tobillos descarnados a su paso. A mí me gusta la quemazón del hierro en mis llagas.

¡Claro!, mi sandalia está en el suelo, a un costado del jergón.

¿El mundo sería distinto y mejor si hubiera más gente como el doctor, más gente que da sentido a su vida ayudando a los demás? Sí, claro que sí. Hasta la cucaracha lo sabe. Pero el mundo no es así. ¿Habría sido mejor el mundo si yo hubiera muerto al nacer o ahogado en la jábega de Estepa? No, creo que no. El mundo era ya así y por eso alumbró a este monstruo. La vida elige a sus santos y a sus criminales.

Solo al perder ese *momentum*, esa energía, la inercia del disparo, cuando la bala de cañón empezó a detenerse y descender en su parábola, cuando la bola de billar que yo era perdió fuerza al chocar con otros, solo entonces, cuando dejé de ambicionar, cuando dejé de desear poseer, domar, humillar, esclavizar, solo entonces empecé a quebrarme y a darme cuenta de que estaba loco. De que iba a estar loco. Aún peor, porque pude anticipar mi locura. Esta sobrevino cuando cesó la actividad, el movimiento feroz, porque solo cuando te detienes y piensas te vuelves loco. Y yo, sin darme cuenta al principio, me detuve cuando nació mi hija. Porque es cierto que tener un hijo te abre a todo el dolor del mundo, a todos sus miedos. Te acobarda. Nada, ningún peligro, me atajó hasta entonces. Supongo que, en el fondo, solo buscaba el balazo o el machetazo que acabara conmigo. Sé que esa osadía suicida pero fría como el agua helada me puso, de un modo u otro, sobre muchos hombres y sus cobardes precauciones. O sobre los pánicos de los esclavos. ¡Y bien que me sufrieron! Pero fue enterarme de que iba a nacer Rosa y embargarme los peores y más irracionales temores. ¿Nacerá con todos los dedos? ¿Sana? ¿Será buena? ¿Lo seré yo para ella? ¿Y feliz? ¿Sabré cuidarla?

Cada miedo era como una plancha de buen roble en la amura de un barco: mi bala sacaba astillas como metralla al penetrarla, pero perdía fuerza, se iba deteniendo. Cuanto más la arropaba o la protegía de los rigores de Lomboko, más desnudo y débil me sentía. El temor a morir y no estar para cuidarla, alimentarla. Luego el temor a no saber educarla. Con el nacimiento de mi hija, de mi hija deseada por ser quien era su madre, pues muchos otros hijos tuve y nunca me importaron ni los sentí de mi sangre, con Rosa llega el fin de todo eso y ahí quizá pueda marcar con una muesca el momento en que mi vida empezó a irse al carajo.

La cucaracha sigue ahí, sigue frotando las antenas contra la pared. Me escucha pensar. Alcanzo la sandalia.

Y fui feliz cuando mi hija Rosa nació. No me di cuenta de lo peligroso que era ese sentimiento. La felicidad nos vuelve perezosos, nos ayuda a olvidar, nos permite olvidarnos de las cosas, nos crea corazas, capas y capas de piel, de comodidad, que nos alejan del dolor. Y es el dolor, solo el dolor, la angustia por huir del dolor lo que nos mantiene siempre en movimiento. El dolor de la pérdida, el dolor del abuso, el dolor por el padre muerto, el dolor de la vergüenza y la miseria, el dolor por la zorra asustada de mi madre, el dolor por mi hermana. Siempre el dolor, infligirlo en otros para esconder el mío. Huir, huir, buscar la situación más peligrosa, la aventura más riesgosa, un dolor nuevo que sepultara el antiguo, rancio, perenne. Y en ese frenesí hacerte rico y poderoso casi sin darte cuenta. Riqueza y poder para infligir mayores temores. ¿Quién que haya sido feliz ha creado grandes cosas? ¿Quién que haya sido feliz ha conquistado reinos? ¡Nadie! Si eres feliz no mueves el culo del sitio de tu felicidad. Solo la gente que sufre, impulsada por el dolor, puede trascender, hacerse más grande. Siempre a costa de infligir más dolor a otros, de convertir el nuestro en el miedo, la sangre y la derrota de otros. Con eso se construyen los grandes hombres, sus fortunas y hazañas, con dolor propio y con miedo ajeno.

En el fondo, bien lo sé, todo fue mi incapacidad para la rutina y los hábitos, esa repetición segura sobre la que otros construyen su seguridad y su vida. Nunca me sentí a gusto en ningún lugar, aunque viviera en una casa o frecuentara una gente por un tiempo, aunque capitanease un barco por un tiempo, para mí nunca un día fue igual que el siguiente. Siempre fui un extraño en los lugares que habité. Solo en Gallinas, donde abolí el tiempo y lo sustituí por los instintos, por la lujuria, solo allí me sentí a gusto, o mejor, no culpable o incómodo. El resto de mi vida ha sido un vagar, un estar sin estar, un acompañarme de muchos sin acompañar a nadie, en una sucesión de vidas, de lugares, de familias, de parejas que eran como los forillos intercambiables de un teatro. Y, sin embargo, eso nunca me hizo infeliz, porque sabía que estaba huyendo de mí, de mi sombra. Que nada había en una vida normal que cumpliera mi destino. Claro que esta vorágine, esta imposibilidad para la rutina, me condenó a la soledad más absoluta; nadie pudo nunca seguir mi paso, mi vivir sin detenerme, a golpes de furia y de lujuria. ¿De qué he huido siempre? Ahora lo sé, siempre hui de aquel niño asustado que fui. Y ahora, aquí, viejo y loco, encerrado, sé que nadie puede dejarse atrás a sí mismo, por más barcos que aborde, junglas que cruce o muerte que lleve de la mano.

Tras el nacimiento de Rosa y tras la muerte de mi único amor, ya viví cuerdo de prestado. Mi intento político como diputado por Málaga, mis conjuras internacionales para echar a los británicos de nuestras posesiones africanas, mi vuelta a Génova ya eran, de algún modo, los actos de un pobre loco. No de un loco soberbio, atrevido y medio suicida, no. Para todo hay clases y linajes. Eran los actos de un loco cada vez más débil, más solo y más patético. Las negaciones, el desprecio de los demás me mostraron que por más ricos que los hubiera hecho nunca me tenderían la mano con verdadero afecto, nunca dejarían de despreciar al negrero. Nunca aceptarían a mi hija. Y esos noes, puestos sobre otros noes, miradas esquivas, espaldas vueltas una y otra vez, cada vez con más frecuencia tras mi fracaso político, acabaron por afectarme demasiado, por romperme por dentro. Me fui tensando día a día como un arco, como una jarcia azotada por un inclemente temporal, y me quebré. Entendí que conmigo caminaban la muerte y la locura, como han caminado con tantos miles y miles de hombres desde que Caín mató a Abel. Mi locura era grave, profunda, torrencial, terrena, pues me entraba por los pies, hundidos en charcos de sangre, y salía disparada hacia el cielo como un grito, llevándose con ella cualquier atisbo de decencia y de cordura cuando, por mi hija, precisamente más las anhelaba.

Extiendo despacio el brazo, lanzo un golpe con la sandalia contra la cucaracha y acierto. El golpe la voltea y la deja moviendo en el aire las patas que no están rotas. Me levanto y me acerco. La observo. Cuando era niño, primero en el patio en casa y luego en el del colegio, di en comerme las arañas zancudas que agarraba. Pensaba que si tenía el valor de comerme la araña algo pasaría, algo bueno, algo nuevo. Era mi manera de ofrecer un sacrificio al destino a cambio de alguna señal, de alguna maravilla que hiciera de parteaguas entre el niño y el aventurero que soñaba ser. Tenía claro que yo debía promover esas maravillas con mis acciones, y no sentarme a esperarlas. Como ya estudiaba cuanto debía, di en comerme esas arañas zancudas e inofensivas que a Pedrito, el niño, le parecían monstruosas y malvadas.

Cojo con el índice y el pulgar la cucaracha. La miro más de cerca. No, no tiene cara. Me la llevo con lentitud a los labios y la coloco sobre las muelas en la parte derecha de la boca. Aprieto levemente, lo suficiente para mantenerla sujeta y no matarla. Siento sus patas y antenas rozar frenéticas el canto de mi lengua, mis encías y la piel interior de mi carrillo. ¿Si me la como cambiará algo? Las cucarachas son, a todas luces, más repugnantes que las arañas zancudas, más gordas. La ofrenda será mayor. ¿Cambiará algo? ¿Vendrá mi hija Rosa y me sacará por fin de este asilo para dementes? ¿Cuánto llevo en esta celda, tirado en ese jergón y sin otras salidas que mis sesiones con Castells, sin mezclarme siquiera con otros locos? Aprieto y siento crujir la cucaracha, y las patas moviéndose aún más rápidas. También saboreo un líquido que siento viscoso, pero que no me sabe a nada.

La puerta se abre y Joseph me llama. Yo me quedo quieto, petrificado por el poder de la cucaracha. Las patitas siguen moviéndose. Sigue viva. Aprieto un poco más, deseando que Joseph se acerque a mí.

—¿Qué te pasa, chalado? ¿No me oyes? —grita Joseph.

Sigo inmóvil. Mudo. Por fin el sayón entra y camina hacia mí rezongando. ¡Funciona! ¡La cucaracha aún se menea entre mis muelas y este cabrón se me acerca! Le pido a la cucaracha que no me pegue Joseph, que me saque de allí y me lleve a Castells. Ofrezco al insecto una muerte rápida, cerrar de una vez el cepo de mis muelas y tragármela si me consigue esto.

—¡Vamos!, dice el doctor que estás mejor y que ya no tienes que estar encadenado y recluido —me anuncia Joseph al pararse frente a mí—. Ya puedes volver al dormitorio con los otros babosos. ¿No te alegras?

Asiento y sonrió con la boca cerrada mientras despedazo la cucaracha sagrada.

—¿Qué masticas?

Abro la boca y le muestro sobre mi lengua la papilla con patas.

—¡Sí, mis cojones, estás mejor! —Se agacha y me quita el grillete. Luego se alza, enorme, me mira burlón y me toca en el hombro con la punta de su porra, con asco, como si yo fuera una enorme cucaracha que pastorear—. ¡Camina!

Me trago agradecido el insecto y salimos al pasillo. Otra puerta y entramos en una galería más amplia y luminosa, al mundo de los vivos. Locos, idiotas babeantes más o menos inofensivos, como ese que habla con la cara pegada a la pared. O como ese que nos mira sin ver mientras caga en cuclillas. Estoy contento de reunirme con mis pares, con los otros naufragios que yacen en el fondo de este océano. Los extrañaba. Necesitaba ya alguien más a quien odiar o despreciar, mi propio desvarío se me hacía ya insoportable. Mi locura siempre necesitó testigos, mi valor víctimas, mis barcos tripulantes, mi poder súbditos. Esclavos. Incluso ahora necesito a Castells, sus ojos, sus oídos, para vomitarle mi odio en forma de recuerdos mentirosos. ¿O acaso recordar no es siempre mentir?

Joseph me deja en uno de los dormitorios, donde por fin podré descansar arrullado por los gritos y las pesadillas de otros. Nunca soporté el silencio. Nunca conviví con él. De niño las risas de mi madre, luego su llanto y las voces y golpes de Estepa. Los gemidos de Rosa. Cuando crecí, el llanto de los esclavos y las órdenes de mis negreros, los ruidos de la selva o la música eterna de La Habana, sus ruidos de puta. Reconozco las caras de mis compañeros, sus miradas vidriosas, sus bocas colgantes y pastosas. Los locos no podemos retener dentro nuestros fluidos. Y ellos, algunos, me reconocen también. Pedro Blanco, el negrero, el capitán. Como en el colegio, pronto se ordenará la jerarquía del miedo y del abuso en este dormitorio. Encontraré de nuevo quien me sirva, me toque la verga o me la lama. Sí, la locura necesita de otros para realizarse. El poder necesita del miedo ajeno para ejercerse. Esa fue siempre mi argucia para conseguir la lealtad de mis hombres, aterrar a propios y extraños para luego presentarme decidido y generoso al salvarlos de tantos enemigos, reales, exagerados o imaginarios, como pude alzar frente a ellos: ingleses con sogas para ahorcarnos, salvajes prontos a despedazarnos, tormentas asesinas... Y solo yo, aguantándome siempre ese lobo que me devoraba por dentro, podía salvarlos. Derrotar al enemigo o llevar el barco a puerto. ¿Qué sino eso es un padre, desde el mío hasta el Dios sanguinario de Abraham? ¿Qué otra cosa busca la mayoría de los hombres, qué sino alguien que les diga lo que hacer, que les ordene?

La democracia es una gran idea construida sobre una falacia, la igualdad de los hombres. Hombres educados en igualdad, símiles en valor y cultura. ¡Los *homoi*, los griegos iguales de Pericles, los atenienses libres! ¡Se liberaron del trabajo, inventaron la democracia y se dieron el gusto de ejercerla, pero para ello esclavizaron a miles, les negaron cualquier derecho para poder ellos dedicarse a disfrutar de su igualdad! Si yo, como tantos tiranos, pude alzarme sobre otros hombres fue porque la mayoría de ellos llevan dentro el deseo de ser esclavos, tanto o más que los que llevé por miles aherrojados en las bodegas de mis barcos. Muchos nunca lo reconocerán, otros ni siquiera se dan cuenta de ello y algunos protestarán airados, pero ninguno querría para nada ser libre. Ser libre es un castigo bíblico tan penoso como el de tener que ganarse el pan con el sudor de su frente. Ser libre es tener que tomar decisiones y afrontar sus consecuencias, ser libre es alzarse contra quienes quieran subyugarte. La libertad no se regala, se conquista. Y una vez conquistada se lucha para defenderla. ¡Demasiado esfuerzo para la mayoría! Lo comprendí desde que entré en San Telmo, desde mi navegación con Iztoiz, ¡aquella tripulación era un canto feliz a la obediencia!, con mis primeras travesías negreras, motines y cubiertas ensangrentadas...

Yo sí estuve siempre dispuesto a luchar, a matar, a engañar y enriquecerme por ser libre. Como aprendí en barcos y *captiveries*, en el negocio de la trata no cabe la democracia y nadie en sus cabales la desea. ¡Lo vi tantas veces en los ojos de mis hombres al estallar tormentas o motines de la negrada desesperada! Oí tantas veces esa súplica... ¡Dinos qué hacer, capitán! ¡Ordénanos sobrevivir, Mongo Blanco! ¡Ordénanos morir por ti, capitán! ¡Solo somos hombres aterrados, no nos dejes pensar! Ante el peligro los hombres, esclavos y libres, quieren siempre un amo. Alguien capaz de simplificar el caos con una decisión, cuando cualquiera que puedas tomar tiene cien pros y mil contras... Por eso se los maneja con el miedo. ¡Adelante, al abordaje! ¡Atrás, retirada! ¡Arriad todo el trapo o firme ese timón! Así fue siempre para mí y así sigue siendo entre las paredes húmedas y los gritos aterradores de este manicomio. Aunque me nieguen la salida y me traten poco mejor que a un animal, mi libertad, si bien pequeña y miserable, encuentra su razón de ser en la sumisión de otros infelices. Nunca fui poeta o músico, capaces de crear catedrales en el aire, de la nada, así que mi libertad necesitó de hechos reales, poder sobre otros, para realizarse. ¿Acaso no me crie yo escuchando embobado las primeras hazañas de Napoleón, corsario terrestre, queriendo ser gigante o monstruo?

> **Artículo 11.** *Hasta que cumplan la edad de tres años deberán tener camisillas de listado, en la de tres a seis podrán ser de coleta; a las hembras de seis a doce se les darán sayas o camisas largas, y a los varones de seis a catorce se les proveerá también de calzones, siguiendo después de estas edades el orden de las demás.*

XI

—¿Así que a Génova?

—Sí, doctor, esa fue mi primera singladura tras escaparme, la primera como un marinero de verdad. Salimos de Cádiz en el *San Antón*, curioso nombre para un bergantín cuyo armador era un judío sefardí, Abraham Siboni, que todo lo que desconocía del mar, de vientos y mareas, lo sabía de comerciar, sobrepreciar baratijas y trapichear desde botones hasta mosquetes en todos los puertos del poniente mediterráneo. No supe de su existencia hasta unos días después de salir de Cádiz, pues el barco lo capitaneaba como Dios le daba a entender un tal Domingues, un portugués esbelto que hacía justicia a su fama de melancólicos, con la ayuda de un piloto vasco y un contramaestre gaditano. Dos sinvergüenzas de tomo y lomo que estaban siempre riñendo y diciendo pestes el uno del otro ante el armador y el capitán, pero que eran cómplices y los verdaderos amos de la tripulación y carga de aquel barco. Navegamos, como os digo, sin mayores contratiempos hasta la barra de Tarifa, donde echamos el ancla, y recibimos un par de esquifes con fardos, sin duda contrabando, que estibamos en la bodega junto con todo el batiburrillo que ya llevábamos a bordo.

»Aquella noche hice mi primera guardia en el castillo de popa y escuché mis primeras ratas.

—¿Había muchas ratas, Pedro?

—Doctor, en todos los barcos hay ratas. Tantas que muchos marineros las domestican y las hacen sus mascotas. Son inevitables y, a decir verdad, tan útiles para estos como los pajarillos a los mineros. Si las ratas chillan y saltan del barco, sabed que son grandes y resistentes nadadoras, lo mejor que se puede hacer es echar los botes al agua, o lo que sea que flote, y seguirlas. Pero no, no me refería a esas ratas.

—Entonces ¿a cuáles?

—¡A las humanas, doctor, a las humanas! En todo barco hay siempre un grupo de ratas, de descontentos por la paga, por la carga de trabajo, por unos rebencazos de más y unos ¡usted perdone, señor marinero! de menos. Y como los roedores, transmiten pestilencias y enfermedades entre las tripulaciones, de pequeños robos a sangrientos motines. Identificar a las ratas, aislarlas y eliminarlas es labor de todo buen capitán. Pero el nuestro estaba más interesado en *Os Lusíadas* y en unos rizos rubios que atesoraba entre sus páginas. A la luz del sol o de un candil leía unos versos...

> *Isto dizendo, o Mouro se tornou*
> *a seus batéis com toda a companhia;*
> *do Capitão e gente se apartou*
> *com mostras de devida cortesia...*

—¿Le reprochas su gusto por la poesía?

—No, doctor. Le reprocho que solo le gustara la poesía. La tristeza que aquellas palabras le proporcionaban. Su arrogante melancolía que, sin duda, aquel portugués sentía le colocaba en un lugar superior al de los demás en aquel barco. Había algo tremendamente peligroso en su ensoñación, engordaba a las ratas, afilaba sus dientes y su hambre.

—¿Cómo así, Pedro?

—Los barcos en general, en aquella época de veleros, llevaban un marinero de dotación por cada cinco toneladas de desplazamiento. Así que en aquel *San Antón* del demonio íbamos veinticinco, muchos de ellos ya ratas crecidas en otros barcos y travesías. Curiosamente, las ratas más gordas y feroces eran el contramaestre y el piloto, que se daban con gusto y energía a ejercer la autoridad a la que el poético capitán Domingues había renunciado. Y lo hacían a fuerza de voces, golpes, patadas, rebencazos y castigos más propios de un navío de guerra. Junto a ellos se alistaban ratas más pequeñas, que se alimentaban de sus despojos, de las migajas de los robos que hacían de la carga del judío Siboni. Fechorías que ellos justificaban, cuando las ratas se reunían bajo el sollado a planear y repartir, argumentando que el capitán no ejercía bien su cargo y que el hebreo no se ocupaba de otra cosa que no fueran sus trapicheos, de modo que se les doblaba el trabajo a ellos y a la marinería. Y si esto era así también debían ser retribuidos por ello. Y ya que de aquel portugués alunado y del judío no salía, el buen Dios de los cristianos los había puesto allí a ellos para cobrárselo por su mano y repartir entre tanta buena gente como la que servía en el barco. Gente que cuanto más cómplice y fiel a aquellos dos ladrones más recibía y mejor vivía a bordo. Y así se ordenaban las ratas en sociedad. Y de aquí extraje una lección que me sirvió siempre, que apliqué a lo largo de toda mi vida para combatir a las ratas. No son muy inteligentes, pero engordan y pueden hacerse muy fuertes cuando creen que tienen razón, cuando encuentran justificación a su voracidad y se unen en manadas. Así que siempre les quité ese posible argumento. Siempre fui generoso en la paga e inclemente en el castigo. Y, sobre todo, nunca exigí que se hiciera algo en un barco o en una factoría que no hiciera yo antes y mejor que cualquiera de mis hombres.

—¿Fuera lo que fuese? Supongo que las exigencias de esa vida pueden ser terribles.

—No lo dudéis, doctor. Y fuera la atrocidad que fuese, yo siempre la cometí primero y mejor que cualquiera de mis hombres.

—¿Mejor? ¿Hay cualidad en el ejercicio de la maldad, de la brutalidad?

—¡Claro, como en todo! Mirad a Joseph. Pese a su corpachón tiene esa cualidad inestimable de los buenos sirvientes, la invisibilidad. Está ahí, pero se disimula a la perfección con los muros, se esconde en las sombras, está sin estar, sin molestar y como conviene a su brutal cometido, sin prevenir de su ferocidad. Listo, ahí a nuestra espalda, para hacerse presente en un segundo y romperme un hueso o abrirme la cabeza. —Castells me mira, se pellizca el labio superior con el índice y el pulgar, detiene el tiempo, luego suspira y asiente—. En tiempos más amables tuve muchos y buenos sirvientes, seres invisibles dispuestos a rellenar mi copa o retirar un plato sin interrumpir ni para recibir órdenes ni para pedir instrucciones. Lacayos y servidores que me leían como a un libro, anticipándose sin ruido a mis deseos. Asesinos también silenciosos que se ocupaban de otras preocupaciones.

El ceño del doctor se frunce y unas leves arrugas aparecen junto a los bellos ojos color cielo. Calla, luego parece buscar algo lejos, con la mirada.

—Y dime, Pedro —pregunta al fin el doctor Castells—, ¿ves ratas aquí? ¿Hay ratas en nuestro asilo?

—No, doctor, podéis estar tranquilo. Aquí solo hay pellejos sin alma, cuerpos vacíos. Cuando no hay anhelos no hay ambición, y sin ambición no hay ratas. A la mayoría de estos pobres locos lo único que los ocupa es respirar, comer y cagar. Mantenerse vivos. El momento. No piensan más allá. Si acaso los locos piensan hacia atrás, reviven una y otra vez el instante del pasado en que la vida los derrotó y perdieron la razón. Así que no, doctor, aquí no hay ratas humanas. Nunca conspirarán porque nada desean.

—¿Y tú, Pedro? ¿Tú no deseas nada, no quieres salir de aquí? ¿Volver a la torre de Sant Gervasi, con tu hija y su marido?

—Sí, doctor, nada me haría más feliz. Quizá eso algún día me convierta en una rata. Si vuestra bondad no nos mata a todos antes.

—¿Mi bondad? Me halaga que me consideres bondadoso, Pedro. Mi primer interés es la ciencia, pero es cierto que, en lo posible, intento aliviar vuestro sufrimiento. Considero una terapia ineficaz el castigo y el dolor.

—Los locos... Nosotros... Nos han abandonado aquí, nuestras familias, para que nos consumamos sin incordiar. Quizá para que nos devoremos entre nosotros. No somos ratas, sino víctimas de ratas que sueñan con vidas geométricamente perfectas. Nosotros les jodemos la feliz estampa. Todos tenemos una idea de los confines del paraíso y alguien o algo que la estropea. Y la peor rata, la más feroz, de enormes ojos rojos y dientes afilados, la que nos come por dentro, es vuestro humanitarismo, vuestra amabilidad y bondad, doctor Castells, pues es lo único que en este lugar de desesperación nos puede devolver cierta humanidad. Una caricia, una palabra amable, es lo peor que podemos recibir los locos, pues puede sacarnos del olvido, de la amnesia en que vivimos y hacernos sentir hasta el tuétano de los huesos la terrible realidad de nuestros desvaríos. Estar loco es una mierda, pero saberse loco es aún peor. Vuestra bondad es cruel, doctor. Aquí sois el capitán, el negrero.

—¿Qué dices, Pedro?

—Yo siempre evité la amabilidad, la humanidad, para con los locos que me siguieron en un manicomio enorme construido entre las olas asesinas del océano y los muros verdes de la jungla, húmedos y pestilentes, impenetrables y siempre cerrándose sobre nosotros para matarnos. Paredes altas como el cielo de árboles vivos, ululantes, llenos de colmillos, garras, lanzas y cuchillos. En los lupanares de La Habana, donde sedas y perfumes mal escondían los chancros. O los ingenios de azúcar que funcionaban a fuerza de látigos y sangre. A mis locos nunca los dejé que se sintieran humanos, eso los debilitaba. Siempre los quise rabiosos, desesperados, prestos a matar o ser muertos, a devorarse entre sí y sobrevivir a costa de desollar las espaldas de los negros, a acuchillarse entre sí por unas monedas. La bondad los hubiera matado, la duda también. Vuestra bondad, doctor, nos saca del olvido y nos mata.

—¿Así que no recuerdas ni un ápice de gallardía, de arrojo, ni en ti ni en tus hombres en tantos años de crímenes y aventuras?

—Los piratas románticos son fantasías librescas, entretenimiento para damas burguesas y sus maridos panzones. La vida del pirata era la de mendigos del mar, asustados, feroces por aterrados. Miedo al hambre, a la enfermedad, a la soga de los *gallows* ingleses o a ser degollado por los tuyos. Y la del negrero embarcado lo mismo, más las fiebres africanas, las pestes, los motines de negros enloquecidos o el ataque de otros negreros para robarte la carga.

»Tras lo que muchos consideran audacia, bravura necesaria para cometer las mayores atrocidades, solo hay cobardía y una imposible vuelta atrás a tu humanidad perdida. Cuando te has llenado las manos de sangre una vez, tan solo una vez, con la sangre de un inocente, si eres un cobarde seguirás bañándolas con la sangre de otros inocentes. Preferirás hacerlo a detenerte, mirarte y reconocerte como un monstruo. Esa cobardía es lo único que hay tras las hazañas y estatuas de tantos héroes carniceros. No se detienen, no pueden, yo no pude. Escapas hacia delante, culpando a Dios, al diablo o a la fuerza del sino, en el intento banal de conseguir tanta gloria, poder o riqueza, que te eleven sobre tus crímenes y borren tu pasado.

—Pero entonces, Pedro, ¿tú siempre distinguiste entre el bien y el mal?

—Sí.

—¿Eras consciente de la maldad de tus actos?

—Sí, claro, como lo era otro mongo legendario, el mulato Cha-Chá. Por eso no idealizo lo que hice. Por hacer el mal puse muchas veces mi vida y aún más la de otros en peligro, pero el valor, el verdadero coraje hubiera estado en hacer el bien a los demás, no en esclavizarlos, venderlos, estuprarlos o asesinarlos. En todos existen las dos cosas, la luz y la sombra, el bien y el mal, y es la lucha permanente entre estas dos pulsiones la que determina nuestro paso por la vida, la que construye lo que luego llamamos, a toro pasado, nuestro destino o nuestra suerte. Esas decisiones que siempre tomamos al filo de la catástrofe, al borde del miedo, llevados por la desesperación, son las que nos empujan hacia uno u otro lado, a todo lo bello o todo lo horrendo. A lo humano, lo poético o a lo bestial y más degenerado de la creación.

—¿Y sabes por qué estás aquí?

—No... ¡Sí, porque estoy loco!

—¿No recuerdas nada de tus arrebatos recientes? ¿De lo que hiciste?

—El valor está en ser bueno. En negar al monstruo.

—¿No recuerdas nada? Tu memoria es excepcional a veces.

—¡Gigante o monstruo! ¿Acaso los gigantes no son monstruos y todo en ellos desmedido? Gigante... ¡Yo construí un *palazzo* en Lomboko, en aquel estuario pestilente y cambiante, traicionero y protector, del río Gallinas! Lo traje de Italia, pieza a pieza, y lo erigí allí... ¿Es eso la obra de un loco? ¡Y le regalé a ella un jardín francés, copiado de un diseño original de André Le Nôtre que me consiguieron de viejos archivos unos negreros amigos de Nantes! Mármol, arquitrabes, volutas y capiteles, parterres y setos, líneas rectas peleando día a día contra el caos. *Regere fines*, yo quise ordenar los límites indescifrables, móviles, de la jungla y sus esteros. Por ella, para ella, por mi amor. Empeñé en conseguirlo la vida de cientos de negros y decenas de blancos... Sí, jardines, y parterres y setos y columnas y rectas y orden contra el caos, curvo infinito, telúrico, habitado de panteras, serpientes y salvajes de dientes afilados, que abrazaba Lomboko. Aquello nos aliviaba el miedo, sobre todo el de ella, mi amor, saber que a una línea recta le seguía otro ángulo recto, una esquina que daba paso a otro caminito recto, enarenado y desbrozado de selva y de fieras. En ese orden geométrico y previsible todo estaba claro, todo estaba cierto; me ayudaba a combatir el miedo porque, sepa usted, doctor, no ha habido un solo día en mi vida que no estuviera asustado. Siempre tuve miedo por mí, por ella. Miedo a la miseria, luego miedo a perder la riqueza, miedo a los ingleses y sus cadalsos, miedo a la debilidad de ella...

—¿Ella? ¿Quién, Pedro?

—Ella, mi amor, la madre de mi hija.

—Háblame de ella, Pedro.

—No.

—¿Por qué?

—Porque no.

—Podría preguntarle a tu hija... Si volviera por aquí.

—¿Volverá? ¿A por mí?

—Es posible, ella te trajo. ¿No recuerdas por qué?

—No, doctor. ¿Por loco?

—Puede, Pedro, y puede que te necesitemos cuerdo y con memoria.

—¿Quiénes?

—Todos. Tu hija sobre todo.

—Ya. Aquí no hay ni mujeres ni niños, doctor. Y eso es peligroso para ustedes, nuestros amos.

Castells me estudia en silencio, se frota sus hermosos ojos azules y asiente, aceptando que no le hablaré de ella.

—Nadie es aquí amo de nadie, Pedro. Y yo solo intento ayudaros a sanar.

—Sí, pero nos tienen encadenados a casi todos, aherrojados con mayor o menor severidad, como yo hacía con mis negros. ¿Por miedo?

—Estoy en contra de esas prácticas, Pedro. Pero son costumbres antiguas, difíciles de erradicar. ¿Por qué es peligroso que no haya ni mujeres ni niños?

—Los negros embarcados solos, sobre todo los guerreros yorubas o mandingas, por mucha cadena que trajeran encima siempre intentaban rebelarse y muchas veces lo conseguían, aprovechando cualquier descuido. En especial, si los sacabas a airearlos de los entrepuentes donde se hacinaban, a cubierta. Solo cuando iban bien mezclados con mujeres y niños, por miedo a lo que les pasara, se mostraban más dóciles y sumisos. Yo siempre embarcaba una buena porción de esposas, madres e hijos. Aquí no hay mujeres ni niños, solo locos que son peores que negros desesperados para los cuerdos, ¿no, doctor? Gente sin nada que perder.

—Tú ya intentaste amotinarlos un par de veces, Pedro.

—Y fracasé, no lo recuerdo, pero debí de fracasar porque estamos vivos.

—¿Cómo?

—Siempre que los negros se hacían con el control de un barco mataban a todos los blancos, y como no quedaba nadie que supiera navegar o aparejar, en pocos días perecían de hambre y sed. Los negros no solían ser nadadores. Además, pronto se perdía la costa de vista y, tras tirar a los blancos por la borda, los tiburones seguían a las naves en procesión, venteando muerte. Todos esos motines se resuelven en locura, sed y muerte. Aquí todos estamos vivos. Fracasé.

Castells me mira en silencio, escrutador, luego sus ojos se mueven a la derecha. Silencio; toma su lápiz y escribe. Le diría impaciente, puede que el doctor no tenga un buen día. Yo qué sé. Anota, para, me mira.

—Volvamos al *San Antón* y aquella primera travesía a Génova. ¿Qué más puedes contarme?

—Que de la barra de Tarifa navegamos sin descanso, con buen viento, hasta la cala del Tozal, buen fondeadero para buques de calado entre Villajoyosa y Benidorm. Los contactos del armador tenían pronta la carga, con lo que no nos demorábamos mucho en ningún sitio. Todo se hacía de noche. Estibada la mercancía partimos, evitamos Valencia y tomamos el rumbo de Menorca, donde subimos pipas de una excelente ginebra. Y que entre esa isla y Génova, el piloto vasco y el oficial gaditano se mostraron más enfadados entre sí que nunca, al punto de que el capitán Domingues dejó los suspiros a un lado y, bajo la atenta mirada de Siboni, amenazó con desollarlos a latigazos si no se amigaban y ponían en peligro el barco y la tripulación. Los dos rufianes se miraron retadores y asintieron de mala gana delante de todas las ratas, reunidas en cubierta, dejando volver al portugués a sus poemas y al judío a su recámara que, a estas alturas de la navegación, estaba tan atestada con las mercadurías más caras como cualquier tienda del Gran Bazar de Estambul. De no descargar pronto en Génova, el tal Siboni podía morir aplastado por los fardos de sedas, brocados, cordobanes, joyas y cartuchos de monedas grandes y menudas.

—Pero ¿el vasco y el gaditano se habían apaciguado?

—Nunca estuvieron realmente enfrentados, os lo he dicho. Tras aquella reprimenda, cada noche convocaban a las ratas en el sollado o el entrepuente de proa, alejados de las recámaras del capitán y armador, se reían, se abrazaban y trazaban sus planes mientras calentaban a sus secuaces con una pipa de aquella *gin* menorquina tan buena.

—¿Tú ibas a esas reuniones?

—¡Claro, como buen ratoncito joven y curioso! Iba, asentía, bebía lo justo para no quedarme fuera de aquella comunión y que no sospecharan. Escuchaba. Así, entre Menorca y Génova descubrí que aquellos dos planeaban asesinar al armador y al capitán tan pronto estuviéramos frente a Italia y apropiarse del barco y de la carga, pasando ambos a ser armadores y el gaditano capitán. La ginebra y la promesa de reparto habían ganado a la mayoría de la tripulación para su causa. Pensaban desviarse a Livorno, puerto en el que nunca atracaba el *San Antón* y donde decían tener amigos, cambiar en algo el aparejo y el bauprés del barco, pintarlo distinto e izar nombre y bandera nuevos, para luego entrar en Génova y vender la carga.

—¿Y qué pasó, Pedro?

—Pues que ellos y sus ratas se las prometían muy felices y se emborrachaban cada noche mientras se repartían nombramientos y riquezas que, por supuesto, aún no tenían a mano. Se emborrachaban tanto que pronto se desataba su verdadero yo, y los juramentos de amistad daban paso a las bravatas y amenazas más o menos veladas, en especial el vasco, que era de naturaleza violenta, apoyado cada uno por su respectiva facción. No había que ser muy listo para comprender que la codicia los había cegado y los encaminaba al desastre. No supieron conformarse con la rapiña y el menudeo que hacían de cada carga y ahora lo querían todo, sin pararse en mientes de que «todo» significaba amotinarse y asesinar. Ni tampoco hacía falta mucha sagacidad para ver que solo la codicia los mantenía unidos. La vida me enseñó que no es una mala razón para las alianzas, pero no suele bastar. El odio ata con más fuerza que la codicia. Y el miedo.

—¿Y el amor, Pedro?

—Amar es temer, es la forma suprema del miedo. Miedo a que algo le pase al ser amado, miedo a perderlo o que te deje.

—Volvamos al barco. ¿Te sumaste a los amotinados?

—No, ¿por qué había de hacerlo? Era evidente que acabarían mal, o muertos por el capitán o asesinándose entre ellos si se hacían con el barco. Aquello no podía terminar bien. O muertos o ahorcados por asesinos, ladrones y amotinados. Yo me limité a escuchar, decir palabras y hacer gestos que en nada me comprometían, y a guardar en la cabeza los detalles de las quimeras que el vasco, el gaditano y sus respectivas facciones tomaban por planes infalibles. Aprendí mucho de motines y revoluciones en esos días.

—¿En ese barco?

—Sí, doctor. A partir de tres personas ya se pueden establecer las apariencias, medias verdades, mentiras y traiciones que precisan una conjura. En la humanidad reducida que éramos aquellos veinticinco desgraciados del *San Antón* había su porción de Césares, Casios y Brutos, de reyes soberbios y súbditos leales, de girondinos y jacobinos, mucho Danton, algún Robespierre y un Saint-Just. No hablaban tan bien..., su oratoria era pobre, penosa. Mucho pico caliente por la bebida, bravatas... Ya me entiende, doctor —Castells asiente y esboza una sonrisa—, pero entre esa canalla estaban todos los personajes de Shakespeare. Los hombres somos todos distintos, pero ridículamente parecidos. A mí ya no me da el seso para estos pasatiempos, pero seguro que entre los orates a vuestro cargo sería fácil encontrar semejantes personajes. Es la condición humana, y esa es la misma para veinticinco o para veinticinco mil.

—Cierto que todos los hombres compartimos rasgos, deseos y miedos parecidos. Y es fácil reducirlos a ideas, a personajes que simbolizan ideas. Pero son las respuestas que cada uno damos a estas pasiones y dilemas las que nos convierten en seres morales y únicos, valiosos. La decisión y la acción crean al hombre. Y si no son las correctas lo destruyen, lo animalizan. Tú lo sabes mejor que nadie.

—Yo lo que os digo, doctor, es que en aquel barcucho aprendí de motines y revoluciones lo que luego, a mayor escala, vi y viví en barcos más grandes, factorías esclavistas en África, capitanías generales en La Habana, juntas de accionistas, diputaciones y los salones de regentes, validos y monarcas. Envuelta en arpillera de saco o en seda y galones dorados, siempre la misma mierda.

—Explícate.

—En todas las revueltas o revoluciones, ya sean las que descabezan reyes o amotinan barcos, se dan siempre dos momentos que van hermanados pero son distintos. Siempre hay dos revoluciones en cada revolución. Un primer momento es aquel en el que todos, por muy distintos que sean, por muy hijos de su madre y de su padre, o del diablo, se aúnan hermanados en el odio hacia el tirano que quieren derrocar, el capitán, el factor o el rey. Una vez conseguido el ímpetu que les da esta unión interesada, llega ese segundo momento donde surgen las diferencias entre quienes tan amigos parecían, donde se revelan las distintas personalidades e intereses que había en esa masa que parecía moverse como un solo hombre. Es entonces cuando empiezan a desconfiar y a acuchillarse entre ellos. Lo que aprendí en el *San Antón* y me sirvió el resto de mi vida, cuando derroqué o quisieron derrocarme, es que la manera más hábil de sobrevivir a una revolución es identificando bien estos dos momentos. Sumarse a los gritos de los demás en el primero y luego saber manejar los intereses y las divisiones en el segundo. Pocos son los que entran con una idea fija en estas locuras y llegan al final con esa misma idea y la cabeza sobre los hombros. Lo que aprendí en esos días me guio toda mi vida y nunca perdí un barco bajo mi mando ni una cuerda de negros en África. Solo cuando la vanidad me volvió estúpido y arrogante, lo olvidé y empezó mi fin. Solo cuando me creí uno de ellos, cuando me dejaron creerlo para apuñalarme mejor todos esos señoritingos y politicastros peores que el peor pirata. Me vencieron cuando dejé de ser negrero y empecé a hablar como ellos, a jugar con sus reglas.

—La desconfianza excesiva nos puede quebrar tanto como la extrema confianza, Pedro. No es sano convertir a todos en amenazas, ¿verdad?

—Lo sano es aprender a leer a las personas. Desconfiad siempre del malhumorado, cree que la vida le agravia y le debe algo. Y como a la vida no le va a reclamar, lo hará con jefes y compañeros. ¿Reís?

—¡Buen punto, Pedro! Lo tendré en cuenta. ¿Qué más? Estoy seguro de que aquí no acaban tus enseñanzas.

—¡No, claro que no! Desconfiad por igual de los excesivamente serviles, se humillan tanto que al fin acaban despreciándose a sí mismos y culpando a los que halagan.

—Puede ser...

—Es. Y de los demasiado felices. Está claro que les falta seso. Y la gente sin seso es peligrosa, su lealtad es peligrosa.

—¿En quién confiar entonces, Pedro?

—En nadie, doctor, en nadie. Solo en la propia inteligencia para identificar los intereses de quienes os rodean. Alentarlos y aparejarlos de manera visible si coinciden con los propios, desanimarlos y destruirlos con discreción si no es así. Ese es el arte de dirigir a otros hombres.

—Parece una manera triste de vivir. Solo puede llevar a la soledad. Incluso cuando más acompañado pueda parecer que está uno. Ese cálculo permanente no...

—¡Nacemos solos, vivimos solos y morimos igual de solos! Lo demás es engañarse. ¿Dónde está mi hija, doctor? —Lloro, moqueo.

—Tranquilo, Pedro, vendrá. Te quiere. Le importa que sanes, que recuerdes.

El doctor me pasa un pañuelo. Niego con la cabeza y me seco ojos y mocos con la manga sucia de mi camisola. ¿Qué carajo quiere este hombre que recuerde?

Recuerdo demasiado, doctor, y eso me enloquece. Demasiado. Solos. Estamos siempre solos. Tardé en entenderlo.

El doctor calla, apunta en su libreta. Cuando al fin alza los ojos de ella, su mirada se pierde por el patio recorriendo a los locos que, babeantes unos, murmurantes otros, cada uno en su delirio, son metáfora perfecta de la soledad implacable.

—*Le soleil ni la mort ne se peuvent regarder en face...*

—¿Qué murmuras, Pedro?

—«Ni el sol ni la muerte se pueden mirar a la cara», una máxima de La Rochefocauld. Por no mirar a la muerte nos engañamos, doctor.

Silencio. Castells suspira y me palmea en el hombro, intentando con este gesto que la familiaridad disipe lo lúgubre de mis pensamientos.

—Bueno, ¿y cómo acabó el asunto del *San Antón*, Pedro?

—Eché cuentas. Las ratas fieles al vasco y al gaditano no pasaban de diez, con ellos doce. Concediendo que hubiera unos cinco hombres tibios que se sumarían a la intentona en el último momento, si esta triunfaba, aún quedarían siete u ocho que serían fieles al capitán y al armador. Unos por repugnancia al asesinato y al robo y otros, como también hay siempre, porque el orden natural de las cosas los tranquilizaba. Domingues y Siboni eran los únicos con acceso a fusiles, pistolas y pólvora. Si fracasaba la sorpresa, eso no daría oportunidad a los amotinados y sus cuchillos. Además, según nos acercábamos a Italia y cuanto más bebían en sus conspiraciones nocturnas, más evidente me parecía que tan pronto lanzaran los cuerpos de sus víctimas por la borda, empezarían a matarse entre ellos.

—¿Y entonces?

—Les hice de Ganimedes una noche...

—¿De Ganimedes?

—Sí, el copero de Zeus, el hermoso joven que escanciaba néctar a los dioses del Olimpo. ¿Y vuestra cultura clásica, doctor?

—Precisamente, Pedro, yo tenía entendido...

—Un mundo de científicos sin cultura clásica está abocado a la destrucción.

—... que Ganimedes también era el amante de Zeus, ¿no?

—Yo solo repartí *gin*, juramentos y risotadas.

—¡Claro, claro!

—Luego, cuando los oí roncar salté de mi coy, me llegué con sigilo hasta la cabina del capitán y lo desperté. Al principio se sobresaltó y a punto estuvo de pegarme un tiro con un pistolón que tenía junto a su ejemplar de *Os Lusíadas*. Vio que venía solo y conseguí tranquilizarle; luego le expliqué las trazas de los traidores. Me miró en silencio, se limpió las legañas, asintió y sin más, tras mal meterse la camisa en los pantalones, calzarse y pasarse la mano por cabello y barba para ordenarlos, resopló y me hizo seña de que lo siguiera en silencio. No despertó a nadie más ni gritó alarma, no pidió ayuda. Bajamos al entrepuente sin salir a cubierta, para que no nos viera el marinero de guardia ni el que estaba al timón, caminamos entre los dormidos. Primero llegó al coy donde roncaba el contramaestre, el gaditano. Domingues pareció dudar un instante mientras lo miraba, asintió para sí, y siguió camino hasta el coy donde se mecía el piloto vasco. Aquí ya no dudó, me indicó que me apartase y me escondiera en la sombra, le descerrajó un tiro en la sien y le voló los sesos al vasco. El disparo despertó a todo el mundo, todo eran gritos y blasfemias. Salieron varios cuchillos y muchos miraron al gaditano como esperando una señal. Temí por el capitán, solo traía ese pistolón y estaba descargado. Pensé que lo despedazarían. Pero el tal Domingues, aparte de melancólico, resultó ser temerario. Se plantó allí, en silencio, clavó los ojos en los más exaltados y les hizo bajar la mirada. Luego enarcó las cejas y preguntó con un gesto al gaditano. Este apenas alcanzó a balbucear algo y también bajó la vista. Los cuchillos desaparecieron como por ensalmo entre las camisas y en los coys y el capitán, ignorándome en todo momento para no ponerme en peligro, salió de allí como si nada. ¡Limpiad la sangre!, fue lo único que ordenó antes de desaparecer. Y así se hizo.

»Al día siguiente, ya a un día solo de navegación de Génova, con las primeras luces, se convocó a la tripulación en cubierta y el capitán ofició un pequeño responso, muy respetuoso y sentido, por su víctima. Se arrojó el cuerpo al mar, bien fajado y con unos hierros de lastre, y todo el mundo dio por terminado el asunto. O eso creí. El capitán en ningún momento me miró ni me habló, por no señalarme ante los otros. Solo al día siguiente, poco antes de subir al puente para ordenar la entrada a puerto, me llamó a su recámara con pretexto de darme un recado que hacer en tierra. Allí estaba también Siboni, el armador. Los dos me felicitaron por mi honradez, cada uno en su estilo. ¿Por qué denunciaste a esos amotinados del diablo?, me preguntó el capitán. No supe muy bien qué contestar, pero le dije que consideraba de muy mala suerte que mi primera travesía (aquí no contaba mi viaje de prácticas a La Habana, que ya me parecía algo como de otra vida; o soñado) acabara en motín, asesinatos y robos. Parecieron quedar conformes, ambos me garantizaron su discreción y me prometieron rápidos ascensos en el *San Antón*, muerto el vasco hacía falta un piloto y el colegio de San Telmo tenía fama de formarlos muy buenos. Siboni añadió algunas monedas más a mi escasa paga y me dieron permiso para retirarme.

—¿Y luego?

—Atracamos en Génova y una vez desestibada la carga, se nos dio permiso para desembarcar. Todos nos desperdigamos entre tabernas, garitos y burdeles. El dinero que tanto le cuesta ganar le dura poco al marinero que, a los efectos, cuando toca tierra parece siempre más un preso recién liberado que otra cosa. La rutina de la vida en el mar, cuando no sus peligros, los empuja a vivirlo todo y deprisa en los puertos.

»Yo acabé esa noche con el gaditano y algunos más, todos más bien borrachos. Fue bajando ya de noche de los tugurios en la parte alta hacia el puerto cuando noté algo raro. Alguna mirada fría que contradecía una boca sonriente, algún cuchicheo. Esperé y cuando entramos en un callejón estrecho y empinado, empujé a uno que tenía al lado sobre el gaditano y sus otros tres amigos. Tropezaron y cayeron, momento que aproveché para correr como un gamo y perderme en la oscuridad. Nunca volví al *San Antón*.

Castells parece a punto de preguntarme algo cuando se acerca Joseph y, tapándose la boca con la mano, susurra algo al oído al doctor. Castells asiente y alza la vista hasta las ventanas de su despacho, que dan sobre el patio. Yo miro también, pero el sol brilla sobre los cristales y no consigo ver a nadie. Castells cierra su libreta, guarda el lápiz. Se pone en pie y me sonríe.

—Gracias, Pedro, disfruto mucho con tus historias. Está muy bien, muy tranquilo —le dice a Joseph—, déjale que se solee cuanto quiera.

Joseph asiente y me dedica una mueca amenazadora. Haz algo, loco de mierda, te estoy esperando, me dice sin palabras. O eso es lo que yo entiendo. El doctor se va.

El sol me calienta la cara y de pronto desaparece. Una nube. Giro rápido la vista a las ventanas del doctor y llego a intuir dos sombras. Un hombre y una mujer. Luego nada.

Estoy loco.

> **Artículo 12.** *En tiempos ordinarios trabajarán los esclavos de nueve a diez horas diarias, arreglándose el amo del modo que mejor le parezca. En los ingenios durante la zafra o recolección serán dieciséis las horas de trabajo, repartidas de manera que se les proporcionen dos de descanso durante el día, y seis en la noche, para dormir.*

XII

Alzo la cara al cielo, el tiempo ha cambiado. Cierro los ojos y siento la tibieza de un sol que no quema. Ventea fresco, lo noto en la nariz, en la punta de la nariz, y en las orejas, ya grandes como las de cualquier viejo. También noto en el culo la frialdad de la piedra del banco, al que unas horas de sol no han bastado para calentar. El tiempo ha cambiado, sí. ¿Cuánto llevo aquí? Hay lugares donde el tiempo es abolido y pierde su sentido. Aquí, un manicomio, África —ustedes tienen relojes, nosotros tenemos el tiempo, me dijo una vez un negro viejo—, como en un barco atrapado en una calma chicha... Como en cualquier infierno. El cielo, que no lo conozco, debe de ser un lugar donde el tiempo no pese. Infiernos he conocido, habitado y creado varios, infiernos que lo son precisamente por la conciencia de un tiempo eterno, aplastante, detenido, contra el que lo humano nada puede.

Cuando abro los ojos veo que el doctor me habla. Veo cómo sus labios forman palabras que, sin embargo, no oigo. Desarrollé pronto la habilidad de compartimentar mis ideas y sentidos, como si los estibara en diferentes bodegas y entrepuentes, para vivir solo una parte, oír y no ver, o ver y estar sordo. Me iba la cordura en ello, lo aprendí mientras tuve que dormir en sollados balanceándome en mi coy rodeado de otros que, como insectos en sus vainas, también mecían sus desvaríos y pesadillas en sus chinchorros. El sueño de los negreros, piratas, asesinos, borrachos, sodomitas, puteros, violadores y dementes que tripulaban los barcos de la trata, los únicos capaces de soportar su hedor a muerte. Aislar mis sentidos, usando unos y suprimiendo otros del todo o en parte, también me fue muy útil para no perder la cabeza en Lomboko, sobre todo cuando intenté llevar una vida normal de hombre casado y luego de padre. Cuando pretendía hablarle a ella de amor, y luego a nuestra hija, sin oír al tiempo los gritos de dolor de los negros encerrados por miles en barracones, o los gemidos de placer de mis hombres y las negras que tomaban de buen grado o por fuerza. Conseguí llegar a tener únicamente oídos para las preguntas fastidiosas y repetidas de mi pequeña, que por imitación también solo parecía oírme a mí. Conseguimos reír y volar cometas mientras el mundo aullaba de dolor a nuestro alrededor.

—Pedro, ¿por qué no me contestas a lo que te he preguntado?

—¿Qué me habéis preguntado?

—¿No lo recuerdas?

—No.

—Y, sin embargo, recuerdas con un detalle sorprendente muchas cosas.

—Sí.

—¿Cómo te lo explicas?

—¿El qué?

—Que selecciones tus recuerdos. Es obvio que eliges qué recordar.

—No.

Castells se queda en silencio. Casi puedo oírle pensar, imaginar cómo rendir la fortaleza de mi memoria. Pero ¿qué quiere saber? Mi problema es, creo, el exceso de memoria y, por ello, de culpa. ¡Ya quisiera yo poder elegir mis recuerdos! ¡Podría vivir sin dolor!

—Entonces ¿por dónde quieres seguir?

—¿Yo?

Se hace un silencio incómodo. Siento que estoy forzando mástiles y jarcias, como cuando se navega con mucho trapo en una tormenta. Que todo el aparejo de mi trato con el doctor puede destrozarse en un instante. Pero no, no recuerdo qué quiere que recuerde. En mi cabeza oigo restallar como látigos, al romperse, los cordajes que nos unen. Pero al fin...

—¿Qué pasó tras Génova, Pedro?

—¿Perdón? —He vencido, no sé bien qué batalla, pero lo he vencido.

—¿Qué hiciste tras el *San Antón*?

—Navegar, enrolarme en cuanto barco pude los siguientes tres o cuatro años. Con paga o a cambio de pasaje y comida. Subí a piratear hasta las pesquerías de bacalao del helado norte, donde a punto estuve de morir de frío y hambre junto a otros miserables que por sus pecados allí habían acabado, atrapados en unas cabañas infectas en los hielos... ¡Tal era el hambre que los de unos puestos atacaban y asesinaban a los de otros por el rumor de un poco de pan o de ron que tuvieran guardados! Creedme, puesto a ser pobre siempre es mejor en los trópicos. Allí al menos el frío no te consume las fuerzas, se gasta poco en vestir y siempre habrá una fruta o un pescado a mano. De aquellos días de infierno blanco saqué clara la determinación de no volver a navegar nunca al norte o al sur de ciertas latitudes. Y de no robar a quien no tiene ni mierda en las tripas. Todo en aquellos años fueron enseñanzas y pasé más días sobre la tablazón de las cubiertas que en tierra firme, como si un espectro me empujara al mar una y otra vez. Conocí Liverpool, Londres, navegando un tiempo con los feroces marinos de Inglaterra, ojos azules, barbas rojas y sangre vikinga. Gente celta para la que la tierra son solo islas en un gran mar. Y aprendí su lengua, que tanto usaría luego para mis negocios con ellos y con los americanos. También atraqué un par de veces en la burguesa Nantes, donde aprendí de sus negreros a vestir de civilizada discreción nuestro terrible comercio. A eso y a invertir las ganancias en otras cosas.

—¿Ya navegabas como negrero?

—No, aún no había empezado. Pero soñaba con ellos, con esos barcos rápidos, esbeltos y bien aparejados. Años después, ya siendo el Mongo Blanco en Lomboko, conocí a un joven negrero francés llamado Théodore Canot. Mientras bebíamos me dijo algo que reconocí de inmediato; me dijo que en él los veloces *clippers* causaban el mismo efecto que una mujer muy hermosa en otros hombres. ¡Un tipazo el tal Canot! ¡Más tarde me llamó el Rothschild de la trata! Pero eso fue mucho después.

El joven Pedro soñaba por entonces con ser negrero y anotaba cada dato que me parecía relevante en mi bitácora, aquí, en mi mollera.

—Entonces ¿qué barcos eran?

—Casi todos, aparte de algún medio mercante medio corsario, eran buques auxiliares de la trata. Doctor, no os podéis imaginar la magnitud del negocio que era el tráfico con negros. Una raíz que nutría casi cualquier otro comercio. Hice varias singladuras en uno de esos barcos que alimentaban y se alimentaban de la trata, los que fletaban entre Europa, América y África con el resto de las mercancías que facilitaban la compra de esclavos. A las órdenes de un antiguo negrero, un calvinista francés que tras muchas aventuras, fiebres y motines había decidido dedicarse a comercios más lícitos y reposados. Un fanático religioso que no daba una orden sin antes aclararse la voz citando la Biblia y gritándonos diablos y perdidos. Así llevábamos pólvora, mosquetes, cuchillos de acero, ollas, azúcar, cuentas, baratijas, vino, ron y aguardientes, telas a puertos de la trata para que, embarcados en los negreros, fueran de América a África occidental, a las factorías, donde se trocarían en cuerdas y más cuerdas de esclavos. Todo el mundo, de una manera u otra, estaba implicado en la trata.

—¡Es lamentable, Pedro! Un pecado que nos manchará a todos como civilización por generaciones. Y que algún día se revolverá contra nosotros.

—¿Es lamentable?... ¡Es, simplemente es! Así funciona el mundo. En eso consiste el progreso, en convertir el mundo en un enorme mercado donde se trafica con gente. ¿Creéis que cambiará, doctor?

—Tengo fe en la razón, en la ciencia y en el progreso.

—Yo no. Y me educaron en ella. Creo que la perdí en aquella batalla contra los franceses a las puertas de Málaga. Allí vi cómo los avances de la ciencia, la trigonometría y los cañones franceses Gribeauval de doce libras servían para matar y despedazar más y mejor. Vi la sinrazón que anida profunda en el hombre. ¿Tomáis café, doctor?

—¿Perdón?

—¿Que si os gusta el café?

—Mucho.

—¿Y lo endulzáis con azúcar?

—No, Pedro, no. Me gusta puro. Y ya sé por dónde vas...

—No, imagináis, pero no lo sabéis. ¿Cuántos miles de toneladas de azúcar se consumirán solo en Europa y los Estados Unidos?

—Supongo que muchas.

—Pues sabed que cultivar apenas cuarenta hectáreas de caña necesitan del trabajo de, al menos, ciento cincuenta negros en el campo. Creedme, doctor, la trata lo teñía todo. E incluso en la prohibicionista Inglaterra, los abolicionistas se quejaban amargamente de que todos los parlamentarios y comerciantes británicos se ufanaban de sus contactos y amistades entre los importadores de esclavos de Cuba, el Brasil y del Sur de los Estados Unidos. Al fin y al cabo, la misma Gran Bretaña que perseguía la esclavitud era el primer comprador del algodón sureño, plantado y cosechado por esclavos. Hacéis mal en no endulzar el café, caballero. El azúcar, el gusto por lo dulce de la vida, ha sido siempre el alma de nuestro negocio. Los pequeños placeres que se permiten incluso a los humildes de nuestra tierra, como endulzar el café, fumarse un veguero, vestir alguna vez con fresco algodón un día de fiesta o echarse un trago de ron, esos pequeños privilegios son el origen de la amargura y esclavitud de aquellos con los que traficamos.

—Aunque usara azúcar no conseguirías hacerme sentir culpable, Pedro. Pongamos que bebo mucho café para mantenerme despierto, endulzándolo, y también fumo para mantenerme tranquilo y concentrado, para pensar mejor y escribir ideas, pensamientos complejos que denuncien las atrocidades que los hombres cometen siempre sobre otros hombres. No me sentiría culpable si los frutos del sufrimiento me ayudaran a estar más alerta y productivo para combatirlo.

—Sois curioso. Pensadlo. Toda la sabiduría de la Ilustración se avivó con un consumo desmesurado de café y de azúcar. El café espabilaba a los *philosophes* y estos despertaron en muchos otros las ideas de libertad, ¿no? Así que podríamos decir que lo que liberó las mentes de unos, condenó a la esclavitud a otros tantos. Es más, me atrevería a decir que siempre que floreció el pensamiento humano fue gracias a esclavos que liberaban a un puñado de afortunados de partirse el lomo. Muchos trabajando dieciséis horas para que pocos se dediquen a pensar. Siempre es igual, siempre en nombre del progreso y la fraternidad humana, ¿no, doctor?

—Así debería ser, cinismos aparte, Pedro. Todo siempre en su nombre.

—Yo no veo el progreso, la diferencia entre cazar a tiros a unos negros cimarrones, levantados contra sus amos blancos, o dispararle a un grupo de obreros en huelga contra sus amos blancos por sus sueldos de miseria. ¿Vos la veis, doctor? Quizá. Sois uno de esos socialistas, ¿verdad? Algún día me tenéis que explicar todo eso. No lo entiendo. Y además estoy loco.

—¿Qué es lo que no entiendes?

—Todas esas teorías socialistas y anarquistas. Me llegaron ya muy mayor. Curioso aún, pero con los ojos ya muy cansados para leer. Y luego además enloquecí. Me tenéis que ilustrar.

—Mis ideas, fueran esas o no, aquí no vienen al caso. Tú eres el paciente. Pero parece lógico que muchos deseen un mundo donde riqueza, sangre y honores no sean la prioridad, sino la justicia. Y la justicia, Pedro, y esto es una obviedad, solo se puede dar entre iguales, ¿no? O sea, eliminando precisamente esos honores, linajes y fortunas que crean la desigualdad y se benefician de ella. Y las teocracias que apuntalan y santifican esa desigualdad con promesas de recompensas en otras vidas.

—Ahí he de daros la razón. Pero, doctor, ese socialismo tiene también un tufillo religioso. Simplemente cambiáis a los dioses para poner al hombre en el centro, ¿no? Es también un dogma de fe.

—Aunque aceptara eso que dices, hay una diferencia fundamental. Las religiones ofrecen premios por sufrir, por tragar, por no rebelarte ante la injusticia, por dar de lo que no tienes a esos dioses y sus beneficiarios en la Tierra, curas, imanes y rabinos. Es el hombre el que crea a los dioses en contra de otros hombres. Se trata de que el paraíso no esté en el más allá, sitio del que nadie ha vuelto para contar sus excelencias, sino en el más acá. Que la gente encuentre el premio a su esfuerzo en vida. Míralo así, Pedro.

—¿Os consideráis un verdadero revolucionario? ¿Estáis dispuesto a cambiar para cambiar el mundo?

—¿Tendría que hacerlo si lo fuera, Pedro?

—¡Claro! Tendréis que realizar primero en vos mismo el cambio que queréis para el mundo. Solo los verdaderos revolucionarios lo hacen. ¿Estáis dispuesto a eso, Castells? ¿Sacrificaríais todo, vuestros gustos, vuestras costumbres y sensibilidades, para convertiros en lo que deseáis para los demás?

—Es un argumento falaz. Identificas revolucionario con aventurero, con hombre de acción. Yo creo en el poder de la mente, de las ideas y de la ciencia para transformar sociedades. Se puede ser revolucionario desde las ideas.

—Puede ser, doctor. Yo conocí a muchos hombres poseídos por una idea y a muchos revolucionarios de boquilla. No imagináis cuántos de aquellos abolicionistas, que hicieron de esa causa la razón de su vida, en el fondo nunca desearon pasar de la idea, abstracta, a la acción y que la esclavitud desapareciera, porque desapareciendo ella desaparecía también la lucha que creían daba sentido a su existencia. Ese es el problema de muchos de los que quieren cambiar el mundo, en verdad temen que ese cambio se pueda producir y los deje sin ningún motivo para levantarse cada mañana, para protestar y sentir que su vida en este mundo tiene alguna utilidad.

—Interesante, reconozco parte de razón en lo que dices. Pero...

—¿Pero?

—Pero te he dicho muchas veces que no estamos aquí para hablar de mí, sino para que tú trates de sanar. Hablemos de ti. Esos primeros años en el mar, ¿qué te enseñaron?

—Aprendí a obedecer, a medrar y luego a ordenar. Que mandar a uno al carajo era mandarlo a helarse en una cofa, la cestita descubierta y batida por los vientos en el tope de los palos. Aprendí también que para curar la espalda abierta a rebencazos nada mejor que una masilla de orín, cenizas y pólvora untada sobre las heridas. Y dejarla luego airearse al viento salado del mar. A flexionar las piernas y bailar las olas cuando el barco cabecea. A batirme sobre una cubierta empapada en sangre. Aprendí a calcular el valor de una mercancía en negros. Pasé por muchos bergantines, aún no había yo introducido los veloces *clippers* en la trata, y en esas travesías aprendí que el alma de los barcos negreros permanece, da igual a lo que se dedicaran luego, como un veneno, una carcoma que se apodera de los marineros que los navegan. Aprendí a distinguir por el olor de los fuegos de azufre con los que quitaban la peste de las bodegas de los esclavos, que había impregnado la tablazón para siempre, por los calderos enormes que ya nadie usaba, por los entrepuentes dispuestos como jaulas, qué barcos habían sido negreros. Por los numerosos y amplios imbornales, que servían lo mismo para achicar agua en las tormentas que sangre en los motines. Y por su gesto torvo, mala sangre y andares a los marineros que habían servido en ellos. Aprendí a chapurrear una *lingua franca*, mezclada de inglés, francés, español, portugués, sosso y yoruba, que era la de los barcos y factorías esclavistas. Descubrí que las travesías por África, aun en las mejores circunstancias, eran siempre difíciles. Que las corrientes ayudan a navegar al sur y al este, pero dificultan el regreso hacia latitudes más altas y hacia América. Que la Estrella Polar desaparece cerca del ecuador y que cuando llegas siempre te encuentras con brumas y bajíos. Y que de junio a octubre hay huracanes y terribles tormentas. Aprendí a entenderme con cualquiera en aquel mar. Al fin y al cabo, todos los marinos temen y agradecen los mismos vientos. Todos en aquellos barcos, negreros o auxiliares, éramos presos de los mismos mares y pecados.

—Y, sin embargo, hay en ti una erudición que no casa bien con esa vida y tan brutales compañeros.

—Siempre fui curioso. Heredé de mi padre su gusto por los libros. Me sentaba a su lado a leer, al principio por agradarle, luego por pasión. Desde muy chico leía cada libro que tenía a mi alcance. Descubrí en ellos la forma más rápida de viajar en el tiempo y por el mundo, de soñar, de llenarme de nombres, historias y paisajes donde vivía otras vidas. Y encontré seguridad. Una manera de aislarme en el colegio, allí de los llantos de los niños más débiles en los dormitorios, y luego en casa para escapar de la zafiedad de Estepa. También, por qué no, una manera de ofenderle; odiaba verme leer. De los libros se alimentaban las fantasías que embelesaban a mi hermana Rosa, que la hacían soñar de mi mano. ¡Nunca dejé de leer! ¡Nunca! Siempre viajaron conmigo algunos libros en esas travesías, libros que luego vendía para comprar otros. Libros que me topaba en los lugares más insospechados, en el petate de un muerto o calzando una cómoda en un burdel, y que robaba o trocaba por ron, tabaco o pólvora. Los devoraba en las guardias y en los pocos ratos libres, gastando bujías y cabos de vela que clavaba en la viga donde pendía mi coy primero, más tarde en las cabinas y camarotes. Los libros me ayudaron mucho en esos años. Me ayudaron a medrar con algunos capitanes y oficiales que, aunque apenas un poco más instruidos o menos brutales que sus subordinados, se sorprendían al verme leer y se mostraban curiosos y cercanos.

—Te honra ese amor por los libros.

—¿Creéis que me hizo mejor persona?

—¿Y tú?

—No sé, doctor. He conocido auténticos hijos de perra muy lectores. Y a santos analfabetos.

—Seguro. Pero la curiosidad y el ansia de saber ennoblecen al hombre.

—Pues yo creo que chiflé de tanta lectura, como don Quijote. Metí demasiada carga en esta bodega —digo señalándome la sien—. ¿No puede eso ser así?

Castells sonríe. Atesoro cada una de esas sonrisas, por minúsculas que sean. Que alguien te sonría te hace sentir más humano. Yo nunca dejé que los marineros sonrieran a los esclavos, no quería darles esperanzas. Los quería confusos y asustados hasta que los desembarcase en el muelle de la Caballería o en Regla en la bahía de La Habana. Enfermedades e ingleses aparte, el mayor peligro en un negrero era un motín de los esclavos. El resultado nunca era bueno. O te asesinaban o tenías que matar a muchos de ellos, por norma los más bravos y fuertes, los mejores ejemplares, con la consiguiente pérdida de dinero. Por eso los barcos negreros se reconocían por sus cubiertas corridas, despejadas y libres de estructuras como llevaban los mercantes, para poder barrerlas con metralla desde los alcázares de proa y popa. La mierda y los muertos se arrojaban al mar por la amurada de sotavento. A un negrero en apuros siempre lo reconocías de lejos por el hedor a sangre, mierda, orines y sudor. Y por el aleteo de los tiburones en su estela. A los negros muertos en los motines había que despedazarlos, decapitarlos delante de los sobrevivientes; si los arrojabas enteros al mar, los vivos pensaban que despertaban con el agua y volvían a su país.

Mala cosa un motín. Por eso no había que darles esperanzas de ningún tipo y mantenerlos paralizados de miedo el mayor tiempo posible. No era difícil. Aquellos salvajes primigenios, muchos de ellos raptados en el interior de África, muy lejos de un mar que desconocían, estaban aterrados y perdidos cuando amanecían por primera vez, encadenados y dispuestos como sardinas en una lata, en un artefacto que resultaba para ellos del todo incomprensible. De una montaña alada que se deslizaba por un río sin orillas, feroz y peligroso. Un lugar infernal, repleto de amenazas desconocidas donde su humanidad desaparecía a fuerza de apilarse unos con otros, desnudos, como sacos de carbón. Un lugar regido por diablos blancos, quizá los primeros que veían en su vida, gente de piel pálida, ojos claros y lenguas extrañas. Muchos pensaban que nos los comeríamos. O que los llevábamos a que se los comieran otros como nosotros, nuestros niños y mujeres, que esperaban al otro lado del gran río salado, a muchas lunas.

El ser humano, y yo nunca dudé de que los negros lo fueran tanto como yo, puede acostumbrarse a cualquier cosa, a cualquier horror, siempre a cambio de que el verdugo abra un poco la mano. De que cuando lo habéis llevado al extremo más insoportable le hagáis sentir que aflojáis un poco la presión. Mantenerlos asustados y confundidos siempre. Así evité yo esos motines desastrosos que ocurrían en otros barcos negreros de capitanes más perezosos. La brutalidad como método requiere disciplina y aplicación de quien la ejerce. Yo nunca seguía una rutina, un horario que ellos pudieran establecer. Cumplía con todas y cada una de las prácticas tenidas como útiles para mantener la mortalidad, natural por las condiciones de la captura y el viaje, en un aceptable diez por ciento de mis piezas de Guinea. Nunca los sacaba a cubierta a airearlos y a la revista del médico de a bordo a la misma hora, así nunca sabían cuando oían destrabarse las escotillas y bajar a mis hombres a buscarlos, gritando y rebenque en mano, a qué iban afuera. A veces, en mitad de la noche, los sacábamos a bailar al son de unos tamborcillos. Les rompía el descanso, los desentumecía y vuelta a la bodega. Asustados y confusos, que nunca pudieran establecer un patrón de conducta ni en mí ni en mi tripulación que los ayudara a preparar un plan contra nosotros. Aterrados, los ojos casi fuera de las órbitas y el corazón saltándoles en el pecho, porque cada vez que usaba la violencia esta era brutal, desmesurada. No, yo nunca permití cuando estuve al mando de esos barcos que se les sonriera y se les diera trato de personas o esperanza. Como las que me da a mí cada sonrisa de este joven y bello doctor, que me hace sentir humano, interesante, capaz de vivir con otros. Y no un viejo loco que babea y se caga encima.

—No, no creo, Pedro. Supongo que la locura de Alonso Quijano es una herramienta de Cervantes para poder criticar mejor y hacer burla de los vicios de su tiempo. Ya sabes, *in vino veritas*, y la verdad está en boca de los niños, los borrachos y los locos. Dime, ¿seguiste mucho con el capitán calvinista?

—No; como os digo, cambié mucho de barco. Yo creo que en esos años comprendí que la rutina nunca sería aceptable para mí, que nunca estaría a gusto en ningún lugar por mucho tiempo. ¡Yo soy la consecuencia terrible de mi imposibilidad para la rutina, y vivir en sociedad es matar el instinto y abrazar la rutina!

—¿Eso crees?

—Es lo que yo viví, errado o no. Es cierto, al menos fue cierto para mí. Y nunca me sentí infeliz.

—O quizá nunca te detuviste a pensar por miedo a ser infeliz.

—Siempre supe que estaba huyendo, doctor. Huyendo de mí, de mi sombra... ¡Dios! Y yo nunca me detuve tampoco a esperar a nadie. Solo a..., a...

—¿A quién, Pedro?

—A la madre de mi hija. Muerta ella y con mi hija de la mano intenté con toda mi alma, por Rosita, detener mi vida, renunciar a horizontes, junglas, escaramuzas y echar el ancla en mi palacio de La Habana para vivir como un honrado comerciante al que le había ido muy bien en la vida.

—Pero no funcionó, ¿verdad?

—No, en aquellos salones, recepciones y bailes aprendí a apreciar mi vida de negrero.

—¿Cómo así, qué podías encontrar de bueno en aquella maldad continuada?

—La vida del negrero se ajustaba mucho más a la moral natural del ser humano, que es la de la fiera, la ley del más fuerte, sin reglas. Una ferocidad franca, indisimulada. Fue en la vida en sociedad, primero entre la aristocracia habanera y luego en mis intentos políticos en Málaga o Madrid, donde encontré la mayor hipocresía y lo más alejado del estado natural del ser humano.

—¿No te parece feroz el mundillo político?

—¡Mucho, pero más mentiroso, traicionero! ¡Y no hago distingos entre un diputado español, un congresista americano o un reyezuelo del río Pongo! La única manera de gobernar sobre otros hombres es mintiéndoles y traicionándolos. Encontré gente mucho más decente entre los negreros y los piratas. Creedme.

—Tú también llegaste a ser rey...

—Sí, un rey de verdad porque yo no nací en cuna de oro como cualquier Borbón. A mí nada se me dio simplemente por ser hijo de alguien. Si acaso se me quitó lo poco que tenía. Yo me gané un trono luchando. Por eso siempre admiré a Napoleón. Sé de lo que hablo.

—¿Fue en esos años cuando llegaste por primera vez a África?

—Sí. Y nunca olvidaré lo que sentí. Nada en el mundo que yo conozca se parece a la costa africana. Hay algo ominoso, gigantesco que ni siquiera se encuentra al otro lado del Atlántico, en toda América. Algo que te avisa a primera vista de que no es un lugar hecho a la medida del hombre... Algo terrible y hermoso a la vez. En aquellos primeros viajes solíamos llegar frente a la costa unos días antes de que lo hiciera un bergantín mayor, artillado y equipado para transportar los sacos de carbón...

—Personas, Pedro. Los eufemismos nos protegen de lo que íntimamente censuramos, de lo que nos avergüenza. Personas, seres humanos.

—Para transportar a los negros que otros raptaban en el interior. Hombres, mujeres y niños negros y llevarlos a la esclavitud, doctor. Ya nada me avergüenza de lo que hice, mis remordimientos no cambiarían gran cosa, ¿verdad? —Castells calla y me hace el gesto, o así lo interpreto yo, de que continúe—. Además, estoy oficialmente loco. Conocí un actor que siempre que se presentaba a alguien declamaba, con voz gruesa, que estaba loco y podía demostrarlo. Llevaba consigo una carta de un médico, un colega suyo, que así lo certificaba.

—¿Y?

—Bueno, digamos, que esa presentación ya predisponía a la indulgencia en los demás y a una liberalidad excesiva en él. Era divertido presenciar sus excesos y diatribas. A otro no se las hubieran tolerado.

—Ya. ¿Buscas mi indulgencia? ¿La de tu hija?

—Supongo que busco humanidad en los demás. La que yo no tuve. Uno siempre desea lo que no tiene.

—Pondremos orden en tus sentimientos, en tus ideas. Tu hija te quiere. Ella te trajo para que te cuidásemos. Mira por tu salud.

—Claro, doctor, tenéis razón. —No, no la tenéis. Esa perra desagradecida me ha abandonado aquí, arrumbado como un lanchón con el casco podrido. Aquí, hasta que me muera y la carne se despegue de las cuadernas de mi cuerpo. ¿Creéis que no lo sé?—. Sí, mi hija me quiere.

—Volvamos a África. Me contabas que llegabais primero y allí, frente a la costa, os citabais con los bergantines negreros. ¿Por qué?

—En aquellos tiempos la trata seguía funcionando a la manera antigua, yo aún no la había modernizado. Los negreros tenían que esperar a que llegaran los esclavos del interior. Ningún blanco se internaba más allá de las factorías que estaban en la costa. Necesitábamos de los negros para comprar negros. Los esclavos llegaban con cuentagotas, dependiendo siempre de las razias que hicieran los reyezuelos de cada zona. Nosotros llegábamos antes, oteábamos que no hubiera barcos ingleses y, ante todo, traíamos las mercancías con las que luego el capitán del negrero negociaría por esclavos con uno o dos reyezuelos. Sobre todo, la Santa Trinidad: ron, mosquetes y pólvora. El regateo con cada jefe o rey era largo, tedioso; podía durar días, si por casualidad había habido una guerra reciente y ya habían hecho acopio de bastantes negros. Semanas o meses, tiempo que necesitaban para atacar a otras tribus y conseguir los necesarios para llenar las bodegas. El bergantín y nuestro barco podían pasar así semanas frente a una miserable factoría, con los hombres aplastados por el tedio y el calor infernal, húmedo, que te ahogaba hasta dejarte sin aire. Sin nada que hacer, a muy pocos se les permitía desembarcar, salvo avistar la costa desde el barco, beber, pelearse por cualquier nimiedad, contraer fiebres y andar siempre con la barba sobre el hombro por los ingleses. Además, en esa espera había que intentar que la marinería no violara a las negras, eso quedaba para los oficiales y en alta mar, y alimentar a los negros que ya hubieras embarcado, con el consiguiente gasto. Todo era peligroso e ineficaz y no pocas tripulaciones se amotinaban allí. Fue muy famoso el motín del negrero francés *Céron*, frente al río Bonny.

—¿Qué pasó?

—Las negociaciones se extendieron no ya semanas sino meses. En aquella época hubo por allí una excepcional escasez de esclavos. Hasta seis meses tardaron en completar el cargamento. Y claro, durante ese tiempo murieron varios marineros de enfermedades africanas, que a todos nos aterraban, y los demás llevaron la vida más miserable que pueda imaginar, allí, varados frente a una muralla inexpugnable de vegetación. Al fin llegaron los esclavos suficientes para hacer rentable tanto sufrimiento; entonces los marineros mataron a todos los oficiales y al cocinero. Ya sabéis cómo son los franceses con la comida. Mi fiel Mérel siempre se reía con este detalle, que para él demostraba bien a las claras la sofisticación irrenunciable de sus connacionales. Después de esto, los amotinados navegaron sin problemas hasta Puerto Rico, vendieron los negros y se repartieron las ganancias. Estas cosas eran frecuentes.

—La vida del marino es siempre dura y peligrosa, ¿no, Pedro?

—Sí, doctor, claro... Pero mucho más para la marinería de los negreros. Para empezar, eran la hez de cualquier puerto. Ahora que caigo, quizá ya estaba loco entonces porque nadie en su sano juicio y si no era por un carácter ya torcido unido a la extrema necesidad, se enrolaba en los negreros. El trato a bordo era brutal y el trabajo aniquilador porque, en realidad, eran mucho menos valiosos que los negros que vigilaban y transportaban. Solía morir un quinto de la tripulación por viaje, imaginaos. Y si no te mataba el viaje lo hacía el aburrimiento.

—Y tú, ¿cómo sobrellevaste el tedio?

—Libros. Aprendiendo de los libros. Pero sobre todo aprendiendo de los hombres, de los marinos, oficiales y capitanes más expertos, que me daban cabida por mi ánimo siempre dispuesto, mi buen aspecto y amena conversación. De ellos y de los *krumen*.

—¿Los *krumen*?

—Sí, mi buen doctor, los ahora abolicionistas británicos habían sido los grandes negreros de antes y dejaron un rastro de palabras y usos en la Costa de los Esclavos. *Crewmen*, los tripulantes, se había corrompido en boca de los nativos hasta convertirse en los *krumen*. La trata siempre necesitó de ellos, antes y después. Eran tribus costeñas, un tanto pescadores y un mucho piratas y saqueadores de naufragios. En África occidental hay pocos fondeaderos seguros, intermitentes entre playas abiertas, interminables, llenas de bajíos que mudan con las mareas y las tormentas y que solo conocen los *krumen*. El oleaje rompe muy fuerte en la misma playa, así que es peligroso el transporte de mercancías y personas entre los barcos y tierra. De eso se encargan los *krumen*, con sus canoas de alto bordo. A decir verdad, me recordaban las proas alzadas de las jábegas de mi Málaga. Estos gitanos del mar, a los que los negros del interior tachaban de brujos y mitad los despreciaban mitad los temían, eran prácticos insuperables de aquellos fondeaderos. En cuanto llegaba un barco, auxiliar o negrero, surgían de la nada, de la bruma eterna y pesada que esconde esas costas, que pese al calor se pega a la piel como un sudario frío y que dicen que es la respiración de la selva. Siempre acorde al tonelaje del barco, en un cálculo perfecto hijo de generaciones de práctica, aparecían por docenas o por cientos a alquilar sus servicios. Nunca vi en mis muchos años en África que erraran lo más mínimo, que sobrara o faltara un solo *krumen* para las maniobras, carga y descarga.

También, y eso lo aprovecharía y bien en Gallinas, eran sigilosos y hábiles espías que cubrían cientos de millas de costa.

»Muchos, aparte de gritar, traían en sus canoas mujeres o niñas y nos las ofrecían para asegurarse el trabajo. Otros trepaban como macacos por el casco del barco y se plantaban en la mismísima cubierta. Con estos siempre había problemas, pues aprovechaban el barullo para robar lo que pudieran. Cuando sorprendíamos a alguno lo tirábamos al agua sin miramientos mientras el resto de los *krumen* nos jaleaban, juraban no conocer de nada al ladrón o saber que era hijo de un gorila y una hechicera, lo maldecían, escupían hacia donde lo habíamos tirado para espantar el mal *ju-ju*, abrían mucho los ojos y la boca y seguían robando cualquier cosa que pudieran. Muchos secuestraban o robaban negros aquí o allá, los tenían atados en la selva y cuando aparecía un barco negrero salían con ellos a su encuentro. Eran esclavos muy baratos, no de mucha calidad, pero sí baratos y con la ventaja de que al ser de su padre y de su madre, nunca del mismo pueblo, difícilmente se ponían de acuerdo para rebelarse después de ser embarcados. Aprendí mucho de estos *krumen*. Eran unos diablos con las lenguas y chapurreaban la de cualquiera, blanco o árabe, que hubiera atracado por allí en los últimos trescientos años.

—Debió de ser toda una aventura...

—¡Otra vez vuestra alma romántica, mi buen doctor! Os supongo lector hasta quemar las pestañas, e imaginativo. ¿Sabéis lo que pienso de la vida aventurera?

—No, dime. —Castells ya sonríe. Ya lo tengo abarloado.

—Pues lo mismo que de las jornadas gloriosas, que es una mierda. Y siempre una ensoñación a posteriori de quienes no las vivieron. La vida aventurera no es sino pasar necesidad, mucho miedo y...

—¡Cagarse encima! —Ahora soy yo el que sonríe.

—*Touché!*

—¿Cuándo pusiste pie por primera vez en África?

—No lo olvidaré nunca. Fue en la barra de Ada Fort, en la Costa de Oro. Buen sitio para hacer aguada, avituallarse en una pequeña factoría que allí había entre los restos del una fortaleza portuguesa, controlando el acceso al interior del delta del río

Volta. Los ríos, doctor, los ríos eran las venas de la trata. Por ellos se ha desangrado siempre África, y no solo de hombres. Allí también recabaríamos información y noticias sobre cotizaciones y precios. Adelantando trabajo al negrero que esperábamos. Nuestro barco auxiliar llegó casi de amanecida. El sol no había fundido aún la niebla, un velo gris que ocultaba la costa y que apenas dejaba ver unos fuegos, unos destellos blancos y naranja, que por la distancia a la que estábamos debían de ser hogueras bien altas ardiendo en la playa. Al principio nada, todo el mundo en silencio, tenso, arriando casi todo el trapo para detener de a poco nuestra nave. Solo se oía a un marinero que iba trepado en el bauprés de proa cantando fondo con una sonda. Pronto también desde la bruma nos llegó un sonido lejano de tambores, los *tam* con que allí se comunican, dando aviso de nuestra llegada. Un rato más de espera, de espulgar la niebla, hasta que aparecieron unas sombras borrosas deslizándose sobre el agua, primero unas pocas y luego más de veinte canoas de los *krumen*. Algunos subieron a bordo y tras una rápida negociación con el capitán Simões, con el que yo me había amigado durante la travesía (era portugués y disfrutó mucho de mis aventuras en el *San Antón* con el melancólico Domingues), nos guiaron por un paso con suficiente calado que nos permitió fondear al abrigo de la larga barra de arena.

—¿Esa fue entonces la primera vez que llegaste a tierra africana?

—Sí, la primera. Era marzo de 1812 y hacía dos años que había huido de Málaga. Mi primera vez en África... Seguro que creamos recuerdos con el tiempo, ¿verdad, doctor?, pero os juro que ya esa primera vez sentí una emoción muy profunda al llegar a la costa africana... Y también era la primera vez que para llegar hasta allí desde La Habana, aprovechando los alisios y las corrientes sur-sureste, crucé el ecuador. ¿Sabéis que se festeja con un bautizo, con una ceremonia?

—No, no sabía.

—Sí, los marinos somos todos muy supersticiosos y dados a rituales. Toda buena fortuna es poca en el océano. Este capitán portugués, por ejemplo, antes de cualquier travesía estaba unos diez días comiendo solo carne y verduras, nada que viniera del mar por no enojarlo comiéndose a sus súbditos. También en esos días evitaba decir el nombre de peces, vientos y bestias marinas por no llamar su atención sobre él y su barco. Tan pronto pasamos el ecuador, Simões reunió a todos los que no eran indispensables en cubierta del *Esperanza*, que navegaba con bandera de conveniencia española, aunque allí el único español fuera yo. Salieron de la nada un Neptuno panzón, con un arpón en la mano y una corona de latón. Y una sirena barbuda. El capitán leyó una jaculatoria al dios del mar, pidiéndole perdón en nombre de todos por la osadía de este tal Pedro Blanco, neófito en esas latitudes y que había de perder al barco y la gente a bordo por su necedad y arrogancia. A esto Neptuno dijo *um caralho para ele!* y con un gesto indicó al capitán que prosiguiera. Este volvió a disculparse y ordenó, al contramaestre y a un par de marineros, que me asegurasen bien con una maroma por la cintura y echándome al mar por la amura de barlovento me izaran de nuevo a bordo por la de sotavento. Hasta dos veces me pasaron por la quilla y en cada una me sentí morir. Finalmente me subieron a cubierta, vomité sangre y agua salada y esa fue la señal para que empezara la fiesta. A una orden de Neptuno y entre risas y tragos de ron, se invirtió el orden a bordo y se leyeron agravios de los marineros contra los oficiales. Había algo de la locura de un carnaval y su mundo al revés. Simões me preguntó si tenía una moneda de oro o de plata. Le dije que sí, que una de plata. Me ordenó que se la diera y se la guardó. A su señal me perforaron el lóbulo izquierdo. Simões me dijo que con esa moneda el herrero me haría un arete y que me lo pondría en ese agujero, testimonio de mi paso del ecuador. Que era costumbre vieja de marinos y piratas, que mejoraría mi vista y, llegado el caso, siempre tendría en la oreja algo de plata para que si moría me dijeran unas misas. O para putas.

—O para comer, ¿no, Pedro?

—Verá, doctor, eso de comer nunca parecía encabezar las prioridades de los marinos. Beber, putas o un entierro decente tras una vida de pecado si el cuerpo no se perdía en un naufragio, sí.

—Ya veo.

—La fiesta terminó entrada la noche conmigo vomitando a

sotavento pero feliz. Este Simões era todo un personaje. Aprendí mucho de él y de los tres cruces que hicimos juntos del Atlántico. Era zorro viejo, tenía por entonces sesenta y cinco años y presumía de haber servido como grumete, cuando apenas si sabía caminar, en *La Perla Catalana*, el primer negrero español que viajó sin escalas de África a San Juan de Puerto Rico, allá por 1758. Verdad o mentira, hasta ahí remontaba su linaje como negrero.

—¿Y seguía navegando?

—Sí, no tenía a nadie en tierra y al parecer no consideraba otro fin que morir en el mar. Ya no se veía con fuerzas para sujetar a la tripulación de un negrero y por eso se había pasado, decía él, a la vida tranquila de un bergantín auxiliar y a sus marineros amujerados. Nunca supe de su domicilio en tierra, lo único que era muy devoto de san José, el patrón de los negreros, y siempre procuraba tocar puerto en Bahía, en el Brasil, para encender unos cirios ante su imagen en la iglesia de San Antonio da Barra, un busto que había regalado la hermandad de tratantes de la ciudad en el siglo anterior y que tenían por muy milagroso. Seguía navegando y pirateando. En el rumbo a África abordamos una goleta francesa. Nos aproximamos a ella con pabellón español sobre otro inglés, figurando que era un barco apresado a los británicos. Simões tenía en su recámara un cajón lleno con banderas de diez o doce países distintos, cada enseña con su respectiva documentación falsa para el barco. Incluido el negro con las tibias cruzadas y la calavera sonriente. Ahí no acabó el teatro, que también disparamos una salva por sotavento, que es señal en el mar de pedir auxilio.

»Mi capitán, como buen pirata, sabía del valor del engaño para ganar ventaja y ahorrar vidas de su tripulación. Fue avistar el juanete de la goleta y ordenar destensar cabos y velas del *Esperanza*, dejando alguna colgar desmadejada. Un barco en problemas, me explicó guiñando un ojo, parece una furcia mal pintada y peor vestida. Es una víctima fácil, golosa. Y así debió de pensarlo el capitán franchute, que no dudó en aproximarse. Mientras Simões ordenó al cocinero que pusiera una marmita con ron junto al palo mayor, con un cacillo para que toda la tripulación pudiera darse un buen trago que les calentara los redaños. En realidad, aquel brebaje tenía su mucho de ron, pero mezclado con agua y unas onzas de pólvora. Todos bebimos, yo solo me mojé los labios, y algunos empezaron a aullar y dar saltos en cubierta mientras cantaban canciones piratas de degüello y carnicerías. Otros temblaban mientras comprobaban el filo de sus armas o el cebo de las pistolas. Cuando se colocaron al pairo, a un grito de Simões se arriaron esas falsas banderas y se izó la pirata, al tiempo que les disparamos con una colisa desde el alcázar de popa y nuestras dos carronadas de esa banda. Eran del calibre 32 y de una salva, tan próxima, destrozamos muchas jarcias y velas, con lo que la goleta francesa andaba más lenta. Simões destacó también tiradores en las cofas y obenques, con orden de seguir agujereando el trapo de las velas y abatir oficiales. Cazamos cabos, velas y el *Esperanza* ganó velocidad en un momento. Les dimos caza durante unas buenas dos horas, la goleta era muy marinera pero, como os digo, iba muy dañada, menos armada y con menos hombres que nuestro bergantín. Aun así, los franceses devolvían el fuego que podían y no se rendirían sin lucha. La *Jolly Roger* que había izado Simões era roja.

—¿Qué quieres decir, Pedro? ¿La *Jolly* qué?

—Os suponía muy amigo de las novelas de aventuras, doctor Castells. La *Jolly Roger*, la bandera pirata con la calavera y las tibias cruzadas. La gente se la imagina siempre negra; en realidad las había de muchos colores y dibujos muy distintos. Casi siempre la calavera y las tibias, sí, pero también mujeres, alfanjes, esqueletos. La de Simões era la calavera sobre pabellón rojo y eso, en el mar, significaba que no daba cuartel ni hacía prisioneros. Y los franceses lo sabían.

—Entiendo. Luchaban por sus vidas.

—Así es. Pronto Simões se puso entre la goleta y el viento, que era de través, y la sotaventeó dejándola casi parada. Nosotros teníamos el viento y los franceses, para huir, solo habrían podido virar y navegar de bolina. Estaban atrapados. La enormidad del mar se convierte en una ratonera para una goleta sin viento en las velas. Los hombres se encaramaron gritando a los puestos de abordaje en amuradas, obenques y batayolas. Ahí fusiles y carronadas dispararon sobre la cubierta y mataron a muchos de los contrarios. Al resto los acabamos con pistolas, hachas y sables tras abordar el barco. Como os digo, ni uno solo rogó por su vida. Perros mordiendo a perros. Yo maté a dos. A uno de un pistoletazo en la cara. Al otro lo pasé de lado a lado con un sable... No me miréis así, doctor, ellos me hubieran matado a mí de haber podido.

—Pero ¿no te importó matar, Pedro? Hablas de quitar la vida con mucha ligereza.

—No, no me importó. No eran mis primeros muertos y luego ya perdí la cuenta. El mundo es un lugar peligroso, doctor. Y el mar el lugar más feroz de este planeta. Hasta no hace muchos años cruzarse con otro buque en alta mar era casi siempre ocasión de matar o morir. Supongo que vuestro tan amado progreso va terminando con eso, ¿no?

—¿Y al llegar a Ada...?

—Ada Fort, o Ada Foah, como la llamaban los *krumen*.

—Ada Foah, me gusta. —Ya está Castells, el ratón de biblioteca, con sus ensoñaciones románticas, pienso para mí mientras él paladea el nombre—. En Ada Foah, ¿qué pasó?

—Pues que Simões me llamó y me indicó que bajaría con él a tierra, a la factoría *do meu camarada João Gonçalves*, otro paisano suyo. Solo lo acompañamos el primer oficial, el contramaestre y yo. Nos llevaron los *krumen* en sus canoas y quedé admirado de su velocidad y lo maniobreras que eran. Varamos en la orilla aprovechando una ola con gran suavidad. Allí ya estaba el factor, João, esperándonos bajo un parasol que sostenía un negro hercúleo con un mosquete a la espalda y un sable a la cintura. También a su lado había una negrita muy joven con los pechos puntiagudos al aire. Gonçalves era un hombre viejo y gordo, uno de esos *lançados*, aventureros portugueses que vivían de las migajas de la trata y de intermediar, en su caso, con los *matses*, los reyezuelos del interior del Gran Volta. Tipos turbios que lo mismo te aseguraban un cargamento de negros que acto seguido te delataban al *West Africa Squadron* por unas monedas. El tal João andaba medio desnudo también, solo unas calzas de algodón le tapaban las vergüenzas. El torso lo llevaba descubierto y se le desbordaba en rolletes sobre la cinturilla de las calzas, lorzas que brillaban por el sudor. Al cuello llevaba un collar hecho con cuentas, conchas y huesos, sin duda un amuleto. Solo parecía empeñado en protegerse pies y cabeza del sol abrasador, pues llevaba unos delicados chapines moros, de cordobán muy trabajado, y un sombrero ancho de paja finamente trenzada. Tenía las manos pequeñas, los ojos redondos y chicos, siempre como espantados, y la nariz bulbosa de un borracho, que lo era. Simões y él se abrazaron, hablaron y rieron en portugués, luego nos saludó a los demás y nos encaminamos a su pequeña factoría.

—¿Qué pasó? ¿Cómo era?

—Pues pasó que nos condujo muy obsequioso, y entre risas y bromas con Simões, a su alojamiento. Dejadme que os explique. Ada Fort era una de esas antiguas factorías fortalezas que los portugueses habían diseminado por la costa africana desde hacía dos siglos. Inútiles para grandes operaciones de la trata por ser de sobra conocidas por los ingleses y batidas cada tanto por sus ligeros *sloops* y fragatas, estaban casi todas reconvertidas en puestos comerciales tan auxiliares como lo eran barcos como el mío a los verdaderos negreros. Allí se podía hacer aguada, comprar fruta, carne y alimentos frescos, informarse de la situación de tierra adentro, de las guerras entre tribus y los esclavos que generaban, de la proximidad del *West Africa Squadron* y de sus fuerzas. A estos factores se les daba noticia también de las mercancías que traíamos para anticipar el interés de los reyezuelos esclavistas, se les proporcionaban muestras de telas de indianas, pipas y tabaco, espejuelos y anteojos, por supuesto ron y otros aguardientes, cosas así, medio regalos medio sobornos para que iniciaran los contactos. El sebo y la cera de sellar, sábanas viejas... Nunca armas y pólvora, eso quedaba para la negociación principal. Regalitos y mucha ceremonia, doctor. Los reyes tribales eran tanto o más puntillosos con el protocolo que nuestros Borbones. Y desde luego, a su tamaño, no menos arrogantes, amigos de las reverencias y corruptos. Creedme, he tratado con ambos y son la misma gentuza.

—Sigue, Pedro.

—Gonçalves nos llevó a su casa, una construcción baja pero amplia y bien aireada, con techo de palma entrelazada. Los restos de aquel fuerte debían de ser antiguos porque era de los de sillería. Los más modernos ya no se hacían de piedra sino de barro y madera. El de Ada Foah, como os digo, era de buena cal y canto y contra el lienzo de muralla más resistente había construido el portugués el resto de su casa, con ladrillos de los que lastraban las sentinas de los barcos negros que llegaban de vacío y que siempre le regalaban cuando ya no los necesitaban por tener las bodegas llenas de negros y mercancías africanas. En la espaciosa sala tenía varios chinchorros y un par de camas bajas, a la turca. Allí nos instalamos y empezamos a beber y fumar mientras Simões y Gonçalves intercambiaban noticias.

—¿Como cuáles, de qué hablaban?

—Banalidades al principio, chismes sobre conocidos... Recuerdo que todos reímos cuando Gonçalves contó que los ingleses habían ahorcado a un tal Gäel Nouaille, un francés que ambos conocían.

—¿Reíais porque habían ahorcado a un hombre?

—La historia lo merecía. Al parecer había naufragado por uno de los muchos huracanes que azotan esas costas unas millas al norte de Ada Foah. Sobrevivió flotando durante días abrazado a un mastelero de gavia. Él y su loro. Simões asintió riendo y dijo que sí, que ese malnacido antes vendería a su madre que separarse de su maldito loro. Gonçalves, con la negrita acurrucada entre sus piernas y el negro que había dejado el fusil contra una pared y cambiado el parasol por un abanico refrescándole, siguió contando que los ingleses lo rescataron. Tan pronto le dieron agua dulce el francés la compartió amorosamente con su loro. Cuando lo interrogaron sobre cuál era su barco y a qué se dedicaba, Nouaille dijo que era un mercante de matrícula española y se dedicaba al comercio de azúcar y ron cubano. Los ingleses no le creían demasiado, pero tampoco tenían pruebas de lo contrario y todo parecía ir bien para el francés hasta que su loro se puso a cotorrear y repetir a gritos *Plus esclaves plus d'argent!* y *À l'abordage! À l'abordage!*

—¿Perdón?

—¡Más esclavos más...!

—Sí, eso lo entendí. ¿Lo otro?

—¿«*À l'abordage*»? —Ahora mismo Castells es un niño viajando con la imaginación a las aventuras que siempre soñó. Pobre—. ¡Al abordaje! El maldito pájaro cada vez que abría el pico gritaba cosas sobre esclavos y abordajes en perfecto francés. Al parecer el tal Nouaille, como casi todos, no desperdiciaba la ocasión de atacar los barcos más pequeños que se cruzaban con su bergantín bien artillado y añadir otras cosas a los negros en las bodegas. Los propios ingleses no dejaron de reír por la ocurrencia del loro mientras discutían si colgarlo por negrero o por pirata. Gente práctica donde la haya, los ingleses decidieron dejarse de bizantinismos y ahorcarlo sin más, eso sí, tras un juicio con todas sus formalidades, como ellos gustan, tan pronto volvieran a puerto. —Castells ríe, aunque se avergüenza un poco de hacerlo. Se ruboriza. En realidad, es poco más que un chiquillo, un joven hermoso que cree saber mucho de lo suyo pero, no es estúpido, intuye que no sabe nada de la vida. Hace unos años lo hubiera seducido con facilidad, lo habría corrompido y hubiera entendido mucho de la vida, de la perra vida, de golpe. Los hijos de puta que nos cruzamos en la vida son las personas que más nos enseñan—. Yo siempre prohibí loros, cacatúas y papagayos en mis barcos y casas. Esos hijos de Satanás han enviado a la horca a muchos hombres de negocios con su locuacidad estúpida... ¿Qué más queréis saber, doctor...?

—¿Y luego qué más hicisteis?

—Seguimos comiendo, bebiendo y fumando hasta mediodía. Entonces Gonçalves decidió que hacía demasiado calor para salir. Ordenó al negro que corriera unas telas de algodón que pendían del techo, a manera de cortinas que separaban los chinchorros y las camas turcas, dando una ilusión de intimidad. Le hizo un gesto a la negrita para que se fuera con mi capitán a una de las camas. Otra muchacha, también muy joven y a la que no había oído llegar, se escurrió tras otra tela con el contramaestre. Él se retiró a la otra cama con su hércules de ébano.

—¿Y tú?

—Yo intenté dormir la siesta entre los gemidos de los demás. —No, no fue así, pero yo elijo lo que cuento. El loco lleva el timón. No fue así. Cuando los otros ya se habían retirado con las negras, Gonçalves me miró inquisitivo. Le bastó un momento para calarme. Asintió y le hizo una señal al negrazo para que me sacase de allí, sin ruido para que no lo oyeran Simões y el contramaestre. Seguí al esclavo, a otra choza más pequeña que también estaba acostada contra un baluarte del fuerte, a pocos pasos de la casa principal. Entramos. Dentro solo había oscuridad y les llevó unos segundos a mis ojos acostumbrarse. Pero no tenía miedo sino ansia... Oscuridad, frescor, zumbar de moscas, una manta en el suelo de tierra pisada y una calabaza con agua. Olor a barro y estiércol. Sí, doctor, también fue la primera vez que poseí a un negro, joven, fuerte, como un mármol azabache que refulgía con el sudor. La primera vez que oí gemir con sus voces guturales, profundas. Gemir porque no cruzamos una sola palabra. Él no tenía otra orden sino hacerme gozar y prestarse a lo que yo quisiera, sin cortejo ni seducciones. Simple placer y animalidad. Me derramé dentro de su culo y caí agotado en el jergón, recuperando el resuello. Luego me sequé el sudor con un paño, me vestí y regresé a la casa de Gonçalves, a mi chinchorro. Allí los ronquidos habían sustituido a los gemidos. Me dormí—. Me costó, doctor, pero me dormí. Cuando el sol bajó, salimos con Gonçalves a recorrer sus dominios, apenas seis o siete chozas más, un puñado de *laptots*, que era el nombre en wólof afrancesado que se daba a los negros que habían dejado todo para vivir sirviendo a agentes y factores blancos, y sus mujeres. También vi un cercado pequeño, pero alto y firme, de troncos bien atados entre sí. Pregunté y mi capitán me explicó que era una *captiverie*, un redil para encerrar negros a la espera de embarcarlos y echarles los grilletes a bordo. Este de Gonçalves era muy reducido, para unos treinta negros muy apretados, pues ya solo traficaba muy de cuando en cuando y a pequeña escala. Yo los construiría para más de mil esclavos en Gallinas... Pero ya llegaremos a eso, supongo.

—¿Ahí te iniciaste en la trata?

—No, fue más tarde. Pero en las semanas que estuvimos allí, hasta que llegó el bergantín negrero, descargamos nuestras mercancías y cargamos otras, aprendí algo de su jerga y de esas pequeñas factorías.

—¿Como qué?

—Pues que la vida era brutal para todos, melancólica. Todo consistía en trabajo esclavo, alcohol, violencia y violaciones. Que los blancos como Gonçalves tenían pánico al océano de árboles que se abría a sus espaldas, a pocos metros a veces de la playa y de sus chozas, del que poco o nada sabían si no eran sus peligros, que la poblaban por igual tribus feroces, caníbales, mosquitos asesinos, fiebres violentas, diarreas mortales, serpientes y fieras de todo tipo. El propio Gonçalves me confesó que él nunca se había internado más de un par de soles de navegación río arriba. Él ya contaba la distancia en soles o días de marcha, como los negros. Nunca en los más de treinta años que llevaba en Ada Fort. Cuando los emisarios de los *matses* no bajaban hasta la factoría o a esa distancia que a él le parecía razonable y segura, Gonçalves todo lo hacía a través de los negros de confianza y sus canoas. Tenéis que pensar, doctor, que aun hoy en día el interior de África es un misterio sin cartografiar. Imaginaos en 1812. Nadie sabía qué había unas millas más allá de las costas o deltas de los ríos principales... ¡Dios, extraño un mundo donde un hombre aún podía descubrir, conquistar...!

—¿Y esclavizar?

—Sí, supongo No hay conquista sin víctimas... Pero imagino que usted, doctor, no siente la llamada de lo ignoto.

—Te equivocas, Pedro. A eso me dedico, a internarme en los ríos, volutas, meandros y rincones oscuros de lo desconocido, del territorio más inexplorado y terrible, la mente humana. El cerebro es la más perfecta representación de un laberinto infinito. Es ahí donde quiero descubrir y llevar luz y entendimiento...

El doctor sigue hablando, pero ya no le escucho. Me pregunta cosas que no recuerdo. No le oigo, pero le veo mover los labios, leo sus gestos. Insiste, cada vez con más frecuencia. Yo le miro, asiento, o cabeceo y aparto los ojos. O abro mucho la boca y babeo, para ver si se cansa y me deja de preguntar lo que no sé ni recuerdo. ¡Todos los días le regalo historias! ¿Por qué esa insistencia en lo otro?

—Hace frío, doctor. ¿Oléis el viento? Trae agua.

—Sí, Pedro, parece que el otoño entra fresco este año. Si quieres, si sigues tranquilo y quieres, nuestras próximas charlas las podemos tener en mi estudio, allí arriba.

—Estaría bien, doctor. A mi edad la humedad y el frío se sienten mucho. Todos los negreros somos hombres de estación seca, que ahí guerrean los negros y se capturan los esclavos. La estación de lluvias aleja las velas, para el negocio, y es tiempo de contar historias y de marinos que se vuelven locos. Odio la lluvia.

—Aquí estás a salvo, Pedro. ¡Bien! Mañana seguiremos. Adiós.

—Adiós.

ÁFRICA

Boston, Published by Samuel Walker

> *Artículo 13. En los domingos y fiestas de ambos preceptos, y en las horas de descanso los días que fueren de labor, se permitirá a los esclavos emplearse dentro de la finca en manufacturas u ocupaciones que cedan en su personal beneficio y utilidad, para poder adquirir peculio y proporcionarse la libertad.*

XIII

—Pedro, cuéntame ese sueño que tanto se repite.

—Claro, doctor, anoche mismo lo volví a soñar. Casi siempre igual desde hace más años de los que recuerdo.

—¿Nada cambia en él?

—Sí, alguna cosa, algún detalle... Personajes aparecen y desaparecen, a veces hablan, hablo más. O menos... Pero es siempre muy parecido.

—Cuéntamelo.

—Estoy en un barco negrero, un bergantín... O uno de aquellos hermosos *clippers* que compré en Baltimore. ¿Sabéis que esa ciudad era la capital mundial del abolicionismo? Siempre me hizo gracia la ironía de comprar allí los mejores barcos para la trata. ¡En fin...! Atracado en puerto, abarloado junto a otros, miles de otros barcos. Como si fueran un reflejo infinito en un espejo... A latigazos, atados de a dos y engrilletados, salen los negros a cubierta. Lloran, otros tascan con odio los dientes. O cantan con tristeza. El contramaestre azota aire y espaldas con el látigo. Los negros murmuran en sus lenguas, chorreando sudor y sangre. *Maffa, maffa!*, gritan algunos alzando las cadenas al cielo...

—¿*Maffa*?

—Significa «holocausto» en suajili, una de las lenguas de los negros africanos. Se sienten víctimas.

—Sigue.

—Los muleques, los críos, lloran, hipan y tiemblan pese al calor de mil demonios, parecido al africano. Las mujeres lloran, rabiosas por el dolor de sus hijos. Todos hieden a sudor rancio y mierda. Los olores del miedo, doctor.

—Sigue.

—Entonces yo me cuelgo como de una jarcia para ver mejor. Estepa, siempre me pregunto qué hace aquí Estepa.

—¿Tu padrastro? Al parecer en los sueños pesan más las obsesiones que la lógica y los tiempos de esta. Así que ahí está él, Jacinto Estepa.

—Sí y no. Es el mismo. Ríe fuerte y bromea con unos marineros. Pero distinto. No es él, ni siquiera se parece a él, pero es Estepa. Me ve, escupe sobre cubierta, maldice y señala a una fila de bozales. ¿No le regalas unos a tu madre? Siempre me pregunta eso.

—¿Y te molesta?

—Sí.

—Continúa.

—Los negros gimen, guiñan por el sol y el sudor que les entra en los ojos y no pueden enjugarse por andar atados. Simões ordena usar bombas y mangueras para darles un agua, ¡bañad a los bozales! Lo primero es quitarles el olor a muerte de la bodega. Luego afeitarlos de cualquier cabello, por las liendres. Después otra agua, esta vez dulce. Simões dejó la trata, hacía años que no traía sacos de carbón, bozales, negros, piezas de Guinea, esclavos, muleques y mujeres, guerreros mandingas, flojos bubis, altivos koromantis o dóciles yolofes. Pero aquí está, preparando la mercancía para llevarla al tablado donde se subastarán los esclavos entre los hacendados y dueños de ingenios. Muchos pujan a pie del estrado, opinando como entendidos. Otros, en los coches, fuman y disimulan riendo las obscenidades que les susurran sus emperifolladas amantes. Entonces siempre veo cómo uno de los bozales, al contacto con el agua, estalla en mil mariposas azules, irisadas, que vuelan en bandada entre los palos, vergas y masteleros antes de deshacerse en el cielo azul de Bahía. Porque estoy, estamos, en Bahía, sé que es Bahía, aunque no lo parece. También es Recife.

Las mariposas giran y giran y sus alas centellean como turbonadas. Vuelan en círculo y se ríen, aunque las mariposas no tienen boca ni ojos, alrededor del cuerpo ahorcado de una antena de aquel Nicolasillo Gamero que se mató en San Telmo y que ahora, con la cara en paz, orina como una fuente. Una mariposa enorme se posa sobre la lengua negra e hinchada de mi compañerito, que la enrosca como un camaleón y se la traga. Ahora la mariposa revolotea a través de sus ojos abiertos y espantados de colgado. Yo estoy muy lejos para verlo, pero lo veo. O sueño que lo veo. Y sudo a chorros, como si mi alma fuera agua de mar. Todos, trepados de jarcias y amuras, sudamos como si hubiera que devolver al mar un peaje de agua y de sal por no habernos matado. Siempre lo siento así. Una alcabala por habernos dejado piratear con beneficio (¡habrá comisión para todos, Pedrinho!, me grita Simões) entre África y el Brasil, destino de los bozales que llevamos en bodega. No han muerto tantos, no más de lo normal. Y, además, hemos hecho dos presas. Napoleón era un pirata terrestre... Napoleón nos da la espalda mientras mira hacia Francia desde Santa Elena. *Sire, Sire!...* Mérel le grita, pero el emperador no se gira, inmóvil, solo vemos la espalda de su capote gris marengo y de su bicornio de fieltro negro... *Putain! La putain de sa mère!*, masculla sollozando el bueno de Mérel mientras lo señala... Dos presas. Un pequeño *cutter* inglés y una goletilla holandesa, desvalijadas de su carga. Una hundida por capricho del capitán, poco amigo de herejes y luteranos. La otra desarbolada y dejada a capricho del océano, también porque este fue el designio de Simões, sentencia que dio serio y, según él, al dictado de ese san José al que iríamos a agradecer, tan pronto atracásemos en Bahía, al patrón de los negreros. A veces cambia algún detalle, pero es casi igual lo que sueño. Nunca averigüé por qué. Yo nunca fui de santos ni iglesias. Aunque según Oscár soy hijo de Changó. ¡Aché!

—¿Cómo sigue?

—Pues la proa del bergantín de Simões se desclava y se abre como una enorme boca bajo el bauprés, vomitando toneladas de arroz, de marfil, de oro... no, de oro, no, olas de aceite de palma. Huele a eso, a aceite de palma y a carne quemada por los *carimbos* con que los marcan. Un infierno creado por los diablos blancos para los condenados negros... Y yo soy uno. Los negros van siendo herrados al rojo por sus dueños. Los hay sumisos, pero otros hacen muecas furiosas al ser quemados. Las mujeres aúllan de dolor por encima de las órdenes, los gritos y los tambores. Algunas cantan y bailan como en trance, arrastrando los pies y girando las cabezas, con los ojos en blanco... Y a mí esta locura me causa paz. Un ejército de mulatos mal vestidos y negros semidesnudos se apresuran a cargar en veloces carretas a esclavos y mercancías. Don Joaquín Gómez toma del ala su sombrero y se destoca para saludarme, sonriéndome con su cara quemada por el ácido, con su cara con agujeros en vez de ojos y boca...

—¿Don Joaquín Gómez?

—Sí, el negrero santanderino que fue mi mentor cuando me instalé por primera vez en La Habana. El negrero más rico de Cuba en su tiempo. De él aprendí mucho y para él hice mis primeros viajes. Un abolicionista le echó ácido en la cara a la salida de misa, era muy de misas, muy creyente, en la catedral de La Habana. ¿Sigo?

—Sigue, por favor.

—Yo no recuerdo cómo pero ya no estoy en la jarcia. Ni con Simões. Camino entre la multitud de un día de Reyes en La Habana, el verdadero carnaval de la negrada. Un cabildo de congos, con su rey, reina y portaestandarte, disfrazados con las galas de los nobles y soldados españoles, me arrastra como un río por la calle Obispo hasta la Plaza de Armas. Siempre el mismo recorrido. Allí, bajo el balcón del Palacio de Gobierno, se juntan a otros cabildos y todos gritan ¡Viva el rey! ¡Viva el rey Fernando VII!, mientras el gobernador y mujeres que son calaveras pintadas les arrojan monedas. Me escapo de allí. Ahora camino descalzo sobre una hierba recia, mientras bebo cachaza... Estoy en el Jardín de las Delicias de mister Reeves. Me rodean sus *filhas, suas meninas*. Muchísimas. Hermosas y tentadoras como diablos, bailan casi desnudas a mi alrededor, abanicando el aire con sus túnicas de fino algodón. Enseñan pechos llenos con pezones puntiagudos, piernas largas de caderas rotundas y tobillos finos. Las cría como caballos de carreras, las cruza para que como estos tengan ancas fuertes y tobillos finos. A nadie le gustan las mujeres con los tobillos gordos.... Esto me lo explica amablemente, mientras sorbe su té en una loza finísima, el cabrón del capitán Denman... Le pregunto por qué me odia, porqué me persigue incansable con su *West Africa Squadron*, y sonríe, ¡maldito bastardo estirado!, *we are sportsmen, aren't we, mister Blanco?* ¡Los ingleses en la tierra, Pedrito!, ruge una calavera pelada con pelucón empolvado. La de mi padre... Tambores, panderos y birimbaos las mueven como vientos. Se me enroscan como serpientes. Me clavan ojos verdes, azules. Sonríen con dientes blancos, perfectos, grandes perlas irisadas en sus bocas de labios gruesos. La entrepierna me arde... Mujeres niñas, niñas amujeradas, ninguna parece mayor de quince o dieciséis años. También hay *meninos*, apolos de piel oscura, ojos claros y vergas descomunales, que gotean por sus cabezas púrpura como mitras de obispo. Son los monstruos divinos de mister Reeves, otro anglosajón protestante amigo del progreso y de la ciencia. Las chicas y los chicos se cierran sobre mí, se enroscan entre ellos, frotándose, tocándose, penetrándose con vergas, lenguas y dedos. Toco, muerdo, entro en vaginas y culos mientras también me toman una y otra vez y de mil formas... Quiero hablar, pero la excitación solo me permite gemir. Y ahí me suelo despertar, doctor.

—¿Siempre ahí, siempre igual?

—Sí, más o menos. A veces está más presente Cuba. Otras Lomboko. Pero siempre me despierto en ese punto.

—¿Excitado?

—Antes, hasta hace no mucho, sí. Ya nada lo consigue. —Miento. Sueño con romperle el culo al doctor.

—¿Llegabas a eyacular?

—¿Es eso importante?

—Sí.

—Sí, alguna vez.

—También hablas de muchachos. ¿Acaso te gustan los hombres?

—Es un sueño. No, nunca me atrajeron los hombres. —Miento sin mucha convicción, ¿es que el buen doctor nunca oyó de las acusaciones de sodomía que me levantaron en La Habana? Quizá no. Y de mi boca no saldrá tal confesión. La vida me demostró que antes se aceptaba a un negrero que a un maricón. Y eso que yo nunca fui amujerado ni me dejé joder por otro. Poseí, sí, a muchos, pero nunca me poseyeron. Un hombre puede haber gobernado un barco en mil tempestades, ganado batallas o descubierto tierras, pero si le ha puesto el culo a otro una sola vez, nadie lo llamará capitán, general o descubridor. Lo llamarán bujarrón. Esto es así—. ¿Soñamos lo que deseamos, doctor? Porque hay sueños sin ninguna lógica, creo, ni relación con lo que queremos, ¿no?

—Nadie sabe muy bien cuál es el mecanismo que desencadenan los sueños, pero hay quien cree que tienen mucho más que ver con la memoria, con lo vivido, que con la fantasía. Es un campo de estudio apasionante y apenas vislumbrado.

El doctor anota en su cuaderno. Y mientras lo hace recorro su estudio con la mirada. Pocos muebles, sencillos, pobres, y muchos libros, apilados en montones en el suelo, alineados en estantes combados por su peso. También hay cuadernos, láminas con grabados de fisiología, lupas, escalpelos, un microscopio y trozos de sesos en botes con formol. El uso de cadáveres para el estudio está prohibido, así que el buen doctor debe de agenciarse esas muestras entre los ladrones de tumbas. Me llama la atención una celosía embutida en la pared, con un entramado doble de madera oscura que impide ver si hay alguien mirando desde la habitación contigua. Ni una rayita de luz se filtra por ella. O está cerrada o al otro lado nos observan desde la oscuridad, que también puede ser. Yo sé de celosías y de falsos espejos que permiten espiar el goce de otros. Siempre tuve varios en mi palacete de La Habana. Y oídos y trompetillas enmascaradas en las molduras que me permitieran escuchar gemidos, susurros y confidencias. Abandonarse al placer vuelve a algunos hombres descuidados y si conoces sus secretos, sus vergüenzas, sus deseos, pasas a ser su dueño.

—Explícame quién era mister Reeves y quiénes esas creaciones que defines bellas y diabólicas, Pedro.

—A la vuelta del cruce con Simões llegamos a Bahía, la ciudad más africana de toda América. Acompañé al portugués a que diera gracias y cumpliera con sus devociones en la *igreja dos escravos*. Pero no nos quedamos mucho tiempo, pues el portugués quiso seguir navegación a Recife, que era el gran puerto negrero del Brasil y donde pensaba encontrar consignatarios y socios para una nueva travesía. Al poco de desembarcar en Recife nos encontramos con unos caballeros, *fazendeiros*, comerciantes y muchos de ellos antiguos marinos, armadores y pilotos de la trata. Todos conocidos del bueno de Simões, acordaron ir a una taberna, beber, darse noticia de los últimos meses y ponerse al día en cuanto a negocios, decesos y procacidades. Llevábamos ya un par de rondas de aguardiente cuando se nos unió un caballero inglés. Un tipo alto, más pelirrojo que rubio, ojos azulísimos y de piel blanca que protegía con un fino sombrero blanco trenzado de ala muy ancha y con una banda púrpura. Tenía unos sesenta años muy bien llevados. Era elegante, a la manera extravagante que lo son muchas veces los ingleses. Delgado y de caminar erguido. Las solapas de su finísima levita eran ligeramente más anchas de las que usaba entonces la moda criolla, sus pantalones un tanto más ceñidos y bajo el brazo llevaba una fina fusta rematada en el extremo por una refulgente Afrodita de plata. Un pañuelo de seda rojo sangre asomaba del bolsillo en la pechera, brotando allí con fina dejadez como si fuera una enorme flor de hibisco. Saludó y le hicieron lugar preeminente en la mesa. Yo era el más joven de todos con diferencia. Me solía pasar. Siempre me interesó más escuchar y aprender de los hombres mayores que habían alcanzado poder y riqueza que perder el tiempo con las ansiedades y ensoñaciones de la gente de mi edad, todas pasmosamente iguales y pueriles.

—Quizá, Pedro, te negaste algo tan hermoso como los sueños y las esperanzas de los más jóvenes.

De pronto me sorprende la ingenuidad del doctor. ¿Sueños? ¿Esperanzas? Sin duda, habla su cultura libresca y alguna novelucha romántica que le marcó, no el hombre de ciencia. Cuando la vida es miseria y violencia, miedo, lo único que deseas es crecer en edad y poder para ser tú quien domine y aterrorice a otros. Me doy cuenta de que no sé mucho de Castells, ¡al fin y al cabo siempre hablamos de mí!, pero sin duda proviene de un hogar burgués, de gente de un pasar, padres cariñosos que le dieron amor y así le confundieron sobre la verdad de la existencia. Quizá por eso se hizo médico. Sin duda tuvo sueños, aún los tiene, y siente amor por los demás. Se engaña. Es débil. Somos fieras.

—Puede. ¿Sigo?

—Perdona. Sigue, por favor.

—Mister Reeves hablaba buen portugués, con la cadencia musical de aquellas tierras y no con el seseo áspero y cerrado de los lusitanos, que salpicaba alegremente con coletillas y expresiones inglesas. Yo ya hablaba portugués, había aprendido bastante inglés en los barcos y supe alabarle el atuendo. Le caí en gracia. Le preguntó a Simões por mí y este se deshizo en halagos. Me llamó valiente, pero con seso, con una sana ambición por prosperar y dotado para la navegación, las lenguas y los números. También entre risas el portugués dijo que yo era demasiado bueno para seguir de marinero con él en algo tan vergonzante y poco varonil como acarrear mercancías en un navío auxiliar. *Esse Pedrinho aquí vai ser um ótimo negreiro mesmo!* sentenció apuntándome con un dedo mientras alzaba su vaso a manera de brindis. El resto de la mesa lo celebró de manera evidente, todos menos mister Revees, que solo sonrió mientras me miraba con unos ojos azules más bien fríos. Boca y mirada no se correspondían y eso me intrigó. Seguimos juntos un buen rato. Al despedirse, el inglés me invitó a que pasara por su *fazenda* al día siguiente. Me dijo que fuera solo.

»Aquella noche cuando me quedé con Simões en la *pousada* donde nos alojábamos, le pregunté si debía ir y si tenía algo que temer. Mi mentor hasta entonces me tranquilizó y me dijo que claro que tenía que ir. Algo muy especial debía de haberme visto el inglés para hacerme semejante honor. Nadie que él hubiera conocido había tenido el privilegio de ser invitado, de ser huésped en el *Jardim das Delicias* del inglés. Corrían muchos rumores sobre lo que allí se escondía, acrecentados por la extremada vigilancia de perros y hombres armados que guardaban esa *fazenda*. Muchas leyendas más o menos fantásticas y unas pocas certezas: las cabezas y cuerpos desmembrados de los que habían intentado entrar, a fisgar o a robar los fabulosos *tesouros de mouros* que se le suponían a Reeves, que aparecían sin más en los caminos cercanos como aviso a navegantes y amigos de lo ajeno.

—¿Por qué tanto secreto? —le pregunté a Simões.

—Pedrinho, para los poderosos, los muy ricos, y Reeves lo es, tan importante como el dinero en letras de cambio, canutos y billetes, son las apariencias. No basta con ser poderoso, hay que parecerlo. Eso predispone a los demás a agachar la cabeza, aceptar órdenes. Y a no hacer preguntas cuando descabezas a alguien. Nadie sabe mucho de lo que allí se hace, salvo que Reeves es padre de mujeres que parecen diosas y muchachos que son como apolos. Mestizos todos en mayor o menor grado.

—Entonces ¿es un criadero de negras?

—No creo que esa definición le haga justicia. Pero desde luego no cría monjitas. De vez en cuando llegan potentados de todo el Brasil y aun del extranjero, hay discretas y rápidas visitas de coches lujosos y cerrados. Entran grandes nobles, generales y caudillos, de estas y otras tierras, dicen que hasta cardenales. También alguna gran señora, dueña de títulos y rentas. Están pocos días y se van por donde han venido. Sin cotorrear, pero con una sonrisa enorme, propia de quien ha visto el cielo de Nuestro Señor. Eso dicen. También cuentan que viven allí a cuerpo de rey, a expensas de tan singular señor, algunos pintores magníficos traídos de Francia e Italia. Que los trae para que hagan retratos de sus *deusas*, que él luego envía a gente de confianza. Al mismo mister Reeves se le tiene por gran lord y familia del rey de Inglaterra.

—¿Y lo es?

—Ningún miembro de la realeza inglesa viviría por su gusto en este pudridero pestilente y tórrido que es Recife, Pedrinho. —El portugués se rio—. Y por el inglés que habla tampoco creo que sea un lord, que en ningún sitio como en esa puta isla se sabe el lugar que le ha tocado a cada uno en el teatro del mundo solo por su forma de hablar. Pareciera que pobres y ricos usaran idiomas distintos y lo tienen a gala y como signo de civilización.

—¿Entonces, Reeves?

—Tan seguro como que arderé en el infierno por mis muchos pecados, por más que le rece a san José, que ese inglés estirado fue pirata y anduvo más cerca siempre de la horca que de los palacios. Y debe de ser de cuidado, porque nadie habla de lo que allí pasa ni las autoridades se inmiscuyen.

—Simões.

—*Fala...*

—¿A usted nunca lo invitó?

—No.

—Entonces ¿voy?

—¡Ve!

—Y fui, claro que fui. Atraído por el secreto y la aventura que rodeaba al inglés, por no decir por la posibilidad de robar o saquear, pues una vez pirata en el mar, pirata también en la tierra y para siempre, mi querido doctor.

—¿Pirata?

—Ya os dije que en el bergantín de Simões no se despreciaba el abordar naves más pequeñas si se daba la ocasión. Cuando uno se acostumbra a tomar cosas a su antojo... En fin, que al día siguiente cebé dos pistolones, guardé un puñal en la caña de la bota y me acerqué al primer portón del acceso a la *fazenda* de Reeves. Los guardias estaban avisados y enseguida me montaron sobre un magnífico purasangre inglés, que allí tenían prevenido, y dos de aquellos hombres me escoltaron hasta la edificación principal, que estaba a una buena media legua de aquella primera entrada. Me sorprendió y me gustó lo claro que el tal mister Reeves tenía mi visita, así que predispuse mi ánimo a las mayores maravillas. Cruzamos a un galope corto una enorme extensión de terreno, grandes praderas sin cultivar. Me resultó evidente que la caña de azúcar no era el negocio del inglés. El terreno a ambos lados se ondulaba en suaves colinas, llenas de esa jungla cerrada que llaman *mato verde* y altos cocoteros. Desde el portón nos habíamos cruzado con varias patrullas de hombres armados con mosquetes, pistolas y machetes, acompañados siempre por un par de mastines. Me llamó la atención que todos eran rubios o pelirrojos y sin duda paisanos del amo de todo aquello. Las patrullas salían y entraban del *mato verde*, así que deduje que habría varias más por allí ocultas.

»Hombres armados, perros, selva o terreno descubierto, enseguida olvidé cualquier idea de saqueo o robo y el peso de mis armas se me hizo incómodo por inútil. Al final el camino tomaba una ligera pendiente y pronto, sobre un mar de hierba, divisamos la residencia de mister Reeves. Su emplazamiento tampoco alentaba posibles ataques, pues estaba construida en el antepecho de un alto morro, una de esas piedras enormes y pulidas que se alzan al cielo, como pequeñas montañas, en toda la costa del Brasil. La espalda y un lado del recinto principal estaban pues protegidos por ese morro. El otro lateral se asomaba a un alto acantilado, abierto únicamente a las brisas del mar, y solo el frente daba al camino. La gran casa era toda de piedra, de dos pisos, elegante y con una amplia entrada. Los muros eran gruesos, de sillería. Tenía dos torres que dominaban ambas esquinas del frente y, ya más cerca, vi que todas las ventanas tenían fuertes contraventanas de recia madera y hierro, con aspilleras para poder disparar desde dentro en caso de cerrarlas. Así que por su ubicación elevada, flancos protegidos y dotación, pronto di en que el *Jardim das Delicias* de mister Reeves era una fortaleza fácilmente defendible. Alrededor de esta construcción principal se desperdigaban hasta seis edificios, todos de una sola planta, abiertos, bien ventilados, hechos de madera, pintados de un blanco impoluto salvo los marcos y jambas que en cada uno eran de un color vivo y distinto. En las puertas y ventanas flameaban suaves cortinas de lino. Vi también unas espaciosas cuadras y, al lado, unas perreras donde reposaban imponentes *filas brasileiros*, los animales de presa más feroces que existen.

»Cuando nos detuvimos ante la entrada de la casa allí nos esperaba mister Reeves rodeado de una guardia personal de seis hermosas guerreras ashantis, muy altas y de piel muy negra, más desnudas que vestidas pero armadas y sujetando a un par de los perrazos, varios servidores y palafreneros, mozos extremadamente bellos todos ellos, y lindísimas mucamas que sostenían aguamaniles, toallas y copas de cristal tallado con deliciosa y fresca limonada. El inglés vestía tanto o más elegante que cuando le conocí, y me llamó la atención un finísimo bastón de nervios de sirena con una empuñadura de oro...

—¿Cómo nervios de sirena?

—En realidad son nervios de manatís, que abundan en aguas de las Antillas. Son muy juguetones y nadan en aguas poco profundas. De siempre los marinos, por el mucho ron o la falta de mujer, vieron sirenas en estos bichos de formas redondas y aletas como bracitos.

—Ya veo. Curioso.

—¿Sigo, doctor?

—Sigue, Pedro.

—Mister Reeves se acercó, tomó a mi caballo del bocado, que tras la galopada seguía igual de entero que cuando lo monté y piafaba al ver a su amo, le palmeó en las tablas del cuello, le acarició un carrillo y le susurró algo en inglés que lo calmó como por ensalmo.

»—*Bem-vindo, mister Blanco* —dijo con una amable sonrisa y me indicó que le siguiera dentro.

»Entramos en un patio con una fuente también labrada y lleno de flores de hibisco y plantas que daban frescor y sombra. Todas las estancias se abrían a él y las de arriba, los dormitorios principales supuse, a una hermosa galería corrida jalonada a cada trecho con amplios abanicos de palma trenzada que movían algunos de sus hermosos *filhos* sin dejar nunca de sonreír. También a cada paso te topabas con estatuas de diosas y dioses olímpicos, bustos de césares y filósofos, jarrones y cosas de tiempos de los romanos que, luego me contaría, el inglés se hacía mandar por barco desde Italia, España y otros lugares del Levante mediterráneo. Una vez me asignó un estupendo cuarto y servidores, mister Reeves se excusó, me recomendó descansar y me citó para cenar. Intenté dormir, pero estaba demasiado impresionado y había algo allí que me excitaba y me tenía más tenso que un mastelero de gavia. Todo a mi alrededor era bello, agradable a los sentidos, el tacto de la fina cobija de hilo, el olor de las almohadas. Unas voces preciosas que cantaban a la distancia y volumen adecuados para ser arrullo y no incordio. Todo era placentero, pero también invitaba a pensamientos oscuros, culposos, a sueños de posesión. Entré en un extraño duermevela, no lo noté, pero así fue porque una bellísima niña, ochavona por lo clara de su piel morena, entreabrió el mosquitero de tul, me despertó con una caricia y me avisó de que en breve cenaría con *papai* Reeves. Al rato me condujeron a una lujosísima mesa dispuesta, con los mejores manteles, cubiertos, vajilla y candelabros que se puedan imaginar, junto al frescor de la fuente del patio. Allí me esperaba ya, elegantemente vestido todo de blanco, mi anfitrión. Reeves, para mi sorpresa, se mostró muy franco y abierto a conversar sobre sí mismo y lo que allí hacía, para nada quiso ser misterioso. En efecto fue negrero por un tiempo e hizo así su primera fortuna. Pero a diferencia de la mayoría no provenía de la hez de la sociedad, las cárceles y los puertos. Mister Reeves resultó ser hijo de un *baronet*, educado en el lujo de esa pequeña nobleza rentista inglesa, esa *gentry* que consagraba su vida a la cría de caballos y perros, cacerías del zorro, arte y lecturas. Como tantos jóvenes de su clase y edad realizó el famoso *Grand Tour*, un viaje de un año principalmente por Italia, los restos de la cultura clásica, sus salones mundanos y sus *puttane*. A la vuelta, los hijos mayores se dedicaban a esperar heredar título y tierras, y los más jóvenes se consagraban al servicio de las armas mayormente. Reeves andaba en esas y a punto de embarcarse como oficial de un regimiento de fusileros hacia la India cuando sedujo a una casada, mató al marido, un sir algo, en duelo y salió por piernas de Inglaterra para evitar la cárcel o algo peor. Hombre refinado, deicida, con ese bagaje filosófico que sirve para justificar cualquier desmán o apetito, más temeroso de la rutina y la pobreza que del riesgo, acabó de capitán negrero y medio pirata.

—Y siendo tan culto y amante de la belleza ¿no te sorprendió su afición al mal, a causar el dolor ajeno? ¿No te parece que es un triste desperdicio de las mejores potencias del hombre?

—No me sorprendió en absoluto. Ni entonces ni luego ni ahora, doctor. No, porque yo nada espero del ser humano salvo egoísmo, codicia y ferocidad. Y los más instruidos lo son también para el mal. El populacho analfabeto de arrabales, cárceles y puertos tiene una capacidad limitada para el daño, apenas sirve a la brutalidad más inmediata. Pero un hombre culto, inteligente, siempre encontrará la manera de usar a otros, esa *canaille* menos despierta, para dar forma y grandeza a sus planes y satisfacer su egoísmo, su codicia y su ferocidad animal. La riqueza y la inteligencia multiplican la ocasión de hacer el mal.

—Y de hacer el bien, Pedro. De ayudar a otros.

—Puede ser. Pero en mi vida encontré, para mi desgracia, más Reeves que Castells. Quizá por eso desconozco el razonamiento propio de los hombres buenos, como usted, doctor. Me es ajeno y cuando quise hacer el bien, por mi hija, por y para ella, no supe...

—Ese bien que quisiste para tu hija Rosa tiene que ver con lo que siempre te pregunto y nunca pareces recordar. Tú, que recuerdas con tanto detalle el resto de tu vida. ¿Por qué? ¿Por qué no me dices de una vez dónde están esos...?

—Reeves me enseñó tantas cosas en los días que pasé con él, en las charlas durante las magníficas cenas... —El doctor me pregunta un par de veces más, pero yo no lo escucho. Suspira. Se rinde. Sigo—. Aprendí del poder de una mente instruida, del poder sobre los demás de un gusto educado, refinado, cómo construye peanas y te eleva sobre el resto. Reeves era deicida porque, me explicó mientras saboreábamos un fresco clarete, como buen anglicano tenía ya bastante distancia con el Dios cristiano como para no asesinarlo y sacarlo de su vida para siempre. Lo que era apenas una intuición fruto de sus lecturas se convirtió en certeza tras empaparse de la mitología clásica durante el *Grand Tour*.

—Sí, mister Blanco, aquellos dioses ferozmente humanos, divertidos, coléricos, lujuriosos, tan nosotros, son los únicos que merecían ser adorados. O ignorados. Lo mejor del alma humana se dio con ellos o contra ellos. Era fácil vivir con ellos porque sabías qué esperar. Nunca querrían otra cosa que lo que ansiaban los hombres que los crearon. Pero ¿los dioses del libro, Jehová, Cristo o Alá? *Pure madness!* Son irracionales e inhumanos. Imprevisibles y absurdos. Hijos de hombres del desierto, de gente pobre, enloquecida por ayunos y con el cerebro frito por el sol más inclemente. Quizá por eso son dioses inmisericordes... Dioses imposibles para personas de un mínimo gusto y buena educación... Los dioses no son más que el nombre que les damos a nuestros deseos y, sobre todo, a nuestros miedos. A nuestra ignorancia que nos aterra. La ciencia acabará con ellos algún día. Así lo creo y por eso yo maté a Cristo y lo saqué de mi vida. Era un dios creado por gente débil, ignorante, desesperada. Y por tanto de ninguna utilidad para alguien como yo. Intenté recuperar los misterios de Eleusis y Delfos pero, *honestly*, me resultó difícil tal arqueología espiritual. Y este clima tampoco ayuda. Ahora visito mucho los *terreiros* donde los esclavos celebran a sus dioses, sus orishas, también sorprendentemente humanos y divertidos. Al fin y al cabo, sus santos fueron primero hombres, convertidos luego en dioses por su sabiduría, rectitud y comunión con la naturaleza, por su fuerza vital o aché. Hombres y mujeres excepcionales se convierten en dioses y diosas para los mortales. Me parece una lógica hermosa sobre la que construir una religión y sus misterios. No como esos enfermizos mártires y santos cristianos, elevados a la semidivinidad por su amor a ser torturados de las maneras más extravagantes y perversas posibles, *right?*... ¡Ah!, y los negros se comunican con sus orishas mediante tambores, ¿lo sabíais? ¡Mucho más excitante que el latín!

—Pero, mister Reeves, un hombre necesita de Dios. Del temor de Dios.

—*On the contrary, young man!* Lo único que necesita un hombre para ser libre es hacer un dios de sus deseos y tener el coraje de realizarlos. De adorarlos. Eso es lo que hice yo y de ahí nació mi *Jardim.* Y, además, no creo que vos seáis creyente de esas pamplinas.

—¿Y la eternidad?

—Demasiado larga para poder imaginarla, ¿cierto? Tanto que los curas la tienen que aderezar con castigos o premios para que podamos pensarla. Reducirla a goce o dolor... En cualquier caso, nadie volvió nunca para contarnos, así que yo soy más partidario del *carpe diem*, de castigar y gozar ahora. Esta es mi eternidad, mi paraíso y mi infierno. ¿Más vino?

—Por favor. ¿Puedo preguntaros algo?

—Por supuesto.

—¿Por qué me habéis invitado? ¿Por qué yo, mister Reeves?

—Por vuestros ojos verdes... Y por ser despejado de mente, *of course*...

El buen doctor me parece más impaciente cada día. Más insistente en lo que pregunta y yo no recuerdo, menos atento a las historias con las que lo envuelvo. Toma menos notas, se frota las antiparras, suspira más y más fuerte. Pobre, no es difícil imaginar que alguien lo está presionando. Hace tanto que no fumo que he recuperado mucho olfato y, a veces, me llegan los olores de un perfume de mujer y una *eau de toilette* de hombre —ni el doctor, ni Joseph ni yo ni ninguno otro loco usamos; aquí la gente suele oler a orines y a mierda— del otro lado de la celosía. Yo le sigo contando del inglés, contándole como yo le cuento siempre, callando alguna cosa.

—Pues sí, doctor, Reeves me eligió como huésped por mis ojos verdes, aún más claros en esas latitudes por el sol. Y por mi piel blanca. Y porque le agradé y le parecí despierto. Yo también me extrañé cuando me lo dijo. Veréis, resulta que este deicida, librepensador, de gustos refinados y amor por la belleza y el lujo fue negrero solo por un tiempo. Así amasó su primera fortuna, como tantos otros, pero para Reeves aquello no podía ser todo. Resultaba insatisfactorio. No le veía, me contó, la gracia en hacerse rico transportando negros pues, tras unos años, le parecía igual de excitante que el comercio de cualquier *merchant* de Liverpool con balas de algodón, cacillos o barriles de melaza. No, me explicó, él intuía un escalón superior en la trata. Algo que iba en contra de las nuevas formas de ese comercio, sentadas en mover más negros, más rápido y más barato que los demás. ¿Dónde estaba la poesía de eso? A él no le importaban ni la cantidad, ni la rotación ni la frecuencia de las ventas. Aspiraba a crear piezas únicas, excepcionalmente bellas. Y caras, muy caras. Ser una especie de orfebre de la trata.

»Mister Reeves dio en unir varias pasiones y conocimientos: su amor a la cría y cruce de purasangres (habréis notado que el lomo de ese corcel no era tan recto como suele en los caballos ingleses, presumió. Es hijo de varios cruces con caballos árabes y españoles cartujanos, de esos con la espalda tan curva que permite ir en la silla como en un buen sillón. El nervio y la fuerza inglesa mezclados con el paso cómodo y elegante de vuestros caballos andaluces) y perros, su gusto por el lujo y esas piezas, que como la *porcelaine de Sèvres*, la seda china, el cristal de opalina o las plumas de avestruz, centuplicaban varias veces su peso en oro. Y su pasión por ser un dios para otros. La trata tradicional solo le ofrecía el lado más prosaico de esa divinidad, la de decidir la muerte de otros. Pero aparte de que esto no le satisfacía, cualquier negrero, querido doctor, os dirá que no hay negocio en matar a tu mercancía. No tratándose de esos negros de desecho, defectuosos o enfermos, que muchas veces los reyezuelos te colaban en sus cuerdas o lotes y que aceptabas por no indisponerte con ellos. Pagaban en destino el mismo arancel que un negro sano, así que a esos sí los matabas o los dejabas morir en los muelles porque no valían ni la comida o el agua que tragaban. O de suprimir un motín, que ahí no cabían miramientos ni contabilidades, fuera de eso ningún negrero era amigo de perder piezas de Guinea. Bastantes morían ya de miedo, enfermedad o hacinamiento en las bodegas. No, Reeves estaba más interesado en Eros que en Tánatos, en dar vida y disfrutarla que en repartir muerte y cadenas.

»Mister Reeves me enseñó mucho en las semanas que pasé con él. Mucho. Aunque yo fui luego otro tipo muy distinto de negrero, apliqué algunas de sus máximas y, modestia aparte, yo también fui único en lo mío. Yo también cambié las reglas de la trata para siempre, fui un *game changer*. Identifica lo que quieren los demás, *dear Peter* —me decía—, lo que necesitan, y asegúrate de ser el único que se lo pueda ofrecer. Suena fácil, pero no lo es. No. Porque normalmente para satisfacer esas demandas tendrás que enfrentarte a todo: al miedo al cambio, a la mediocridad, a las leyes de Dios y de los hombres. Yo, por ejemplo, lo arriesgué todo al crear este paraíso, me enfrenté a la moral y si es verdad que existe un infierno, arderé en él con total seguridad... Si eres el único en hacer algo, por fuerza te enfrentarás a todos los cobardes que no se atreven a hacerlo. Guardé esta lección toda mi vida y cuando creé mi reino en este mundo, Lomboko, la tuve muy presente. Por eso cambié las reglas de la trata, llené mis *captiveries* con miles de negros e inventé el *cash & carry* en el comercio de esclavos. Me atreví a hacer lo que nadie hasta entonces, en siglos, se había atrevido a hacer.

—Pero ¿en qué consistía el negocio de Reeves? —El doctor ha vuelto a picar el anzuelo y olvidarse de sus molestas preguntas—. ¿Era un burdel de lujo?

—¡No, doctor! Nada de eso. O mucho más que eso. Reeves entendió que había una demanda que satisfacer, una demanda creada por la lujuria y el poder absoluto sobre esclavos y esclavas. Todos los amos de esclavos, y muchas amas, gozaban de manera tiránica de aquellos esclavos que les provocaban deseo. Normalmente las negras domésticas, las que trabajaban en las casas y estaban menos ajadas o maltrechas por el trabajo en los campos y plantaciones. O los negros menos bozales, menos salvajes. Todos los blancos vivían aterrados por las sangrientas rebeliones de esclavos, por las violencias de los cimarrones. Y más desde el triunfo de la revolución de los negros en Haití y la carnicería de sus amos blancos. Muchos deseaban a esclavos y esclavas como a bestezuelas magníficas. Y, sin embargo, no dejaban de ser... ¿insatisfactorios?... Demasiado negros, demasiado africanos. Y, sobre todo, demasiado asustados para proporcionar un goce verdadero a nadie que no fuera un sádico y gustara de violarlos. Él se propuso crear una raza nueva de esclavos, menos negros, con rasgos exóticos pero no peligrosos, una raza de purasangres criados para satisfacer la lujuria más exigente, la que necesita de la participación entusiasta de la otra parte. Una línea de sangre que garantizara belleza, pues nada tranquiliza más que la lozanía al comprador, a la que luego se educaría en la complacencia más absoluta, huérfana de cualquier moralidad. Un verdadero experimento muy al hilo del amor al progreso de nuestros días, ¿no lo creéis? Si se pueden cruzar perros y caballos para mejorar algunas de sus características, se dijo Reeves, ¿por qué no hacerlo con negros y negras? ¿Por qué no hibridarlos con unas gotas de belleza blanca? Para cuando yo lo conocí, llevaba ya treinta y cinco años o más criando en Bahía a sus *filhas* y *filhos*, su raza mulata de ojos claros. Reeves no tenía a los esclavos en barracones. A decir verdad, no tenía esclavos como tales ni yo vi por allí látigo o cepo alguno. Todas aquellas criaturas parecían adorarle casi religiosamente, ser felices de servirle. Le seguían como un profeta. No había almacenes de negros o *captiveries*, sino aquellos barracones pulcros y bien aireados. Allí tenía el inglés bien cuidadas a más de un centenar de hermosas negras. Las madres de su prole. Y, según me contó, sabedor de que su negocio eran las piezas únicas por las que podía pedir una fortuna, no las obligaba a parir sin descanso. Las alimentaba bien, las cuidaba y solo cuando ellas se sentían dispuestas de nuevo, las hacía fecundar. También me contó que aquella *mamãe* que llegaba a parir diez veces con salud era manumitida, con dinero bastante para instalarse en la ciudad o donde quisiera ya como una mujer libre.

—¡Cuánta bondad! —interrumpe Castells—. ¿Y sin duda tú le creíste?

—No tenía por qué no hacerlo a tenor de cómo me agasajaba. Si bien es cierto que tampoco se veía por allí a nadie más viejo que el propio Reeves. Ni a ningún negro macuenco o enfermo. Se desharía de ellos.

—¿Y él se emparejaba con todas? ¿Era su harén?

—Empezó fecundándolas él mismo, gratamente sorprendido por la belleza de su linaje. Y por supuesto aún lo hacía con quien quería. Pero su negocio no podía depender de sus ganas o disposición. Ya era un hombre mayor y le asustaba que hubiese menguado la calidad de su esperma. Además, no quería que todos los jarrones le salieran iguales. Ahí entraron mis ojos verdes y mi genio despierto.

—¿Te llevó a fecundar a sus negras?

—En efecto. Mister Reeves solo invitaba a hombres jóvenes de piel blanca, ojos claros y probada inteligencia a dejar allí su semilla. Pensaba que eso le garantizaba un mulatito o mulatita con ojos claros y listeza para entender lo que se esperaba de ellos. Asimilar una doctrina basada en el libertinaje, en el placer mutuo y ajeno como forma de felicidad.

—Pero ¿y si los bebés nacían totalmente negros o enfermos?

—Ya os digo que en el tiempo que allí estuve, con libertad para andar sin impedimentos, no vi ninguno así. ¡Ah, la ciencia que tan fervorosamente amáis, doctor! ¡La ciencia que acabará con los dioses y la ignorancia, elevando al hombre hasta los cielos! La ciencia puede servir para el bien o para descartar experimentos fallidos.

—La ciencia, el conocimiento, no tienen moral, Pedro. El uso que el hombre les da, sí.

—Mister Reeves se consideraba un científico a su manera. Un seguidor de la eugenesia, un manipulador de las leyes de la herencia para criar sus íncubos y súcubos de lujo. Seguía al pie de la letra las enseñanzas del filósofo Jeremy Bentham y su utilitarismo: «Todo lo humano solo puede juzgarse por la utilidad que tenga, o sea, según el placer o el sufrimiento que cause en las personas». Bentham y su *felicific calculus*, que tan de moda estuvo entre los legisladores de las jóvenes repúblicas hispanoamericanas. En él encontraba la justificación a sus actos.

—Dudo mucho, Pedro, que el tal mister Reeves comprendiera en realidad lo que leyó en Bentham. Su utilitarismo, su búsqueda del placer era vocacionalmente elitista. Dejó de lado lo más hermoso del pensamiento benthamista: «La mayor felicidad para el mayor número», la búsqueda de una nueva ética que ahorre el dolor y garantice la felicidad al mayor número posible de personas. No solamente a ricachones y poderosos viciosos. —Es ahora el buen doctor quien toma carrerilla y me clava los ojos, como quien quiere estar seguro de que lo escuchas—. Sí, entiendo que para un hombre de la época de Napoleón, tiempo de alabanza a gigantes y Prometeos, sea difícil comprender que haya otras personas que creamos en la igualdad con nuestros semejantes, que aspiremos a un mundo en el que seamos algo más que nosotros solos, que nosotros mismos. Solos somos tan pequeños, tan débiles... Personas que queremos ser parte de algo nuevo, de algo más grande y más justo que solo se puede construir desde la igualdad y el respeto por tus semejantes. Que entendemos que si consagramos nuestra vida, nuestro esfuerzo, a la igualdad eso implica aceptar la responsabilidad de cuidar al otro, a tu igual, porque cuidar a los otros miembros de ese gran cuerpo es cuidarte a ti mismo. Y su felicidad, la tuya. Nada valemos por nosotros mismos, Pedro, lo único que nos puede hacer grandes es entender que no somos ni mejores ni peores, sino iguales, y cuidar de los que son nosotros. Uno debe estar siempre al lado de los oprimidos, aun en contra de su ignorancia de serlo, su miedo o sus supersticiones. Despertarlos a su humanidad, aun teniendo siempre presente que entre ellos están sus peores opresores.

—¿Salvar a los que gritaban «Vivan las *caenas*»?

—Salvarlos. Educarlos para que se salven de sí mismos. Enseñarles a amar la libertad y odiar cadenas y amos.

—¡Ah, doctor, bien se ve que no conocisteis el fracaso de la bienintencionada emancipación de esclavos! Un buen ejemplo de lo que hablamos. Perdonad que a veces me ría de vuestra ingenuidad. Yo pasé mi vida rodeado de esclavos y os aseguro que ninguno de ellos, al ser liberado, quiso volver a sus antiguas y hermosas tradiciones, a sus tierras de origen.

—¿Ninguno, Pedro?

—Casi ninguno. Siempre hay algún idealista despistado. Todos al ser liberados aspiraban a vivir como sus amos blancos, como sus captores, aburguesarse y ser blancos con la piel negra.

Y si no, solo hay que ver el fracaso de ingleses y americanos en repoblar solo con sus libertos Liberia y Monrovia. O luego el de los franceses con Libreville. Ninguno de esos negros quería estar allí, ninguno os agradecería que le devolvieseis a las frondosidades de sus junglas, a las fieras y las fiebres, después de conocer La Habana. Lo único que querían esos negros era medrar y llegar a ser los amos de otros negros menos afortunados. Tal es el veneno de la civilización.

—No, Pedro, eso es lo que quieren que creamos los que nos oprimen. Que no hay otra civilización posible que esta basada en la codicia, que necesita enfrentar a los hombres, convertir a unos pocos en amos de otros muchos. Es mentira, y como todas las mentiras acabará derrumbándose.

—¿En eso creéis, doctor Castells? Quiero decir, ¿lo creéis posible?

—Sí, pese al mundo lo creo deseable y posible. Solo ser feroces optimistas nos libra de matarnos, ¿no, Pedro? Por lo que ya me has contado de ti, siempre creíste que podrías cambiar las cosas a tu favor. Estoy seguro de que aún lo crees.

—Puede ser —y por eso callo a ciertas preguntas, ¿aún no lo sabéis, doctor?—, puede ser...

—El ser humano necesita comprender, entender, y por eso es capaz de encontrar un orden, una armonía, incluso en los hechos más aberrantes y los infiernos que crea. Y por eso también el hombre, y más el cultivado, siempre encuentra una justificación para sus actos más monstruosos, una razón que a otros les costará desmontar para justificar lo más miserable. Razones propias o monsergas filosóficas mal digeridas o simplemente ahormadas a su voluntad. Eso es lo que hizo el tal Reeves con el pobre Bentham. Tu inglés no pasaba de ser un proxeneta de la peor especie.

—¿No le reconocéis ninguna virtud, ningún ingenio siquiera para el mal? Creó algo que no existía y que se extinguió con él.

—Me parece despreciable.

—Os aseguro que no conocí allí a nadie infeliz. Ni a las hermosas negras que tuve que embarazar ni a las *filhas* y *filhos*, que allí se educaban en las artes del amor con tanta pasión y destreza que harían palidecer a hetairas, cortesanas o *geishas. Papai* Reeves se aseguraba de bautizar a chicas y chicos al nacer, más por los reparos de futuros clientes que por creencia propia, pero era la primera y última vez que tenían contacto con curas hasta que se los vendía a precio de oro. Crecían ignorantes del pecado y felices por gozar y hacer gozar de formas tan variadas como se os puedan ocurrir. Criaturas bellas y expertas en hacer y dejarse hacer, en rozar, morder con la presión justa, atar con suave seda vuestras partes en un racimo, congestionarlas y liberar de pronto torrentes de sangre y placer en vuestras venas. Nada había que no hubieran probado desde niños y a nada se negaban.

—Pobre Castells, no me cuesta imaginármelo virgen y ajeno a burdeles por sus ideas—. Una de aquellas mujeres me recuperó cuando ya me había derramado en su interior varias veces y juraba que sería incapaz de hacerlo otra vez. Me puso de rodillas en el lecho, ante ella, los dos desnudos y sintiendo el frescor de la brisa en nuestras pieles sudadas. Tomó un huevo de gallina, lo abrió y decantó la yema usando las dos mitades de la cáscara, hasta apartar la clara. Yo la miraba entre escéptico y divertido, sabiéndome agotado. Ella se colocó la yema en la lengua y sin rozarnos, dejando que el aire nos refrescara, nos dedicamos durante unos minutos a besarnos y pasarnos la yema con tal suavidad y sutileza que esta no se rompiera.

»Al principio resultó divertido, una especie de juego, pero luego mis sentidos se fueron concentrando más y más en el roce leve de la yema y nuestras lenguas, como si todo mi ser estuviera puesto en esas culebras húmedas. La yema iba y venía entre nuestras bocas hasta que sentí que con una mano me acariciaba los huevos y que, con suavidad y firmeza, la otra mano se abría y se cerraba sobre mi verga, bombeando sangre. Cuando la juzgó lo suficientemente dura, me miró, mordió la yema, que se rompió y le resbaló hasta los pechos puntiagudos y duros. Se tumbó y me metió dentro de ella para que me acabara una vez más.

»Sí, en esas semanas fueron varias mujeres. Y ningún chico pese a haberlos tan bellos. En ese sentido mister Reeves, aun sin decirlo claramente, siempre *polite* pero firme, me había dejado claro que estaba invitado a su *Jardim das Delicias* con un único propósito. Y así lo entendí. Me cuidarían, viviría como un pachá el tiempo que estuviera, gozaría, aprendería y no tendría problemas mientras no derrochara mi simiente en agujeros equivocados. Algo me decía que aquellos enormes perros, los *fila*, eran los principales beneficiarios de los errores de los visitantes. Lo que sí me dijo el inglés, igual de sonriente y *politely*, es que procurara disfrutar porque nunca más volvería a poner un pie allí y, aquí sí fue muy claro; si lo intentaba o me iba de la lengua sobre lo que allí pasaba, él encontraría la manera de hacerme matar. Lenta y dolorosamente. Estuviera donde estuviese. El padre *as deusas* tenía amigos poderosos en todas partes. No lo dudé ni por un instante. Así que me dediqué al placer y a aprender de tan singular personaje.

»Años después conocí otras granjas de bellezas, así las llamaban y no sin razón, en Güines, en Cuba, donde criaban mulatas, cuarteronas y ochavonas para placer de oficiales, aristócratas, prelados y dignatarios de la Corona en la isla. Las había muy hermosas, pero en nada comparables a las *filhas* que aquel inglés del demonio conseguía con sus cruces científicos de sangres y genes. Creo que también en esos días, y eso lo vio Reeves en mí antes que yo mismo, estaba sin yo saberlo *in my prime*. Tenía en el cuerpo, en la mirada, en la voz, ese vigor, ese momento de inconsciente inmortalidad, de poseer el universo, que todos tenemos siquiera por un instante en la juventud. Nunca fui más feliz ni estuve más sereno. La simple aritmética de la vida y la muerte se me mostraba clara, entendible. Siguió así años, ajeno yo a mi inexorable decadencia. Digamos que esta aritmética estuvo controlada, o así lo sentí, mientras viví solo para mí. Un joven dios caprichoso.

El principio de mi fin fue cuando introduje otras variables, que de entrada no parecían tan complejas y luego sí resultaron serlo: el amor a otra persona, el miedo por ella. Mi hija o mi hermana Rosa. Cuando ya no fue solo mi vida la que tenía que defender a machetazos, a tiros, cuando no era ya solo la vida de otros la que tenía que destruir, con grilletes, con látigos, todo se fue al carajo. Desde ese momento, aunque el tronco del poderoso Mongo Blanco pareciera sano, la carcoma empezó a comerse al inmortal y dentro empezó a crecer este viejo loco, baboso. Ahora lo sé.

—¿Cifras tu fin en tu humanidad, por pequeña y torcida que la juzgues? ¿Querer debilita, Pedro?

El doctor sirve agua en dos vasos y me acerca uno. Bebo, está fría aunque es gruesa y de sabor metálico. Ya tengo tantos agujeros en los dientes y el cordaje de la boca tan flojo que no consigo beber sin derramar parte por mis mal cerradas comisuras. Bebo mirando al doctor, que cierra los ojos mientras lo hace. ¿Por qué? Yo aprendí a no cerrar nunca los ojos ni bebiendo ni jodiendo. A no dar ventajas.

—¿Quieres más? ¿No? Pues sigue.

—Mi estancia allí terminó de forma tan imprevista como comenzó. Una noche cenando, mister Reeves me comunicó que al día siguiente sus hombres me acompañarían a Recife. Yo asentí agradecido y permanecí callado. Mister Reeves me preguntó entonces cuáles eran mis planes. Le comenté que quería intentar hacerme capitán de la trata, quizá también factor en África, pero que el mar me llamaba, me rugía dentro. Me recomendó que esperase un poco, que aprendiera junto a alguno de los mejores antes de instalarme en la Costa de los Esclavos o algún lodazal similar. Me aconsejó que fuera primero a La Habana.

»—Mañana sale un barco a Cuba, a La Habana. En él irá una de mis *filhas*, consignada a un socio, corresponsal y amigo mío, un gran *slaver* español, don Joaquín Gómez. Creo que es un regalo que le hará a un alto oficial de la Corona. No lo sé y no me importa. Te sugiero que tomes ese barco y escoltes a mi *filha* hasta su entrega, como el verdadero *gentleman* que sé que eres. Yo te pagaré el pasaje, te armaré y te daré algún dinero y una carta de recomendación para don Joaquín. A su lado podrás aprenderlo todo de la trata.

»—Quiero ser negrero.

»—Lo sé. Esa fiebre te asoma por los ojos, Pedro.

»—Ayudadme a conseguir un barco y os demostraré que...

»—Aún eres joven para capitanear. Eres buen marino, empieza como piloto.

»Ese fue el último consejo que me dio el inglés junto con cartas para corresponsales en Cuba, que añadir a las de recomendación que ya me había dado el capitán Simões. Me volvió a insistir en que me presentara a don Joaquín Gómez.

—¿Lo hiciste así, Pedro?

—Sí, paso por paso. Me embarqué sin poderme despedir de Simões, que había vuelto ya a la mar, de lo que me alegré porque me ahorró su curiosidad y mi posible indiscreción. Me fui a La Habana y nada me había preparado para lo que allí me encontré.

> *Artículo 14.* No podrá obligarse a trabajar por tareas a los escla-
> vos varones mayores de sesenta años o menores de diecisiete, ni a
> las esclavas, ni tampoco se empleará ninguna de estas clases en
> trabajos no conformes a su sexo, edades, fuerzas y robustez.

XIV

—Pedro, ¿de verdad no recuerdas dónde están esos papeles?

—Tras una singladura con muy buena mar y sin sobresaltos reseñables, pues no nos cruzamos con ninguno de los corsarios de Colombia, Venezuela o mejicanos que merodeaban las Antillas ni sufrimos por huracanes y bajíos, entramos por el Canal Viejo de las Bermudas y pronto pasamos bajo los cañones del Morro y llegamos a La Habana. Como era costumbre, entramos en el puerto con el velamen a medio plegar y dos falúas nos remolcaron al muelle de la Caballería. Era primeros de junio de 1814.

Hablo para no hablar, ¿el loco que se hace el loco? El doctor hace ya días que no se anda por las ramas y me pregunta directamente, impaciente. Supongo que le estarán apretando. Hay hombres que no están hechos para sufrir y tascar el freno, que se quiebran ante la más leve amenaza pensando, ¡pobres imbéciles!, que ceder les salvará la vida o de perderse. Yo nunca cedí, ni ante reyezuelos caníbales ni ante capitanes generales. Ni ante los cruceros ingleses. Y no lo haré ahora que ya no temo la muerte, que la deseo como un último y liberador suceso. No temo la muerte, no la mía. ¿Papeles? No entregarlos es lo único que nos mantiene vivos, a mi hija y a mí. Lo sé. Hablo, narro, para no contar lo que les interesa. ¿Acaso no leí y releí con placer aquella primera edición francesa, de 1704, de *Les mille et une nuits* de Antoine Galland? Soy como Sherezade pero con bigote y barba. Y arrugas. Solo lo que cuento y lo que elijo no contar evita que me maten. Diseñé una estratagema para salvarnos a Rosa y a mí de los sicarios del régimen y, ahora, soy prisionero de ella. Siempre aposté fuerte, lo aposté todo. Toca jugar hasta el final. El doctor niega con la cabeza, se quita los anteojos y cierra su cuaderno. A una voz suya Joseph entra en el estudio y me agarra del brazo. Sí, la paciencia del buen Castells debe de estar agotándose porque no reconviene al guardián por la innecesaria brutalidad con que me saca del cuarto. Nunca hice otra cosa en mi vida que tirar hacia delante, que resolver sobre la marcha los retos y peligros que la vida aventurera me ponía en el camino. Sí, porque nada vale lo que planeamos ante el azar cruel que es vivir. No hay plan que resista los caprichos de la fortuna, lo imprevisible.

Joseph me empuja sin miramientos por el patio a la galería y por esta al pudridero que nos sirve de dormitorio. Me quejo porque sé que eso le gusta. En realidad, no me duele ni me humilla su maltrato. Si me mostrara indiferente o insensible, Joseph me pegaría más fuerte. Con un último empujón me lleva hasta mi camastro. Me ovillo en él mostrando sumisión, evitando mirarle. Por fin se va. Me cubro con la cobija, me estiro debajo y cierro los ojos. Y sueño que llego a La Habana con veintiún años y una fiebre de aventura en la sangre. Sueño para recordar, ¿o recuerdo lo que sueño? ¿Acaso importa? En cualquier caso es real, es verdad porque así lo revivo y decido contarlo. Sí, proyecto contra la oscuridad de mis párpados cerrados mi juego de sombras chinescas, recupero tablazón, tapo vías de desmemoria, calafateo y reparo el casco del barco con el que mañana sortearé las Escila y Caribdis que cada día son ya las preguntas del impaciente doctor, rocas afiladas que solo buscan destripar mi barco y hundirme para siempre.

Recuerda. ¿Qué hiciste?

Desembarqué en el muelle y pronto me sumergí en el barullo de La Habana, escoltando a Glaucia, la hermosa *filha* de Reeves, hacia su destino, la casa del negrero santanderino, el tal Joaquín Gómez en el que yo cifraba todas mis esperanzas de verme al mando de una rápida goleta, bien artillada y con lo necesario para herrar unos cientos de bozales, proa a África. En el mismo muelle había varios negreros abarloados, ya visitados por el médico del puerto y autorizados por este a atracar, llenando el aire con la peste eterna de sus entrepuentes, vomitando hileras y más hileras de negros. Los tratantes corrían sobre los espantados esclavos, eligiendo lotes entre gritos de entusiasmo y exclamaciones, tirándose procacidades que hablaban de pendencias y rivalidades antiguas. Los africanos, aterrados por tanta excitación, se veían a las puertas de la muerte, de ser comidos por los diablos blancos y sus familias. Allí mismo se tasaban los aranceles por el número y calidad de los bozales, se le ponía un precio al cuello y se los repartía, si no tenían ya comprador, por las casas de los tratantes habaneros. Casas bonitas, con almacenes aireados alrededor de un patio, donde se restablecían los negros del viaje, alimentándose con picantísimas comidas africanas que les cocinaban otros esclavos de su nación. Allí los lavaban bien, los afeitaban, engordaban y hasta pintaban por hacerlos ver mejor antes de ser llevados a los mercados.

En la Caballería había también un sinfín de coches, quitrines, carros y recias galeras de mercancías, bien provistas de mulos y caballos, con destino a comercios, palacios, haciendas e ingenios, todos guiados por negros, mulatos y ochavones. Pensé en alquilar uno con dinero del inglés en el bolsillo, pero un muleque se me acercó corriendo y me indicó que me esperaba, de orden de don Joaquín, un cochero y una rápida volanta con techo que nos protegiese del sol y miradas indiscretas. Me urgía deshacerme del encargo, tantear al tal Gómez y soltar el lobo que llevaba dentro por la ciudad. Nos costó salir y un palafrenero mulato tuvo que guiar del freno al caballo entre la gente que se abrazaba, los porteadores casi desnudos de fardos, laboriosos como filas de hormigas, la marinería desembarcada que era una babilonia de lenguas, los vendedores de cualquier cosa que a gritos de ¡Acá, su merced! ¡Mire, su merced!, flanqueaban el camino con sus batallones bien dispuestos de bananas, mangos, piñas, guayabas, mameyes y guanábanas. Con sus jutías, pescados secos, pelotitas de gofio, buñuelos y frituras, alimento lo mismo para los hombres que para Elegguá, el orisha niño que vive tras nuestras puertas y nos abre y cierra los caminos...

Así hasta que en un claro el cochero —un negro viejo y zumbón que vestía casaca roja con grandes solapas azules, festoneada allí y en las mangas con una cinta que alternaba el escudo de armas de su amo y el de Castilla, calzas blancas, tocado con una chistera negra con una banda de seda roja—, y que se la pasó piropeando a la bella Glaucia y disculpándose al tiempo conmigo por hacerlo, pudo chasquear la tralla, la lengua maldijo y la volanta arrancó a buen paso hacia el palacio de don Joaquín Gómez, que estaba en la cuadra de la calle San Ignacio con la de Obispo. Rodeada de una muralla, La Habana era por entonces una mezcla de casas bajas o de dos pisos, palacios con fachadas porticadas e iglesias de piedra antigua, aún menos calles empedradas que de tierra roja, de fango rojo como la sangre cuando llovía, y una vegetación que parecía aprovechar cualquier descuido para crecer desmesurada y recuperar aquel lugar para la manigua en lucha constante con el empeño civilizador del hombre. Y calor. Mucho calor húmedo, que hacía brillar todas las pieles. Y música saliendo de cada ventana, sones andaluces y percusiones negras que se mezclaban en rumbas y boleros nuevos. Y olores deliciosos virando a fétidos, a podridos, en cuestión de unos pasos, esos que solo mezcla la vida imparable, excesiva, promiscua. Porque si nacer es empezar a morir, vivir es empezar a corromperse, y a más vida, más podredumbre.

En aquel viaje en coche me quedó claro, por si no lo declaraban los ojos desmesuradamente abiertos y el gracioso mohín de la *filha* de Reeves ante lo que veía, la bella Glaucia que nunca había conocido nada salvo la casa del inglés, que La Habana era «de lo bueno lo mejor, de lo malo lo peor» y hogar perfecto para las turbulencias de mi alma aventurera. La Habana era todavía un lugar por hacer y yo sería, con otros como yo, culpable de vestir a esa ciudad puta con sus mejores galas en las próximas décadas, convirtiendo a la Perla de las Antillas en la colonia más rica del mundo, una ciudad donde había de todo y en abundancia, generosa en cualquier extravagancia o desvarío. Sus cien mil almas la hacían más grande que Nueva York o Baltimore en aquella época, la más grande de las Américas tras la ciudad de Méjico y Lima. En pocos años meteríamos tantos negros en esa isla que produciría más azúcar que todas las Indias Occidentales británicas y el Brasil juntos. Azúcar, café y tabaco regados con sangre negra. Pero sobre todo oro blanco, azúcar. Tras la revolución de los esclavos en Haití, Cuba se convirtió en el azucarero del mundo. Hubo un crecimiento nunca visto de las plantaciones de caña, de los ingenios y los trapiches para molerla. Y todo esto lo hacían funcionar los esclavos. Hasta entonces habían predominado los domésticos, los del servicio.

Ahora la caña demandaba toda la sangre y músculos que pudiéramos comprar en África. Cargazones y cargazones de negros, legales e ilegales, desembarcados en ese mismo muelle con pago de aranceles y sobornos, o en playas de Matanzas y escondidos a rebencazos en la manigua con pago de más sobornos. Feroces bozales que se derramarían hasta morir en sudor, en sangre, en descendencia negra, cuarterona, ochavona, mulata, blancona, china... Esclavos de hasta treinta etnias se anunciaban en periódicos y pasquines o se voceaban en los mercados: arará, bengala, brique, buase, briche, bibí o viví, carabalí, carabalí briche, carabalí brícamo, carabalí suama, congo, congo luanda, congo luango, congo real, chocho, gagar, gangá, gragá, igbo, isuama, lucumí, macuá, machá, mandinga, mandinga fulah, mozambique, mina, mina popó, minatantí y mondongo. Negros bozales o bozalones si eran más brutos de lo normal, muleques los niños y mulecones los jóvenes, criollos si ya nacidos en Cuba y rollollos sus nietos, esclavos, coartados o libres. Nada se movía o se hacía en la isla que no fuera hecho por los esclavos: jornaleros, peones, mozos de cuerda, albañiles, zapateros, ayudantes de todo y maestros de nada, criados, criadas, nodrizas, amas de cría, caleseros, capeadores, carpinteros, pintores, músicos, bailarines, putas y putos. Nada hacían un español o un criollo que pudiera ser hecho u ordenado a negros y negras. Vivían los blancos como los nuevos atenienses, dedicados a discutir de política, intrigar, enriquecerse, beber, fumar y fornicar. Los esclavos se compraban, se vendían, a veces familias enteras, se alquilaban, se prestaban y se cambiaban por cosas, muebles o animales. Eran la sangre de Cuba, de La Habana a Santiago. Sangre que transmutaría sobre todo en oro, *champagne* en copas labradas, sedas, suelos de mármol de Carrara, banquetes de trescientos cincuenta platos, tenores italianos y cómicos franceses, orquestas de negros interpretando a Mozart o Bellini.

Pero no te adelantes, Pedro, tu Habana estaba aún por llegar, aquella puta era aún una niña. Aún no se había puesto de moda vivir arriba en El Cerro entre los potentados habaneros. Desde lo alto de aquella volanta te asomaste por igual al bullicio de la calle Mercaderes y Oficios, a patios con broquel, terrazas y balcones del entresuelo de las casas donde esclavos domésticos abanicaban a sus amos con largos y anchos abanicos de yarey, hechos de palma, para refrescarlos y alejar las moscas de sus platos. También al interior de algún pobre cuarto en el que un negro viejo le adivinaba la suerte a algún señorito criollo lanzando cuatro trozos de cocos. O los caracoles, las conchitas de los cauríes que son los ojos, oídos y boca de los orishas, pues a través de ellos hablan a los hombres. Leía cada renglón de aquella ciudad, lo que ni siquiera vi en mi viaje con Iztoiz. ¿Había cambiado la ciudad? No, había cambiado yo. Sí, con el tiempo yo también pude hablar de La Habana, padre. De la no siempre tan leal ciudad bella de La Habana, de la Perla de las Antillas, Joyel de la Corona Española, Antemural de las Indias Occidentales y otros nombres rimbombantes con que se perfumaba la fama de ese muladar. De sus gobernadores corruptos y sus criollos codiciosos, pomposos hijos de perra que se piensan todos de la pata del caballo del Cid, de lo putas que son sus mujeres e hijas, damiselas lívidas de parasoles y celosías, amantes de que les rompan el culo por mor de conservar la virginidad, de los palacetes franceses con escaleras de mármol que se elevan sobre el barro pútrido de la sangre de los negros. ¡Tan cristianas ellas, de los rezos en la catedral a aparcar sus volantas extramuros, a la puerta de los bohíos de los feticheros para que les quiten la salación y el mal de ojo a sus nuevas joyas, de reclinarse con el rosario entre las manos a arrodillarse enfrente de los babalús para que estos las aspergen con la sangre de gallos pintos y les fabriquen amuletos y embós, ataduras y sortilegios para sus hombres, todas comidas por los celos hacia las negras! La sangre que chorreaba con pez derretida tras la seda con que entelaban sus salones y *boudoirs*. Mis negros. ¿Cuántos sacos de carbón no habré yo desembarcado en Cuba? No está hecha la frágil moral de los hombres para ser dueños de otros hombres y mujeres, de sus cuerpos, vida y muerte, sin envilecerse. La mía tampoco.

El cochero era un negro ladino, uno de esos espabilados para aprender castellano —los negros bozales eran los africanos recién llegados y que no hablaban sino sus lenguas salvajes— y hacerse el simpático para con su amo, adularle lo bastante como para conseguir el oficio de calesero, el más descansado que podía tener un esclavo doméstico. Todos también apapipios, soplones del amo. Su chistera, el arete de plata y la heráldica casaca lo colocaban un grado por encima del resto de los esclavos y le encantó demostrárnoslo tan pronto algún negro descalzo o descamisado se atravesaba en nuestro camino, soltándoles trallazos o insultos mientras nos sonreía de manera cómplice. Cuando nos cruzamos con una cuerda de unos veinte esclavos que debían llevar a los depósitos de algún tratante, el calesero los identificó por sus marcas y cortes en la cara como paisanos y empezó a hablarles en su lengua. Los negros, recién desembarcados y aún con los ojos haciéndose a la maravilla nunca vista de una ciudad como La Habana, no daban crédito y miraban boquiabiertos a nuestro cochero uniformado, apelotonándose en torno a la volanta, pese a las voces y algún chicotazo del mayoral que los guiaba. Por unos instantes pudo más el asombro que el miedo e intercambiaron frases y gritos de admiración con el cochero, que se reía ufano. El mayoral empezó a azotar las espaldas más duro y la cuerda de negros, aún con sus cabezas vueltas y bocas colgando, siguió su camino y nosotros el nuestro. *¡Esto bozalone eran de mi tierra, su mercé, bien lo vi en su marca! ¡Me preguntaron si yo era rey aquí, por mi ropa y el caballo!*, se reía el calesero, *¡imagine su mercé qué cosa, un negrito el rey de La Habana!*

Al llegar al palacete de don Joaquín Gómez nos recibió un criado negro vestido con una fina librea. Pero este no era nada chistoso y afectaba una gravedad ceremonial que le habrían inculcado a golpes. Nos hizo pasar al antevestíbulo que se abría a un fresco patio porticado, con su broquel de piedra azul para el aljibe, sus altos plátanos en forma de abanico, flores de hibiscos y sus sillas de enea. Nos pidió esperar en unas mullidas butacas que allí tenían dispuestas con tal fin. Tuve tiempo de sonreír tranquilizador, varias veces, a la bella Glaucia que estaba evidentemente excitada ante tal cantidad y calidad de novedades. Ella me sonreía de vuelta, pero era evidente que ya no me veía; su mente debía de estar fabulando sobre cuál sería su lugar en este reino de Jauja que se le mostraba nuevo, vibrante. Pese a estar sentada su boquita se entreabría jadeante y su pecho subía y bajaba agitado rebosando el escote. Era en verdad hermosa. ¿Vivirá? ¿Será una negra vieja y gastada por la lujuria que provocaba su belleza en gente con poder para comprarla? Mis ojos iban de ella a los ricos e historiados estucos y cenefas que adornaban las paredes, cubiertas en su parte baja por caros azulejos de Valencia, a los espejos sobredorados, subían por la amplia escalera de mármol que conducía sin duda al principal, al piso donde los señores hacían su vida, comidas y bailes, un paraíso entre el infierno subterráneo de los esclavos y los altillos de las ayas, doncellas y servidumbre de más calidad. Como seguíamos esperando y allí nadie venía, intenté descifrar las escenas mitológicas de los frisos, sin duda veleidades aristocráticas de nuevo rico y quiénes serían un caballero y una dama que nos vigilaban muy serios desde sendos cuadros. Y de allí a la bella Glaucia y vuelta a empezar.

Al cabo de un rato que se me hizo eterno, volvió el negro acompañado de otros dos, agarraron a la *filha* de Reeves, su equipaje de mano y el que había en el coche y se metieron dentro de la casa, cruzando por un lateral del patio, sin decirme palabra. Glaucia solo se giró, me lanzó una última sonrisa nerviosa, hizo un gesto con la manita enguantada y desapareció. Seguí esperando al menos otra buena media hora. Entonces se abrió la puerta sobre la escalera y apareció un joven español, un lechuguino vestido muy a la francesa. Se presentó como Rafael Muñoz, secretario de don Joaquín Gómez, y me invitó a subir la escalera y pasar al vestíbulo propiamente dicho. Allí se repitió el ritual. El tal Muñoz desapareció por una puertita lateral. Volví a sentarme y entretenerme con la ostentación de muebles y paredes, obviamente destinada a impresionar al visitante y darle información sobre la posición y poder del dueño de la casa. Más antepasados, vistas de Santander y La Habana, y varias marinas con bergantines a todo trapo entre la espuma y oscuras nubes de a saber qué feroces tormentas, estampas dramáticas y poco marineras viendo tanta vela desplegada en tales huracanes. ¡Arrancarían la arboladura y el barco se perdería, cosas de pintores!, me dije.

Allí seguía, solo, cavilando cuáles serían mis primeras palabras ante tan poderoso señor, más entretenido porque desde este vestíbulo y por estar sus puertas abiertas alcanzaba a ver otra estancia, una antesala aún más rica, y las puertas labradas y estofadas de la siguiente que debía de ser ya lo nunca visto, pensé. Las hojas tenían finas mamparas de cristal trabajado para dejar pasar la luz todopoderosa de La Habana, pero no ver más que la silueta de los habitantes. Todo en esta ciudad se resolvió siempre en juegos de cristales coloridos y un sol voraz, en vidrieras de medio punto que hacían de cada casa rica, de cada palacio, no un castillo sino una catedral de naves irisadas. A la ligereza contribuían y mucho todos los techos que alcanzaba a ver, armazones de madera trenzada a lo morisco, nervaduras atadas a claves mudéjares o simples vigas pintadas en las galerías, que me recordaban que esta era tierra de árboles, de selva, mucho más que de piedra.

Había bajado los ojos hacia mis zapatos, estaban limpios, cuando se abrieron las dos hojas de esas puertas más lejanas. Las gruesas alfombras y esterillas amortiguaban los pasos y solo cuando salieron hablando a la galería sobre el lado opuesto del patio, subí la vista hasta el grupo que se me acercaba. Dos hombres ricamente vestidos y el secretario Muñoz unos pasos más atrás. El mayor de los dos hombres, cercano a los cuarenta, alto, algo grueso pero de buena figura y peinado a la francesa, debía de ser el tal Gómez, el dueño de la casa y famoso esclavista, pensé, por lo confianzudo pero autoritario que le hablaba al otro caballero, de unos treinta y pocos, que le escuchaba tan atentamente como a un profeta del Antiguo Testamento.

—Hacedme caso, Álvaro, que sé bien lo que os conviene. Bien se ve que acabáis de llegar de España. Comprar cargazones de negros es una buena inversión, pero no todos esos salvajes valen lo mismo o tienen la misma salida.

—¿Y qué me aconsejáis, don Joaquín?

—Traed negros yolofes, son los mejores. Si invertís, que sea en traer bozales yolofes, son los favoritos de los españoles. Pensad que los propietarios de plantaciones de café o tabaco, de ingenios de azúcar, si bien ahora están todos en el negocio de la trata, son en su mayoría terratenientes o descendientes de terratenientes de toda la vida. Están abiertos a hacer dinero con la trata y a aceptar, una vez contrastadas, innovaciones técnicas para ello, pero son gente muy tradicional en el fondo y poco dada a los experimentos. ¿Sabéis que el sabio alemán Alexandre von Humboldt vivió unos meses en la ciudad, en 1801?

—No, no lo sabía, don Joaquín.

—Pues sí. Y fue muy celebrado. Recalculó el meridiano de La Habana. Hasta que él vino resulta que ni sabíamos bien nuestro lugar en el mundo. Puso de moda los artilugios y catalejos alemanes entre la gente de dinero. Aquí para eso somos todos muy modernos. ¿Sabéis lo que no hizo tanta gracia de Humboldt?

—No.

—Su oposición a la esclavitud. Para eso somos muy tradicionales. Aquí y en Puerto Rico quieren yolofes.

—¿Por? Hay otros africanos más fuertes...

—Sí, no son los más fuertes, pero son dotados para las lenguas, despiertos, no son vagos y son muy alegres, les gusta cantar y bailar por cualquier cosa. Sus mujeres son esbeltas como las demás salvajes pero con los pechos más llenos.

—Ya veo, don Joaquín.

—Entended que tras la horrorosa revolución de los esclavos de Jamaica y Haití y las masacres de blancos, en todas las Antillas hay preocupación por el número y la naturaleza de tanto negro como traemos y ya hay. Pensad que solo en La Habana hay ya unos veinticuatro mil negros libres andando por la calle y reuniéndose en sus conventos, sociedades secretas y cofradías de brujos, por muy cristianos que se pretendan.

—¿Tantos, sí?

—Por ahí anda la cosa. Y solo por la manumisión que hacen muchos dueños al morir de sus esclavos favoritos. O por la coartación, que yo la prohibiría.

—¿Qué es?

—Pues que los negros pueden comprar poco a poco su libertad, pagando a plazos el precio que hayan fijado los dueños para ello. Pero, digo yo, ¿de dónde ahorra un esclavo?

—Cierto, cómo...

—¡Ah, amigo Longoria! El español es muy amigo de leyes y

ordenanzas para todo. Aquí los negros tienen ciertos derechos, a la vida, a un amo justo, a ahorrar y pagarse la libertad. Leyes mucho más clementes y cristianas que las de los dominios franceses o británicos, sin duda.

—¿Y se cumplen, don Joaquín? Porque las leyes, una cosa es escribirlas y otra... Aquí, además, se inventó aquello de «se acata pero no se cumple», ¿no?

—¡Jajaja! Por supuesto, amigo, por supuesto. Se cumplen de aquella manera. Pero lo cierto es que muchos esclavos gozan de un día para ellos, que pueden emplear trabajando para sí, en vender cosillas... Las negras le sacan más partido puteando, eso sí. ¡Esas sí que ahorran!

—Ya, supongo. —Los dos caballeros ríen cómplices—. La verdad es que las hay muy hermosas. ¡Y cómo bailan, si es que eso que hacen es bailar!

Hablan mientras pasan a mi lado, ignorándome por completo. Solo el secretario me indica con un leve gesto que espere.

—Mejor los negros de la Costa de Oro, vienen de tierras áridas y de faenarlas desde muleques... Desde niños andan cavando esa tierra seca. No temen al trabajo como los negros de Gambia, Calabar o Angola. Allí la naturaleza es fértil y los hace vagos para el trabajo duro.

Al fin se detienen justo antes de la escalera.

—Sin embargo, don Joaquín, tengo entendido que esos yolofes sufren de episodios de tristeza insuperable, de *mélancolie noire* que los lleva al suicidio, pues piensan que una vez muertos vuelven a su tierra.

—¡Oh, eso es algo común a todos los bozales! En realidad, los más propensos son los lucumíes. Parecen muy feroces, todos con los cachetes marcados por cicatrices rituales, pero son los más dados a matarse. Yolofes, hacedme caso. Y en su defecto mandingas, que se han puesto de moda para el servicio doméstico entre los habaneros. Mi secretario os dará en los próximos días información de nuestros fletes y destinos más inmediatos. ¡Sed muy bienvenido al mejor negocio del mundo, querido Álvaro! ¡Saludad de mi parte al marqués de Arcos!

—¡Así lo haré! ¡Estoy impaciente por comenzar y aprender a vuestro lado!

Y sin más se despiden. El joven caballero baja la escalera y el negro de la librea le alcanza su sombrero, bastón y guantes. Don Joaquín y el secretario Muñoz le despiden con una última sonrisa y una leve inclinación de cabeza justo antes de que suba al coche que ya le espera en la verja de la calle y desaparezca. Solo entonces y precedido del secretario, se me acerca don Joaquín Gómez. El secretario me presenta. Don Joaquín me mira de arriba abajo; yo le hago una pequeña reverencia y le doy las cartas de mister Reeves y Simões. Ni siquiera las mira y se las da a Muñoz. No parece molesto, pero tampoco muy interesado en quien yo sea o mis recomendaciones. Me pregunta si Glaucia llegó entera. Le digo que sí. Me pregunta si soy marino y le digo que también, piloto formado en el colegio de San Telmo y ya con mucha mar. Don Joaquín asiente y me pregunta si busco trabajo. ¡Sí!, contesto, ¡quiero ser capitán negrero! Empiezo a contarle mis viajes con el bergantín auxiliar de Simões, saltándome la parte de la piratería. Don Joaquín enarca las cejas y me hace un gesto con la mano de que me detenga.

—¡Sois muy joven, señor Blanco! Me gusta el fuego de vuestros ojos, pero aún no tenéis edad o experiencia para que nadie os confíe un mando. Lo que ahora os cuadra es enrolaros de segundo piloto. Haced algunos viajes que os curtan, los barcos negreros tienen poco que ver con cualquier otro navío, y volved aquí entonces. Muñoz, mi secretario, os dará razón de dónde buscar acomodo y empleo. ¡Hasta la vista, joven!

El negrero santanderino, envarado como si llevara una baqueta metida por el culo, se fue sin más y desapareció tras esas ricas puertas historiadas que ya se me hacían tan infranqueables y deseables como las del paraíso. El secretario me aconsejó que buscara posada en la hostería de un tal don Carlo Verroni, que siempre tenía un jergón limpio, comida y noticia de negreros donde enrolarse.

—El italiano tiene la hostería apenas a tres cuadras. En la calle de los Oficios, a la espalda del Baratillo y el muelle de la Caballería, que ya conocéis —me explicó displicente el secretario. Yo asentí—. ¡Ah!, una cosa más. Si os sobran unos reales y pensáis medrar en esta ciudad, a cuatro cuadras de aquí en dirección opuesta, hacia la Puerta de Tierra, está la calle del Aguacate. Hay varias sastrerías donde poder vestiros de manera más conveniente a un joven caballero. Parecéis un...

—Soy un pirata. Y seré un negrero. Gracias por vuestros consejos.

Muñoz me echó una última mirada, giró sobre sí mismo como un trompo y desapareció por la misma puerta que su amo. A mí no salió a despedirme ningún negro con librea ni nadie me ayudó con mi petate. Salí solo a la calle, con la cabeza tomada por ideas contrarias y el pecho revuelto. Por un lado, seguía impresionado por el lujo de aquella casa. Nunca había estado en una igual, la de Reeves tenía mucho de hacienda y fortaleza. Un algo de castillo aislado. Este *hôtel* era distinto. Rodeado de otros igual de suntuosos, representaba el poder; era en realidad una compleja escenografía al servicio de la fama de su propietario, y me habían dejado bien claro que solo mejorando mi condición, solo mi riqueza si la hacía, me abriría todas esas puertas y me daría entrada en otras habitaciones, privadas, donde el poder decide entre volutas de vegueros y tintinear de copas de fino cristal.

Me juré desvirgar algún día esas estancias. Y lo hice, claro que lo hice. Y otras más ricas, de techos más altos, las de reyes y capitanes generales. Y me las construí a mí mismo cuando fui rey, porque mi reino sí fue de este mundo. Aún solo era un pirata y un proyecto de negrero, joven pero un lobo de mar que ya había dado algunas dentelladas y despreciaba a cualquiera que no pudiera afianzarse sobre una cubierta en medio de una tormenta, a cualquiera que no supiera ventear las roladas antes de que ocurrieran o mantener un rumbo. A cualquiera que dudara en matar. Aún no me habitaba el otro Pedro Blanco, don Pedro, el que erigiría reinos. El que luego sería rico entre los ricos de La Habana y construiría su propio laberinto de estancias, como esclusas para dejar fuera la miseria. No, el joven Pedro aún no sabía leer los mensajes ni de los abanicos ni de las tarjetas de visita dobladas o raspadas en sus bordes. Solo sentía una fuerte decepción por el rechazo de Gómez. ¿Segundo piloto? Se me hacía muy poco. Me sentía furioso, frustrado, y eso siempre me traía fantasías de muerte y asesinato. ¿Segundo piloto?

Sin embargo, algo me decía que aquel negrero experto y altivo no me había tratado con desdén, sino que me había dado un buen consejo. El mismo que me diera mister Reeves. Mi ambición era clara, pero no bastaba para quien arriesgaba su fortuna con los barcos y cargazones de negros. Ya tenía muchas travesías a mi espalda, sí, había aprendido mucho con Simões, sí, había pirateado, también. Pero estaba claro que un capitán negrero era una especie única de marino: experto, valiente, astuto, honrado con sus armadores y feroz capitán pirata capaz de sujetar a tripulaciones enteras de criminales. Capaz de leer por igual vientos, corrientes y estrellas, que de comerciar con cautela con reyezuelos salvajes en África. Por eso, los buenos eran muy escasos y para ellos la fama y la paga muy altas. ¿Era yo ya ese marino? No, no lo era. Y esta simple asunción de mi realidad, este sacudirme de encima los monos chillones de mi propia ambición, me liberó el corazón en el pecho y me hizo caminar más ligero, sonriente, en busca de la hostería de ese puto genovés.

Justo antes de llegar a Oficios, en el bullicio de la calle de los Mercaderes, me sentí tan feliz, tan seguro de que estaba en el camino correcto para llegar a capitanear algún día un negrero veloz, de proa aflechada, que me puse a hablar solo. Seguí caminando hasta la Alameda y la iglesia y hospital de San Francisco de Paula y me dio sed. Me senté a la puerta de una taberna, pedí un poco de agua y un vaso de ron. Muy bien situada, pues enfrente se abría la iglesia y desde dentro, mezclado con los ruidos de la calle, me llegaba la voz tonante de un cura sermoneando a sus feligreses con los acostumbrados latinajos. El páter advertía de los suplicios del infierno y yo me emborrachaba mientras veía pasar La Habana ante mis ojos. Cuando terminó y los despidió con el *Ite, missa est*, me llamó la atención que añadió en castellano y con el tono de quien vende en un mercado sus chorizos, que el próximo domingo y a la hora de siempre, tendría lugar una venta de negros en la plaza junto a la puerta lateral de la iglesia, cargazón de cuatrocientos treinta bozales, mujeres y muleques de nación carabalí, ibos, isuamas, briches y lucumíes, llegados de África en la goleta española *La Fortuna*, del capitán don Salvador Lorenzo y con la garantía de don Fulano de Tal y Tal, que el párroco daría razón y garantía a quien preguntase.

La verdad es que fuera del bautismo y la absolución a su muerte, el clero siempre se desentendió de la trata si no era para invertir en ella. Desde tiempos de Carlos I los curas bautizaban sin más, sin darles doctrina ni razones, a los negros en los barcos recién atracados o en el momento de desembarcarlos. Los asperjaban con unos hisopazos, les ponían el nombre del santo o la santa del día, al cuello grabado en un trozo de latón, y les decían poco más: que ya les darían doctrina en su destino final, que sus amos se encargarían de ello, que no pensaran en volver a su tierra, que no comieran ratas, perros o caballos y que aprendieran a conformarse. Recuerdo que bebí a la salud de tan santa institución mientras mi mente daba ya órdenes a una tripulación imaginaria rumbo a la Costa de los Esclavos. Bebí varios vasos y con cada uno se me pintaba más vívida mi imagen en el alcázar, las órdenes breves y exactas al timonel y al contramaestre, que a su vez las ladra a los marineros, para ceñir tal o cual viento y dejar atrás a los perros ingleses que...

—¿Pedro? ¡Pedro!

Cuando alzo la vista del remolino que el ron forma en mi vaso al girarlo nervioso, me encuentro un rostro familiar que no reconozco. Va vestido de marino mercante. Mientras sigo girando el ron con la derecha, bien a la vista, mi mano izquierda baja de la mesa a mi ropa y aferra el mango de mi puñal. El alcohol me calienta la sangre pero me achina la vista. El tipo me suena pero...

—¡Pedrito, soy yo, tu tío Fernando!

Sí, es mi tío Fernando. Parece contento, emocionado de verme, quiere que le hable de mí y mis navegaciones. Yo estoy ya un tanto borracho, me cuesta compartir tanta alegría. Me viene a la cabeza el recuerdo de mi padre muerto y mi madre llamando a su hermano Fernando... No, no está, le dijeron. Hay algo de agua helada que me recorre la sangre al mirarlo. ¿Por qué le culpo? Era, es, marino. Yo debería entenderle y sin embargo soy incapaz de devolverle sus sonrisas, a lo más una mueca ácida. Me cuenta de sus ganas de dejar las largas travesías y hacerse capitán de cabotaje por el Mediterráneo, de estar cada vez más cerca de Málaga. Siento una punzada de desprecio. ¿Quieres saber de mis destinos, tío? Le cuento de algunos, de los más terribles. Cada uno elige la imagen que quiere dar de sí mismo. Los hombres del mar somos de historias y consejas. Le hablo de abordajes y asesinatos a las órdenes del viejo Simões.

—El portugués siempre se asombraba de mi ferocidad, tío. De mi gusto por disparar o tajar a los enemigos. Ahí vi lo útiles que fueron las enseñanzas de mi padre. Al pecho, Pedrito, siempre a lo más ancho. No fallarás, y si se agacha le darás en la cabeza. Él me lo enseñó. También aprendí mucho con el viejo portugués, de cómo siempre baraja naciones en su tripulación, para que no hubiera muchos de una misma tierra y se le amotinaran. A cortar entre el viento y la presa para sotaventearlo y cañonear sus panzas alzadas. A perseguirlos hasta hacerlos varar. A no dejar testigos.

—¡Me das miedo, sobrino! Eres tú, pero en tan pocos años se te ha cambiado la mirada y supongo que el alma. Y sin embargo te admiro, no hay mejor marino que un pirata. A mí me faltaron arrestos. Sí, señor, no lo hay.

—Sí lo hay, tío. Un capitán negrero.

—¿Es eso lo que quieres ser? —Asentí. Mi tío calló unos instantes, sopesó mi determinación y luego me palmeó en la espalda—. Bien, Pedro, es sin duda el mejor negocio que existe, peligroso pero muy rentable si se hace con cabeza y los contactos adecuados. Y La Habana es el puerto indicado para empezar. Aunque te habrán dicho que eres muy...

—Joven. Sí, ya me lo han dicho. Y que busque de segundo piloto.

—Así tendrás que hacerlo. Oye, ¿no me preguntas por tu madre? ¿O por tu hermana?

—¿Cómo están?

—Tu madre está enferma. Consumida por la tisis. Vive sola con Estepa. Ya no pisa la calle. Yo paso a visitarla cuando toco Málaga y...

—¿Cómo está Rosa? ¿Cómo está mi hermana?

—De ella sé poco. Al irte tú, Estepa y tu madre la entregaron al convento de Aurora María y la Divina Providencia. Allí, primero la recluyeron como sirvienta seglar de las monjas catalinas. Luego creo que empezó el noviciado y quizá ya se haya ordenado de monja ella misma. Solo una vez, hace dos años o así, hablé con ella a través del torno, del que usan las catalinas para vender sus dulces y labores. No pude verla, claro, pero me pareció triste y resignada a una vida de clausura. Solo me pedía que intentase saber de ti, cuidarte. Al final lloró... ¡Pobrecita, me dio mucha pena! —Silencio, bebo. Mi tío Fernando parece esperar alguna confesión por mi parte, que no llega—. Pedro, si es cierto que hicisteis... Bueno, si es cierto, es un pecado horrible que no se borra en una vida de penitencia.

—¿No estamos todos pagándolo ya, tío? ¿No estamos ya perdidos? —Se hace un silencio incómodo.

—Me das miedo, Pedro.

—Eso ya lo ha dicho, tío.

—Mira lo que te ha hecho ya la vida.

—¿El qué? Yo procuro no mirarme demasiado.

—¿Sigues leyendo al menos?

—Todo lo que cae en mis manos. En cada factoría, en cada barco saqueado. Me calma.

—Eso es bueno, Pedrito.

—No diga en casa que pregunté por ellos, tío. Y no me llame Pedrito.

De allí, mi tío me acompañó a la hostería del tal Carlo, que por supuesto él también conocía. Aunque me previno contra el italiano, un tramposo y un mentiroso hijo de mil putas, me dijo. Me confirmó que allí me enteraría de todos los barcos consignados para África y los tripulantes que buscaban. También quedó en presentarme a un tal Marchena, un pariente, un primo lejano que mandaba tropas que hacían la guardia costera en Matanzas. Aquella costa era lugar frecuente de desembarco de cargazones ilegales de negros, cargamentos que se daban por perdidos en el mar para no repartir dividendos con los socios consignatarios y se desembarcaban allí de tapadillo, en noches sin luna, para evitar pagar aranceles. Marchena era el encargado de evitar estos manejes y hacer cumplir la ley pero, me susurró mi tío, sabe bien mirar a un lado y sacar tajada de cada negro que pisa esas playas y esconden en la manigua. Mi tío partía al día siguiente y quedamos en buscarnos y conocer a tan buen punto a su vuelta, si es que yo no andaba a mi vez embarcado. Concertamos dejar noticias para el otro en la hostería del italiano y nos separamos. Pasarían muchos meses hasta volver a vernos.

En la hostería de don Carlo Verroni alquilé un cuartucho en la planta alta, con un jergón, una silla y un cabo de vela. Aún me quedaban unos reales del dinero que me dio Reeves. Abajo había un gran zaguán que hacía las veces de comedor y ágora de negreros y marinos en busca de trabajo. Allí se juntaban a comer, beber, jugar y chismorrear los recién llegados con prisa por volver a embarcar y los que llevaban un tiempo secos y ansiaban sentir viento en la cara y salitre en la boca. Los marinos llevan mal la tierra. El tal Carlo resultó ser un genovés mariposón y metiche que andaba siempre repartiendo falsas sonrisas, pegando la oreja a conversaciones ajenas y susurrando chismes para darse importancia y aparentar el estar al cabo de todo. Pronto me di cuenta de que había que espigar muy pocas verdades de entre tanta cháchara mentirosa, pero que si estaba atento aprendería mucho de lo que más me interesaba, como enrolarme de piloto en un buen negrero. A los pocos días y pese a haberle sacado sin miramientos de mi cuarto, donde había entrado revoloteando el genovés a tentar fortuna, el tal Carlo empezó a darme cátedra.

—*Guarda, Pietro*, la trata es el corazón de La Habana. De *tutte* las Antillas. Aquí todo el mundo participa de ella de una manera u otra. O busca hacerlo. Todos, del capitán general y la antigua aristocracia a órdenes religiosas y al último negro liberado que haya ahorrado unas monedas. No hay un peso que no venga de vender, comprar, transportar o reventar negros en plantaciones e ingenios de azúcar. Es un comercio trágico, maldito, *brutto*, pero cómo no dedicarse a él cuando es la sangre de Cuba. Ya has conocido brevemente a un gran negrero como don Joaquín Gómez. A estos no los verás por aquí. Viven en una gran mansión y la trata, si bien es el principal, no es su único interés. Muchos son también banqueros, comerciantes, armadores de balleneros. Mueven su dinero, el que brota del sudor de los bozales, de un negocio a otro. ¡El dinero quieto se pudre, no es una planta, es un pez y tiene que nadar! Algunos buscan incluso cerrar el círculo y tienen buques, plantaciones y esclavos. Muchos de los hechos a sí mismos en esta isla provienen del mar. Capitanes, pilotos y armadores que empezaron con el respaldo de pequeños inversores para un viaje puntual.

Cientos de ellos metiendo unos pocos pesos en viajes a África, pequeños comerciantes, taberneros, viudas pensionadas, costureras.

En aquellos días, luego semanas, di en caminar por la ciudad. Pero no lo hacía como un paseante, no me sentía así, sino como un espía en reducto enemigo, caminándola meticuloso para saber de sus fortalezas y debilidades. Me urgía entender cómo latía el corazón de la trata de esclavos, cómo era La Habana. Por las mañanas recorría los muelles de la Caballería y Regla, presentándome en cada barco que izaba el gallardete para alistar tripulación. Allí me llegaba con mi título de San Telmo para solicitar plaza de piloto o segundo de este. No tuve mucha suerte al principio, la verdad. Me ofrecieron matricularme de marinero varias veces, pero lo rechacé. Tenía veintiún años y era muy raro encontrar oficiales de menos de treinta. Otras me alargaba hasta el Castillo de la Punta, donde siempre había alguna ejecución o castigo de negros. Allí se reunía la gente, caballeros y sus damas, a ver estirar la pata a algún esclavo cimarrón, algo que parecía un pasatiempo muy tranquilizador e incluso divertido, que les confirmaba el orden correcto de las cosas. Luego me cruzaba en algún guadaño de alquiler hasta el Morro, para avistar mejor la entrada a la bahía.

Al caer la tarde me daba un paseo por la Alameda de Paula, vagaba más allá de la Puerta de Tierra hasta las terrazas del Arsenal o merodeaba curioso reuniones de negros que encontraba siguiendo el ritmo de los tambores. Siempre callaban al acercarme, me miraban con grandes ojos amarillos. Yo me sentaba a unos pasos y los saludaba con un ligero gesto. Entonces ellos se miraban entre sí, algún negro viejo asentía y seguían a lo suyo, hablando mayormente en igbo y yoruba. Para mí eran jerigonzas sin sentido, pero era despierto y a fuerza de emparejar sonidos y acciones empecé a identificar palabras. Me tomaba estas observaciones tan en serio como mis clases en Málaga, seguro de que habría de serme de utilidad en África. Y tanto aplicarme me volvió imprudente. Le tomé gusto a perderme por los barrios extramuros de El Horcón, el Manglar o Jesús María, donde la negrada libre malvivía en bohíos, chozas con techos de palma seca, antros inmundos. Allí el asesinato, el robo y el puterío eran moneda común, que las mismas madres ofrecían a sus niñas y niños por calderilla. Un aire de lubricidad animal se te pegaba a la piel.

Yo me paseaba indiferente a las advertencias de otros blancos o a sentirme una gota de leche en un mar de betún. Seguro de mi destreza con el cuchillo, el pistolón que cargaba y el hielo que me corría por las venas cuando de matar se trataba. Cada vez me alejaba más en mis paseos. Una tarde, siguiendo durante horas la ribera del río de la Chorrera, oí esos tambores que ellos usan para todo, para convocar cabildo o invocar a sus dioses. El sonido venía amortiguado por una manigua espesa y el ruido de corriente viva. Me asomé y espié a un grupo de negros calabarí, con sus típicos dientes serrados como tiburones, fuertes y semidesnudos, las vergüenzas apenas cubiertas con la esquifación. No había mujeres, solo hombres que se retorcían y bailaban dando grandes saltos entre las raíces de una enorme ceiba, que es árbol sagrado para ellos pues les recuerda al baobab de su África natal y creen que a través de él llegan sus ofrendas a alimentar a sus dioses. Un par con los ojos en blanco. Un negro viejo, el fetichero, pintaba trazos extraños en pellejos de cabra, en los cuerpos de algunos y en el cuero de los tambores. En derredor había cazuelas con ofrendas, plumas, cuernos de chivos...

Entonces no lo sabía, los ñáñigos se hicieron famosos pocos años más tarde, pero aquel era cabildo de la sociedad secreta Abakuá, reunidos para sus crímenes y brujerías. Estos ñáñigos solo aceptaban hombres negros y dieron en juntarse para vengarse de la dura persecución de los amos en una masonería de esclavos, tan secreta y exigente como la de los blancos. La revolución de esclavos de Haití triunfó en 1803 y *les Jacobins Noirs* de Touissaint Louverture y Dessalines, habían declarado la independencia y una república de hombres libres tras derrotar por igual a las tropas del rey inglés, español y del mismísimo Napoleón. Un ejército de esclavos sin temor a la muerte resultó imbatible y puso el mundo patas arriba. Ese recuerdo y los crímenes de los cimarrones en todas las Antillas, tenían a burgueses y hacendados aterrados. Por si fuera poco, en febrero del año anterior, 1812, un negro libre llamado José Antonio Aponte quiso repetir en Cuba lo de Haití y encabezó una insurrección en los ingenios de Puerto Príncipe, Holguín, Bayamo, Trinidad y Peñas Altas, a las puertas de la mismísima Habana. El ejército los aplastó. Aponte y ocho negros más fueron ajusticiados y sus cabezas expuestas en el puente de Chávez. Pero los blancos de la isla vieron aterrados las orejas al lobo y su miedo se traducía en crueldad y violencia sobre sus negros, compitiendo cada cual por inventar torturas y castigos más refinados. Envilecidos por el poder absoluto sobre la vida y la muerte de sus esclavos... ¡Sí, doctor, viles por déspotas y arbitrarios, seguro lo diríais de estar en mi cabeza ahora! Y hablaríais de un mundo donde los hombres sean iguales, donde no haya amos ni esclavos, donde la fraternidad y no el beneficio rija la vida del hombre... Lo único que no entendéis es que eso nunca pasará porque lo que todos los esclavos quieren es ser alguna vez amos despóticos de otros más infortunados... Todos somos negros de alguien y amos de algún otro. En fin...

Aquellas crueldades parecían lo más natural del mundo y la única razón por la que los amos las cometían cada vez más era porque podían. Ya no bastaba con estirarle el cuello a cualquier negro que caminara solo y, asustado, no supiera dar razón de sus amos o encargos. Dudar o balbucear era motivo bastante para colgar a un costado del camino, como aviso de que no eran más dueños de sus vidas que cualquier alimaña, a todos los negros y mulatos que por allí pasaran. Dijeran las leyes y reglamentos lo que dijesen. No, los amos rivalizaban en refinamientos a la hora de despellejar, destripar y mutilar a sus negros. Y de esto se defendían los esclavos juntándose en secreto, en sus cabildos, para animarse y socorrerse y, llegado el caso, vengarse de cuanto blanco pudieran. Tanto es así que se decía que matar a un español era el rito de iniciación en sus principios. Nadie quería cruzarse con una banda de ñáñigos. Esa tarde yo aprendí por qué. Me vieron y salieron con cuchillos y palos tras de mí. Podría matar a uno o dos, el resto me despedazaría. Solo me salvó la distancia de ventaja y la juventud de mis piernas, que el miedo movía como pistones de un vapor. Llegué con la lengua fuera al Camino Real, a tiempo de avistar un pelotón de fusileros y llamarlos a gritos. Fueron apenas unos instantes, pero cuando me giré victorioso hacia mis perseguidores, el muro verde de la manigua se los había tragado. Con el tiempo estos ñáñigos perdieron ferocidad, aceptaron mulatos e incluso algún blanco pobre y los cabildos Abakuá se extendieron de La Habana a Regla, Matanzas, Guanabacoa, Marianao, San Miguel de Padrón y Cárdenas... Claro que yo entonces aún no sabía esto. Bastante tenía con recuperar el resuello y la compostura ante los burlones soldados.

Cada noche volvía a donde Verroni, pedía de beber y pescado frito y me ponía a escuchar también.

—Creedme, tengo el culo pelado de tratar con ellos; estos reyes del interior, los fulahs, son todos musulmanes y hacen sus guerras santas contra los negros animistas. Andan siempre en yihad, que así la llaman, contra los que no lo son. Para ellos no hay hombres mejores que otros por el color de la piel, lo dijo Mahoma, pero sí por su fe. A los cristianos nos toleran, somos gente equivocada pero gente del Libro... Pero ¿a los salvajes? Con esos siempre ha habido guerra. Los han apresado y esclavizado, a tantos miles de ellos que ya les sobran. Morirían ejecutados de no comprárselos nosotros.

—Sí, puede ser. Pero eso que llamáis guerras no eran sino escaramuzas hasta que nosotros les llenamos la panza de ron, la cabeza de avaricia y las manos de fusiles. Cada vez se encarnizan más, guerrean más y nos traen más cautivos. Ya nadie cultiva la tierra.

—¿Y eso os molesta? —El oficial negrero se ríe burlándose de su compañero, que por su cara marcada, ropas y pistolón al cinto se dedica a lo mismo.

—¡No, no me molesta! —concede riendo más suave—. Pero a veces siento... No sé. Cuando llegan hileras de miles de hombres jóvenes para que los compremos, me duele pensar en los viejos, mujeres o niños que vivían con ellos y que habrán exterminado por ser mercancía de saldo.

—¡Ah, Gonzalo, remordimientos de buen cristiano! Nada que una bolsa de pesos fuertes, los muslos de una mulata y un poco de ron no arreglen. Si no lo hacemos nosotros, otros lo harán, ¿verdad?

—¡Verdad! —Los dos hombres se celebran.

—Además, dicen por ahí que cada año cruzan el Atlántico unos ochenta mil bozales.

—Más o menos. ¿Y?

—¿Os acordáis de Guillermo Medina, el Enano?

—¿El factor de la Vieja Calabar?

—Ese, el de Akwa Akpa. ¿Recordáis que casi muere de unas fiebres?

—Sí, sobrevivió pero quedó medio loco, ¿no? ¿Qué es de él?

—Ese enano estuvo siempre medio loco. Se curó. Gritón como siempre. Aún vive allí para castigo de sus pecados. Pero cuando anduvo loco cayó en una singular manía. Cargamento que llegaba, él se acercaba y les preguntaba a los negros la causa de su esclavitud.

—¿Os burláis?

—No, lo hizo durante años. Metódicamente. Decía que iba a escribirle a Diderot, que ya debía de arder en el infierno hacía años, para que lo metiera en *L'Encyclopédie*. No recuerdo bien las cifras, pero eran algo así: poco más de un tercio eran cautivos de guerra, otro tercio eran secuestrados. El resto eran castigados por delitos, multas y brujerías. O hijos vendidos por deudas y pobreza. Así que tranquilizaos, no inventamos nada que no existiera antes. ¡Salud! —Brindan.

—*¡Jodío* Enano! Siempre tenía buenas historias y un arte especial para asar carne. Decían que aprendió en los bucanes de Tortuga. La última vez que fondeé en Akwa Akpa y mientras esperábamos negros suficientes para llenar la bodega, se la pasó haciendo asados y bebiendo vino de palma que les compraba a los lundas. Nos contaba historias muy buenas y al hilo de lo que hablamos. Luego se emborrachaba y gritaba: ¡dadle ron al enano para que baile!

—¿Recordáis alguna?

—¡Había tantas y tan buenas! Escuchad esta. Nos contaba que no lejos de allí, en el río Bonny, se castigaba a delincuentes y adúlteros con visitar al oráculo Chukwu, o algo así. Allí desaparecían y los sacerdotes decían que el oráculo se los había comido cuando realmente los vendían a factores de la costa.

—¡Aquellos caníbales daban por bueno el cuentito!

—¡Claro! —Ríen—. Pero no acaba ahí la cosa. Cuando faltaban criminales o infieles para vender, el oráculo también se comía a los que llegaban y le hacían preguntas demasiado tontas... ¡Ah, Medina el Enano! ¡A su salud!

—En realidad no es tan enano, solo bajito y gruñón.

—¡Jajaja! Sí... ¿De dónde sacará ese vozarrón?

Aprendí mucho también escuchando en aquel zaguán. Y sobre todo creció mi determinación de buscar fortuna al timón de un negrero, mi fascinación por tamaña aventura. Cuantos más peligros le sabía, más me apetecía probarme ante ellos. Vencerlos. Ser capitán de otros hombres. La fantasía se desataba febril en mis sueños, mezclando lo que oía con escenas de aquella *Historia verdadera de la conquista de la Nueva España*, de Bernal Díaz del Castillo, que devoré de joven y que leía enardecido a mi hermana Rosa. A mi Rosa. Presa en vida. Rosa.

Duérmete, Pedro. O sigue tu memoria en sueños. Deforme pero no menos cierta, alimentada de los mismos hechos terribles que recuerdas despierto. Duerme. Mañana será otro día. O no. ¿Vendrá el doctor con sus nuevas urgencias? Duerme soñando con La Habana. Con el mar turquesa y esas nubes siempre lejanas que anuncian el océano, las iglesias de cal y canto, los hibiscos, la mermelada de Rosa de Jamaica, las nieves con dulce guarapo. Y con el tamarindo que crece en las dos orillas del gran mar. Con los grandes palacios de piedra dorada, antigua, de los marqueses de Arcos, el del capitán general de Cuba, el de los condes de Jaruco y la condesa de Merlín, el del conde de Lombillo y el marqués de Aguas Claras. Entonces aún no lo sabías que conocerías y frecuentarías sus mansiones, sus fiestas, que degustarías finos vegueros en sus *fumoirs*. Que les llenarías ingenios y haciendas de esclavos y los bolsillos de oro. Aún no sabías eso ni cómo esta infernal calaña te volvería la espalda. No, ahora solo navegabas febril las calles de La Habana. Tú solo querías mar. Los ojos se te perdían en los bosques de arboladuras de los barcos en el puerto, abarloados como catedrales de madera en el muelle de la Caballería. Bosques, junglas, de mástiles y vergas que tenían su eco en las selvas de columnas que, poco a poco, salían de los patios de estos palacios para crecer en las fachadas. Palacios erigidos sobre estas columnas que tomabas por mástiles, y así te parecían barcos vueltos del revés. En vez de tejados veías cascos hacia el cielo, los palos hundiéndose en la tierra y los vitrales de medio punto —con su rojo sangre, su naranja, su amarillo limón, su verde turquesa o su azul cobalto— dispuestos en hilera y refulgentes bajo el sol eran, para ti, las deflagraciones de los cañones de los barcos palacios. Acuérdate de cómo temblabas. Cómo poseíste esa misma noche a un negro y a una negra, a la vez. Otra vez con los ojos abiertos, otra vez intentando entender por qué su piel y sudor te enloquecían y te parecían distintos.

Sueña. Cuando sueñas nadie te exige respuestas, nadie te llama mentiroso, ordenas los fragmentos del espejo roto que es la memoria, como te place para mirarte en él. Duerme, sueña, recuérdate más joven, más furioso, con la sangre latiendo fuerte en los brazos y en la verga. Sueña lo que soñabas entonces, emprende siquiera por la noche de nuevo ese camino, colócate en la casilla de salida y sueña otra vida. Durante las horas de sueño será tan real como el infierno que recuerdas despierto. O el que vives. Cierra los ojos y date una oportunidad, dásela a aquel muchacho feroz que fuiste. ¿Quién sabe? Quizá por unas horas, por un rato, desandes los errores, incumplas atrocidades, desdigas blasfemias y navegues otros mares; quizá otra hija nonata te quiera en sueños. Puede que Rosa, en tu ensoñación, salga de la cárcel del convento para no caer en otro de muros infinitamente más altos e impenetrables de acero verde y locura amarilla. Estás loco, así que sabes lo poco fiables que son la razón y los sentidos. Y la exactitud de los sueños y la demencia. Dormir es vivir un poco más ahí, donde no eres un viejo loco y baboso, donde eres quien fuiste y quien te hubiera gustado ser.

Duerme. Si solo dejaran de roncar y de pedorrearse los otros tres náufragos con los que comparto esta celda... Se llaman Gaspar, Roberto y Manuel. Aunque cuando todo se derrite a mi alrededor, las paredes se funden en mamparos y las vigas del techo en vergas y jarcias, sus caras también cambian y aúllo otros nombres al tifón que siempre nos quiere hundir: ¡Martínez, Burón, Mérel! Y es que cuando más ruge el mar es cuando mejor duermo porque me vuelvo a soñar capitán de vidas y hombres, de mi destino. Tranquilo, Pedro, no es una celda, es un camarote y pedos y ronquidos son ruidos de tormenta y crujir de tablas. Duerme. Sueña.

El mar. El mar. El mar... La mar.

XV

—¿Y entonces te embarcaste por primera vez como oficial en un negrero, Pedro? ¿Cómo fue?

—El mismo Carlo, que para entonces ya que no había podido romper el culo me había adoptado como protegido para tenerme cerca, me indicó que me fuera al puerto sin falta. Se acababa de consignar al *Rosario*, un bergantín goleta, para navegar hasta el río Pongo y traer más de ochocientos esclavos, comprándolos en las muchas factorías en torno a Boffa. Se había formado una sociedad con más de cien accionistas para financiar el viaje, y el capitán y armador del buque iban a izar en el tope del palo trinquete esa misma mañana el gallardete cuadrado rojo, avisando a quien lo viera de que buscaba tripulación. El genovés sabía de buena tinta que una de las plazas a cubrir era la de segundo piloto, pues el anterior había muerto de unas fiebres en el último viaje. Me acerqué al muelle de Regla, subí a bordo y esta vez no me resultó difícil sentar la plaza de segundo piloto del *Rosario* en su viaje al golfo de Guinea. Fue cosa de minutos ajustar sueldo, condiciones y premios, firmar y enrolarme en la tripulación. El capitán era Ramiro Giménez el Tosco, negrero experto y un tipo singular, risueño, de pecho y brazos fuertes, con un ojo de cristal (el bueno lo había perdido de un puñetazo que le dio un negro en un motín) que le gustaba llevar más en un saquito de terciopelo que la cuenca vacía. Solo me lo pongo, decía, al entrar y salir de puerto, cuando recibo a inversores. Los tranquiliza. Bueno, y en bailes de sociedad, por las señoras. Nunca para navegar ni en motines o abordajes. Cuando ven el agujero vacío se cagan o se distraen. Y ahí los despacho.

—¿Y el barco...?

—El *Rosario.*

—¿Era bueno? ¿Marinero?

—Sí, era un bergantín goleta de tres palos tumbados, proa afilada, bordo muy bajo. Las vergas cuadradas, gavias y velas grandes y oscuras, no las blancas que eran visibles desde mucho más lejos para los cruceros ingleses. Tenía la cubierta corrida típica de los negreros, fácil de ametrallar y sin lugar donde esconderse, seis carronadas montadas en colisa, casco recién recubierto de cobre...

—¿Cobre?

—Sí, láminas de cobre que evitaban el deterioro de la madera del casco por las algas, percebes y gusanos. Así el barco andaba más veloz.

—¡Ah! ¿Y era grande?

—Desplazaba sus buenas doscientas toneladas, lo normal. Los había más grandes, de más calado. Podían cargar más negros, pero eran poco útiles en la difícil navegación costera africana. Estaba bien. Un poco corto de tripulación como era habitual en los negreros, apenas llevaba treinta y cinco marineros y era barco para cuarenta. Esa diferencia suponía más trabajo para todos, claro, pero también más dinero si volvíamos con bien y la bodega llena de bozales. Además, en las factorías siempre había marineros sin barco, varados allí por mil causas, con los que completar tripulaciones Nadie protestó.

—¿Cómo era la tripulación? —Castells toma notas de todo. Supongo que busca el hilo de oro que desenmarañe mi memoria.

—La marinería de un negrero solía ser la misma que la de un pirata, la peor chusma de cada puerto, ningún marinero honrado o temeroso de Dios se enrolaba. Hombres jóvenes de todas las razas, pero ya con el destino sellado. Perros apaleados desde chicos y hechos a la brutalidad. Y pese a abundar la gentuza en este mundo no era siempre tan fácil de reunir, no creáis, pues la paga era corta y los peligros extraordinarios. Solo se presentaban voluntarios los más desesperados o los que ya huían de algo. Los capitanes solían tener acuerdos con los taberneros de los

246

puertos, que emborrachaban a algunos hasta endeudarlos. A la mañana siguiente lo primero que oían era que o se embarcaban para África o a la cárcel por deudas. Al *Rosario*, cuando ya había ajustado a toda la oficialidad, le costó su buena semana completar el rol de la marinería. Y eso pese a la fama de buen marino y capitán justo y valeroso de Giménez el Tosco. De los que llegaban tampoco todos valían, algunos tan enfermos o alcoholizados que no servirían para el duro faenar de a bordo. El contramaestre era quien los elegía uno por uno. Abundaban los marineros negros o mulatos libres, tanto o más feroces con los bozales que sus camaradas blancos y ansiosos siempre de demostrarlo. La furia del converso por distinguirse de sus iguales es la peor. Todos tenían que estar a bordo el tercer día después del ajuste de toda la tripulación, de madrugada. Bien pensado, los locos de este lugar me parecen igual de desesperados, pero sin la paga de treinta pesos por mes de los marineros del negrero.

—¡Ya! Cuéntame más de la tripulación. Siempre me gustó el mar, el de las novelas, pero nunca puse un pie en un barco.

—Pues era la tripulación típica de un negrero de esa clase. Todos cobrábamos la mitad en el puerto, la otra al volver, si volvíamos, y entregar la mercancía. Como os digo, el Tosco tenía fama de buen negrero pues había completado con éxito varias singladuras y eso le había permitido cumplir el sueño de todo capitán de la trata, cosa que consiguió vendiendo sus esclavos de gratificación y reinvirtiendo...

—¿Esclavos de gratificación?

—Sí, doctor, todo capitán tenía derecho a quedarse con dos o tres esclavos para él, que marcaba con un hierro distinto al del resto del cargazón y vendía para su solo beneficio al final del viaje. Esos eran los esclavos de gratificación. La jugada le había salido bien al tal Giménez varias veces y reinvirtió sus ganancias en otros viajes también exitosos, así que se pudo convertir en armador o propietario de su propio barco. No estaba mal, ya que uno de cada diez capitanes moría en el viaje y él llevaba ya muchos. Todo lo que tenía de chistoso, que lo era, lo tenía luego de buena cabeza para el dinero.

—Trabajo tan peligroso estaría bien pagado, ¿no?

—Pues de cien a ciento veinte pesos duros. Más el diez por ciento del valor de los negros entregados. Giménez también pactaba una bonificación por cada negro que llegaba vivo del total de los que había embarcado en África. Así que intentaba que murieran los menos posibles, fuera de que siempre morían muchos, claro. Era un viaje de meses. Los negros siempre han sido caros. Claro que hay agricultores pobretones que se compran un esclavo con muchos sacrificios. O tenderos. Pero los negros siempre han sido artículo de lujo y mal negocio que se te murieran. Como veis, la paga no era tanta para alguien que tenía que ser a la vez muy buen marino en el mar, astuto político y hábil comerciante en la costa.

—Supongo... ¿Y el resto?

—Pues de ahí para abajo. El primer piloto ganaba unos ochenta pesos al mes y seis por cada negro entregado. Sus obligaciones eran llevar la derrota, vigilar el consumo de agua y víveres, ocuparse de la lista de muertos, subir a los palos con anteojos cuando se gritaba ¡Vela!... Y curar a las negras. Yo por ejemplo ajusté, si mal no recuerdo, para ese viaje en setenta pesos por mes y cuatro más por bozal en puerto. Y eso a cambio de ejercer de segundo y tercer piloto, así que montaba la guardia del capitán y hacía las mías, llevaba el diario de a bordo, vigilaba la carga y cuidaba del botiquín. Al llegar a África, si era menester, tendría que dirigir la construcción de dos barracas, una para la mercancía de intercambio y otra para los negros comprados. También tendría que ver que los engrilletaran por parejas antes de embarcarlos. Por si era poco, junto al contramaestre acompañaría al cirujano a curar a los negros, siempre látigo en mano. Ahí, acababa la oficialidad.

»Luego venía el contramaestre o nostramo, que ganaba lo mismo que un tercer piloto y se ocupaba de hacer cumplir las órdenes del capitán, vigilar las maniobras, mandar a los marineros, tener el buque en condiciones y aseado y vigilar la despensa. Los guardianes primeros y segundos espiaban a los negros, si comían o no. O si los morenos tramaban algo y andaban revueltos. Tenían siempre al fuego media caldera de agua hirviendo, que aterrorizaba a los negros, por si había rebelión. Una cosa que sí vi en el *Rosario* y que habla de la astucia de Giménez es que llevaba a bordo un capitán de bandera, cosa que no era tan habitual. El tipo era un testaferro que figuraba como capitán en un manifiesto falso. Esto era por si nos topábamos con los ingleses de Collier y su *West Africa Squadron*, que andaban muy activos. En ese caso en el manifiesto a entregar figuraría el falso capitán y el de verdad, Giménez, aparecería como un simple pasajero. A cambio de la posibilidad de ir a la cárcel el imbécil que se prestaba a ello, confiando en que no pasara, cobraba cincuenta pesos y uno más por negro. Muy importante a bordo era el cirujano o médico, tanto por cuidar a la tripulación como para intentar mantener vivos al máximo número de negros. Siempre llevaban ungüentos y pociones de invención propia, ruibarbo en polvo, alcanfor en goma, mostaza, agua de canela y varios ácidos. Usaban mucho el ron para friegas y limpiar heridas, así como soluciones con vinagre, orines y pólvora. Para mí que mataban más que curaban, aunque es cierto que componían bien los miembros rotos y cerraban heridas. Y por las mismas razones era muy valorado también el carpintero, solo que este se ocupaba de la salud del barco, de repararlo tras tormentas o abordajes, y de adaptar sus tripas a cada carga, viva o muerta.

—¿Y el barco cómo se equipaba, qué carga llevaba?

—Bueno, en aquellos años no había yo introducido aún los rápidos *clippers* en la trata oceánica. Así que aunque el *Rosario* era muy marinero y con buen viento alcanzaba los nueve o diez nudos por la corredera, un viaje normal duraba entre quince y dieciocho meses. Ya os digo que los *clippers* lo rebajarían luego a la mitad. Nos hicimos a la mar llevando pollos, pavos, ganado para el viaje, galleta para un año y medio. Vino como para un litro y medio por persona y día. Un poco menos de ron. Agua para llegar a África. Además, se pescaba lo que se podía. Esto era para sustento de la tripulación, claro. La verdadera carga, que era hasta dos tercios del costo inicial del viaje, era muy variada. El *Rosario* no se encontraría con ningún bergantín auxiliar, así que partimos con la bodega hasta los topes de mercancías muy variadas. Pero lo más demandado por los reyezuelos africanos era siempre lo mismo: fusiles, pólvora, sebo, telas de algodón indiano, sábanas y aguardientes. También abalorios, chucherías y manillas de metal, una especie de argollas que luego ellos fundían y que fueron moneda de cambio en toda África. Manillas de metal que se fabricaban sobre todo en metalurgias de la abolicionista Inglaterra. *Pecunia non olet*, ya lo dijo Vespasiano... De todo eso íbamos bien provistos. El Tosco era negrero experto y sabía de la conveniencia de pagar a los proveedores de esclavos generosamente, siempre un poco más de lo que pedían, del valor de los bozales que traían, en mercadería. El margen de ganancia era tan alto que lo permitía. Cargamos también herramientas de la trata, lo necesario para transportar ochocientos negros: unos cuatrocientos pares de grilletes, decenas de esposas y quiebradedos, cepos para montar en cubierta y algunos yugos para los más rebeldes, que siempre había algunos valientes a los que quebrar para que no alborotasen al resto.

—¿Y la partida cómo era? Supongo que casi furtiva.

—¿Qué? ¡No!, no, al contrario. Era una fiesta. La salida de cada negrero era una fiesta. Y de las buenas.

—¿Por qué?

—Verá, doctor, tan pronto el barco estaba listo y la tripulación completa y pronta, se disparaba un cañonazo de salva, se cobraban las amarras que nos unían a tierra, cazábamos el trinquete y el barco, ayudado por dos lanchones, era remolcado hasta la bocana del puerto. A la salida del Morro nos pusimos al pairo. Allí lo cercaba una flotilla de quince o veinte guadaños, botes de alquiler, en los que venían los accionistas, inversores y consignatarios de la expedición. Cuanto más rica la empresa, más gente. Todo el que hubiera puesto dinero en armar el barco y equiparlo. Todos vestidos con sus mejores galas. Ellos y sus putas, que ninguno venía a estas despedidas con su santa esposa, claro. Muchos y muchas ya estaban borrachos cuando subían a bordo. Entonces el barco salía de puerto, pero no se alejaba aún de la costa. Recogíamos el poco trapo que hubiéramos izado y fondeábamos. El Tosco, ducho en estas lides y buen anfitrión por su natural facundia, dispuso rápidamente un gran entoldado que nos protegiese del sol y una larga mesa corrida con tablones, cubierta con finos manteles de hilo y una cara vajilla de porcelana, más propia de un palacio que de un barco. A la mesa puso cubiertos para más de cincuenta personas, y eso que allí solo nos sentábamos oficiales e invitados. Mientras esperábamos la comida se sirvieron vinos, aguardientes y *champagne*. Para amenizar la espera unos marineros tocaron diversos ritmos y otros bailaron. También se enfrentó a dos marineros, un enorme negro mandinga con un mulato escurridizo, que pelearon con puños y agarrándose como suelen los congos. Hubo sangre, recompensada con una lluvia de pesos que lanzaban los caballeros y sus queridas. Se comió luego con todo lujo y muy variados platos, se bebió mejor. Al acabar y como a una señal convenida cada invitado arrojó al mar la vajilla utilizada, como muestra propiciatoria de riqueza. Ese era el momento en que se recluía a toda la marinería bajo cubierta so pena de latigazos al que asomara, para desatar una verdadera orgía de aquellos señoritos en cubierta. Volvió la música, esta vez más frenética. Se cantó, hubo quien vomitó y quien discutió con su amante y la tiró por la borda para regocijo del personal, primero al verla caer y luego al pescarla para que no se ahogara. Y quien poseyó a la suya contra un mamparo sin mucho disimulo.

»Así continuó la cosa toda la noche y hasta la salida del sol. Ahí reaparecieron los guadaños, los borrachos y sus putas se despidieron del capitán Giménez, subieron a ellos entre risas y gritos y volvieron a puerto meneando sombreros y parasoles de encaje. Era entonces cuando se ponía proa a África. Siempre tuve claro que el único motivo de ese despilfarro vestido de tradición y de ese día perdido de mar, era llevarse esas orgías fuera de La Habana y lejos de sus esposas.

—Entonces empezó la navegación...

—Sí, doctor, establecimos el rumbo y soltamos trapo. Un día hermoso y con buen viento de empopada. En cuanto salimos a mar abierta y derechos al Canal Viejo de las Bermudas, el Tosco se quitó el ojo de cristal y lo guardó. Luego se quitó las botas. Como vio que me extrañaba, me echó el brazo por encima confianzudo y me dijo que en el mar toda advertencia es poca, que igual que hay que saber leer la constancia y fuerza de los vientos en los rizos y espumas que provocan en el mar, también hay que sentir la obra maravillosa que nos lleva y nos salva de morir ahogados. Así siento mejor el barco, decía. No volvió a calzarse hasta que llegamos a África.

—Todo un lobo de mar, ¿verdad? —A Castells, tan amante

de aventuras novelescas, este personaje tan pintoresco lo emociona.

—Lo era. Y en él encontré de nuevo, pero mucho más acentuado, el ánimo supersticioso de cualquier marino. Al Tosco se le había metido África muy adentro. Eran ya muchos viajes a sus costas, meses anclado en sus factorías, años tratando con los negros. Y cuando no estaba en el mar estaba en La Habana. A todos nos pasó lo mismo, tarde o temprano esa tierra se te mete en el alma.

—¿Qué quieres decir?

—El Tosco llevaba al cuello un par de escapularios como cualquier cristiano. Pero además contra el mal de ojo llevaba una cruz hecha, decía él o así se lo contó su fetichero, de asta de toro muerto por un rayo. Y para asegurarse la dicha, un grueso anillo fundido del metal de las asas de un ataúd. Ambos fetiches hechos por el brujo en un Jueves Santo, para que su magia fuera más potente. También llevaba otros grisgrís...

—¿Otros qué?

—Amuletos. Los negros los llaman así. Llevaba otras cosillas en la misma bolsita de cuero en la que guardaba el ojo de cristal. Detrás de la puerta de su cabina clavaba siempre papelillos con oraciones cristianas, pero también con versículos del Corán trazados con fina caligrafía árabe por algún marabú de los *caravanserais* en la ruta de Tombuctú...

—¡Está bien por hoy, Pedro! —El doctor me detiene con un gesto entre amable y divertido, cariñoso—. ¡No quiero imaginarme lo que sería vivir lo que cuentas, solo de oírlo me agoto!

—Doctor, los hombres somos mucho más resistentes de lo que sospechamos. Y solo lo descubrimos cuando la vida nos fuerza a ello. La verdad es que sí, que yo también me espanto al contarlo. Pareciera que viví mil vidas y, en el fondo, es solo una y malograda. ¡Lástima que cuando somos jóvenes no se nos dé, por un instante, la capacidad de ver cómo acaba todo!

—Interesante. Imposible pero interesante. ¿En qué ayudaría?

—Si yo me hubiera visto ahora habría entendido lo inútil de la furia. Mucha menos gente habría sufrido por mi culpa. Eso creo.

—Aún estás a tiempo de enmendar alguna cosa. ¿Dónde están los papeles, Pedro?

Y como si un viento fresco me atravesara el cerebro llevándoselo todo, me callo. Miro sin ver y descuelgo la mandíbula. Sí, soy un loco haciéndose el tonto.

—¿Qué papeles, doctor? —pregunto con voz pastosa.

—Ya veo. —El doctor se frota el entrecejo como suele cuando algo le disgusta, un gesto que le sirve de escudo y para armar, resoplido mediante, su paciencia. Luego cierra su cuaderno, deja el lápiz en la mesa y guarda sus quevedos en la funda. Gestos pausados, sin ruido, hechos con delicadeza y no como demostración sonora de enfado, de decepción—. Espero que mañana me sigas contando. A veces hay que desandar la memoria para recuperarla. Vamos bien, Pedro, vamos bien.

Yo sonrío y, sin querer, eructo.

—Claro, doctor, no sé adónde, pero vamos bien. Seguro.

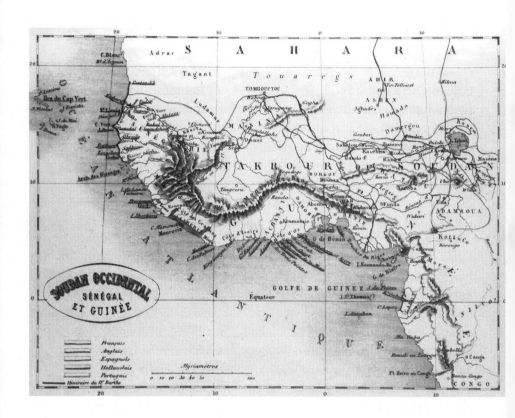

> *Artículo 16. En toda finca habrá una pieza segura destinada para depósito de los instrumentos de labor, cuya llave no se confiará jamás a ningún esclavo.*

XVI

—A África, primero subiendo desde las Antillas a los 30° de latitud norte en busca de los vientos del oeste, los contraalisios, luego siempre rumbo este y con buen viento. La travesía era tranquila. Cada día se ponía a un grumete encaramado en el tope de proa para avisar al oficial de guardia de cualquier vela y torcer presto el rumbo. En mis guardias, si podía, me gustaba subir también a una cofa, enfocar con el catalejo la línea del horizonte y luego barrerla, buscando velas o arboladuras de otros barcos. Un enorme juego de la escondida en el océano, de ver antes de ser visto. En aparejarse antes y tomar bien el viento estaba la diferencia entre ser cazador o presa. El Tosco sabía de la importancia de tenernos listos y diestros en la maniobra. Un negrero sin negros no daba más trabajo que cualquier otro barco, así que el capitán nos tenía todo el día en danza, cazando cabos, trepando a las jarcias, braceando trapo o limpiando las armas. Así y todo, como os digo, con las bodegas vacías de bozales, quedaba tiempo para aburrirse. Y el peor enemigo de los marineros en un barco, como de los soldados en la guerra, es el aburrimiento. Hay que estar listo para combatir y defender tu vida de ataques inesperados, feroces, del mar, del cielo o de otros barcos. Pero entre susto y susto, si los hay, solo queda el tedio y la convivencia entre hijos de perra de la peor especie. No habíamos cumplido diez días de navegación y ya habíamos tenido que entregar al mar, lastrados por los pies, los cuerpos de dos marineros, muertos a cuchilladas en dos peleas diferentes. Entregar los cuerpos porque las almas debían de llevar ya una vida en el infierno. El Tosco profirió amenazas, prometió castigos y rebencazos a los homicidas. Y ahí quedó todo porque, como ya os dije, el barco iba corto de tripulación desde su misma partida de La Habana y no era cosa de perder más brazos. Aquellos chismes nos aliviaron unos días, pero pronto fueron pasado y la tripulación cayó en una especie de lúgubre abatimiento. Al mes nos cruzamos con otro barco, una goleta portuguesa, pero estaba tan lejos que por la curvatura de la Tierra solo llegamos a ver los juanetes...

—¿Los juanetes?

—Sí, doctor. Los juanetes son los remates de sus palos. Solo vimos los juanetes de los más altos, de su trinquete y mayor, sobre la línea del horizonte. Demasiado lejos para ser un peligro o una presa, dijo el Tosco escupiendo a sotavento. Luego el portugués desapareció de la línea del horizonte. Dos semanas más tarde, cuando ya empezamos a bajar hacia el sur-sureste nos cruzamos con un barco fantasma, uno de los muchos que por entonces surcaban el océano entre África y América.

—¿Cómo fantasma? ¿Espectral?

—No era un barco del más allá, si a eso os referís. Era un barco vacío, sin tripulación, en mitad del océano. Un rápido pailebot, de tres palos. En cuanto lo avistamos y el Tosco dio orden de poner proa hacia él, un grito animal, de alegre ferocidad, recorrió la cubierta del *Rosario*. A esas alturas, y más después de dos encalmadas de varios días, la gente parecía ansiosa de matar o morir, de cualquier cosa antes que seguir con la monotonía. Giménez era un capitán experto y sabía que el aburrimiento era siempre germen de descontento y este de motines. El pailebot era un barco más pequeño y en consecuencia iría con menos dotación y peor armado. A decir verdad, era un navío extraño en esas latitudes, más hecho al gran cabotaje que a la navegación de altura. Llevaba bandera norteamericana y ninguna otra señal de aviso o peligro. Este es un negrero sin consignar, Pedro, me enseñaba el Tosco. Rápido pero sin mucho espacio para carga. Algún aventurero juntó tripulación y se vino a África a probar fortuna. Por lo inadecuado de ese barco, me extrañaría que tuviera muy preparado el viaje o gente importante apoyándole. Hay a quien le puede más la codicia que la cordura, me decía según nos acercábamos. Te apuesto cinco pesos a que no lleva ni manifiesto, ni papeles ni nada. Seguro que es uno de esos que venden juntos negros y barco al llegar a puerto, a Galveston o Nueva Orleans, y regresan a casa como pasajeros. El barco llevaba todo el aparejo destensado y navegaba a la deriva. Mientras nos acercábamos el capitán nos ordenó cargar las carronadas y cebar pistolas y mosquetes, aprontarnos para el abordaje. Fue abarloarnos y ver que nadie quedaba en el barco, que era, como os digo, un barco fantasma.

—¿Cómo puede ser eso, Pedro?

—No era infrecuente en esos rumbos y en gente sin seso que se lanzaba a la trata sin conocimientos. Normalmente se amotinaban los negros, aprovechaban un descuido para alzarse contra la tripulación. Ahí empezaba la carnicería. Pedro, decía el Tosco, con la mirada clavada en el pailebot, no se ha estado en el infierno hasta que no has vivido un motín en un negrero. Los negros, desesperados y medio locos, despedazarían con dientes y manos a algunos marinos. Y si conseguían armas o librarse de los grilletes, la lucha a muerte pasaría de la cubierta a todo el barco. La sangre chorrearía al mar por los imbornales llamando a una corte de tiburones. Ganara quien ganase, la suerte estaba echada. Si eran los negros, matarían a toda la tripulación y quedarían a merced del mar, incapaces de navegar el barco. Acabarían pronto con víveres y agua. Aguantarían aún un poco más comiéndose a los muertos, luego entre ellos y bebiendo sangre. Pero el sol, la sed y la locura harían el resto. Los que sobrevivieran a las heridas del combate acabarían tirándose al mar y comidos por los tiburones. Si por el contrario la tripulación no era totalmente sorprendida y hacía buen uso de las armas, agua hirviendo y hierepiés...

—¿Qué son los hierepiés, Pedro?

—Bolas de hierro de las que salen tres pinchos, pesadas, de modo que al lanzarlas sobre la cubierta se clavan en la madera quedando siempre una punta afilada hacia arriba. Se tiraban decenas de ellos. Los negros siempre iban descalzos y no podían correr hacia la tripulación sin destrozarse los pies. Un invento muy útil.

—¡Es horroroso!

—Doctor, la vida es horrorosa o no dependiendo de qué

lado del fusil se esté. Si vierais correr hacia vos a doscientos bozales aullando, con las manos engarfiadas y los ojos rojos de sangre, jaleados por los gritos de sus mujeres y muleques llamándolos cobardes y poco hombres, agradeceríais una buena provisión de hierepiés y gente con la voluntad de usarla. Como os digo, si la tripulación se imponía el resultado no solía ser mucho mejor. Todos los muertos y heridos graves se tirarían al mar para regocijo de los tiburones, que ya no se separarían más del barco. Se intentaría salvar a los heridos leves entre los negros, al fin y al cabo, eran el negocio y motivo del viaje. Pero inevitablemente a algunos se les pudrirían las heridas y pronto habría a bordo fiebres y miasmas que acabarían por igual con blancos y negros. Nunca te quedes con bozales heridos tras un motín, Pedro, me decía el Tosco con gesto contrariado, no, no lo hagas... ¡Al mar con ellos!

—¿Averiguasteis qué pasó en ese barco fantasma?

—Viramos todo, braceamos gavias y vergas, arriamos escotas para reducir velocidad y nos hicimos al pairo con el pailebot. Navegamos junto a él unas pocas millas. Un silencio sepulcral en nuestro barco hacía eco del que dominaba, aplastante, el otro. Uno de esos silencios terribles que alargan el tiempo. A todos nos recorrió un frío el espinazo, como muertos que asisten soñando a su futuro entierro. Había algo terrible pero hermoso en el andar lento, acompasado, de esa tumba y el *Rosario*. La quietud de la muerte, el vacío que deja la ausencia de lo vivo, siempre asusta más donde esperas ver actividad y voces, como en un barco. Por fin alguien subido a un cabillero se santiguó y murmuró una oración:

De bárbaros y herejes,
turcos y moros,
Estrella del Mar
Dulce María,
¡ampárame!

»Los oficiales y el contramaestre esperábamos la orden de abordaje del capitán. Pero este seguía absorto, mirando callado la cubierta, el castillo de popa y el gobernalle sin gente. Escupió, negó con la cabeza, empezó a hablar y nos explicó lo que, según su entender, había pasado. Un motín de la negrada, señores. Quizá mientras los aireaban. O puede que los sacaran por estar suicidándose en la bodega. Como fuera, pocos hombres o valor para atajarlo. Por lo flojo del aparejo y las velas, lleva bastantes días sin gobierno. No menos de trescientos bozales. Furiosos, mataron a todos los blancos; no dejaron a nadie vivo que pudiera pilotar y salvarlos. Los hierepiés y los fusiles pararon a los primeros, pero luego los negros vivos usaron a los muertos como escudos y pasarelas sobre los pinchos. La lucha final sería a cuchilladas, golpes y dentelladas. Ganaron. No hay cadáveres porque se los comieron o los tiraron al mar. Quizá alguno en las bodegas, huyendo del sol en la agonía por sed. Los negros luego se volvieron locos y se mataron tirándose al mar. Los tiburones hicieron el resto... En ese barco no hay nada para nosotros, señores. ¡Contramaestre, timón todo a babor y proa al sureste, bajemos a los 15° de latitud, rumbo a Gorée! ¡Y gente a las cofas, atentos! Aún recuerdo al Tosco, descalzo en el alcázar, tranquilo, limpiando su ojo de cristal... Sabía bien de mi sueño y disposición de ser capitán negrero y siempre fue generoso en el consejo.

—¿Como cuál?

—Me previno contra la tendencia de los bozales a matarse, a suicidarse cortándose la lengua de un bocado para desangrarse o hiriéndose con los hierros. O a cabezazos contra los mamparos. Lo peor es que se maten ellos mismos, Pedro, me decía... Ahí no hay ganancia para nadie. Y ni siquiera te has dado tú el gusto de despacharlos. Mejor un marinero muerto que un negro. Los marineros sobran en puertos, tugurios y cárceles. Los negros no.

—¿Y qué proponía este sabio para impedirlo?

—No os burléis, doctor. La excelencia en la maldad también requiere sus mañas y...

—No, Pedro, para ser un monstruo no hace falta inteligencia. Solo egoísmo y una falta absoluta de humanidad. No hay nada grandioso en ello. Solo miseria. Ser un miserable que no piensa salvo en él y sus atroces apetitos.

—Como queráis, doctor... El Tosco me enseñó que los motines hay que prevenirlos en tierra, en la costa africana. Una vez los negros cargados a bordo ya hay poco que hacer salvo estar dispuesto a matar y a morir. Me aconsejó que antes de embarcarlos los mirara bien, a los ojos, que identificara a los más altivos, los menos asustados. Esos serían los líderes de un posible motín, me decía. A esos quiébrales la voluntad, azótalos, humíllalos sin razón. Si alguno es aún desafiante, mátalo. Delante del resto. Que lo vean desangrarse. Perderás el valor de un buen negro, pero salvarás el de toda una cargazón. Esos paganos tienen que llegar a temerte más que al peor de sus diablos. Los negros creen que al morir sus espíritus vuelven a su tierra más allá del Gran Río, a reunirse con sus antepasados. Así que creen que matándose lo conseguirán. ¿Entiendes?, me preguntaba, y yo asentía. Bien, pues en cuanto empiecen los suicidios lo único que debes hacer es jurarles que si alguno más se mata tú harás lo mismo, te matarás también, y que tu alma con su magia poderosa y su *ju-ju* invencible los perseguirá a su cielo para seguir azotándolos. Diez, cien, mil veces más. A ellos y a sus antepasados. Si te temen lo bastante, si has hecho bien tu trabajo en la costa, esta idea los hará cagarse encima y quedarse tranquilos y resignados... También me enseñó otras cosas. A cortarles bien las uñas a los bozales, para que no se hirieran entre ellos o a la tripulación con ellas... O que, a veces, si había para elegir en los barracones de las factorías, era mejor comprar adolescentes y no adultos.

—¿Por qué? ¿Por ser más dóciles, menos fuertes?

—No tanto por eso como por ser más menudos de cuerpo. Así se podían hacinar más en la bodega.

—¡Por Dios, es repugnante!

—Inteligente, doctor. Sin duda, para vos, éramos monstruos. Sí, en verdad todos lo éramos. Pero no olvidéis que la trata fue siempre un negocio. El más rentable de los negocios. Origen de tantas fortunas en este y otros países. Y todo negocio tiene sus usos, sus trucos. Los motines de bozales en un negrero son la peor pesadilla. Siempre acaban en muerte y ruina. Sé de un caso en que se incendió un bergantín, la tripulación nada pudo hacer por apagarlo, alimentado por las explosiones de los barriles de ron. Los marineros que no murieron se pelearon a cuchillo por un lugar en los botes. Desde ellos vieron arder el barco, y cómo los negros rompieron al fin las escotillas y subieron a cubierta solo para ver alejarse a sus captores. Como el mar ya hervía de tiburones, prefirieron asarse en cubierta a saltar al mar. Gritaban de dolor y cantaban, los hombres desafiantes, las mujeres abrazando a los niños, hasta que el fuego alcanzó la santabárbara y volaron por los aires. Todos los negreros tenemos historias de motines y barcos fantasmas.

—¿Qué pasó después?

—Vimos perderse a popa aquel ataúd flotante. Gobernamos el *Rosario* hacia el sur. Pronto estuvimos ante el Cabo Verde, una península que se alza hasta los Paps, dos montes cónicos. En una semana dejamos la bahía Gorée a babor y seguimos rumbo sur, a los 10° de latitud, en busca de nuestros ochocientos negros hacia la factoría de Baga, sobre el río Pongo en la costa de Conakry. Cuando estábamos a menos de veinte millas nos cruzamos con hasta cinco bergantines navegando en rumbo contrario con todo el trapo desplegado, velas grises o negras como las nuestras, y las bordas muy bajas, señal de que iban cargados de negros hasta los topes. El Tosco escupió, maldijo por lo bajo. No le gustó lo que veía y me explicó que todos esos venían de nuestro destino, la factoría de Mongo John.

—¿Mongo? ¿Es un título africano?

—Algo así, doctor. Los mongos eran, fuimos, los reyes de la trata. En verdad, los reyes de los ríos de la trata. Grandes factores que dominamos las venas y los estuarios por los que afluían a millares los esclavos desde el interior. Auténticos reyes de una extensa región conquistada a fuerza de pólvora, aguardiente, federaciones con otros factores más pequeños y alianzas con los salvajes reyes del interior. Hubo tres mongos legendarios, John Ormond en río Pongo, cuya factoría se extendía por la costa hasta el río Núñez e íbamos a visitar con el *Rosario*. Era tierra de negros yolofes y susus, aunque más al interior empezaban los dominios de fulanis mahometanos y aún más adentro tierras de mandingas. Mongo John fue un alcohólico y un adicto, así que pese a su poder y brutalidad era un hombre débil y asustado.

—¿Y los otros dos mongos?

—Francisco Félix de Souza, llamado Cha-Chá, el mongo de

Ajuda, en el golfo de Benín, rey de la Costa de los Esclavos y maestro en perfidias. Un auténtico aberrado. Una serpiente. Y con los años, mi gran amigo y aliado.

—¿Y el tercero?

—Pues su pupilo más aplicado y, al cabo, el más grande de los tres mongos. Pedro Blanco Fernández de Trava, el Mongo Blanco, el rey del río Gallinas y su muy seguro servidor, doctor Castells. Nada mal para un muchacho del Perchel de Málaga, ¿no, doctor?

—Bueno, mírate ahora, Pedro. Si yo fuera creyente o *philosophe*, que no lo soy, diría que eres una magnífica estampa de la futilidad de las pompas humanas. Un cometa que subió a lo más alto solo para quemarse y caer con más fuerza a enterrarse en lo profundo. ¿Cuál es tu legado? ¿Qué deja tu paso por el mundo? Miseria, violencia y dolor.

—Doctor, ¿dónde está vuestra amabilidad para con los pobres locos?

—Una vez leí una novelucha, *Buziana o el peso del alma* creo recordar que se titulaba. No era muy buena, pero el autor creaba la historia sobre una idea interesante. El teorema de Arquímedes, ¿lo conoces, Pedro?

—La duda ofende, doctor. Del colegio. Un cuerpo total o parcialmente sumergido sufre un empuje vertical igual al peso del volumen del fluido que desaloja.

—Más o menos. El autor aplicaba el teorema a nuestro vivir como método para saber el peso, el valor, de nuestras almas. Intentaba aplicar un criterio científico al estudio del alma humana. Idea bienintencionada, más que el falso benthamismo de tu mister Reeves, pero necesitada de un genio que sin duda el autor no poseía para realizarse. Venía a decir que nuestra alma pesa o vale tanto como el volumen de las almas que desplazamos con nuestro vivir, nuestras acciones.

—Pues la mía debe de pesar lo suyo. Mi vida fue desplazar cientos de miles de almas en bodegas de un lado al otro del océano.

—No, Pedro, el autor se refería al volumen de gente a la que hacemos feliz con nuestra vida. A la que afectan nuestro volumen, nuestros actos. Tu alma no debe de pesar apenas nada. ¿Quién te recordará con amor o gratitud? Esa es la única inmortalidad cierta, mientras alguien nos recuerde con afecto estaremos vivos. No importa el tiempo que llevemos muertos, estaremos vivos.

—¿Y vos intentáis ganaros la eternidad sanando dementes, doctor? ¿Descubriendo alguna cura milagrosa?... Si el dolor no suma en ese cálculo de fuerzas y volúmenes tenéis razón, doctor. Peso menos que un comino. A la vista está que moriré solo y sin afectos.

—Ya... Sigue. Háblame de Mongo John.

—John era un mulato, como lo fue Cha-Chá. Yo fui el único mongo blanco, el blanco Mongo Blanco. Y el único español. Mongo John era hijo de una princesa local y un marino inglés, un capitán de Liverpool llamado Ormond. Según lo borracho y drogado que estuviera renegaba o no de su padre, entonces se decía hijo de un capitán francés llamado Hautemont. Pero la mayor parte del tiempo admitía ser hijo del inglés, que además se lo llevó con él a vivir a Liverpool de niño. Allí, su padre nunca lo reconoció, pero sí se ocupó de darle una buena educación. La pena es que el padre murió pronto y se quedó huérfano en esas tierras frías, sin nadie y con una piel oscura que lo señalaba por la calle. John se embarcó de marinero en varios negreros y comenzó como piloto de Daniel Botefeur, un armador catalán de La Habana. En uno de sus viajes llegó a la tierra de su madre, en Conakry, y, para su sorpresa, la ya vieja princesa movió Roma con Santiago para que le reconocieran sus derechos y así, de pronto, John Ormond se vio coronado como Mongo John y rey de una extensa franja de costa. El Tosco me dijo mientras fondeábamos ante el estuario del Pongo, sacaba brillo a su ojo de cristal y se lo ponía, que me fijara bien, que la de Mongo John era una guarida perfecta. Aunque una tierra en exceso insalubre y llena de mosquitos y fiebres, su factoría estaba dentro de un delta enrevesado de cinco brazos, lleno de bancos de arena, barras y canales. Imposible de vigilar o bloquear con unos pocos barcos por el *West Africa Squadron*. Que en la aldea de Bangalang, en un terreno elevado al pie de los montes Soussous, rodeado de ciénagas y fácil de defender, se había construido una gran mansión al estilo europeo y un barracón fortificado donde guardar entre mil y tres mil esclavos según llegaran del interior.

Mongo John, con ayuda de los fulahs, había sometido a la mayoría de las tribus mandingas del río, imponiéndoles un tributo en esclavos. También había hecho pactos con el Almamy, el rey de Futa-Djalon, que le permitía controlar el comercio fluvial de oro, marfil, esclavos y arroz a cambio de un arancel sobre cada cosa que subiera o bajara por los ríos. Y, me explicó el Tosco, la alianza era tan beneficiosa y estaba tan bien combinada que el Almamy desencadenaba grandes guerras contra tribus más pequeñas según la demanda de esclavos de Ormond. También me contó que Mongo John, que era famoso por atesorar pólvora, alcohol y oro, poseía una flotilla pirata que le protegía, su harén de princesas negras y una sociedad secreta de jóvenes guerreros, con sanguinarios ritos de iniciación, que eran su *garde de corps*. Yo me empapaba como una esponja de lo que oía y veía; saqué de allí muchas enseñanzas. Tuve una..., ¿cómo llamarla? ¿Una epifanía?

—Explícate.

—Mientras escuchaba al Tosco apoyado en la borda y veía rodearnos una flotilla de alborotados *krumen*, recorrí con la mirada el muro verde de la jungla tras la cinta de arena de la costa, olí su podredumbre como síntoma de vida infinita, de un ciclo sin fin de vida y muerte. Sentí que un rayo de aquel sol de fuego me abría la cabeza como un cuchillo hasta los sesos, y tuve la clarividencia de que en esas tierras, o en otras similares, me esperaba mi destino. Ineludible. Vi mi sitio en el mundo. Se apoderó de mí un frenesí inexplicable y me tuve que sujetar para no saltar, morderme el labio para no gritar, aullar como un animal. Todo lo que había vivido hasta entonces cobró sentido de repente y esta iluminación fue casi insoportable. El hombre nunca está preparado para la revelación del sentido de su existencia. Yo diría que muchos de los locos que aquí guardáis son gente que se rompió ante la verdad de quienes eran, ¿no creéis, doctor? Siempre hay algo de locos en los iluminados y en los que conocen su misión en este perro mundo.

—Puede ser, el rapto de los sentidos precede a las crisis de histeria.

—Sea como fuere, desde ese preciso momento no tuve que esforzarme para escuchar mi voz interior. Los susurros que hasta entonces me costaba interpretar se tornaron voz clara, de mando.

—Pero no la voz de la conciencia, ¿verdad, Pedro? ¿Te refieres a la sensación física de oír una voz que te guiaba?

—¿Me preguntáis que si soy un loco que obedece voces? No, no... Al menos no por entonces. Era más un conversar conmigo mismo, sopesando pros y contras, que siempre terminaba tras un rápido cálculo en una respuesta. Nunca dudé de mí ni de lo que hice. A eso me refiero. Lo que me trajo a este manicomio fue dejar de oír esa voz, dejar de saber qué hacer. Ahí todo se tornó miedo y vacilaciones. Miedo a dar un paso, a salir a la calle, a ordenar, a obedecer. Miedo a vivir por miedo a perder la vida. Miedo por mi hija. No sé si me explico, doctor.

—Sí, supongo que sí. ¿Qué pasó en río Pongo?

—Pues nada bueno. Bajamos a tierra en las canoas de los *krumen*. El Tosco con su ojo brillando en su cuenca, el primer piloto, el contramaestre, yo y dos marineros. Todos bien armados y provistos de regalos, como exigía siempre la etiqueta de lugares tan inciertos. Mi capitán iba mosca por no ver ningún barco fondeado por allí. Eso, junto a las varias velas que nos cruzamos al llegar, confirmaba sus peores presentimientos. Aquí no hay nada para nosotros, señores, masculló tras escupir al agua, seguro que no queda ni un negro cojo en los barracones de Mongo John. En efecto, cuando desembarcamos en Bangalang, uno de sus contables, un irlandés pelirrojo y colorado como un tomate por el sol, vino a recibirnos evidentemente resacoso y apestando a licor. Nos explicó que llegábamos tarde, que Mongo John había juntado hasta cinco mil esclavos en los dos meses anteriores, pues el Almamy había llevado la yihad contra varias tribus de mandingas justo antes de la época de lluvias como solía. Los mahometanos nunca esclavizaban a los suyos, ni por guerra ni deudas o crímenes, pero condenaban a los negros paganos a la cautividad por cualquier nimiedad. Los había tenido encerrados varias semanas sin gran mortandad, pues los *bricks* ingleses se pusieron a patrullar arriba y abajo frente al estuario del Pongo.

»Finalmente se cansaron o marcharon a hacer aguada y llegaron hasta aquí seis bergantines que llenaron las bodegas en unos pocos días. La última semana todo fueron fiestas fastuosas, intercambio de regalos entre los capitanes y Mongo John y sus aliados fulahs. Durante semanas se herró a hileras interminables de negros, ordenados hacia las bodegas a golpes de rebenque, voces, ladridos, dentelladas y culatazos. El aire se llenó con el aroma a piel quemada por los *carimbos*. Luego, cada noche, se cantó, se bailó, se bebió y se fornicó. Se asaron vacas, puercos y una jirafa entera rellena de antílope. Hubo luchas de negros gigantes y oleosos y de amazonas de ébano y gritos agudos. Corrió la sangre para diversión de locales y visitantes. Mientras caminábamos bajo el sol vimos varios grupos, espaciados a lo largo del sendero, de estacas con cabezas empaladas. Algunas ya puras calaveras limpiadas por los insectos, otras en mayor o menor grado de putrefacción. Las había de blancos y de negros por igual. Ninguno preguntamos por estos restos que hablaban de la muerte violenta como algo frecuente en el reino de Mongo John. La locura homicida de Ormond no hacía distingos de raza.

»Dejamos atrás el jardín de cabezas empaladas y no muy lejos pasamos junto a un par de marineros ahorcados de un árbol. Como en cualquier fiesta que se precie hubo también algunos muertos, bueno, ustedes ya saben. Hay gente que no sabe beber, pierde la compostura y se mete donde no debe, sancionó el irlandés... *But now the party is over, gentlemen!* Hubo noticia de cruceros ingleses y cada cual salió en cuanto pudo, con los entrepuentes llenos de sacos de carbón, eso sí, y las proas hacia el Brasil, las Antillas, Carolina o Virginia. En el camino el irlandés se interesó por mi nacionalidad. Español, le contesté, a lo que él se puso muy contento y me dijo que venía de un pueblito de pescadores y contrabandistas en la costa noroeste de la isla esmeralda, donde había mucha gente con sangre española por los náufragos de la *Spanish Armada* que habían llegado a sus playas. Allí no los degollamos, ¡los casamos con las más feas!, reía mientras juraba ser él mismo descendiente de unos de esos hidalgos, algo que su pelo rojo desdecía de inmediato.

»En efecto, cuando llegamos a la mansión de Mongo John por el desorden parecía más un lugar saqueado que la casa de un gran señor. Algunas de las negras de su harén aún se desperezaban medio desnudas sobre almohadones y alfombras empapadas por igual en ron, *gin* y vómitos. El irlandés nos pidió que esperáramos en un gran salón mientras él avisaba a mister Ormond. Allí quedamos unos minutos solos con algunas de esas negras, que reptaron hacia nosotros, ofreciéndose mientras nos jalaban de las perneras. El Tosco nos previno. Estas zorras son más peligrosas que las sirenas de Ulises. Si las tocáis sin permiso del mongo, de su dueño, estamos todos muertos, nos explicó mientras apartaba con el pie a una de las negras que se reía borracha y le ofrecía unos pechos llenos que se amasaba con las manos. Al fin apareció Ormond. Mongo John bajó con dificultad por unas amplias escaleras, precedido de un enano rubio que daba palmas y torpes volatines mientras anunciaba a su señor. Era un hombre alto, por entonces de unos cuarenta años, aunque quizá fuera más joven y los vicios lo hubieran gastado. Mulato de piel clara y ojos azules, lo que le dio siempre no poco prestigio entre los negros de su tribu, que los africanos son amantes de los negros claros y hasta ellos reniegan de los muy oscuros, teniéndolos por inferiores y más tontos. Los ojos eran saltones y en su cara hinchada estaba el rastro profundo que dejan el vicio y la depravación como forma de vida.

»Mongo John era un afamado alcohólico y adicto a cualquier sustancia, pócima, hongos, picaduras, capullos y polvos que el hombre manejara para escapar de sí mismo. El Tosco nos había prevenido. Es uno de esos malditos, nos dijo, a los que no les basta con su propia destrucción, que no goza si no arrastra con él al infierno a algún otro desgraciado. El cabrón no revienta y se le caen antes todos los muñecos, aguanta más de todo y más que nadie, se siente orgulloso de eso. No os extrañe si os invita a alguno a quedaros con él en Bangalang. Os ofrecerá satisfacer cualquier vicio, os tentará con sus hermosas negras, todas unas putas y brujas redomadas, experta cada una en drogas y aberraciones distintas. Ellas no paran de seducir a quien se deje, quejándose de que Mongo John es un borracho impotente. Se vengan robando todo lo que pueden de sus despensas y almacenes y haciendo que sus jóvenes amantes se asesinen entre ellos. No aceptéis invitaciones a este paraíso, moriríais sin remedio. Y sé lo que digo. Yo estuve aquí siendo más joven. Casi me volví loco, pero sobreviví. Claro que yo soy un hombre de una pieza, fuerte. Con dos cojones. Vosotros, de lo que os conozco, señores, no. Moriríais, y no ando sobrado ni de hombres ni de buenas obras. Así que si alguno duda, antes le meto yo una bala en la cabeza, ¿estamos?

—¿Y qué pasó luego?

—Mongo John pareció alegrarse de ver al Tosco, le abrazó y ordenó que nos trajeran comida y bebida al momento. Ormond se tambaleaba al andar y cuando se sentó en una cama turquesca lo primero que hizo fue tener arcadas y vomitar en una bandeja con restos de comida y moscas que le alcanzó el enano. Luego se limpió con la manga de su bata de seda, hizo gárgaras con parte del licor que quedaba en una gran copa, escupió, tragó el resto y siguió interpelando a nuestro capitán por sus últimas andanzas. El Tosco fue educado, pero ocultaba su impaciencia a duras penas. Como nos había dicho, allí ya no había nada para nosotros. Otros habían vaciado los barracones de Mongo John y Giménez no era hombre que gustara de perder el tiempo. Ormond nos invitó a quedarnos cuanto quisiéramos, nos hizo vagas promesas de nuevas hileras de esclavos bajando por el Pongo y el Núñez hacia su *captiverie* desde Futa-Djalon. No hicimos caso. El Tosco le regaló algunas barricas de alcohol, otras de pólvora, manijas de metal para fundir y un par de camisas de fino algodón indiano. Pronto se vomitará en ellas, me susurró desdeñoso torciendo la boca como para escupir pero sin hacerlo.

»Mongo John aceptó los regalos sin demostrar mucho interés, con cierto desdén que alertó al Tosco. Nuestro capitán pidió noticias sobre las fuerzas y posible paradero del *West Africa Squadron*. Mongo John maldijo a los putos ingleses, los mayores ladrones del universo, por culpa de una línea de cruceros frente a su factoría no pudo cargar los últimos trescientos negros con destino a Galveston, tras chasquear la lengua. Los he tenido que matar, para no alimentarlos, lamentando no las vidas sino el dinero perdido. No se puede liberar cautivos, es malo para el negocio y para los precios. De aquí esos desgraciados salen para América o no salen. A la mayoría los envenené de una tacada, a los demás los acabamos a machetazos. Los campesinos rebuscaron luego entre los cadáveres, rescataron a algunos esclavos heridos y se los llevaron. Si han conseguido revivir a alguno, se acercarán a vuestro barco con sus botes a vendéroslo bien barato. Pero dudo que quede alguno vivo. Lo contaba con mal disimulado placer. Añadió un par de vaguedades, hipó, cabeceó varias veces y se durmió sentado.

»Todos nos quedamos mirándole en silencio unos instantes, hasta que se pedorreó. Entonces su contable irlandés nos sonrió y nos sugirió abandonar la casa y el lugar. Los despertares resacosos de mister Ormond no son..., en fin, es mejor que no estén aquí, nos dijo, y nos acompañó hacia la playa junto al enano, que también estaba borracho como una cuba y a medio camino se puso a lloriquear y a maldecir. Lo hizo en inglés. Resultó llamarse Bill Parry y ser un malabarista y bufón huido de Manchester que Mongo John había comprado a un capitán negrero, que a su vez lo recibió como pago de una deuda en Cabo Verde. Ormond se divertía mucho con él, no tanto por sus ya más que vistas habilidades como porque el enano era enamoradizo y sus pasiones pasaban de una a otra de las crueles favoritas del mongo, que se dejaban sobar por él y lo traían siempre más caliente que una estufa. El enano estaba ahora muy enamorado de una en especial y se pasó todo el rato bebiendo *gin* y preguntándonos por qué esa hermosa negra no podía amarle a él, a un hombre con un corazón como el suyo. Se lo preguntaba y nos lo preguntaba tan serio que nadie dio en reírse. Fue finalmente el contable el que, al cuarto o quinto *why?*, le contestó con firmeza no carente de dulzura que porque eres un enano, *my dear Bill*. Y un enano pobre. El desdichado se alejó llorando con su botella y se tiró a la sombra de una palmera. Desde allí nos pedía a gritos que lo lleváramos con nosotros o le pegásemos un tiro.

»Alguien se compadeció, o se hartó, que muchas veces la compasión es una forma de impaciencia, y amartilló una pistola. El contable le sujetó la mano, negó con la cabeza y nos dijo que no nos dejáramos engañar. El enano era un cabrón violento. En las fiestas la gente acababa por no verle y lo pisaban. O le derramaban alcohol encima. Entonces el enano siempre le pedía a Ormond que lo alzara en brazos, a la altura de la cara de los demás. Cuando Mongo John lo hacía, el enano pegaba un puñetazo en el rostro a su sorprendido ofensor. Cuando este iba a devolverle el golpe, el mongo retiraba al enano Parry y solía preguntar burlón al ofendido que si acaso pretendía pegar a un pobre enano. El puto carácter del enano, el de Ormond y el mucho alcohol ya habían costado la vida a varios hombres. Claro que Mongo John también se divertía mucho a costa del enano inglés, como tomando venganza en ese desgraciado de las frialdades y desplantes que sufrió en Liverpool de chico. El enano, igual que se veía con tamaño para enamorar, se pensaba con aguante para beber como el que más, con lo que intentaba seguir el ritmo de Ormond y los capitanes negreros que allí llegaban. Pronto quedaba inconsciente y entonces Mongo John gustaba de dejarle desmayado sobre algún tejadillo, en el horcón de algún árbol, en cualquier sitio donde el enano, tras dormir la mona y frito por el sol, se despertase y no pudiera bajar solo sin quebrarse algún hueso. El pobre enano Parry se ofrecía como esclavo a cada capitán que atracaba en el Pongo. Pero nadie se atrevía a robarle la mascota a Mongo John. O a acabar con su sufrimiento por miedo a este.

»Con esta historia llegamos a la playa, donde el Tosco escupió, guardó el ojo en su bolsita, embarcamos en las canoas y regresamos a bordo del *Rosario*. Aún nos demoramos en Pongo dos días más, reparando aparejo, haciendo aguada y carga de verduras y fruta fresca. Todavía nos dio tiempo de ver una noche a Ormond reunir a una banda de brujos y hombres *ju-ju* que le servían. Entraron en trance con drogas y aguardiente y sacrificaron a una negra virgen según ordenan sus ritos propiciatorios. Ormond y Cha-Chá usaban de estos brujos para tener sometidos a los negros nativos de la factoría y de sus ríos. Conocían de la importancia de satisfacer las creencias de los locales. De encarnarlas. Aprendí eso también. ¿Acaso no es eso lo que hacen todos los reyes inútiles del mundo? Además, ambos eran mulatos y en algún lugar de su mente convivían el dios de sus padres blancos con las brujerías de sus madres africanas.

—¿Y qué hicisteis luego, Pedro? Supongo que gente tan arriesgada no se resignaría a regresar sin esclavos.

—No, claro que no. Estábamos en África y si allí no quedaban negros, los encontraríamos en otro sitio... ¿Gente arriesgada? ¿Valerosa?

—Lo erais, ¿no?

—Más bien gente desesperada. Negreros y piratas. Y creedme, nadie llegaba a eso por amor a la aventura.

—Entonces ¿qué hicisteis?

—Doctor, un barco negrero es lo menos parecido a un Parlamento. Allí no se discute al capitán y si se hace es después de amotinarte y antes de asesinarlo. El Tosco decidió aprovechar las horas de luz que quedaban para navegar rumbo sur, sin perder de vista la costa, pero alejándonos lo que pudiéramos de la factoría de Mongo John, que era miel para las abejas del *West Africa Squadron.* Así lo hicimos y encontramos un buen fondeadero para pernoctar. El capitán nos llamó a todos los oficiales, nos ordenó organizar guardias armadas toda la noche y nos explicó sus planes. Costearemos sur-sureste, hasta más allá de la Costa de los Granos y la de Marfil, hacia Elmina y los antiguos estados *awakan.* Allí conozco algunos pequeños factores y reyezuelos. No llenaremos la bodega en esos tratos, pero conseguiremos algunos bozales y algo de marfil y oro a buen precio, bastante para calmar a la tripulación hasta que lleguemos a Ajuda y los dominios de Mongo Cha-Chá. ¡Que me queme en el infierno con un palo ensartado en el culo si ese hijoputa no tiene sus barracones llenos de sacos de carbón! Eso fue lo que nos dijo, y al alba del día siguiente ya navegábamos con buen viento y mucho trapo hacia esos lugares que no figuraban en ninguna carta o mapa pero que el Tosco conocía tan bien.

—¿Y los ingleses? ¿Temíais encontrarlos?

—Claro. El plan de cargar bozales en el entrepuente y navegar hasta el golfo de Benín aumentaba la posibilidad de un mal encuentro. Toparse con uno de sus pequeños *cutters* no habría sido un problema para el *Rosario.* Yo los he batido muchas veces luego. Pero encontrarse con una flotilla o con barcos más grandes era otro cuento, era acabar muerto o frente a un tribunal en Freetown y, dependiendo del juez, hasta acabar meándote encima colgado de una soga. Esos cabrones de ingleses, como había muchos negreros que navegaban con papeles y pabellón falso, sobre todo norteamericanos con bandera española, igualaron la trata a la piratería y desde 1811 te podían desterrar a Australia, ahorcarte o encerrarte de por vida.

—¿Los topasteis?

—A los pocos días, el *Rosario* viró del sureste a rumbo sur, hacia mar abierto, y así nos mantuvimos el tiempo que nos llevó bajar de los 10° N a los 5° N, evitando la costa, y pasearnos con nuestras velas grises y cubierta corrida frente a Freetown, base del *West Africa Squadron*. Allí tenían los ingleses sus barcos para perseguir la trata y su ejemplo para el mundo de lo buenos que eran, los muy filantrópicos hijos de puta.

—¿A qué te refieres, Pedro?

—Los ingleses abolieron la trata en sus colonias en 1807, tras años de cacareo de gente como Pitt el Viejo, Fox, Wilberforce y Granville Sharp. Las ideas filantrópicas coincidieron en el tiempo con un excedente en la producción de azúcar y esclavos, que perdieron mucho valor en sus posesiones. Amén de cimarronadas en Jamaica. Así que *voilà!*, solo cuando el humanitarismo y la falta de rentabilidad se unen empezaron estos cabrones a perseguirnos a todos. ¡Como dijo alguien, los mayores ladrones se hicieron policías!

—¿Niegas cualquier buena intención en ello?

—Freetown lo crearon a propuesta del abolicionista Sharp, uno de esos tipos... ¡Uno como vos, doctor! Preocupado por remediar a los pobres de este mundo y combatir las injusticias.

—¿Te burlas de eso, Pedro?

—Ya sabéis que mi lucha fue para remediarme a mí de la pobreza de este mundo y del desprecio de los demás, doctor. Si los ingleses se dedicaron a perseguir la trata tras abandonarla fue solamente para que nadie más se hiciera con tal lucrativo negocio, no os engañéis. Hicieron de la necesidad virtud y lo vendieron muy bien. Los británicos abandonaron la trata directa, sí, dejaron que los demás nos manchásemos las manos de sangre mientras ellos se las manchaban con la tinta de contabilidades y asientos.

—¿Qué quieres decir, Pedro?

—Pues, doctor, que se convirtieron en los principales agentes comerciales y banqueros de aquello que tanto decían perseguir. Y en los mayores fabricantes de manufacturas para el intercambio entre negreros y factores y reyezuelos. ¡La trata era y es el mayor negocio del mundo y ellos nunca renunciaron a su parte! Eso es el progreso del comercio, ¿no, doctor? Además, perseguir la trata fue también un pretexto para desplegar sus barcos y abordar a cualquiera en las costas de África.

—Desde luego, de ser así, no le falta cinismo al asunto. Sigue.

—Como digo, el tal Sharp creó el Committee for the Relief of the Black Poor, ¡como si hubiera negros que no fueran *poor*!, agarró cuatrocientos esclavos ingleses recién liberados y se los llevó al estuario del río Sierra Leona, fundando la ciudad. Con el tiempo, llegaron otros libertos, algunos de Jamaica y otras posesiones británicas, otros que habían combatido junto a los ingleses contra Washington y sus casacas azules... Pronto la ciudad creció, los negros se rebelaron, Londres los aplastó y tomó el control de aquel asentamiento filantrópico y lo convirtió en colonia del mejor puerto natural de la costa occidental africana. Un avispero de jueces sudorosos con pelucones blancos bajo un sol de fuego, de capitanes más metodistas que el cabrón arrogante de Wellington y más estirados que una verga, y de cadalsos. Un sitio a evitar por un honrado negrero. Allí instalaron un Tribunal del Almirantazgo al que remitían los buques y tripulaciones apresadas. Tras un juicio siempre se confiscaba la nave y se liberaba a los negros de las bodegas.

—¿Y luego?

—A los negros se los mantenía a expensas del gobierno por un año. Luego tenían que buscarse ellos la vida. Muchos se quedaban en Sierra Leona, que se convirtió en una tribu de todas las tribus, pues allí se podía encontrar a negros de todas las etnias que los blancos esclavizaban.

—Hay algo hermoso en esa idea, en esa sociedad universal africana.

—Bueno, doctor, las tribus africanas se odian entre sí tanto como las naciones civilizadas. Mire, el infierno está pavimentado de buenas intenciones. Aquello nunca acabó de funcionar. El ser humano crea terribles paradojas con sus acciones, aun las más bondadosas.

—¿Por qué lo dices?

—Doctor, hacer el bien exigía crear una burocracia dedicada a ello. Y esta dio pie a procedimientos tan engorrosos que muchos de los liberados acababan muriendo de hambre. Además, ese dichoso tribunal y el *West Africa Squadron* solo sirvieron para alentar, aposta o no, eso lo dejo a vuestro cinismo, lo que decían perseguir.

—¿Cómo así?

—La persecución de los negreros desató la histeria compradora de los plantadores y hacendados, desde Virginia hasta el Brasil pasando por todas las Antillas, que temían poder quedarse sin esclavos y los compraban a cualquier precio. Y a más demanda, más altos los precios, más beneficios y más negreros. Además, al volverse ilegal por los tratados, y esto pasó en Cuba cuando llegó la abolición, empeoraron aún más las condiciones para los esclavos. Ya no se los podía desembarcar en los muelles de las ciudades, tan segura y cómodamente como cualquier otra mercancía, sino en playas secretas. Tras tan penoso viaje desde África, aún tenían que andar entre diez y quince leguas desde los desembarcaderos clandestinos hasta los mercados. Creedme cuando os digo, doctor, que mejor lo pasaban los pobres desgraciados cuando nadie se ocupaba de ellos.

—Sin duda, Pedro, hay políticas necesarias y bienintencionadas que crean otros problemas mientras se establecen y hacen cumplir. A la larga el resultado es justo, humano.

—¿Eso creéis, doctor?

—¿Es que no ves que África no podrá civilizarse y salir de la miseria mientras haya esclavos?

—Sí, claro que lo veo. Pero permitidme que os corrija. En África siempre hubo esclavos, en las tierras y en las casas. Los blancos solo regamos esa semilla milenaria con ron, plomo y mosquetes. Solo convertimos lo que era un lujo en una necesidad. Los convencimos de que ya no podían vivir sin nuestros fusiles, sin las mercaderías de Birmingham, Sheffield y Manchester, los tejidos de Ruan, los aguardientes de Marsella, los catalejos alemanes, las casacas y los tricornios pasados de moda. Solo centuplicamos los cautivos porque convertimos al esclavo en la moneda para pagar esas nuevas necesidades indispensables de las que antes nada sabían. Gracias a nosotros, dejaron los cultivos y el ganado para dedicarse febrilmente a cazarse los unos a los otros. ¿No es eso el progreso?

—Entonces..., no entiendo. ¿Qué quieres decir, Pedro?

—Nada. Eso, que tenéis razón, doctor.

—No parece importarte.

—Nada cambiaría me importe a mí o no. Yo no inventé la trata. A su Freetown yo respondí creando en Gallinas, al sur, ante sus mismas narices, el mayor emporio esclavista de África. Mi reino.

—Pero entonces contribuiste a esta vergüenza universal, al atraso de estos pueblos.

—Os lo repito, doctor. Siempre hubo esclavitud en África. Yo soy, fui, curioso y en Gallinas me sobraron días de sol para viajar y noches de lluvia para escuchar historias de marinos y viajeros. Todos los pueblos negros estaban organizados como esclavistas desde siempre. Los reyes ashanti hacían hecatombes de cientos de esclavos al ser enterrados. Y en Senegambia había una élite de soldados esclavos, los *ceddo*, que controlaban junto con los mulás, los sacerdotes, la venta de miles de negros. Los campesinos preferían adquirir esclavos a ganado, los colocaba más arriba en las aldeas. Esa caldera ardía desde siempre, nosotros solo la avivamos con pólvora y alcohol hasta crear un gran incendio. Luego vinieron las políticas de abolición y represión de la trata. Política, doctor. —Lo digo sin inmutarme. Me reiría de su ingenuidad, de una visión del mundo que no comparto y que desprecio. Como me reí del capitán Denman en Gallinas—. Cuando queráis saber la verdad sobre los efectos e intenciones de cualquier política, despreciad los discursos y soflamas y seguid el rastro del dinero, ved en qué bolsillos acaba. Los muy abolicionistas comerciantes de Inglaterra o Norteamérica sabían perfectamente de dónde provenía el oro español o portugués que pagaba sus mercancías. Y para qué iban a servir de pago.

—Entiendo... Sigue.

—Como os digo, navegamos rumbo sur hasta los 4° N y entonces viramos al este, dejando a popa las tierras de los negros yolofes, mandingas y susus, en busca de los *awakan* y los poderosos mandigas fula mahometanos, muy amigos de esclavizar a sus vecinos fante y traficar con oro. El Tosco tenía ya decidido el primer punto donde fondearíamos. Días después nuestras anclas se clavaron en el fondo arenoso frente a un pequeño estuario de un riachuelo que se desgajaba del río Bandama. El capitán reunió a los oficiales y al contramaestre en al amura de babor y señaló con la cabeza hacia la costa. A golpe de catalejo solo vimos unas pocas chozas sobre la línea de arena. A sus espaldas la eterna muralla verde de la jungla y sus vigías chillones, pájaros y monos que delataban a cualquier visitante mejor que las ocas capitolinas. Ni rastro de actividad o de barracones con esclavos. Ni siquiera nos rodeó el habitual enjambre de canoas *krumen*. Solo un par de ellas manejadas por media docena de negros remaban hacia el barco. El Tosco se rio al ver el desánimo en nuestras caras, se agarró a un obenque y subió a un cabillero. Parecía talmente un capitán pirata a punto del abordaje. Nos habló con una voz fuerte, segura, que pudo oír toda la tripulación. Nos dijo que estuviéramos tranquilos, que él sabía bien lo que hacía. Que aquella era tierra de muchos y belicosos reyezuelos que no permitían que se instalaran en las costas grandes factores blancos. Que había esclavos seguro, pero que habría que internarse un poco río arriba para negociarlos. Que dejásemos de temblar como muchachas, cebásemos bien pistolas y mosquetes y que aquí todo el que se había enrolado sabía a lo que venía, a ser un negrero y un pirata con la vida perdida de antemano. Que él, el Tosco, sabría cuidar de nosotros y nuestro negocio y que a quien Dios se la dé, san Pedro se la bendiga. La gente recobró el ánimo, que muchas veces ser capitán de otros hombres es solamente saber hablarles y espantarles dudas y temores, y el Tosco permitió subir a bordo a los *krumen* de las canoas. Nuestro capitán intercambió ceremoniosos saludos con los que parecían los jefes de esa pequeña embajada, y lo hizo en sus lenguas, pues se defendía con soltura tanto en yoruba como en igbo, las hablas de aquellas costas. Aunque pronto los jefes *krumen* empezaron a contestar en español y en portugués. Dijeron llamarse Jellypop y Duck of Edinburg, así bautizados por bromistas marinos ingleses hacía ya décadas. Todos en este pueblo de las canoas tenían el don de lenguas, motes absurdos y remaban al son de cánticos africanos o tonadillas prostibularias inglesas. Empezó por comprarles unas gallinas y unos huevos frescos y por ofrecerles aguardiente. Luego se sentó con ellos y con los oficiales en el alcázar de popa y empezó sus indagaciones. Les preguntó por los últimos buques que habían fondeado allí, si iban consignados a La Habana. Los negros le tranquilizaron, ninguno en varias semanas y menos con ese destino. Luego les preguntó si había negros disponibles, le dijeron que sí, que no hacía muchos soles hubo guerra entre dos reyes, que habría esclavos y a buen precio, que el factor Benito el Suertudo los guiaría hasta ellos. El Tosco preguntó también por posibles barcos ingleses y le dijeron que no habían visto ninguno en tiempo. El capitán los despidió con mucha ceremonia y más tragos de licor, citándolos para un par de horas después con más canoas para desembarcarnos a un buen grupo junto a las mercancías para el intercambio. Tan pronto se fueron en las canoas el Tosco nos previno de que no diéramos por cierto lo de los ingleses, que todos los *krumen* eran también espías suyos y solían entregarles cada tanto alguna tripulación. Nos aprontamos; el contramaestre y yo vigilamos a la marinería mientras subían los fardos a cubierta. Lo cierto es que fue fondear frente al estuario y una calma chicha se apoderó de todo, lo que hizo sonreír al Tosco.

—¿Por qué, no son las calmas el enemigo de cualquier velero?

—Sí cuando hay que navegar, cosa que nosotros no haríamos en los próximos días. No, el capitán sonreía porque sabía que eso nos libraría de los *cutters* ingleses. Veréis, en esa zona de la costa africana el viento rola siempre sur-suroeste, lo que ayuda mucho a navegar hacia el sur, pero dificulta mucho navegar hacia el norte. Las corrientes suelen ser fuertes y también de oeste a este. Si hubo ingleses por allá el viento los habría llevado ya más al oeste, hacia el golfo de Benín. Y la encalmada les dificultaría volver hacia nosotros o que otros bajasen desde Freetown.

—¡Claro!

—Esa misma tarde desembarcamos y allí nos recibió Benito el Suertudo y su séquito.

—¿Por qué el mote?

—¡Ah! Veréis, doctor, el Tosco nos contó su historia antes de desembarcar y encontrarlo. Benito era un negro yolofe. Lo había esclavizado siendo un muleque su propia gente por unas deudas, en un poblacho millas al interior de Gorée. Lo encerraron y se lo vendieron al primer factor que pasó por allí con una cargazón de bozales camino de la costa.

—¡Pues eso no parece propio de un suertudo! Además, ¿qué deudas tan terribles podía tener siendo un muchacho como para perder la libertad?

—Eran de su padre. Al pobre diablo le sobraban hijos y le faltaban dineros. O vacas. ¡Vaya usted a saber! El caso es que allí ataron al pobre Benito por el cuello, que por entonces no se llamaba así, claro, junto a otros cientos de negros, lo vendieron a un negrero español y lo llevaron a Cuba. Como era un niño de unos diez años, gracioso y despierto, acabó de esclavo doméstico en casa de un oficial de la administración y su esposa. Los dos, ya mayores y sin hijos, se tomaron la educación de Benito como cuestión de honor. O mejor dicho de vanidad, pues se propusieron más que enseñarle, adiestrar al pequeño salvaje para solaz de las visitas y presumirlo. En doce días aprendió de carrerilla los dogmas necesarios para ser bautizado. Aunque se enfermó de viruelas, viendo el niño que si memorizaba y cantaba con tino esos artículos incomprensibles comía mejor y le quitaban de trabajos y castigos, a los veinte días se examinó con un párroco y solo erró tres palabras de los santos mandamientos del dios de sus amos. Una semana más de estudio y a la pila bautismal. Su ama le hacía recitar la doctrina y artículos de la fe ante sus amigas. Y también bailar un poco. Benito vio con gusto que le regalaron, esquifación aparte, una camisilla muy fina y un par de zapatos, así que siguió estudiando hasta ser capaz de nombrar las partes más visibles del cuerpo humano, sus vestidos y adornos, así como muebles y labores de la casa, contar hasta cien y escribir las primeras letras. Sus amos le tomaron un afecto más parecido al que se le tiene a una mascota de extraordinarias habilidades que a un congénere, lo que le evitó ser revendido o cambiado por cualquier otra cosa viva o muerta. El muleque se convirtió en mulecón, aprendió el castellano, a rezar más para que le vieran y agradar a su muy católica ama que por fe verdadera, pues seguía sin entender los misterios enrevesados de los dioses blancos, y se hizo muy ladino. Comía bien, de las sobras de sus dueños, no probó mucho el látigo, se hizo lector a escondidas y se tenía a sí mismo por medio filósofo.

Digirió mal el *Cándido* de Voltaire y su sátira del optimismo, se tomó al pie de la letra eso de que todo sucede para bien, en este el mejor de los mundos posibles. Tampoco se quedó con mucho del *Emilio* de Rousseau, salvo la nostalgia de la naturaleza de su niñez. Solo leía lo que quería leer. Él mismo se reía de su arrogancia el día que le contó su historia al Tosco. Y lo más importante, siguió Benito, ahorró con lo que trabajaba en su día libre de mozo de un tendero catalán en una tienda de abarrotes. Ahorró lo bastante para comprar lotería y...

—¡Le tocó!

—Así es, doctor, le tocó la lotería y compró su libertad. Sin coartación ni zarandajas, a tocateja.

—¡Pues sí era suertudo el tal Benito!

—Según se mire. Tras ese golpe de suerte, nuestro instruido ladino, quizá por sus lecturas y hombre ya, dio en la feliz idea de volver a su aldea natal. Tuvo la agudeza de embarcarse de vuelta para África evitando hacerlo en un barco español o portugués, por miedo a que lo volvieran a raptar y revender como esclavo en otro punto de las Antillas. Benito el Suertudo se compró ropas elegantes, una chistera amarilla, un parasol, libros y un pasaje para Gorée en un mercante inglés. Tan pronto desembarcó se compró un mulo, lo cargó con sus bártulos y puso rumbo a su aldea, con el corazón lleno de intenciones reformistas, ningún rencor a su padre, quien seguro estaría ya muerto, y la pretensión de ser el más ilustrado de los buenos salvajes de este mundo. Un faro para sus congéneres, a los que llevaba en su corazón pese a los ya veinte años de ausencia de África.

—Ya te conozco lo bastante para anticipar que no lo consiguió... Y que eso te divierte, Pedro.

—En efecto, doctor, las cosas nunca salen como uno prevé y, ¡faltaría más!, al Suertudo pues tampoco. Y no me divierte ni me deja de divertir. Os cuento lo que hay, lo que hubo...

—Ya.

—Benito fue recibido sin grandes entusiasmos, ni siquiera por su familia, la madre y algunos hermanos y primos que le quedaban. Para ellos era un tipo muy extraño, con aquellas ropas y hablando raro el fulani. Además, Benito el Suertudo tuvo la mala idea, llevado de sus lecturas y proyectos de mejora, de censurar el alcoholismo de sus hermanos y su afición a ir con todo al aire. Vamos, que se convirtió pronto en una visita más bien enojosa y...

—Espera, Pedro, ¿sus hermanos eran todos borrachos?

—¡Oh, doctor, en las costas de África occidental casi todos los negros son borrachos!

—¿Cómo?

—Se libran los mahometanos por su religión, pero a los demás les hemos metido tanto licor y tan malo en el buche que solo viven para beber. Doctor, la trata acabó con cualquier labor anterior. Todos viven raptándose y vendiéndose unos a otros, esperando el siguiente barco en el que los blancos les llevemos más aguardiente y más pólvora y mosquetes para seguir la fiesta. Yo me harté de ver a padres borrachos que vendían a sus hijos, llevándolos con engaños hasta las barracas del intercambio. A otros que se vendían a sí mismos a cambio de bebida. Un tal Embil, un piloto vasco que estuvo varias veces ante los pelucas de Freetown, me juró que había visto en el río Clara Días, donde llevaban pipas de aguardiente para el trueque, a muchos negros venderse a sí mismos como esclavos a cambio de emborracharse toda una semana.

—Sí, Pedro, por desgracia donde hay desesperación hay alcoholismo para sobrellevarla. Mira nuestros obreros.

—No lo pongáis solo en la desesperación. O no del todo, doctor. Yo fui mongo, goberné hombres y territorios. Y el aguardiente me ayudó a controlarlos tanto como los mosquetes. Los borrachos son débiles.

—Es cierto.

—Pues eso, que a Benito el Suertudo no le aguantaba nadie en su aldea. Los negros piensan que todo lo que le pasa al hombre tiene causas mágicas o espiritistas, así que pronto la pesadez de Benito empezó a verse como *ju-ju*, como mal fario para todos. Una noche lo apresaron, le dieron una paliza, quemaron sus ropas de hombre blanco y libros. Los brujos y ancianos pasaron la noche especulando sobre qué hacer con él, si matarlo o si venderlo otra vez como esclavo y esta vez con la esperanza de que no volviera del otro lado del gran río salado. Aquí sí fue suertudo, porque se conformaron con pintarlo de rojo, montarlo desnudo en su mulo y echarle del pueblo. Benito vagó por la costa desde entonces, se le agrió el carácter y, como hablaba y escribía el español, acabó en estas tierras como traductor y factor de los negreros de Cuba con los reyezuelos del interior. Cargo que ejerce con ferocidad, pues dice despreciar con el alma a los negros salvajes que ayuda a vender, como si él fuera rubio. ¡Ya se sabe que no hay peor cuña que la de la propia madera!

—¿Qué pasó en tierra?

—Pues tan pronto desembarcamos, el Suertudo y un par de viejos mulatos que lo acompañaban intercambiaron saludos, abrazos y un pellizco de sal con el Tosco y el resto de nosotros, según es costumbre en esas tierras. Los viejos eran *tangos-mãos* o *lançados*, mestizos descendientes de portugueses que servían de agentes e intérpretes a los reyes del interior. El capitán ordenó al punto hacerles regalo de unas garrafas de aguardiente, un rollo de tela indiana y un par de barriletes de pólvora. Estaba claro que dependíamos de esos tipos y de lo que ellos contaran para conseguir nuestros negros y quizá algo de oro molido.

»Aquella noche se guardó toda la mercancía para el intercambio en una sólida barraca que el Suertudo había previsto a tal efecto. La puerta tenía buenos herrajes, y cadenas, candado y guardia armada los pusimos nosotros. Pasamos la tarde preparando la mercancía por lotes. Luego cenamos todos en torno a un fuego, se bebió y se acordó con Benito y los dos *lançados*, que estaban al tanto de todas las disputas tribales, a qué reyezuelo nos dirigiríamos para negociar al día siguiente, a cuáles tendríamos que contentar con cábalas, que así les decían a los lotes de regalos, y portazgos por cruzar sus dominios y a cuáles sería mejor evitar. Como nuestro destino no estaba a más de diez soles de viaje entre canoas y marcha, todos se felicitaron de que no habría que cruzar muchos dominios y pagarle a tanta gente que los esclavos salieran muy caros. Se sabía de malas empresas que acabaron pagando tantos peajes por cada esclavo que al llegar a la costa había perdido hasta el ochenta por ciento de su valor en destino. Nosotros estábamos tranquilos con el Tosco, que era negrero experto. También se acordó que contrataríamos unos treinta porteadores de la aldea de Benito y otros tantos de la de uno de los *lançados*, que estaba solo a un día río arriba.

»Aquella misma noche, los *lançados* hicieron un aparte con el Suertudo. Los vimos gesticular mucho mientras discutían, como suelen los negros, que en esto mueven aún más las manos y los ojos que un napolitano. Varios pensamos que estaban enfadados y alguno empezó a tentarse las armas y mirar hacia la ruidosa oscuridad que cercaba los fuegos temiendo lo peor. El Tosco se rio de nosotros y nos dijo que nada temiéramos. Que estaban cerrando sus transas entre ellos y por eso discutían, pero que el negocio entre nosotros y ellos estaba cierto. Y que vaya tripulación de monjitas asustadizas se había traído a África. Luego escupió al fuego, eructó, se hizo una seña cómplice con su primer oficial y a mí me guiñó un ojo. Al rato se acercaron Benito y los *lançados*. Nos dijeron que al amanecer subiríamos río arriba unas dos jornadas en largas canoas, hasta una aldea amiga donde esperaríamos nosotros y el Suertudo, mientras ellos enviarían mensajeros y pregoneros, ladradores los llamaban, a dos de los reyezuelos de varios soles más adentro y al cacique de la aldea que habían escogido como lugar del intercambio. Estos ladradores conocían todos los pasos del bosque y nos precederían, elogiando por igual nuestras mercancías y el valor e inteligencia de los reyezuelos. En la aldea estarían seguras las mercancías y se habilitaría un corral como para cien o ciento cincuenta negros y esperaríamos noticias de nuestros emisarios, si bien pensaban que nuestras mercancías de intercambio (la fama del Tosco le precedía) eran tan buenas que los propios reyes bajarían con gran pompa e indisimulado interés hacia ellas.

»Al alba nos envolvían nubes de mosquitos que podías agarrar a puñados. Todos encendíamos nuestras pipas para echar humo y espantarlos. Y nos echábamos vinagre y aceite de citronela en la piel descubierta. Nos repartimos en enormes canoas talladas de un solo tronco, capaces de llevar veinte o más hombres y muchísima carga bien estibada cada una, y empezamos a remontar el río, que bajaba apacible y parecía de chocolate espeso. De la tripulación, capitán y oficiales aparte, íbamos unos quince, todos armados con mosquetes, pistolas y sables cortos de buen acero inglés. El resto de la partida la formaban el Suertudo, los dos *lançados* y hasta treinta remeros y porteadores, negros que se turnaban en remar y descansar, cantando, eso sí, todos todo el rato para animarse y mantener el ritmo de las paladas. Y tan buenos eran que en un día, un sol, cubrimos una enorme distancia que yo calculé en más de quince millas.

»Con la caída del sol varamos las canoas y se sirvió una muy rica comida, aparejada con algunos de nuestros víveres, espetos de enormes peces del río y la carne asada de un par de monos que los negros bajaron a flechazos y que resultó muy sabrosa. Se bebió un poco y se soltaron las lenguas. Me resultó especialmente gracioso que Benito el Suertudo, él mismo un yolofe más oscuro que el betún, nos previniera contra las artimañas de los negros en los intercambios, según él todos unos grandísimos hijos de puta mentirosos y traicioneros, cosa que dijo con perfecto acento cubano. El Tosco rio fuerte como solía, pues cada vez que se reía lo hacía para subrayar algo, como una especie de declaración, y animó a Benito a que nos ilustrara. ¡Traigo mucha gente nueva a bordo, Suertudo, no les vendrá mal un poco de tu sabiduría sobre los negros!, le gritó mientras me hacía una seña para que escuchase con atención, como si aquello que venía fuera solo para mí. *¡Sus mercede, siempre oho avisor, despietos, que tan seguro como que nosotros le queremo robá a ellos, esos negro del diablo intentarán lo mismo! Si nos dan povo de oro, toca espulgarlo, que seguro le metieron latón rayado pa que dé el peso. Y a los esclavo hay que revisalo bien, uno por uno, de cerquita y palpando, que estos africanos de mieda pintan la piel y los diente de los defectuoso, de los matungo por edad y enfermedad. Mirá siempre el coló de lo ojo. Y si hay hinchasón en la lengua. Entonse vienen enfenmo. ¡Con estos, andá vivo y mucho ojito!* Así nos previno el Suertudo, indiferente a la presencia de tanto negro y de los mulatos *lançados*, que evidentemente también se ponían por encima y le reían los consejos y asentían con la cabeza.

»El Tosco añadió que cualquier negrero experto sabía mirar y descubrir estos esclavos defectuosos. Pensad, nos dijo burlón, en las ferias de ganado de España o Portugal, lo que hacen estos negros con algunos cautivos enfermos no es distinto de lo que hacen allí los gitanos y mercachifles con los caballos. Compras un corcel brioso y a los dos días es un jamelgo escuálido que no se sostiene sobre las patas. Pues aquí lo mismo. Atiborran al negro enfermo con cocciones y drogas que le abomban pecho y músculos, que lo vigorizan. Le sacan lustre a la piel con friegas de cenizas, limón y aceite de palma. Parece un hércules, te acuestas y al día siguiente tienes engrilletado un guiñapo comido por las fiebres. Fijaos también en el pulso. Si es muy agitado es que el negro viene drogado. Desechadlo. Pero el Tosco también zamarreó a los de nuestro lado y nos explicó los fraudes que los blancos, los estúpidos, remarcó, solían cometer con las mercancías: aguar el aguardiente o escamotear pólvora, lastrando los barriles con piedras en un doble fondo. O quitar largas piezas de los rollos de telas. Los negros no lo descubrían hasta que eran desenrolladas, pues para igualar el peso se colocaban tacos de madera en los huecos. Luego el Tosco nos recomendó que imagináramos bajar todo este río y selva que íbamos a subir, pero huyendo y perseguidos por negros feroces y emputados. Aquí, dijo mientras nos recorría con la vista, no viene a cuenta pasarse de listo. Mejor ser honrado en el trato, respetar siempre la *palavera*, el acuerdo sobre precios y esclavos. Os aseguro, señores, que en el mar y en esa selva negra que nos rodea ya hay bastantes cosas esperando matarnos para añadirles nuestra codicia. Haced las cosas bien, aun así tenemos muy jodido sobrevivir. ¡Amén a eso!, sancionó el Suertudo, y se hizo un silencio entre nosotros que fue la señal para dormir. O para intentarlo, que las primeras noches en la selva no hay quien duerma, que imaginamos monstruos en el chillido de cualquier mono.

»Al despertar, al clarear, me asusté por un momento pues lo primero que vi fue a otros treinta negros sentados en cuclillas alrededor, mirándonos en silencio. Eran los porteadores y remeros apalabrados con uno de los *lançados*, y que llegaran a sentarse junto a mí tan en silencio me hizo pensar mucho en las palabras de mi capitán sobre la estupidez y la codicia en estas tierras. Podrían habernos degollado a todos, pensé. Pronto embarcamos en las canoas que, a más brazos y voces roncas, más rápidas remontaban el río. Cubrimos más distancia que el día anterior y allí quedaron las canoas, pues más allá de ese punto el río bajaba con mucha fuerza y habríamos tenido que remolcarlas con rejones, cuerdas y cabestrantes. El Tosco, el Suertudo y los dos *lançados* organizaron la caravana hasta la aldea elegida como lugar de la trata. Nos tomó dos días de pesada marcha por estrechos senderos encajonados entre muros de selva impenetrable. Yo ya conocía la tupida manigua de Cuba, pero en África todo parecía desmesurado, ancestral, todo parecía haber vivido y crecido allí por más tiempo. Y era más amenazador, pues nos hacía sentir más pequeños. Árboles milenarios y lianas gruesas como un hombre se abrazaban y entrelazaban sobre nuestras cabezas y por trechos de varias leguas, bóvedas tan tupidas que volvían el día noche y de noche tapaban las estrellas.

»Acompañándonos desde la espesura a ambos lados del estrecho camino por el que marchábamos, se arrastraban y movían bichos y fieras que no llegábamos a ver nunca. Solo podíamos imaginarnos su tamaño por el mayor o menor ruido que hacían en la espesura al moverse. Cuatro nativos fuertes nos precedían a la distancia de un grito macheteando ramas y raíces para abrirnos paso. Los monos aullaban y nos tiraban frutas podridas, saltando como locos de un árbol a otro. Cuando giraba la cabeza me parecía que el monstruo verde se cerraba tras nosotros y recuperaba la brecha que abríamos, tragándose el camino. El Tosco tenía razón, huir por aquí sería una pesadilla. Moriríamos. Piratas bravos en el mar se tornaban hombres asustados en la selva, sobre todo cuando acampamos por la noche y redobló su vida a nuestro alrededor. Nuestros fuegos creaban un baile de sombras siniestras y la jungla las llenaba de chillidos, rugidos y siseos. Muy pocos fuimos capaces de dormir. Con sueño y estos lúgubres pensamientos llegué hasta media legua de la aldea del intercambio. Ahí empezó a despejarse la jungla y caminamos por una llanura de hierbas altas hasta el pecho y gigantescos baobabs contra los que se rascaban enormes elefantes. El Tosco eligió a los mejores tiradores, ordenó que tuvieran cargados los fusiles y los apostó en vanguardia, mitad y retaguardia de la marcha junto a lanceros nativos. Yo fui uno de ellos. Es tierra de leones, atentos, nos previno.

»La aldea estaba fortificada, un muro de adobe rojo coronado por zarzas de espinos y estacas puntiagudas rodeaba sus chozas cónicas de barro y techo de paja. La única entrada estaba vigilada por cuatro guerreros jóvenes, armados con lanzas, mazas y escudos. Dos nos guiaron al interior, hasta una choza rectangular y un poco más grande, la del cacique, construida bajo las enormes ramas de un baobab. El cacique salió a recibirnos. Era un hombrecillo viejo, con el pelo y la barba absolutamente blancos y vestido con una sencilla túnica roja. Iba descalzo. Se mostró muy amigo de los *lançados* y del Suertudo, que lo presentó sin mucha ceremonia a nuestro capitán y este a nosotros. El Tosco le regaló aguardiente, unas piezas de tela y varias cajas de vegueros. El cacique asentía y reía con una boca huérfana de muchos dientes. Tan pronto dio su permiso montamos la exposición de nuestras mercancías ante su choza y bajo un toldo atado a las ramas bajas del baobab, sobre el suelo pisado de tierra roja como la sangre. El sol quemaba. Unos descordamos los lotes y retiramos las lonas enceradas que los protegían, dejándolas muy a mano por lo cambiadizo del clima en estas tierras y estar dando sus últimos coletazos la estación seca. Otros se fueron a levantar, o mejor a reforzar, el corral para los esclavos. El Tosco, el Suertudo, el médico y el primer oficial desembalaron los útiles de la trata, los grilletes y cuerdas, el *carimbo* para marcarlos y el aceite de palma que evitaba que la piel se pegara al hierro candente, el *bois mayombe* o yugo con que unciríamos a algunos para la *coffle* o marcha de vuelta al barco, que haríamos por tierra en parte y luego por el río. A veces eran yugos trabajados, tallados, pero casi siempre eran unas simples y pesadas ramas atadas por el centro y acabadas en sendas horquillas, en las que se uncían un par de bozales. Los mantenía unidos y estrangulaba al que no podía o no quería caminar al paso de todos. Finalmente, la vara para el palmeo, la que se usaba para medir a los negros. Era un palo de siete palmos o pies de alto, que esa era la altura mínima aconsejada para un buen bozal, un negro sano y fuerte al que sacarle un buen precio. Los dos últimos pies estaban divididos en pulgadas. El negro valía más cuanto más alto. Por uno de siete pies o más, si no era en dinero, se llegaban a pagar dieciocho piezas entre ropa, indianas, abalo rios, fusiles y pólvora. Pero por cada pulgada menos en la vara del palmeo se quitaba una pieza de mercancía. El Tosco supervisaba todo, pero ahora la actividad febril de la aldea era cosa de Benito el Suertudo y los dos *lançados*.

»Antes de que cayera la noche aparecieron dos cantores o pregoneros del primer reyezuelo, Alí Mulé, que llegaron trotando graciosamente mientras cantaban las hazañas de su jefe, su linaje y sus últimas victorias sobre otros feroces guerreros que lo habían hecho dueño de muchos hombres, mujeres y niños. Aún siguieron cantando un rato, pero ya parados y golpeando el suelo con sus lanzas frente al capitán, el Suertudo y los *lançados*, que asentían y palmeaban al canto de los mensajeros. Cuando acabaron se besaron varias veces con los *lançados* y se preguntaron por la salud de sus familias y animales. Luego se les ofreció agua, cuencos de arroz y tortas de harina de mandioca. Todos los miramos comer en silencio. Lo hacían sin prisa pero sin pausa, sentados sobre sus talones. Al unísono dejaron los cuencos y calabazas a un lado, se levantaron, y el más mayor empezó a hablar. Nos dijo que avisado por nuestros mensajeros, el gran Alí Mulé ya había hecho que sus consejeros y nobles sonaran los cauríes, en realidad un tubo de latón relleno de esas conchitas, por la aldea. Señal conocida por todos para que sus súbditos llevaran sus cautivos al *trunk*. En esos calabozos oscuros se reunirían todos los esclavos, los del rey y los de sus súbditos, unos cien, para traerlos al día siguiente hasta nosotros y proceder al intercambio. Acabado el anuncio se fueron trotando por donde habían venido, esta vez sin cantar. El Tosco felicitó a Benito y a los *lançados*, luego se giró feliz hacia nosotros y nos dijo que nos alegráramos, que mañana tendríamos cien o más estupendas piezas de Guinea (así gustaba él de llamar también a los bozales), altos, fuertes, con los músculos brillantes por el aceite, los dientes en su sitio y los cojones grandes y colgando. ¡Que es a por lo que hemos venido, señores!, sancionó con una de sus risas.

»Al día siguiente apareció el rey Alí Mulé con su séquito de guerreros, mujeres, porteadores, pero sin esclavos. Nuestro capitán y los más expertos no parecieron alarmarse por ello. El rey era un negro fuerte, avanzada la treintena. Vestía a la africana, cubría su desnudez con una falda de flecos, una fina piel de leopardo, collares con colmillos de león, pulseras, sandalias con abalorios y un tricornio de fieltro negro festoneado con plumas blancas, un galón de oro y, por la escarapela roja, seguramente español o portugués. Un negro enorme le seguía dándole sombra con un fino parasol de encaje. La comitiva se detuvo a unos pasos del capitán, distancia que este recorrió junto al Suertudo y sus inseparables *lançados*, todos haciendo ceremoniosas reverencias y doblando la espalda. Intercambiaron unas primeras palabras que nadie oyó y el Tosco le indicó con un gesto que lo siguiera hasta el lugar de honor que tenían preparado para él, donde sentado a la sombra de un toldo hecho con una vela vieja podría vigilar todo el intercambio. Allí había también dispuestas comidas y bebidas, incluyendo unas garrafas del mejor ron cubano. Alí Mulé accedió graciosamente, se sentó en un taburete y ordenó a sus esposas favoritas y hechiceros que lo hicieran a su alrededor.

»El Tosco le invitó entonces a una copa de aguardiente. El rey la aceptó, pero para no cometer *ju-ju*, en vez de dar el primer trago, se lo cedió a sus dioses para que protegieran la transacción. Derramó primero un poquito de ron en un saquito que llevaba al cuello, sin duda con sus grisgrís, sus amuletos, luego otro poquito en sus muñequeras y otro tanto en un cinto que llevaba, del que colgaban barbas de elefante, cauríes, un antiguo doblón de ocho y un buen cuchillo de Sheffield. Finalmente tragó otro sorbo y lo asperjó con los dientes al aire y al suelo. Ahora sí se bebió de un trago el resto de la copa. Le debió de saber a poco porque de inmediato pidió *malafo!*, que así le dicen allí al aguardiente.

»El tal Alí Mulé era un beodo y no accedió a iniciar los tratos hasta que vació dos copas más llenas hasta el borde. Me fijé que el Tosco hacía que bebía pero que su copa no bajaba apenas, mientras no paraba de llenar la del rey. Allí no aparecía ningún esclavo. Era sabido que muchos reyes exigían saludos y deferencias antes de empezar a negociar, beber como este. No contento con esto hizo que cortaran a uno de sus guerreros más jóvenes y mezcló la sangre con la pólvora de un cartucho y un generoso chorro de aguardiente. Se la tendió sonriendo al Tosco, que lo miró en silencio, sopesando si el repugnante capricho sería suficiente para cerrar o impedir el intercambio. Escupió, sonrió al rey borracho y se bebió media copa de un trago antes de devolvérsela. Entonces sí algo se destrabó, el rey aulló, los guerreros gritaron y golpearon las lanzas contra los escudos y las mujeres empezaron a bailar y hacer sonar unos aros que llevaban en tobillos y muñecas. Alí Mulé palmeó en la espalda a nuestro capitán y a una señal suya unos corredores salieron de la aldea hacia el norte. Pronto vendrán los esclavos, dijo, sentémonos y bebamos. Para amenizar la espera nos contó que solo era rey desde la última estación de lluvias. Al anterior, viejo y enfermo, lo estrangularon mientras lo coronaban a él para evitar males a su tribu.

»En África, en muchas partes, el rey es el reino; si él muere, enferma o envejece en exceso, el reino y los súbditos lo harán también. Entonces una bruja o un hombre *ju-ju* suele empezar con augurios y profecías de catástrofe para la tribu, así que antes de que la cosa vaya a mayores sacrifican al antiguo rey mientras coronan a otro joven y fuerte. Por eso también muchos reyezuelos usan súbditos como escudo y los exponen en su lugar a los peligros de las batallas y los venenos. Al poco rato entró una cordada de negros, en efecto poco más de cien hermosos bozales. Venían atados por los codos de cinco en cinco en fondo, lo que llamó la atención del Tosco; lo normal eran las largas columnas de a dos o de a tres en fondo. El rey beodo asintió y nos dio sus razones para semejante disposición. Los ato así, nos dijo satisfecho, porque es raro que más de tres hombres se pongan de acuerdo en algo, aunque les vaya la vida en ello. Todos, ya más calientes por el alcohol, le alabamos el ingenio y le calificamos de gran rey y hombre sabio. El doctor se puso a trabajar, revisando y palpando a los esclavos, ordenándoles andar en cuclillas y saltar, para ver si estaban bien de pies, piernas y coyunturas. También les miró los dientes, ojos, lengua, los huevos y el tamaño del miembro, pues cuanto más grande se creía al negro más saludable. A los de pene pequeño se los tenía por mal formados y malos procreadores. Apenas si rechazamos a tres de ellos. Entonces empezó el regateo. El reyezuelo exigió, como era normal, que primero comprásemos sus esclavos y luego los de sus súbditos por orden decreciente de importancia. Había toda una serie de protocolos y jerarquías que más valía respetar si queríamos salir de allí con negros y vida para venderlos. Por entonces, los reyezuelos y los tratantes fulbes, fulahs y mandingas se reservaban celosos la captura y acarreo de esclavos en el interior, que era tierra prohibida para los blancos, limitando a los factores europeos y mulatos a actuar en los ríos y las costas. En este viaje aprendí a no depender de reyezuelos beodos. Comprendí que tendría que sojuzgarlos. Quizá aún no consciente por entonces porque todavía no imaginaba mi gran proyecto. Pero la semilla de esta y otras ideas se sembró allí. Ni Mongo John ni el todopoderoso Cha-Chá infringían esta ley. Yo fui el primero, yo les quité el poder sobre mí. Yo llené el Vey de fusiles. Yo les llevé la guerra inacabable.

»El rey borracho también se cobraba una comisión o arancel en mercancía sobre cada cautivo que vendían sus súbditos. Las negociaciones fueron arduas, pero finalmente el Tosco cerró los lotes por noventa y cinco esclavos y por unos mil pesos en polvo de oro, los negros del gran Alí Mulé cargaron los fardos sobre espaldas, angarillas y cabezas y todos marcharon con cantos y danzas por donde habían venido. Su partida fue la señal para que otros ladradores salieran hacia el noroeste en busca de la caravana de otro reyezuelo, que esperaba prudentemente a un par de jornadas de marcha.

»Cuando llegó la otra caravana dimos con un tipo muy distinto de cacique. Este era un joven altivo y educado, esculpido en ébano, membrudo, que contaba su edad en veintidós estaciones secas, enviado por su padre a hacer negocio con los blancos y seguir aprendiendo las artes de la trata y el intercambio. La gravedad de este joven príncipe fulah, mahometano y leído, se extendía a su séquito. Aquí todo fueron reverencias y buenas palabras entre el príncipe, el Tosco, Benito el Suertudo y los *lançados*. Los ladradores habían cumplido su cometido y el príncipe elogiaba nuestras mercancías mientras nosotros, informados a nuestra vez, cantábamos el valor y las victorias del rey y padre de Mullah Sokón sobre las tribus de infieles que había cautivado. Los fulahs también cantaron las *danticas*, o relación de sus buenos propósitos y honradez en los negocios. Entre juegos florales, poesías y cumplidos se nos fue mucho de la mañana. No fue tan cortés ni ceremonioso con el viejo cacique y su gente, mandingas como los fulahs, pero a los que estos tenían por paganos infieles merecedores de la esclavitud o de arder eternamente en el Yahannam, el lago de fuego del infierno mahometano. Evitaba mirarlo y el sabio anciano se hizo atrás para no incomodarlo. El príncipe en su viaje de estudios había traído con él solo cuarenta esclavos, que atados y sentados a la sombra nos miraban resignados. Cada tanto y a una señal de un consejero del príncipe, uno de sus guerreros le daba a un cautivo con el extremo de la lanza, en la cabeza o las costillas, solo para que se revolviera y mostrarnos que estaban vivos y sanos.

»Allí, bajo un sol de fuego, con moscas posándose en boca y ojos y los pies y la ropa llenos del polvo rojo de la tierra, seguimos intercambiando *daches*, regalos de cortesía, muestras de lo que llevábamos, y reverencias con no menos pompa que en una recepción de embajadores en el Palacio de Oriente. El príncipe revisaba personalmente la calidad de lo que daríamos a sus súbditos, momento que aprovechaba para, con total naturalidad y elegancia, confiscar una parte. Otra borbonada que nadie discutió. Más me interesó aprender que en torno a los esclavos, producto principal de aquellas tierras y objeto de nuestro viaje, se comerciaba con muchas otras cosas. Había transportado mucha mercadería con el viejo pirata de Simões, pero ahora vi cómo se usaba. El Tosco mercó ciento y pico colmillos grandes de marfil, unos quintales de arroz, aceite de palma, dos mil pesos en polvo de oro y treinta y seis de los cuarenta esclavos. El príncipe con elegancia nos advirtió él mismo de que al menos dos eran esclavos con tacha, como se llamaba a los defectuosos, y que se venderían baratos y mal en Cuba, en este caso por ser borrachos en exceso, y uno, además, un gran ladrón. El doctor rechazó otros dos con el beneplácito también de los fulahs. Cerrado el trato, se hizo el intercambio. Luego Mullah Sokón y los suyos sacaron sus esterillas y rezaron en dirección a La Meca. Al finalizar, ya cayendo el sol, salieron del pueblo con un caminar digno que nada tenía que ver con el jolgorio y la algarabía de Alí Mulé y su gente. El Tosco y Benito el Suertudo se felicitaron mutuamente. Aquellos esclavos y mercancías no habían salido demasiado caros para haber tenido que tratar con dos reyes, un cacique y dos *lançados*. Había algún mulecón pero la mayoría eran hombres ya, bozales de entre veinte y treinta y tantos, mandingas fuertes, buenos para el machete, para la zafra y para tumbar monte. Dejarían muy buena ganancia una vez metidos en Cuba. ¡Aprendí tanto del Tosco y su diferente manera de tratar con ellos! Se lo agradecí. Él escupió, frotó su ojo con una gamuza antes de guardarlo y me dijo que más me valía entender que un buen capitán negrero ha de saber alternar lo mismo con reyes que con esclavos, con hacendados que con limpiabotas. Y él, me aseguró clavando en mí su cuenca vacía y los ojos verdes de dos moscones que entraban y salían de ella, era el mejor de los negreros. Yo le creí.

—Pedro, ¿te das cuenta de que no me hablas de ti? ¿Solo de otros hombres, de lugares y de acciones ajenos?

—¿Sí?

—Sí.

—Ya... Es lo que toca, doctor.

—Entiendo. Sigue.

—La *coffle* empezó la marcha hacia la costa y nuestro barco. Hicimos primero dos jornadas a pie, hasta las canoas, a razón de unas seis leguas diarias. Caminábamos desde el alba hasta la primera hora de la tarde, no menos de nueve horas de marcha, haciendo una pausa a la sombra para comer a la hora de mayor calor. Nuestra *coffle* era pequeña, mercancías aparte, solo llevábamos ciento treinta y un bozales. Casi todos hombres, apenas diez mujeres y otros tantos muleques. Yo vi hileras de tres mil o más esclavos llegando a Gallinas, a mis barracones. Pero esta era chica, como os digo. Había casi más porteadores que esclavos. Estos iban unidos por los tobillos con grilletes y cuerdas, la pierna derecha de uno con la izquierda del otro, y los de delante con los siguientes. Cada cinco en fondo uno llevaba el *bois mayombe*, que los obligaba a todos a caminar al mismo paso. El Tosco pronto descubrió a un par de rebeldes. Nos darán problemas, dijo. A estos los puso los últimos de la columna, con una tranca de tobillo a tobillo que los obligaba a dar pasitos más cortos y rápidos. Era un castigo terrible.

»El Suertudo y los *lançados*, con el beneplácito de nuestro capitán pues ellos conocían a sus hombres, eligieron un *saatigi* o jefe de la *coffle*. Un negro con méritos y experiencia para mantener el orden en la caravana. Había comandado ya muchas y, como era costumbre, tenía elegidos entre sus hombres un grupo de cantores. Marcaban el ritmo de la marcha y obligaban a los cautivos a cantar para acompasarla. Si la caravana llegaba sin pérdidas recibiría un esclavo, una caja de tabaco y aguardiente. Al necesitar caminos más anchos, cruzamos por un par de aldeas que no vimos en la ida. Los cantores entraban encabezando la *coffle*, alabando a sus habitantes y cantando las aventuras, reales o inventadas, de esta u otras caravanas. Luego se comerciaba con los locales, comíamos y seguíamos la marcha.

»Llegamos a las canoas muy entrado el día y el Tosco mandó acampar. Aprovechamos para raparles todo el pelo a los esclavos, hombres, mujeres y niños, cosa que se hacía siempre antes de embarcarlos por una cuestión de higiene y evitar contagios a bordo. También se los lavó en el río y ya quedaron todos desnudos, que así se los embarca y hacen las travesías. Para entonces los dos rebeldes parecían más tranquilos y resignados. Se les curaron los desollados tobillos con vinagre. El viaje río abajo fue mucho más rápido, de apenas una jornada.

»En la playa de la factoría de Benito el Suertudo asistí a mi primer embarque. Como los negros iban consignados a varios compradores se encendieron distintos fuegos y se los marcó con unos pequeños *carimbos*, que apenas herían la piel bien untada de aceite de palma y dejaban una leve marca con la seña de sus nuevos amos. Ya los quemarían de verdad en Cuba una vez vendidos. El Tosco marcó también los que les correspondían y se ofreció a hacerlo con los de los oficiales que como yo aún no teníamos nuestro propio hierro. Algunos muleques lloraron, pero no hubo gran escándalo. Las madres les secaban las lágrimas. Se subieron primero los fardos, el marfil y demás mercaderías, luego se desató a los negros y por grupos más pequeños se los montó en canoas para el barco. En este traslado uno de los rebeldes intentó escapar corriendo hacia la selva. Un marinero levantó de inmediato el fusil, pero el Tosco le hizo seña de que esperase. Dio distancia al negro y cuando se aseguró de que el resto de los bozales veían esperanzados escapar a su compañero, con otra seña ordenó al marinero disparar al fugitivo en la espalda y matarlo. Quedó tendido en la arena a unos pocos pasos de la selva que hubiera sido su salvación. Todos los negros quedaron en silencio, mitad de pena y mitad de miedo, pues muchos no habían visto nunca usar un fusil y nos tomaron por los brujos más poderosos. Ese muerto nos ahorrará muchos otros, señores, nos confió el Tosco... ¿Ni un comentario, doctor?

—No. Ya sabes lo que pienso.

—Una vez en la cubierta se herraba a los hombres con grilletes, de dos en dos, para que no huyeran nadando y se estorbaran al moverse. Las mujeres y los niños no se aherrojaban. Y más en este caso que eran tan pocos. A ellas se las alojaba en el entrepuente antes de las cabinas de los oficiales, de modo que cualquier oficial pudiera visitarlas y aliviarse en las largas travesías...

—¿Cómo?

—Sí, doctor, las navegaciones de vuelta de África eran largas. Raramente menos de ochenta días. Incluso más si se daba un rodeo para evitar la franja de calmas chichas de mitad del Atlántico. Yo...

—No, no, Pedro. ¿Cómo que aliviarse?

—Bueno, doctor, un barco negrero era cárcel, manicomio y burdel por igual. Negros y negras iban en la cubierta de esclavos o entrepuentes, entre la cubierta principal y la bodega de carga. Pero viajaban normalmente separados por un gran tabique a la altura del palo mayor, hacia proa para ellos, la popa para ellas. Separados para evitar que fornicaran y que ellas les calentaran la cabeza y los animasen a rebelarse. Las negras estaban ahí. Y muchas se ofrecían a los oficiales por un poco más de comida, agua o aire para sus críos. La personalidad del capitán mandaba mucho en esto. El Tosco era un hombre duro, pero no especialmente cruel. Ni amigo de relajos que pudieran poner en peligro la carga o el barco. Otros no tenían tantos miramientos y consideraban que iba en el cargo violar y torturar a parte de los cautivos. No, a decir verdad, Ramiro Giménez el Tosco no era un mal hombre y tenía muy claro que, puestos a perder, mejor un marinero borracho que una negra fuerte y sana. Y era previsor. De él aprendí a llevar intérpretes que explicaran a los negros de cada nación cómo comportarse durante el viaje y, muy importante, para qué habían sido comprados. Explicarles que iban a arar tierras, cuidar ganado y otros trabajos que pudieran comprender pues todos los negros estaban aterrados. Sobre todo los del interior, que nunca habían visto el mar o un barco. Muchos pensaban que los blancos no teníamos tierra y que todos vivíamos en las grandes canoas. Que los llevábamos encadenados para cebarlos y luego devorarlos con nuestras mujeres e hijos. La mayoría de estos negros de tierra adentro no habían visto nunca un hombre blanco. Nuestras caras rojas por el sol, pelos largos y gritos incomprensibles nos convertían en malos espíritus, en diablos antropófagos o servidores del demonio Mwene Puto. Hasta vernos comer les espantaba. El vino tinto les parecía sangre de otros negros. Una vez vi obligar a un negro a beberlo, para embromarlo, y por el miedo y el asco vomitó y se desmayó. ¡Luego bien que se aficionaban!

»Los pobres enloquecían de pena al ver alejarse la costa por los respiraderos de los entrepuentes. Algunos intentaban suicidarse tirándose al mar la primera vez que los aireábamos en cubierta, sin importarles arrastrar al fondo al que estuviera engrilletado con ellos. Otros se mataban golpeándose la cabeza contra los mamparos. O negándose a comer y a beber, aunque a estos se los forzaba con el *speculum oris*, unos fórceps que llevaban todos los doctores de los negreros. Se les metía en la boca y se abrían con un tornillo para obligar a comer a los que no querían. Seguro que aquí tenéis algo parecido para ayudaros con estos locos cabrones, ¿verdad, doctor?

—Puede ser. Sigue.

—Algunos simplemente morían de tristeza. Una melancolía mortal que llamaban *banzo*, encogiéndose de hombros resignados a morir. Los negros cuando se convencen de que están malditos, hechizados, y van a morir, se mueren. Solos, como si se apagaran. Lo he visto mil veces, en África y en Cuba. No hay nada que pueda hacerse por ellos o convencerlos de que no hay tales hechizos. Con el paso de los días, en alta mar y perdida de vista la costa, se iban conformando. En esta primera parte del viaje del *Rosario*, al ver tierra varias veces camino de Ajuda y de llenar nuestro barco con negros del gran Cha-Chá, anduvieron muy inquietos. El Tosco ofreció raciones extras a los buenos bailarines y los hacía danzar para entretenimiento de esclavos y tripulación. La verdad es que la singladura hasta los dominios de Cha-Chá fue muy ligera y con buen viento constante. Llevábamos muy pocos negros todavía, así que aún no iban hacinados, pegando el hocico a cualquier rendija de las escotillas para respirar. Cuando llevábamos muchos se los solía tumbar al tresbolillo, unos con la cabeza a la altura de los pies de los otros, para que así todos durmieran sobre el lado derecho, cosa que se tenía por buena para el corazón. Encajados como arenques salados, durmiendo unos pegados a otros y cagándose encima durante días para no perder el sitio conquistado o asignado por los oficiales. Si se revolvían, el orden se restablecía con gatos y látigos. Los negros chapoteaban entre heces y sangre.

»Los barcos hieden por los días de calor infernal en los entrepuentes y el sudor. La gente suda por el calor, pero mucho más por el miedo. Y ese olor empapa la madera. El *Rosario* no iba muy cargado y aun así hedía, de esta y de cargazones y travesías anteriores. Un marinero novato se quejó. El Tosco lo oyó. No se preocupe, su merced, por la pestilencia, le dijo con voz que todos pudiéramos oír, cuando lleguemos a los vientos alisios desaparecerá. Luego ordenó que lo azotaran con el mismo chicote que a los negros y le mandó dos días a la cofa del trinquete. El aire salado le curará la espalda, dijo, y escupió. La tierra desaparecía a los ocho días de navegación. Entonces se permitía más a los negros subir a la cubierta, se les obligaba a limpiar el barco y cantar. Médico y sobrecargo inspeccionaban ojos, por las terribles fiebres oftálmicas, y bocas todas las mañanas y los obligaban a enjuagarse con vinagre o limón para prevenir el escorbuto. Se les repartían palitos de palo dulce para que los mordieran e hicieran saliva, que eso les engañaba un poco el hambre y les limpiaba los dientes. Con los días, el infierno del entrepuente se organizaba como cualquier sociedad de los hombres y aparecían los héroes, los rebeldes y los siervos. Los que gustan de infligir daño a sus semejantes y solo esperan que alguien se lo ordene. Siempre, en cada viaje, a eso de la semana se destacan por si solos uno o dos guardianes, cautivos que se encargarán de mantener el orden entre sus compañeros de desgracia a latigazos. Con entusiasmo, a cambio de una camisa o un pantaloncillo rojo (a los africanos les encanta el rojo) que los distinga de la desnudez del resto, y el favor de los diablos blancos. También a los hombres se les raspaba la barba sin jabón cada dos o tres días. Si eran tranquilos también se los premiaba con pipas de tabaco que podían fumar en corros.

—¿Y cómo se alimentaba a tanta gente? Supongo que bien, si el propósito final era la venta de esclavos sanos.

—Claro, doctor. Como os digo, cada negrero era un mundo. Un lugar en el que se mostraba sin tapujos lo que el poder absoluto de unos hombres sobre otros, sin trabas, puede causar. Pero era noción general que si te embarcabas en un viaje tan peligroso era para ganar dinero, y para eso los negros tenían que llegar vivos y en buenas condiciones dentro de lo posible. Comían dos veces al día, a las diez de la mañana y a las cuatro de la tarde. Las mujeres y los niños con más libertad de movimiento, como hacían todo. Pero a los hombres se les solía dar de comer por grupos en la cubierta principal, encañonados desde los castillos de proa y popa. Se les hacía un rancho casi tan bueno, o tan malo, como el de la marinería, y esto fue causa de no pocos motines de las tripulaciones. Y de agua se les daba dos pintas por día y negro.

—¿Una pinta es...?

—Poco menos de medio litro de ahora, doctor. Lo que, la verdad, era poco en esas latitudes y calores en los entrepuentes. La disentería era frecuente. Muchos se deshidrataban cagando hasta morir. Pero el agua en un barco de altura es un bien preciado y escaso, que se ha de administrar con tino. Pensad que en un viaje sin muchos contratiempos, con buen viento y mar, sin motines ni enfermedades, era normal perder un diez por ciento de los sacos de carbón.

—Sacos. ¡Por Dios!

—¿Os encontráis bien?

—Sí, sigue, Pedro. Entiendo que llegasteis a Ajuda, el reino de Mongo Cha-Chá, sin contratiempos en..., ¿cómo llamarlo?, ¿tu viaje de estudios?

—¡Jajaja! ¡Así me gusta, doctor! Ya bromeáis como un capitán pirata. Sí, mi viaje de estudios... No está mal visto. Hubo tres grandes tratantes de esclavos, tres mongos, y los tres nos conocimos en esos días. Ormond llegó a ser mi peor enemigo, ingleses y españoles aparte. Cha-Chá Souza mi aliado, mi socio y mi familia, aunque ambos nos hubiéramos querido matar más de una vez. Tres mongos que llenaron América de esclavos, del Mississippi al Río de la Plata. Un mulato de inglés, un mulato brasileño y un malagueño del Perchel. Dos mulatos, doctor, ¿sabéis por qué? ¿No? Son, eran especialmente despiadados. Los mulatos llevan en la piel el estigma de ser hijos del pecado, de lo prohibido y vergonzante, la prueba viva del desliz de un amo blanco con una esclava. Los blancos los desprecian y los negros también. Se vuelven feroces y, a su vez, odian a ambos. A mí también me despreciaron de niño. Nosotros tres cambiamos para siempre el negocio de la trata, lo hicimos crecer hasta cotas nunca vistas. Y este viejo que veis es el único que queda vivo. Ya os contaré sus finales, si llega el caso. Yo estoy seguro de que vos seréis testigo del mío.

—Espero que no, Pedro. Espero que te cures, ceses en tus ataques de ira, recuerdes lo importante y vuelvas a tu casa con tu familia.

—Veremos. El caso es que estuve a punto de morir justo antes de Ajuda.

—¿Por qué? ¿Los ingleses?

—¡Ah, ninguna gran batalla! Nos hurtamos a todos los cruceros. No. A diez días de Ajuda tuve una disputa con un marinero al que pillé hurgando en mi petate. Yo ya había discutido antes con él porque solía zafarse del trabajo y merodear a las negras. Hubo palabras y luego salieron los cuchillos. Él me pinchó en un costado, buscándome las tripas, y yo le atravesé el cuello. Murió despacio, intentando taponar los chorros de sangre que le salían con ambas manos, mirándome con unos ojos muy abiertos, espantados. Debe de sentirse algo extraño, único. La pérdida de algo que hasta entonces nunca habíamos echado de menos.

—Puede ser.

—Lástima que nadie haya vuelto para contarlo, ¿verdad? Al muerto lo tiramos al mar sin honores. No éramos un barco mercante o militar, y el desgraciado era un ladrón y no muy buen marino. Mi herida no era profunda. La limpió el médico con algo de alcohol y la suturó. A mí me ardía como el diablo,

298

pero no quedaba sino aguantar. Dos días después empezó a supurar y unos gusanitos blancos a salir de ella por entre los costurones. El doctor la abrió de nuevo, limpió la gusanera, me echó una mezcla de azufre, orines y alcohol y luego cauterizó los bordes con un hierro al rojo. ¡Marcado al rojo como un bozal, se burló, igual deberíamos encadenarte con ellos el resto del viaje! Yo no me reí. Empecé a arder de fiebre y me dio en pensar que moriría de ellas. Por la noche sudaba ríos helados pese al calor del trópico. Y deliraba con mi padre, pero también con mi madre y mi hermana. A mi madre le preguntaba una y otra vez que por qué, por qué, la acusaba de cosas que luego no recordaba. A mi hermana Rosa le pedía perdón, la abrazaba y...

—¿Y...?

—Nada, que soñaba con ella. Deliraba. Rosa lloraba. Era verla y una pena muy grande me oprimía el pecho hasta ahogarme. En fin, llegamos a Ajuda a primeros de junio de 1815, a comienzo de la estación de las lluvias, y desembarcamos en canoas de los *krumen* del gran Cha-Chá, el príncipe de los negreros, rezando por que quedaran negros en sus barracones antes de que todo desapareciera tras las cortinas de agua de un diluvio constante.

—¿Y en qué basaba su grandeza tal príncipe? Supongo que no atesoraba como brillantes las lágrimas que causaba.

—¡Doctor y ahora poeta, bravo, Castells! Por cierto, si soy un enfermo y vos mi médico algún día, no hoy, algún día, me contaréis qué me pasa, ¿verdad?

—Te lo prometo. Hasta donde mi ciencia alcance. Háblame de tu príncipe.

—Francisco Félix de Souza, el gran Cha-Chá, era un mulato brasileño. De Ilha Grande, cerca de Río de Janeiro. Su madre era una negra liberta por haber dado muchos hijos sanos a su amo. Cha-Chá era analfabeto, pero listo como el demonio. Tengo lo mejor de blancos y negros, soy mulato. ¡Y lo peor!, decía de sí mismo riendo satisfecho. Había llegado como piloto de un negrero hacia 1803, otros decían que como contable, a la antigua fortaleza portuguesa de la trata en Ajuda. En la desembocadura del río Benín. Allí supo aprender los trucos al lado de viejos *pombeiros* y tratantes lusos. Empezó él mismo a consignar barcos y cargazones a Recife, Río y Bahía, cumpliendo siempre con eficacia y respetando lo pactado. Desde que se aboliera la trata en Inglaterra y luego en los Estados Unidos, se venía especulando con que los ingleses obligarían a Portugal a hacer lo mismo. Las noticias y los rumores se pagaban a precio de oro y esclavos. El futuro aparecía incierto, demasiado para los viejos, que se retiraron, y para los *pombeiros* menos arrojados. Abandonaron Ajuda por enclaves más al sur en previsión del futuro tratado con los ingleses que permitiría a Portugal continuar la trata legal por debajo del ecuador, cosa que les bastaba para llegar al Brasil, su gran mercado. Así que los portugueses hicieron el petate y Ajuda se convirtió en tierra de nadie y guarida de piratas y negreros ilegales. El paraíso para alguien como Cha-Chá, capaz por si solo de llenar con su astucia y ambición el vacío que dejaron los portugueses. El miedo de unos es siempre oportunidad para otros, doctor. En doce años, Cha-Chá se había establecido como el mongo más importante, doblando incluso en poder y riquezas al loco Ormond.

—¿Cómo lo hizo?

—Respetando los acuerdos, como os dije. Los bandidos de la trata no teníamos jueces a los que reclamar. Había que saber honrar la palabra dada y si la traicionabas, hacerlo seguro de que podrías matar a la otra parte. Al principio, Cha-Chá tuvo problemas graves con Adandozan, el recién coronado rey de Dahomey, que lo quería fuera de allí pues prefería trabajar con otros factores que también pugnaban por su favor e instalarse en esas tierras ricas en cautivos. Cha-Chá miró a su alrededor y encontró al mejor aliado posible en Gezo, un hermano del rey que no estaba muy de acuerdo en el reparto de herencias y dignidades. Nada que no hayáis leído en Shakespeare, doctor. Con frío o con calor, con los reyes el cuento siempre es el mismo, hijos que matan a padres, hermanos que matan a hermanos... Cha-Chá se hizo con un gran cargamento de fusiles y pólvora portuguesa en Cabo Verde, armó una tropa de marineros blancos y entregó el resto a los negros de Gezo. No sabían disparar, me contó luego Cha-Chá riéndose; disparaban sin apoyar la culata en el hombro y el tiro les salía a cualquier parte. Pero la llamarada y el ruido, más los que sí abatían mis hombres, fueron suficientes para derrocar a Adandozan y coronar a Gezo. El nuevo rey me dio el monopolio de la trata en todo el río Benín a cambio de un impuesto por cada esclavo. Ahí se reía y sonaba los dedos. La verdad es que Cha-Chá era un gran contador de historias, un hombre vivaz y gesticulante. Tan hábil o más que Ormond, tan vicioso o más que Ormond, pero sin la locura destructiva de Mongo John. Pero cada tanto le salía la doblez de su sangre y era déspota y tirano con sus capitanes y subordinados. Una serpiente sonriente hasta que mordía. Compraba esclavos en la cercana Aros y empezó a enviarlos a Cuba además de al Brasil. Con el tiempo llegó a ser gobernador de Bissau.

—Entiendo que tuviste mucho trato con él, que fue una especie de maestro.

—Sí, algo así. Aunque la primera vez que lo vi me caía tanto sudor de la frente y temblaba tan fuerte por la fiebre que apenas se dignó a mirarme. El Tosco le pidió que me cuidaran y Cha-Chá dispuso que me enviaran a una choza lejos de su ciudad, del caserío que había crecido en torno a su fastuoso palacio y la antigua fortaleza. Yo agradecí el gesto con una inclinación de cabeza y ya no la subí. Me desmayé. Me desperté al cuidado de una negra vieja, pequeña como una niña, el pelo corto blanco y la cara surcada por mil arrugas muy profundas. Se llamaba Otunde y era una de las guardianas del serrallo del mongo. Como os digo, me desperté cubierto por varias mantas, rodeado de carbones encendidos y empapado en sudor. Me dio a entender en mal portugués que llevaba tres días como muerto, que el Tosco había venido a visitarme un par de veces, que había cargado de esclavos su barco y esa misma mañana se habían hecho a la mar con las primeras luces del día. La negra también me dijo que el capitán tuerto había insistido en pagar al gran Cha-Chá por mis cuidados, pero el poderoso rey se había reído de él y le había deseado buena travesía, asegurándole que si no moría de las fiebres en los próximos días nada me faltaría. Y que el gran Cha-Chá sabría cómo emplearme.

»La negra acabó su relación, me ayudó a incorporarme y me dio a beber de una calabacita una cocción verde y grumosa, repugnante, que me quemó por dentro. Solo apoyarme en un costado era sentir que mis huesos de cristal se rompían y me atravesaban la carne, que estaba helada y ardiendo a la vez. La vieja me obligó a terminar la pócima, señaló un cuenco más grande con un gesto y salió. Yo aún me preguntaba para qué sería cuando un retortijón me arrancó las tripas y corrí a vaciarlas en el cuenco. Me limpié con un trapo. Justo entonces la negra vieja entró, agarró el cuenco, lo miró, lo olió, me dejó otro, un trozo de trapo y salió satisfecha. Estuvimos con ese baile todo el día, hasta que yo sentí que echaba ya la vida por el culo. Bebía y cagaba, bebía y cagaba. Lo cierto es que al otro día empecé a beber agua como un camello, pararon temblores y calambres, y pude comer algo de arroz y pollo cocido sin echarlo. La negra reía, me secaba la frente y me cantaba canciones para que me durmiera. Cada tanto me dibujaba algún símbolo pagano en el pecho y la cara con tierra roja, que pronto deshacía el sudor a chorros que me brotaba por cada poro. Pasé una noche más llena de pesadillas, pero pude descansar algo. Al día siguiente me vinieron a buscar dos marineros portugueses y me llevaron ante Cha-Chá.

»Entré en su ciudad y aunque por entonces no era tan grande como llegaría a ser, ya era imponente. Souza era el más esplendido de los mongos, el que más y mejor se sintió como rey y se encargó de que otros lo vieran así. Lo encontramos junto a su colorido séquito saliendo de su palacio. Si Ormond tenía de bufón a un enano desgraciado, alrededor de Cha-Chá conté hasta cinco y de las razas más variadas. Hasta un enano ruso, pues desde allí le llegaban barcos buscando esclavos y mulatas para los aristócratas y, presumía él, el mismísimo zar Alejandro. Cuanto más negros más cotizados en aquellas tierras de gentes pálidas. Souza se paseaba también rodeado de una guardia armada y uniformada de malteses, portugueses y españoles. Los más negros de los blancos, los llamaba. Pero la nota más estridente la daban sin duda las como quince putas francesas, inglesas, norteamericanas y criollas cubanas y cariocas que reían llevando de la mano a algunos de los hermosos mulatitos hijos de Cha-Chá, todos vestidos con ropas tan blancas como sus dientes, tocados con finos panamás y con una sonrisa lasciva en la cara que contradecía su tierna edad y convertía su belleza en algo decididamente peligroso. Se decía que tenía ya por entonces unos ochenta hijos. Yo conocí a algunos y los vi crecer con los años, convertirse en hombres tan degenerados como el padre. A Cha-Chá le gustaba que una puta hermosa, blanca y experta iniciara a sus hijos tan pronto estos eran capaces de entrar en una mujer. Presumía en ellos del vigor de su sangre. ¡Hijos de tigre nacen con rayas!, solía decir cada vez que una de las meretrices se iba a un cuarto con un niño de once o doce años y, al salir, le devolvía un hombre. Las zorras las importaba con todos los gastos pagados y permanecían allí cuanto querían, para atender al propio mongo, sus hijos y a los invitados de sus famosas fiestas, en realidad orgías de días. Casi siempre capitanes negreros, factores, algún cacique del río e incluso oficiales ingleses. Eran libres de marchar cuando quisieran. Muchas volvían con un buen montón de oro a sus puertos de origen, claro que otras tantas acababan en una fosa sin nombre, muertas por las fiebres, los excesos o los caprichos de Souza y sus invitados.

»Cha-Chá sabía perfectamente, por supuesto, la importancia de las alianzas matrimoniales con los reyes y caciques de la región del Benín. Ningún feo podía ofender más a un reyezuelo que despreciar a la hija que te regalaba por esposa. Por estas Helenas de ébano ardieron mil Troyas en toda la Costa de los Esclavos. Yo mismo viví una Ilíada en Gallinas con su princesa raptada, su Paris y su Menelao. Duró tanto como la de Homero y esclavizó a miles de negros para mi fortuna, pues a mí me tocó ser tanto Agamenón como Príamo, tirio y troyano. Pero ya llegaremos a eso, doctor. Las princesas desposadas por Cha-Chá eran cuando le conocí unas treinta. Y de todas había tenido hijos. Llegaría a casarse con más de trescientas en la cumbre de su poder, entrando en alianza, confederación, sociedad y poniendo en vasallaje a sus más de trescientos padres y tribus. Nadie podía acercarse a ellas sin su permiso. Se trajo un ejército de eunucos de Zanzíbar para, junto a *mães* como Otunde, vigilarlas. Las putas vivían en un cómodo barracón, amueblado con lo último en decoración francesa y amplias camas con mosquiteros de tul, al otro extremo de la residencia de Cha-Chá y del harén. Este era un edificio de madera en forma de U en torno a un patio, bien ventilado, forrado de sedas, pieles, con finas esterillas en el suelo y en el que cada princesa disponía de su propio cuarto y en él de una buena cama de hierro con sábanas francesas de hilo. No se podía llegar al patio del serrallo sin pasar antes por los alojamientos de los eunucos y de las *mães*. Estas últimas tenían mucho poder pues controlaban también la despensa del palacio de Cha-Chá y nada se movía en Ajuda sin que ellas lo supieran y pidieran su parte.

»Los portugueses me llevaron hasta Souza, que con un gesto detuvo al cortejo y me miró de pies a cabeza. Has tenido suerte, español, dijo con una mueca burlona, si no te han matado las brujerías de Otunde ninguna fiebre podrá ya contigo. Esa vieja ha enterrado a mucha gente con sus cuidados. Yo la dejo hacer porque... en fin, lleva muchos años conmigo. Sus acompañantes rieron con ganas la ocurrencia. Francisco Félix de Souza, Cha-Chá, era un mulato claro, alto, con buena figura y un hermoso rostro del que siempre colgaba una sonrisa. Vestía también de blanco, sombrero alón, botas de montar, un chicote en una mano y un pistolón al cinto. Luego me invitó a seguirle a su palacio y me contó que el Tosco y él se conocían desde hacía muchos años y muchas cargazones de negros. Que se fue contento con el entrepuente lleno de lucumíes bien lustrosos, pero triste por dejarme allí ya más muerto que vivo. Me preguntó qué sabía hacer. Le dije que piloto. Me contestó que él no tenía barcos ni esperaba ya muchos, entrando como estábamos en la época de lluvias. Los ríos crecen en demasía, bajan rápidos y peligrosos, los caminos se anegan. No nos llegarán ni negros del interior ni barcos de América hasta la seca. No necesito pilotos. ¿Sabes contar? ¿De números? Le dije que sí. Y veo que hablas bien el portugués de mi tierra. Sí, le dije. ¿Inglés? Sí... Bien, te quedarás como contable, llevarás recuento de mis almacenes. Aquí hay que trabajar para comer. Mira si no a estas pobres muchachas. ¿Dirías que son putas? Sí, contesté. No, me corrigió al instante, no. Son chicas de familia bien en apuros económicos. Aprende, Pedro Blanco, nunca llames a las cosas por su nombre. Solo te crea enemigos.

»En el paseo hasta la terraza de su palacio, un amplio edificio de tablas bien construido y rematado, acostado contra uno de los muros del fuerte, pude ver el bullicio de la pequeña ciudad que era su factoría. Había por supuesto las típicas chozas de barro y paja de toda la costa, pero según nos aproximábamos al centro de su reino que eran el fuerte y su palacio, empecé a ver otros edificios de madera, limpios, amplios, bien pintados. Dos destacaban sobre el resto. Cha-Chá me vio mirándolos y me explicó que eran un burdel y un casino. Luego me señaló con el chicote una estructura que recién se estaba levantando y que me sorprendió por parecerme un campanario. Así es, Pedro Blanco, eso será una iglesia. En mi reino cuidamos todas las necesidades del alma humana. Lo cierto es que nunca vi terminar ese templo, ni entonces ni muchos años después. Yo me moría por embarcar en el primer barco que saliera para Cuba o las Antillas, pero pensé que mientras bien podría hacerle de contable y aprender de tan gran negrero. Saber más del uso que daba a las mercancías, de sus proveedores, de cuánto pagaba por ellas y cuánto entregaba él en artículos por un negro. Claro que entonces nadie me avisó de que ese, el de contador, era uno de los oficios más peligrosos en Ajuda. Cha-Chá solo confiaba sus cuentas a los blancos, los trataba bien para que se quedaran. Pero pronto comenzaban a operar las naturalezas desviadas y perversas que tenían tanto el mongo como sus hijos. Su negocio era la venta de esclavos y el comercio asociado, pero su pasión era corromper y destruir seres humanos. Verlos desmoronarse ante sus ojos. Drogarlos, emborracharlos, ahogarlos con las piernas de sus mulatas y negras, hacerles perder la razón y matarlos tras acusarlos de cualquier cosa. Además, las *mães* eran otra amenaza mortal, todas expertas envenenadoras y dueñas de mentes astutas y lenguas viperinas; un contable honrado o eficiente ponía siempre en peligro los pequeños hurtos que hacían de las riquezas de Cha-Chá. Había caído atado al pozo de las serpientes y todavía no lo sabía.

»En los siguientes días, en los ratos en que no estaba haciendo arqueo de los almacenes, quizá por ser la novedad en su reino, Cha-Chá me reclamaba para acompañarle en sus paseos. Al cortejo ya descrito a veces añadía una banda de música, formada por negros y mulatos y que dirigía un ochavón enorme vestido siempre de uniforme de algún ejército europeo, con el azul de un tambor mayor de los *grenadiers* de la *Garde Impé-*

riale de Napoleón o la casaca escarlata de la *King's German Legion*, de prusiano o español. Muertos sus dueños en las acabadas guerras del Gran Corso, si algo sobraba en Europa eran uniformes vacíos. En el tiempo que pasé allí, en esta primera estadía, los nativos siempre se agolpaban al paso de Mongo Cha-Chá y le vitoreaban, como si este circo diario siempre fuera novedoso. ¡Mira cómo abren los ojos! ¡Y la boca!, me susurraba burlón Souza, ¡aparato, Pedrinho, aparato! ¡Los negros son como niños! Para ellos todo símbolo tiene su porqué, español. ¡Si pareces poderoso es que eres poderoso y en África ser poderoso es tener una magia fuerte, invencible...! ¡Que te vean tomar el té en fina porcelana, comer en vajillas de plata con cubiertos de oro! Aprendí mucho de Cha-Chá. Era tan vicioso o más que Ormond, igual de peligroso, pero no había perdido la cabeza. Hablaba todas las lenguas de Benín y Dahomey y había algo en él de los modales de los antiguos negreros, los de la trata legal. A su manera y con quien quería, era generoso, educado, humano y muy divertido. Muy capaz de seducir con los placeres de su pequeña Gomorra a los mismísimos oficiales del *West Africa Squadron*, a los menos rigoristas y más conscientes de que su destino en esas flotillas era poco menos que un castigo. Yo mismo tuve la oportunidad de beber y alternar con algunos en sus fiestas.

»Pronto la humedad nos pudrió el ánimo a todos. A los dos meses de lluvias incesantes yo mismo creí estar llenándome de verdín. No llegaban *coffles* del interior, pues las guerras del rey Gezo estaban tan atascadas en el barro como la *Grande Armée* de Napoleón se hundió en la nieve en Rusia. Imposible guerrear o transportar fardos y hombres por caminos que eran arroyos de lodo, remontar ríos que se desbordaban furiosos o bajar por ellos sin peligro de volcar y morir ahogado. Tampoco se veía una mísera vela negrera en el horizonte. Hasta los cruceros ingleses parecían tomar un descanso de sus vigilancias y líneas de bloqueo frente a la Costa de los Esclavos. También llegaban menos invitados, huéspedes o embajadas que alegraran a Cha-Chá. Y esto lo volvía peligroso. El tedio, la falta de luz y de horizonte, el repiqueteo constante del aguacero hacía a los hombres volverse sobre sí mismos, los condenaba a su propia compañía, y muchos no lo soportaban y se volvían locos. Algunos, tras emborracharse varios días seguidos, se metían una pistola en la boca y se volaban la cabeza. Una forma de dejar de oír la lluvia y sentir la humedad en los huesos. Las esclavas de Cha-Chá y las *mães* cantaban con voces profundas y tristes, eran canciones de muerte. Todo era largo, lento, trabajoso. Desesperante. Yo di en ocuparme contando y recontando las mercancías que atesoraba el mongo en sus almacenes, a rebosar tras los intercambios de la estación seca: marfil, oro en polvo, pipas de aceite de palma, cachaza, ron, *gin*, aguardiente, pólvora, mosquetes, pistolas, sables y machetes, manijas de hierro y plomo para fundir en grilletes y balas, telas de Inglaterra y Francia, indianas de Cuba, fardos de vegueros y resina de opio, vestidos parisienses, sombreros y gorros emplumados, maderas africanas raras, olorosas y resistentes como el acero, especias, catalejos, brújulas y relojes. Revisaba los libros y contaba con la ayuda de un mulato las existencias reales.

»Hasta entonces no supe que en realidad ya había otro contable, otro español llamado Julián Casas. Nunca nos habíamos cruzado hasta que las lluvias nos convirtieron a todos en presos de la misma celda en Ajuda, en parte porque el tal Casas se la pasaba visitando a otros pequeños factores subsidiarios de Cha-Chá, revisando sus libros y almacenes para establecer correctamente cuánto debían entregar al mongo. La otra razón de que nunca nos hubiésemos visto fue la doblez del propio Cha-Chá, su gusto por el juego y el engaño. A Casas le ocultó mi existencia y empleo. A mí me dijo que el anterior contable había renunciado y vuelto a Cuba en un barco semanas antes de mi llegada. Con esto consiguió que yo le hiciera una revisión completa de la contabilidad que le pasaba Julián Casas sin que este tuviera idea de que alguien pudiera estar comprobando sus números. El día que nos conocimos Casas y yo fue al toparnos en un gran barracón que era uno de los almacenes principales. Se mostró muy sorprendido por mi presencia allí y nervioso cuando le comenté el encargo que llevaba días haciendo por orden de nuestro común patrón. Julián Casas era de Madrid, un hombre feo de unos cuarenta años, alto, de esos flacos enjutos, pero con una barriga redonda, patillas canosas, calvo ya y con anteojos por su vista cansada. Siempre parecía mojado por el mucho sudor y su mano, al apretarla, tenía algo de anguila. Llevaba tres años trabajando para Cha-Chá. Llegó aquí como factor en un negrero, ¡tuve mala suerte en Cuba y Puerto Rico, malentendidos y acusaciones de envidiosos!, y nada más pisar tierra heredó el cargo de contable de un portugués, que acabó colgado de una verga en el apostadero de la factoría por ladrón. Casas soñaba con salir de Ajuda por su pie. ¡Este sitio es asesino, Pedro! Si no te mata el mulato, te mata la malaria o el alcohol.

»Desde que nos conocimos él se empeñó en ser mi amigo y compartimos varias botellas de vino, Casas no soportaba los licores más fuertes, en su alojamiento o en el mío. Le pregunté cómo un madrileño, un hombre sin mar, había terminado en una guarida de piratas y negreros como Ajuda. Me contó una muy triste historia de un desengaño amoroso con una tal Almudena Fuentes, de la que juraba seguir enamorado mientras se dejaba servir por una negrita que era su amante y tenía edad para ser su nieta. Almu, como él la llamaba, lo plantó por un señorito, con más posibles de los que Casas tenía como aprendiz de contable, y la vergüenza le hizo huir de Madrid. No soportaba verla con otro. Se embarcó a Cuba en busca de la prosperidad indiana, con la idea de volver rico a España y restregárselo a su antigua amada. ¡Vaya usted a saber si sigue viva, paisano!, se lamentaba, ¡hace ya más de veinte años que doy tumbos por el mundo! ¡Hay que joderse, con lo que yo me mareo en los barcos! Casas no era un mal tipo y su quizá excesivo pesimismo lo atribuí a la tristeza que a todos nos contagiaba la lluvia incesante. Beber lo ponía primero alegre, pero irremediablemente acababa contando penas y yo lo dejaba entonces con su negrita para que lo aguantara ella. Insistía mucho en lo bueno de encontrarse con otro español allí y en que debíamos ayudarnos, confiar el uno en el otro y contárnoslo todo. Esto y que en sus historias siempre acababa saliendo mal de los sitios por culpa de los demás, me confirmó en la idea de que el tal Julián Casas era un redomado ladrón y que atar mi suerte a la suya sería peligroso.

»Julián hacía sus visitas a los factores en un esquife a vela que le gobernaban un par de marineros portugueses, cobraba en oro los impuestos de Cha-Chá y se traía también algún fardo con presentes para el mongo. De todo escamoteaba en combinación con los dos portugueses y Otunde, la *mãe* que me había curado, y Aloizone, otra de las viejas. Tardé poco en comprobar mis sospechas sobre Julián Casas. Seguía saliendo en el esquife pese a la nula actividad de la factoría, pese a la lluvia. Un día que decía ir a visitar a un factor a millas de Ajuda, le dejé salir de puerto y en lo que su vela se hacía más pequeña yo aparejé un bote con un mástil y una latina y le seguí. Llevaban un candil a popa a modo de fanal. Yo no puse ninguna luz en mi bote. No tardó más de una milla en poner proa a la costa. De pronto su luz se apagó y me costó adivinar su vela tras la cortina de agua sucia que caía del cielo. Cambié yo mi rumbo tras él, en un mar picado y lleno de tiburones que, cada tanto, topaban con el morro en mi barca para ver su solidez. El esquife de Casas entró en un pequeño estuario, bracearon su vela y remontaron a remo un cauce que ahora, por las lluvias, bajaba con más agua, pero que en la seca apenas tenía bastante caudal para navegarlo en canoa. Un lugar apartado de todo y de difícil acceso en ambas estaciones. El esquife abatió su palo y se adentró en una bóveda baja de árboles; yo lo hice después. Tras un trecho la vegetación se desanudaba y salió a una pequeña laguna. Pronto fondeó en una playita de arena y junto con los dos portugueses desembarcaron unos fardos pequeños de tela encerada y se metieron en una barraca de tablas.

»Me aproximé en silencio y los espié por las rendijas, protegiendo con la mano el cebo de mi pistola y con un sable al cinto. Dentro se iluminaban con lamparitas de aceite en cascos rotos de botellas. Ahí tenían Casas y los portugueses la guarida de Alí Babá. Estaba claro que si pesaba y medía lo que había en los almacenes de Cha-Chá y lo comparaba con las entradas de los libros de Casas no iban a coincidir. Hice un rápido cálculo. Podía volver sobre mis pasos y confiar en que nadie más se iría de la boca, dejar las cosas como estaban y hacerme el tonto. Sin duda es lo que hubiera preferido el tal Julián, al que las palabras "paisano" y "españoles" no se le caían de la boca, pensando quizá que esa condición era bula para sus desmanes. Dudé unos instantes. Pero yo no llegué a rey sin saber descifrar a los hombres, no era un bobo sin más mérito que mi sangre. Yo me hice rey, me hice mongo. Cha-Chá siempre alardeaba de su doblez de mulato, de su astucia. Él ya sabía. O sospechaba. Él me había puesto allí para algo. Para probarme. Era un gato gordo que gustaba de jugar con los ratones y darles esperanzas antes de despedazarlos. Recé para que la pólvora de la cazuela de mi pistola no se hubiera mojado y miré de nuevo por una rendija. De los dos portugueses solo uno llevaba un arma a la vista, un hacha de abordaje en el fajín. Y la cicatriz que le cruzaba la cara como un meridiano decía que tenía valor para usarla. El otro era un muchacho incluso más joven que yo.

»Abrí la puerta de una patada y le descargué mi pistola en el pecho al de la cicatriz mientras de un sablazo le hundí el cráneo al otro. Casas chilló de terror y no se calmó hasta que lo llevé contra una pared con la punta de mi hoja en la nuez. Le juré que no iba a matarle. Él a cambio me ofreció primero la mitad de todo lo que guardaba, del fruto de tres años de robos a alguien como Cha-Chá. Pronto me ofreció quedarme con todo, con el escondite y lo que allí había. Solo me suplicaba que le dejara lo bastante para llegar a otro puerto y comprar un pasaje a cualquier otro agujero del mundo. Lloraba. Le expliqué que yo por mi gusto le dejaría ir sin más, pero que me temía que no éramos sino peones en un juego de Mongo Souza, que lo suponía al tanto de todo y que su libertad sería mi muerte. Yo ya dudaba de que no hubiera otros contables recontando nuestros libros sin saber que existíamos, como en espejos que solo el mongo sostenía. Casas dio en un silencio fatalista, ahora lloraba sin ruido y con la cabeza gacha. Le obligué a buscar una carretilla y a echar en ella los cuerpos de los portugueses. Decidí tirarlos al río. Llegarían al mar y se los comerían los tiburones. No quería que la pestilencia de sus cuerpos llenara ese almacén de insectos y alimañas que estropearan las mercaderías. Luego volvimos al barracón, lo até bien y cuando dejó de lloriquear pude dormir hasta que el primer sol me despertó. Casas también estaba dormido. Le desperté, atamos mi bote a un tocón y volvimos a Ajuda en su esquife. Me va a matar, me dijo, Cha-Chá me va a matar lentamente, para divertirse. Sí, le contesté. Mátame, mátame tú. Ahora. Te lo suplico. Así me lo pidió. Por un instante lo pensé, lo juro, pero si le quitaba al gato mulato su ratón igual le daría por divertirse conmigo. Mejor tú que yo era un precepto bíblico en la vida negrera. No, le contesté. Y no cruzamos más palabras hasta llegar a la factoría. Solo en el silencio resignado de esas horas de mar mostró Julián Casas entereza y yo sentí algo parecido al respeto por él. Siempre hay algo digno en quien tiene tiempo para pensar en la muerte y la acepta en silencio. Y no hablo de esa mierda de la resignación cristiana, doctor. De la conformidad del siervo. Nada que ver. Hablo de comprender y aceptar la propia responsabilidad de cada uno en nuestro final.

—Te entiendo, Pedro. Sigue.

—En cuanto atraqué en Ajuda y empecé a caminar hacia el palacio, encañonando a Casas, me salieron al paso unos de la guardia personal de Cha-Chá que lo conocían. Les expliqué que lo llevaba ante el mongo por ladrón. El que dirigía el piquete me dijo que ellos se encargarían, que nadie iba ante el gran Cha-Chá si no era llamado por él y que me quedara tranquilo, que si el contable era un ladrón cantaría como un jilguero ante el amo. Yo quedé un tanto corrido y me retiré a mi alojamiento. Mi cabeza no paraba intentando calcular las posibilidades que tenía de salir con bien de todo esto. Había atrapado a un ladrón, sí, pero también había matado a dos hombres. Y en Ajuda nadie mataba o se moría sin permiso del mongo. Cuando cayó la noche me tranquilicé. Si no habían venido ya a por mí es que Casas había confesado y eso le había bastado al mulato. Por ahora. Me enrosqué con una esclava y la poseí con furia, con violencia, como si ella tuviera la culpa de que Cha-Chá ni siquiera hubiera querido oír mi historia, como si esa pobre negra que se me entregaba por miedo tuviera la culpa de que unas fiebres me hubieran encallado en Ajuda, como si ella me hubiese alejado del mar. Una vara de rencor, así llamaba a estas cópulas un marinero africano, un liberto, que conocí en un negrero. *¡Kiiiiéee, amigooo! ¡Una vara de rencor, sí señó! ¡Fuete, de castigo!* Gritaba Kopingüe, que así se llamaba, mientras chocaba con fuerza, una y otra vez con la fuerza de esa vara, la palma de su mano contra la parte superior de su otro puño cerrado. Luego se reía y ponía los ojos en blanco. A Kopingüe se lo llevó un golpe de mar en un tifón frente a Barbuda. Hay marinos que dicen oír aún su risa grave si navegas por la Spanish Point un día de temporal. Cuando me terminé le di la espalda y la negrita entendió mi orden. Se escurrió sollozando, pero sin más ruido, hasta la choza en la que vivía junto a mi barraca. Me dormí. Ya por entonces soñaba todas las noches. Me agitaba. Agradecí que alguien me zarandeara y me sacara de mi casa de Málaga. Guiñé los ojos por la luz cruel como si siguiera en mi casa del Perchel, pero no, solo recibí una luz enferma de lluvia, el repiqueteo de esta contra la tierra y todas las cosas que en ella había. Miré mis manos y no estaban llenas de sangre. Un sueño, Pedro, un sueño. Eso pensé. Dos malteses de la guardia de Cha-Chá me avisaron de que el señor quería verme en la terraza de palacio en una hora. Se fueron. Me aseé en un aguamanil y me puse una camisa blanca. La mejor y más limpia que tenía. Comí algo, me calé un sombrero alón y salí.

—¿Qué pasó luego?

—Como os he dicho, Cha-Chá construyó su palacio apoyado y protegido en la última cortina de la antigua fortaleza portuguesa. Así que tan pronto la guardia armada de la puerta me franqueó el paso al interior del castillo pude, desde lejos, contemplar la escena. Había como doscientos negros, *krumen* y nativos de las tierras altas del Benín, en Dahomey, de pie bajo el chaparrón. En la terraza que era el frente del palacio, protegidos de la lluvia incesante por un amplio toldo, estaba el gran Mongo Cha-Chá, el rey rodeado de varios de sus hijos, los enanos, putas vestidas como para ir a la ópera de París y sirvientes. Él estaba repantigado en un gran sillón de terciopelo rojo y ya desde lejos vi mucha agitación en su séquito. Me abrieron paso entre los nativos. Cuando subí las escaleras todos me miraron sonrientes, como si yo fuera ese invitado que todos esperan en una fiesta para que empiece la diversión. Un sirviente me trajo otro cómodo butacón y me sentaron a la derecha del Dios Padre de aquel lugar, al lado del mismísimo Cha-Chá. Me ofrecieron un fresco ponche bien cargado de ron. El mulato me dijo que yo debía ver esto e hizo una seña a unos de sus guardianes. Se fueron y el mongo pareció olvidarme. Ni me miraba. Se dedicaba a bromear con sus mulatitos. Estaban los dos mayores, apenas de doce años de edad. Y también su hija mayor, la niña de sus ojos.

Una mulatita clara llamada Elvira de once años. Una de esas niñas que ya desde crías prefieren la atención de los hombres a la de las mujeres y la buscan con coquetería inconsciente. Como me miraba mucho y me sonreía, le sonreí. Vino y me agarró la mano. Me preguntó mi nombre y me dijo el suyo. Me dijo en su gracioso portugués que era muy guapo. Ahí Cha-Chá me prestó más atención, cosa que agradecí porque no pensaba estar allí para presenciar sus juegos con sus hijos. Le gustas a Elvira, me dijo. Es muy hermosa, le dije midiendo las palabras. Con un padre hay que tener más cuidado con lo que dices de su hija que de su madre. Lo es, asintió. Solo es una niña pero lo es. Pero florecerá pronto. Es el cuartillo de sangre negra. Hace madurar antes a las niñas y les levanta el culo. Si vos lo decís, le contesté afectando desinterés. Elvira es mi hija, y es princesa. Será mujer de un rey. Eso me dijo, y se quedó mirándome como si tal cosa.

»Yo tuve la prudencia de no decir nada más. Ni era rey, ni sabía que lo sería, ni quería hablar más de esa niña. Los ojos de Cha-Chá eran crueles siempre, desmentían su espléndida sonrisa como si unos y otra pertenecieran a dos personas distintas. Y eran como imanes que dirigían las miradas del resto hacia mí. La verdad es que no estaba nada tranquilo en aquella encantadora reunión familiar. Algo pasó que agradecí como una bendición, pues los ojos rasgados del gatazo se apartaron de mí. Os juro que me pareció ver cómo sus garras volvían a esconderse en sus mullidas patas en forma de mano. ¡Ah, mirad, nuestro otro invitado!, gritó divertido, y todos en la terraza celebraron con risas su entusiasmo. Todos menos yo. Un grupo de seis hombres caminaban hacia nosotros por entre los negros, que miraban todo silenciosos. Traían un poste, un mastelero, sobre los hombros. Amarrado a él y colgando boca abajo venía Julián Casas. Los hombres plantaron el palo en un agujero. Entró como un tercio y lo aseguraron con piedras y cuñas. El agujero ya estaba allí y yo no lo había visto. El desgraciado de Casas estaba atado a la altura de los sobacos, la cintura y los tobillos. Le soltaron las manos y los brazos quedaron colgándole a los costados. Estaba desnudo y con el cuerpo y la cara llenos de golpes. Le faltaban dientes y una costilla rota le había rasgado la piel. No gritó y se quejó poco en el rato que tardaron en colocarlo allí. Pensé que se habría quedado sin lágrimas y mentiras durante las horas de tortura que lo dejaron así. La lluvia limpiaba en él la sangre seca y los moratones brillaban más. Una vez hecha la *mise en scène*, el mongo la juzgó a su gusto e hizo otra seña. Un sirviente empujó un carrito de licores, pero en vez de botellas traía un juego de pistolas y lo necesario para cargarlas. Mientras un hombre de la guardia las cargaba y cebaba, otro hombre se acercó a Casas llevando un cubo de pintura blanca y una larga caña con una esponja atada en la punta.

»Cha-Chá llamó a su lado a sus dos hijos mayores, sacó un reluciente doblón de oro y lo sostuvo entre el índice y el pulgar para que el poco resol lo hiciera brillar ante los niños. Les explicó que es importante saber dispararle a un hombre, que cada uno tendría tres blancos y tres disparos. El doblón sería para el que tuviera más aciertos. Los niños rieron, aplaudieron y empezaron a meterse el uno con el otro ante la mirada divertida de su padre. La niña Elvira se quejó amargamente y preguntó por qué las niñas no podían jugar. Su padre rio y le dio un beso. Una vez las pistolas cargadas, los niños avanzaron hasta el borde de la escalera. De su posición de tiro al pobre Julián habría unos escasos diez pasos. Pero como las pistolas eran muy pesadas para ellos, para asegurar la puntería unos esclavos se tumbaron delante y sostenían dos palos acabados en horquillas cerradas con cordel. Los niños solo tenían que meter en las horquillas las bocas de sus armas, que evitarían que se les levantaran o escaparan por el retroceso, apuntar sujetando culata y gatillo con las dos manos y disparar. Tan pronto estuvieron en posición y las dos pistolas amartilladas por uno de la guardia, Cha-Chá gritó *as mãos!* El hombre de la caña pintó de blanco ambas manos y se retiró saltando charcos a una distancia prudente. Los niños sostenían las pistolas con los deditos fuera de los gatillos. No es la primera vez que lo hacen, pensé. Miraban ansiosos a su padre. Este hizo un gesto y los dos se giraron para hacer puntería, se tomaron su tiempo y dispararon. Uno falló, el otro le voló varios dedos a Julián Casas. El que acertó empezó a burlarse de su hermanito mientras padre y séquito le aplaudían. El otro refunfuñaba y se quejaba del arma. Le pegó una patada en la cara al esclavo que sostenía su horquilla. No tengo nada contra los ladrones y la gente aventurera, Pedro, empezó Cha-Chá. Si hay un cielo y un infierno, yo mismo arderé. No me engaño al respecto. Lo que no soporto es a los ladrones torpes, descuidados. Si tienes agallas para robarme, tienes que saber a lo que te arriesgas. Este hijo de puta parecía ayer muy sorprendido. Eso me enoja, Pedro, mucho. Eso es tomarme por bobo. Yo asentí en silencio. *Os pés!*, gritó entonces Cha-Chá, y el hombre de la caña pintó de blanco los pies de Casas.

»Los niños dispararon casi a la par y esta vez acertaron los dos convirtiendo los pies del madrileño en dos colgajos de carne y huesos sangrando. El pobre hombre aullaba de dolor mientras los niños celebraban su tino bajo la mirada satisfecha del mongo, Elvira y la corte de enanos y putas. ¿Te disgusta esto, Pedro? Lo veo en tu cara, me preguntó Cha-Chá, ¿acaso es tu amigo? Tú me lo entregaste. Le dije que no, que yo no tenía amigos y menos allí y que no se me daba nada lo que le pasara a ese tipo. El gatazo me estudió unos segundos. Mientes, me dijo, te parece cruel. Y lo es. El mundo es cruel. Nuestro mundo es muy cruel. Yo educo a mis hijos para que sepan manejar la crueldad, señor Blanco. Aquí el juicio no es importante. ¿Qué valor tiene la legalidad entre bandidos? La trata es ilegal, así que todos somos ahora criminales, ¿verdad? Aquí lo único que importa es el castigo, el ejercicio de la crueldad sin límites. Eso causa miedo y respeto en los nativos, eso nos vuelve fuertes en una factoría africana o en el puente de un negrero. Los gritos de ese desgraciado son los mejores heraldos del poder del gran Cha-Chá. Correrán de boca en boca por todo Dahomey y aún más lejos. Nuestra vida aquí depende del miedo que cause nuestro poder, y este depende mucho de nuestra fama. ¡Hay que ser espléndidos, señor Blanco, espléndidos en el premio y el castigo por igual! No lo olvides nunca. *Agora os joelhos, meus filhos!*

»Los dos críos hicieron puntería y dispararon. Uno destrozó la rodilla izquierda de Casas, que aulló de nuevo. El otro falló este disparo al igual que el primero a la mano. El ganador se puso a dar brincos y a reclamar su doblón, el otro a renegar y a hacer pucheros, niño al fin y al cabo. Cha-Chá rio, se palmeó los muslos, acarició la cabeza del perdedor y premió al ganador con la pieza de oro. Ese doblón acabará en la bolsa de una de estas cariñosas y maternales putas, me cuchicheó divertido el mulato, y volverá a mí el día que quieran comprar su pasaje para salir de este infierno. Luego Cha-Chá se alzó de la silla y pidió silencio al alborotado séquito. Con un gesto requirió las dos pistolas, ya cargadas de nuevo. Primero alzó la mano izquierda ante un público expectante. Disparó y voló en pedazos los genitales de Casas, que pese a todo el sufrimiento anterior esta vez chilló aún más fuerte. Oí a los negros del patio sonar sus dedos como suelen para expresar sorpresa o admiración. Cha-Chá me miró fijamente, como estudiándome. Yo pretendí ser lo más inexpresivo posible. Él seguía intentando meterse en mi cabeza por unos segundos que se me hicieron eternos. Luego se giró hacia Casas, apuntó con rapidez con la derecha, disparó y le metió una bala en la frente que acabó con sus gritos. Todos jalearon y aplaudieron al rey mulato, que bromeó con su hijo ganador y le pidió que le devolviera el doblón, a lo que este se negó riendo. Elvira danzaba en torno a ellos y un par de enanos hicieron volatines y otro, muy borracho, rodó escaleras abajo.

»Cuando pasó a mi lado, Cha-Chá me dijo que el Tosco le había pedido que me cuidara, que me tenía en mucho aprecio. Creo que sé lo que vio en ti, Pedro Blanco. Seremos amigos, no me defraudes. Eso me dijo el mulato antes de desfilar hacia dentro de su palacio con sus hijos y los locos de su danza macabra. Elvira se giró y me sonrió antes de desaparecer. El público nativo también desfiló en silencio bajo la lluvia con la muerte de Casas y el poder de Mongo Cha-Chá bien grabados en la cabeza. Canoas y mensajeros llevarían noticia del poder del rey mulato por la costa y los ríos hasta más allá de Dahomey. Yo volví a mi barraca, empapado pero más tranquilo. Era evidente que no disgustaba al mongo. En mí estaría no enojarle y seguir viviendo. Él mismo me había explicado la etiqueta de su corte. Sin duda era tan cruel o más que John Ormond, pero lo que en este era locura de borracho en Cha-Chá era teoría del poder y del gobierno. O así lo vendía él. En mi chapoteo por el barro pasé ante varios de los enormes barracones para esclavos de la factoría, los mismos que en la seca encerraban hasta cinco mil negros. Todos vacíos y la madera pudriéndose. Habría que reemplazarla. Aquí como en Pongo se había matado a los negros que no se pudieron vender tras las primeras lluvias. Luego miré el horizonte desvaído por la lluvia. Ni una vela. Ningún negrero vendría en meses. Y vi al cielo gris ganándole la guerra a la tierra y al mar, aplastándolos como una gigantesca prensa gris. Su victoria total duraría aún al menos tres meses. Y me pregunté qué haría para no volverme loco y volarme los sesos.

—¿Qué hiciste? Sigue, Pedro. ¿Qué hiciste para no volverte loco? Habla, habla.

—Ocuparme. Aprender. Leer. Cha-Chá era analfabeto, o casi. Apenas capaz de escribir su nombre, aunque leía perfectamente números y asientos contables. En Ajuda, como en Pongo o luego en Gallinas, siempre se quedaban cosas y enseres de la mucha gente que pasaba por allí. De los esclavos no, por supuesto. Esos no dejaban más rastro que grilletes, cuerdas y yugos de madera que se volverían a utilizar. No, de las tripulaciones de los barcos, los marinos o factores. Muchos se emborrachaban y perdían todo en el casino y burdel del mulato. Este botín estaba guardado, clasificado con orden y limpieza en un enorme barracón: cajones con anteojos, otros con leontinas y relojes, cajas con dientes de oro que cada tanto fundían en barritas, arcones de ropas, petacas, zapatos, tabaqueras, ristras de sombrillas y parasoles, instrumentos de navegación, mapas y libros. Estantes llenos de libros de todo tipo, colocados más por el color de su encuadernación que por sus temas. Pies y más pies de libros rojos, verdes, marrones, azules o negros. Leí mucho. Disfruté en especial de *Travels in the Interior Districts of Africa*, del escocés Mungo Park. Sus exploraciones por el río Níger. Las descripciones de mandingas, bambaras y shongais. Sus diatribas contra la esclavitud. ¿Sabéis que él mismo cayó esclavo en su primer viaje? ¿No? Así fue. Y se escapó, sobrevivió a días de desierto y finalmente fue rescatado por una caravana de esclavos y curado en casa de un tratante. Irónico, ¿no?

»Leí mucho. Noveluchas, pero también historia y geografía. El auge y caída de los imperios, el de los romanos contado por Edward Gibbon. Empecé a encontrarle ecos a lo que leía de lo que vivía. No eran los Césares, pero a su manera Mongo John Ormond, un Calígula demente, y Mongo Cha-Chá habían construido sus pequeños grandes imperios del mismo modo que se hicieron otros. Supieron hacer que el beneficio y la riqueza de muchos otros dependieran de ellos, de su inteligencia, valor y crueldad. De su favor. Crear alianzas y armar ejércitos. De los reyes de Futa-Djalon, en las tierras altas del Pongo y el Núñez, a los de Dahomey, de los *krumen* y tratantes fulahs a los accionistas, consignatarios, armadores, capitanes y banqueros de Rhode Island, Charleston, Liverpool, Nantes, Lisboa, Madrid y Barcelona, La Habana, Recife o Río de Janeiro, todos necesitaban a esos emperadores de la trata para seguir enriqueciéndose y creciendo ellos mismos en poder. Cha-Chá me invitaba a cenar con frecuencia. Una noche le saqué el tema. Me escuchó con interés, luego suspiró y me dijo que a eso se refería con ser espléndido en el premio y en el castigo; nuestro imperio, el de ese loco Ormond y el mío, se asientan en un generoso y equilibrado reparto de oro y de sangre en casi las mismas proporciones. El día que otro les ofrezca más y les cause más temor, desapareceremos. Estamos condenados a crecer para ser intocables, pues cuanta más gente dependa de nosotros más seguros estaremos, Pedro.

»En esos meses con Souza aprendí también el valor del lujo como arma política, el aparato necesario para seducir e impresionar a factores rivales, capitanes y, sobre todo, a los reyes nativos de los que dependía el flujo de esclavos. Los reyes deben parecer reyes, Pedro, me decía Cha-Chá. Ya de por sí de naturaleza caprichosa, se rodeaba en su palacio de todo aquello que pudiera excitar los sentidos, ofender la virtud y halagar la sensualidad. Vi a hombres sanos, fuertes, consumirse literalmente entre los muslos de sus putas y de aquellas princesas de su harén que solo entregaba a invitados muy escogidos. Entendí muy bien el uso también político de la lujuria, en la que Cha-Chá era un maestro. Fuera podía estar anegándose el mundo, pero en su palacio nunca faltaron los mejores vinos y manjares, las sedas más suaves y mujeres muy bellas de todas las sangres. Las putas de Cha-Chá no eran esas pobres desgraciadas que abundan en los puertos, comidas por el chancro y con los dientes bailones. Eran hembras muy hermosas, siempre bien aderezadas, y en una curiosa competencia con algunas de las princesas del serrallo por el favor del mongo y sus invitados. Muchas noches, borracho, las hacía danzar para nosotros en torno a una hoguera y el fuego iluminaba, sudorosos, todos los colores posibles de la piel humana. Luego poseía a alguna y nos ofrecía otras. Y es que una de las principales diversiones del mulato era esclavizar a los demás con placeres y perversiones hasta pudrirles el alma. Entonces los desechaba como juguetes rotos, los expulsaba del paraíso y los condenaba así al infierno. Conmigo lo intentó de mil maneras. Y de todo probé allí. Sí, pero no pudo doblegarme. ¿Sabéis por qué, doctor? Porque a mí ya me habían echado del paraíso de crío en Málaga, cuando la pobreza me volvió poco menos que negro. Era inmune a los hechizos y espejismos de Cha-Chá. Nunca le supliqué quedarme en su corte como hacían otros muchos. Siempre le dije que mi voluntad era volver al mar, a un negrero en cuanto pudiera. Mi resistencia le divertía y, a la larga, me ganó su respeto para siempre. Todo sin tasa hastía, doctor. Creedme.

—Te creo. Sigue, Pedro. Recuerda que si te callas se te cerrarán las agallas y te morirás. Habla.

—Tenéis razón, doctor. No debo dejar de hablar. Tenía necesidad de mar, de navegar, así que cuando terminaba mis labores de contable, corría al muelle y me embarcaba en alguna barca o esquife, desplegaba una vela y recorría millas de costa bajo la lluvia, gobernando muchas veces mientras achicaba agua del interior con un cuenco. Estuve a punto de irme a pique en un par de ocasiones y en otra tuve que encallar en una playa y esperar a que el diluvio amainara para no ahogarme. Ahí empecé un viaje hacia la animalidad que siguió en Lomboko y que solo terminará con mi muerte, doctor. Esa vida circular, sin hitos reseñables, que nos quita la condición humana y nos vuelve fieras. Eso es África, allí no se ha abolido la esclavitud, se ha abolido el tiempo. En la seca todo era frenético pero igual, una sucesión de cuerdas de negros, de *coffles*, gritos, llantos, órdenes aulladas, olor a piel quemada, embarques, sudor y mierda. Y luego el tiempo igual, vacío, redondo y húmedo de las lluvias. El hombre se convierte en animal cuando deja de tener una noción clara del tiempo. Por eso yo cambié la trata para siempre en Gallinas, liberándome de la esclavitud de las estaciones y el tiempo circular. Lo hice para no perder la razón y mi condición de hombre, ¿me entendéis, doctor?

—Pues he de decir que fallaste miserablemente, Pedro. Eres un pobre loco. Sigue, Pedro. Que no te asfixie el silencio. Habla.

—Cuando dejas de tener noción del tiempo te conviertes en un animal. Ya no hay pasado, presente y futuro. Ya no hay remordimientos ni ilusiones. Solo hay ahora. Ahora quiero comer, ahora quiero cagar, ahora dormir o ahora fornicar. O matar. Y cuando todo es ahora, la moral pierde sentido sin promesas de vergüenzas, castigos y recompensas, que son cosas o del pasado o del futuro. En Ajuda solo había un bestial presente continuo. A primeros de septiembre el sol empezó a rasgar el sudario del cielo, a ganarle la guerra siquiera por unas horas a la lluvia eterna. Por primera vez en meses pude sentirme seco por un rato. Y llegó una vela, una goleta que venía del norte. El capitán era francés y Cha-Chá lo recibió con *champagne* helado de la famosa casa Lanson de Reims. El buque venía cargado de vino, telas, pólvora y mosquetes desde Burdeos y su destino final era el Índico y sus especias. Ya habían tocado en varios puertos y negociado en Pongo con Ormond, al que le había vendido parte de la carga. El mongo sentó al capitán y sus oficiales en el centro de una amplia sala, en cómodas butacas, le agasajó, se interesó por su carga y las posibilidades de algún intercambio ventajoso. Del *champagne* se pasó al ron y las lenguas se desataron. Tuvimos noticia del regreso de Napoleón a Francia desde Elba, de sus Cien Días, la derrota en Waterloo a manos de esos ingleses malparidos y sus secuaces prusianos, su exilio en Santa Elena y la vuelta de los malditos Borbones al trono. El capitán y los suyos se declaraban fervientes bonapartistas y hablaban de traición al emperador por parte de sus mariscales, esos muertos de hambre a los que hizo duques y reyes. Cha-Chá se lamentó diplomático y dijo que con Napoleón se acababan los colosos de la historia, que empezaba un tiempo triste de enanos y tenderos, y propuso un brindis a la salud de ese Prometeo encadenado ahora a una roca africana.

»Estoy seguro de que de haber sido británicos los huéspedes hubiera usado los mismos o mayores elogios para con Wellington y Su Graciosa y Chiflada Majestad Jorge III. Pero no, los huéspedes eran franceses y bonapartistas, primerizos en Ajuda y quizá no muy avisados de los manejos de Cha-Chá, así que este olió la oportunidad de desvalijarlos. Hizo servir más alcohol, les dio a mascar unas raíces excitantes, llamó a su negrón vestido de granadero de la Guardia Imperial y le hizo que pateara el culo a otro más enclenque vestido con el escarlata inglés y a uno de los enanos con un morrión prusiano. Para ese momento cada oficial francés ya tenía una puta colgada del cuello, jaleando divertidas la pantomima bélica y metiéndoles las tetas en la cara. Tras un par de rondas más subieron las voces y Cha-Chá deslizó una fantasiosa oferta de armar un par de buques con sus hombres y junto a la goleta navegar a la no tan lejana Santa Elena, dar un audaz golpe de mano y liberar al emperador. La idea fue acogida con vítores y los franceses se pusieron a cantar a voz en pecho *Le Chant de l'Oignon*, una marcha que habla del amor a las cebollas de los granaderos y que estos cantaron alegremente por toda Europa antes de acuchillar a enemigos. Yo la recordaba de Málaga, y un retortijón de odio se me agarró dentro. Y así cantando se los llevaron las putas hacia el casino. El gatazo mulato los despidió dando palmas, luego se relamió y me confió divertido que, con certeza, mañana sería suyo todo el oro que Ormond hubiera pagado a estos imbéciles. Y así fue.

»A mediados de ese mes llegaron las dos primeras *coffles*, los primeros mil y pico esclavos que encerramos en los barracones reconstruidos. Días después el primer bergantín, uno brasileño, y luego otro portugués. Y otro y otro. Ajuda volvió a la vida y una monotonía, esta sí más ruidosa, sustituyó a la de la lluvia. Yo me moría por volver al mar. Estaba decidido a embarcarme en el primer buque español o cubano que anclara en la factoría, y así se lo dije a Cha-Chá. Este se lamentó, me dijo que nunca sus almacenes habían estado más seguros. También me preguntó si yo no quería ser rey, o mejor, virrey a su lado. Le dije que solo quería ser capitán negrero. Se rio en mi cara y me dijo que a veces otros ven en nosotros potencias que ignoramos. Tú serás rey, Pedro, rey en África. Pero no sueñes con mi niña Elvira, a ella la reservo para un emperador. Yo me reí y le dije que cuando su hija creciera tendría coronas para elegir, que era muy bella. Demasiado para esperar a un marino en una casa de La Habana. Si te vas, que aún no ha pasado, serás de los pocos que han salido de Ajuda con más que llegaron. No me he hecho rico, contesté. Lo sé, no me has robado, lo sé. No me refiero a eso, replicó el mulato, te vas con algo más importante: con vida, con conocimientos y con mi respeto. Es mucho.

»Dos días después atracó un bergantín de bandera española, consignado a Ajuda por armadores de La Habana. Como todos los negreros viajaba corto de tripulación, confiando siempre en enrolar marinería y oficiales, si hacían falta, entre los muchos que vagaban o languidecían en las factorías durante la estación de lluvias. Como yo. Me enrolé de marinero, cargamos trescientos ochenta negros en los entrepuentes y gobernamos hacia el oeste. El capitán era Lluís Gomís, un valenciano alto y seco, con patillas de hacha y voz grave, pero que ya de entrada me pareció algo nervioso y de humores destemplados. El resto de la oficialidad y la mayoría de la marinería era española y criolla, cada uno de su padre y de su madre. Fui a despedirme de Cha-Chá, el cual me abrazó y me dijo convencido que volvería. Claro que volveré, contesté riendo, a cargar negros en mis bodegas. Él negó con la cabeza y solo me dijo ¡volverás! Llevaba a Elvira de la mano y solo entonces me di cuenta de que la niña lloraba de pena. Salí del palacio aliviado, sintiendo que había pasado una prueba difícil, que a mis veintitrés años era un hombre y un marino capaz. Que por fin me sacudía y dejaba muy atrás la miseria y sus estigmas. El Perchel, mi madre y Estepa, el desprecio de los demás y mi vergüenza parecían cosas de otra vida. O de la vida de otro. No era rico, claro que no, pero no debía nada a nadie, no me veía inferior a ninguno y era, o eso sentía, dueño de labrar mi destino. Tan pronto salimos a mar abierto en *El Vencedor*, que así se llamaba el bergantín, caminé al bauprés y viendo caer el sol sobre el horizonte claro, infinito, perfectamente dibujado y sin rastro de nubes, sin barro en los ojos ni en las botas, sintiendo el viento salado en el pelo y los labios, mezclando en mis oídos el sonido de la proa tajando mar y los cantos de los bozales en el entrepuente, me sentí el amo del mundo.

Sigue, Pedro... Pobre loco... Sigue..., Pedro...

¿Cómo, doctor, cómo sigo? ¿Qué os he contado? No lo recuerdo. Estoy cansado. ¿No os cansáis de oírme?

Sigue, Pedro... Loco... Pez... Agallas...

¿Pedro? ¿Entiendo, sigue, Pedro? ¿Soy un pobre loco? Hace rato que no preguntáis nada, doctor. Mis historias son buenas, lo sé, pero acostumbráis a... ¿Doctor? No está. No, claro que no. Así habríamos hablado el doctor y yo hoy si me hubieran sacado de este agujero y me hubieran llevado ante él. A Cha-Chá, siempre tan locuaz y rodeado de aduladores, le sedujo de mí la seriedad y las pocas palabras. Sí, doctor, siempre fui parco en palabras, más de acciones. Más de escuchar y hacer que de hablar o pavonearme. El negro Oscár siempre me lo decía, que escuchara y pensara antes de hablar. Que teníamos dos orejas y una boca para escuchar mucho y hablar poco. Que el cielo y la tierra parecen unirse en el horizonte pero que nunca lo hacen en realidad por más que corramos hacia él, que por eso nunca hay que precipitarse. Vista larga y paso corto, me decía. Lo único que yo debía temer, los cuchillos más afilados, eran las lenguas de mis enemigos, de los envidiosos y de los indiscretos. Mi propia lengua. Esta locuacidad es nueva para mí, nació tras los últimos ataques... Es como si una esclusa se me hubiera roto dentro. Ahora hablo para no desaparecer. Soy solo mi memoria. Ya sé que no os cuento lo que queréis saber. Pero cuento y cuento cosas. Tras aquel primer ataque cuando casi estrangulé a Burón, ¿o era Martínez?, en la torre de Sant Gervasi. No deberían haber tocado el cofre. No, no señor. Perdí el seso y cuando lo recobré no podía parar de hablar, deliraba que era un pez y solo si hablaba podría respirar por mis agallas. Como los peces que duermen nadando para no ahogarse. Hablé todo lo que no había hablado nunca, de la mañana a la noche, durante días. Mi hija Rosa se espantó. Aunque luego me confesó que ya vivió algo igual durante unas fiebres que tuve en Gallinas, siendo ella muy niña. Será que me muero, que lo sé. Y ahora necesito contarle a alguien, a usted, amable doctor Castells, lo que vi, lo que hice. Yo, Pedro Blanco Fernández de Trava, el Mongo Blanco, el Gran Mago-Espejo-Sol. Hablar para no deshacerme en el aire como el humo de un cigarro. Contarle. Pero no estáis, doctor. Os habría contado con detalle mis primeros pasos en África, cómo en aquel viaje más que ninguno antes (consciente ya de mi voluntad y condición de negrero), cada imagen, cada palabra, voz, orden, acto, me tallaron como el escoplo de un carpintero de ribera a la madera blanda. Aprendí tanto del Tosco, del Suertudo, del ya perdido para la razón Mongo John y del aún monstruoso en su grandeza y astucia Mongo Cha-Chá. Las fiebres y los motines que superé me volvieron inmortal. Más adelante mi tiempo como ranchero y contramayoral en el ingenio de azúcar, me enseñó mucho sobre las entrañas del monstruo que alimentaban mis barcos, su voracidad insaciable. Nunca tendrían bastantes negros. Esa sería mi fortuna. Y también ahí, mucho más que en los negreros, comprendí el poder del dolor, el miedo y la tortura. Aprendí de cada uno que me crucé, capitanes y hacendados, factores y marineros, *lançados* y reyezuelos beodos, altivos guerreros y hechiceros, de sus lenguas, apetitos, deseos y ambiciones. Sus terrores. Aprendí lo necesario para dominarlos a todos y ponerlos a mi servicio, a las órdenes del Mongo Blanco. Y todo lo recuerdo ahora, en mi vejez, con el mayor detalle, querido doctor. Los viejos, locos ya o no, recordamos siempre bien nuestra juventud. Cada imagen como un fresco de vívidos colores, los sonidos del mar o de la selva como un movimiento sinfónico, poderosos, los conocidos con el trazo perfecto de los personajes de novela. Mi problema es el hoy, el ayer, el antes de ayer... El año pasado (¿cuánto llevo aquí?), el mes pasado, la última semana. Ni siquiera estoy seguro de no haber hablado con vos hoy, creo que no, pero... ¡Me duele tanto la cabeza! Si lo hubiera hecho os habría contado así de aquellos tiempos. Pero no sé, creo que no... No hablamos hoy, ¿verdad? ¿Me castigáis? Si ni siquiera puedo recordar lo que he hecho hace dos horas, cómo queréis que recuerde el paradero de esos papeles que todos me piden. ¿Qué papeles? ¡Hasta yo empiezo a dudar de que existan! Tengo sueño. ¡Hay luz en el ventanuco! ¿Es pronto, empieza el día? ¿Es tarde, toca dormir? ¿Doctor? ¡Doctor!... ¡Rosa! ¡Rosaaaa!

XVII

—Escucha, Pedro. Necesito..., tu hija necesita que recuerdes quién guarda tus papeles. Y dónde. Hay personas muy importantes a las que ponen nerviosos. O eso parece. Yo no tengo mucha información, por supuesto, pero hay algo tenebroso en esto. Puede que haya gente en peligro.

—¡Más raciones para los vivos!

—¡Por Dios, Pedro, esto no es un barco negrero!

—¡Papeles, otra vez los papeles! ¿Y vos qué sabéis, doctor? ¿Tenéis acaso comunicación con presidentes del Consejo y monarcas? ¿Quién manda en España?

—Ya lo sabes, Pedro. Desde la Vicalvarada de hace un año...

—¿En qué año estamos, doctor?

—En 1855.

—¿Sí? Entonces... Yo estaba en la torre de Sant Gervasi cuando ocurrió aquello. Recuerdo haberlo leído en el diario. El pronunciamiento del general O'Donnell. ¿Llevo aquí un año, doctor?

—No, no tanto, Pedro. Solo unos pocos meses. Te trajo tu hija cuando tus crisis se hicieron más frecuentes e incontrolables. Tenía miedo de que te hirieras o hirieras a alguien. Atacaste a tus cuidadores. Tus lagunas se hicieron más frecuentes y...

—Allí en Vicálvaro hubo una batalla. Una revista de tropas en el Campo de Guardias, la arenga de O'Donnell. Recuerdo cómo me indispuso leerlo. Se levantaron húsares, dragones y los regimientos de infantería Santiago y del Príncipe. ¿No es así?

—Lo recuerdas con detalle y eso no fue hace tanto.

—La batalla con las tropas del gobierno duró varios días. Levantaron barricadas en Madrid. Los amotinados fusilaron al jefe de policía e incendiaron el palacio de María Cristina de Borbón, el de la calle de las Rejas. El pueblo la odiaba. Huyó a Francia. Ella es... ¿Vive? Siempre miró la esclavitud con dulzura, eso decía. Accionista feliz del San Martín, el mayor ingenio de Cuba, más de ochocientos negros de dotación permanente, sustituidos en cuanto los reventaban a trabajar y a latigazos. Ella, Narváez, el arzobispo de Toledo, todos fueron accionistas de mis compañías. Tan negreros como yo. ¿Vive? Esa araña que no sabe respirar sin maquinar conspiraciones... Espartero no. El hijo del fabricante de carros, no. El ignorante más astuto que nunca gobernó el destino de un país. Él no se enriqueció con los esclavos. Su negocio era otro. España. Todo tiene un precio para Espartero. ¡Bien lo sé yo! Ahora manda él otra vez, ¿verdad?

—Sí, tras la Vicalvarada es de nuevo presidente del Consejo de Ministros.

—¡Maldito lacayo de los ingleses! Todos siguen ahí... Todos menos yo, que estoy aquí y no sé siquiera si estoy hablando con vos o es otro sueño mío.

—Pellízcate. ¿Qué hay en esos papeles, Pedro? ¿Qué hay que puedan seguir inquietando tras tantos años?

—No sabéis nada, doctor. ¿No me escucháis? Los mongos, en un río africano o en Madrid, necesitan de la fama, de los panegíricos, los periodistas a sueldo y las estatuas y los juegos poéticos para afianzarse en el poder. Para hacer de sus mentiras la única verdad. Y más en un país de gentes tan levantiscas y donde cualquier espadón se cree con el derecho y la obligación de salvar a la patria. Ese es nuestro problema, doctor, el exceso de iluminados y patriotas con mando en plaza. Nadie nos invade ya ni falta que hace, bastante tenemos con acuchillarnos entre nosotros.

—Pero ¿tus papeles...?

—La fama es frágil, tornadiza. La vergüenza no caduca. Y cada facción tiene sus plumillas y sicarios dispuestos a airear las carroñas del rival. Cualquier munición es buena. Yo creí haber visto lo peor del ser humano en factorías, barcos negreros e ingenios de azúcar. ¡Ese cabrón vendido siempre a los ingleses!

326

—Entonces, existen los papeles que busca tu hija.

—Doctor, ¿qué papeles? Dejadme hablar. Me ahogo. Mis agallas se cierran, puedo sentirlo. ¿Os conté de Cha-Chá?

—Sí, algo mencionaste hace unos días.

—¿Ayer no?

—No, ayer no te vi, Pedro. De verdad, deberías...

—¿Recordar?

—Sí.

—Eso intento. Dejadme hablar. Dejadme hacerlo a mi manera. No recuerdo nada de papeles. De existir y yo recordarlos, si os lo cuento, quién me escucharía después. Nadie. Me desvanecería.

—Pedro, eso no es cierto. Y podrías ayudar a...

—¿Sabéis que salí de Ajuda en el negrero de un valenciano? Buscad vuestras notas. No quiero repetirme. No tengo tiempo para repetirme.

—A ver... Sí, aquí. Bergantín *El Vencedor*... Consignado por tratantes de La Habana. Cargasteis trescientos ochenta negros de la nación mina igbo y varios quintales de marfil. El capitán era Lluís Gomís, un valenciano...

—¿Por qué apuntáis esas cosas, doctor?

—¿Quién sabe? Quizá escriba un día un libro sobre ti, Pedro. No —sonríe—, nos ayudan a retomar el hilo. Decías que entonces te sentías dueño de tu destino.

—Sí, ¡qué imbécil! El viejo Oscár siempre me decía que la vida nos prueba, ella nos reserva premios y recompensas, pero nos pone trampas, engaños, para ver si merecemos lo bueno. El orgullo y la vanidad es uno de los engaños más tontos, doctor. Nadie es dueño de nada y mucho menos de su suerte.

—Explícate.

—En cuanto cobramos el ancla, cazamos la driza del foque y lo desplegamos en el estay de proa para zarpar, el tal Gomís se reveló como un absoluto lunático. Y un inepto, que escondía sus carencias como marino tras una fachada de arrogante suficiencia. La altivez es el disfraz de mucha gente insegura. O segura de que no valen ni la mierda que cagan. Aún gualdrapeaban las velas buscando viento y ya daba órdenes sin sentido. O no mandaba nada en absoluto, dejando a oficialidad y marinería pendientes de él mientras paseaba absorto. El primer piloto y el contramaestre ya me habían dicho algo. Hablando les conté de San Telmo y mi experiencia en el mar, que les pareció mucha para ser un simple marinero y andar braceando jarcias, así que pronto me pusieron guardias de timonel y me hicieron confidencias. Al parecer en la venida desde Cuba pasaron días de muy mala mar y el capitán empezó a dar órdenes contradictorias que casi los echan a pique. Luego se encerró en la cabina durante varios días, dejándolos al primer oficial y a ellos salir del entuerto para reaparecer después como Cosme Damián Churruca redivivo y dar voces desde el alcázar. Es un contramaestre de muralla, uno de esos ociosos que hay acodados en las murallas de todos los puertos criticando maniobras y aparejos y nunca se han embarcado, se quejaba el piloto. Se decía que le habían dado el mando por ser yerno de uno de los armadores. Y también que habían vendido más participaciones del negocio de lo que este podría repartir aun llegando con bien y cargados de bozales, con lo que a nadie importaría demasiado si el barco y la carga, y supongo que el yerno y los miserables que iban con él, acababan en el fondo del mar. Si no, no se entendía que le dieran el cargo a semejante inepto.

»La compra y carga de los trescientos ochenta esclavos se hizo de cualquier manera, con prisas, con el médico aún borracho, y a saber lo que un diablo como Cha-Chá no le habría colado. Cambiaba de parecer, vociferaba o entraba en largos silencios. Confundía a todos. Doctor, un barco está vivo, sufre o goza quien lo gobierna y lo deja ver. A la semana de travesía el bergantín ya se quejaba en su aparejo con vigotas mal alineadas y jarcias mal orientadas, rozándose. Aunque salimos con un buen viento galeno, constante y fácil de leer en el rizo de las olas, nuestro capitán ordenaba maniobras y rumbos que nos sacaban de él. Es por perder a los cruceros ingleses, decía, es por los cruceros. No se divisaba ninguna vela. Lo cierto es que tardamos más de lo normal en alejarnos de la costa africana, que era el único lugar donde había peligro de toparnos con ellos. A los pocos días se decidió subir a los negros a cubierta a airearlos. Subieron primero a las negras y los niños, se los revisó, repartió rancho, agua y se los baldeó. Las negras bebían un poco y guardaban algo de su agua de su ración, en la boca, para sus hijos. Se les repartió fruta fresca. Luego se los devolvió a su entrepuente por no juntarlos con los hombres.

»Cuando abrimos la escotilla del entrepuente de los bozales subieron quejidos y pestilencia. Los negros que salían iban como aletargados, los ojos rojos. Se movían demasiado despacio y el primer oficial y el médico se acercaron a revisarlos. Enseguida se pusieron los pañuelos en la boca, nos llamaron a varios y nos ordenaron separar como a unos quince bozales del resto. Tenían la lengua negra y bultos como pelotas en la garganta. A alguno se le abría la piel en llagas con tocarlo. Fiebres, dijo el médico. Hay que ver el agua. Lo cierto es que la dejadez del capitán Gomís infectaba a su tripulación. Uno por otro, no se había hecho toda la aguada necesaria en Ajuda y ahora teníamos más de la mitad de las pipas llenas de agua corrompida. Sin agua no llegaríamos nunca a Cuba ni a ningún otro sitio. Los oficiales le rogaron a Gomís virar y hacer aguada en algún punto de la costa africana. O en Cabo Verde. El capitán se puso furioso y empezó a blasfemar contra todos. Ordenó azotar al nostramo, al que culpó del asunto del agua. Lo ataron a un cabillero y le despellejaron la espalda a latigazos al momento. Allí mismo, delante de los negros. Gomís dijo que no, que racionáramos el agua buena y que se repartiría algo más de ron, pero que por nada ni nadie cambiaría el rumbo para volver atrás. Y volvió a farfullar algo de los cruceros ingleses, los pelucas de Freetown y su palabra dada al armador. Luego entró en su cabina y cuando salió llevaba dos pistolas y un sable de abordaje con él.

»Después de hablar con el médico y el primer oficial, ordenó encadenar juntos a los quince bozales más enfermos. Se los engrilletó por los tobillos con una cadena y a un extremo de esta se ató un saco de red con piedras del lastre. Igual vamos bien cargados y con la borda llena de espuma, dijo uno a mi lado. Se tiró el saco al mar y los negros enfermos fueron arrastrándose unos a otros como cuentas de collar al agua. Un corto grito en el aire, un chapoteo y adiós. Desde ese día tuvimos una corte de tiburones en nuestra estela. El resto de los negros cantaban canciones de muerte y nos miraban con odio. No bastaron los latigazos para hacerlos bajar de nuevo. Se apretaban entre ellos, encogiéndose ante los trallazos, gritaban, señalaban la escotilla y se negaban a bajar. Por orden del primer oficial, uno de los marineros bajó a inspeccionar su entrepuente y dijo que había dos negros muertos, que subimos clavándoles unos ganchos. Tenían costras de sangre en los ojos, espuma en la boca y la lengua azul e hinchada. Los tiramos también a los tiburones. El capitán mandó armar con mosquetes a diez marineros y los puso a vigilar la negrada mientras baldeamos toda su bodega con vinagre y azufre. Después los bajamos a culatazos, sin preocuparnos en recolocarlos, y atrancamos la escotilla. A un par que se resistían más, les rompieron el cráneo con las culatas y fueron también por la borda. Un sentimiento lúgubre se apoderó de todos. No llevábamos ni dos semanas de navegación y ya habíamos perdido diecinueve bozales. Todos lo tomamos como un mal augurio y evidencia de la incapacidad de nuestro capitán.

»A los pocos días entramos en una de esas zonas de encalmadas que hay en el trópico. De noche aún había alguna brisa que nos movía, pero en cuanto amanecía un sol de fuego abrasaba el aire y las velas colgaban como trapos. Estuvimos días flotando a la deriva. El capitán hizo que disparásemos al sol para apagarlo y unos bozales danzaron en cubierta para atraer vientos. Algunos marineros sacaron pañuelos manchados con el menstruo de mujeres e hijas, o de alguna puta habanera, y los ataban en las jarcias, seguros de que llamarían vientos que los devolverían a casa. Maldecían y pedían para ver las velas hincharse como vientres de mujeres preñadas. El agua empezó a escasear seriamente. Así que el capitán Gomís y el médico acordaron mezclar parte de la corrompida con agua de mar y ron. El agua buena se reservaba para la tripulación, las mujeres y los muleques. Para evitar disentería y escorbuto se le aumentó la ración de fruta a la negrada, dándoles solo un poco menos que a la marinería. Como estuvimos una semana presos de las encalmadas y haciendo muy pocas millas, pronto se vio que la fruta tampoco alcanzaría para llegar a las Antillas. Lo siguiente fue que se declaró a bordo una feroz oftalmia. Estaba claro que por lo temprano y extendido del contagio, en Ajuda habían ya embarcado negros enfermos. Los bozales seguían muriendo a razón de dos o tres diarios. Los marineros que tenían que bajar a la cubierta de los negros a repartirles cosas, lo hacían cubriéndose la boca con un pañuelo mojado en ron y las manos con guantes encerados.

»Las fiebres no parecían atacar a los blancos. La oftalmia sí. Pronto estuvo ciega casi toda la tripulación, incluido el capitán Gomís, el primer oficial y el piloto. Yo tuve un acceso también. El valenciano perdió el poco seso que tenía y gritaba órdenes sin sentido. El piloto apareció muerto. Casi todos los negros estaban también ciegos y muchos se suicidaban, a cabezazos o estrangulándose entre ellos, pero nadie se sentía con fuerzas de bajar a sacar los cuerpos. Todos nos movíamos a tientas por el barco, en la noche más oscura bajo un sol de fuego. Gomís y el médico decidieron añadir la sangre de niños y mujeres sanos a las raciones de agua salada, corrompida y ron, para que resultara más nutritiva. En el entrepuente de las mujeres no había tantos casos de enfermedad y se les abría la escotilla con más frecuencia para que se airearan.

»Muerto el piloto y todos ciegos, pronto *El Vencedor* navegó a la deriva, alejándose cada vez más del rumbo indicado. Era un ataúd flotante, la nave de los locos. Algunos, seguros de que íbamos a morir, se arrastraron hasta ellas y dieron en violar a las negras delante de sus hijos, con lo cual la oftalmia también se extendió a su entrepuente. Como los comestibles escaseaban cada vez más, la tripulación se negó a repartir raciones a los negros. Aparte de que ya nadie se atrevía a abrir su escotilla o bajar a alimentarlos. Pronto blancos y negros cazábamos ratas a tientas. Nosotros las asábamos, pero allí abajo los bozales se las comían crudas. Las ratas también se acabaron. Y el tasajo. La poca galleta que quedaba la compartíamos nosotros con los gusanos. Los negros aullaban de hambre. Gomís dio con la solución de sacrificar un par de niños, dárselos a trinchar al cocinero y echárselos para que se los comieran. Al fin y al cabo, esos salvajes son caníbales, dijo. Y así se hizo varias veces. Unos murieron para que los demás vivieran. Todo el barco era una llaga supurante, un lamento continuo en español o en yoruba. Cuando caminaba descalzo por la cubierta, a tientas, podía sentir un río de odio subir por entre las tablas desde los entrepuentes. Yo tenía claro que íbamos a morir todos allí.

—Pero os salvasteis, ¿cómo?

—Un día oímos más que vimos otro barco, un negrero portugués en ruta hacia Cabo Verde. Ni siquiera habíamos izado la banderola roja, avisando de peligro a bordo, pero alertados por el desastre que era nuestro aparejo nos siguieron unas millas. Seguramente con la idea de abordarnos y saquear la carga de esclavos y mercancías. En aquellos tiempos una vela siempre significaba peligro y no eran frecuentes las cortesías en el mar. Tuvimos mucha suerte Pronto se dieron cuenta de que era un barco maldito. Se pusieron proa al viento y en facha para casi detenerse y navegar junto a *El Vencedor*, que más que navegar flotaba a la deriva. Nos hablamos con las bocinas. Por ellos nos enteramos de nuestra posición, mucho más al norte de lo que suponíamos y a no tantos días de navegación de Cabo Verde. Les contamos de las fiebres y oftalmias a bordo. Ellos iban con los entrepuentes vacíos y estaban a pocos días de fondear y poder avituallarse. Se apiadaron y nos hicieron llegar dos pipas de agua, galleta, verdura y fruta fresca en un esquife, que izamos con extrema dificultad. Luego nos desearon suerte, levantaron la capa y siguieron su curso. Toda esta comunicación fue sin el capitán, que para entonces no salía de su recámara. El primer oficial, un gaditano de Conil llamado Pepín Solá y al que motejaban el Bruto, estaba al mando y a mí me requirió como segundo piloto, al pasar este a primero.

»El agua pura y la comida fresca hicieron milagros y muchos empezamos a sanar las infecciones de los ojos, claro que lo que vimos era desolador. El barco era una ruina flotante con las tripas llenas de negros enfermos y enloquecidos. Aún tardamos unos días en vernos con fuerzas para abrirles la escotilla y bajarles agua y alimentos. En ese tiempo siguieron bebiendo la mezcla de agua salada y corrompida con sangre y se les arrojó otro niño muerto hecho cuartos. Yo fui uno de los elegidos para abrirla y formar un cerco de fusiles, hachas y sables mientras los subíamos a airearlos tras semanas de encierro. Nunca olvidaré ese olor. Luego lo he sentido muchas más veces, pero nunca olvidaré aquella primera vez. El olor del miedo, de la enfermedad, del sudor rancio, el pus y las heces. Nadie puede acostumbrarse a eso, al olor de un negrero.

»Nos costó hacer salir a los bozales. Gritaban, lloraban y se resistían. Un negro coartado que llevábamos en la tripulación nos tradujo sus gritos. Pensaban que los sacábamos porque ya no había más niños que comer y ellos serían los siguientes en ser devorados por los demonios blancos. El coartado les gritó que no, que nadie les haría daño, que salían para respirar, beber agua fresca y comer tasajo, galleta y verduras. También se les darían pipas de barro y tabaco. Algunos, tapándonos la boca, nos asomamos al agujero sin luz que era ese entrepuente y les lanzamos algunas naranjas. Era imposible distinguirlos y solo se veían formas negras, sudorosas, arrastrándose por el fondo como lampreas entrelazadas en una ciénaga. El primer oficial, el Bruto, ordenó traer algunas mujeres sanas y niños que les hablasen y los tranquilizaran. Solo así aceptaron. Llevaban semanas confinados y cuando empezaron a subir a cubierta eran una legión de espectros, con las costillas marcadas, estómagos hinchados y la locura en los ojos.

»Salieron los primeros, engrilletados todos por los tobillos. Pronto vimos huecos en la cadena, grilletes cerrados pero vacíos y con los bordes marrones de sangre seca. Han debido de morir muchos, como ratas ahí abajo, dijo un marinero viejo santiguándose, debieron de cortarles los tobillos con los bordes de los hierros y los dientes para separar a los muertos de los vivos. El Bruto asintió y ordenó alinear a los que subían para contarlos, refrescarlos y que el médico los revisara. Ver cuántos podríamos salvar y cuántos echaríamos a los tiburones. En eso estábamos cuando unos diez bozales sin grilletes saltaron dando alaridos como monos a cubierta, armados con clavos que debían de haber arrancado de la tablazón del entrepuente y huesos largos y afilados en punta, sin duda de los niños muertos y que hacían unos magníficos puñales. Con ellos acuchillaron en el cuello y estómago a tres marineros, alguno de ellos todavía casi ciego, que echaron a los encadenados y estos arrojaron por la escotilla hacia los bozales furiosos del entrepuente. Los oímos gritar de dolor y pedir por su vida. No dudaron mucho. Lo peor es que sus armas estaban ahora en manos de los negros amotinados.

»Arriba la batalla se desencadenó, como siempre pasa con estas cosas, como un estallido, una llamarada de odio. En un instante había más de cien negros sueltos, armados con cualquier cosa y ganas de matarnos a todos. Debían de haber forzado los grilletes con los clavos. A muchos también se les veían los huesos y tendones de tobillos y pies supurantes, desgarrados al sacarlos tirando de los herrajes que estuvieran más holgados. Habían tenido semanas sin vigilancia para ingeniar su venganza en el infierno del entrepuente. Los que caían en sus manos eran ahora despedazados ante nosotros, el contramaestre entre ellos. Los demás marineros retrocedíamos disparando y tajando hacia el castillo de popa, intentando agruparnos allí y no ser engullidos por esa marea de hierros, huesos, dientes y garras que se cerraba sobre nosotros.

»Nadie había previsto enfrentarse a fieras, sino recontar enfermos. Nos tomaron por sorpresa, así que nos costó pararlos y solo lo conseguimos en las estrechas escalas que llevaban al alcázar y el gobernalle, donde su propio número les estorbaba. Ahí ganamos unos minutos preciosos. Llegaron más hombres con mosquetes que hicieron una descarga cerrada y abrió huecos en las filas de los bozales, que se detuvieron dudando. Nos dio tiempo a cargar con metralla una carronada y girarla sobre la cubierta, despedazando a más de veinte negros a la altura de la escotilla y haciendo volver adentro a los que pugnaban por salir. Cinco marineros se habían hecho fuertes en el castillo de proa y también disparaban desde allí. Pronto fueron muchos los muertos. Los vivos los usaban como escudos en su retirada al entrepuente. La sangre desaguaba a chorros por los imbornales al mar y los tiburones enloquecían y lanzaban dentelladas al aire.

»Cuando los últimos bozales se devolvieron por la escotilla, nosotros nos reagrupamos en dos hileras, avanzando cada una por una banda del barco y dejando el centro de la cubierta despejado para la carronada que habíamos vuelto a cargar ya con sacos de metralla, y apuntaba a la escotilla en previsión de otra salida de la negrada. Cuando llegamos a la boca de la escotilla asomamos todos nuestros mosquetes y pistolas y disparamos a bulto hacia la oscuridad. Se oyeron gritos de dolor, estertores. Así pudimos colocar la tapa de la escotilla y encerrarlos de nuevo. Ahí llegó el momento del recuento de bajas. Eran muchos los cuerpos tendidos en la cubierta. Contamos hasta cuarenta negros muertos o tan heridos que no tenía sentido quedarse con ellos. Fueron los primeros en ir por la borda. También habían muerto varias mujeres y niños, que siguieron el mismo camino. De los nuestros, dimos por muertos a los tres que arrastraron al entrepuente y a otros cinco hombres. Y unos quince heridos más o menos graves. Eso en una tripulación de cuarenta hombres.

»Durante todo el combate fue Pepín Solá, el Bruto, quien ejerció el mando. Al parecer Gomís se había atrincherado en su recámara, preso de convulsiones. Así le encontraron cuando consiguieron empujar los muebles que había puesto contra la puerta para darle la relación de bajas y pedir órdenes. Aquí el hombre se rehízo y hasta salió al puente, con paso firme, para abroncar al primer oficial ante toda la tripulación. ¡Sepa usted, señor mío, que se le cobrará el precio de cada bozal muerto!, le gritó. ¡Marineros sobran en todos los puertos, pero un buen esclavo vale cuatrocientos pesos duros y hay que ir a África a buscarlos! ¡No se los puede ametrallar así, no señor! ¡Le ahorcaré por esto, señor Solá! El capitán había perdido definitivamente la cabeza. Después de eso volvió a su recámara y no le volvimos a ver en semanas. El Bruto se encogió de hombros y se puso a dar órdenes. Mandó baldear la cubierta, reparar o reemplazar lo que se hubiera dañado y arrojar al mar todos los cadáveres que aún no se hubieran echado por la borda, negros o blancos sin distinción. Se me acercó, me palmeó en el hombro y me felicitó por mi rápida carrera en *El Vencedor*. Ahora era el primer y segundo piloto, el único para llevar la nave a Cuba.

»Luego nos reunió a todos y nos dijo que estaba claro que había que sacar a los bozales del entrepuente. Esta vez no nos sorprenderán, dijo, y mandó preparar calderas de agua hirviendo e izarlas con las jarcias del palo mayor sobre la boca de la escotilla, así como regar de hierepiés la cubierta entre esta y los alcázares de popa y proa, donde apostó tiradores y hombres en la carronada. Después hizo averiguar si quedaban mujeres e hijos vivos de los amotinados. De esto se encargó el coartado. Encontró a algunos y los trajo hasta la boca del entrepuente de los negros, para que hablasen y los calmasen. Cuando llevaban así un rato y todo lo demás estaba listo y en posición, el Bruto mandó quitar candados y hierros de la brazola de la escotilla y retirar la tapa. Tan pronto se hizo, las mujeres y los niños se abrazaron al par de marineros que lo habían hecho y chillando los arrastraron con ellos al interior del entrepuente. Los oímos gritar y morir.

»Instantes después subieron gritando como demonios los amotinados, usando a blancos y compatriotas muertos como escudos contra las balas y como pasarelas sobre los hierepiés, clavándolos en ellos y caminando por encima. Pero esta vez estábamos listos. A una voz del Bruto, se vertió el agua hirviendo sobre los que salían y fusilamos a los que ya avanzaban hacia los castillos. Cargamos y disparamos hasta tres veces. No hizo falta la carronada. La mortandad fue terrible y los bozales se detuvieron en seco. Los que no estaban muertos volvieron a refugiarse en el entrepuente y nosotros a tapar la escotilla con la brazola y candarla. Algunos heridos que quedaron en cubierta murmuraban unas palabras y se degollaban a sí mismos o entre ellos. A los demás los pasamos nosotros a cuchillo o los acabamos a culatazos. Esta vez contamos más de cincuenta negros muertos, antes o después de caer al agua. Había tantos tiburones que el agua parecía hervir y una espuma roja rodeó el casco. No habíamos cubierto la mitad del viaje y calculamos que ya habíamos perdido entre fiebres y motines unos ciento diez sacos de carbón de trescientos ochenta que cargamos. Y diez hombres de la tripulación, sin contar al capitán, que estaba vivo pero loco.

»Dejamos un día sin agua y comida a los bozales, aunque subimos a cubierta a las mujeres y los niños. A estos sí se los aireó, se los baldeó para limpiarlos, alimentó con largura y se les dio doble ración de agua fresca. ¡Serán nuestros mejores embajadores ante los hombres!, gritó el Bruto. ¡Tratadlos con dulzura! Lo cierto es que una especie de paz se adueñó del puente y hasta el mismísimo cielo nos regaló un buen viento de través que hizo andar ligero a El Vencedor. Las madres acariciaban el rostro de sus hijos, los acunaban y les cantaban en voz baja. El Bruto tenía razón. Poco a poco, algunas mujeres y muleques se arrastraron hasta la rejilla de la escotilla. Al principio con miedo, pero como vieran que no se lo impedíamos fueron ganando en confianza. Algunas se sentaban ya encima y pegaban las bocas a los agujeros para llamar por su nombre a sus hombres. Los dedos de los negros se asomaban como enormes gusanos para acariciar manos, bocas y mejillas de mujeres y niños.

»Así los dejamos una buena hora. El Bruto ordenó entonces al coartado que hablara con algunas mujeres, que les dijeran a los bozales que si salían en paz, ellos también serían tratados como ellas y los críos. Podrían sacar a los muertos y heridos, lavarse, respirar, comer y beber. Las mujeres llevaron el mensaje y los oímos discutir a través de la escotilla un buen rato, pero al fin nos dijeron que los hombres aceptaban. Agrupamos a mujeres y muleques bajo el castillo de proa, bien rodeados de gente armada. Aprontamos la carronada y gente armada en ambos castillos, obenques y batayolas. El Bruto me situó en el gobernalle. Solo tú puedes fijar el rumbo hasta casa. Quédate aquí pase lo que pase. Luego ordenó a otros cuatro hombres destrabar y retirar la rejilla de la escotilla. Lo hicieron y se colocaron a una distancia prudente mosquetes en mano. No tardaron mucho en salir los primeros negros, la mayoría de ellos libres de grilletes y heridos. Se les indicó que se fueran tumbando boca abajo en filas. Cuando salieron todos los que podían andar por su pie y se hubieron alineado, contamos solo doscientos diez. Los pusimos en pie y los llevamos bien escoltados hacia la proa, y los hicimos sentar entre el trinquete y el palo mayor. Ahí se les repartió agua fresca que bebieron con avidez. Bebían, cerraban los ojos y abrían las bembas y los ollares al viento que llenaba las velas, como si estuvieran aprendiendo a respirar de nuevo.

»Unos marineros se ataron los pañuelos sobre nariz y boca, agarraron faroles, hachas y sables y bajaron por la escotilla al entrepuente. Oímos a negros suplicar y el ruido del acero al cortar carne y quebrar hueso. Subieron y le dijeron al primer oficial que ya nadie quedaba vivo abajo y que habían visto restos comidos a bocados de sus compañeros. Allí solo había muertos y olor a enfermedad. El Bruto ordenó escoger veinte negros y que, escoltados y bien iluminados, bajaran para sacar los cadáveres y los herrajes. A estos se les dio algo de comida y un poco de ron antes de ponerlos en faena. Mientras hacían lo dicho se empezó a atar y engrilletar de nuevo a los que estaban sueltos. Ninguno se resistió. Habían caído en el mayor de los fatalismos. Se organizó a los negros enviados al entrepuente en una cadena y los cadáveres empezaron a brotar de las tripas del barco. No había ninguno entero, todos rajados, agujereados y algunos en parte comidos. Lo peor fue sacar los restos putrefactos de los niños con que se los alimentó. Todos fueron directamente al mar y yo me pregunté cuántos muertos cabrían en él, cuántos huesos y calaveras se amontonarían entre África y América. ¿Sabéis, doctor?, el viaje en *El Vencedor* fue quizá mi peor travesía como negrero. Sí, pero no por mucho. Viví muchas otras casi tan malas.

—¿Era frecuente un desenlace tan terrible? Me cuesta creerlo, Pedro.

—Pensad, doctor, que aparte de motines y enfermedades, todo tipo de enfermedades, había apresamientos, abordajes, tormentas en África y huracanes en las Antillas. Cuando el mar quería matarnos a todos, poníamos a los negros más fuertes a arrimar el hombro en el arca de las bombas de achique. Todos a una ante un peligro mayor. La mar destruye con un gesto la soberbia de cualquier hombre. Nos devuelve a nuestro tamaño real, ínfimo.

—Me avergüenza confesar que nunca me embarqué en alta mar, poco más que algún paseo por el puerto de Barcelona. No me imagino lo que se pueda sentir en una tormenta así, Pedro.

—Terror. Hombres rezando y llorando. Histeria y chillidos entre los negros atrapados y encadenados en los entrepuentes. Maldiciones, blasfemias, promesas, vómitos, mientras el mar golpea con estruendo el casco y la cubierta, las cuadernas crujen y los masteleros se desgajan y vuelan sobre las cabezas. La mar vuelve aún más locos a los locos y mide el temple de los hombres, inmisericorde. O te zarandea como a una hoja y te ahoga o te aplasta con la nada de las calmas chichas. Nada porque no pasa nada. Nada se mueve durante días y el sol es de fuego. Aquí se propaga otra peste, otro miedo casi sobrenatural. Una muerte en vida que algunos no soportan. La locura y la muerte viajan en cada negrero, doctor. Más del diez por ciento de los barcos y cargas se perdían, había motines en uno de cada tres. Y, aun así, la trata seguía siendo el mejor negocio posible y los armadores enviaban barco tras barco a traer negros. El nuestro, de haber quedado así la cosa, tampoco hubiera sido malo del todo. Pero no. Pudimos aherrojar de nuevo a los bozales, lavarlos y alimentarlos. Desinfectar y sacarle algo del olor al entrepuente. El Bruto, que desde luego tenía mucho más criterio de lo que decía su mote, ordenó quitar la separación entre ambos entrepuentes y mezclar hombres con mujeres y niños. Esto los apaciguó y tener delante a los más débiles metió el miedo a rebelarse a los demás. Yo copié muchas veces esta disposición mixta, que no era nada frecuente en la trata. Se reinstauró cierto orden en el barco y seguíamos navegando con buen viento.

»Entonces apareció una mañana el capitán Gomís sobre el puente, saludó y se quedó allí paseando como si nada. Callado y oteando por un catalejo en busca de sus temidos cruceros, imposibles de encontrar ya en estas latitudes. Como os digo, la paz se había restablecido entre los bozales, que ahora sí salían cada dos días a cubierta. Los ventilábamos, lavábamos, se les cortó el pelo en cabeza, barba y huevos con navajas en seco, comían y fumaban en pequeños grupos, con sus mujeres y niños quien aún los tenía. Parecían resignados a su suerte. Esta rutina continuó así un par de días más y todos nos las prometíamos muy felices. El Bruto incluso me confió el nombre de algunos de los accionistas de este viaje de *El Vencedor* y resultó que Carlo Verroni, el genovés, era uno y de los principales. Seguramente es hombre de paja de gente de más fuste, me dijo. En eso estábamos cuando por fin Gomís abrió la boca. Llamó a gritos al primer oficial y le ordenó que en la próxima salida de los negros a cubierta le avisara, que quería estar presente y revisarlos en persona junto al médico. Luego se retiró a su cabina.

—¿Y qué pasó cuando los sacasteis de nuevo?

—Pasó lo que pasa siempre cuando al mando hay un inepto, un cobarde o un inseguro, que se hacen las cosas mal y a destiempo, que se descompuso lo que tanta sangre costó apaciguar. Mandó a alinear a los negros, se puso un pañuelo perfumado en la nariz y seguido por el Bruto y el nuevo contramaestre, les pasó revista. Con un gesto hizo que apartaran a cinco bozales, de los más sanos y fuertes que quedaban, y ordenó al médico revisar al resto, darles comida, agua y pipas de barro y juntarlos entre el trinquete y el mayor para que vieran mejor el espectáculo de la justicia resplandeciente y tomaran ejemplo. Así lo dijo. Todos nos miramos con inquietud. No porque se nos diera nada la vida de esos cinco negros en concreto, aparte de los pesos duros que significaban para todos, sino porque teníamos muy presente la carnicería que hubo que hacerles para pacificar a los esclavos.

»Gomís se dirigió a la tripulación y la felicitó por su valor, lamentando que unas inoportunas fiebres le hubieran privado del placer de capitanearlos en el motín, obligándole a dejar el mando a un incapaz como el primer oficial Solá. El Bruto resopló y bajó la vista. Un murmullo recorrió a la marinería. Claro, añadió el capitán, que tan pésimo marino sería acusado, juzgado y quién sabe si ahorcado, tan pronto tocáramos puerto en La Habana. Que ya había un Gomís en las galeras de los almogávares y que él honraba su sangre y su palabra. Luego nos dijo que quedáramos tranquilos, que a él nadie le daba gato por liebre y que estaba seguro de que entre esos cinco bozales, entre esos cinco salvajes caníbales, estaban el o los capitostes del motín. Que confesarían y pagarían por la muerte de nuestros compañeros. Que muerto el perro se acabó la rabia.

»Lo que siguió fue atar a los cinco pobres negros a los cabilleros de estribor y que el contramaestre les desollara la espalda hasta verles el blanco de las costillas con el látigo. Por supuesto se hubieran confesado capitostes de cualquier cosa o hermanos nazarenos si alguien se lo hubiera preguntado entre tanda y tanda de cuero, pero nadie lo hizo. En realidad, esos pobres desgraciados fueron víctimas del miedo y de la rabia, de la vergüenza, que nuestro capitán se había tragado por días. El resto de los negros empezó a agitarse y hubo que meterles con las culatas en las costillas. Los negros azotados empezaron a desmayarse por la pérdida de sangre y el dolor, así que cuando eso ocurría el doctor los reanimaba echándoles sal y vinagre en las heridas de la espalda y haciéndolos aullar. Luego Gomís pidió un par de voluntarios para seguir interrogando a los cinco infelices, pura retórica porque, como os digo, allí nadie preguntaba nada. El miedo es el principal alimento de la crueldad y habíamos pasado mucho, así que se presentaron varios marineros. El capitán escogió a dos y les autorizó a mutilar y torturar a los bozales.

»Os ahorraré detalles, doctor Castells, que veo bien que os repugna la historia. Solo os diré que el cuerpo de un hombre está lleno de cosas que cuelgan y sobresalen. Y que toda la chusma que tripulaba los negreros tenía y gustaba de cuchillos bien afilados. Aquello duró sus buenas dos horas de alaridos. Y el capitán nos obligó a presenciarlo a todos, negros y blancos. Lo que quedaba de los cinco supuestos capitostes lo colgaron por los pulgares de la verga de la mayor e hicieron desfilar al resto de los negros de vuelta al entrepuente bajo sus cuerpos ensangrentados. Gomís los colgó allí para que el resto de los bozales pudieran verlos si miraban hacia arriba a través del enrejado de la escotilla. Allí los dejamos morir y decoraron por semanas la arboladura, amojamados por el viento y la sal. Con estos ya solo llevábamos doscientas cinco piezas de Guinea.

—¿El resto del viaje fue más tranquilo? Aventuro que la relación entre el capitán y el primer oficial fue a peor.

—En efecto, doctor. Estábamos aún a casi un mes con buen viento de La Habana y empezaron las banderías en la tripulación. Lo cierto es que casi todos estábamos de parte de Solá el Bruto. Nos había comandado con bravura e inteligencia durante el motín. Pero nunca falta quien contra toda razón se pone siempre del lado de las ordenanzas y la perversa legalidad. Unos ocho hombres, incluidos el médico y el nuevo contramaestre, se pusieron de parte de Gomís y daban por buenas las órdenes descabelladas que daba, mal marino como era. Es nuestro capitán y mientras lo sea habrá que obedecerle, decían. La verdad es que se respiraba un aire de motín y si no había estallado ya era por lo muy penado que estaba y por pensar todos que ya había pasado lo peor. ¡Si estuviéramos cerca de África lo tiraríamos por la borda y santas pascuas!, murmuraban algunos rascándose las barbas o apretando los cuchillos. El Bruto callaba, obedecía y soportaba desplantes. La cosa se complicó cuando en una revisión de los negros, el médico encontró que varios tenían el bicho.

—¿Cómo que el bicho? ¿Liendres, garrapatas?

—No, doctor, el bicho era otra plaga que se daba en los negreros. Unas pústulas gangrenosas les salían a los bozales en torno al agujero del culo. Si no se atajaban pronto, sobrevenían fiebres y convulsiones y la muerte en pocos días. El médico se aplicó a curarlas con un emplasto de vinagre, pólvora y limón sobre las llagas que hacía aullar a los negros. Ahora había que sacarlos a cubierta todos los días para revista médica. Así y todo, perdimos otros diez antes de que sanara el resto. Y aquellos negros eran un recordatorio para Gomís de su cobardía. Lo enervaban y le hacían dar órdenes sin sentido que nos demoraban y apartaban del rumbo correcto. ¡Este hijo de puta prefiere vagar por el mar que llegar a La Habana y enfrentarse a los armadores!, mascullaban algunos escupiendo.

»Al fin un día el Bruto se negó a obedecer una de esas órdenes sin sentido y Gomís enloqueció de furia. Mandó azotarlo con el mismo látigo que a los negros, a lo que Solá respondió agarrando su sable y negando con la cabeza. ¡Antes me tendréis que matar, capitán!, respondió, y al momento la tripulación se dividió en dos bandos. Gomís ordenó apresar al primer oficial, amenazándole con colgarle de la misma verga que a los bozales. Las manos ya aferraban culatas, sables y hachas, pero fue mencionar a los ahorcados y oír el chillido de gaviotas, que empezaron a volar sobre nosotros y a posarse sobre los hombros y cabezas de los colgados para picotearles los ojos y las lenguas. Aquello significaba que estábamos a menos de un día de tierra de las Antillas Menores, y toda la tripulación celebró con gritos de alegría la presencia de esas carroñeras del mar. Los que hasta hacía un momento estábamos enfrentados, empezamos a abrazarnos y bailar sobre cubierta, felicitándonos de estar vivos y aún con un buen puñado de negros en el entrepuente. Los hombres parecíamos niños.

»Entonces sonó un disparo que nos detuvo a todos y el Bruto cayó de bruces sobre la cubierta, muerto con un agujero en la espalda. Gomís sostenía aún la pistola humeante. Hubo un silencio, y luego varios hombres rugieron y se precipitaron sobre él, golpeándolo con puños y pistolas. Había mucho odio hacia el capitán y Pepín Solá el Bruto fue quien nos mantuvo con vida. Nos costó arrancar a Gomís de las manos de quienes le pegaban. Pero entre el contramaestre y yo conseguimos poner orden y proteger al maltrecho imbécil. Los hombres querían matarlo, lanzarlo por la borda. ¡Acabemos con él antes de tocar tierra y que la justicia lo libre! ¡Echémoslo a los bozales, que lo maten ellos! Allí nadie quedaba sino yo que supiera pilotar el barco, de manera que me vi convertido en capitán sin yo pretenderlo. ¡Un capitán de veintitrés años!, me reí entre dientes pensando en don Joaquín Gómez, en Carlo, en mi tío. Ahí estaba yo, elegido por la chusma de *El Vencedor* como capitán de un bergantín negrero, juez y salvador de sus almas. ¡No!, les dije, ¡a los negros no! Nadie quiere comprar negros asesinos de blancos. No, al mar con él. Diremos que murió como un héroe combatiendo el motín mientras padecía unas severas fiebres. Que por eso no conservamos su cuerpo ni el de otros caídos enfermos.

»Gomís lloraba y balbuceaba. Intentaba llamarme por mi nombre, conmoverme, pero me di cuenta de que no sabía ni cómo me llamaba. Me llamo Pedro Blanco, le dije mientras le atábamos de pies y manos con gruesas cadenas. Lo tiramos al mar justo cuando un vigía gritó ¡tierra! desde la cofa. Se hundió como una piedra. Del mismo modo, pero sin tanta alegría, nos deshicimos del cuerpo del Bruto, por no andar dando explicaciones en puerto. Dejamos la isla Gran Turca a babor y navegamos entre los Caicos y Mayaguana rumbo suroeste-oeste para embocar el Canal Viejo de Bahamas a la altura de Gibara, ya en la costa cubana. Nos las prometíamos muy felices. Es cierto que habíamos perdido muchos negros, pero también compañeros, así que los vivos sumados a la carga de marfil y otras cosas aún podría dejarnos unos buenos pesos por cabeza. Pero justo donde el canal se estrecha viniendo de ese rumbo, frente a Punta Mangle y antes de los terribles cayos y arrecifes de los Jardines del Rey, el tiempo se aborrascó, nos topamos con un fortísimo viento contrario que nos obligó a dar bordadas y que pronto viró en huracán. Por ser primeros de diciembre ya debería haber pasado la época de huracanes, pero por la mala suerte que nos perseguía quizá fuera el último de la estación.

»Último o no, y cortos como íbamos de hombres para la maniobra, empezó a abatirnos fuera de nuestro rumbo, nos zarandeó y nos lanzó de través contra la Punta del Este de Cayo

Cruz, que libramos por muy poco. Decidí buscar refugio en aguas poco profundas, intentando en el peor de los casos embarrancar y llegar a la costa con esclavos y cargazón. Cruzamos con el huracán encima y media arboladura en el agua entre Cayo Corua y Cayo Solo, hundiéndonos y metiendo tanta agua por proa que el barco no adrizaba y el timón quedaba fuera del agua, en seco. Ordené arrojar al agua los cañones de proa, con sus cureñas y atacadores, así como mover a todos los bozales hacia popa.

»Intentamos llegar a la ensenada de Playa Judío, pero encallamos un par de millas antes. El barco quedó ligeramente recostado en un fondo de arena. Pudimos salvarnos todos en los botes y aun gran parte de la carga, agua, víveres, sobre todo el marfil, llevándolo hasta aguas poco profundas y allí cargándolo los negros hasta la playa. En este trasiego con los botes y bozales porteando con el agua al pecho, pasamos casi toda la noche. No perdí un solo hombre. Al día siguiente subió la marea y un golpe de mar deshizo *El Vencedor* contra unos arrecifes. Lo vimos todo tumbados en la arena a la sombra de unos árboles de una caleta.

—Pero ¿qué hicisteis luego? ¿Alguien os rescató?

—Organicé a los hombres en cuadrillas. Unos pusieron a buen recaudo y vigilaron a los negros. Otros empezamos a rescatar pertrechos del buque y organizar con ellos un campamento. Hice tiendas y toldos con velas y tendiendo cable de cáñamo entre las parras caleticas. Cerca había un arrecife diente de perro y sobre él crecían los robles gualdos. Algunos estaban secos, y de ahí obtuvimos buena leña para calentarnos y sacarnos el mar de los huesos. Luego destaqué hombres hacia tierra firme en un par de botes, con la orden de encontrar ayuda y, sobre todo, información sobre haciendas o ingenios de azúcar cercanos.

—¿Eso para qué?

—Yo sabía que no llegaríamos a La Habana a pie con los bozales. Antes nos los robarían o nos los confiscarían. O bandidos o las autoridades, que vienen siempre a ser lo mismo. Además, el Bruto ya me había confiado durante la travesía que nadie esperaba realmente que culminara con éxito. El negocio ya estaba hecho con la venta de más participaciones de lo que podrían rentar negros y carga. Por eso le habían dado el mando al inútil de Gomís. A nadie le importaba un carajo la llegada del barco y los esclavos. Esa era una práctica muy común en La Habana, donde cualquiera con unos pesos ahorrados quería invertir en la trata y sentirse un gran negrero. En realidad, era un fraude. El barco solía estar asegurado y si por lo que fuera se hundía, los verdaderos armadores cobraban también. Si por ventura no naufragaba o no lo abordaban los ingleses, si llegaba, el capitán normalmente desembarcaba los negros de manera ilegal a millas de La Habana, para evitar pagar aranceles, vendía los esclavos a hacendados de la zona a un buen precio y hundía el barco para no dejar pruebas, repartiendo luego con uno o dos de los principales armadores. Aquí se me pintaba siempre la cara del golfo de Carlo Verroni, sin duda hombre interpuesto en este fraude. Así se desplumaba a un montón de inversores y se vendían los negros de tapadillo, sin cargas, a los dueños de los ingenios.

—Entiendo. ¿Encontraron compradores?

—Estuvimos cuatro días en esa playa, esperando. El tiempo que les tomó a esos hombres llegar a Playa Jigüey y de ahí al pueblo de Guanamaca, hablar con algunas gentes y regresar con contramayorales y gente de un par de ingenios. Trasladamos todo a Playa Jigüey y allí mismo se hizo la venta de los ciento veinticinco bozales de nación mina igbo, hombres, mujeres y niños, que quedaban con vida de los trescientos ochenta que embarcamos en Ajuda. También vendí algo del marfil y el resto quedó consignado contra un recibo en uno de los ingenios. Los negros dejaron un poco más de treinta y siete mil pesos duros, vendiéndolos todos, unos más y otros menos, en torno a los trescientos pesos por cabeza. Yo tomé menos de lo que me correspondía como capitán de hecho, me conformé incluso con menos de mi parte de segundo piloto, pero me aseguré de pagar a cada hombre según lo que hubiera firmado y nos separamos para llegar cada uno a La Habana por sus medios. Con esto convertí a cada uno de esos hombres en voceros agradecidos. Recordé los consejos de Cha-Chá, y los mentideros de los marinos no se diferencian mucho de los de los salvajes africanos.

Las historias corren como la pólvora y, según sean, crean o arruinan la fama de un capitán. Porque eso era yo ahora para todos los sobrevivientes de *El Vencedor*, el capitán Blanco, el hombre que los había devuelto vivos a Cuba y había pagado lo acordado aun quitándose de lo suyo. Tardé una semana en llegar a La Habana, haciendo el camino sin mucha prisa para dejar que algunos llegaran antes, y me fui de cabeza a ver a Carlo y rentarle mi cuarto de estar vacío.

—¿Y lo estaba?

—No, claro que no. Pero fue entrar yo por la puerta e iluminarse la cara de Carlo. Tardó un momento en echar con cajas destempladas al inquilino y acompañarme al cuarto. En cuanto cerró la puerta, me guiñó un ojo y me preguntó riendo: ¿Cómo está usted, capitán Blanco? Le repliqué si no se alegraba de verme y me dijo: Depende. Ya no reía. Le pregunté entonces si corría peligro y me contestó otra vez igual: Depende. Yo saqué de mi equipaje una talega llena de pesos duros y se la puse delante. La sopesó y me miró serio. Añadí el recibo y paradero de los colmillos de marfil y volvió a reír. No, aquí estarás seguro. Y esto calmará a ciertos señores que esperaban con ansia el naufragio de ese condenado bergantín. Bueno, le contesté, considera esto un regalo inesperado del capitán Blanco, pues en efecto el barco y todo lo que llevaba se perdió en los arrecifes de los Jardines del Rey. Nunca le pregunté más a Carlo sobre cómo y con quién había repartido. Lo cierto es que en días sucesivos el *Diario de La Habana* publicó varias noticias en distintas páginas: el terrible naufragio del bergantín *El Vencedor* con la triste pérdida de su capitán don Lluís Gomís, oficiales, tripulación, Dios los tenga en su gloria, y carga; la venta de sesenta negros minas igbos por parte de un hacendado de la zona de Guanamaca, negros sin tacha y buenos para el machete y el desmonte. Y por último, una subasta de marfil a muy buen precio, de la que podían pedir razón al señor don Carlo Verroni en su hospedería de la calle Oficios casa número 73, a la espalda del Baratillo y el muelle de la Caballería.

—¿Qué hiciste? ¿Te quedaste mucho en La Habana?

—No, no mucho. Descansé hasta después de la fiesta de los Santos Reyes Magos. Vi a los cabildos de congos, lucumíes y ararás disfrazarse con sus mejores galas y desfilar hasta la Plaza de Armas. Todos tocando sus tambores, bailando y dando volteretas y cabriolas imposibles. Las calles y balcones se atestaban para ver lo que llamaban la fiesta de diablitos. El 6 de enero era para ellos, para los esclavos, que en ninguna otra fecha tenían permiso de desfilar por naciones, banderas y jefes, el día de su gran carnaval dentro de las murallas, el único en que eran libres de no trabajar, de juntarse y dejar sus bohíos extramuros para tomar con sus músicas y bailes el centro de La Habana. Dicen que todo fue imitación de las tropas reales, que en esa fecha tenían la tradición, desde inicios de la colonia, de rendir homenaje a los reyes en la figura de sus representantes, los virreyes y luego los capitanes generales. Y de paso pedían el aguinaldo a estas autoridades.

»Algo de eso debía de haber porque los negros de cada nación desfilaban con trajes coloridos que eran un remedo grotesco de los uniformes, detrás de su bandera tremolada por el portaestandarte, comandados por un capitán con bicornio y banda terciada, y no faltaba otro que llevaba una alcancía para pedir el aguinaldo. Llegaban por turnos confluyendo al patio del Palacio de Capitanía, cantando, bailando y dando vivas a Fernando VII el Deseado, monarca de españoles, criollos blancos, mulatos y negros, y los felices, al menos ese día, africanos esclavos de Cuba y el Imperio español. La alcancía se llenaba con reales, escudos, pesos y hasta doblones que les arrojaban al patio, divertidos, las autoridades, nobles, damas y damitas de la buena sociedad. Llena la alcancía se iban con la música, bailes y diablitos a otra parte y ocupaba el patio otro cabildo de otra nación. Ese día África tomaba la ciudad, que bajo la caricatura de la soldadesca y los ¡Viva Fernando VII!, lo que había era pura África, cuerpos retorciéndose, ojos en blanco, sacudidas imposibles de hombros y caderas temblorosas husmeándose como perros, gritos roncos, profundos, que salían del alma. Ese día en La Habana solo se oían baterías de tambores hablándoles a sus dioses. Y esa noche y mojados en alcohol, la excitación de blancos, mulatos y negros los enroscaba, nos enroscaba a unos con otros. Quien tenía esclavas las abusaba, quien no buscaba dónde meterla con los pesos en la mano. Esa noche todo se resolvía en gemidos, jadeos y súplicas. Y lágrimas, pues donde hay amos y esclavos, donde hay desigualdad, ricos y pobres, la lujuria no es nunca hija del amor sino de la tiranía de unos y el miedo de otros.

—¿Y eso lo dices tú, Pedro Blanco el negrero?

—Sí, el negrero. El abusador. El tirano. El monstruo. El hombre enamorado. El padre amante. Cuántas personas y tan contrarias podemos ser, doctor.

—No, Pedro, no tantas si no hacemos del cinismo y la auto-indulgencia nuestra ley. Cuando se sabe qué está bien y qué está mal, es más fácil desechar unos cuantos yoes, los peores, y centrarnos en ser menos pero mejores. ¿No lo crees, no lo crees ahora? Solo hacía falta menos egoísmo.

—O menos miedo. Los monstruos siempre tenemos miedo. A los monstruos nos aterra la gente, doctor. Por eso la destrui-mos de una u otra manera. A veces, las menos, sin querer.

—¿Es eso lo que quieres hacer con tu hija Rosa, destruirla? ¿Por eso te niegas a recordar dónde están los papeles que te pide? ¿No te da miedo que la maten?

—No, no pueden matarla por esos...

—¿Papeles? ¡Por Dios bendito, Pedro, dinos dónde están!

—Vos no creéis en Dios. Y yo tampoco. No digo que sepa de qué me habláis, pero si no recuerdo por mi hija por qué habría de hacerlo por un dios en el que no creo.

—¡Es una forma de hablar, Pedro!

—¿Por qué no viene mi hija Rosa? ¿Tenéis contacto con ella?

—A veces intercambiamos notas y yo le escribo cada tanto cartas. Le hablo de nuestros progresos, por llamar a estas char-las de alguna manera, de tus avances.

—¿Progreso?

—Cuando llegaste aquí estabas ido, casi habías matado a un hombre con tus manos y gritabas todas las noches cosas sobre motines y tormentas. Eras incapaz de recordar tu nombre y de-cir el mío. Ahora, desde hace un mes, te comunicas con fluidez, recuerdas lo que quieres y no has atacado a nadie. Ni siquiera has intentado besarme otra vez. No sé si tomármelo a mal. Tran-quilo, es una broma.

—Lo sé.

—Y te ríes. Y la risa fruto del humor es señal de cordura. Estás mejor, Pedro.

—Ya.

—Si solo quisieras recordar el paradero de...

—¿Queréis saber qué hice luego en La Habana? Lo recuerdo perfectamente. No resopléis, doctor. ¿Queréis o no?

—Sí, claro, quién sabe dónde desembocarán algún día tus recuerdos. ¿Qué pasó tras Reyes? Supongo que te embarcaste.

—No. Tuve que esconderme un tiempo. Gente que se fue de la boca. Marineros habladores, para bien y para mal. La familia de Gomís pidió una investigación sobre el naufragio de *El Vencedor*. El propio Carlo me sugirió desaparecer por un tiempo y en eso llegó mi tío Fernando, de vuelta de su viaje. Intercambiamos noticias, me quiso hablar otra vez de Málaga y yo me negué a escuchar. Has vuelto más duro que te fuiste, me dijo. He visto más, le contesté. Allí en la hostería de Verroni y junto con él combinamos que me alejara del puerto y fuera a conocer al tal teniente Marchena, teniente del pelotón de la costa en Matanzas. Me resistí. Ya había probado, siquiera por accidente, el mando de un barco y la sangre me hervía por volver al mar. Nadie te va a dar el mando de un negrero, se burló Carlo, y menos tras traer a puerto un barco que nadie esperaba. Y luego lo de ese capitán. El tal Gomís no era nadie y las autoridades no husmearán mucho cuando encuentren ciertos nombres entre los armadores. Vete. Yo te avisaré cuando todo se enfríe.

»Así lo hicimos, y mi tío me acompañó a conocer a mi primo lejano, Jesús Marchena, teniente de las tropas reales en el castillo de San Severino, en la bahía de Matanzas, un Trava lejano, medio acriollado ya y que no se le daban nada las disputas familiares de Málaga. Era un hombre fondón, con nariz grande, pelo ensortijado y negro, bienhumorado, bromista impenitente y de relación fácil. Esto y sus manejos con el pelotón de la costa, su habilidad para enviarlo siempre en dirección contraria a los desembarcos ilegales de bozales, le había granjeado el favor de sus superiores y los hacendados de la zona. Y le había asegurado un destino tranquilo y rentable lejos de los independentistas de Colombia y Méjico. Nos recibió con los brazos abiertos, alegrándose de conocerme, especialmente cuando le relaté mi manejo con los negros de *El Vencedor* en los Jardines del Rey. Primo, me dijo, sonriente y palmeándome la espalda, bien se ve que eres despierto y en mí tienes no solo un... ¿primo? ¿Primos lejanos? ¿Eso somos? ¡Bah, un primo!, sancionó, sirviéndonos aguardiente y brindando por conocerme, porque me quedara cuanto quisiera en su casa y por futuros negocios. ¡Siempre hay oportunidades para un negrero y un militar de la costa con el mandato de perseguirlos, querido primo! Así decía, riéndose de su propia broma. No pude evitar compararle con el recuerdo del soldado que fue mi padre y sentir desprecio. Estos son los tipos que hundirán el imperio, pensé. Claro, doctor, ahora la gente ya no pensáis en esos términos, pero yo aún nací en un imperio y lo vi morir.

—Dicen que los imperios son cuerpos vivos y, como estos, decaen y mueren para que otros puedan nacer y morir. ¿Y tu desprecio en qué se tradujo?

—¡Oh, en nada! Lo cierto es que mi primo, cuyo nombre era Jesús Pérez Marchena pero que se hacía llamar Marchena en la milicia y en la vida, se ve que el Pérez se le hacía de poco fuste, resultó encantador. Esa misma noche nos llevó a mi tío y a mí a su casa a cenar. Allí conocimos a su mujer, Mercedes, también gordita y dicharachera. No tenían hijos, pero vivía con ellos una sobrina, una chica tímida y para nada fea, pero de belleza insulsa, llamada Rosalía Pérez Rolo. Tenía quince años por entonces. Cuando nos sentamos a la mesa, Rosalía apenas se atrevía a levantar los ojos del plato.

»Mi tío me pidió que contara algunas historias de mis viajes y así lo hice, suavizándolas bastante por respeto a las señoras en la mesa. Con eso y todo, poco a poco Rosalía fue mirándome más hasta no apartar ya los ojos de mí y sonreírme cada tanto con recato, cosa que no pasó desapercibida a Marchena y su mujer. Mercedes me preguntó si estaba casado, le dije que no, que con la vida que había llevado hasta ahora no era fácil. ¡Ya, pero pronto serás capitán y ganarás muy buenos dineros!, dijo feliz, llevándose con una manita enjoyada y gordezuela un tenedor a la boca con un trozo de lechón con mojo de naranja agria. ¡Un muchacho como tú hará un muy buen esposo! En ese momento la niña Rosalía volvió a bajar la mirada y se sonrojó. Acabada la cena, los hombres salimos a la terraza de la casa a fumar vegueros y beber ron. Esa noche ya no volví a ver a Rosalía. Marchena me preguntó por mis planes y le dije que pasaban por no volver a La Habana en algún tiempo. ¡Pues de algo has de vivir, primote!, dijo mientras hacía volutas de humo y ponía cara de pensar mucho, un tanto cómica. ¡Lástima que no seas soldado para tenerte conmigo! Luego dijo que ya que tenía experiencia con los negros, temple, modales y sabía de números, él podía encontrarme trabajo de mayoral o contramayoral en algún ingenio importante cerca de Matanzas. Conozco a todos los dueños y sus esposas. Les gusta ver uniformes y soldados por allí cada tanto, quita a los esclavos las ideas de rebelión y asesinato, dicen. Me deben favores y negros. Y estarás cerca, podrás visitarnos. Has impresionado mucho a Rosalía. Eso dijo. Yo le repliqué que para ser mayoral de un ingenio sin duda habría que saber algo de las faenas del campo, de la caña de azúcar.

—Parece lógico, Pedro.

—¿Verdad? Pues Marchena se carcajeó y me dijo que no me preocupara por la ciencia agrícola, que quizá para mayoral vendría bien, pero que para ser un buen contramayoral solo había que saber de números para contar cargas de caña y esclavos, que no se fugaran, darles órdenes y usar el látigo. Un buen brazo para usar la cáscara de vaca sobre sus espaldas es todo lo que necesitas. Los hay hasta negros, imagínate. Lo demás lo aprenderás rápido. Estamos en época de zafra, hay que tumbar mucha caña; hacen falta hombres para hacer trabajar a los esclavos. No te preocupes. Así me dijo.

—¿Y estaba en lo cierto? ¿Trabajaste en un ingenio? He leído que eran lugares terribles.

—¿Terribles? Sí, supongo. ¿Qué no era terrible? ¿Qué no es terrible ahora? Es descorazonador, ¿no, doctor? Bueno, lo es para la gente como usted que ama a sus semejantes y los cree mejores que la brutalidad y la miseria en la que viven. Yo nunca les tuve esa fe a las personas, al género humano como un todo.

—Quizá por eso estás ahora tan solo. ¿No lo has pensado?

—¡Caramba, doctor, sí que sabéis cuidar de vuestros pacientes y animarlos!

—Perdona, Pedro. No soy quién para juzgarte y menos si

quiero ayudarte. Y no estás solo. Tu hija y tu yerno se preocupan por ti.

—Si vos lo decís... No viene ya nunca. ¿Tanto me odia?

—Te acabo de decir que se preocupa y está al tanto de tus progresos. Vendrá.

—En algo tenéis razón, doctor. Estoy solo porque nunca me gustó la gente. Estuve solo siempre. A bordo de los barcos, en mi reino de Gallinas o en las fiestas que daba en La Habana. Y los demás olían mi desprecio, supongo. Siempre estuve solo, ahora lo veo. Nunca hablé o escuché a alguien sin un propósito o interés. ¿Vos sí?

—¿Qué quieres decir, Pedro?

—Que con qué propósito me dedicáis tantas horas de atención. ¿Qué buscáis?

—Me ayudas a entender, me enseñas.

—¡Ah, sí, vuestros asesinos en Shakespeare!

—Y quiero sanarte.

—¿Y después?

—Devolverte a tu familia. A tu hija.

—Ya.

—Así es.

—Lugares terribles. Este es un lugar terrible también... A los pocos días mi tío Fernando dijo que se iba, que tenía que regresar a La Habana. Antes de despedirnos me volvió a preguntar si de verdad no quería saber de mi madre y mi hermana. Le dije otra vez que no. Me miró con pena y me dijo que Gertrudis, mi madre, estaba muy enferma cuando la vio, que quién sabía si no estaría ya muerta. Pues entonces para qué hablar de ella, le dije. De los muertos hay que hablar bien y yo no puedo decir nada bueno de ella. ¿Y Rosa?, me preguntó, ¿también la detestas? No, tío, a ella no. Y por eso tampoco quiero saber nada de ella ahora que nada puedo hacer para ayudarla. Mi tío Fernando asintió y montó en su caballo. Aún estuve un par de días más en casa de mi primo y su mujer. Cada vez que me cruzaba con Rosalía, la niña se ponía roja como un tomate. Y si yo le hablaba ella contestaba balbuceando y evitando mirarme. Pero lo cierto es que la sorprendía mirándome a cada tanto. La mujer de Marchena se hacía la despistada y procuraba dejarnos solos.

»Lo cierto es que empecé a mirar a Rosalía con otros ojos. Me resultaba interesante la normalidad y atractiva la timidez, encontré graciosa su falta de picardía. Su recato y fervor religioso, siempre con el misal y el rosario en una mano. Yo venía de estar con las putas y negras de Cha-Chá. Supongo, sé, que encontré halagador poder ocultar mi alma ya perdida, mi lascivia, mi monstruo, a un ser de pureza como esa muchacha. Algo de *El Burlador de Sevilla* que había fascinado al niño de Málaga hacía eco en el pirata, en el negrero que yo era afectando caballerosidad y modales. Y ella, en su talle delgado, pecho breve y pelo azabache partido al medio y siempre recogido en un moño, tenía algo de novicia. Me pregunté si mi hermana se habría ordenado ya, si también paseaba con los ojos bajos y un misal entre las manos. Me pregunté si yo, como Ormond y Souza, ya encontraba mi placer en la destrucción de la virtud ajena, de la pureza. Su tía Mercedes la mortificaba. ¡En esta casa nos iremos todos al cielo, hagamos lo que hagamos, Pedro!, se burlaba, ¡con lo que reza esta niña estamos todos ya más que salvados! ¡Y mira que ni tu tío ni yo somos de mucha iglesia, pero nos tocó una santa! Cuando salimos la vi escondida tras un visillo. Me pareció que lloraba. Marchena me llevó a un ingenio a un día a caballo de Matanzas, a unas ocho leguas ya hacia la parte de Mayabeque. Un ingenio enorme, moderno, que se extendía vasto por entre Ceiba Mocha y el pueblo de Aguacate, al pie de la sierra Camarones y la loma del Palenque. La Fortuna era un ingenio grande, con un batey de muchos conucos...

—Me tendrás que explicar, Pedro.

—Batey era el conjunto de edificios, almacenes y dependencias donde estaban el trapiche o molino, los tachos para el guarapo, donde vivían administrador, boyero, mayorales y contramayorales. Luego estaba el conuco. Por aquella época y pese a ser un ingenio grande, con no menos de doscientos negros trabajando en época de zafra, del corte de la caña, todavía vivían estos en los conucos, sus bohíos de tabla y guano de palma, cada uno con una parcelita para que cultivaran parte de su alimento. Ahí, en las horas que les quedaban, sembraban cosas que añadir al tasajo y la vianda que les daban los mayorales. Su poquito de boniato, calabaza, quimbombó, maíz, frijol, yuca y

353

maní. También criaban sus cochinos, cochinaticos les decían ellos. Con el tiempo, cuando el precio de los esclavos empezó a subir y subir por la trata ilegal, los agruparon en barracones para tenerlos más controlados. Por las fugas. Barracones sólidos, sin rendijas, que se trababan por fuera por las noches. Los esclavos tenían que evacuar en una esquina y no se les abría hasta sacarlos a trabajar otra vez. Pero aquí todavía eran bohíos con conucos.

—Seguro que piensas que salieron perdiendo con los barracones, que fue otro efecto perverso de la prohibición de la trata.

—A mí la prohibición me hizo rico, pero sé lo que es dormir en un entrepuente con otros. O aquí, en un dormitorio con más locos. Todo el mundo ronca y se tira pedos, doctor. Cuando los ricos no duermen con gente si no quieren es por algo, ¿no? ¡No os riais! ¿Es así?

—¡Cuando tienes razón tienes razón! Sigue, por favor.

—Entramos a caballo por un amplio arco encalado con una talanquera fuerte rematada con reja bien trabajada que nos abrió el guardiero, un esclavo viejo, con el pelo blanco, débil ya para la caña o el batey pero de confianza, encargado de la entrada principal a la hacienda. Saludó a Marchena y tan pronto cerró volvió a un taburete en la sombra donde tejía cestos. Largamos los caballos en un galope corto por el camino hacia la casa principal, la de los dueños del ingenio. Estaba flanqueado por altas palmas reales. Una campana sonó desde la entrada para avisar y cuando nos detuvimos ante la residencia, allí estaban los amos de todo aquello esperándonos. Marchena me presentó al dueño y su familia. Su casa estaba alejada un cuarto de legua del ingenio, sobre una elevación desde la que se veía todo el batey, dominado por la alta chimenea de ladrillo del horno, las calderas y alambiques donde el guarapo se trataría hasta dar los panes de azúcar, el trapiche, el campanario de madera que regía la vida en La Fortuna y el mar verde de cañaverales, cañas altas como tres hombres, gordas y dispuestas como escuadrones, empenachados de cogollos y hojas verdes, y listos para ser tumbados. Formaciones cuadradas separadas por caminos de tierra roja, que recorrían los carros de bueyes y los negros en su ropilla miserable, la esquifación, machete en mano. También me llamó la atención un cementerio no pequeño al costado de la plantación de caña. Es el de los esclavos, me explicó Marchena, ahí entierran a muchos.

»La casa de los amos era bonita, puesta con mucho gusto y bien servida por ladinos y doncellas mulatas. El dueño, don Ignacio Iparretxea Mendibil, era un vasco alto y huesudo, narigón como suelen, manos grandes y cejas negras y espesas, que vestía traje de fresco algodón blanco, panamá con cinta negra, leontina de oro en el chaleco, camisa y corbata de lazo también negra, fusta y lustrosas botas de montar inglesas. Su mujer era una guapa criolla, ya madura, pero aún con un rostro bello y vivaz, risa pronta y agradable, talle esbelto y generoso busto, que no dudaba en airear en el escote de un vestido francés con un abanico de fino carey. Se sirvió limonada en la terraza y el vasco y su mujer escucharon atentamente los elogios que me dedicaba Marchena. Que si marino, que si piloto formado en el Consulado del Mar de Málaga, que si experto en varios idiomas y ducho con los números.

»El hijo de los dueños me miró varias veces de arriba abajo y pronto fijó la atención en una joven esclava que nos atendía. Vi cómo sus miradas se cruzaban y la esclava bajaba los ojos asustada al saberse objeto de su atención y buscó ocuparse en algo dentro de la casa. El hijo chasqueó la lengua y se azotó nervioso una bota, inglesas y caras como las del padre, con la fusta que a su vez llevaba. No disimulaba su impaciencia. Luego se estiró en el butacón de enea, se rascó el pecho, este no llevaba corbata, y me miró enarcando las cejas. Por un instante me imaginé levantándome y hundiéndole mi cuchillo en el cuello. Le sonreí mientras lo hacía. Marchena seguía con su panegírico, que si parientes, que si un joven responsable y con ganas de aprender, que él respondía por mí y quedaría muy agradecido si me dieran colocación en La Fortuna.

»Don Ignacio asentía y daba sorbos a la limonada, que regaba generosamente con ron, mientras escuchaba la perorata del entusiasta Marchena. Fue la mujer, doña Francisca, la que levantó la manita para con un gesto acallar a Marchena y hablar muy claro. El vasco carraspeó, miró a Marchena y se encogió de hombros. Querido amigo, teniente Marchena, empezó doña Francisca, nos encantaría encontrar acomodo para vuestro brillante primo, pero aquí el mar queda lejos, bien lo sabéis, y lo que hacen falta son mayorales que sepan tratar a la negrada. Ya es tiempo de zafra, las jornadas son largas y es ahora cuando esos vagos se revuelven más o les da por fugarse. Y estos bozalones no hablan lenguas civilizadas, con gritarles en buen español basta. Necesitamos... Un negrero, la interrumpí, un negrero sin barco, un capitán negrero como yo. La dama abrió mucho los ojos y me miró interesada, abanicándose más fuerte. Don Ignacio dejó su vaso sobre la mesa y le dijo a Marchena que haber empezado por ahí, hombre, que a qué tanto Consulado de Málaga ni niño muerto. ¡Un negrero!, repetía satisfecho frotándose las manos. Pidieron detalles; les hablé de Ajuda, de *El Vencedor*, del motín, de la desgraciada muerte del primer oficial en este y la no menos trágica del capitán Gomís, arrebatado por un golpe de mar al sorprendernos un huracán traicionero. Y que así me vi yo al mando de marineros y bozales. La enemiga de Pancho, el hijo, crecía a la par que la estima de sus padres. Marchena me guiñó un ojo. Y así, doctor, me contraté como uno de los contramayorales de La Fortuna, un ingenio modélico y equipado con un moderno trapiche horizontal, con rodillos y armazón de hierro. De aquellos que hacían de Matanzas el corazón azucarero de Cuba y, por tanto, el destino de tanto esclavo. Curioso como siempre fui, me dije que estaría bien conocer el otro extremo de la cuerda a fondo. Ver adónde iban los negros que aspiraba a traer a miles, a millones. Nosotros y los portugueses llevamos la caña de azúcar a América y a los esclavos para trabajarla. Ahora podría ver cuánto aguantaban sin reventar y tener que ser sustituidos. Lo cierto es que La Fortuna me pareció un buen colegio en el que ocultarme hasta que la llamada de Carlo me devolviera a La Habana y al puente de un negrero rumbo a África.

—¿Y qué aprendiste? ¿Cómo era la vida en el ingenio?

—¿Recordáis cuando os pregunté si endulzabais mucho el café?

—Sí, recuerdo nuestra conversación.

—Bien, porque quiero que tengáis presente que lo que os voy a contar, todo, es para producir esos panes de azúcar, esos conos blancos y dulces en que la venden. Es bueno tener perspectiva de las cosas, ver para qué se hacen. Toda la actividad del ingenio La Fortuna, de los cientos de ingenios que se extendían laboriosos por los valles de Cuba, siempre humeante la chimenea, siempre los rodillos de los trapiches moliendo el gabazo de caña a fuerza de esclavos y látigo, era finalmente para endulzarle la vida, el café, las melazas y el ron, al resto del mundo. Para hacer panes de azúcar.

—¿Te estás disculpando de antemano?

—No, yo no me disculpo. Solo expongo.

—¿Tan brutal era?

—Tanto o más que un negrero o una factoría. Los amos eran los mongos de los ingenios. Señores de horca y cuchillo. Muchos tan déspotas con los esclavos como cualquier mongo africano, pero todos mucho más hipócritas y afectados. Si obviabas las espaldas desolladas y los negros torturados en cepos, parecían llevar una agradable vida campestre en sus casas bien ventiladas, capillas familiares, muebles caros, caballos enteros, ponches, encajes, abanicos, vegueros y veladas al piano. Solo había que saber en qué dirección mirar y en cuál no para no encontrarte con el otro mundo, manejado por los mayorales, de azotes, trabajo esclavo, gritos, perros, palizas, llanto y miedo. Todo, la vida, se organizaba con tañidos de campana, que manejada por el contramayoral marcaba la duración de las jornadas. La campana más grande, que siempre estaba más alta y en los ingenios más ricos tenía hasta un pequeño campanario, iniciaba con el toque de avemaría nueve campanazos a las cuatro y media de la mañana que despertaban a la bestia sedienta de guarapo. El resto de los toques los hacía algún esclavo viejo o lisiado, inútil ya para el trabajo en el campo. Y es que había toques para todo, doctor. Para llamar al boyero, al administrador o al mayoral. De alarma por fuego, por motín de los negros o por su fuga, un tañido histérico que ordenaba salir con los perros a cazarlos. También de repiqueteo de difuntos, cuando alguien moría e iba para el camposanto del ingenio. Los toques de la campana principal también marcaban los turnos de trabajo. En La Fortuna, en los meses de siembra y menos labor las jornadas de los negros eran de entre diez y doce horas, según las necesidades. Pero en la de zafra y molienda se alargaban hasta las dieciséis y las dieciocho horas diarias. Incluso jornadas de veinte horas vi yo hacer a los negros del ingenio cuando la tarea era mayor o urgía.

—¡Es inhumano, vergonzoso!

—Ahora hay obreros que no hacen muchas menos, ¿no? Y por un salario de hambre.

—Sí, desgraciadamente.

—Como me dijo pocos años después un rico accionista en La Habana, un tipo muy enterado y con amigos muy arriba en el gobierno: «Créame, Pedro, tenemos mucho que aprender de los ingleses. El avance del progreso es imparable y ellos lo representan ahora. Es su siglo. Ellos han visto que la esclavitud es ineficiente. Ahora se necesitan compradores de lo que se fabrica, Pedro, ¿y qué demonios puede comprar un esclavo? Los dueños de esclavos tenemos su fuerza de trabajo, pero poseemos también su miseria. Hay que alojarlos, vestirlos y alimentarlos de una manera razonable si no quieres que revienten. Cuando los obreros y jornaleros sustituyan a los esclavos, seguiremos poseyendo su fuerza de trabajo, pero les haremos a ellos dueños de su miseria a cambio de un salario que, de todas formas, volverá a nosotros. Les pagaremos poco o nada y con eso ellos tendrán que comprar comida, ropa, enseres y buscar un agujero donde vivir. El futuro es el obrero, no el esclavo mantenido». Todo un visionario. Tenía razón. Siempre recordé sus palabras. La esclavitud desapareció cuando dejó de ser rentable. Solo entonces tuvieron eco y visibilidad los discursos humanistas y filantrópicos, querido doctor. Solo cuando sirvieron a los nuevos intereses de los poderosos.

—Me niego a aceptar eso. Me niego a creer que no sirvió de nada la lucha, la voz y los escritos de tantos buenos hombres y mujeres. Si pensara que nada puede cambiar, que la lucha por un mundo más justo y fraterno no sirve de nada, me pegaría un tiro.

—No lo hagáis sin mí. Marchémonos juntos. ¿Tenéis pistola?

—¡Pedro, por Dios!

—¡Ah!, no lo decís en serio. Lástima.

—Volvamos al ingenio, por favor.

—Ya... Había otra campanita, la jila, más pequeña y con toques específicos para los esclavos, como llamar a formar antes de ir al campo y cosas así. En días normales el trabajo se detenía con la caída del sol, momento en que se ponía a los negros a orar por la salvación de sus almas. Claro que cuando la zafra, se aprovechaba la luz en las noches de mucha luna para tenerlos trabajando más horas en los cañaverales y el batey. Los negros tenían un día libre, que dedicaba a sus conucos, bailes y brujerías.

—Pero ¿cuál era tu trabajo, Pedro?

—Mi trabajo no era difícil, doctor. A ver, allí había ya un mayoral principal, de confianza del amo, y el administrador, que eran quienes organizaban de verdad el trabajo del día y los turnos de los demás. El mayoral era un castellano muy recio, de cuerpo fuerte pero achaparrado, sin un pelo en la cabeza, así que siempre con sombrero alón, una cicatriz que le bajaba de la frente a la mejilla y que nunca se supo de qué era por ser muy anterior a su llegada al ingenio. Se llamaba Jorge del Pozo, era poco hablador, un tanto gruñón y le llamaban Caraperro, quizá por su manera de ladrar órdenes a la negrada, quizá por su amor por un par de perrazos que siempre caminaban junto a él y le obedecían cualquier seña. Lo de Caraperro no se lo decían a la cara, claro. Nunca le vi sin un pistolón al cinto, un machete al costado y cuchillo grande en la caña de la bota. Era difícil adivinar lo que pensaba y yo, en los meses que allí pasé, solo le vi sonreír un par de veces. No era la alegría de la huerta, pero era fiel al vasco, concienzudo en el trabajo y aplicado en el castigo de los negros. Un buen mayoral, vamos. A mí me recibió sin mucha fiesta, pero tampoco creo que le desagradara. Ya os digo, era un tipo cerrado. Me encargó recorrer a caballo los espacios entre los cañaverales, guardarrayas les decían, y servían de red de caminos en la plantación, y vigilar a los esclavos. Todas las mañanas, poco después de que los negros formaran, Caraperro, ya a caballo y con los dos perros, nos esperaba a los demás mayorales y contramayorales en la guardarraya maestra, el camino principal del batey a la plantación y de la que salían las otras. Saludaba con un ceremonioso ¡caballeros!, condición que las hojas de vida de los allí presentes negaban del todo, y nos asignaba los cañaverales a vigilar. En mi primer día, como era nuevo, cabalgó a mi lado un trecho para compartir conmigo parte de su sabiduría. Hoy, me dijo, verás a esos negros trabajar como mulos tumbando caña. Bien. Ellos no te conocen, te probarán. Me han dicho que eres negrero. ¿Es cierto? Le contesté que sí. Bien, me dijo, entonces cuando te prueben, que lo harán, ya sabes lo que tienes que hacer. Apretó las piernas, metió espuela y se alejó seguido de sus perros.

—Pero entonces no te dijo nada de cómo hacer tu trabajo. No entiendo.

—Al contrario. Me lo dijo todo, doctor. Me dejó claro que me estarían vigilando los negros, midiendo mi carácter. Y que me probarían por ser todos esclavos resabiados. Pero aún más claro me quedó que, le viera yo o no, Caraperro estaría vigilándome también. Y me mostró con claridad cristalina que mi trabajo, en verdad, no era controlar el reparto de tasajo y yuca frita, de vianda, para que comieran. Ni la calidad del corte de la caña. Mi verdadera misión era llevar a los esclavos al límite de su resistencia y doblegarlos si se revolvían. El látigo era mi herramienta. La cáscara de vaca era el alfa y omega de los ingenios. Y yo no dudé en aplicarla en las espaldas de negros y negras. Venía de la experiencia de un motín en el mar, así que no sentía especial simpatía por los esclavos. Odio tampoco, pero ya sabéis... ¡Mejor ellos que yo! En la rueda del destino a ellos les había tocado la piel negra y el trabajo agotador, a mí ir a caballo látigo en mano.

»Lo cierto es que el trabajo era muy duro, horas bajo un sol de fuego, cortando y acarreando caña, hombres y mujeres. Pronto identifiqué a los líderes naturales, a los que destacaban de los demás negros que doblaban el lomo en los cordeles de caña que Caraperro me había asignado. Hombres y mujeres a los que los otros miraban con más respeto o que de forma espontánea organizaban y mandaban a los demás, apurándolos a trabajar más y mejor para evitar castigos. Vi uno alto y fuerte, uno de esos negros grandes que llaman granaderos y que suelen usar para cruzarlos con negras también fornidas, un lucumí que era realmente un coloso imponente, y me acerqué a caballo. El negro me miró inexpresivo y siguió cortando a buen ritmo, cuchicheando algo a los de al lado en su lengua. Ninguno se rio, al contrario, todos apretaron los dientes, se enjugaron el sudor y redoblaron el esfuerzo.

»Decidí que ese lucumí serviría bien como carta de presentación. Interpuse mi montura entre él y la caña. No dijo nada, solo intentó esquivarme y seguir cortando, pero yo le volví a atajar con el caballo. Se irguió, me miró, cerró los ojos e inclinó la cabeza. Eso me indicó que él también había entendido mis intenciones. Levanté el látigo y le azoté. Le azoté hasta tres veces. Apenas se quejó. Yo me levanté sobre los estribos y miré desafiante al resto de los negros del cañaveral. El lucumí, al haberle azotado de arriba abajo, sangraba por la mejilla, la frente, el pecho y la espalda, pero seguía sin moverse y mirando al suelo. Aquello duró apenas unos instantes, lo que tardé en retirarme un poco con el caballo y gritar ¡A trabajar! Los esclavos continuaron cortando caña y ya sabían lo que podían esperar del nuevo mayoral. Desde un cruce de la guardarraya maestra vi a Jorge del Pozo, al Caraperro, mirándome sin mover una ceja hasta que se llevó unos dedos al ala del sombrero, hizo un leve gesto de saludo, chasqueó la lengua, giró su caballo y se fue seguido de sus perros de presa. Esta escena se repitió sin muchas otras novedades durante toda la semana, era lunes, hasta que llegó el primer domingo. Día de descanso en el ingenio.

—Me repugna la naturalidad con que lo cuentas. Esa brutalidad..., ni aun ahora pareces arrepentido de haber azotado a otros seres humanos.

—Brutalidad, sí, os entiendo, doctor. Pero es lo que se esperaba de mí en ese lugar. Lo que esperaban de mí hasta los mismos esclavos, que hubieran tomado por debilidad o miedo cualquier otra cosa. Es vuestro amor universal lo que no hubiera cuadrado allí, lo que habría causado desastre y más muertes de las muchas que de normal había. No puedes darle esperanzas y amabilidad a quien vas a reventar trabajando. Es bueno que el temor exista, a veces evita desgracias mayores.

—¡Es repugnante! ¡Es ordenar a la gente en víctimas o verdugos!

—Y si ese es el mundo que enfrentáis, doctor, ¿qué elegiríais ser?

—Siempre podemos elegir, Pedro. Elegir ser hombres, no animales.

—Puede ser. Quizá mi problema es que yo viví siempre rodeado de fieras, de animales. Tristemente no se me dio a conocer muchos seres humanos, personas como vos, doctor, sino bestias de dos patas.

—¿Te das cuenta de que siempre encuentras un pretexto? ¿Que siempre te victimizas para justificar lo injustificable? Valiente para arriesgar la vida por codicia o pura supervivencia. Pero no lo bastante para mirarte y decir en voz alta que tú elegiste ser despreciable.

—Parecéis vos más preocupado por mi depravación que yo, doctor. ¿Sigo?

—Sigue.

—Como os decía, así fue más o menos mi primera semana. Y las siguientes. Solo los domingos cambiaba la rutina. El domingo los negros salían a la puerta de los bohíos a solazarse, jugar y bailar. Empezaba la fiesta con la salida del sol y una gran agitación dominaba el ingenio. Se bailaba al son de tres tambores, la caja, la mula y el cachimbo, que era el más chiquito. Les gustaba mucho bailar la yuka, que era por parejas, con movimientos circulares muy rápidos y las manos en la cintura. Me preguntaba de dónde sacaban las fuerzas y la alegría para bailar todavía. También venían gitanos y turcos a intercambiar cosas por los frutos y animales de los conucos, aritos y pequeños adornos de oro de poca ley que encantaban a las negras. O billetes de lotería, sobrepreciados y a veces falsos. Los compraban ilusionados, los besaban y bailaban con ellos en la mano. Yo me acordaba de Benito el Suertudo. También aparecían granjeros, blancos pobres o mulatos, que traían leche para cambiarla. En el ingenio nunca se daba leche a los negros.

»Después de atender la misa los esclavos solían jugar a los bolos y al tejo. Las esclavas bailaban. Los amos venían a veces a verlos. Se ponían a la sombra y se divertían con los gestos, saltos y alaridos de negros y negras. Don Ignacio miraba satisfecho, la señora Francisca incluso daba palmitas y Pancho se relamía viendo los cuerpos de las esclavas más jóvenes mientras decidía de cuál abusaría luego, por la tarde, cuando la madre se retirara, el padre se perdiera con el caballo tras una negra y él ya estuviera algo bebido. Porque a Pancho le excitaba violarlas allí mismo, en sus bohíos, para que todos los esclavos se enteraran. A veces los negros ejecutaban el mayombe, medio juego y baile, medio brujería. A mí me llamaba la atención. Colocaban *ngangas*, unas cazuelitas de barro, en el centro de un círculo de tambores. Metían en ellas cosas, hierbas, tierra... Yo procuraba entender qué pasaba allí, pero ningún negro me lo decía, así que lo tomaba por un baile más. Un domingo Caraperro se me acercó por la espalda. No lo sentí hasta que me habló mientras uno de sus perrazos me olisqueaba la mano con su hocico negro y brillante. No es un baile, que no te engañen. Nos están matando, me dijo. ¿Cómo?, le pregunté. ¿Ves lo que ponen en las *ngangas*? Hierbas, pelos, uñas, tierra del camposanto. Con eso, el baile y los tambores, mientras los miramos, nos están haciendo *enkangues*, trabajos que obligan a sus espíritus a protegerlos a ellos y a dañar, enfermar y matar a los diablos blancos, me dijo, y señaló con la cabeza a los amos, a ellos y a nosotros. Yo me reí y le dije a Caraperro que si él creía en esas bobadas. Lo mismo que en los milagros de la Santa Madre Iglesia, nada, me contestó serio y con el ceño fruncido como si notara una punzada en el corazón por alguno de aquellos *enkangues.* No importa lo que nosotros creamos, Pedro, siguió diciendo, lo que importa es que ellos lo creen con el alma y les da esperanzas. Es peligroso. Siempre te veo mirándolos curioso, ¿te divierten? No te encariñes con ellos. Pronto tendrás que reventarlos a trabajar, a latigazos. O cazarlos por la manigua con perros. No son tus amigos. Son negros. Y no tus negros. Los negros de don Ignacio. Tenía razón, claro que la tenía, pero me cautivaban estas cosas de africanos. Ver cómo ellos las creían a pies juntillas, fervorosamente. Si comprendía cómo pensaban y qué temían, me dije, sería más fácil dominarlos.

—¿Y qué aprendiste?

—Varias cosas, doctor. Que para los africanos todo pasa por una razón, no existe la suerte, el azar. Todo, lo bueno o lo malo, lo causan los espíritus y si se sabe la magia más fuerte, puedes obligar a los espíritus a hacer lo que tú quieras. Si enfermas es porque un espíritu te lo hizo, porque alguien lo obligó a hacerte eso. Todo pasa por ellos. De la más ínfima desgracia al poder de un rey. Sí, aprendí mucho en La Fortuna. Allí sobre todo había dos naciones de negros, congos y lucumíes. Estos eran más dados a sus santos y las artes adivinatorias. Con cauríes, que ellos llaman caracoles. Los caracoles son los ojos de Elegguá, dicen. Y con trozos de coco. Llenan las paredes de sus bohíos y barracones con signos y dibujos extraños que pintan con carbón o yeso. Los adoran como representaciones de sus santos principales, de Obatalá, Changó, Ochún, Yenmayá... Y también idolillos muy cabezones tallados burdamente en madera, que llaman Oché. Aún podría dibujar alguno de esos símbolos.

—¿Y los congos, Pedro?

—Esos eran más dados a la brujería, a trabajos y *ngangas*. Eran de peor conformar y a falta de armas, practicaban una religión que ellos creían más resolutiva a la hora de castigar, de vengarlos.

—Interesante. ¿Cómo, qué hacían?

—Pues un trabajo frecuente era recoger tierra donde hubiera pisado alguien al que querías dañar. La colocaban en la *nganga* con otras cosas, hacían sus hechizos y la ponían al sol. La vida de esa persona se iría apagando con el ponerse del sol. Cosas así.

—Curioso.

—Lo era, doctor.

—Supongo que la mente necesita pensar que siempre guarda un resquicio de control sobre la realidad, sobre lo que nos pasa. Incluso si eres un esclavo despojado de todo necesitas creer que puedes actuar todavía contra quien te oprime. Si no hay armas reales, te las inventas y les das la fuerza de tu convicción. ¿No crees, Pedro?

—¡Claro que lo creo! ¿Por qué si no me mataría gustoso sino porque ya no puedo engañar a mi mente? ¡Estoy loco, doctor! Así que ya no puedo controlar nada ni creerme en posesión de nada. Solo asustarme.

—Ahora estás razonando muy lúcido, ¿no crees?

—Puede ser. El pánico viene de que ni siquiera estoy seguro de que esto está pasando realmente. ¿Sois..., somos reales?

—¡Por Dios, Pedro! ¡Pellízcate!

—¡No! Os creo. La mente es tan extraña. Tiene tantos cajones sin abrir como imposibles de cerrar. ¡Tantos resortes! Al tercer o cuarto domingo, justo antes de empezar a caer el sol y cuando muchos esclavos estaban ya sentados a la puerta de los bohíos, sacándose unos a otros los huevos que las niguas, unos insectos como piojos, les dejan bajo la piel, por orden de don Ignacio, Caraperro y varios de nosotros procedimos a castigar a un negro y a una negra. El domingo también era el día de esas demostraciones. Se tocó formación con la jila y se juntó a todos los esclavos del ingenio. El negro y la negra eran amantes, él un granadero grandón y ella una de esas negras caderonas destinadas a aparearse como una coneja y tener muchos criollitos fuertes, buenos para chapear caña. Para su desgracia, estos dos se habían enamorado y casado por sus ritos. Debían de amarse mucho porque era muy raro que las mujeres se fugaran al monte. Ni ellas ni los viejos lo hacían. Pero esta estaba embarazada. Sabía que daría a luz en la enfermería del ingenio y que tras destetarlo le quitarían a su bebé para criarlo, según era costumbre, en el llamado barracón con otros criollitos. En cuanto tuviera siete u ocho años empezaría a bracear gabazo en los cañaverales. Se ve que no se resignaron. Habían intentado fugarse, irse de cimarrones a la cercana sierra y unirse a algún palenque. No habían llegado muy lejos. Otros negros denunciaron la fuga por miedo a ser castigados y Caraperro salió de inmediato tras ellos con los perros y dos contramayorales, antes de que se perdiera el rastro aún fresco, y los habían traído de vuelta. Ahora tocaba un castigo ejemplar. Los esclavos eran caros y convenía quitarles fantasías de huida y libertad. Allí no había más juez que don Ignacio Iparretxe, sentado como un pantocrátor, pero con sombrero panamá y veguero humeante entre los dedos. Flanqueado, eso sí, por su mujer e hijo. Decidió que el mayor culpable era el negro, que sin duda había persuadido a su mujer para huir. Ella estaba embarazada de más de tres meses y la caridad cristiana obligaba a preservar esa vida casi tanto como el interés. Ese criollito crecería para ser esclavo también. Así que a la negra le hicimos un boca abajo...

—¿Un qué, Pedro?

—Un boca abajo. Cavaron un hoyo del tamaño de su panza y la tumbamos boca abajo sobre él, estirándola con cuerdas de muñecas y tobillos. Le desnudaron la espalda y así le aplicaron una buena cantidad de latigazos.

—¡Qué barbaridad, qué horror!

—Pues con él la cosa fue peor. Don Ignacio estaba muy orgulloso de sus perros. De hecho, estaba acariciándoles la cabeza mientras veía los castigos. Eran perros de presa adiestrados para seguir el rastro y atacar a los negros. Solo a los negros. El vasco presumía de su linaje. Decía que abuelos y padres de estos mismos perros se vendieron y muy caros en los estados del sur de Norteamérica para cazar a los esclavos que huían para ocultarse con los indios seminolas, en los pantanos de la Luisiana y la Florida. Y otros muchos perros de la misma sangre fueron vendidos a los franceses de Haití para combatir la revolución negra. Sí, su padre ya los criaba junto con otros hacendados de la parte de Matanzas y él seguía con la bonita tradición. La verdad es que eran unos perrazos temibles. Al pobre negro le habían masticado media pierna derecha y el culo al capturarlo. Se ve que Caraperro no se dio prisa en quitárselos de encima, porque eran muy obedientes. El caso es que ese negro difícilmente podría volver a andar y trabajar bien. Visto así, debió de pensar el vasco, solo servía de escarmiento y ejemplo. Le cortaron la nariz, le pusieron un aro de hierro con pinchos, por dentro y por fuera, en torno al cuello y le condenaron a vagar por los cañaverales y el batey hasta que muriera. Entre las heridas de los perros y las que le produciría el hierro contra la piel del cuello, era imposible que el pobre negro encontrara forma de descansar, recostarse o incluso sentarse. En pocos días moriría a la vista de todos. El miedo, doctor, el miedo mantiene a los esclavos en su sitio y a los amos en sus camas. No lo olvidéis.

—¡Dios mío, vivir así!

—Demonios, yo sí creo en los demonios. Con la caída del sol, salían otros demonios a cazar.

—¿Qué quieres decir?

—Ya sabéis lo que pienso, mi opinión no muy favorable sobre el género humano. Hija de la experiencia. Dadle poder a alguien sobre otros y veréis qué demonio lo posee. Con la noche, tras que la campana tocara silencio, el hijo Pancho se dedicaba a la violación de las esclavas. A abusarlas y golpearlas como si ellas tuvieran la culpa de algo. Pero es que el padre no era mucho mejor, quizá solo un poco más discreto por miramientos con su esposa, que siendo aún bella moría de celos de cualquier negra joven. Tanto es así que animaba al hijo a sus desmanes para que no los hiciera el marido. A poseerlas para que no lo hiciera el padre, ¡como si eso fuera a evitarlo! Una noche la vi entrar en el bohío del guardiero, el negro viejo del pelo blanco. Me quedé un rato esperando para ver que no pasaba nada malo a la dueña. Al rato salió, medio embozada, y con paso rápido desapareció en un caminito lateral y cubierto de vegetación que llevaba hasta la casa. Cuando me giré me topé con Caraperro. No le sentí llegar y me asusté. Sus habilidades de ranchador, de cazador de negros. Eché mano al cuchillo, pero él ya había puesto su filo en mi cuello. Me miró con extrañeza. Yo sentí que me habría degollado sin pensárselo de darle motivo. Pero no se lo di. Solo le dije que me había ocultado allí para cuidar de la señora sin incomodarla. Del Pozo asintió y enfundó su cuchillo. No tuve que preguntarle mucho. Me dijo que el viejo guardiero era un congo y tremendo brujo. Que la señora Francisca le visitaba para encargarle trabajos, ungüentos de belleza y una ligadura para que su marido la desease con locura. Para ello, doña Francisca traía un poco de tabaco del marido que el negro picaba junto con polvo de moscas verdes, de cantáridas. Luego ella se lo echaba al vasco en la comida y la bebida. O se lo soplaba mientras roncaba. Con ella no sé si funcionaba, pero con las esclavas sí, el vasco andaba todo el día encalabrinado. Lo cierto es que La Fortuna parecía cada noche una comedia de enredo francesa, un frenético vodevil de entradas y salidas entre la casa principal y los alojamientos de las esclavas.

—No le veo lo cómico, Pedro. Las esclavas no eran amantes ni doncellas enamoradas, eran mujeres violadas.

—Tenéis razón, doctor. Perdonad a este negrero viejo e insensible. Es que se dio el caso de que padre e hijo se encapricharon de la misma negrita y la visitaban el uno a espaldas del otro y ambos de doña Francisca. Esto duró un tiempo, hasta que la negra quedó embarazada y no supo dar razón de cuál violador era el padre. Se oyeron los gritos del vasco y su hijo en todo el batey, los ruegos de doña Francisca. Todo acabó cuando esta publicó un anuncio en el periódico de Matanzas para vender a la esclava o cambiarla por un caballo.

—¿Cómo que cambiarla por un caballo?

—Sí, doctor, a los esclavos se los revendía con frecuencia o se cambiaban por cosas que uno necesitara. Doña Francisca publicó su anuncio en *La Aurora de Matanzas...* ¡No! Ese periódico se fundó unos años después, no. Bueno, el anuncio creo recordar que decía algo así como: «Una negra joven, preñada de poco y sana, de nación lucumí, con maneras e idea para servir en la casa y sin tachas, en trescientos cincuenta pesos o se cambia por caballo para labor, mulo o un negro calesero sin tachas. Razón dará el mayoral señor Del Pozo en el ingenio La Fortuna». Yo vi cambiar negros por camas, cómodas y alacenas, por café o gallinas. Cada uno con su propiedad hace lo que quiere, ¿no, doctor? ¿No es ese el valor sacrosanto de este mundo mercantilista, la *ultima ratio* del liberalismo y del progreso?

—Por desgracia es así, Pedro, y eso no cambiará mientras se ponga por encima el interés personal, el egoísmo de poseer, sobre la fraternidad entre todos los seres humanos.

—¿Eso es socialismo, doctor?

—Eso es justicia. Y sensatez.

—¡A ver si el loco vais a ser vos, mi buen Castells!

—Prosigamos.

—Bueno, el caso es que cambiar a la esclava no fue un mal destino para ella. No eran raros en los ingenios esos casos de apasionamiento por una misma negra de padre e hijo, o hermanos. ¡O amigos! Y muchas veces se solucionaban de manera más drástica, eliminando la causa de disputa. Matando a la negra. Como sea, yo me cansé pronto de los enredos de La Fortuna, las brujerías dominicales y los sobresaltos que me daba Caraperro con sus apariciones fantasmagóricas. Decidí largarme a Matanzas cuando podía, a casa de Marchena. Allí trazamos grandes planes de futuro, desembarcos ilegales de bozales. Me habló de cuevas y maniguas cercanas donde ocultarlos hasta encontrar compradores en los ingenios. Él se encargaría de que el pelotón de la costa estuviera siempre en otro lugar. Habría que aceitar con oro a algún superior y funcionarios reales, nada que no se hiciera ya. Yo cada vez tenía más ganas de volver al mar. Escribí a Carlo. Su respuesta fue que fuera paciente. La familia de Gomís resultó estar mejor conectada y ser más tozuda de lo esperado. El genovés quedó en avisarme.

»Así que ahí seguía yo varado. Visitando a mi primo en el castillo de San Severino y a Mercedes y Rosalía en la casa. En una de las visitas, con Marchena de servicio, la mujer de mi primo se ausentó a propósito y nos dejó todo un domingo a solas. La niña Rosalía se atrevió por fin a hablarme. Me pidió que le contara más cosas de mi vida aventurera. Así lo hice, si bien suavizándola bastante, evitando las degollinas y describiendo mejor tempestades y paisajes exóticos. Recuperé incluso aquellas fábulas de dragones y emperadores de China que contaba aquel Cunqueiro. Rosalía me miraba arrobada. Suspiraba. Y en ese momento vi algo en ella que me recordó a mi hermana Rosa y nuestro patio, a las confidencias bajo la higuera. Algo que me hizo mirar a Rosalía con ternura. La pregunté por ella. Me dijo que estaba muy agradecida a Marchena y Mercedes por tenerla recogida allí, que los quería pese a sus poco cristianas maneras. Rosalía vivía para la oración, con una vocación de santidad que casaba mal con el espíritu mundano y práctico de los Marchena. Ella lo sabía, lo aceptaba e intentaba encerrarse en sus rezos, misales y ensoñaciones, preservando su castidad para el hombre que fuera su marido y padre de sus muchos hijos.

»Yo le sonreía e intentaba imaginar qué clase de fuego ardería encerrado en ese cuerpo. Aquella tarde hablamos horas, más bien hablé y ella escuchaba. Y la luz, descompuesta en colores suaves por las lunetas y los visillos, tamizaba su piel, la volvía seda en unas horas de civilizada penumbra. Lejos de la luz feroz del mar, de África, del batey y los cordeles de caña. Si me fijaba, podía ver hasta el pequeñísimo vello de sus mejillas erizarse a mis palabras, una fina pelusa de melocotón que sobredoraba una piel de porcelana siempre resguardada del sol. Que me hablaba de juventud, de pureza, de mujer sin agriar, sin marchitar. Y sentí por un momento la tentación de la calma, la seducción de lo que nunca había deseado para mí, el encanto de tardes de lectura, de un hogar, de un salón burgués. Quizá de unos niños, una familia. La tentación de dejarme ir de su mano, de negarme a mí mismo. Sí, cada tanto sacudía la cabeza para espantar esas ideas. Levemente para que ella no lo notara, quizá más por dentro que por fuera.

»Porque también en aquellas horas en que yo desgranaba mis hechos, mis aventuras, y ella su fe y sus ilusiones, yo no podía dejar de sentir la incomodidad que genera la adoración ajena en quien es humano, en quien nunca se sintió dios sino ferozmente humano. Un falible y equivocado ser humano, doctor. Creedme, nunca me sentí por encima de los demás y digno de adoración. Ni en ese saloncito de Matanzas ni reinando sobre miles de hombres en Gallinas. Siempre me sentí incómodo ante la admiración excesiva, ante el halago. Puede que eso causara, en parte, mi ruina más tarde. A la gente le gustan las personas que se dejan alabar, que aceptan los halagos de buena gana, con una sonrisa. Les hace sentirse seguros percibir que tienen una manera de controlar, de dominar a esa persona: su vanidad. Rosalía me miraba a cada instante como si me acabara de conocer, como si fuera una revelación permanente. Yo advertía sus pupilas desgranarme, recorrer cada gesto, cada arruga de mi cara, clavarse en mis pupilas, contar mis pestañas, espigar mis cejas. Mojarse en mi boca. Aquella niña santa se hacía carne en esa adoración, pude notarla tensarse por dentro. No me costó mucho imaginarme el calor que sentiría en la entrepierna, lo duros que tendría los pezones.

»Así que allí, sin siquiera hablar de ello, conversando de cualquier otra cosa para ni mencionarlo, creo que fue la primera vez que le hice el amor a Rosalía. ¡Sí, pobre imbécil! ¡Cuánto me arrepentiría más tarde de aquello! A qué negar que aquella tarde, y en otras parecidas que la siguieron, caí en el más común de los errores. El de intentar convertir a alguien en lo que no es, el de querer cambiarlo. Había algo en la pureza, en la religiosidad de Rosalía, en su fe inamovible en el amor bendecido por Dios, que llamó al momento al diablo que siempre hubo en mí. A la soberbia del joven inmortal que me creía. Empecé a desear hasta el dolor corromperla, arrastrarla por el fango, llevar aquella mezcla de dulzura y fe fanática a conocer lo más abyecto, desgarrar esa pureza, pisotearla y vengarme en ella del odio a mi madre y la pérdida de mi hermana. Odiaba en ella lo que reconocí de mí niño y sus estúpidas certezas sobre lo bueno y lo malo. ¡Pobre idiota, nadie cambia, nadie cambia a nadie! Yo que me creí verdugo de su inocencia acabaría, con los años, preso y derrotado por ella. Como siempre es derrotada la razón por el fanatismo. ¡Nadie nunca me hizo más daño y más por destruirme que aquella niña Rosalía con su impenitente, eterna, odiosa, adoración por mí!

»A mi cuarta visita, cuando monté en mi caballo para volver a La Fortuna, Rosalía salió de improviso, azorada, se acercó, me clavó los ojos y me dio un papel, una carta. Me pidió que no la leyera hasta llegar al ingenio, me dijo que si la abría con ella delante moriría al instante de vergüenza. Rosalía corrió a ocultarse de nuevo en el interior. Marchena y su mujer miraban divertidos la escena desde la puerta, ella con la boca abierta y ojos asombrados, y me despidieron con risas y adioses con la mano. ¡Vuelve pronto, galán!, me gritó Mercedes. Piqué espuelas y por un instante me pregunté si esa leve sonrisa que llevaba en la boca y el calor en mis tripas eran por un hogar reencontrado, posible. ¡El capitán Blanco, residente en Matanzas! Yo mismo me reí de la idea y azucé al caballo para no llegar muy de noche al ingenio. ¡Yo, casado y renunciando a La Habana! No, me dije, no, tú no, Pedro. No es ese tu destino.

—¿Y qué decía la nota, Pedro?

—«Salvadme. Os amo».

—Bonito.

—Malvado. Diabólico. Hay personas, y Rosalía era una de ellas, que saben ver en otros su debilidad. La mía siempre fue, ahora lo sé, amar lo imposible, lo que la razón desaconsejaba, amar los problemas para amar y a las personas que la sensatez negaba. Nunca conocí la placidez del amor. Salvadme..., esa ofrenda de debilidad, esa llamada de auxilio, fue la trampa y caí en ella. Sois joven, Castells, escuchadme, nunca améis a quien os cause lástima sino a quien os provoque admiración. Nunca améis a quien pone en vuestro amor su salvación o su propia vida. Eso no es amor, es chantaje.

—Así que al final, Pedro, no eras tan malvado. Hubo en ti lugar para el amor desinteresado, generoso.

—No creo que ni el mismísimo Satanás pueda ser diablo todo el tiempo. Claro que amé, con toda el alma. Pero no a Rosalía. Amar a quien te pide auxilio es solo una forma de soberbia, de sentirte bueno, mejor. De decirte yo te amaré pese a todo

371

y a todos, pese a ti y tu tristeza. O tu miedo. Yo te amaré porque soy el más fuerte, porque soy capaz de navegar entre las olas más feroces. Porque soy distinto y mejor que los demás. Vanidad, estupidez, que luego pagas con creces.

—¿Entonces a quién?

—Volvamos a La Fortuna, doctor. Incluso para mí, la violencia para con los esclavos era sorprendente. El padre y el hijo andaban a la gresca, doña Francisca infeliz y furiosa a ratos con ambos. Y como entre ellos no querían herirse, todo lo pagaban los negros. Gente rabiosa, con imaginación y con mucho tiempo libre, con poder de vida y muerte sobre sus esclavos, una rabia sanguinaria se extendió por el ingenio.

—¿Castigos? ¿Torturas?

—Sí, doctor, y nosotros, Caraperro y los contramayorales, éramos los encargados de cumplirlos. Aunque el hijo, Pancho, no renunciaba a azotar él mismo con el látigo o con una rama a los esclavos por cualquier cosa. La zafra estaba en lo más duro, los negros apenas si descansaban cuatro horas antes de volver a los cordeles a tumbar caña y bracear gabazo. Muchos reventaban agotados, se tumbaban en la tierra sin más y entregaban el alma. Otros se hacían los remolones o se revolvían, y entonces aparecían los castigos.

—Azotes, supongo.

—¡Oh, doctor, el hombre es ingenioso cuando de hacer daño se trata! Había muchas variantes. Estaba el castigo del cepo, que solía estar junto a las calderas. Pero luego estaba el tumbadero, donde se ataba al esclavo para un boca abajo y se le azotaba en la espalda. Si esto se mantenía durante nueve días, se llamaba «novenario». Nueve días de látigo. Cierto que la ley decía que nunca serían más de veinticinco los latigazos, que hasta para esto había leyes y estatutos, pero ¡quién iba a denunciar a un amo o a un mayoral blanco si se pasaba! Otras veces se los azotaba llevando cuenta.

—¿Quién contaba? ¿El que azotaba?

—No, no. El negro. El negro tenía que contar en voz alta los cuerazos que recibía y si se equivocaba en la cuenta, se volvía a empezar. Don Ignacio gustaba mucho de este método. Así aprenden a contar estos animales, decía.

—No me puedo imaginar algo así.

—Y no solo el cepo o el látigo. También se los castigaba con la maza, a llevar durante días un trozo de tronco de un árbol, muy pesado, atado al cuello o al tobillo con una cadena. No podían arrastrarlo ni dejarlo caer. Lo tenían que cargar. Los reventaba. El caso es que muchos negros empezaron a fugarse del trabajo brutal y los castigos, preferían coger el monte, volverse cimarrones. Fue entonces cuando conocí de verdad a Caraperro, cuando en una cuadrilla de rancheadores me volví cazador de negros.

—¿Cómo que los cazabais? ¿Como animales? ¿Vivos o muertos?

—¡Calma, doctor! Los cazábamos, a veces vivos, a veces, si se resistían, pues muertos. Eran pocos los negros que tras probar la libertad del monte, de los palenques en la manigua, se conformaban con volver a la esclavitud y los castigos en los ingenios. Muchos preferían luchar y morir. Y yo los entendía. Todo fue que una noche se fugaron trece esclavos, negros lucumíes, gente guerrera y menos calma que los congos, que eran más de aguantar tralla e intentar vengarse con sus brujerías. Cogieron una noche el monte, la sierra Camarones para arriba, y se perdieron por sus quebradas. Los echamos en falta al toque de la jila la mañana siguiente. Enseguida Caraperro armó una cuadrilla de seis hombres, yo entre ellos, y con los perros salimos en su busca. A los fugados los encabezaba aquel lucumí hercúleo que azoté en mi primer día en los cordeles de caña. Le habían cristianado como Agustín, pero los demás negros le llamaban Madre de Agua, que era el nombre de una deidad de las suyas y que representaba la fuerza del océano. Tan fuerte lo veían.

»Estuvimos cazándolos por la sierra un par de semanas. Persiguiéndolos por la manigua, profunda, indescifrable, en la que los propios árboles pierden sus contornos, abrazados, estrangulados, por lianas de enormes hojas, de musgos que caen en cascadas como barbas de gigantes. Una selva tan densa que ni los árboles saben dónde empiezan y dónde acaban. Pareces enfrentarte a un oleaje de verdes cambiante y mortífero. Imposible dar con ellos. Cuando llegábamos a un bohío o a un palenque en algún claro, siempre estaban abandonados y solo encontrábamos restos de comida, algún fuego apagado y esos dibujos de santos, rayas y círculos pintados con yeso o carbón, brujerías que iban dejando tras de sí a manera de protección y en la creencia de que nos detendrían o retrasarían. Al quinto día los vimos a lo lejos, al otro lado de una barranca escarpada. Tanto que los perros no podían bajarla sin herirse y nosotros sin cuerdas y sin dejar atrás caballos y mulas.

»Caraperro nos ordenó echar rodilla a tierra, apuntar y dispararles una salva con los mosquetes. Estaban muy lejos y en movimiento, pero la idea era concentrar el fuego sobre ellos y herir a alguno para retrasar al resto. Él mismo dejó a un lado el trabuco que cargaba, mucho más útil para pelear en la manigua cerrada y matar a corta distancia, agarró un mosquete y disparó. Cuando se disipó el humo de la pólvora vimos cómo, en efecto, habíamos alcanzado a uno de los negros y algunos de los otros se arrodillaban a su lado. Parecían dudar en si llevarlo con ellos, debía de estar malherido. De nuestra posición a la suya no habría más de doscientos pies, pero nos separaba esa barranca con paredones escarpados que los libraba. Por unos instantes, mientras recargábamos, nos quedamos mirándonos los unos a los otros. Podríamos haber hecho fuego otra vez y quizá herir a otro, pero Caraperro nos detuvo con un gesto. Entonces al otro lado vimos cómo el gigante Madre de Agua se arrodillaba junto al herido y le hablaba. El otro escuchaba y asentía. Se secó las lágrimas con el dorso de la mano y asintió otra vez. Ahí Madre de Agua le ayudó a levantarse y sosteniéndole lo irguió ante nosotros para que todos lo viéramos bien. Uno de la cuadrilla de rancheadores preguntó si podía disparar a los negros y Caraperro le bajó el mosquete de un manotazo. ¡Mira, mirad todos!, nos ordenó por lo bajo. Y así lo hicimos, doctor.

—¿Y qué pasó, Pedro?

—Pues que mientras Madre de Agua lo sostenía, el herido agarró un machete y él solito y sonriéndonos se cortó el cuello de oreja a oreja. Luego Madre de Agua lo depositó con cuidado en el suelo; él y los suyos nos miraron por un instante y desaparecieron en la manigua. Vimos que otro iba herido también y lo ayudaban a caminar.

—¿Os miraron cómo, retadores? ¿Orgullosos?

—No, doctor, no había nada épico o heroico en la escena. Nos miraron con pena. Nos acababan de decir bien a las claras que preferían la muerte a la esclavitud, que no se entregarían. Así nos lo dijo también Caraperro, que a estos negros tendríamos que cazarlos hasta la muerte y que lo único que volvería de ellos a La Fortuna serían sus orejas ensartadas como cuentas en un cordel. Doce negros, veinticuatro orejas. Y que nos diéramos prisa en cruzar la quebrada antes de que las jutías se comieran las orejas del primer muerto y no pudiéramos presentarlas como testimonio para cobrar. Y es que como rancheadores, aparte de nuestros salarios en el ingenio cobrábamos unos pesos por cada negro muerto o capturado.

—¿Y los... cazasteis?

—Como os digo, estuvimos dos semanas tras ellos. Una persecución incansable por lomas, quebradas y selvas de la sierra Camarones. El sol te abrasaba de día y la humedad te calaba de noche, había insectos y alimañas. Mientras buscábamos a nuestros fugados nos topamos con una partida de rancheadores profesionales, cazadores de negros contratados por el Real Consulado de La Habana para perseguir el cimarronaje por la isla. Las cuadrillas no solían ser de más de cinco o seis hombres, pero estas partidas eran de veinticinco y bien montados y armados. A veces hasta las formaban con tropas regulares. Batían las sierras en cuanto los propietarios daban la alarma porque los cimarrones les hacían pequeños robos, de gallinas y cochinaticos sobre todo, para comer. En realidad, lo que molestaba a autoridades y hacendados era la posibilidad de contagio, que ese amor a la libertad de unos pocos esclavos se extendiera al resto y diera lugar a rebeliones en los ingenios y masacres de blancos. Que se llenaran las sierras de palenques, donde los negros vivieran en libertad y en comuna, y eso llamara a los que soportaban la esclavitud en los ingenios pensando que ese era el orden natural de las cosas. Que se podía vivir sin amos. Yo creía haber visto la hez de la humanidad en los barcos piratas y negreros, pero la canalla que se ganaba la vida cazando negros en las partidas no era para nada mejor. Gente con gusto por la sangre que encontraba un acomodo perfecto en estos trabajos.

—Ya me imagino, Pedro.

—¿Sí? Pues tenéis mucha imaginación, doctor, para ser alguien que nunca...

—¿Que nunca qué, Pedro?

—Nada, perdonadme. A veces olvido los horrores que también veis aquí a diario por amor a vuestros locos y la humanidad. La partida la mandaba un tal Luis Gonzalo, un manchego, antiguo militar. Solían mandarlas españoles y completarse con criollos blancos y algún mulato, gente de monte y dura. A Gonzalo y sus hombres nos los topamos en un crucero de quebradas y selva. El manchego parlamentó un momento con Caraperro, que vino y nos explicó el acuerdo. Vamos a unirnos a esta partida para atacar un gran palenque que hay a unas leguas de aquí, en el Pan de Matanzas. Creen que hay un grupo grande de negros apalencados, hay mucho robo de reses en la zona. Quizá unos treinta, con algunas mujeres. El jefe de la partida nos ofrece quince pesos por cabeza si los ayudamos y hay capturas; ellos se quedan con las orejas o con los negros vivos y los cobran al Real Consulado. Es posible que Madre de Agua y los suyos se hayan refugiado allí. Si están, esos son nuestros. Vamos. Así nos dijo Caraperro y no hubo ninguna discusión.

—¿Y qué hacía el Real Consulado con los que se capturaban vivos?

—Los encerraban en el Depósito de Cimarrones que tenían en El Cerro de La Habana. Los que fueran identificados pronto se devolvían a sus dueños. Los que no, se revendían. Y a los más tenaces, los más apalencados, los metían en la cárcel un buen tiempo.

—¿Y ahí los capturasteis?

—¡Sois impaciente, doctor! El palenque del Pan de Matanzas había crecido bastante porque era de muy arduo acceso, y de él salían tres quebradas profundas y en extremo difíciles para andar con caballos y perros. Los apalencados tenían sus vigías y siempre detectaban las partidas, que por ser de pocos hombres para tanta barranca y manigua nunca podían taponar las tres vías de escape a la vez, así que los negros siempre se fugaban, cogían el monte y no volvían al palenque y sus bohíos hasta pasado un buen tiempo. Dos veces habían enviado tropas regulares a destruir el palenque, y una de ellas hicieron buena matanza de negros y cochinos y arrasaron con todos sus cultivos de boniato, malanga, plátano y aguacate. Pero al año ya estaban llegando nuevos cimarrones, repoblando y cultivando, que estos negros cuando olían la libertad eran bien trabajadores y sacaban mucho de la tierra. Al tal Luis Gonzalo le había pagado el Real Consulado unos seiscientos pesos por la batida que acabara con el palenque, así que no le pareció mal cerrar un trato con Caraperro y sumar a sus veinticinco nuestros seis hombres, calculando que si entraba con diez hombres por quebrada los apalencados no podrían huir.

»Así, nos separamos en tres pelotones a más de un día de marcha del Pan de Matanzas, con orden de estar cada uno en posición al anochecer en la boca de las quebradas y atacar todos a un tiempo con las primeras luces del día. Con nosotros se vinieron cuatro de la partida de Gonzalo. Tal y como se dijo, se hizo. Dejamos a una buena legua a perros y caballos y envolvimos con tela cualquier cosa que pudiera hacer ruido al caminar. Salimos una hora antes del alba. Todos nos arañamos bien la cara y las manos con zarzas y espinos, pero nadie blasfemó. No vimos ningún centinela. Nos apostamos al borde de la manigua y enviamos dos señales con un candil sordo, que nos contestaron desde la espesura al norte y al este de nuestra posición. Los tres pelotones habíamos llegado sin ser vistos. Le caímos encima cuando rayaba el primer sol, rojo, naranja, sobre el Pan, deshaciendo la oscuridad. Vimos unos veinte bohíos y sus conucos, con suerte habría allí treinta o más esclavos fugados, incluidos Madre de Agua y los de La Fortuna.

»Todo iba bien hasta que salimos a descubierto y empezaron a tronar trabucazos y a oírse gritos. Uno de los de Gonzalo murió con el pecho reventado a mi lado. Ya no había sorpresa y no quedaba sino luchar. Los cimarrones empezaron a salir de todas partes, armados con algún escopetón y un par de trabucos, pero sobre todo con machetes que se habían llevado con ellos al huir, esos machetes calabozos cortos y sin punta que usan los negros para tumbar caña, cuchillos, azadillas y ferrones puntiagudos de los que empleaban para remover la tierra. Les hicimos fuego, rodilla en tierra desde los tres lados, y matamos a unos cinco. Pero también hubo tiros en el fuego cruzado que hirieron a nuestros propios hombres, así que dejamos los fusiles y sacamos pistolas y machetes. Los negros luchaban a la desesperada. Por el largo de sus cabellos y barbas y la cantidad de cosas que cultivaban en su palenque, debían de llevar mucho tiempo fugados. Se defendían como fieras, aullaban en distintas lenguas.

»Nos mataron a dos más e hirieron a otros seis. Uno de gravedad, que moriría ese mismo día. Todos de los hombres de Gonzalo. Nosotros libramos con suerte de aquella escaramuza que duró con todo apenas diez minutos. En cuanto cesó la lucha, se hizo recuento. Habíamos capturado vivos veintiséis negros, ocho negras y dos criollitos. Muertos eran doce, todos hombres. Mientras unos los engrilletábamos, otros pegaban fuego al guano de los bohíos, mataban cochinos y gallinas y destrozaban los cultivos, echando además sal en los surcos de los conucos para que no sirvieran a nuevos cimarrones. Gonzalo pagó lo acordado a Caraperro y nos fuimos a por los perros y caballos.

—Así que Madre de Agua y los suyos no estaban.

—No, no estaban. En el palenque apresamos negros de muchas naciones: congos, mandingas, macuás, lucumíes y minas. Todos viviendo allí en república, como hombres libres. Un ejemplo peligroso para el resto de las dotaciones de los ingenios. Pero no, los de La Fortuna no estaban. Así que siguió la búsqueda, siempre hacia poniente, pues el Pan de Matanzas es la elevación más oriental de la sierra Camarones. Días de marcha. Un par de veces los tuvimos a tiro, pero siempre se nos escabullían en la manigua. Los negros, decía Caraperro, son felices en el monte. La manigua de aquí les recuerda su selva de allí. Saben escuchar a las hojas que silban y a las raíces que crujen. Y son negros, decía, se ocultan mejor en las sombras.

»Lo cierto es que no dábamos con ellos. Yo recordaba las junglas africanas y caminaba buscando parecidos en la manigua. Todo igual de verde, todo inexpugnable salvo pocas sendas abiertas a machete y caminadas. Los esclavos nunca creyeron en médicos y sus medicinas de pomo, de botica. Ellos todo lo que necesitaban para sanarse lo encontraban en las hierbas y las plantas. Sabían de la utilidad de cada árbol y cada mata. Cara-perro, como mayoral y ranchador concienzudo, también las conocía. Era uno de esos hombres que acaban por conocer y admirar lo que combaten o sojuzgan, quizá el blanco más negro que yo haya conocido. Por el rastro de las que usen y coman daremos con ellos, decía. Hay que saber leer el monte y la manigua. Muchas veces mientras caminábamos nos iba explicando... Aún le puedo oír, con esa voz que parecía siempre enfadado, a punto de ladrar. Las plantas rastreras o trepadoras, esas que abrazan y cubren los troncos, se llaman malangas. Las comen cocidas o fritas, como vianda. La de hojas más grandes se llaman mostera y con ellas se hacen desde sombreros hasta tejadillos. Son buenas para esconderse y borrar rastros. Árboles hay muchos y de todos sacan algo, de resina a cocciones. El cedro, la baría, el cuyá, el almácigo rojo, que se usa en ataúdes porque se pudre fácil, y el almácigo blanco, que cocido es bueno para el catarro. La uvilla, que es parecida a la uva y también se come. El árbol del viajero, una palma abierta en abanico y llena de agua por dentro. La hoja de tabaco mascada y puesta sobre la piel alivia las picadas. Vosotros no duraríais aquí solos ni una semana, ellos pueden vivir años. Ser libres aquí. Luego callaba y se deslizaba sin ruido y sin quebrar ningún tallo con los pies.

»La verdad es que sabía de qué hablaba, era un buen cazador de hombres. Una vez caminó junto a mí y me preguntó si el mar era muy distinto al monte. Él no había conocido más barco que el que le trajo a Cuba. Le dije que sí, que también tenía sus señales que había que saber leer. Eso le gustó y me compartió algo de su sabiduría. Siempre fíjate dónde sobrevuelan las tiñosas, me dijo señalando esos grandes pajarracos negros que son como pequeños buitres, carroñeras que sobrevuelan donde hay vida porque saben que a la vida la sigue de cerca la muerte, que la vida siempre acaba en muerte. Son delatoras, chivatas. Síguelas y te llevarán a alguien. A veces, sobre todo al atardecer, nos ordenaba acampar y mientras lo hacíamos él desaparecía en la manigua. No dejaba que ninguno lo acompañásemos. Decía que éramos torpes y ruidosos, que respirábamos fuerte y no sabíamos andar callados, que avisábamos a los cimarrones.

»Lo teníamos por loco y medio salvaje. Cuantos más días pasaba Caraperro en la sierra, menos se parecía al mayoral del ingenio y más a lo que cazaba. No se mostraba impaciente y yo creo que le gustaba más esto que estar en La Fortuna. No así a los demás, que empezábamos a estar hartos y cansados de este juego del escondite que ya duraba casi dos semanas. Caraperro lo notó. Una noche, mientras repartía aguardiente, nos dijo que podía oler a los negros mejor que un perro, que estaban cerca. Nos explicó que nos pondríamos a cazarlos al aguardo, como si fueran venados. Nos sentaríamos a la sombra de una ceiba, con las armas listas, en alguno de los cruceros por los que deberían pasar para encontrar agua fresca. Si no están apalencados, si andan sueltos por el monte, si son puro cimarrón, siendo tantos los árboles del viajero no les bastarán, tendrán que buscar agua en arroyos y charcas. Así que basta con fijarse dónde están los tallos de la hierba aplastados cerca de estas, dónde hay resto de caña mordisqueada, o de tabaco, y allí los podremos esperar.

»A todos nos pareció bien dejar de andar. Lo cierto es que un atardecer se fue en silencio y volvió al cabo de una hora con un negro muy joven maniatado por la espalda y al que traía tirando de una cuerda que le había puesto al cuello. Por lo corto del pelo y la barba no debía de llevar mucho huido. Lo sentó de una patada junto al fuego. Ninguno lo reconocimos como uno de los fugados. Caraperro hizo una mueca, escupió al fuego, bebió un trago de aguardiente y se lio un cigarro que se puso en la oreja. Luego se llevó al negro a un aparte y empezó a preguntarle cosas que no oíamos. Le pegó un par de puñetazos en la cara que tiraron al negro de costado. Lo volvió a sentar y le siguió hablando muy despacio. Ahora el cautivo lo miraba fijamente y comenzó a asentir. Entonces Caraperro, sin desatarlo, le dio un trago de aguardiente. También prendió el tabaco y se lo pasó al negro. Así estuvieron un rato, él hablando quedo y dando de fumar al negro y este escuchando y echando humo. Cuando acabó el cigarro, el esclavo se puso a hablar y a señalar con la cabeza hacia el norte. Caraperro asentía y el otro hablaba. Tras esto nuestro jefe sacó un cuchillo, cortó las ligaduras del negro y le palmeó afectuoso la cabeza. Después lo ayudó a levantarse. ¡Pedro!, me gritó, ¡trae algo de pan y de tasajo! Así lo hice y cuando me llegué a ellos, Caraperro se lo dio al negrito y le hizo una seña de que se marchara. En lo que dices ¡Jesús!, el mulecón se perdió en la manigua.

»Cuando nos reunimos con los demás nos explicó el asunto. Que Madre de Agua y los suyos no podían estar lejos, que él en su batida se había topado con este otro cimarrón y lo capturó esperando que nos diera noticias de nuestros huidos. Estos, que andaban solos y asustados por la sierra, se escondían hasta de los suyos. Ahora que había grandes partidas batiendo los palenques los negros preferían buscar suerte en la manigua y no parar de moverse por un tiempo, con lo que no era raro que se cruzaran o vieran a otros cimarrones en sendas y cruceros de las quebradas. Y el prisionero los había visto y sabía dónde acampaban los que buscábamos. Cimarrón con cimarrón, vende cimarrón, con eso concluyó Caraperro, y nos ordenó dejar el fuego encendido, un hombre para alimentarlo y vigilar perros y caballos. Los otros cinco marcharíamos sin ruido tras él, pisando donde él lo hiciera. Están a menos de media legua de marcha.

»Así lo hicimos y lo cierto es que nos movíamos rápido y con sigilo. Dimos un rodeo, primero al oeste y luego al norte. De pronto Caraperro nos hizo seña de parar y agacharnos. Se separó del grupo y vimos cómo reptaba hacia unas rocas altas. En ellas estaba sentado un negro centinela, mirando en dirección a nuestro fuego. Caraperro le llegó por la espalda, le tapó la boca y le cortó el cuello de oreja a oreja. Luego lo tumbó y por gestos nos mandó continuar. En cuanto llegamos a la roca vimos a Madre de Agua y los demás, durmiendo en los bordes de un claro a menos de cincuenta pasos. Caraperro nos conminó a usar solo pistolas y machetes, nos dispuso en semicírculo y nos ordenó avanzar. Lo cierto es que les caímos encima sin despertarlos, tanto es así que cuando nuestro capitán vio que estábamos todos junto a los negros dormidos, con las armas en las manos y prevenidos, él mismo descargó una pistola en la cabeza del más próximo a Madre de Agua y le puso otra en la frente al negrón lucumí cuando se medio incorporó asustado. No hubo pelea. Los atamos a todos. Bueno, a los vivos porque, amén del que se mató en el primer encuentro y los dos muertos de esa noche, el otro herido tampoco había aguantado y lo habían enterrado hacía días. Así que volvimos a La Fortuna con nueve esclavos sanos y tres pares de orejas para cobrar.

—¿Y qué fue de ellos en el ingenio?

—Salieron con poco. No habían herido ni matado a nadie en la fuga. A algunos los vendieron a otros ingenios tras azotarlos. Otros volvieron a chapear caña en cuanto se les curó la espalda. El que llevó la peor parte, por cabecilla, fue Madre de Agua. Lo tuvieron diez días en el cepo junto a las calderas, comiendo las mismas sobras que los puercos. Como aun así les seguía pareciendo altivo a sus amos, lo cierto es que tenía planta de rey, le desollaron la espalda a latigazos. Ni suplicó ni se quejó. Así que le cortaron a machetazos los dedos de los pies. Cuando se curara podría andar. Mal pero podría, lo bastante para seguir trabajando. Pero no podría correr nunca más. Me impresionó la frialdad con que Caraperro vio y ordenó estos castigos. Estaba seguro de que sentía admiración por ese negro.

—¿Y era así?

—En cuanto volvimos al ingenio regresó a sus silencios impenetrables. No es que en la sierra fuera muy charlatán, no. Pero algo más abierto sí me parecía. Cuando le cortaron los dedos no pude evitar preguntarle si no le parecía un castigo excesivo. Me miró como si no me conociera un momento y luego devolvió sus ojos a los cañaverales mientras me dijo que ese negro fuerte no tenía alma de esclavo, que nunca lo sería. Con pies o sin pies, volverá a intentarlo. Y yo eso lo admiro. La próxima vez lo mataré. Le haré un favor y lo mataré. Son ellos o nosotros, Pedro. Nunca lo olvides. Así me dijo.

—¿Hiciste más salidas como rancheador?

—No, doctor. Al poco de llegar, mi primo Marchena me mandó recado requiriéndome en Matanzas. Había recibido carta de Carlo Verroni, de La Habana. Solo podían ser buenas noticias, así que le pedí mi liquidación al vasco y me largué sin pena y sin despedirme de nadie de La Fortuna. En efecto, Marchena y su mujer me recibieron con risas y alegría, sacaron la carta donde el genovés me requería para embarcarme cuanto antes, me abrazaron y sacaron licor para brindar. Marchena ya imaginaba cuánto negocio haríamos desembarcando ilegalmente bozales en la costa a su cargo. Se comprometió a darme relación de fondeaderos secretos, buenas playas y ensenadas discretas. Establecimos también un código de señales que haría de noche desde tierra con faroles sordos. Una luz oscilante, vía libre. Dos, debía ponerme a la capa y esperar. Tres luces, huir y volver a mar abierto. Su mujer, la gorda Mercedes, reía sin parar, rellenaba las copas y me pellizcaba las mejillas. Bueno, lo hizo una vez, hasta que le paré la mano. Lo cierto es que yo ya solo deseaba salir de allí y cabalgar hacia La Habana y el muelle de la Caballería.

—¿Y Rosalía?

—Bueno, ella desplegó todo un repertorio de silencios, suspiros y congojas, que contrapunteaba la alegría de los demás. Me dejó bien a las claras que no quería que me fuera sin decir nada. Y yo agradecí que ni Marchena ni su mujer me dejaran solo por un instante aquella noche. Solo cuando me disponía a partir a la mañana siguiente me topé con ella a solas. Me miró con los ojos llenos de lágrimas, rojos de no haber dormido. La tomé de la mano y la tranquilicé. Le aseguré que volveríamos a vernos muy pronto, en Matanzas o en La Habana. Ella me miró entonces con furia y me pidió que no me burlase. Me juró que me amaba y que si yo sentía lo mismo, ella me esperaría hasta ser mi esposa, la madre de mis hijos.

—¿Te sorprendió, Pedro? Ya debías de imaginar sus sentimientos.

—Sí, sin duda los conocía. Pero siempre me sorprendió e incomodó la exhibición sentimental. Ya os dije que yo nunca fui de mostrar mucho. O de hablar como lo hago ahora. Que hablo y hablo para no desaparecer, para no ahogarme como un pez sin agallas.

—Eso no te va a pasar. No eres un pez. Pero no hablas de lo que te pregunto. ¿Por qué?

—¿Por qué? No lo sé. O sí. No lo sé. Llegaremos, doctor... Tengo sed.

—¿Sed? Has bebido mucho mientras me contabas. Traeré más agua. —El doctor se levanta de su mesa, a llenar mi vaso de una jarra que hay en el aparador. Yo tengo sed, la boca seca, pero el culo y las piernas calientes y húmedos, mojados. Es entonces que Castells ve el charco bajo mis pies, suspira y mientras me alcanza el agua se deja caer en su silla con un gesto mitad pena, mitad asco—. ¡Pedro, Pedro, hombre, por Dios, te has meado encima!

—Sí, no me he dado cuenta.

—Ya, no es culpa tuya. Has estado hablando mucho rato. Lo siento. Pero no te oí quejarte o removerte en la silla. Llamaré para que te lleven a los baños, ahí podrás lavarte. —Toca una campanilla y aparece Joseph en la puerta—. Seguiremos mañana donde lo dejamos, seguiremos el hilo de la madeja.

—Como usted diga, doctor. Siento haberle meado el suelo y la silla.

—No te preocupes. Joseph, que se lave antes de cenar y dormir.

—Sí, doctor —asiente el *cigano*.

—Hasta mañana pues. —Me levanto y camino hacia la puerta donde me espera Joseph. Sé que seguramente me pegará en cuanto estemos solos. Le gusta—. ¡Doctor, doctor Castells!

—¿Sí, Pedro?

—Rosalía me amaba con pasión. Yo a ella no, nunca la amé. Pero ella a mí sí. La pasión es enemiga del amor, doctor. Entendí con los años la maldición de la pasión. El amor solo puede ser sano, llevadero, correspondido con justicia, cuando es amor fraternal. O el suave y comedido de la amistad. La pasión es enfermiza, es necesidad de poseer, es enemiga del amor. Hay mucho odio escondido en la pasión.

Un gesto nubla la cara de Castells, que rebulle incómodo en la silla.

—Pedro, es interesante. Pero seguiremos mañana, los dos estamos cansados.

—¡Anda, camina!

Los dedos como longanizas de Joseph me aferran el brazo. Yo asiento y salgo mirando el suelo. Mi hermana Rosa, que siempre odió pisar esa calle que la avergonzaba, se encerró en casa y solo vivió el mundo a través de mí, volcó en amarme toda la pasión de la que era capaz una niña fantasiosa, una jovencita soñadora a la que la realidad solo ladraba y lanzaba dentelladas. Y su pasión, nuestra pasión, no se extinguió nunca, nos marcó de por vida con el peor estigma. Aún me persigue. Pero eso no lo sabe el doctor. Hablo para no desaparecer, para no ahogarme, para que no me arrinconen en una celda a dejarme morir. Hablo pero sigo eligiendo lo que cuento. ¡Controlo mejor mi cerebro roto que mi vejiga! Huelo a orines de viejo. Bajaremos un piso y luego entraremos en la galería. Ahí empezará a pegarme y no parará hasta que me derrumbe en el jergón, dolorido y lleno de meados. Me va a doler. Me apuesto los bozales que no tengo a que no me va a dejar limpiarme. Pero no me quejaré por eso sino de los golpes, porque le gusta y quizá así me pegue menos. No soy Madre de Agua. No. Soy un viejo loco que se ha meado encima. Sí, hemos pasado de largo los baños. ¡Ahí viene el primer golpe!

XVIII

Gaspar, uno de los locos con los que duermo, está siempre atento a mis necesidades. Me ofrece de su comida y me llama capitán Blanco. Yo diría que le gustan mis desvaríos, que encajan como un fino machihembrado con sus propias alucinaciones hasta formar un único delirio. Gaspar era comerciante de espejos en el carrer Mirallers, aquí en Barcelona. Negocio familiar. Nunca se movió de su *botiga* hasta que un día empezó a evitar mirarse en los espejos porque, decía, su reflejo entraba o salía tarde del azogue espejado. Comenzó a obsesionarse con cazarse en las lunas, con señalar su demora en aparecer y desaparecer, jugando al escondite con su cara y los mil espejos de su tienda. Dejó de comer, de dormir y ayudado de un candil se perseguía a sí mismo por la noche. Abandonó también las cuentas y cuando un yerno suyo se lo reprochó lo estranguló y, cuando el otro boqueaba como un pez fuera del agua, le vertió mercurio en las tripas. La familia lo abandonó aquí, en este pudridero, y es de mis compañeros de dormitorio el más feroz cuando todo se moja de mar y tormenta, la bóveda se encabrita y yo me creo de nuevo en el puente de un barco. Gaspar, el espejero, llevaba un fiero pirata en su interior sin saberlo y solo la locura, el envenenamiento por mercurio, se lo sacó. Cuando yo aúllo él replica y salta sobre su jergón feliz. Tanto que hasta yo me digo que me sobrepasa en locura. Los otros dos son poco más que unos cretinos babeantes, incapaces de escapar de Dios sabrá qué cadenas y prisiones de la mente. Sin un ápice de grandeza en su enajenación. Por eso Gaspar suele ser mi fiel Mérel o el no menos leal Martínez, mis hombres de confianza, mis manos derechas en el mar y en la tierra. Y los otros dos, Manuel y Roberto, suelen ser Burón, el rival, el mañoso, el cobarde, el traidor, el socio, el amigo aprovechado, el enemigo dispuesto... Sí, de dos imbéciles se puede sacar un buen Burón.

Gaspar me mira ansioso desde su jergón, como esperando que yo desate la tormenta o llame al abordaje. Me mira como te mira un perro que quiere que juegues con él, que le lances un palo. Por no verle, me giro hasta recostarme sobre la espalda y empiezo a contar las juntas de las tablas del techo, buscando en ellas una señal, una explicación a mi destino. Es lo que hacemos los locos, ¿no? Buscar nuestra razón extraviada en cosas y ritos sin sentido para los demás. Eso es lo aterrador de estar loco, que lo sabes y no lo puedes evitar. Pobre Gaspar, lo cierto es que hace muchos días, o eso creo, que no lo convoco al castillo de popa imaginario de mis pesadillas. Como Gaspar, siento que era más feliz cuando estaba loco perdido, orate, cuando los delirios llenaban mis días, mis vigilias, mis sueños y mis pesadillas. En los delirios que no eran sino memoria exagerada alzaba tormentas de olas gigantescas o junglas impenetrables, pero de todas salía con bien. ¡Cuánto mejor la alucinación ininterrumpida que estos cada vez más extensos lapsos de terrible cordura!

Sí, terrible y cruel cordura que me devuelve a la realidad de este manicomio, a la tiranía de la conciencia. Abominable cordura que me grita que estoy solo, viejo y abandonado de todos, olvidado de amigos y enemigos, arrinconado en este desván de almas rotas por mi hija. Ominosa cordura... ¿Será mérito del doctor Castells y nuestras charlas? Un ábaco. Sí, como en los alambres del ábaco él va moviendo por orden mis recuerdos, sumándolos hasta que den la cifra deseada, las coordenadas de esos dichosos papeles. ¡De verdad no recuerdo dónde están, quién los guarda! ¿De verdad, Pedro? ¡Sí, de verdad...! O eso creo. El hilo de Ariadna para moverse en el laberinto de la memoria de un loco, Minotauro de sí mismo. Soy de Málaga, al fin mediterráneo. Cuando naces en ese mar y sus leyendas da igual dónde navegues el resto de tu vida, llevas por siempre dentro los templos de piedra antigua y dorada, los mitos inmorales y asesinos de los antiguos, la astucia de los griegos y la doblez fenicia. Todo lo que yo cuente, todo lo que yo hice, ya se contó y se hizo por los héroes iracundos de Homero. Todo es repetición. Todo es imitación. Hasta mi locura debe de ser pálida copia de la *hybris*, de las pasiones desmedidas, de algún aqueo de doradas grebas. «Aquel a quien los dioses quieren destruir, primero lo vuelven loco», así decían aquellos griegos. Es cierto, como también lo es que «mas quien al cielo se atreve sin duda es gigante o monstruo». Hay doce tablones anchos, hay veinticuatro juntas en el techo. Doce meses, doce apóstoles, doce cimarrones huidos con Madre de Agua, doce... Y sí, al final todo se resume en monstruosidad. En sangre.

—Recuerda, Pedro, recuerda... Tras el ingenio...

—Sí, doctor, yo recuerdo. Tras el ingenio volví a La Habana. Verroni ya me tenía trabajo de primer piloto en *El Castellano*, otra vez a África. Yo no podía ser más feliz. Además, los marinos de *El Vencedor* habían sido mis mejores embajadores, hablando maravillas de mi temple y capacidad, de cómo los rescaté a ellos y la carga de una muerte segura y me aseguré de que todos cobraran lo estipulado. Así se construían las famas a ambos lados del gran océano, convirtiendo a cualquiera que estuviera a tus órdenes en pregonero de tus virtudes. Las tabernas, el ron y las ganas de impresionar a putas y colegas se encargarían de exagerarlo todo, de hacer crecer mis hazañas hasta convertirme en una leyenda en los puertos de Cuba y las factorías de África.

El doctor tiene prisa por llegar al tiempo de los papeles, supone que ahí hablaré ahora que ya no sé sino hablar para no asfixiarme, para no desaparecer. La atención de Castells es lo único que me mantiene vivo, que diferencia un día del otro. Él cree necesitarme, yo le necesito aún más. El doctor tiene prisa y yo echo carbón en forma de recuerdos a la caldera de mi memoria.

—Curioso, ¿no, doctor? El progreso técnico siempre viene de la guerra y la codicia. ¿No sabíais lo del ferrocarril?

—No, no conocía ese dato.

—Pues sí, el primer tren español se construyó en Cuba para mejor servicio de los ingenios de azúcar, El Camino de Hierro La Habana-Bejucal-Güines. El progreso al servicio del esclavismo que tanto detestáis. Lo construyeron en 1837, bajo el gobierno del capitán general Tacón, once años antes que el Barcelona-Mataró. Igual que antes llegaron los trapiches de vapor que los telares y máquinas de aquí. Carbón y vapor para moler y transportar azúcar y guarapo, el fruto de la caña que tumbaban los negros. Así que el progreso supuso más plantación de caña y más esclavos. Más beneficio para los negreros. ¿Y quién lo impulsó? Pues la regente María Cristina de Borbón, la tan católica accionista de mis empresas y del mayor ingenio de Cuba, el San Martín.

—¡Caramba!

—Sí, la reina madre siempre supo desviar caudales públicos para financiar sus negocios privados y es sabido que participaba en muchos. Muy de los Borbones. Los primeros grandes vapores pronto se incorporaron a la trata. Así, la llegada de bozales no dependería ya de los caprichos del viento. Carbón..., vapor... Yo los usé, pero siempre preferí capitanear bergantines y goletas bien aparejados.

Carbón. Recuerdos a la caldera. El doctor tiene prisa. Huelo algo, una esencia vagamente familiar desde la habitación de al lado. Tengo el hocico de un sabueso viejo. Siempre lo tuve y ahora que me fallan vista y oído, el olfato se ha aguzado. Castells huele a mujer. Adivino en el apresurado nudo de la corbata del doctor, en el acomodo urgente de su levita y de su chaleco, en su azoramiento, que quizá al otro lado de esa celosía no solo se intercambien palabras. Apuesto que si le pudiera oler los dedos, olerían a coño. Sí, el doctor me pide recuerdos. ¡Ah, doctor! Los recuerdos son bandoleros que nos emboscan, que siempre nos sorprenden manos arriba, desarmados, por más que queramos prevenirnos de ellos. Una luz, una melodía, un sabor, un olor, y ahí están los recuerdos, asaltándote, violándote. Hiriéndote porque te llevan a algo que ya nunca más vas a recuperar, a algo que te hizo feliz, a alguien que te hizo gozar y que ya está perdido para siempre. Los recuerdos son malvados, mentirosos. ¿Queréis mis recuerdos? ¡Os los daré, todos los que queráis! ¡Tengo demasiados recuerdos! ¡Recuerdos, recuerdos para el doctor!

Y así pasan los días y le cuento cómo surqué varias veces el Atlántico, cómo salí con bien de abordajes y motines de esclavos. Que pirateé y desarbolé barcos a cañonazos y pasé a cuchillo a tripulaciones enteras. Que me batí un par de veces con los cruceros británicos, evité que me abordaran los casacas rojas desde lanchones, me libré por los pelos de acabar preso en Sierra Leona y acabar condenado a galeras o a la horca. Cómo, por estos encuentros con los ingleses y mi buen seso, mi fama creció como la espuma y ya mi nombre era tan legendario en mentideros, burdeles y salones pudientes como el de un nuevo Odiseo prolífico en ardides. También navegué en corso, doctor, contra los piratas de la Gran Colombia y de Méjico. Sí, en aquellos días todos se hacían cruces ante una inminente invasión de Bolívar o San Martín, esos traidores a la Corona. Corrían bulos de que el rey Fernando VII enviaría grandes armadas en combinación con la Santa Alianza para aplastar a esos criminales, masones y liberales, y reconquistar virreinatos y glorias pasadas. Se armaban pelotones y barcos, y los poderosos dormían con un pistolón bajo la almohada, pues estos revolucionarios se decían en contra de la esclavitud y se temía alentaran una revuelta de los negros y mulatos de la isla. Había una histeria que me recordaba a la de España durante la invasión francesa, amenaza exterior que se resolvió igual, reprimiendo aún más a los esclavos y los pobres. Intento demorarme en detalles y anécdotas, pero el doctor parece menos dispuesto a mis desbarres, y siempre me pregunta como empujándome hacia delante.

—¿Cómo fue que empezaste por fin a trabajar con Joaquín Sánchez, el negrero? ¿Es cierto que fue tu mentor en tan desgraciado negocio?

—Como os digo, mi reputación me precedía. Pedro Blanco es un capitán arrojado pero astuto, leal para con sus armadores y tripulación. Pedro Blanco esto y Pedro Blanco lo otro... África no tiene secretos para él. Siempre llega con muchos negros, ¡y sanos! Un día don Joaquín me llamó a su casa. Como tantos otros grandes armadores de la trata, hacía negocios con el espabilado de Verroni. Le interesaba mucho mi pregonada pericia, pero aún más mi ya comprobada disposición a desembarcar negros de tapadillo, desaparecer naves. Por el genovés supo de varios desembarcos que yo ya había hecho con discreción por la parte de Matanzas con mi primo Marchena. Y aún más hacia el sur, en la Ciénaga de Zapata. Esta vez me recibió otro secretario, igual de petulante que el primero que le conociera, pero mucho más amable para conmigo. Me pasó directamente al patio de la casona de don Joaquín y esperé un poco, bien atendido de bebida y sentado bajo un fresco emparrado de maracuyá, entretenido con los juegos y trinos de unos azulejos dentro de una enorme pajarera dorada.

»Esta vez el santanderino caminó hacia mí con una sonrisa en la boca y un veguero encendido en su mano anillada de oro y rubíes. Habían pasado tres años desde nuestro primer encuentro, ahora estábamos en 1818. Era por mayo, creo. Don Joaquín juró recordarme. Yo dudé de ello cortésmente, pero él me sacó de dudas. ¿Ves ahora que eras muy joven para mandar un negrero?, me dijo. En cambio, todos me dicen y mi amigo Verroni el primero, que has aprovechado y bien estos años. Que ahora eres un capitán digno de confianza y leal para con sus inversionistas. Así me dijo y yo asentí. Estaba más viejo, pero seguía siendo un hombre de planta imponente y carácter a la par autoritario y amable. Siempre era directo, poco amigo de halagos y circunloquios. ¿Quieres trabajar para mí, capitán Blanco? Yo le dije que sí, que nunca habría deseado un patrón mejor, pues le tenía por el mayor de los esclavistas de la isla.

»Ahí empezó nuestra amistad, que siguió de por vida. Aun cuando me independicé y me establecí en Gallinas por mi cuenta. No solo no se enfadó, sino que trabajamos como socios, siendo el consignatario de muchos de mis cargamentos de bozales... ¡Nunca dejes que el orgullo te estropee un buen negocio, Pedrito!, me solía decir burlándose un poco de mi carácter airado, ¡no hay mejor venganza que triunfar y enriquecerse!... Sí, doctor, aprendí mucho de don Joaquín, mucho. Disfruté de su habilidad para mezclar gentes en cenas y recepciones, el poder de saber a quién juntar con quién, de cómo sentarlos para que hablen de lo que les interesa. Don Joaquín siempre fue un maestro en barajar a la vieja aristocracia colonial, la de los títulos y la sangre, con la nueva del dinero, española o criolla. ¡Hay tanto conde con más deudas que mierda en las tripas!, se reía. Nunca vi a nadie con más precisión en el halago o en la mentira. ¡Nunca mientas, Pedro, no del todo! Siempre mezcla parte de verdad en tus mentiras. Es la única manera de que te las compren.

»Sí, aprendí mucho de aquel viejo zorro. Aprendí de la contabilidad, de las letras de cambio, de las sociedades en París, Londres, Baltimore o Barcelona. Yo siempre fui arrojado, temerario y no del todo tonto, pero nunca alcancé su astucia. Por eso yo peno aquí y él riquísimo y vive sepultado en dignidades. Don Joaquín me mostró bien a las claras que el gran dinero, la verdadera fortuna, no era posible sin entender el funcionamiento del poder político y cómo manejarlo a tu favor.

—Pero ¿qué te decía?

—Aún recuerdo aquella primera tarde charlando en su patio. Me dijo que valoraba mi audacia, mi determinación, pero que eso no me bastaría para hacerme rico. Rico de verdad.

»—Porque tú, Pedrito, quieres ser rico.

»—Sí, don Joaquín. Quiero ser rico para ser libre.

»—En eso te equivocas, muchacho. Siendo rico serás libre del hambre y del desprecio ajeno. Pero serás esclavo de otras cosas, de la envidia y la maledicencia. ¡Y de vivir como un rico, que es una cosa endemoniadamente cara! —Don Joaquín me mira divertido, fuma su cigarro y hace volutas de humo que se enredan y desaparecen en la enredadera de maracuyá—. Empezaremos por lo más básico, Pedro. El próximo cargamento que traigas lo desembarcarás a escondidas. Donde tu primo. Pero esta vez cuando toques tierra mandarás un recado al mayordomo del capitán general.

»—¿Para qué?

»—Para ser generosos. Le harás llegar un talego con media onza de oro por cada saco de carbón desembarcado. Y el mayordomo se lo entregará al capitán general.

»—Pensaba que los desembarcos ilegales eran para aumentar la ganancia y no pagar impuestos. Para eso podríamos atracar en la Caballería.

»—Y así es. Pero créeme. De acá a poco van a cambiar muchas cosas en esta isla y es ahora cuando debemos tejer alianzas. Así no tendrás que esconderte en playas y bahías desiertas. Esas onzas de oro aceitarán voluntades y desviarán miradas; podrás desembarcar los esclavos en los mismos muelles, a la vista de todos y sin pagar aranceles. Sí, pagaremos una buena cantidad de oro que caerá en los bolsillos de gobernadores, alcaldes de barrio, jueces y alguaciles. Ellos quedarán satisfechos y en deuda. Esto es La Habana, Pedrito, ¡nunca se dio tanta limosna a tanto falso ciego! Además, hay que conservar las buenas costumbres y esta lo es.

»—Don Joaquín.

»—¿Sí?

»—¿Le puedo pedir una cosa?

»—Dime.

»—No me llame Pedrito.

»—No te prometo nada.

El doctor Castells sonríe y me pide que le hable más de don Joaquín. Le cuento que este santanderino llegó a finales del anterior siglo a Cuba, pobre de solemnidad y con una mano delante y otra detrás. Empezó de prestamista y con una tiendita. Siendo muy católico y de misa diaria, supo leer los tiempos y se hizo francmasón con el nombre de Arístides, jugándole así a Dios y al diablo y entablando valiosas relaciones con importantes familias criollas. La masonería bullía en los salones de toda América. Para cuando tuvimos esta charla ya se codeaba con gente prominente de la administración y apenas un par de años después, en 1820, fue nombrado regidor del ayuntamiento habanero y cónsul del Real Tribunal de Comercio. Siempre supo arrimarse bien al poder. En el 23, jugó con dos o más barajas. Siendo masón no dudó en ayudar al capitán general Vives a desbaratar la conjura independentista que tramaban otros masones, los de los Soles y Rayos de Bolívar en La Habana y la logia de los Racionales en Matanzas, de la que estaba informado al detalle por su condición. Querían estos masones y liberales invadir la isla con tropas venezolanas y anexionarla a la Gran Colombia aprovechando el caos que reinaba en España por la restitución absolutista de Fernando VII con el apoyo de los Cien Mil Hijos de San Luis. Sopesó las posibilidades de unos y otros, eligió y fue recompensado con cargos en la isla por la administración. Con el tiempo llegó a representar a los esclavistas de la isla y a asociarse con la mismísima regente María Cristina de Borbón en el contrabandeo de bozales por el muelle de la Caballería. Las fiestas de su palacio eran legendarias y todo el que fuera alguien en La Habana las frecuentaba o peleaba por ser invitado. Fue uno de los cinco hombres más ricos de Cuba, tanto que fundó con el dinero de la trata y los ingenios el primer banco de la isla, el de San Fernando por el nada santo rey Fernando VII. Formó parte de la Junta de Notables que redactaba leyes especiales en la isla, siempre a favor de los negreros. Fue íntimo de la camarilla del capitán general Tacón y este le premió con una Cruz de Isabel la Católica con tratamiento de excelentísimo señor por sus manejos de fondos públicos y raptar negros emancipados para revenderlos como esclavos.

—¿Cómo era eso posible?

—¿El qué? ¿La condecoración?

—¡No! ¡Volver a vender a gente libre!

—A gente no, a negros. Y a mulatos. —El doctor aparta la mirada, niega con la cabeza y suspira con cierto hastío—. Pues, doctor, otra bonita costumbre que databa de mucho antes de don Joaquín, pero que este con otro gran negrero catalán llamado Francisco Martí y Torrents llevaron a su esplendor. Sobre todo, bajo el mandato del capitán general Tacón, que estaba en el ajo de todo en la isla.

—Pero ¿cómo lo hacían?

—Fácil. Raptaban a emancipados, los hacían desaparecer de los registros y destruían sus papeles de coartación. Los esclavos en los ingenios morían como moscas, reventados, más del diez por ciento al año. Traerlos era negocio, claro. Pero también había muchos libertos andando libres por ahí. Demasiados. Así que los apresaban, los revendían por un tercio del precio de un bozal, y ocupaban el nombre y lugar del esclavo muerto en los ingenios. Tanto lo hacían que bromeaban con que Tacón era Dios, pues daba la vida eterna a los esclavos. Don Joaquín llevaba parte en este comercio, como el capitán general y otras autoridades, pero era sobre todo cosa de Francisco Martí y Torrents. Pronto me lo presentó mi mentor. Este Martí y Torrents era otro fenómeno de la trata. Todo un carácter y mucho más áspero de trato que don Joaquín. Había sido guerrillero contra los franceses, con el marqués de la Romana, pero ya en 1810 llegó a La Habana, armó un buque y se dedicó a piratear por todo el Caribe. Y lo hizo tan bien que con el tiempo fue abogado naval y encargado de vigilar el contrabando y la piratería, subdelegado de Marina de la Chorrera, con la obligación de reprimir el contrabando y la piratería entre el puerto de La Habana y la playa de Baracoa.

—¿Un pirata?

—¡Quién mejor que un pirata! Enseguida puso su cargo al servicio de don Joaquín y se hizo rico aceptando sobornos de los negreros. Al fin y al cabo, él también armaba buques para África. Él era el verdadero cerebro del asunto de los emancipados. También organizó más tarde el secuestro y envío de niños indios, de mayas del Yucatán, para trabajar en Cuba. Llegué a conocerlo muy bien. Y a admirarlo.

—Ahora me dirás que eran grandes hombres, Pedro.

—No sé si grandes hombres. Pero sí muy grandes en lo suyo, que luego fue lo mío. Espejos en los que me miré. Hombres de su época.

—También eran hombres de su época los abolicionistas, los que repudiaban la trata.

—¡Grandes soñadores! Utopistas. Mire, doctor, Martí y Torrents acabó siendo riquísimo y un filántropo. Él construyó por encargo del capitán general el Gran Teatro Tacón, uno de los mejores de América. Promovió las artes. Todo, doctor, todo el dinero, de aquí y de allí, vino de la trata de esclavos. La Bolsa, la banca catalana, el capital para montar fábricas y telares. No os engañéis.

—No es disculpa. Es abominable. Y si la ignominia y la crueldad están en el origen de nuestra misma sociedad, tarde o temprano nos condenará a todos.

—Mirad al pobre don Joaquín, tan masón pero tan piadoso. Nunca perdonó su misa diaria y sus caridades, y por eso lo cazaron.

—¿Quién lo cazó?

—Años después, en 1847, a mi amigo y socio lo abordó un tipo a la salida de la catedral, en La Habana, y le echó ácido vitriólico en la cara. Quedó completamente desfigurado y ciego hasta su muerte. Fue un médico catalán, un tal Verdaguer. Unos dijeron que fue un ataque abolicionista. Lo cierto es que al catalán lo había arruinado mi amigo y así tomó venganza.

—Merecida, ¿no crees?

—Don Joaquín Gómez siempre fue bueno para conmigo. Y ya sabéis que mi concepto de la justicia universal acaba en mí y en los míos. Nunca perdió el humor y la última vez que hablé con él me dijo que pensaba dejar dinero a los pobres y a la Iglesia para un nuevo órgano para la catedral. La misma donde le asaltaron. Un buen hombre.

—Sí, hay buenos hombres de estos en España. Criminales y ladrones que alivian el alma con confesiones, misas y caridades. Yo no creo en el infierno, Pedro, pero si lo hay el tal Gómez acabará en él.

—¡Ah, doctor, el infierno existe! Vivimos en él.

Y pasan los días y sigo enhebrando cuentas para el doctor. Se suceden las singladuras, las travesías a África en buques consignados a don Joaquín. Todas saldadas con éxito, un tanto por mi conocimiento y otro tanto por mi fortuna que, en aquellos tiempos, parecía de cara. Salgo con bien de fiebres y trampas africanas, libro de motines y abordajes. Tras cada regreso, don Joaquín me daba más cabida en su círculo, traspasaba nuevas puertas, accedía a salones y *fumoirs*, a reuniones donde incinerando tabaco y copa en mano los verdaderos poderosos de la isla tomaban las decisiones que luego proclamaban los edictos gubernamentales y publicaban en el *Diario del Gobierno de La Habana*, afectando poder y autoridad. Yo bebía mi licor, pero sobre todo bebía de las conversaciones de estos todopoderosos y ahora siento al bueno de Castells conmigo a escucharlas...

—¿Qué sabéis de Echeverri, el nuevo capitán general, don Joaquín?

—Tranquilos, señores, sé que está interino, apenas estos meses. No se meterá en líos. Anda con la mano extendida, como todos, pero los ojos fijos en la revolución de Méjico. Nada va a cambiar sino a mejor. ¿O no, Francisco?

—Sí, tranquilos. Todos vienen aprendidos, a seguir lo que decía aquel otro capitán general, el marqués de Someruelos: «Entérate de todo, finge mucho, castiga poco». —Y aquí Martí y Torrents engola la voz y con aristocrática nasalidad hace una imitación muy celebrada por el resto de don Salvador de Muro—. Por cierto, ¿sabéis que murió el 13, al poco de regresar a España?

—No sabía —dice uno.

—Yo sí —contesta otro sin dejar de chupar su veguero y con cara de enterado.

—Y yo —sanciona un tercero con prisa por mostrar que está en la pomada.

—Sí, ¡que Dios lo tenga en su gloria! —asiente don Joaquín—. Él sentó un muy buen precedente. Lo siguió hasta hace nada el bueno de Juan Ruiz de Apodaca, muy noble primer conde de Venadito. —Risas en el salón, yo observo—. ¡Yo renunciaría a un título así!

Más risas, más licor, más humo. Y esclavas jóvenes contoneándose entre los invitados. Hermosas, pero ninguna como aquella Glaucia, la *filha* de Reeves. ¿Qué sería de ella? ¿Vendida? ¿Agostada en tan poco por la lujuria del amo? Reeves no desentonaría en esta reunión. Alguno chasca la lengua admirativo ante la negra que le sirve.

—¡Eh, Apodaca bien que nos ayudó!

—¡Nos ayudamos! —protesta otro que no conozco aún.

—¡Más nos ayudó el siguiente, el bueno de José María Cienfuegos! —Hay un murmullo de aprobación al oír el nombre—. Esa idea de colonizar por decreto con blancos pobres, con agricultores, parte de la isla fue brillante... ¿Qué les daban, además? ¿Pasaje gratis...?

—Sí y una porción de tierra, la que pudieran arar con una caballería, libre de alcabala y diezmo por diez años. Nada mal.

—Sí —afirma Martí y Torrents frunciendo el ceño como si una imagen le inquietara—. Con tanto negro en los ingenios o andando libres por nuestras ciudades y los aires de revuelta que llegan de toda América, siempre podremos azuzar a estos colonos blancos contra ellos. Vendrán bien si pasa algo.

—Sí, eso es cierto. Y también que lo que siembren abastecerá a nuestros esclavos en ingenios y plantaciones. Nos permitirá dedicar así toda la tierra a la caña y el café —añade don Joaquín—. Sí, Cienfuegos lo hizo muy bien. Supo limar asperezas y entender nuestras necesidades. Y no lo tenía fácil tras la jugarreta que nos hizo Su Católica Majestad el Deseado Fernando VII, al que Dios guarde muchos años.

Todos ríen la broma. Don Joaquín tiene una manera de hablar que difícilmente ofende a nadie, incluso a los más monárquicos. Es el culmen de una especie nueva para mí, los negreros de salón, los ricachones que financian los viajes, amos también de ingenios y cafetales. Negreros de salón, los escucho, aprendo de ellos, entiendo cada vez mejor, reunión tras reunión, lo que representan. Y sin embargo, doctor Castells, mi doctor bello e impaciente, no puedo dejar de verlos con cierto desprecio porque ellos nunca asentaron los pies en una cubierta llena de sangre, sable y pistola en mano. Yo solo deseaba navegar de nuevo, se me hacían muy largas mis estadías en La Habana. Me hubiera bajado de un barco para embarcar en otro en el mismo muelle. Solo quería ventear alisios y tormentas, chupar la sal de mis labios, bailar las olas con el buque. Era pensarlo y mi pecho se hinchaba como se preñan las velas con el viento. Estos señorones podrían manejar la trata desde sus sillones y libros de asiento, pero nunca sabrían cómo te late la sangre, espesa, nerviosa, cuando eres capitán de otros hombres. Este desprecio acabó pasándome factura, tuvo mucho que ver con mi fin. Nunca, ni cuando me enriquecí y viví como ellos, fui uno de ellos. Yo siempre fui un hombre de mar. Y ellos lo notaron y, llegada la ocasión, se vengaron con creces. Negreros de salón, feroces tiburones que se deslizan sobre alfombras, sonriendo. Ninguno me mereció nunca respeto salvo don Joaquín Gómez y el viejo pirata Pancho Martí y Torrents, al que aún le huelen a sal y pólvora las palabras y el carácter. Es él quien ríe más fuerte las palabras de su amigo don Joaquín.

—¡Más pirata que yo este Borbón! Se quedó las cuatrocientas cincuenta mil libras con que los ingleses nos iban a compensar a todos por firmar el acuerdo contra la trata del año 15, ese que ahora renovamos, señores. Ese dinero se lo quedó él.

—No, Pancho —tercia otro caballero con una condecoración real en la solapa—. El rey no se quedó con nada. Cierto que ese dinero se nos prometió y no llegó nunca. Pero el rey lo usó para comprar cinco buques de línea al zar Alejandro con la idea de embarcar tropas y recuperar nuestros dominios en América, nuestros virreinatos.

—¿Y dónde está esa gloriosa armada, señor mío? —pregunta mordaz el viejo pirata—. Por aquí nunca se la vio, ni por Colombia, Méjico o el Perú. ¡A otro perro con ese hueso, caballero!

—¡Haya paz entre los príncipes cristianos! —zanja don Joaquín mientras con un gesto indica a las esclavas que rellenen las copas y acerquen una gran cigarrera de sándalo—. El capitán general Cienfuegos, aparte de bajarnos los impuestos a los grandes propietarios, supo dejarnos hacer y mirar al otro lado también. Y este Echeverri hará lo mismo, mientras dure.

Un murmullo de satisfacción recorre la sala y don Joaquín prosigue.

—Amigos, es precisamente gracias a ese tratado con los ingleses que declara ilegal la trata y nos obliga a perseguirla, ese que acabamos de ratificar, cuando entramos en una edad de oro de prosperidad inimaginable hasta ahora. Ningún negocio es más rentable que el ilegal. ¡Los británicos nos van a hacer mucho más ricos! Ya lo están haciendo. Este año de 1818 hemos metido ya unos cien mil esclavos en Cuba. La gente quiere esclavos, al precio que sea. Tienen miedo a que un día acaben por no llegar, a un bloqueo efectivo de la flota británica. O a un todavía más descabellado cumplimiento por parte de las autoridades reales, en España o aquí, de lo firmado en ese acuerdo. No, amigos, corren vientos de revolución por todas las Américas españolas. Los norteamericanos gastan dinero en convencer a nuestros patricios criollos de las ventajas de abandonar a la Corona y anexionar la isla a su joven y dinámica nación. Otros andan conspirando para sublevarse contra España e imitar a Bolívar. Y el rey, sus ministros y nuestros capitanes generales, todos, están al tanto de eso. Así que nadie nos obligará a cumplir realmente ese tratado contra la trata. España no puede permitirse perder la lealtad de Cuba. Y Cuba somos nosotros, los negreros, los dueños de ingenios y plantaciones. Cuba es nuestro dinero, y el dinero aquí es esclavista. Los esclavos puestos en esta isla serán, por ilegales, cada vez más caros. Baratos en África y caros aquí, en Puerto Rico o en el Brasil. Negocio redondo. Sabremos mantener las tradiciones y aun mejorarlas, qué voluntades aceitar y qué manos untar. Todos los espadones y funcionarios vienen bien aleccionados de España. *Laissez faire, laissez passer, mes amis!* Solo quieren su tajada y disfrutar de la Perla de las Antillas mientras estén aquí. Muy comprensible, y nosotros somos comprensivos. Los ayudaremos. ¡Vienen días dulces como el guarapo! ¡Brindemos pues por Castlereagh, los abolicionistas y el convenio para el fin de la trata! ¡Salud!

—¡Salud!

—¡Y viva el rey nuestro señor, viva Fernando VII!

—¡Viva!

—¡Y viva España!

—¡Viva!

—¡Viva!

Esta noche, ¿anoche?, soñé muy fuerte con don Joaquín y su pajarera dorada. En mi sueño de siempre entraron y salieron nuevos personajes, nuevos forillos caleidoscópicos. Era el mismo sueño pero distinto. Estaba en el patio de don Joaquín, en su mansión de la calle Obispo. En la enorme pajarera de alambre dorado saltaban de varilla en varilla, trinando y con gran despliegue de plumas, unos azulejos. Se cortejaban. Eran pájaros, sus cuerpos eran de pájaros, pero sus cabezas no. Eran el doctor Castells, mi hija Rosa, mi madre Gertrudis, Estepa y mi padre el soldado, don Vicente Blanco, que además gastaba peluca empolvada bajo el tricornio y parecía triste, ajeno al bullicio de los otros azulejos. También revoloteaba por ahí Rosalía y otro, un pájaro negro con la boca llena de dientes que luego resultó ser Benito el Suertudo. Estaba soñando, eso lo sé, pero creo que ahí también seguí contándole al doctor. ¿Tienes prisa, pajarito? ¡Ven, que te cuento! Rosalía es la que vuela más frenética por toda la jaula, clavándole el pico a quien se cruza. Al Suertudo le acaba de picar un ojo. Y Rosalía no trina, llora y maldice.

Y sí, doctor, aprendía mucho en esas juntas. Hacía contactos. Pero yo solo quería regresar al mar, al puente de un negrero. África me esperaba como el vino en la taberna al borracho. Y yo moría por beber. Volví al río Pongo, a los dominios de Mongo John, esta vez como capitán y factor. La travesía fue buena, rápida, pero en cuanto atracamos frente al Pongo y al Núñez, empezaron los problemas. Los *krumen* traían serio el semblante, malos tiempos para el rey John Ormond, malos tiempos para nosotros. A la pestilencia brumosa habitual en esos lugares, a la sensación amenazante que siempre sentíamos al tocar África, se añadió esta vez el miedo a tratar con un loco declarado. Las almas de los lugareños estaban contagiadas de *banzo*, de un velo de tristeza mortal, se tenían por desdichados súbditos del demonio Mwene Puto.

Mongo John estaba ya completamente alcoholizado y drogado, incapaz de tomar la más mínima decisión. Las mujeres de su harén, todas hijas de reyes, se habían poco menos que rebelado y se repartían los despojos del mulato, saqueaban sus almacenes y se entregaban sin disimulo a los guerreros de su guardia y a los blancos de su flotilla pirata. Sus barracones nunca tenían menos de mil cautivos dentro, a veces muchos más, gracias a tener sometidas a todas las tribus mandingas de la costa y a su alianza con Alí-Mamí, el rey de Futa-Djalon. Mongo John estaba en la cúspide de su poder y, sin embargo, allí se veía fácilmente el germen de su destrucción. Tardaría aún años en llegar, pero yo ya vi por qué sería. Y tomé nota.

Cuando llegamos a las ciénagas que rodeaban su factoría en Bangalang ordené a mis hombres, unos quince, que cebaran pistolas y mosquetes, cargaran sables y estuvieran prontos a usarlos. Vi enseguida un corral con más de mil negros, pero también noté por sus cabellos y por cómo se le marcaban las costillas que estaban mal cuidados y que debían de llevar allí bastantes días. No había rastro del contable irlandés de mi primera visita. Luego supe que al enano Parry lo mandó desollar vivo Mongo John por meterse al fin entre las piernas de una de sus mujeres. ¡Pobre enano, doctor! ¡Siempre hay que tener cuidado con lo que se desea porque se te puede cumplir! También vi grandes fosas comunes, señaladas por la tierra aún revuelta y sin allanar. Al ver mi cara, uno de los hombres de Ormond me susurró que Mongo John llevaba meses muy irascible, que tardaba en cerrar los tratos y desconfiaba de todo el mundo. Estuvo a punto de vender quinientos bozales a uno de esos negreros norteamericanos que navegan con falso pabellón español. Pero que discutió con el capitán sobre el precio, se amenazaron y el americano se largó hacia Ajuda, al reino de Mongo Cha-Chá.

¿Se amenazaron? Mala señal, pensé. ¿Un capitán amenazando a un rey, a un mongo, delante de su corte? Sí. ¿Y lo dejó ir vivo? Sí. Malo, muy malo para Ormond. Sí, continuó su hombre, Mongo John se puso muy furioso. Ordenó matar a esos quinientos esclavos para no alimentarlos y enterrarlos luego. Dijo que su vida era una afrenta para él, que no podía liberarlos sin hundir los precios y su fama. Sobre todo, sin que la noticia subiera ríos arriba hasta Alí-Mamí y este empezara a desconfiar de su aliado. Prefería la pérdida económica a la vergüenza. ¿Un negrero que no vende esclavos, que los libera? ¿Un rey que ha perdido su magia, su *ju-ju*? ¡Malo, muy malo para Mongo John! Algunos jefecillos locales le ofrecieron quedarse al menos con las mujeres y niños, alimentarlos ellos con sus reservas de arroz y *cassava* para venderlos más adelante, pero Mongo John se cerró en banda. Se burló de ellos, gritándoles que en sus almacenes había arroz para cuatrocientos y para cuatro mil esclavos. Así que los envenenamos a todos, hombres, mujeres y niños, y los sepultamos.

En nuestro camino hacia la casa todo parecía viejo, débil, adormecido, como si personas y cosas hubieran contraído una misma fiebre infecciosa. Yo aproveché la indiscreción del empleado de Ormond. Mucha gente se va de la boca sin saberlo, a veces por estar tan asustados que necesitan compartir hasta con un extraño sus preocupaciones. Muchas para darse importancia y aparecer enterados de todo. Gran error, porque hablar de una pelea futura es empezar a perderla. Fuese por lo que fuera, ahora yo sabía que Mongo John había perdido el control y con ello un par de negocios. Había masacrado negros que no reportarían ningún dinero a sus aliados en Futa-Djalon, que estarían preguntándose qué demonios había pasado con los negros que habían mandado engrilletados a la costa. Y Ormond tenía otro problema, doméstico pero no menor, con las mujeres de su serrallo. Enseguida decidí que sería bueno que el mayor número de ellas estuvieran presentes en mi encuentro con Mongo John. ¡Venid, doctor Castells, venid a lomos de mis recuerdos al antro del degenerado John Ormond! Entremos...

Ya en la primera visita sentí que ni yo ni nadie le gustábamos al mulato. Sentí su desprecio. El padre del desprecio es el orgullo desmedido. Y la vanidad nos debilita. Cuando nos recibió Mongo John, con evidentes síntomas de estar intoxicado, le dije que traía conmigo numerosos y ricos presentes para él y sus mujeres. Al instante se corrió la voz y un enjambre de estas acudieron a la miel. Mongo John cabeceaba y balbuceaba cosas sin sentido. Pidió un aguamanil y toallas. Se refrescó la cara y la nuca y pareció salir de su estupor. Yo juzgué que ya había delante bastante audiencia femenina. Le presenté mis respetos y fui al grano. Quería cuatrocientos negros de los más de mil que había visto en el corral, quería a los mejores porque había visto mucho matungo entre ellos y no pagaría más de veinticinco dólares en mercancías por cada uno. Mi oferta bajaría con cada día que me obligara a permanecer allí. Y no me quedaría más de dos, le dije, no quería encuentros con los ingleses. Además, insistí, la estación de lluvias comenzaría en unos días y no aparecerían por allí muchas velas negras en los próximos meses.

Era un precio muy bajo, pero yo sabía que tanta gente, desde reyes hasta piratas y concubinas, dependían de Mongo John y vivían de la riqueza que conseguía en sus tratos, que este no podía permitirse dos malos negocios seguidos, dos ventas frustradas y matar más esclavos. El mulato había creado algo demasiado grande y complejo, una red tan extensa como tupida de relaciones, dependencias y alianzas, que era imposible de manejar por alguien que no tuviera puestos todos sus sentidos en ello. Y ninguno de los que vivían de él disculparían nunca su debilidad. El poder de Ormond, de Cha-Chá, el mío cuando fui mongo en Gallinas, siempre se basó en repartir oro, telas, joyas, aguardiente, pólvora y mosquetes a todo un ejército de mujeres, aliados y empleados. Todos vivían del mongo, así que el mongo no podía fallar. Mientras negociaba con Ormond vi en sus ojos vidriosos furia y odio contenidos. Se había dado cuenta perfectamente de que le estaba jugando a la baja y de que no podría decir que no sin ponerse él mismo en peligro.

Conseguí mis cuatrocientas piezas de Guinea, pero desde ese día tuve un feroz enemigo en Mongo John Ormond. Claro que yo también saqué de allí una buena enseñanza que siempre tuve presente en río Gallinas. Cuando repartes y provees puedes ser el rey de mucha gente, querido, respetado, obedecido. Pero si dejas de hacerlo, los mismos que te vitoreaban serán los primeros en pedir tu cabeza. El miedo sujeta a la gente por un tiempo, la codicia es mucho más efectiva y duradera como arma de dominación. Nunca lo olvidé, doctor, ni aun hoy. Porque hoy es hoy, ¿verdad?

—Sí, Pedro, esto me lo estás contando hoy jueves 16.

—¿No es un sueño?

—No.

—¡Ah! Ya. Eso está bien.

—Sigue, Pedro.

Y sigo y le cuento que la vuelta fue casi tan buena como la ida. Apenas un par de días de huracán y un amago de motín que no nos costó muchas vidas de negros y solo dos de los nuestros. Que en el viaje me amigué con un tal Pedro Martínez, marinero y piloto gaditano, andaluz como yo. Un buen tipo que con el tiempo llegó a ser mi mejor amigo. ¿Yo he tenido amigos? Sí, Pedro, don Joaquín, el gabacho Mérel... Alguno he tenido, o eso pensé en épocas de mi vida. Martínez era uno de esos marinos que vagaban por la costa africana y sus factorías. Su negrero había sido apresado y llevado ante los pelucas de Freetown, donde juzgaron al capitán, factor y oficiales, pero liberaron con una mano delante y otra atrás a pilotos y marinería. Martínez salió de inmediato de la colonia británica y se dijo que el mejor lugar para embarcarse de nuevo en un negrero sería una factoría, cuanto más grande más posibilidades de volver a La Habana. Cuando llegó al río Pongo estaba medio muerto de hambre. Allí se juntó con otros negreros sin barco y empezó a reponerse de la pobreza jugando a los naipes.

Martínez era bueno con los números, tenía cabeza para los negocios y era una de esas personas que te entienden con mirarte, que siempre saben cómo piensas y se ponen de tu lado. El bueno de Pedro Martínez se enroló de marinero en *El Castellano*, nos conocimos en esa singladura y ya no nos separaríamos. Si yo era la acción y eso lo atraía de mí, Pedro Martínez era la reflexión y la astucia que a mí me faltaron siempre. Como los dos nos llamábamos Pedro, yo siempre lo llamé Martínez. Era moreno, ni guapo ni feo, delgado pero fuerte y la vivacidad de sus ojos desmentía la calma exterior de sus movimientos. Llegué a unas diez millas de Matanzas con trescientos noventa sacos de carbón, los desembarqué en una playa cercana. Martínez se puso al frente de dos botes y remolcó nuestro barco hasta aguas azules, allí lo barrenaron y pegaron fuego a *El Castellano* y remaron de vuelta lentamente para ver que nuestro barco se hundía sin dejar rastro ni el tope de los palos sobre el agua. A los bozales los escondí luego toda una noche en la manigua, donde mi primo ya había prevenido bastimentos.

A la mañana siguiente, al alba, aparecieron tres contramayorales de otros tantos ingenios, se los repartieron, firmaron un recibo cada uno por sus negros y se los llevaron. Yo envié mi talego con oro al Palacio de los Capitanes Generales. Me alojé donde Marchena, que, para mi sorpresa, protestó poco ante la idea de compartir ganancias con los gerifaltes de La Habana. También vi a Rosalía y la encontré más bonita pero también más nerviosa. Cada vez le costaba más hablarme o mirarme sin sonrojarse o tartamudear. Su tía Mercedes se burló de ella y la reprendió, con lo que la niña salió corriendo a ocultarse. Fue entonces cuando la mujer de mi primo me preguntó que cuáles eran mis intenciones respecto a Rosalía, que ahora era capitán, ganaba bien y estaba en edad y condición de casarme. Que Rosalía era un primor en las labores del hogar, que sí, que tenía un carácter nervioso, pero que estuviera tranquilo, que esas histerias se les pasan a las jovencitas en cuanto conocen varón, y que la muchacha se moría de amor por mí y me daría hijos sanos. ¡Ah!, y eso sí, que me olvidara de cualquier dote, que Rosalía era una pariente pobre que ella y el bueno de Marchena tenían recogida por caridad cristiana, pero que con nada había llegado y con nada saldría de esa casa.

Yo le dije a la gorda Mercedes que no tenía ninguna intención tomada sobre casarme, que Rosalía me parecía bonita pero que me volvía al mar en unos días, que no tenía casa propia pues seguía albergado donde Verroni. La mujer frunció el ceño, pero no se rindió fácilmente. Me dijo que Rosalía penaba por escribirme, se sentía incapaz de hablarme, pero que ella no se atrevía a pedírmelo. Yo le di mi venia a que me mandara cartas a lo del genovés y salí de allí a uña de caballo como alma que lleva el diablo. Algo me decía que había hecho mal en aceptar correspondencia, que esas cartas serían embajadas de desgracia.

La luna se asoma por el ventanuco del dormitorio y un rayo blanco convierte la cara del dormido Gaspar en calavera. Y hace brillar las babas en la boca de Manuel. El doctor tiene prisa, pero no renuncia a que sigamos un orden cronológico en mi relato, seguro de que así, cuando lleguemos a las intrigas que generaron los papeles que me pide, daré en contarlo. Y la cosa es que yo cada vez me siento menos loco, o mejor, más tiempo cuerdo. Creo que recuerdo casi todo lo dicho y hecho en los últimos tres o cuatro días. Sí, le he contado que tras ver a Mongo John regresé a Matanzas y de ahí a La Habana, que esperé poco antes de embarcarme otra vez en un bergantín llamado *La Isabela*, ya con Martínez como piloto. Sentí alivio al embarcarme porque cada poco me llegaba una carta inflamada de Rosalía. Cartas que yo contestaba de manera mucho más lacónica. Y es que ahora el loco que soy le preguntaría al cuerdo de fui: ¿por qué? ¿Por qué contestabas? ¿Por qué alentaste su amor? ¿Por vanidad? Cierto es que Gómez y Martí me insistían en que me casara como paso siguiente a mi entrada en los mejores salones de la sociedad habanera. No dejarás de ser un aventurero, un negrero —me decía don Joaquín—, pero te mirarán con más simpatía si llevas una vida ordenada, tomas casa y te casas. ¡Es cierto, cásate! Podrás seguir divirtiéndote con esclavas y putas como hacemos todos, añadía Pancho Martí. A la gente de dinero les gusta lo previsible, lo ordenado, y nada más previsible que un hombre casado. ¿Y si no soy feliz?, replicaba yo. ¡Tranquilo, ningún hombre casado es feliz! El secreto es parecerlo y no dar escándalos, Pedrito, me corregía don Joaquín. Así es, concluía Martí, tómatelo como un trámite, una inversión en tu futuro.

Con *La Isabela* visité a Souza en Ajuda. El contraste con lo que vi en río Pongo fue brutal. Cha-Chá había crecido en poder y en opulencia en estos cuatro años, vivía como un sultán oriental, llegaba a almacenar dos mil negros en sus *captiveries*, casi trescientas princesas desposadas de un total de mil mujeres en su harén. Ya contaba con unos ochenta hijos, ni él estaba seguro del número. Los niños que conocí en mi primera visita se habían convertido en unos jovencitos, hermosos mulatos siempre vestidos con trajes blancos y tocados con finos sombreros. Su hija Elvira, su favorita, era ya una mulata exuberante con solo quince años, un canto a la belleza de la mezcla. Elvira me sonrió nada más verme y Souza se burló de mí: ¡Tu fama como capitán ha llegado hasta aquí, pero mi hija solo será para un príncipe, para un rey! El enclave era ya una pequeña ciudad dotada con cualquier refinamiento perverso que el alma degenerada de moradores y visitantes pudiera desear. Cha-Chá me recibió bien. ¡Quédate, Pedrinho!, aún me acuerdo de aquel español tramposo que atrapaste, me decía. Tu nombre ya me llegó varias veces, ahora eres todo un capitán negrero, ¡bien, bien, Pedrinho, me gustas y haremos grandes cosas juntos!

Con ser época de lluvias y haber vaciado hacía poco sus barracones, Cha-Chá no me pudo completar la carga de cuatrocientos cincuenta negros que yo pretendía. Me aseguró que en dos días llegaría una larga *coffle* desde el norte, prisioneros que le enviaba su aliado el gran rey Gezo. Negros y negras sanos y a buen precio, Pedrinho, espera y no te arrepentirás. Yo le objeté que temía por la llegada de los ingleses y sus cruceros, a lo que Mongo Cha-Chá se rio tan fuerte que me sentí un tanto corrido delante de Martínez y mis hombres. ¡No te preocupes por los ingleses, Pedrinho, por poco no cenas con ellos hoy! Unos tipos muy razonables en su mayoría y yo sé cómo agasajarlos. Suelen venir de visita, cenan conmigo y luego van al burdel y al casino. Yo no los odio como ese loco de Ormond. Así me tranquilizó y me envolvió con abrazos y zalamerías, con que nos quedamos a esperar la larga columna de esclavos que llegaría y nos dedicamos a disfrutar entretanto.

Esa noche cené con él y me contó cómo ayudó al rey Gezo a derrocar a su hermano mayor Adandozan, que quiso encarcelar al mulato cuando este le reclamó unas deudas, y dominar militarmente toda la Costa de los Esclavos. Gezo podía poner en campaña un ejército permanente de entre cinco y seis mil hombres gracias al flujo de pertrechos, armas y pólvora que él le suministraba. Así, tras las yihads de los negros musulmanes, Gezo aprovechó el vacío de poder que dejó el cada vez más débil imperio yoruba de los oyo y convirtió en tributarias de oro y esclavos a todas las tribus de la zona. Y no solo le daba suministros, Cha-Chá se había traído a veteranos franceses de las guerras napoleónicas, mercenarios para instruir a los hombres de Gezo en el manejo de armas y formaciones de combate. ¡Estos negros han aprendido a disparar, Pedrinho, mis *grognards* les han enseñado que los mosquetes sirven para algo más que para hacer ruido! En consecuencia, Gezo lo tenía de socio y sus guerras le garantizaban un suministro más o menos constante de esclavos.

Todo era felicidad en el reino de Mongo Cha-Chá y para demostrármelo organizó esa misma noche una orgía para mí y mis hombres. Bebimos y jadeamos sobre negras y putas blancas, se fumó adormidera y se mascaron raíces que te enloquecían y hacían que tu corazón bombease caballos a la verga. Mientras unos y otras jadeábamos en un revoltijo sudoroso, iguales a lampreas retorciéndose viscosas en una charca, unos negros tocaban frenéticos los tambores y otros hacían resonar contra las paredes voces graves que te atronaban en las tripas. Y Cha-Chá reía mientras se dejaba lamer por mulatitas no mayores que su propia hija. Aquella locura de la carne acabó con todos derramándonos en una rara sincronía mientras Mongo Souza reía como un demonio, sentado despatarrado en una especie de trono carmesí con su enorme badajo colgando y goteando. Tras la butaca vi masturbarse a uno de sus hijos y escondida un poco más allá, a la niña Elvira mirándome con gesto frío, celosa. Sí, mi asustado doctor Castells, yo he estado muchas veces en el infierno, he sido invitado, condenado y hasta el mismísimo Satanás y creedme, para un rato es el lugar más divertido del mundo. Pero claro, si lo poco gusta y lo mucho aburre, ¡imaginaos el horror de una vida entera así, de una eternidad así!

Cuando por fin nos desenroscamos, yo salí a tomar el aire, siquiera el aire ardiente e inmóvil de esa noche africana. Me temblaban los miembros y sudaba frío pese al calor que hacía. Los dedos se movían solos dentro de mis zapatos y me costó un buen rato tranquilizar el corazón. Sentía que me iba a reventar algo dentro. Cuando por fin lo hice vi que sería imposible dormir, así que marché hacia el casino de Cha-Chá, seguro de que habría marinos jugando y bebiendo. A la entrada metí la cabeza en un abrevadero con agua sucia y me mantuve así todo lo que pude. Luego la saqué, la sacudí, me eché el pelo hacia atrás y me sentí mejor. Entré y me acodé al final de una larga barra de madera labrada y estaño, traída de Francia, observando a los parroquianos, sus caras exaltadas o desesperadas según la fortuna les favoreciera o no en las mesas de juego. Pedí un vaso de ron y luego otro. Me ardieron en la garganta y el estómago, pero me despejaron la cabeza mejor que la mojada que me di fuera. En eso estaba cuando se me acercó un tipo alto como yo, fuerte, de piel roja por el sol, pelo rubio rizado y ojos muy azules. Una enorme cicatriz, profunda, le cruzaba el lado derecho de la cara desde la frente hasta la barbilla.

—¿Sois el capitán Pedro Blanco, el negrero? —preguntó en correcto castellano con un fuerte acento francés.

—¿Hay alguien aquí que no sea un negrero? ¿Os conozco, monsieur...?

—¡No, no nos conocemos! Yo no soy un *négrier*, señor Blanco. Aunque trabaje para el más grande de ellos. Mi nombre es Christian Mérel, sargento de la *Garde* del emperador y aquí instructor de salvajes, a las órdenes de Mongo Souza, por mis muchos pecados, supongo. ¿Os puedo convidar?

—Sí, soy Pedro Blanco. Y sí, me podéis convidar. Pero solo si me contáis del gran Napoleón.

—¡Será un placer!

Y así lo hizo, doctor, durante toda la noche. Me habló del sol de Austerlitz y las geniales disposiciones del emperador, de Jena, de España y sus guerrilleros del demonio, de Rusia, de la carnicería incierta de Borodino, del incendio de Moscú, de la desastrosa retirada y del agua helada del Berezina, de cómo, cuando se acabaron los caballos, arrojaban cadáveres congelados a las ruinas en llamas para que se cocieran y comérselos después. La nieve, monsieur Blanco, odio la nieve y el frío, nunca más me acercaré a ella, ¡os lo juro!, decía negando con la cabeza y bajando la mirada, perdida en la memoria de una Rusia helada y feroz. De amigos y camaradas que simplemente se sentaban a esperar la muerte, estatuas de hielo que jalonaron los caminos. ¡Es fácil morir de frío, monsieur Blanco, es como dormir un sueño profundo! Me habló de Waterloo y de ese último cuadro de la *Garde*, del valiente Cambrone y su *merde!* al ofrecimiento de rendición de los ingleses. Tras Waterloo dejó Francia. No quiero nada con un país que ha traicionado al emperador, refunfuñaba. Mi buen Christian Mérel, renegando de su patria, pero ¡ay del que hablara mal de ella! La cicatriz que le cruzaba el rostro, fruto no de la guerra sino de una disputa a botellazos con unos jamaicanos en un tugurio, se enrojecía y su boca se llenaba de airadas protestas. Ningún pan, ningún vino, ninguna cocina o mujer se podían comparar a los de Francia. Y por supuesto ningún hombre a Napoleón. Su vida había sido guerrear por él desde crío, zapatearse Europa de una esquina a otra a las órdenes de aquel *petite* caporal que presumía de conocer el nombre de sus soldados y patear en el culo a reyes y reinas. A mi fascinación por Napoleón él respondía con detalles e historias que me hacían querer saber aún más de aquel Prometeo, ahora encadenado a un islote del Atlántico Sur por el miedo de sus enemigos. ¡Si el emperador alzara sus águilas, miles de nosotros lo seguiríamos otra vez, monsieur Blanco!, decía Mérel sin poder dejar de emocionarse.

Lo cierto es que ya estábamos los dos bastante borrachos cuando me juró que meses después del encierro del Gran Corso en Santa Elena, él estuvo presente en una reunión secreta, conducida entre sombras y contraseñas, en un rincón de una taberna del puerto de Marsella. En ella, un tal Claude Gavin, antiguo secretario del intrigante Fouché, el jefe de los espías de Napoleón, se reunió con el mismísimo espectro de los mares, con el Holandés Errante. Que de todos es sabido que ese fantasma solo puede abandonar su enorme velero negro, hecho del fuego del infierno, una vez cada siete años y que por eso quedaron en esa fecha y lugar. Gavin había contratado el valor y las armas de Mérel y tres *grognards* más, fieles entre los fieles, desconfiando de tan extraña cita. Allí hablaron de raptar al emperador de Santa Elena y traerlo a Burdeos, todo gracias a los poderes infernales del Holandés y su barco fantasma. El espectro solo exigió tres cosas: que el emperador subiera solo a su navío, que toda la navegación permaneciera encerrada en su recámara, donde ningún lujo o manjar había de faltarle a cuenta de la generosidad de Lucifer, y, por último, que Gavin le entregara a su nieta Adèle, una preciosidad de catorce años, por esposa. Gavin dudó primero, se negó después y aquel espectro se levantó airado de la mesa. Era alto como dos hombres uno encima del otro. Le vaciamos las pistolas encima, pero él se fue, deslizándose más que andando hasta fundirse con las sombras. Gavin perdió allí mismo el juicio y se mató días después. De mis compañeros nada sé, pero posiblemente ardan ya en el infierno. Y del Holandés Errante no se ha vuelto a tener noticia ni avistamiento. ¡Esto es así como os lo cuento, señor Blanco! Y yo, por estar más cerca del emperador, me embarqué hacia África y acabé aquí, enseñando a pelear a estos caníbales y herejes amigos de Mongo Souza. Si os he abordado es porque aparte de soldado experto y probado, soy de La Rochelle, puerto de piratas y negreros. Navegué antes de andar. Quiero salir de aquí, enrolarme con usted, capitán Blanco, y salir de este agujero del diablo donde me matarán las fiebres, los negros o el aburrimiento. Os serviré bien, os lo juro.

A mí, doctor, me hizo gracia lo supersticioso del francés y me sedujo tener a mi lado a un veterano de Napoleón, como si esto me fuese a contagiar algo de aquel gigante y monstruo, pues si alguien se atrevió a todo y contra todos, ese fue Napoleón Bonaparte. Solo dudé de su habilidad marinera. Entonces Mérel me dijo que también descendía de los antiguos piratas de Honfleur por parte de madre y me enseñó un hueso, la falange de un dedo engarzada en plata. Es de un pirata inglés, mi bisabuelo lo mató y le cortó las falanges, repartiéndolas entre sus hijos como reliquias familiares. Os aseguro que sé las labores en un barco y también que odio a los ingleses con toda mi alma. Puedo serviros. Le dije que sí, lo acepté como marinero y al día siguiente ya ayudó con el embarque de los cuatrocientos cincuenta esclavos que llegaron del norte como Cha-Chá había prometido. Martínez y Mérel, que resultó ser como decía un excelente marino, congeniaron pronto y en ese viaje de vuelta se gestó una gran amistad. También en ese viaje fue cuando Martínez me habló por primera vez de las pequeñas factorías que mantenían en el estuario del río Gallinas un puñado de españoles, sugiriendo visitarlas en un próximo viaje, pues nunca estaba de más conocer puntos nuevos donde conseguir y embarcar esclavos, factores independientes y por tanto más débiles para negociar que los mongos. Me pareció bien.

Al regreso a La Habana me encontré con un buen fajo de cartas en manos de Verroni. Todas de Rosalía, salvo una que me llegaba de Málaga. Sin duda mi tío Fernando no había cumplido su palabra y habló de mí a mi madre, pensé. Dejé a un lado las previsibles y exaltadas declaraciones de amor de mi prima segunda Rosalía, crecientes en cada carta y que retorcían las palabras como, sin duda, a ella el deseo le retorcía las entrañas al escribirlas. Tras una espiritualidad desbocada yo podía, mi querido doctor, oler su sexo en el papel y la tinta. Siempre vi en esos raptos y éxtasis casi religiosos, ya en las iglesias, las beatas burguesas o en las selvas y chozas de brujos, un enmascaramiento del deseo más carnal y de la histeria que provoca su negación. ¿Veis, doctor Castells? ¡Yo mismo podría sanar a alguna loca! En cambio, sí que me costó abrir la carta de Málaga. No era de mi madre sino de Rosa, de mi hermana. Fue leer el remitente y mis dedos empezaron a temblar. ¡Yo, el capitán negrero, el pirata, temblando como una hoja por una puta carta! Al fin me decidí a abrirla. Rosa empezaba por pedirme que disculpara a mi tío, que solo había cedido a darme noticias tras muchos lloros y viendo su desesperación. Me contaba de cómo nuestra madre había muerto, que Estepa se había quedado con la casa, con el patio y la higuera retorcida, con los cuatro cachivaches que mi madre conservó de tiempos mejores. Ella, Rosa, seguía recogida de criada seglar en un convento y se planteaba tomar los hábitos pues, escribía, nada quería ver del mundo si no era a mí y tenía claro que yo la había olvidado y repudiado su recuerdo. Nada ansiaba en esta vida salvo volver a verme y abrazarme algún día y ya que esto no era posible, tras comunicarme la muerte de nuestra madre, a la que ella ya había perdonado, se enclaustraría el resto de los años que le quedaran por vivir. Acababa declarándome su amor y deseando que estuviera fuerte y sano, viviendo aventuras como las que siempre le conté en nuestros juegos de niños. Luego se despedía de mí para siempre. ¡Os juro, doctor, que sentí una espada candente atravesándome las tripas! No lloré, nunca fui de lágrima fácil, pero sentí que la pena me estrangulaba, que me faltaba el aire. No podía separar el recuerdo de Rosa, de esa niña frágil pero hermosa que veía por mis ojos el mundo, que le aterraba, de la congoja de pensarla encerrada tras muros y postigos para siempre, enterrada en vida. Sentía pena y sentía odio por nuestra madre, esa perra en celo cuya calentura nos condenó. ¿Qué había en nuestra sangre que nos sentenció a ser animales, perros incapaces de separarse en la cópula? A mí, sin duda lo sabéis, doctor, también me llegó la ruina por ser incapaz de dejar mi verga dentro de la bragueta... ¡Me acusaron de tantas barbaridades! Bueno, ya llegaremos a eso en el ábaco, ¿verdad, doctor?

No, no contesté a mi hermana. Rompí aquella carta. Pensé que así cortaba también amarras con un pasado que creía olvidado y que ahora, por un instante, se había alzado como un fantasma aterrador de papel y tinta, como el Holandés Errante de mi memoria, para matarme de tristeza y recordarme que de alguna manera yo seguía siendo Pedrito, aquel niño del Perchel y San Telmo. Sí, rompí la carta y me propuse asesinar al niño para siempre. ¡Pobre iluso! A la que sí escribí de vuelta fue a Rosalía. Rosa, Rosalía, Rosa, Rosalía, hermana, amante, prima, enamorada... ¡Claro, doctor, que de esto no os he hablado nunca ni creo que lo haga! ¡Estoy loco, pero aún me agarro a ciertas certezas, a vergüenzas que me abrieron las puertas del infierno en vida! Nunca os contaré nada de eso. Tengo muchas otras cuentas para que ensartéis y espejitos brillantes con los que distraeros, ingenuo Castells. Soy un loco, no un imbécil. O eso creo. Como aquel tonto ladino de Matanzas, que cuando le preguntaban la hora mostraba su reloj y decía: «Engáñate por tu ojo». ¡Yo qué sé! Rosalía para olvidar a Rosa. Sí, le escribí y lo mismo diera que le hubiera hundido un puñal en el corazón, pues el efecto de mis muy buscadas palabras fue el mismo. Me la imaginé leyendo mi carta y muriéndose de amor. Siempre fui lector y si algo me sobra son palabras. ¿Rosalía quería pasión? Pues yo le construí de tinta un palacio para sus ambiciones. Aquella fue la primera de varias cartas que abrasaron el corazón de mi pobre prima segunda, Rosalía Pérez Rolo. Es fácil dominar a alguien cuando le dices lo que quiere oír. O se lo escribes.

—Sí, doctor, me casé en Matanzas con Rosalía. Dimos por bueno el noviazgo epistolar. Al fin y al cabo, yo era un negrero y ella una pariente pobre y una carga para mi primo y su mujer. Con la asistencia de Martínez como testigo y de Marchena como padrino de ella. Una ceremonia sencilla y una también sencilla celebración en casa de mi primo. Lo más destacable fue cómo la niña tímida de las notitas y las cartas arrebatadas era ahora, por obra y arte de una simple ceremonia, una joven esposa que no dudaba en mirarme a los ojos y quejarse si algo no la complacía. La noche de bodas hicimos el amor con la luz apagada y a través de una hendidura en su camisón. Rosalía era virgen, pero parecía tener muy claro qué prácticas eran aceptables para una mujer cristiana católica apostólica y romana, y cuáles eran propias de lobas y lupanares. Había algo en su rigorismo que no casaba con la humedad de su entrepierna, sus jadeos y lo duros que se le ponían los pezones. Y en esta contradicción encontré yo mi excitación. Le hice el amor varias veces esa noche. A la mañana siguiente montamos su escaso ajuar, que incluía reclinatorio, imágenes y misales, en una volanta y salimos camino de La Habana, donde yo ya había alquilado una lucida casa de dos pisos, con patio, aljibe y palma real, cerca del Castillo de la Punta y la Plaza Vieja. También tomé tres esclavas domésticas y un negro joven para que nos sirvieran. La casa complació a Rosalía, que enseguida se mostró capaz de ordenar a los esclavos y ponerlos a trabajar. Parecía feliz, no porque riera en exceso. Nunca fue una mujer risueña mi Rosalía. Parecía feliz porque..., ¿cómo os diría, doctor? Yo veía en ella la clase de felicidad que yo sentía en el puente de un barco o negociando negros en África. La felicidad de ejercer el poder, de ser ama. La cosa me hizo menos gracia cuando me di cuenta de que a mí también me mangoneaba a cuenta del sexo.

—¿Cómo? ¿Por qué?

—Como os digo Rosalía era hermosa, no arrebatadoramente bella o graciosa, pero joven y hermosa. Su piel era tersa y su cuerpo aún tenía esa tensión que se pierde con la edad. Su negación al placer nos condenaba al misionero a través de un camisón, con la luz apagada y poca cosa más. Yo empecé a fantasear con corromperla. Me costó casi una semana convencerla de dejar una luz y otra y amenazas de embarcarme, que se desnudase. Lo cierto es que su cuerpo era blanco, firme y nervioso, con pechos pequeños y duros, un vientre plano que se le hundía entre los muslos y una grupa redonda y firme. Rosalía cerraba los ojos, se tumbaba boca arriba y se dejaba hacer. Nada de otras posturas o hacer cosas con la boca. Esto a la vez me excitaba y me enfurecía. Redoblé mi ultimátum, si no me complacía como yo quería me embarcaría para África cuanto antes porque, le decía, se me hacía insoportable tenerla, a ella, ¡a mi esposa!, y no poder gozarla a mi gusto. Y ella que no, que buscar placer y no hijos en el sexo era condenarse. Que si la tomaba por alguna puta de puerto o por una negra de plantación. Y yo que si éramos marido y mujer, unidos por un cura, y que nada de lo que hiciésemos sería pecado, que nuestro amor estaba bendecido. Al fin cedió y empezó a tomarme en la boca, primero como con asco, sacándosela en el momento justo para que yo me derramara en algún pañuelo que ella extraía de improviso. Fue al mes que conseguí por fin que ella se arrodillara entre mis piernas, me tomara en la boca y me dejara acabar en ella, que se lo tragara todo. ¡Y por Dios, doctor, que sentí lo mismo que si hubiera cañoneado y hundido a media flota británica!

—Sí, supongo que sentiste que te habías impuesto.

—Sí, así fue, un mes me costó lo que esperaba recibir desde la primera noche, un mes de excitarla y amenazarla por igual para quebrantar su mojigatería. Pero cuando al fin lo conseguí fue... ¡muy especial!

—¿Por qué? Si algo tengo claro tras nuestras charlas es que has sido muy voraz en cuanto al placer, lo has buscado y lo has dado.

—Sí, tenéis razón. Pero aquello fue especial. No por la calidad de la mamada. Su boca era torpe. No. Fue especial porque se lo pedí como otras tantas veces y ella accedió con lágrimas en los ojos, sintiendo que estaba poniendo su bien más preciado, su alma, en juego. Estaba asustada, convencida de estar abriendo a la vez la boca y las puertas del infierno. Y eso me excitó. Pero lo mejor fue ver cómo, en su prisa por hacerme gozar, Rosalía no reparó en que las medallas de la Virgen y el crucifijo que llevaba al cuello en una cadenita golpeaban contra mi falo y mis huevos con sus cabeceos. Era mi triunfo sobre aquella beatería que siempre odié, que siempre sentí hipócrita y contra natura. La beatería falsa de mi madre, la que raptaba para siempre a mi hermana Rosa tras los muros de un convento. La fe exacerbada de tantos ladrones, amos de ingenios, piratas y negreros como conocí. Lo absurdo de pensar que confesarte a un cura o rezarles a trozos de madera pintados nos limpia de cualquier pecado. Yo nunca me engañé a ese respecto. No hay Dios, solo hay el hombre. Y el hombre es el infierno.

—Pareces siempre unir el placer a algún tipo de autoridad sobre la pareja, a cierto poder.

—Sí, ya os lo he dicho antes. A mí el placer me venía de saber que mientras lo daba era más fuerte que mientras lo recibía; siempre me ocupó el goce ajeno, pues en esos raptos me sentía amo de esas personas. Me volvía loco saber que podía llevarlas a perder el control, a aullar de placer. Verlo, sentirlo, mantener ese trance, me daba gusto a mí. Mucho más que el derramarme. Al final todo es poder, doctor. Su ejercicio o la rebelión ante él.

—¿Qué quieres decir, Pedro?

—Pues que, por ejemplo, se fornica mucho mejor y más perverso entre católicos que entre protestantes. Cuanto más presente esté el pecado, el infierno y la condenación, más lujurioso es el encuentro. Preguntádselo a los curas o a las monjas emparedadoras de bebés.

—¿Nunca pensaste en el amor como algo placentero, como un bálsamo para el alma?

—No, nunca lo sentí así. Ya os digo que el amor romántico es invento reciente de poetas locos, alemanes la mayoría. Sé lo que es la pasión, el amor que tiene mucho de locura. Pude sentirlo con... Bueno, no con Rosalía, desde luego. Mi alma se quejaba como los cordajes mal aparejados de un barco antes de romperse. Necesitaba el mar. Necesitaba África.

—¿No te gustaba tu vida matrimonial y los salones que te abrió?

—Por supuesto disfrutaba de los conocimientos e influencias que don Joaquín y el pirata Martí ponían a mi alcance. Empecé a comprender la magnitud y posibilidades del negocio. Entré en los mejores salones de La Habana del brazo de mi joven y virtuosa esposa, quemé vegas enteras de tabacos y bebí barricas de licor mientras en mi mente se dibujaba con claridad la necesaria unión de dinero e influencia política, dos potencias que por separado no funcionaban igual y que siempre necesitan la una de la otra. Pero cada tanto me aullaba el mar en la cabeza y tenía que embarcarme. ¡Gracias a Dios, para esa época de 1820 yo ya era uno de los más reputados capitanes negreros de Cuba! Nunca me faltaba barco y todas mis travesías, con más o menos dificultades, coronaban con el desembarco de cientos de bozales, mujeres y muleques, que de inmediato se tragaban los trapiches que endulzaban el mundo. Yo anunciaba mi llegada a las factorías con un par de cañonazos de salva y salvas redobladas me despedían con los entrepuentes llenos de negros. Visité varias veces más a Ormond, cada vez más tenso conmigo e ido de la cabeza, y a Cha-Chá. Con este, en cambio, la amistad se estrechaba y siempre me tentaba con que me quedara a su lado, con ser virrey de Ajuda. Y en esa edad en que las mulatas florecen feroces, su hija Elvira me buscaba con los ojos y me prometía, sin palabras, superar cualquier perversión que yo buscara. Elvira era el reverso perfecto de la blanca Rosalía.

»Cuando Cha-Chá sorprendía nuestras miradas sacaba su risa gruesa de mulato grandón, meneaba la cabeza negando y decía que su hija solo sería de un rey. ¿Acaso eres tú un rey, un emperador, Pedrinho?, se burlaba atragantado de la risa. Y yo me moría de deseo por Elvira. ¿Un rey? ¿Ser rey era todo lo que necesitaba? Ahora que lo pienso, me doy cuenta de lo fuertes que son las mujeres. Siempre relegadas, siempre sujetas a la autoridad del hombre como si fueran eternas inmaduras, doctor, pasando de la tutela del padre a la del esposo. O a la del hijo cuando viudas. Y sin embargo, yo, el gran negrero, todo lo que hice en la vida fue por amor o por odio a una mujer. Todos nacemos de una mujer, a todos nos mata otra mujer.

Y el doctor asiente y yo le cuento cómo cada vez me ahogaba más en casa, cómo se empezó a formar en mí la idea de ganar por la fuerza lo que la cuna no me había regalado: un reino. Fue Martínez quien me había hablado por primera vez de los factores españoles del río Gallinas. Él mismo tampoco sabía demasiado, había tocado tierra allí una vez y le pareció un pudridero inhóspito al que se agarraban como sanguijuelas un puñado de pequeños factores, la mayoría compatriotas y algún portugués que parecían obedecer de mala gana a un inglés, un tal Kearney, antiguo oficial de la marina británica y el más importante en estas taifas por tener amigos en la cercana Sierra Leona, que le informaban puntualmente de los movimientos del *West Africa Squadron*. Información que él compartía como y cuando quería con los demás para mantenerse necesario y con poder sobre ellos. Por fin, sigo contándole al doctor, a fines del año 20 y con la bodega de mi barco llena de mercancía para cambiar por negros, bajando de Cabo Verde sin costear, fondeé por primera vez frente a la peligrosa barra del río Gallinas. Me llamó la atención que esta barra de arena fuera un poderoso dique natural y a la vez defensa de ataques exteriores. Se adivinaban algunos pasos estrechos y sin duda cambiantes, peligrosos. Esa parte de la costa africana carece de buenos puertos y fondeaderos, la costa es una larga sucesión de playas abiertas a un fuerte oleaje que rompe cerca de la orilla, lo que obligaba a los barcos a fondear lejos y recurrir a los *krumen* y sus canoas para cualquier tráfico con la playa. Esa barra, esa barra parecía hecha a propósito para impedir llegar al estuario y, sin embargo, era su mejor defensa.

Cuando llegamos frente a Gallinas estaba acabando la estación seca, caían las primeras lluvias fuertes y la selva respiraba un vaho verde, pestilente que avisaba de muerte y enfermedad, de esa humedad excesiva que lo pudre todo y que a veces moja por fuera, pero seca a los hombres por dentro hasta matarlos. Me anuncié según la costumbre negrera con un par de cañonazos. Chillidos de monos y nubes de aves que alzaron el vuelo, pero nada más. Esperé y ninguna salva nos dio la bienvenida. Las aves y el silencio se posaron de nuevo. Los monos callaron. Al fin algo de ajetreo en la playa y mientras se acercaban veloces las canoas a recibirnos, barrí la costa con mi catalejo. El río bajaba fuerte, fangoso, arrastrando tierra y vegetación que se depositaba un tanto caprichosamente en islas que parecían pequeños hongos, excreciones enfermas, febriles, de la tierra. Tras una breve negociación, los *krumen* nos llevaron sobre las olas, cruzaron la barra por canales difícilmente visibles a menos de cien pasos y que daban a una mucho más calmada ensenada interior, que por lo oscuro del agua estimé lo bastante profunda para la quilla de naves pequeñas y medianas. En ella había otras canoas con negros desnudos pescando, revoleando unas redes sobre la cabeza que al lanzarlas se abrían como gigantescas mariposas sobre el agua.

Desembarqué en la playa junto a Martínez, Mérel y cinco hombres armados. Mi amigo el gaditano parecía un tanto corrido del pobre recibimiento. Apenas un par de negros escuálidos, desnudos, y un perro también flaco se acercaron a nosotros. Los tres husmearon las muestras de ron, manijas de hierro y pólvora que habíamos traído, y les gustaron. Luego preguntaron mi nombre y nación. Cuando se los dije se pusieron con el perro en cabeza de nuestra pequeña comitiva de blancos armados, *krumen* porteadores, y empezaron su trabajo como ladradores, anunciando la llegada del famoso capitán español don Pedro Blanco, procedente de Cuba con ricas y valiosas mercancías para cambiar honradamente por esclavos. Ladraban en una mezcla de la lengua fulani de los yolofes y un español gutural aprendido sin duda de los factores. Según avanzábamos por la playa pude ver al fin que esta pertenecía a una isla, a uno de esos hongos mefíticos que surgían como una erupción de la piel fangosa del río. Nos dirigíamos hacia un caserío de cinco cabañas de bambú y techos de palma en torno a una explanada de tierra roja. Allí nos esperaban cuatro hombres blancos, todos tocados con sombreros, a medio vestir, pero sosteniendo mosquetes, acompañados del doble o más de africanos. Al otro lado de un pequeño canal había otro hongo parecido también con cabañas, desde las que venían en canoas tres blancos y su séquito de negros.

Los tres grupos dimos en encontrarnos a un tiempo en la explanada fangosa y a una seña del más colorado de los blancos, los ladradores se callaron y se pusieron a un lado. El hombre era John Ouseley Kearney, el factor inglés. A su lado estaban el resto de los blancos, cuatro españoles y un portugués, todos con rostros macilentos por las fiebres y la debilidad. Kearney se disculpó por tener los barracones vacíos de negros. Nos dijo que los barcos ya casi nunca paraban en Gallinas, que todos iban consignados a Mongo John en río Pongo o al mulato Cha-Chá en Ajuda. Y sin mercancías con que traficar los negros del interior llevaban tiempo mostrándose hostiles y arrogantes. Amén de esto, el último cargamento de negros que bajó por el río trajo también unas fiebres que habían hecho estragos en su pequeña comunidad. Y con un gesto me indicó seis tumbas con cruces de madera, recientes por lo blanco aún de su pintura. Parecían todos quebrados y más muertos que vivos, todos menos un español llamado Enrique Burón, que gastaba altivez de gran señor pese a cubrirse con harapos como los otros. Kearney llevaba la voz cantante, pero no pude evitar observar que cada tanto buscaba con la mirada la aprobación de Burón, mientras este no hacía otra cosa que observar afectando desinterés. Decidí comprobar mi teoría y dejé al inglés con la palabra en la boca, me acerqué sonriente a Burón y sacando dos cigarros de mi tabaquera de plata le ofrecí uno. Él me miró en silencio, midiéndome. Tras un instante asintió y aceptó el cigarro que yo aún mantenía en el aire. El resto de los factores parecieron respirar aliviados, incluido Kearney, a quien no pareció importarle tanto ceder el protagonismo. En realidad, no era más que un borracho al que Burón usaba para manejar a los demás con ese cuento de que tenía espías y amigos en Freetown.

Fumando, Martínez, Mérel y yo seguimos a Burón hasta su cabaña, que era la más grande dentro de la pobreza y descuido del caserío. Allí vivía con dos negras jóvenes, una apenas una niña, que le hacían de criadas y esposas. Nos ofreció vino de palma y algo de arroz con pescado, que rechazamos sin que él se ofendiera pues a cambio sacamos buen ron de caña y tasajo de puerco. A una seña de Burón la negrita se deslizó fuera y volvió al instante con otros cuatro españoles y el portugués. Solo había dos sillas, que ocupamos Burón y yo, así que el resto se sentó en el suelo sobre esterillas de palma. Y ahí empezó el relato de sus calamidades, que se podían resumir en que pese a ser ellos buenos y eficientes factores, honrados esclavistas fieles a su palabra, que mediaban entre los negreros y los reyezuelos del interior de la mejor manera, los tiempos de la trata habían cambiado mucho.

En Gallinas había trata desde 1813, cuando se asentaron allí pequeños factores de varios países, algunos de ellos antiguos piratas o criminales buscados. Él y los otros españoles, Vicuña, Gume Suárez y un tal José Ramón, llegaron unos años después. Sobrevivían vendiendo unos pocos esclavos desde entonces. Antes todavía recalaban algunos negreros más, como última opción si no llenaban los entrepuentes en la Costa de Oro o la de los Esclavos. Pero su enclave estaba ahora en incómoda vecindad con Freetown y una nueva ciudad que estaban levantando en la isla de Providencia por orden del presidente Monroe de los estados de la Unión. No paraban de llegar barcos, materiales de construcción y trabajadores, constructores y madereros contratados por la Sociedad Americana de Colonización. Al sur el mar estaba lleno de *bricks*, goletas y esquifes, llevando y trayendo colonos y mercancías. Civiles que nada tenían que ver con la trata, que la detestaban. A veces negociaban con ellos y vendían arroz y aceite de palma a esos yanquis que el diablo confunda, que no hacían sino presumir de que aquí mandarían a sus negros emancipados a vivir como señoritos. Aún no lo sabíamos, pero en poco más de un año allí estaría Monrovia, capital de Liberia. Lo cierto es que el río Gallinas estaba justo entre dos emporios abolicionistas. Además, seguían los lamentos, los barcos iban ahora más a lo seguro, a los dominios de los grandes mongos, el Pongo de John Ormond aún más al norte de Freetown o de Cha-Chá en el golfo de Benín, al sur-sureste. Sabían que allí cargarían más pronto sus entrepuentes que negociando pequeños lotes con factores como ellos.

Los reyes negros del interior ya no les ofrecían a sus hijas como esposas, ya no los veían como blancos importantes de los que presumir ante otras tribus y andaban quejosos y levantiscos por la falta de mercancías, en especial de aguardiente. Los negros del Vey eran mayormente belicosos mandingas y aunque seguían guerreando mucho entre ellos, sentían un odio vivo contra los blancos de la costa, incapaces de llenarlos de regalos. En consecuencia, muchas tribus estaban dejando de raptar vecinos y esclavizarlos, volviendo al algodón, el ganado y al comercio legal de aceite de palma, granos, maderas y marfil con los colonos de Freetown y los nuevos asentamientos estadounidenses al sur. Algo, dijo Burón con cierta pena, que estaban empezando a hacer ellos también. Una lástima, insistió otro español, un tal Vicuña, porque las tierras y selvas de río arriba, el Vey, son muy fértiles y están llenos de negros que siempre se vendieron por muy buen dinero en la Luisiana, Cuba o en las bóvedas de Cartagena de Indias. Verlos cazar es ver dólares o pesos duros corriendo. Cierto, apostilló otro antes de darle un trago largo y triste a una damajuana de ron. Además, hace ya tiempo que algunos nos atacan, para ver de robarnos los almacenes. Tanto nos repudian que los pocos esclavos que nos traen, de cuando en cuando, son todos criminales, borrachos, brujos o deudores, a los que prefieren vender y mandar al otro lado del mar que matarlos. Negros, pocos y malos. Yo, doctor, les pregunté por qué seguían aún ahí. Se miraron. Burón me miró con extrañeza y cierto aire de desprecio, como se mira a quien pregunta una estupidez. Fue otro de los españoles quien me contestó y me dijo que el que menos llevaba allí más de cinco años, tenía su choza y dos o tres negras jóvenes para satisfacerlos. Y que mal se podrían acomodar quienes han sido amos de negros a ser pobres en España o Cuba. Ninguno parecía querer salir de ese cementerio en vida que eran los hongos de Gallinas.

Bebimos más y nos ofrecieron intercambiar nuestras muestras por algo de aceite de palma y un poco de marfil, que guardaban en otra choza que tenían de almacén. Yo les hice la caridad, pues lo que me daban apenas cubría el valor de mis muestras, y nos separamos. Volví a mi barco y con las últimas luces del día salimos a aguas azules y pusimos proa al sur para ganar el rumbo de Ajuda y los barracones llenos de Cha-Chá. Pero ese día algo empezó a formarse en mi interior, una tormenta y una certeza para cruzarla. Volvería a Gallinas.

Mientras veía ese estuario endiablado y ponzoñoso alejarse a popa, desdibujarse en el crepúsculo, Martínez y Mérel se me aproximaron en silencio, mirándolo también. El gaditano me adivinó el pensamiento y se mostró reacio. Ahí no hay nada para nosotros, Pedro, solo desolación y miseria. No debí traerte. Esos pobres diablos estaban todos enfermos y vivían peor que gitanos. Eso me dijo, doctor. Y no le faltaba razón. Yo le escuché en silencio y asentí. Luego le pregunté al viejo soldado del emperador. ¿Tú qué piensas?, le dije. Él movió la cabeza hacia los lados para estirar el cuello dentro de una guerrera imaginaria, se irguió y atusándose el bigote solo dijo: Difícil de atacar, fácil de defender. Martínez se rio burlón y preguntó si eso no era siempre así. El *grognard* lo miró de soslayo y le dijo que no, que no era siempre así, y que no dejara lo suyo porque de soldado no tenía futuro. ¡Y un soldado sin futuro es un muerto, lo que pasa es que aún no lo sabe, monsieur!, añadió. Yo no dije nada, pero aquel estuario del Gallinas, a 7° N y 12° O, apenas a cien millas de la naciente Monrovia, ¡siempre me gustó la ironía!, aquel río cenagoso que penetraba lento pero poderoso el mar entre manglares, me lo llevé cartografiado en la cabeza y en el corazón.

Los puntos tradicionales de la trata estaban todos señalados en rojo en las cartas de navegación de la *Royal Navy*, vigilados y bloqueados por sus cruceros cada vez con más frecuencia. Nadie sabía nada de Gallinas. El río desembocaba en un laberinto cambiante de bajíos que emergían como setas venenosas y desaparecían en las próximas lluvias, ocultando los canales de navegación que solo los *krumen* conocen, pilotan y comprueban. Y río arriba se extendía la región del Vey, un enorme territorio dividido entre muchas tribus, enfrentadas entre sí. Un granero inacabable de esclavos, de valiosos negros mandigas. Mérel tenía razón, era un lugar perfecto para neutralizar la ventaja de un barco de guerra, la guarida ideal para tratantes y piratas. ¿Quizá de un nuevo mongo? Mientras pensaba esto cerré los ojos y como en veladuras contra la oscuridad vi a Elvira, la hija de Cha-Chá, y a su padre riendo, grande como un gatazo. También vi, o imaginé ver, la mirada de odio de Mongo John. Suspiré, abrí los ojos y volví a mi cabina.

Cuando estuve cargando bozales en Ajuda no le comenté nada de mis planes a Cha-Chá. Y de ahí regresé a La Habana. Vamos deprisa, doctor, no se preocupe, quien sea que lo aprieta solo necesita un poco más de paciencia para la resolución del acertijo, para la resolución de mi vida... Un día, otro día, yo sigo hablando y os juro que recuerdo con exactitud pasmosa, ¿no lo creéis? ¿O será que lo imagino todo? ¡No sé! ¡También dicen que quise estrangular a uno de mis cuidadores en la torre de Sant Gervasi, que por eso mi hija espantada me trajo a vos, mi querido y joven y lúcido y bueno y erudito y paciente y bello doctor Castells! Pero yo eso no lo recuerdo, ¿veis? Mi cabeza es un barco que cabecea a punto de irse de través por la tormenta de mi desmemoria, vos insistís en mantener el rumbo y esa es, a veces, una maniobra torpe que lleva a perder barco, vida y los negros del entrepuente, que ya no se venderán sobre un estrado y solo aprovecharán a los tiburones, esos acreedores pertinaces, feroces, siempre pegados a nosotros... ¿Qué? ¿Que siga? ¡Sí, claro! ¡No dejéis que me pierda! Los locos somos viejos con miedos de niños. A perdernos, a la oscuridad, a los monstruos bajo la cama. Sigo. Sigo. ¿He comido? Recuerdo haber cagado bien, pero no dormir ni comer. Viejo y loco, entablo frecuente observación de mi mierda. Sigo. ¿Es hoy? ¡Sí, doctor! Pregunto que si hoy es hoy. No lo sé. Sigo, perdonadme.

En La Habana volví a casa por unos días. Nunca sentí ese mal de tierra del que hablan al bajar de una travesía de meses, no. A mí la tierra se me movía en cuanto cruzaba el umbral de mi casa y me encontraba con Rosalía. Me mareaba y me faltaba el aire por un rato. Tan pronto las esclavas tomaban mi equipaje y tras un beso, Rosalía se empeñaba en relatarme con detalle cualquier menudencia doméstica, sus problemas con el servicio con la prolijidad de un relator de la Audiencia. Luego me pedía dinero. Cantidades asombrosas de dinero que ella justificaba en lo bien puesta que estaba la casa y en las muchas donaciones que hacía a obras pías para salvar su alma, pero principalmente la mía, de negrero y de pirata. Cuando yo le decía que ella ya sabía lo que era antes de casarnos, siempre hacía un mohín y con voz apenada me replicaba que no perdía la esperanza de que yo cambiase y buscase un oficio más cristiano. Le gustaba citar al papa Pío VII, su reprobación del esclavismo y su petición a las naciones cristianas de abolir la trata. Yo siempre le replicaba con nuestro cristianísimo ministro de Asuntos Exteriores, el duque de San Carlos, en 1814, que le dijo al Papa que su obligación era esforzarse en hacer conversos y que todos esos negros salvajes se hacen católicos tan pronto ponen un pie en posesiones españolas. O algo similar. A esto Rosalía apretaba fuerte un rosario entre las manos y me gritaba ¡blasfemo! y ¡Ave María Purísima!, y se iba medio llorando medio rezando.

Más o menos así eran nuestros reencuentros. Ella hablándome sin parar de cosas que no se me daban una higa y yo buscando la manera de escandalizarla más rápido para perderla de vista. Además, el tiempo pasaba y Rosalía no se quedaba encinta, cosa que también la llenaba de pena y de vergüenza. Me hablaba de fulanita o de menganita, que llevaban menos tiempo casadas y ya habían sido madres. Yo le decía que así era la vida de la mujer del marino, que tenía que acostumbrarse a mis ausencias y que en vez de molestarme con historias de vecinas cuando estaba en casa, mejor subiéramos a la cámara a encargar un Pedrito. Ahí empezaban los gritos. ¡Que si nada de lo suyo me importaba, que si no lo hablaba conmigo con quién lo iba a hablar! En fin... ¡A veces olvido que sois soltero, doctor Castells! No quiero privaros de descubrir las mieles del matrimonio. Luego pasaba dos o tres días de mucha paz porque Rosalía no me hablaba y yo me dedicaba a leer, dormir y visitar gente, y ella a sus misas y sus labores. Más o menos al cuarto día, o mejor noche, a Rosalía le poseía la muchacha apasionada que yo conocí en Matanzas y me buscaba. Nos acostábamos y yo encontraba placer en sus resistencias y su sentimiento de depravación, que procuraba aumentar soltando por mi boca cualquier barbaridad, pidiéndole cosas que sonrojarían a putas veteranas. Ella se negaba por principio, pero luego me atrapaba más fuerte con los muslos, las manos, la boca o el coño. Era como un dicho que solía repetir el Tosco: «La gata Flora, que si se la metes chilla y si se la sacas llora». Y en verdad que era una gata porque en ese delirio de vete pero ven, le gustaba clavarme las uñas hasta llevarse carne en ellas. Acabábamos exhaustos, sudorosos y enfadados.

A la mañana siguiente se establecía una tregua tácita. Cuando yo me despertaba tenía servido un espléndido desayuno que compartíamos en silencio. Su vergüenza le impedía hablarme o mirarme a los ojos. Al acabar yo siempre sacaba una buena cantidad de pesos de un talego y se los dejaba en la mesa, que ella recogía con dignidad patricia y sin mediar palabra. El silencio, apenas roto por alguna orden a los domésticos o amabilidad inexcusable entre nosotros, se instalaba por días, calma que yo aprovechaba para sanar los arañazos. Igualmente, el tiempo en La Habana se me hacía largo. Yo siempre quería volver al mar y a África. Además, en aquellos días recibí, vía Verroni, una carta de mi hermana Rosa. Otra. Me pedía perdón por importunarme y me daba noticias de nuestro tío Fernando, que había vuelto a Málaga a vivir. Se interesaba por mi estado y recordaba con cariño un par de episodios infantiles, preguntándome si yo los recordaba igual. Luego me detallaba su vida en el convento y aunque trataba de aparentar felicidad en su cuento, una tristeza profunda me apretaba el corazón al leerla. Para ser monja no escribía del amor de Dios.

Entendí que si yo había convertido mi vida en una huida hacia delante, ella cifraba la suya en lo contrario. En desaparecer anclada al pasado, al recuerdo, y para algo así, qué mejor que la clausura. Esa carta no la rompí, doctor, esa carta la llevé durante años, bien doblada hasta que empezó a rasgarse por los pliegues cuando la abría, guardada junto a mi corazón. A veces la olía buscando el olor imaginado de mi hermana. Siempre la releía a solas. Muchas veces lloraba y sentía que un hierro candente se removía en mis tripas. Sentía dolor. Rabia. Que era injusto que mi hermana Rosa se sepultara en vida. La tinta empezó a desaparecer, a retorcerse aquí y allá, desleída por el chaparrón de mis lágrimas. Sí, esa carta desanudó algo en mí y empecé a llorar. Llevaba años sin hacerlo y lo hacía de rabia. Extrañándome yo mismo de aquellos accesos que me provocaba, siempre privados y cortos, rechazados como si fueran de otra persona.

Don Joaquín y su amigo Martí y Torrents seguían presentándome gente, espesando una red de conocimientos que crecía a la par que el negocio de la trata ilegal. Los capitanes desembarcamos decenas de miles de negros en esos días, consignados a esclavistas, plantadores y armadores de Regla. E igual que la sangre brotaba de las espaldas de los bozales, el oro, los pesos fuertes, los dólares, chorreaban en nuestros bolsillos. El dinero estaba más vivo que nunca y todo el mundo percibía su parte del vellocino de oro, la prohibición. Y es que el mundo se mueve por intereses muy complejos, doctor Castells. ¡Qué podía saber una mujer yolofe a punto de ser raptada en la ribera del río al que fue por agua un amanecer en el Vey, que su destino se decidía en el Palacio Real de Madrid! Mirad, el general Castaños, nuestro héroe de Bailén, había aconsejado a Fernando VII firmar un acuerdo con los británicos para perseguir la trata en nuestros dominios. Creo que en 1818. Se lo sugirió al Borbón como manera de ganar el apoyo inglés contra las ambiciones estadounidenses sobre Nueva España y la Florida. ¿Me seguís?

La negra ha mirado a su alrededor con temor, buscando peligros. Fieras. Hombres. Como no los ve, busca un lugar donde el agua corra limpia y hunde su cántaro. La pobre no sabe que el rey accede y que en marzo del 19 el anuncio del acuerdo se publica en el *Diario del Gobierno de La Habana*. La Corona española se ponía al lado de la británica para perseguir a los negreros. La yolofe no lo sabe, claro. Ella sigue cargando agua mientras piensa qué le echará al arroz que va a guisar. El acuerdo está firmado, sellado, publicado y es oficial, pero fuimos los españoles en América los que inventamos aquello de «se acata pero no se cumple». Las leyes valen lo que la voluntad del poder en aplicarlas. Así que cuando la negra se incorpora, pone el cántaro en equilibrio sobre su cabeza y emprende el camino de vuelta con pasos cortos y rápidos, ella no puede saber que el gobierno de Madrid está dispuesto a dejar hacer a sus súbditos de la siempre fiel Cuba y que los esclavistas y negreros están resueltos a ignorar el acuerdo. Los funcionarios reales estaban mucho más preocupados por evitar el contagio de las revoluciones e intentonas independentistas que por hacer cumplir la ley. El dinero de Cuba es esclavista y no quieren enojarlo ni solivientar a nadie, ¡y menos por unos miles de negros más o menos! Así que mientras la negra camina ya algo más tranquila pues se sabe cerca de su aldea, los funcionarios reales mandan un mensaje claro y nombran dos jueces para el Tribunal de Represión de la Trata, que el tratado exige crear en La Habana. Estos dos jueces me los acababa de presentar don Joaquín Gómez en su *fumoir*.

Es el tesorero real don Alejandro Ramírez, cerebro de un plan hecho con los plantadores y dueños de ingenios para eludir el tratado, y al que luego sustituirá su compinche Claudio Martínez de Pinillos, de la misma cuerda. El otro juez fue don Francisco Arango, medio *philosophe*, teórico y defensor de las virtudes del trabajo esclavo ante el gobierno de Madrid. Claro que la negra todo esto no lo sabe. Ni que con contadas excepciones, todos los funcionarios del gobierno en La Habana están involucrados en la trata y se felicitan ante el nuevo maná de la prohibición. No, la yolofe no lo sabe, y cuando otros negros la asaltan, raptan y atan a varios cientos de congéneres en una larga hilera para caminar a la factoría de los blancos en la costa, ni se imagina que sea víctima de un crimen. Hasta donde ella sabe, siempre fue así. Llora. Le duelen los pies. Se pregunta de pronto quién cocinará el arroz, que es una manera de preguntarse qué será de sus hijos. Son pequeños. Maldice entre dientes. Los quiere aquí con ella, piensa. Pero no, no, se da cuenta de su error. Pobre, ella empezó su día yendo a por agua en África y acabará su vida, reventada a trabajo, partos y latigazos, como esclava en Cuba. Así se escribió la historia, doctor. ¡Total, luego les vendimos la Florida a los yanquis! ¿Que parezco arrepentido? Bueno, doctor, soy lector y le veo el drama a la cosa. Y más ahora. Pero entonces solo era un negrero, uno más que se dejaba mojar gustoso por la lluvia de dinero. Había tanto que era imposible gastarlo.

Yo cada vez aportaba más capital a mis propios viajes. Algunos ya como socio en igualdad de condiciones con Gómez y Torrents. Empecé a girar letras de pago a bancos de Inglaterra, a trabajar con ellos para abastecer los barcos de buenas mercancías inglesas. Fue entonces cuando propuse a don Joaquín hacer un viaje a los astilleros de las muy antiesclavistas Filadelfia y Baltimore, comprar allí un par de *clippers*, esos de cascos larguísimos, arqueados y afilados, francobordo muy bajo y mástiles con muchísima vela. Se habían hecho famosos como corsarios muy rápidos en la guerra de los yanquis contra los ingleses, la del 12. Yo ya me había cruzado con alguno en las costas de África y siempre me impresionó lo veloces que eran para las muchas toneladas que desplazaban. Si un bergantín de los nuestros andaba a sus buenos nueve o diez nudos por la corredera, los *clippers* hacían casi el doble. Más grandes, más negros. Más rápidos, menos tiempo en ir y volver. Si las máquinas de vapor estaban revolucionando los trapiches y la producción de azúcar, doblándola o más y aumentando la demanda de esclavos en los campos de caña, los *clippers* nos ayudarían a satisfacer en cantidad y tiempo esa demanda de bozales.

Mis palabras convencieron a don Joaquín, un hombre de su época por otra parte. Mi única duda, y esa me la callé, era si los antiguos factores y mongos podrían suministrar tanto negro como nosotros podríamos transportar y los ingenios emplear. ¡Ah, vivimos una época increíble, doctor, un tiempo de progreso sin duda! Claro que eso los negros que se ahogaban hacinados en los entrepuentes o trabajaban la caña a latigazos no lo entendían. Carecían de visión, ¿verdad? ¡Cínico! ¡Siempre acabáis llamándome cínico, querido doctor! Me distraéis con vuestras monsergas y moralinas. ¡Parecéis negro, uno de esos bozalones atontados que solo entendían los golpes!... ¡No! ¡No, por favor, no cerréis el cuaderno, no os enojéis! Ya sabéis cómo soy..., ¡estoy loco! ¿Íbamos por los *clippers*? Me fui a Baltimore, me llevé a Martínez conmigo, siempre fue bueno para los números. Allí visitamos los astilleros con Peter Harmony, armador y socio principal de Harmony & Co., que con el tiempo llegó a ser mi corresponsal financiero en esas tierras. Él se encargaría de construir y dotar adecuadamente los *clippers* para la trata, desde el tope de los masteleros hasta las grandes ollas para cocinar a los cerca de ochocientos negros que cabían en cada uno. A él le pagaría a través de cartas de pago contra el señor Robert Barry, distinguido caballero de Nueva York, que a su vez recibía fondos nuestros desde bancos de Londres. ¿No es eso también el progreso, doctor? ¿Que el dinero viaje en pequeños papeles y no en pesadas bolsas de cuero llenas de monedas? Un doblón de oro siempre conmoverá mi alma de pirata, pero el progreso exige rapidez y eficiencia, doctor, que el dinero llegue cada vez más lejos y dé vueltas para ocultar su rastro. ¡Progreso, doctor, en dirección contraria a los esclavos viajaba el dinero que generaban! ¡Comercio, progreso, fábricas, la Bolsa, bancos! ¡Era tanto el dinero negrero que dio para crear tantas otras cosas, tantas honorables instituciones y títulos!

Sí. Yo no estuve fino al final. Pero del final aún no me acuerdo porque no hemos llegado... Los *clippers*, sí. Aún no habían evolucionado a los de ahora, a los que viajan a por el té y el opio de China e India, verdaderos galgos del mar. Los de entonces no eran tan estilizados, pero ya eran muy rápidos. Compré dos, uno recién terminado al que bauticé *Conquistador* y otro que nos entregarían en La Habana en unos meses. El *Conquistador* desplazaba mil doscientas cincuenta toneladas y tenía un aparejo alto, enorme, que con todo el trapo y buen viento daba unos buenos dieciocho nudos. Alquilamos en el puerto de Baltimore una tripulación de cuarenta hombres que bastó para llevarnos a La Habana. Estimé en setecientos cincuenta los negros que podría meter en el entrepuente, quizá algunos más. Con el *Conquistador* surto en Regla y sus bodegas llenándose día a día de mercancías, contaba las horas para probarlo en la carrera de África.

Las mercancías las compramos un grupo de inversores, entre los que estábamos don Joaquín, Martí y yo, e iban destinadas al pago de negros en Ajuda, la factoría del gran Cha-Chá. Yo sería el capitán y factor, Martínez mi primer piloto. Mérel venía en calidad de contramaestre y hombre de armas. Él decidió qué artillería montaríamos y cómo, en especial las piezas en colisa para barrer la cubierta en caso de motín de la negrada. Ni siquiera a ellos les conté que puse otros veinte mil pesos de mi bolsillo en compras, en especial de aguardiente, telas indianas, plomo para balas, mosquetes y pólvora. Todo lo estibé a bordo una noche antes de salir con la ayuda de gente discreta. Tras la salida de la bahía y la fiesta a bordo de rigor, al día siguiente puse proa rumbo a Cabo Verde, donde pensaba hacer aguada y recabar noticias sobre factorías y los barcos del *West Africa Squadron*. A la salida del Canal Viejo de Bahamas nos saltó de un fuerte viento, primero de través pero que luego viró a empopado, así que ordené largar escotas al máximo y tender todo el trapo. El *Conquistador*, pese a ir lleno hasta los topes y con las bordas llenas de espuma, pegó un salto hacia delante como un caballo al que aprietas con las rodillas y sueltas el freno, un corcel joven y fogoso, con nervio y un andar alegre, acuchillando la mar. Aún me estremezco al recordarlo, cosa de tener más sal en la sangre, supongo.

Tomé la determinación de probarlo contra algún crucero inglés, seguro de salir con bien. Lo cierto es que el *West Africa Squadron*, más que un destino lucido dentro de la *Royal Navy*, era casi un castigo para oficiales sin padrinos, molestos por alguna razón, y marinos revoltosos. Sí, doctor, los hipócritas ingleses dotaron a su escuadrón contra la trata con barcos antiguos, lentos, reliquias de la época de Trafalgar o incluso de los que persiguieron a Napoleón en Abukir y la batalla del Nilo cuando las guerras revolucionarias. Ni pensar en un combate abierto, pero a iguales condiciones de viento no me costaría mucho dejarlos atrás. Los alisios nos llevaron a Praia, la capital de Cabo Verde, en poco más de una semana de navegación. Ahí hicimos aguada, me informé sobre posibles encuentros y adquirí algunas balas de algodón a buen precio. Fue entonces, tras cobrar el ancla, cuando llamé a Martínez, Mérel y al contramaestre. Les dije que pese a nuestras órdenes de ir a Ajuda, antes pasaríamos por otro lugar. Pasaríamos por río Gallinas. Sí, doctor, tenía un plan y la voluntad para ejecutarlo. Así se empieza un imperio.

Gigante o monstruo. Quien a los cielos se atreve. Quien se atreve...

¡Tranquilo, doctor, no seáis impaciente! Sigo cosiendo mis velas. Hay que remendarlas después de la batalla o la tormenta para que no dejen escapar el viento, para que nos muevan. Los agujeros. Y para llegar a mi fin habrá que pasar por mi ascenso a los cielos de la trata, ¿no?

> **Artículo 19.** *Los esclavos de una finca no podrán visitar a los de otra sin el consentimiento expreso de los amos o mayordomos de ambas; y cuando tengan que ir a finca ajena o salir de la suya llevarán licencia escrita de su propio dueño o mayordomo, con las señas del esclavo, fecha del día, mes y año, expresión del punto a que se dirijan y término porque se les ha concedido.*

XIX

¡Claro, doctor, claro que recuerdo! ¡Dejadme hablar! ¿No veis que ya no balbuceo como un niño, que hablo con la seguridad de cualquier hombre equivocado, de cualquiera que crea que controla los acontecimientos y labra su destino? ¡África! ¡Gallinas! A todos la vida nos prueba, al menos una vez, dándonos lo que soñamos. La mayoría fallamos miserablemente... Río Gallinas, en marzo, acabando la estación seca de 1822, treinta años tenía, doctor. Un joven Marte, un pirata y un negrero consumado. Y un hombre de mi tiempo, curioso de los grandes cambios que vivíamos. El progreso técnico y la prohibición se unieron para disparar el precio de cualquier negro puesto en Cuba, Puerto Rico o el Brasil, y facilitar su transporte. Negros, el problema, me repetía yo, era conseguir muchos más negros. Soñaba con filas interminables de fornidos bozales, de negras paridoras, caderonas y con buenos pechos, y muleques vivaces, buenos para pajes o mozos, entrando en una procesión sin fin en los entrepuentes de tantos *clippers* y bergantines que ocultaran el cielo con sus mástiles. Negros subidos a latigazos, desembarcados a latigazos y manejados a latigazos en los cordeles de caña, los talleres y las casas. La trata tendría que cambiar. No sabía cómo, pero intuía que podía hacerse solamente desde África, desde el granero interminable de esclavos. Las factorías tradicionales estaban cada vez más vigiladas por cruceros ingleses y las colonias abolicionistas crecían por doquier, como manchas de aceite por los estuarios de grandes ríos y buenos puertos.

Pero aquel agujero del río Gallinas, laberíntico, impracticable, peligroso, ceñido por una selva densa poblada por igual por fieras y mandingas en pie de guerra, ese dédalo con entradas y salidas cambiantes según bajara de aluviones el río, no era sino un acertijo en los mapas de la época. Cierto que ahora el encono de los reyezuelos se traducía en pocos negros, de mala calidad, y muchos problemas. Se atrevían incluso a atacar a factores blancos, algo en extremo infrecuente. Pero los testimonios de Burón y los suyos también dejaban una cosa clara. En el Vey no existían imperios como el oyo o el fulani de Sokoto, ni grandes reinos y reyes. Era una división entre pequeñas taifas, enfrentadas entre sí por agravios inmemoriales y sangre reciente. Cualquiera que haya combatido en algo más grande que una pelea de borrachos en una taberna, entiende que, figuras retóricas aparte, si Cortés conquistó un imperio con unos cientos de españoles fue porque iba acompañado, además, de miles de indios con cuentas que saldar con el gran Moctezuma y los suyos. Aquello de la conquista, saqué yo de mis lecturas de juventud, tuvo que ser una carnicería entre indios que el gran Cortés supo promover y aprovechar encabezando a una de las facciones. Y aquí no había ni emperadores, ni grandes pirámides, solo negros feroces como leones. El Vey era un polvorín, solo hacía falta arrimarle una tea, doctor... ¿Os asombráis, doctor? ¡Claro que un solo hombre decidido puede cambiar el destino de pueblos enteros, claro que sí! Fijaos en el gran Napoleón. Pero para ello hace falta que la anarquía y la desunión reinen, enfrentando entre sí a la gente. Ese es el momento, el momento que crea a hombres como yo. Y no al revés, doctor. Yo solo avivé un fuego que ya existía... ¡No, ya sabéis que soy más de explicar que de disculparme! Yo hace mucho que me juzgué y me condené. ¿Acaso no estoy loco?... ¡Ah, Gallinas, Lomboko y Solima! Cuando yo llegué apenas eran nombres garabateados sobre una línea negra y un vacío blanco y fantasmagórico. ¡Aquello solo se cartografió de verdad cuando lo convertí en el corazón de la trata y una afrenta para la *Royal Navy* y los pelucas de Freetown!

Los *krumen* nos hicieron esta vez de prácticos y pudimos franquear la barra bajando un par de millas hacia el sur, por uno de esos canales escondidos. Después viramos norte-este, bordeamos unas islas y fondeamos en una bahía muy protegida de unas tres millas frente a la boca del estuario. Cargamos las canoas con bastante mercancía para dotar una pequeña factoría: fusiles, pólvora, damajuanas de ron puro y rebajado, indianas, algodón crudo, atados de tabaco cubano y miles de espejos y cuentas para las negras. Desembarcamos en el primer hongo, en el que Burón tenía su casa y almacén. No pareció alegrarse de nuestra visita ni de vernos descargar tanto como traíamos, pero se guardó muy mucho de mostrarlo o decir nada. Burón era uno de esos hombres callados y observadores a los que es difícil agarrar en un renuncio. Y, me lo mostraría pronto, un intrigante. Más incluso de lo que le suponía desde la primera vez que lo vi usando a otros para hablar sin comprometerse. No puso objeción a que guardásemos las mercancías en su almacén, que estaba vacío, ni pidió nada a cambio por hacerlo.

Esa misma noche convoqué en su casa al resto de los factores, al borracho Kearney, los españoles y el portugués. Todos mostraron cierta incomodidad por mi segunda visita, desconfianza. Aquello era un agujero de moscas, pero era su agujero. ¿Qué hacía yo allí y qué quería de ellos?, eso era lo que leía en sus silencios, sus murmullos y sus miradas, mientras se sentaban a mi alrededor sin quitarle el ojo de encima a Mérel, Martínez y las relucientes armas de mis hombres. Cuando estuvieron todos y se callaron, hablé yo. He venido para quedarme, les dije, voy a instalar una factoría en este estuario con mis socios. Llegarán más barcos, consignados a mí por armadores de La Habana principalmente. Pero mi idea es que haya negocio para todos, que carguemos esos barcos entre todos y todos nos beneficiemos. Cada vez hay más cruceros británicos frente al Pongo y frente a Ajuda, con el tiempo los grandes mongos se las verán con un bloqueo casi permanente y difícil de burlar. Nadie piensa en Gallinas y esa será nuestra ventaja. Muchos parecieron sacudidos por la noticia. Me di cuenta de que eran casi todos hombres débiles, borrachos, corrompidos por fiebres y pereza y a los que cualquier cambio en su aceptada miseria se les hacía un mundo. África les había carcomido el coraje con sus calores y sus lluvias, las siestas interminables con sus negras. Ninguno parecía saber muy bien qué decir y solo Burón me sostenía la mirada, inexpresivo. Yo ya había sobrevivido a tormentas, motines y abordajes, sabía leer en los ojos esquivos y los silencios. Esos hombres apocados no querían opinar, querían obedecer, doctor. Solo uno, un portugués llamado Chiquim, parecía abiertamente en contra. Empezó a quejarse, a decir que lo que menos necesitaban allí era un negrero escandaloso que atrajera la atención de los ingleses, que había muchos otros ríos y estuarios lejos de allí. Que por qué no me iba por donde había venido. Lo escuché con atención, doctor. El tal Chiquim debió de interpretar mi silencio como debilidad. Es un error frecuente en muchos imbéciles, que confunden bravatas y gritos con coraje y determinación. Yo odio a la gente que grita, doctor. Ya de niño prefería que me azotaran a los gritos.

El portugués siguió cada vez más crecido, empezó a interpelar a los otros. Les recordó que por algo él era el factor blanco más antiguo en Gallinas, que se instaló en su islote de Lomboko, el mejor situado de todos, y montó allí su almacén antes que nadie. Que nunca se opuso a tener nuevos vecinos, pero que él estaba ya mayor para tener amo y yo no venía más que a mandarlos. Cosas así, cada vez con la voz más alta. Yo procuraba no mirar a nadie más que al portugués, tener la educación de prestarle toda mi atención, pero podía notar cómo estaba contagiando a los otros con su postura. Cuando acabó su perorata se me quedó mirando, esperando mi contestación. Yo saqué un veguero y le pedí fuego por respuesta. Esto lo descolocó y dijo algo de mi madre. Yo con certeza tenía incluso una opinión peor de mi progenitora, pero no era cosa de explicarlo allí. Así que me puse el tabaco en la boca, saqué mi pistola y le volé la cabeza al tal Chiquim. Cayó muerto hacia atrás, en una postura grotesca, y cuando se disipó la nube blanca de la pólvora vi que le faltaba media cara pero que el ojo que le quedaba estaba abierto por la sorpresa. A este tampoco le vi salir el alma del cuerpo, pensé. Fuera ladró un perro y chillaron unos monos. El resto de los factores se giraron hacia Burón. Mis hombres aferraron sus armas. Yo lo miré también y por fin habló. ¿Podemos sacarlo fuera?, me pregunta como si nada. ¿Os duele ver así a vuestro amigo?, le contesto yo con amabilidad. No era mi amigo, me dice alzando las cejas y frunciendo la boca. Ya, le digo yo. Se hizo un silencio y se podían oír volar las moscas. Fue entonces cuando Burón se levantó, sacó una fosforera y me prendió el cigarro. Luego volvió a su asiento y dijo que nadie tenía nada en contra de que yo me instalara allí y que podía hacerlo en el hongo de Lomboko, donde ya no vivía nadie. Ninguno protestó. Kearney sacó una larga petaca de peltre y propuso brindar por el nuevo factor de Gallinas.

En poco más de tres días había rehabilitado la choza del portugués, agrandándola, colgado hamacas hechas con lonas de vela, construido otra para Martínez y un barracón grande de bambú y techo de palma bien tupido para usar de almacén para mis mercancías, algunas de las cuales cedí graciosamente a mis nuevos vecinos. Nadie me ayudó, pero tampoco nadie se opuso abiertamente. Los negros de la costa, *krumen* y pescadores, fueron los que mejor me recibieron. Para ellos los blancos eran siempre fuente de riqueza, como aliados en la trata y el comercio si todo iba bien. Como víctimas de saqueo y pillaje si las fiebres o algún mal hado los tumbaba. Mandaban a sus negras a espiarnos y acostarse con nosotros a cambio de espejos y ron. Burón se mantenía junto a otros españoles a una prudente distancia. Lo que sí vi fue cómo, al ver mis progresos, envió por los túneles verdes que eran los caminos de la selva a unos negros fibrosos que llamaban bosquimanos o *bushmen*. Eran nómadas que vivían en las espesuras, capaces de viajar miles de millas a través de las junglas más tupidas, y se decía que mercenarios en las guerras de otras tribus y caníbales. Vi cómo la selva se los tragaba en diferentes direcciones y entendí que iban a dar aviso de mi llegada a Gallinas. Decidí enviar yo también a mis propios ladradores en busca de los reyezuelos más cercanos a Lomboko, para atraérmelos con regalos y muestras de mercancías. Ningún blanco se instalaba en esas tierras sin ganarse primero a los reyes locales. Pasaron dos días hasta que aparecieron un par de enviados de sendas tribus gallinas y bullón. Venían de río arriba con el encargo de averiguar sobre el nuevo blanco y si su *ju-ju*, su fuerza vital, y mercancías eran buenas. Los agasajé, se profirieron las *danticas* de rigor, votos de un comercio justo y honrado, tomaron las muestras que quisieron y volvieron río arriba con la promesa de regresar con esclavos. Aproveché para levantar dos barracas más, una para guardar la pólvora y el alcohol a modo de santabárbara y otra con una mesa de tablones para futuros encuentros y negociaciones con los negros.

Yo no podía demorarme mucho allí con el *Conquistador* fondeado y mi tripulación ociosa, consignado como estaba a la compra de negros de Cha-Chá. Pero aún me tomé un par de días para recorrer la costa en una balandra y descubrir que a no muchas millas hacia el sur había otro estuario, no tan laberíntico y más navegable, el del río Solima, que podría completar muy bien las operaciones de Gallinas si todo salía como lo iba dibujando en mi mente. Un día después de este descubrimiento y dejándole un almacén lleno de mercaduría, me despedí de Martínez, al que encomendé el cuidado de nuestra factoría y el inicio del comercio con el interior. Le dije que confiaba en su criterio, que le dejaba más que suficiente para comenzar la trata y que nos veríamos en unos tres meses si todo iba bien, pues de Ajuda volvería a La Habana. Martínez no parecía muy feliz con la idea y se despidió con gran sentimiento de mí y de Mérel. Lo consolamos diciéndole que para cuando volviéramos ya sería un pequeño sultán con un serrallo de negras. Burón y Vicuña vinieron a despedirse también y les encomendé muy a las claras la salud de mi amigo. ¡Claro que no me fiaba de ellos, doctor!... Fue más una advertencia que otra cosa. ¿Que si pasó algo?... ¡Esperad! No desordenemos las cuentas. Volví a La Habana, desembarqué los negros en Regla. Los sobornos ya nos permitían hacerlo en el puerto, a la vista de todos y con la mayor comodidad. Por si acaso el cónsul inglés sintiera tentación de preguntar o hacer escándalo también llevaba un manifiesto de carga falso, que aseguraba que el *Conquistador* y la carga provenían de Puerto Rico y, por tanto, ni aquellos bozales se habían comprado en África ni incumplíamos ningún tratado, pues esos negros ya eran esclavos en la isla vecina y solo se los revendía. Cosas así eran frecuentes, doctor. Ya sabéis, ¡hecha la ley, hecha la trampa!

Rosalía... ¡Sí, claro, mi mujer! Me la encontré más agria que de costumbre, triste. Fue en ese viaje y queriendo tanto complacerla como poner mi riqueza al servicio de mi industria, que me mudé a un palacio junto a la Plaza de Armas, cerca del poder y cerca del puerto. Y compré más esclavos para el servicio. Al parecer, Rosalía quedó encinta en mi última estancia y estando yo ya por África, la criatura se malogró. A los reproches habituales, ahora añadió el culparme de aquel aborto. Culparme por atormentarla, avergonzarla. Eso, decía, había matado al niño. Culparme por no estar a su lado cuando ocurrió. Por no estar nunca. Lo cierto es que conseguía pasar mis días en Cuba sin verla apenas, aun viviendo en la misma casa. Nos evitábamos cada vez más. ¡Es increíble lo sólido y ofensivo que puede ser el silencio! ¿Verdad, doctor? La callada por toda respuesta. Hasta las esclavas domésticas se contagiaban de cierto malestar cuando nos tenían que servir. ¡Si las miradas matasen, dicen algunos! Los silencios matan mejor, creedme, y los dos asesinamos en esos días cualquier resto o posibilidad de cariño. Para siempre. Yo lo di por bueno. Rosalía siempre entendió su papel en sociedad y lo cumplió a la perfección, a rajatabla, en cuanta recepción o fiesta precisé de ello. Desde aquel viaje Rosalía y yo no volvimos a tener contacto carnal. El nuevo palacio significó el alivio de vivir bajo un mismo techo, pero en un laberinto de privacidades que apenas se tocaban. Ella en su *boudoir* y yo en mi despacho, la sala de billar o en mi *fumoir* decorado a la turquesca. Cada uno en alcobas separadas, interponiendo puertas, mamparas y esclavos entre nosotros. Apenas nos veíamos para comer y ahí ella me ponía al día de las necesidades de la casa, de las suyas. Y poco más. Corrección.

Por aquella época encargué nuestros retratos, por separado. Esos retratos que nobles y ricos burgueses encargan para que le digan a cualquiera que los vean lo importantes que son. Ella en su mundo, ante un tocador, pero con un misal en la mano. Yo sentado a la mesa de mi despacho, perfil en tres cuartos, sereno. Al fondo cortinones y una ventana con vistas a una vegetación exuberante y el mar. Esas palmas podían tomarse por cubanas. Pero no, aquella era la selva de África. África y el mar, ese era el escenario de un negrero como yo, doctor. Empezamos a recibir y dar bailes. En esos momentos, rodeada de gente, Rosalía se mostraba siempre como una perfecta anfitriona e incluso parecía divertirse. Pero en cuanto nos quedábamos solos la tristeza la acallaba y sus ojos se volvían esquivos. Yo, ante su pena, le ofrecí intentar otro embarazo de inmediato. Ella, sin siquiera mirarme, negó con la cabeza... No quiero morir, Pedro. No quiero morir por tener un hijo tuyo. Casi me desangré... Como una perra. Sola, sin más compañía que unas esclavas y el médico. No, Pedro, no mereces el sacrificio de mi vida. No me mereces. Así me dijo, doctor... Luego me aseguró que nunca daría un escándalo y me pedía a mí lo mismo. Haz lo que quieras, con quien quieras, Pedro. No me importa. Solo te pido que no me avergüences. Yo le prometí que así sería pero..., bueno, la vida a veces no nos permite cumplir nuestra palabra, ¿verdad? Me dediqué a frecuentar lupanares, a gozar esclavas propias y ajenas... Sí, doctor, y esclavos y mulatos libres. Y algún marinero. Y un par de actores. Pero eso no os lo cuento, eso me lo callo. Como lo de mi hermana. Loco. Pero elijo lo que os cuento. Aun levanto mi mentira como un castillo que me proteja del mundo, de los demás, de su desprecio. A falta de dos pistolas y buen pulso, yo me defiendo con mi memoria. Siempre viví sin angustia ni culpa mis gustos. Crecí aguantando a pie firme el desprecio de los demás, en el colegio, en las calles y playas de Málaga, supongo que por eso paladeaba la rebeldía en mis inclinaciones, en mi determinación de satisfacerlas con quien y como fuera. Pero nunca fui estúpido. Ni cuando era invencible, joven o ya maduro rey de un río, capitán o rico esclavista, ni ahí me atreví nunca a confesar mi gusto por el pelo y la pluma, por mujeres y hombres. ¡En este mundo pueden perdonarte casi cualquier cosa menos esa! ¿Incestuoso y bujarra? No seré yo, ni entonces ni ahora, quien dé al enemigo la bala para matarme. Gigante, monstruo, mongo, pero no mártir. Claro que..., ¡bueno, ya llegaremos a eso! ¡Puta Rosalía! ¡Cuántos miles de negros no deberán su esclavitud a esa Jantipa, a ese basilisco, a cuántos no embarcaría yo en África por no estar en casa sufriéndola!

Volvamos, doctor Castells, dejadme que reconduzca vuestra curiosidad. El oro, las cosas brillantes nos llaman como a los cuervos. Os hablaré de oro. Mi fortuna crecía y ya debía de andar por el medio millón de pesos duros. Gómez y Pancho Martí y Torrents se encargaban de sembrarlo en otros negocios, dizque honrados, aunque como ya sabéis todo en Cuba estaba unido a la trata ilegal y la esclavitud de una u otra forma. Fue en esos años cuando de la mano de don Joaquín Gómez y de Martí comprendí que el dinero que se generaba en Cuba era mucho para tan poca isla y que si bien dependíamos de España, de la Corona, como administrados, el dinero tenía que mirar y moverse mucho más hacia los estados de la Unión americana y Gran Bretaña, hacia Nueva York y Londres. Era allí donde nuestro capital daría rentabilidades más altas, en sus bancos y bolsas, beneficios que luego nos servirían para comprar voluntades políticas en Cuba y en España. Por entonces conocí a gente como Manuel Pastor y Salvador Samá, que se unieron muy pronto al círculo de intereses e influencias de Gómez, Martí y Torrents y mío. Éramos nuevos ricos, ellos mucho más que yo todavía, peninsulares enriquecidos todos por la trata ilegal, negreros, con tanto dinero que pronto empezamos a comprar las deudas de las viejas familias y con ellas sus ingenios y sus palacios de cal y canto, pórticos, columnas y vidrieras de colores. Les prestábamos al doce por ciento, doctor. Teníamos el dinero, teníamos los barcos que traían los esclavos que sus propiedades necesitaban. Y aún más importante, los barcos para sacar su azúcar de Cuba. Teníamos los socios en el extranjero, los corresponsales y los comerciantes para llenar las bodegas para la trata. Teníamos compradas a las autoridades y hombres a sueldo en la administración. Y teníamos lo más importante: los negros. Cada vez veía más claro que yo podría en Gallinas controlar algo que ni siquiera mis maestros tenían asegurado, la materia prima de todo aquello, los negros.

En aquellos años, doctor Castells, se crearon fortunas de más de cien millones de reales, demasiado grandes como os digo para una islita como Cuba. El dinero está vivo, es como un pez que si no nada se ahoga. Así que aquella riqueza empezó a derramarse en la compra de posesiones, casas, cortijos y haciendas en España. Y solo era el comienzo. Brindábamos y bromeábamos sobre quién crearía el próximo banco tras del de Gómez. Nos burlábamos de los aires de grandeza de aquellas antiguas familias de la isla, comidas por las deudas con nosotros. Tranquilos, nos decíamos, tenemos los dos extremos de la cuerda. Los esclavos para plantar su azúcar y cosecharla, y los barcos para sacarla. Les bajaremos los humos. Ahora nos odian porque nos necesitan. Pronto nos entregarán gustosos sus virginales hijas y las llaves de sus palacios. Tal cual, así pasó. Pero mi lobo, doctor, mi lobo ya me roía otra vez las entrañas. Y a la nostalgia del mar se unió la de la selva. Supongo que, en realidad, la de la excitación, el miedo, la violencia y, sobre todo, la del mando. ¡No me miréis así, doctor! ¿No conocéis el dicho ese de no sirvas a quien sirvió? Yo en La Habana era aún, por bien que me fuera, un acólito de don Joaquín y de Pancho Martí. Sobre el puente de un barco era Dios y como tal me seguían mis hombres. Y en África..., bueno, estaba por verse, pero algo me decía que allí me esperaba mi destino. Mandar, Castells, mandar. ¿Sabéis la historia de Diógenes, el filósofo antiguo? ¿No? Lo capturaron y cuando lo iban a vender como esclavo, el vendedor le preguntó qué sabía hacer. Diógenes le respondió que mandar. Yo sé mandar. Mira a ver si alguien quiere comprar un amo. Yo sentía eso, doctor, que solo valía para amo de otros. No para segundón. Hice un par de viajes a Baltimore a comprar más barcos, equipé y llené el *Conquistador* de mercancías y volví a Gallinas. No les dije a mis socios de mi idea de instalarme allí ni que había provisionado a mi esposa con dinero suficiente para un par de años en forma de pagarés con fechas de cobro. Claro que cuando el *clipper* aflechado pasaba entre el Morro y el Castillo de la Fuerza, ella aún no lo sabía tampoco.

Cuando llegué me encontré a Martínez desesperado, consumido de fiebres, con el almacén vacío y solo unos pocos negros matungos en el barracón. Me contó que los meses que lo había dejado allí fueron un infierno. El resto de los factores había conseguido sacar algún barco lleno de bozales, pocos pero alguno habían sacado. Pero a él, a nosotros, solamente le habían pasado calamidades y dificultades. Primero, la única vez que consiguió juntar negros bastantes, los otros factores avisaron de velas británicas y espantaron a los negreros anclados. Claro que los ingleses nunca aparecieron cuando eran los demás quienes tenían negros. Y segundo, que le robaban el almacén cada tanto. Por la noche. Negros ladrones, le decían Burón y los otros, prometiendo ayuda y consejo. Pero ni uno ni otro llegaban. Martínez decidió pronto poner guardia armada, pero allí no había otros hombres que los de los factores y algún otro blanco renegado.

Aun así, llegó a desbaratar un par de asaltos y detener a dos negros jóvenes. Burón y Vicuña le avisaron que los soltara, que eran hijos del Rey Sapo, un rey importante del Vey, y que hacerlos prisioneros significaba la muerte para todos. A Martínez le bastó verlos irse juntos, a Gume Suárez y a los dos negros, palmeándose las espaldas y riéndose, para entender que en aquellos robos estaban todos combinados. Lo más seguro, Pedro, es que los esclavos les paguen con nuestras mercancías, se quejó Martínez. Llené mi almacén a la vista de todos y ordené a Mérel y diez de mis mejores hombres, escogidos por el francés, que desembarcaran sin ruido y armados por la noche. Escogí a Gume Suárez para el escarmiento. Burón y Vicuña debían de ser tan culpables como él, pero no tenía pruebas. Demasiados listos para vanagloriarse de ello ante Martínez. Gume Suárez no, y en ciertos lugares y ambientes la estupidez es una enfermedad mortal. Esa misma noche ataqué su islote, lo saqué sin gritos de la cama y lo maté. A él y a una de sus negras, que al parecer era prima de los hijos ladrones del Rey Sapo. Luego me llevé sus cuerpos y los colgué de un alto poste en la explanada que había en el hongo donde Burón y Vicuña tenían sus establecimientos, que hacía de ágora de aquella pequeña comunidad que era entonces Gallinas. Dispuse una mesa con unos tablones, papel y recado de escribir y me senté en una silla bajo los muertos, a esperar que amaneciera bebiendo y fumando rodeado de Mérel y mis hombres.

Apenas despuntó el sol empezaron a acudir el resto de los factores, mujeres, marineros vagabundos y negros de la factoría. Kearney se acostaba borracho y se levantó borracho, hipaba y mascullaba cosas en inglés. Luego lloró, se rio y volvió tambaleándose a su choza con la ayuda de un muleque. Burón y Vicuña no dijeron nada. Apenas se miraban entre ellos y esperaban lo que yo tenía que decir tras montar esa escena. Cuando todos los blancos estuvieron allí me levanté y les dije que, muy a mi pesar, había tenido que matar a Gume y su negra. Con pesar maté también al portugués Chiquim en mi primera visita, y que con no menos pesar acabaría con todo el que se atreviera a robar mi almacén o conspirar contra mí o mis socios. Y que el ser humano se acostumbra a todo y hasta a matar se le puede coger gusto, que ellos verían lo que les convenía. Hubo murmullos, miradas cruzadas, pero nadie habló nada hasta que Burón, esta vez sí fue él, habló para preguntarme qué les ofrecía. Sí, doctor, no qué quería o qué podían ellos hacer por mí, me preguntó a la cara qué les ofrecía yo a ellos. Un pragmático aquel Burón, ¡sí, señor! A mí, señores, a mí. Yo repetí que una confederación, que todos ganáramos con los negros de todos, repartiendo comisión de cada embarque. Y yo no tendré problema en compartir con ustedes el negocio si entre todos llenamos esos barcos y nos prestamos mutua asistencia en caso de peligro. Y ahí estaba mi almacén lleno otra vez hasta los topes para respaldar mis palabras. También los cuerpos oscilantes de Gume y la negra. Yo tenía muy claro, doctor, que no podría asentarme en Gallinas con todo y todos en contra, con espías y ladrones en los islotes y una guerra entre tribus en el Vey que cada tanto soltaba un coletazo sobre la factoría. Así que les hablé en términos que cualquiera entiende: riqueza a mi lado o muerte. Todos miraron a Burón en silencio, esperando su respuesta, y suspiraron aliviados cuando este asintió en silencio. Luego, allí mismo y a la sombra de los muertos, firmamos unas capitulaciones por mí redactadas que nos convertían a todos en socios de los cargamentos de los demás. Durarían lo que a mí me interesara, claro. Todos firmaron, incluso trajeron a Kearney a rastras para que hiciera su garabato.

Una vez hecho esto, Vicuña me pidió permiso para descolgar a los muertos y enterrarlos. Yo le dije que no. Que estaba seguro de que nos observaban desde la espesura y que dejarlos pudrirse allí y ser comidos por los pájaros sería una buena advertencia que recorrería pronto todo el Vey. Era mi manera de anunciar a los mandingas del interior que las cosas habían cambiado en Gallinas, doctor. Más tarde me encargaría de atraerlos. Eso pensé. Y una vez que todos hubieron aceptado, recorrí los barracones de cada islote y confisqué cuanto negro encontré. Le di a cada factor un recibo por el valor de sus negros contra mis mercancías, los cargué en el entrepuente del *Conquistador* y lo mandé de vuelta a La Habana, consignado a don Joaquín, Martí y Torrents y un grupo de armadores de Regla. Los bozales eran pocos, apenas una centena, y de mala calidad, así que a duras penas cubrirían el sueldo de la tripulación. Desde luego que toda la mercancía que había desembarcado quedaba a deber. El piloto llevaba una carta para mis socios en la que les explicaba mis intenciones de establecerme allí. De controlar el flujo de esclavos desde la misma costa africana, así como pagarés y mi promesa de devolverles con creces el valor de lo desembarcado en cuanto pudiera.

Cuando vi alejarse al *Conquistador* sentí que había cruzado mi Rubicón, doctor, quemado mis barcos, y que como al rebelde Cortés tras desafiar al gobernador Diego Velázquez, tras dejar Cuba atrás solo me quedaba vencer o morir. Empecé por adecentar y agrandar aún más la antigua barraca de Chiquim y levantar un barracón más grande, que añadí al que ya había construido como almacén con Martínez la primera vez. El nuevo barracón sería nuestra primera *captiverie* y podía encerrar, tras grueso bambú reforzado con herrajes, más de quinientos negros. Dispuse estos primeros barracones formando un triángulo, pensando en que cada uno sirviera de baluarte para defender con fuego cruzado el acceso a los otros. Además, construimos unas defensas de palos y espinos que podíamos mover con rapidez y colocar como barricadas entre las edificaciones más sólidas. Con Mérel desembarcamos e instalamos un cañón de seis libras sobre una plataforma elevada y giratoria, sujeto con los mismos bragueros que servían para ponerlo en posición en el *Conquistador* tras cada disparo. No pude evitar sonreír al verlo tan parecido al cañón que había en el colegio de San Telmo. Sentí que me reencontraba con un juguete de la infancia al que ahora sabría dar mejor uso. Teníamos claro que más que batallas navales donde desarbolar barcos lo que allí habría sería más parecido a un motín y la necesidad de despedazar gente para frenarlos, así que no bajamos balas de cañón y sí abundantes botes de metralla. Mi *grognard* también fabricó con dura madera y abrazaderas de metal tres cañoncitos portátiles, a modo de culebrinas y que podrían manejar entre dos hombres. No dispararían más de dos o tres veces antes de reventar, pero las que lo hicieran escupirían bien plomo y fuego. ¡Y luego a quien Dios se la dé, san Pedro se la bendiga!

Bajo mi mando habíamos quedado en el islote de Lomboko

Martínez, Mérel y diez hombres más del *Conquistador*, a los que se unieron otros cinco marineros varados en Gallinas. El viejo soldado empezó a darles formación de combate que añadir a su ya cierta experiencia como piratas y negreros. Todos hombres bragados, españoles en su mayoría salvo dos criollos y un mulato de Baracoa. También recluté una decena de negros de los que andaban sueltos por Gallinas y los armé con sables cortos y hachas. Yo tenía claro que nos atacarían pronto, para probarnos. Burón, Vicuña y los demás blancos miraban asombrados tanta laboriosidad desde sus islotes. No ayudaban, pero tampoco molestaban. Solo Burón se acercaba de cuando en cuando, más a espiar los progresos que otra cosa, y me advertía de que debía enviar ladradores y regalos a los brujos más próximos. Sin el beneplácito de estos sería acusado de traer mal *ju-ju*, la muerte y la desgracia, y era fácil que algún reyezuelo quisiera expulsarme de allí. Burón, por supuesto, se ofrecía a indicarme en qué dirección y a quién enviar las mercancías. Yo sabía que me estaba engañando, pero igualmente asentí y acepté mandar con alguno de sus negros esos presentes unas millas río arriba, a un hechicero y oráculo que se decía el más fuerte de esa parte del Vey y que aconsejaba al Rey Sapo. Este brujo era el más beligerante contra los factores de Gallinas y al que convenía tener contento. Envié ron, tabaco, pólvora pero no mosquetes para no armar a un posible enemigo, chucherías y muestras de telas.

Los emisarios se perdieron en la selva acompañados de uno de mis hombres, no quise desprenderme de más, un gallego llamado Castro, medio alunado y que era muy dado a brujerías y cosas de meigas y que por ello se pensó hábil para tratar con feticheros africanos. Esperé dos días, dos soles que dirían en África. La mañana de ese segundo día, muy temprano, vi alejarse la balandra de Burón con rumbo sureste hacia Solima. Mandé a mirar y mis hombres me dijeron que Vicuña y un par más tampoco estaban en sus islotes, que debían de haber embarcado con Burón. De inmediato di orden de aprestarnos para el combate, reunir armas y municiones, cargar una buena cantidad de mosquetes y pistolas y protegerlos de la humedad, disponer los parapetos contra los muros de los barracones, prontos a colocarse, así como unas fuertes contraventanas que también había mandado hacer en secreto y que disponían de troneras para hacer fuego a través de ellas. Mis hombres desbrozaron el terreno en doscientos pasos a la redonda de los barracones para no dar refugios a los atacantes y tener mejor tiro. También previne cubos con agua dentro de cada barracón, dulce para beber y salada para apagar los techos de palma si los atacantes intentaban pegarles fuego. Luego repartí valor, o sea ron y cigarros, entre mis hombres y los negros, que se pusieron a cantar en su lengua fulani. Mientras lo hacían hablé. A los míos les dije que todos habían combatido a negros desesperados en los motines y que sabíamos lo valientes que podían ser, pero que ahora los salvajes tenían una tupida selva a sus espaldas y si sabíamos frenarlos, no dudarían en refugiarse en ella y huir. Que la gente está menos dispuesta a morir cuando tiene salida, cosa que nosotros no podíamos esperar, así que más nos valía luchar como perros por nuestras vidas. Los hombres asintieron, no hubo bravatas, y nos sentamos en silencio.

Con la caída del sol se levantaron nubes de pájaros de la selva circundante y hubo mucho chillido de monos. Estaba claro que nos atacarían desde la espesura, que les daba cobijo mientras se acercaban y rodeaba casi tres cuartos de mi islote. Además, por allí era más fácil vadear sin canoas en la estación seca y sin duda conocían los pasos. Hacia allí dispuse el cañón que servían Mérel y dos más, dejando en la reserva las culebrinas de madera para usarlas donde fuera necesario. Por suerte el mar ante Lomboko estaba especialmente revuelto y eso me hacía confiar en que no atacarían desde allí, rodeándonos por completo. Un tal Vellido, uno de los marineros vagabundos que se nos habían unido, me contó lo que sabía de tal Rey Sapo. Con fama bien ganada entre las demás tribus de guerrero feroz, no dudaba en alquilarse junto a sus guerreros en las guerras de los grandes reyes del interior y era el mandinga que más gustaba de airear su odio a los blancos de la costa. Antes era un cacique más, tributario del rey Shiakar, un bandido que se dedicaba a secuestrar paisanos para venderlos como esclavos, pero que de un tiempo acá la había tomado con los factores blancos de Gallinas, a los que había atacado varias veces y exigía a su vez tributo por cada negro que bajaba el río. Sin duda, venía a presentarse a los nuevos vecinos. Era sanguinario y no dudaba en comerse con sus hombres a prisioneros que hubieran peleado bien. Además presumía de desenterrar a otros reyes y guerreros poderosos para comerse también un trozo si no estaban muy corrompidos, en la creencia de que al tragárselos asumía sus virtudes como jefes y soldados. Solo comía carne de valientes, de los cobardes no quería saber nada y los mataba sin más.

Yo escuché a Vellido sin demostrar ninguna emoción que pudiera asustar a mis hombres y para quitarle hierro a la idea de combatir contra caníbales en sus tierras, le pregunté delante de todos si según eso era mejor ser valiente o cobarde contra este Sapo. Vellido se encogió de hombros, sonrió y dijo que una vez muerto, se le daba una higa que se lo comieran por valiente o lo dejaran en el plato por cobarde. No me voy a enterar, concluyó, haciéndonos reír a todos. Para entonces la noche ya era cerrada, habíamos encendido teas y las clavamos entre los barracones. Todo empezó con un batir de tambores y gritos guturales desde la espesura. Tambores de guerra. Luego un deslizarse de sombras, un silbido y una flecha muy larga y gruesa, de esas que disparan con largos arcos que tensan tumbados, con los pies, clavó la cabeza de Castro a pocos pasos de mi posición. Fue la señal. El Rey Sapo y los suyos salieron aullando, corriendo hacia nosotros, un grupo compacto de unos ochenta negros, juntos en la confianza de que no encontrarían más resistencia de la habitual. Fue ver esto y los negros que yo tenía de mi parte salieron corriendo hacia la playa, tirando las armas, y se perdieron en la oscuridad. No tuve tiempo de preocuparme porque teníamos a los atacantes cada vez más cerca. Me consolé pensando que Burón había traicionado también al cacique y le había ocultado mis preparativos y mis fuerzas. Debió de pensarse ganador venciera quien venciese. Si era yo, le quitaría al negro y sus extorsiones de encima. Si vencía Sapo, las cosas seguirían como hasta ahora, aunque con el cacique más contento con él por la nueva presa, y este me quitaría de en medio, a mí y a mis ínfulas de grandeza.

Mientras los negros corrían desnudos y pintarrajeados, gritando, hacia nosotros, Mérel ya había traído los tres cañoncitos para unirlos al de seis libras. Todos cargados con metralla y postas grandes. Había también casi medio centenar de mosquetes cargados, para que los pocos hombres que éramos pudiéramos hacer fuego rápido. Los dejamos llegar a unos cincuenta pasos y ordené fuego. Les hicimos tal carnicería que se pararon en seco, sorprendidos por el estruendo y ver volar cabezas, piernas y brazos. Allí quedaron tendidos unos veinte entre muertos y heridos. Los demás nos arrojaron sin mucho tino flechas y lanzas y volvieron corriendo a la espesura, el Rey Sapo entre ellos, arrastrado por un par de sus guerreros y maldiciéndonos desafiante... No habéis matado nunca, ¿verdad, doctor? ¿Ni combatido por vuestra vida? Es difícil explicar lo que se siente. Y supongo que no será igual para todos. Yo ordené recargar y recorrí con la mirada a mis hombres. Mérel estaba tranquilo. Otros por el contrario temblaban, algunos de miedo. Otros de ira. Yo..., yo no habría querido estar en ningún otro lugar del mundo en ese momento, doctor. Era en esa vecindad con la muerte, donde está por decidirse de qué lado se inclinará la balanza, si de perecer o prevalecer, cuando siempre me sentí más vivo. En el puente de un barco o en la selva. Se me pintó mi casa, los bailes de Gómez, la tristeza de Rosalía... y todo me pareció irreal, ridículo. Sentí que allí se decidía todo para mí, ¡que allí estaba yo, Pedro Blanco, para llevar el progreso a esos caníbales lo quisieran o no!... ¡No, no me burlo! Pero estoy loco, ¿verdad?... Afortunadamente para vuestra humanidad yo soy un loco y no la norma... Nos atacaron una vez más con idéntico resultado, solo perdí a un hombre al que acertaron con una flecha en un ojo. Un par más fueron heridos también por flechas. Nada grave. Tras retirarse enviaron a su brujo a echarnos maldiciones, meneando un bastón con pelos y abalorios y con el cuerpo pintarrajeado de blanco. Vellido, que resultó ser un buen tirador, lo tenía en la mira, pero yo le bajé el mosquete y evité que lo matara.

Recordé la crónica de Bernal Díaz del Castillo, cómo Moctezuma y los caciques enviaron a sus mejores brujos, cada uno disfrazado de su animal heráldico, a rodear a Cortés y sus hombres en Veracruz. Cómo les echaron todo tipo de maldiciones y brujerías durante una noche y luego se retiraron confusos al ver que no surtían ningún efecto en aquellos blancos barbados. ¡Tantas cosas me venían a la cabeza, doctor! Evité que mataran al brujo para que todos aquellos salvajes vieran que nada podían sus artes contra nuestras armas. Y porque yo ya estaba maquinando el siguiente paso, si es que sobrevivíamos a la noche y al Rey Sapo. Intentaron un ataque más, ahora sí dividiéndose en tres grupos de unos veinte hombres cada uno. Esta vez empezaron por lanzar flechas incendiarias al techo de los barracones, que prendieron sobre todo en el que servía de almacén, donde guardábamos mercancías, pólvora y alcohol. Tuve que relevar cuatro hombres del combate para que trataran de apagarlo antes de que la explosión nos matara a todos. Con eso no pudimos salvar el resto de los barracones, que ardieron iluminándolo todo con una luz roja, tambaleante, y debilité mis defensas. Algunos guerreros consiguieron llegar a los parapetos y ahí, iluminados por el fuego como demonios, blancos y negros luchamos cuerpo a cuerpo, con culatas, sables, hachas y mazas, cortando y aplastando cabezas en una danza frenética de odio, miedo y muerte. A mi lado le hundieron el cráneo a uno de mis hombres y yo le separé el hombro del cuello hasta más abajo del pecho a su asesino con un hacha de abordaje. Unos pocos negros consiguieron saltar los parapetos y peleaban con mis hombres enredados en la tierra roja. Con las uñas, con los dientes. Otro hombre murió junto a mí. Vi caer al suelo a Martínez bajo el peso de un negro enorme que le aferraba el cuello para ahogarlo, pero antes de que pudiera yo quitárselo de encima el gaditano ya le había hundido varias veces un cuchillo en el costado, se levantó cubierto de sangre y corrió a defender un parapeto.

Finalmente, también los rechazamos. ¡Otro momento glorioso, doctor, con su correspondiente cantidad de sangre, miedo y mierda! Le pregunté a Vellido, que estaba herido en un brazo y con la cara cubierta de sangre que le manaba de la frente, si ya que llevaba tanto tiempo vagando por estas costas hablaba la lengua de estos negros y me dijo que sí, que conocía algo de fulani y de yoruba. ¡Un buen elemento este Vellido, corajudo en la pelea y con el tiempo resultó ser medio poeta, todo un Garcilaso! Le dije que ofreciera tregua y parlamento al gran Rey Sapo, valiente entre los valientes. Mi hombre lo hizo a gritos y a gritos la aceptaron. Sería al amanecer, para evitar sorpresas, y ante el barracón principal. Yo llevaría regalos para el gran rey y este escucharía mis palabras y ofertas de paz. La vanidad es el peor enemigo del hombre, recordé el consejo de Oscár. Pese al resultado desastroso de sus ataques y a tener sin duda más guerreros disponibles a un par de días de marcha, al Rey Sapo le pudo más el orgullo que la prudencia y se presentó con las primeras luces en la explanada, al son de unos tambores, con su brujo cubierto con hierbas y una máscara al lado y rodeado de los bravos que le quedaban. Todos alineados como bolos golpeando el suelo y escudos de piel de cabra con sus lanzas. Mérel siempre me hablaba de la importancia de la rapidez en las victorias de Napoleón, de su habilidad para combatir y desplazarse antes que el enemigo. *Fortuna audaces iuvat!*

Yo salí con Vellido y tres hombres, algunos más muertos que vivos y todos cubiertos de sangre, de entre los barracones humeantes a la explanada, con cajas medio quemadas que habíamos salvado del fuego. Las mostramos al Rey Sapo y este mandó enseguida a unos cuantos hombres a recogerlas. Hombres desarmados. Tan pronto llegaron a las cajas los matamos a tiros, momento en el que salieron otros cuatro hombres disparando por la izquierda y Mérel y cinco más vaciando una culebrina y mosquetes desde la derecha. En la confusión herimos al Rey Sapo y lo capturamos junto al brujo. El resto de los negros cruzó un vado del río y huyó hacia la selva, aunque se detuvieron un poco antes de entrar en ella para observar cómo arrastrábamos al Rey Sapo y al brujo tras nuestros parapetos y recomponíamos nuestras defensas entre los restos quemados de los barracones. Estuvieron un rato así, discutiendo en la otra orilla y a unos pocos pasos de la espesura. Ya sabían que ahí estaban fuera del alcance efectivo de nuestros mosquetes. Discutían cómo acabar con nosotros y rescatar a su rey. Mérel repartía munición. Martínez me indicó que mirara en la dirección del mar. A unos mil pasos de nosotros, franqueada ya la barra, se mecía la balandra de Burón. Se veía gente asomada en la borda, parecían sostener estrellas entre las manos. Eran los destellos que arrancaba un sol de fuego del latón y las lentes de los catalejos. Y yo ahí tomé una decisión, que luego durante años justifiqué con los argumentos más variados. Ahí emprendí un camino sin retorno... Me atreví a los cielos y negué todas las leyes de Dios y de los hombres. ¿Que por qué? Veréis, ellos querían a su rey. Así que lo subí a la plataforma elevada donde teníamos el seis libras. Allí hice que lo agarraran entre tres de mis hombres, que lo sujetaran sobre el bronce del cañón, tirando de sus piernas y sus brazos hacia abajo para mostrar mejor su pecho. Luego me acerqué, saqué con un amplio movimiento, para que aquellos salvajes lo vieran de lejos y los otros desde el barco, un hacha que hice refulgir al sol y la descargué contra el pecho del rey.

Una vez, dos, tres veces, sus costillas crujieron como las de un cerdo en el matarife. Luego hundí las manos en la amplia herida, abrí con todas mis fuerzas y allí estaba el corazón todavía palpitante. Lo arranqué y lo levanté al cielo, convirtiendo aquella plataforma de madera en un improvisado teocali, en un resumen de la maldad y la crueldad del mundo, de la atrocidad que puede generar el miedo a morir. Alcé el corazón del valiente Rey Sapo al cielo, un instante, y grité, grité como se ha de gritar quemado por el fuego de Satanás. Los negros me miraron en silencio desde la otra orilla, inexpresivos. También el brujo, al que tenía cerca como testigo de la escena. Mis hombres estaban boquiabiertos; algunos se santiguaron, otros soltaron las armas de las manos y cayeron de rodillas. Mérel negaba con la cabeza y se atusaba el bigote pelirrojo. Martínez temblaba.

De pronto todo quedó en silencio. Un silencio sólido, atroz, apenas roto por algún mono o el batir de las olas en la playa. Mi grito viajaba ya entre los árboles de la selva, alejándose como el heraldo de un nuevo terror. Los negros del rey muerto se dividieron más o menos por la mitad. Unos regresaron a la selva. Los otros se acercaron hasta el brujo, casi al pie de la plataforma. Aún sostenían las armas, pero su actitud era extrañamente calmada. Luego se dispusieron en semicírculo y se postraron ante mí, mientras el hechicero recitaba sus salmodias. Muchos de esos feroces guerreros mandingas formarían desde entonces y durante años parte de mi guardia africana. Decapité al Rey Sapo y agarrando la cabeza por el pelo rizado y crespo la mostré goteando sangre. Me la puse bajo un brazo, bajé de la plataforma y caminé hasta el brujo. Cuando estuve ante él vi que era un hombre mayor, pequeño y arrugado, pero con dos ojos que ardían como ascuas y que iban saltando de los espantados de la cabeza cortada a los míos. Me dijo unas palabras, tomó con los dedos sangre de mi cara y manos, también del cuello del rey, se agachó y la mezcló con algo de tierra, amasándola entre sus dedos sin dejar de recitar encantamientos. Me hizo una seña de que me inclinara. Dudé, uno no mata a tanta gente para andar luego humillando la cabeza, pero lo hice. Entonces el brujo espolvoreó la tierra y la sangre sobre mi pelo.

Luego supe que aquello significaba que no había nadie más poderoso que yo sobre esta tierra de Lomboko. A lo lejos ya veía acercarse a Burón, Vicuña, Kearney y los demás, la sorpresa en sus rostros. El temor. El respeto. El viejo dijo unas últimas palabras y sacudió los dedos sobre mi cabeza. Tras hacer esto el anciano fetichero, temido por todos, se postró también. Ante mí, ante el Mongo Blanco, el rey de Gallinas.

XX

La decisión la tomé yo, doctor, no fue un rapto de locura. Sabía lo que hacía cuando desgarraba su pecho y arrancaba su corazón. Sabía que esas manos que se me llenaban de sangre, de carne que latía todavía, eran las mismas que habían acariciado a mi madre. Y a Rosa, a mi hermana... Arrancando ese corazón estaba negándome para siempre la posibilidad de vivir entre los míos, de volver a los salones entelados y las tertulias, a los bailes. De regresar algún día a mi patria. Al hacer lo que hice, doctor, me atreví con los cielos y me convertí en un monstruo... ¿Que para qué quería la cabeza del Rey Sapo, doctor? ¿Para qué quieren los cristianos brazos incorruptos y reliquias de mártires y santos? Los africanos creen que todos los vivos tenemos un doble muerto, un espíritu que vaga invisible y dañino junto a los vivos y al que conviene domeñar. Para eso son los huesos, los dientes de los muertos. Para domar y someter a sus dobles, ¿entendéis? Creen sus brujos que la posesión de partes del cuerpo permite controlar a vivos y, si muertos, a los dobles. ¿Que si creía en esas supercherías? Doctor, he visto cosas que la razón no explica. Con mis ojos. Además, lo importante no era lo que creyera yo, sino lo que creyeran ellos, los negros de Gallinas, de todo el Vey. Guardé la cabeza del Rey Sapo por su fama de valiente guerrero. Poseer su calavera me otorgaba su valor y me hacía dueño de su doble, de su espíritu. Por allí desentierran muertos afamados y se comen trozos. O hacen cenizas los restos y los mezclan con los de otros muertos, con pólvora, y guardan estos polvos como fetiche. ¡Cuanto más ilustre el muerto más fuerte su magia! El Rey Sapo, antes de desmenuzarse, me acompañó en muchas guerras durante años.

Tenía que tomar decisiones, doctor... Mis barracones habían ardido y con ellos la mercancía que traje de Cuba y con la que contaba para comenzar. Ni podía pedir nada a mis socios de La Habana sin antes pagarles lo que debía, o con bozales o con oro, ni podía esperar allí con los brazos cruzados por meses en el improbable caso de que me quisieran ayudar. Estaba solo. Tenía a Martínez, a Mérel y a Vellido, que se había demostrado como un bravo, amén de otros pocos de la tripulación. Pero también un brujo y unos veinte guerreros mandingas que me observaban en silencio. Pensé en seguir la escabechina y matar y robar a Burón y compañía, pero la verdad es que no tenían ni mierda en las tripas. Y algo me decía que iba a necesitar de ellos. Parlamenté con Martínez y Mérel. Estaban aún confusos por lo que había hecho, pero me aseguraron su lealtad. Les expuse mi plan. Había que reconstruir los barracones, alzar incluso alguno más, y llenarlos de mercancías antes de que empezara la época de lluvias. Antes de que la lluvia lo borrara todo, nos ensordeciera por meses, el río creciera convirtiendo cada islote en una prisión y solo alguna vela de cabotaje rompiera la monotonía. Teníamos que estar fuertes antes de esa muerte temporal que eran las lluvias y tener muestras que enviar río arriba. Mercancías que no podíamos ir a buscar a Cuba o Europa. No teníamos ni barcos, ni tiempo ni posiblemente crédito. Hacia el norte estaban el río Pongo y Mongo John. Ese hijo de puta estaba cada vez más loco y yo nunca le había gustado. Solo quedaba ir a Ajuda y confiar en Souza, en Mongo Cha-Chá. Era un intento desesperado, pero, como bien dijo Martínez, más nos vale que resulte porque aquí no hay ni a quién robar.

Esta vez sería Mérel quien se quedaría a cargo de la reconstrucción. También tendría que aprovechar las escasas velas que tocaran, barquichuelos de comerciantes de Freetown o esa creciente Monrovia del sur, para correr la voz entre las tripulaciones de que en Gallinas habría muchos y buenos esclavos en la seca. Con ese mismo propósito mandé al brujo de vuelta para su casa, con el regalo de varias damajuanas de ron, atados de tabaco y un esclavo joven, un muleque que le regalé para que lo ayudara con la carga y lo cuidara. Se fue soltando bendiciones y yo quedé con la certeza de que a ningún otro reyezuelo hablaría mal de mí, de que sería otro ladrador más de las excelencias del nuevo mongo de Gallinas. Al francés le dejé diez hombres, herramientas, armas y la pólvora que habíamos conseguido salvar. También le dije que no dudara en pasar a cuchillo al hijo de perra de Burón y a todos sus acólitos a la menor señal de traición. Me contestó que esperaba sinceramente esa señal. Yo solo temía una felonía desde esa parte. Estaba seguro de que eliminado el Rey Sapo, los *krumen*, los pescadores y los bosquimanos se acuclillarían sobre los talones esperando ver qué blancos prevalecían. Al fin y al cabo, doctor, todos los negros de Gallinas malvivían también de la trata y los factores. Sí le pedí sin muchos miramientos la balandra a Burón, quien se mostró obsequioso esta vez. Me fui con Martínez, Vellido, dos españoles más y un par de mandingas que me miraban como si fuera un dios reencarnado entre los mortales.

El día que cruzamos la barra y salimos a aguas azules cayó el primer gran aguacero, tan fuerte que tuvimos que achicar agua para no irnos a pique y gritarnos, aun a pocos pasos, para oírnos. Era junio de 1823 y empezaban las lluvias. Los días que duró la travesía, apenas sin avistar otras velas, los pasé madurando una idea que... Bueno, ya llegaremos a eso, doctor. Navegar por días de ceñida, con el viento en contra, y con el martilleo de goterones como garbanzos en el cráneo puede ser enloquecedor, ¿sabéis? En cuanto desembarcamos en Ajuda, nuestra presencia le fue comunicada a Cha-Chá. A simple vista vi que su emporio seguía creciendo. Había más casas, más marinos y más putas chapoteando por el barro. Nos hizo esperar en su nuevo capricho, un edificio anexo a su antiguo casino que alojaba varias mesas de billar y una *pâtisserie*, que servía las últimas delicias de París, chocolates suizos enfriados con nieve traída desde lejanas montañas y finos *liqueurs* en pequeñas copitas de cristal labrado que ornaban graciosas las manitas de las putas y quedaban ridículas en las zarpas de los piratas y negreros. La mayoría de las lobas eran blancas y rubias, hermosas. También muchas guapas mulatas. Pero si te fijabas bien veías pronto en algunas las costras del chancro, las costillas marcadas en el escote y andares desiguales. Uno de los míos, un muchacho, se encaprichó de una de esas y le previne. Chico, le advertí, cuando la desnudes y la laves, le quites rellenos y pelucas, quizá los dientes, pesará menos de la mitad. La otra mitad estará regada a los pies de la cama. Las negras, las esclavas, son gratis y no engañan... Viendo la afectación de meretrices y clientes me fue fácil imaginar el delirio versallesco del mulato. El gatazo enguantaba sus afiladas garras en sedas de civilización. Había hasta una pequeña banda que tocaba música con instrumentos militares conseguidos vaya usted a saber dónde. Arcos de madera calada, cortinas, borlas y caros espejos conducían de este refinamiento al antiguo, las mesas de *rouge et noir* y de monte donde sus hombres desvalijaban a capitanes borrachos, factores febriles y marinos enloquecidos, de su dinero, joyas y mercancías sin entregar a cambio de un mísero bozal.

Al poco entró un negro de librea y amanerado que anunció al gran Mongo Souza. Hombres y mujeres alzaron sus copas, algunos se levantaron, pero Cha-Chá cruzó la sala riendo fuerte seguido de sus hijos, solo tenía ojos para mí. Me abrazó, me vio más flaco, me tentó la frente buscando fiebre y volvió a reír al no encontrarla, ordenó que se sirviera y diera crédito a mis hombres en las mesas, me envolvió y me arrastró con él. Martínez solo pudo seguirme a duras penas y por expresa petición mía. Nos llevó a su palacio. ¡Tengo tanto que contarte, Pedrinho! No sentamos en unos almohadones grandes y camas bajas, a la turca, y enseguida trajeron cachimbas con mezclas perfumadas de tabaco, hachís y opio. Cocciones y raíces que le dan a tu sangre la fuerza de un río, de un león. Y vinos franceses de difícil digestión en esos calores. Como los aros de humo, la languidez nos fue abrazando y allí, exhalando volutas, echado sobre un costado, me pregunté si era Cha-Chá un amigo real, si había algo a mi alrededor que no estuviera impostado, degenerado, que no fuera sutilmente venenoso. Eso me pregunté mientras fumaba y dejaba que una negra muy joven me reptara por las piernas. Sí, Cha-Chá tenía mucho que contarme, seguro. Pero todo podría esperar a que acabara la orgía que ya se había desatado a mi alrededor, sobre mí, conmigo y los míos. Martínez hacía y se dejaba hacer por dos mujeres con pantalones de seda y bustos desnudos y enjoyados, una muy blanca y otra tallada en azabache. Un mar de cabecitas subía y bajaba entre las piernas de Souza mientras el gatazo sonreía lascivo. Busqué a Elvira, a su hija, estaba segura de que no andaría lejos de su depravado padre. No me equivoqué y vi que ya era una preciosa mulata, más bella, más mujer, sentada al fondo de la sala en un butacón, sola, una cariátide mirándome en silencio mientras acariciaba la cabeza de un enano albino. Cha-Chá buscaba albinos hasta en territorios muy lejanos, los compraba o los raptaba para vendérselos luego a muy buen precio a grandes brujos y reyezuelos, que se los comían y usaban sus huesos en sortilegios, pues creían que esos negros de piel blanca poseían poderes mágicos. Sin duda ese sería el destino de ese enano triste, uncido por una cadena que Elvira sostenía con desmayo mientras me observaba. Clavé yo también mis ojos en los suyos, dedicándole el éxtasis violento que me produjo la boca de la negra. Y me juré que sería mía. Que nos enroscaríamos como las serpientes que éramos.

Cha-Chá no se negaba nada que el dinero pudiera comprar, doctor, y así pasaba de una imitación de París a los delirios de un serrallo otomano sin solución de continuidad. Era mucho más rico, poderoso y depravado si cabe que en mi última visita y quería demostrármelo. Creo que nunca aceptó que rechazara consumirme en su corte. Aquello no era generosidad con unos amigos que llevaban meses en un islote pestilente, rodeado de selva, fiebres y enemigos. No. Aquello era alarde. Pero no sería esa noche ni en ese sitio el momento de explicarle mi visita. No, ahora solo debía dejarme llevar. Hacerle sentir que al aceptar sus tentaciones, al corromperme, era más blando, más suyo. ¡Cha-Chá el destructor de hombres, a ti me entrego en cuerpo y alma, Moloch! Eso era lo que me pedían sus ojos entrecerrados y fijos en mí. Más tarde nos despedimos con la misma brusquedad con que nos enredamos en la orgía, con ese hartazgo que produce el exceso y que te hace repudiar al cómplice en el delirio un momento antes.

Cha-Chá me asignó una recámara en su palacio y me arrastré hacia la cama, agradeciendo un viento fresco que venía del mar y se colaba por la celosía calada de arabescos de la ventana. Allí en la oscuridad traté de reposar el corazón, detener las imágenes caóticas y absurdas que se peleaban en mi cabeza... El mundo es la idea del mundo, pero nosotros solo conocemos la sombra platónica de esa idea, sombras creadas por el fuego del infierno contra la pared de la caverna. ¿Cuándo se saciará el lobo que te devora por dentro y te impide detenerte? ¿Cómo, doctor?... Sigues asustado, Pedro, y tu violencia es solo miedo... ¿Miedo, todo se resuelve en miedo? Puede ser... ¡Miedo! ¿Hubo un solo día de mi vida que no lo sintiera? No sé... A morir, a vivir, al hambre, a no ser amado por nadie, a amar. ¿Cuánta gente más ha de sufrir tu ira, cuánta más ser vendida, encadenada, azotada, muerta, para que dejes de ser un niño del Perchel asustado?... Viví en el mejor mundo posible porque para mí nunca hubo posibilidad de otro. Te laten tan fuerte las sienes que crees que mueves la cama... Sí, doctor, pensamientos así se sucedían como un chorro de arena entre yo y las finas sábanas del palacio de Mongo Cha-Chá. Ideas, imágenes, de mi madre a Burón, de Rosa a Rosalía, de mi padre soldado a mi padrastro pescador, de Reeves a don Joaquín, personajes compartiendo escenario en un teatrillo infernal que nunca tuviera fin y que allí, sudoroso en la oscuridad, me agitaba y me impedía dormir. Fue entonces cuando una fina tela de seda naranja se iluminó desde atrás al fondo de la habitación, en un rincón en el que ni había reparado al entrar casi en penumbras y embriagado.

Tras la tela empezó a bailar un cuerpo de mujer, despacio al principio. Estaba desnuda porque aun sin ver más que la silueta, negra sombra, podía ver perfectamente cada pliegue de su cuerpo fino y fuerte, leer la tensión a la que sometía sus piernas, sus muslos, al danzar. La curvatura perfecta de sus nalgas al final del arco de su espalda. Sus pechos colgando al agacharse, redondos y rematados por dos perlas. El baile se hizo más frenético y se tornó una cópula animal con un espectro invisible. Tócate, porque ni hoy ni mañana me tendrás, tócate... Era la voz de

Elvira. Pensé en levantarme e ir hacia ella, atraparla, poseerla. Esa era la trampa, tocarla me habría supuesto la tortura y la muerte esa misma noche. Elvira nunca estaba lejos de su padre, quien, seguramente, estaría armado al fondo del pasadizo que esa tela y la oscuridad me habían ocultado. Relamiéndose y con las garras ya fuera de sus almohadilladas zarpas. Tócate, me susurraba, quiero oírte gozar... Eso me pedía la voz, untuosa. Y eso hice, doctor. Y tan pronto me acabé la luz se apagó y solo quedó oscuridad. Había pasado una prueba. Eso pensé según mis jadeos se calmaban, mañana estaré más fuerte ante Cha-Chá. Y así me dormí.

A la mañana siguiente Mongo Souza me recibió con los ojos y la vanidad hinchados en una sala nueva de su palacio que se asemejaba en todo a la sala del trono de cualquier gran señor europeo. Sobre un estrado entelado y bajo un baldaquino de seda y brocado, sentados en dos butacones sobredorados me esperaban Cha-Chá y su hija Elvira, a todas luces la reina consorte de sus dominios. A sus pies se derramaban lánguidamente algunos de sus hijos, esclavas y varios bufones enanos. Negros enormes y aceitados le abanicaban. Cha-Chá era ahora más poderoso que nunca y quería demostrármelo. Este mismo año 23 su aliado el rey Gezo había triunfado en su revuelta contra los restos, cada vez más débiles, del imperio oyo y se había convertido en soberano del nuevo reino de Dahomey. Cha-Chá era su principal proveedor y aliado en la costa, así que parte de la gloria y riqueza del nuevo gran rey Gezo se derramaba sobre él. El mongo empezó hablándome de Gezo calificándolo de un buen rey para ser un africano. Un salvaje, sí, pero con un aguzado sentido de la justicia y entendimiento despejado. Ambicioso. El rey Gezo le proporcionaba unos nueve mil esclavos al año, aunque pronto serían muchos más, reservándose el propio monarca unos tres mil que vendía personalmente pero también a través de los negreros que venían a Ajuda. Tal era la amistad y confianza que se tenían que Cha-Chá le había prometido al rey hacerle su heredero cuando muriera, seguro de que Gezo no intentaría adelantar el cobro de la herencia. Me necesita y lo sabe, Pedrinho, ha derrotado al imperio oyo, pero aún tardará años en pacificar todo Dahomey, en erradicarlo, y yo soy quien lo financia y quien arma a sus soldados. Un tipo con carácter el tal rey Gezo. Tenía una guardia personal formada por altas mujeres, amazonas más bravas que cualquier hombre, decía. Al verle crecer tanto en poder los británicos lo sondearon. Gezo se declaró dispuesto a satisfacerlos en todo, salvo abandonar la trata. Las canciones de mi pueblo hablan de las victorias sobre el enemigo y de su esclavitud, les dijo. Eso enseñan las madres a sus hijos. Yo no puedo cambiar el sentir de un pueblo con una simple firma. Con el tiempo le regaló dos esclavas a la reina Victoria para que le hicieran la colada. Los británicos al principio le dejaron hacer pues les suministraba enormes cantidades de aceite de palma, que devoraban las fábricas de su isla, a muy bajo precio. Y esta alianza comercial fue tan fructífera para ambas partes que décadas después, cuando los cruceros del *West Africa Squadron* bloquearon el escandaloso tráfico de negros desde Ajuda y sentenciaron a Cha-Chá, el rey Gezo supo volcarse por completo en el comercio del aceite. Convirtió a su casta de nobles esclavistas en terratenientes y dedicaron al cultivo de palmeras a los esclavos que antes vendían para ser esclavizados en América. Sí, doctor, el progreso industrial y la persecución británica de la trata acabó reforzando la esclavitud dentro de África. Pero en aquel año de 1823 aún faltaban veinticinco años para eso y para el fin del gran Cha-Chá, que vivía sus años dorados. Sus almacenes estaban llenos hasta el techo y en sus barracones no cabían más esclavos... ¿Qué quería yo? ¡Pues eso, doctor! Todo lo que Cha-Chá había conseguido y aún más, pues nunca dejé de entender los puntos débiles tanto de Mongo John Ormond como del mulato. Su riqueza y su seguridad dependían siempre del favor de poderosos reyes del interior. Yo me juré replicar y mejorar sus reinos en Gallinas y no cometer sus errores. Pero necesitaba con qué volver a empezar, necesitaba mucha y buena mercancía que no podía pagar. Debía dinero a los armadores de Regla y La Habana, mis socios, y el incendio en la batalla contra el Rey Sapo me dejó sin nada. Por eso estaba allí, para venderle mi alma al diablo e intentar engañarle después.

Le conté a Cha-Chá mi propósito y le pedí un barco cargado de su mercancía para reanudar la trata con los caciques del Vey, arriba del Gallinas y el Solima. Se rio y me preguntó qué garantías le podía dar. Le contesté que ninguna salvo mi determinación de vencer o morir en el intento, de fracasar o de ser rey de una enorme región. Un mongo poderoso que le devolvería algún día sus favores redoblados, un aliado inquebrantable y un rey digno de casarse con su hija Elvira, quien sería la mejor garantía de nuestro pacto. Souza sabía que, a la larga, los cruceros británicos serían cada vez más fuertes y Ajuda era demasiado conocida como embarcadero de negros. No podía contar con Ormond. Estaba demasiado lejos y sobre todo estaba demasiado loco. Pero un mongo fuerte entre Freetown y la nueva Monrovia distraería a muchos barcos ingleses y aliviaría la presión sobre él, justo ahora que el rey Gezo le podía proporcionar *coffles* sin número desde el interior. Dame un poco de lo que te sobra, míralo como una inversión, Souza. Sabes que pondré mi vida en realizar mi empeño, que nada me va a detener. Sabes cómo soy, por eso siempre me quisiste a tu lado. Bien, te puedo ayudar mucho más desde Gallinas que aquí, en Ajuda. Solo te pido llenar un bergantín con mercancía de mi elección. En un año te devolveré su valor con intereses. Te doy mi palabra... Así le hablé y, por primera vez, cacé a Cha-Chá consultando con Elvira la respuesta. Solo una rápida mirada de reojo de él, solo un leve asentimiento de su hija.

Aquella misma tarde estaba yo en sus almacenes junto a Martínez y mis hombres apartando mercancías con las que llenamos mi balandra y un bergantín del mongo, que tripularían cincuenta marineros de los que penaban sin barco por los antros y burdeles de Ajuda. Españoles y portugueses en su mayoría. Alcohol, tabaco cubano, telas indianas, manijas de hierro, pólvora y fusiles bastantes para armar un pequeño ejército, espejos, cuentas... Todo lo fuimos cargando en las bodegas. Llamaron mi atención un buen número de catalejos, cinco telescopios más grandes y tres heliógrafos alemanes, que estaban arrinconados en uno de los almacenes. El mayordomo de Cha-Chá me contó que eran de unos comerciantes a los que el mongo había desplumado y que allí nadie sabía muy bien qué hacer con ellos, aparte de regalarle un catalejo de cuando en cuando a algún reyezuelo que lo guardaba como un objeto mágico. Me los llevé todos con una idea ya en la mente, doctor, y nadie puso pegas. Al día siguiente me despedí de Cha-Chá y de Elvira, prometiéndoles volver al cabo de un año hecho ya un mongo, para pagarle a él y hacerla a ella mi esposa... ¡Claro, claro que estaba casado con Rosalía, doctor! ¿Y qué? Uno no cruza el mar y planea conquistar países, esclavizar pueblos, para pensar en los pequeños inconvenientes como ese. En África, entonces, no regían ni el tiempo ni las convenciones de los hombres. No solo no era para nosotros un lugar a civilizar sino que, precisamente, si de triunfar se trataba, era donde debíamos olvidar cualquier freno o rastro de moralidad convencional. Volver a la fiera primigenia, diría usted. Yo digo volver a la humanidad verdadera y sin zarandajas hipócritas, a la que hace del instinto la norma de vida. Hacer un dios de nuestros deseos y ahogar la voz de la conciencia, quien la tuviera, que no es sino el eco de prejuicios e ideas implantadas por curas y burgueses.

Cuando cruzamos la barra de Gallinas y desembarcamos en las canoas todo el cargamento, Mérel vino a recibirnos con algunos de los hombres. Sin novedad, reportó. Apenas un par de muertos, uno por fiebres y otro comido por una fiera. Las obras iban a muy buen ritmo y prácticamente todos los barracones estaban terminados y rematados. Solo un ataque de los mandingas, poco organizado, pareció más un tanteo, me dijo el *grognard*, lo rechazamos sin problemas. Burón y los otros no ayudaron, pero tampoco estorbaron. Lo extraño es que a ellos nunca los atacan. No es nada extraño, le dije, son ellos los que animan a los negros a combatirnos. Me encargaré de todos cuando llegue el momento, tranquilo. Ahora lo importante es guardar convenientemente las mercancías, protegerlas. En unos días entraremos hacia el interior. Pero antes quiero que hagamos algunos trabajos aquí y en los islotes exteriores, en varias millas de costa.

La estación de las lluvias encerraba al resto de los factores en sus barracones, entregados a maldecir su suerte, extrañar una vida que ya nunca tendrían, beber y amar y golpear por igual a sus negras. Yo miraba la selva que rodeaba el estuario y en cada árbol veía madera para andamiaje de mis sueños. Yo no quería otra vida, no quería estar en ningún otro lado que rodeado de ese río que se escurría lento como una enorme serpiente de barro que nos rodeaba estrangulando los hongos sobre los que vivíamos, desprendiendo bocanadas de vapor pútrido que formaba figuras contra el telón eterno de la lluvia. Cuando el agua era tanta que no podía salir de exploración, traía a algún negro del interior y aprendía sus lenguas, sus religiones. Me interesé por comprenderlos mejor, por sus canciones de guerra, por sus *iyalas*, los poemas de caza. Me impresionó su arte por brutal y sin artificio, por parecer inamovible, eterno pese a realizarse en maderas, cueros o sobre el cuerpo. Sus máscaras, sus tambores afinados con sus gruesas voces, las pinturas de guerra conmovían mi alma mucho más que el rito y ornamento de cualquier iglesia que hubiera pisado nunca. Había algo puro y cruel en ese arte que le hablaba a mi lobo. Escuchaba a aquellos negros del interior hablarme del canibalismo ritual, de que la carne humana es tan jugosa como la del puerco y de cómo se comen a los enemigos más admirables. De caciques que los mantienen vivos y se los van comiendo sin matarlos, como algunas tribus hacen con el ganado en épocas de carestía o en largos viajes. Que así tienen una despensa ambulante. Y que la muerte dulce favorece el sabor de la carne.

También leía muchos de los libros que me llevé del almacén del analfabeto Cha-Chá. Algo de filosofía, toda la cartografía moderna y antiguos portulanos, iluminados con dibujos de reyes y monstruos marinos, acuartelados de vientos, que pude encontrar. Las *Meditaciones* de Marco Aurelio me marcaron; pues sí, como escribía el estoico emperador, todos los seres humanos nos encontramos en campaña al vivir, solos y en territorio hostil. Y para mí la derrota no sería una opción, lo tenía claro, doctor. También estudié un tratado de óptica. Lo demás era escuchar a Mérel hablarme de las estrategias de Napoleón, del uso de la *position centrale*, el despliegue rápido y la concentración de fuego en situaciones de desventaja ante fuerzas superiores. O los delirios y chismes de los marinos que llegaban huyendo de Freetown. Pero bajo aquella lluvia eterna yo era una esponja que me empapaba de todo lo que oía y leía, acomodándolo en los estantes de mi mente, conectando unas cosas y otras hasta crear mapas enormes de mi futuro. En aquellos días de lluvia me dediqué a gestar dentro de mí al Mongo Blanco, al Mongo de Gallinas, al rey de Lomboko. Mantenía ocupados a mis hombres en erigir atalayas, plataformas hasta de cien pies de altura que fui diseminando por la costa en varias millas, ocultas por la espesura de palmeras de aceite, cocoteros, caobas, rafias, lianas y dragos, erigidas sobre los mangles. Plataformas que podían albergar cómodamente hasta dos hombres. Mandé construirlas bajo la lluvia. Los míos me maldecían y me llamaban loco. Solo Martínez y Mérel confiaban sin preguntar.

La última de estas torres la construí en mi islote, en medio de mis barracones, y en ella planté un mástil con mi enseña. Un rey necesita una bandera y la mía la inventé yo, cuartelada en negro y púrpura. Y una bandera necesita un reino, así que en septiembre, al llegar las lluvias cortas, armé a mis hombres, a unos cincuenta españoles y algún portugués, y con sesenta mandingas del muerto Rey Sapo, me interné río arriba con canoas llenas de muestras. Antes me aseguré de dejar en paz la situación con Burón y los demás, prometiéndoles hacerlos partícipes de los beneficios de mi expedición. Martínez y un puñado de negros se quedaron con el encargo de vigilarlos y avisarme de cualquier traición. Mérel vino conmigo de teniente, con Vellido como sargento. Nos dedicamos a aprovechar nuestro escaso número y las canoas para presentarnos, al amparo de las lluvias intermitentes, en los poblados de varios reyezuelos. Allí los impresionábamos con nuestras armas relucientes, les dábamos muestras y los avisábamos de que podían enviarnos a cuanto enemigo esclavizaran en sus guerras, que los compraría a buen precio. Solo un par de veces tuvimos que combatir y cuando lo hicimos fue con brutalidad, exterminando un par de poblados donde siempre pasamos a cuchillo a todos menos a un niño. Un testigo que exageraría el ya de por sí cierto horror.

Hombres, mujeres, viejos y niños eran sacrificados, el ganado muerto y las chozas quemadas. Era mi manera de expandir la fama de este nuevo factor blanco que ya no se quedaba en los islotes, que prometía riqueza a cambio de esclavos pero que daba muerte a quien se le opusiera. ¿Qué pasa, doctor, os sorprende mi franqueza? ¿Que lo cuente sin llorar, sin remordimiento?... Nunca temí el juicio de Dios o de los hombres, ni entonces ni ahora. Lo hecho, hecho está y, la verdad, hace tanto

466

de aquella sangre, aquellas llamas, del olor a carne quemada y de los gritos, que me parecen cosas de otra vida. Queréis que hable, ¿no? Que recuerde en orden para llegar a una memoria concreta... ¡Para vuestro experimento, la nueva terapia de nombrar lo innominado para así enfrentarlo, curarlo! ¿Verdad? ¡Pues escuchad, doctor, Castells, porque ahora toca el Mongo Blanco de Gallinas!... Aprendí hablando con los nativos que el Vey estaba dividido en mil clanes enfrentados y que ni siquiera una misma fe los unía, como a los fuertes fulahs musulmanes. Tenían muchos dioses, demonios y espíritus, cada cual atendido por su brujo. Y todos escuchaban sus oráculos y profecías, que ellos amoldaban muy gustosos a cambio de baratijas, espejos, cigarros y damajuanas. Sí, convertí así también a los brujos y hechiceros en correos de mi fama y de la conveniencia de esclavizar a los vecinos para este nuevo cacique blanco al que obedecían los muertos. Y es que esa división entre los pueblos era un escenario ideal para, al menos al principio, dar golpes de mano rápidos y sangrientos con una fuerza pequeña, pero de hombres decididos, bien armados y muy móvil.

A lo largo de ese mes de septiembre la lluvia apagó fuegos en puntos muy distantes de la selva, el tronco hueco del tambor de guerra sonó grave y el viento llevó el nombre de Pedro Blanco, el pirata, el fantasma español, a donde mi generosidad o mi brutalidad no llegaron. El río empezó a bajar lleno de muertos que engordaron a los caimanes y a los peces. Pronto, me dije, bajará lleno de canoas con esclavos para mis barracones. A mediados de noviembre, la lluvia empezó a dejar lugar al sol y, efectivamente, empezaron a llegar cuerdas de negros. No muchos al principio. La división de poder del Vey provocaba guerras constantes pero guerras pequeñas. Y mortíferas, porque nunca había sido una factoría esclavista importante y los caciques solían exterminar a las aldeas rivales antes que esclavizarlas. Yo me ocupé de cambiar eso, doctor. Yo solito. Con todo cargué mis primeros dos barcos, dos pequeñas goletas, una rusa y una con destino a Matanzas. Con el capitán de esta última mandé cartas para Marchena, don Joaquín, Pancho, Carlo y Rosalía. A los primeros les prometía que pronto podrían consignarme barcos, que para la seca Gallinas tendría barracones llenos, que apreciaran la ventaja en términos de tiempo de mi posición, mucho más al noroeste de Ajuda y por ello más cerca de las Antillas. Un viaje bastante más corto. Que difundieran la noticia entre negreros y armadores, pues esa sería la manera más rápida de que yo les devolviera el monto de la deuda por aquellas mercancías que ardieron. Los pagarés que les había dado no los podrían cobrar de otra forma, pero me conocían y sabían del valor de mi palabra. A mi esposa le contaba que estaba bien y que administrara con tino lo que le dejé, porque no pensaba volver en mucho tiempo. Confié todo a que esa goleta llegara a Matanzas y a que don Joaquín, Martí y Torrents y Verroni fueran mis mercurios en los mentideros de la trata. Puse parte de mi destino en manos de aquel capitán y de que ni ingleses, ni piratas, ni huracanes ni cayos traicioneros hicieran desaparecer mis cartas. Afortunadamente así fue.

Burón y los demás factores no acababan de entender mis propósitos y me miraban como a un loco. Sobre todo, porque compartí con ellos mis beneficios por haber llenado los entrepuentes de las dos goletas. Los cité a todos en mi barraca y allí, sobre una mesa de tablones, desplegué oro por valor de quince mil pesos. Les dije que desde ya el diez por ciento era suyo y que se lo repartieran como mejor quisieran. Tomaron el oro con desconfianza, como esperando a que los acuchillara en cuanto lo tocasen. En vez de eso les repartí ron y cigarros. Burón tomó la palabra y me preguntó que por qué el diez por ciento y que qué iba a hacer con el resto. Le dije que con el resto íbamos, si no se oponían, a comprar armas de guerra a los portugueses de Cabo Verde, rifles, y repartírselos a los negros del interior. A cuanta tribu pudiéramos llegar. Armas, plomo para balas, pólvora, sables, correajes y aguardiente. Vicuña saltó airado y me llamó loco, me dijo que si armábamos a esos salvajes acabarían con nosotros y que cómo se me ocurría. Yo le dije que no, que al hombre solo lo mueven dos cosas, el miedo y la ambición. Y que mi plan era demostrarles a esos salvajes lo ricos que se harían traficando con nosotros. Que al tiempo que les ponía un fusil en la mano y aguardiente en la tripa, pondría codicia en sus corazones.

No parecían muy seguros al principio, salieron de la barraca a hacer un aparte y discutir. Se oyeron gritos y luego un silencio. Entraron y esta vez Burón se puso de mi parte, al menos me pidió explicarles mi plan con detalle. Les conté que a nuestra espalda había dos grandes ríos, que en nuestras costas sobraban *krumen* y canoas. Que en torno a nosotros se extendía una profunda selva que podía ser el mayor granero de esclavos de África. Que yo había trabajado con Mongo John y con Cha-Chá, aprendido de sus aciertos y conocido bien sus defectos. Les dije que yo me proponía incendiar esa selva, el Gallinas y el Solima, encender una guerra interminable en el Vey. Y que también era capitán negrero y conocía lo desesperante de esperar fondeado en esas costas, así que crearía un flujo incesante de esclavos, los tendría almacenados y acortaría el tiempo de embarcarlos. Los barcos que lleguen a la barra de Gallinas, les dije, no necesitarán semanas ni días para llenar los entrepuentes. Aquí siempre habrá negros, los barcos lo sabrán y solo se acercarán el tiempo que tardemos en embarcar a los bozales con una flota de *krumen* nunca vista, pagada y mantenida entre todos. Menos tiempo en la costa, menos posibilidad de enfermedades o de ser capturados por los cruceros ingleses. Si lo conseguimos se correrá la voz en los puertos de la trata. Mis socios en Cuba nos ayudarán. Ese será nuestro éxito, señores.

Ese fue el comienzo de una confederación de factores en Gallinas y Solima que seguiría hasta después de mi marcha, hasta que los ingleses de Denman destruyeron las factorías. Empezó ahí, conmigo al frente de aquellos Burón, Vicuña, Kearney y los demás. Luego, con los años crecería con la llegada de muchos otros al socaire de nuestra fama, pero el funcionamiento se estableció entonces, doctor. Lo establecí yo y cambié la trata para siempre. Todos nos ayudaríamos a completar los cargamentos y defendernos de terceros, sostendríamos una flotilla de barcazas, canoas y *krumen* para facilitar el transporte de cautivos del interior a los negreros y a mantener un sistema de señales que diseñé, algo que nadie había hecho antes en África. Por lo demás, cada uno tenía libertad de traficar por su cuenta y... ¿Qué, doctor? ¿Cómo que qué señales inventé? A principios de 1824 instalé encima de esas torres de madera y bambú los telescopios y los catalejos. Enseñé a los negros, que ya de por sí tenían buena vista, a barrer el horizonte con ellos, como hacen los marinos para detectar velas. Luego en el centro y extremos de mi dispositivo puse también los heliógrafos, que con el tiempo fueron hasta cinco, así que de día podían mandar sus señales, secuencias de destellos entre mis torres, que cubrían más de doscientas millas de costa.

También había siempre leña seca en las plataformas para hacer fuegos de noche y enviar mensajes entre las torres y de las torres a los barcos. Abolí los saludos a cañonazos, que tantas veces llamaban la atención de los cruceros ingleses. Establecí un código secreto que solo fui dando a capitanes negreros de confianza y estos a los armadores que yo o mis socios de La Habana indicábamos, desde la Luisiana hasta Recife. Código que fui cambiando cada tanto. Los barcos podían así esperar en mar abierto las señales convenidas, ya fueran mediante el sol y los espejos o mediante las hogueras, para acercarse a la costa solo por la noche y cuando mis espías estuvieran ciertos en que no había ingleses en la costa. Los barcos llegaban, cargaban y salían esa misma noche, amparados por la oscuridad. Nunca Ormond o Cha-Chá llegaron a esa perfección. Mis vigías me avisaban por igual de los cruceros ingleses que de la llegada de negreros. Y estos podían hasta hacernos saber por los códigos establecidos el número de esclavos que precisaban. Yo solo, el Mongo de Gallinas, multipliqué por mil la trata de negros. Yo, doctor, yo. El Mago-Espejo-Sol, que fue el título sagrado que me dieron los negros de la costa, los *krumen*, y los bosquimanos y mandingas de la selva, pues mis espejos hacían al sol hablar para avisar a mis amigos y protegerme de mis enemigos.

El poder de mi magia atrajo a cientos de negros que se instalaron en torno a los islotes para adorarme y servirme, doctor. A mí, a Pedro Blanco, el Mongo Blanco... En los años siguientes mi sistema de espionaje creció con una flotilla de *bricks* y veloces *cutters* que ampliaban el radio de la vigilancia navegando bajo el pabellón negro y morado. Que podían salir a la mar al encuentro de los negreros bajo el disfraz de hacer cabotaje. También llegué a embarcar marineros ingleses renegados en los barcos del *West Africa Squadron*, ¡espías en sus propias naves!, y a comprar ojos y lenguas desde Cabo Verde hasta Cabo Palmas. Dichosos ingleses, tan amigos siempre de la etiqueta. Con el tiempo descubrí que bastaba leer las notas sociales y los anuncios de bailes en los periódicos de la pequeña Freetown para conocer la cantidad y graduación de los oficiales que allí había y, así, la posición y número de los barcos del *West Africa Squadron* surtos en su rada. Parte de los fondos de mi confederación se destinaron siempre a la compra de periódicos como *The Royal Gazette and Sierra Leone Advertiser*. Se podría decir que fui un mecenas de tan civilizado instrumento, ¿no, doctor?... ¿Cinismo? Perdonadme si lo encuentro divertido. Claro que los ingleses también me metían cada tanto algún fisgón en Gallinas. Nunca duraban mucho y siempre acababan ahorcados en altos aparejos a modo de vergas que clavé en los bancales del estuario para aviso a navegantes. Allí los dejaba siempre hasta que no eran más que huesos pelados por el sol, las aves y los gusanos. Una guardia de flotantes esqueletos que castañeteaban los huesos los días de viento de vendaval. Nunca dejé que descolgaran a ninguno. Colgaban allí hasta que un día se les partía el cuello y caían. También ahorqué allí a otros, negros y blancos, por robar, matar en la factoría o querer entrar en mi harén cuando lo hubo.

Para 1825 ya recibía con regularidad envíos de los reyezuelos en el curso medio de los dos ríos, del Gallinas y el Solima. Y había reconocido por mar y tierra posibles nuevos emplazamientos al norte y sur de mi islote de Lomboko. Elegí a cinco españoles de mi entera confianza y los fui instalando en barracones en Roca Mana, la isla de Sherbro, Cabo Monte, Nueva Sestros y Digby, justo a las puertas de la mismísima Monrovia. A cada uno le di mercancías suficientes para comenzar a tratar por su cuenta y la orden de mandar los negros que consiguieran a Gallinas. A cambio, cobraban un tanto por ciento por cada pieza de Guinea que yo embarcara hacia América. Con más o menos dificultad pude completar muchos barcos, satisfacer los pagarés a mis socios cubanos e incluso consignarles algún oro para invertirlo en mi nombre. Era tiempo de pensar en pagar a Cha-Chá. El interior del Vey era aún tierra ignota para mí, precisamente la enorme selva que imaginaba más poblada de valiosos mandingas. Cuanto más hacia el norte, más brazos y afluentes de los grandes ríos había, más meandros y revueltas en la selva, que aislaban unas tribus de otras. Me dediqué a enfrentarlas, a armarlas a unas contra otras. Unas veces las atacaba yo mismo o amagaba con hacerlo, culpando de ello a otras aldeas vecinas para luego enviar a alguno de mis hombres, normalmente Martínez, que era de natural intrigante, o Vellido, que parlaba sus lenguas, para armarlos hasta los dientes. Pronto todo ese laberinto ardía en incursiones constantes de negros contra negros, combates violentos, pero ahora con el objetivo de esclavizar a los vecinos y venderlos a los blancos de Gallinas, a los mismos que los armaban y emborrachaban. A mí.

Yo mismo le agarré el gusto a internarme cada vez más adentro, armado, pero también acarreando mercancías, ron, pólvora y mosquetes siempre, ¡la Santa Trinidad!, y ver cómo mi simple presencia en las aldeas hacía que todas presumieran de aplicar sus leyes a rajatabla. No por amor a la virtud, doctor, no. ¡Ni mucho menos! Mi presencia allí, la de mis mercancías, desataba la codicia de los lugareños y cada quien buscaba un motivo, una excusa, para esclavizar y venderme a un vecino, a un hijo o a una esposa, tildándolos de deudor o borracho, de vago o de adúltera. A falta de cautivos enemigos, la presencia del negrero volvía negreros a los africanos de las aldeas, que solo pensaban en venderme a alguien a cambio de aguardiente o armas. Así los vecinos, hijos o esposas que nos habían recibido por la mañana junto a sus esposos, caminaban uncidos en la *coffle* hacia Gallinas al día siguiente. No había juicios. Bastaba la denuncia del hombre y que el brujo reconociera el mal *ju-ju* en los acusados. Por eso los hechiceros eran los primeros que yo visitaba y regalaba, incluso mandándoles ladradores y regalos que precedían mi llegada. Envié también espías, dos negros sossos muy fieles que regresaron con música para mis oídos. El interior del Vey estaba a punto de sufrir una gran guerra entre los dos señores más importantes, el gran rey Shiakar, un negro vey que controlaba una buena porción del curso alto del río Gallinas, y el más joven y fuerte de sus rivales, el rey Amarar, un orgulloso mandinga. Ambos gobernaban muchos pueblos, tenían caciques tributarios y vivían en aldeas fortificadas con altas empalizadas y muros circulares. Su *ju-ju* era poderoso y la lucha sería sangrienta.

Todo venía por una disputa por una joven y hermosa princesa negra que habían entregado como esposa a un anciano tío de Shiakar. La joven aceptó de mala gana la boda con el vejestorio y fue enviada a la aldea de este para el desposorio y los banquetes. El horror de la joven princesa creció cuando conoció a las otras tres esposas del viejo, apenas un poco menos ancianas y todas con fama de brujas y envenenadoras. Pero allí también esta Helena de Troya conoció a su Paris, un joven guerrero sobrino de su futuro esposo. Se enamoraron y huyeron, perseguidos por las flechas y lanzas de los guerreros del viejo. Luego, seguían mis espías, los enamorados habían encontrado refugio en la aldea fortificada del rey Amarar, que les ofreció su protección cuando el viejo se presentó en las puertas reclamando a la bella. Para ese momento Vellido, Martínez, Mérel y yo disfrutábamos tanto del relato que descorchamos una damajuana de buen ron y encendimos cigarros de las mejores vegas de Cuba, repantigados en sillas y hamacas. Seguid, ordené a los dos espías. Al parecer Amarar tenía antiguos litigios por tierras y derechos de paso con el gran Shiakar y vio en el viejo la oportunidad de ofenderle. Atrapó al viejo, mató a sus acompañantes y lo desnudó de sus pieles y fetiches. Luego lo azotaron con ramas de espinos, dejando a los jóvenes amantes el placer de darle unos cuantos zurriagazos, y así lo pusieron en el camino de vuelta. El viejo cacique llegó hecho un *ecce homo*, más muerto que vivo, a la aldea de su poderoso sobrino. Y héteme aquí que el gran Shiakar recogió el guante al escuchar las quejas de su humillado y anciano tío e hizo sonar el tambor de guerra en el Alto Vey, en las junglas y aldeas arriba de nuestros ríos.

Despedí a los dos espías y me quedé conferenciando con los otros. Cada uno manifestó su instinto. A Martínez le preocupó que una gran guerra en el curso alto del Gallinas y el Solima afectara a nuestra floreciente factoría. Estaba claro que ese cuento del viejo y la princesa era tan fantástico como el de Helena, el cornudo Menelao y el apuesto Paris. Allí lo que se disputaba era qué rey controlaría los ríos, pondría peajes a todo lo que bajara por ellos y nos jodería la vida a nosotros de paso. Yo asentí; también veía claro el peligro de que un rey prevaleciera y acabara con esa división del poder que tanto nos beneficiaba.

Además, añadí, una victoria clara supondría una gran carnicería de negros, un desperdicio en términos comerciales. Vellido blasfemó, nos llamó vulgares mercachifles incapaces de reconocer un cantar de gesta, una epopeya, aunque nos diéramos de morros con la mismísima *Ilíada* africana y se comprometió a escribir un poema sobre tan elevada contienda. Los demás nos carcajeamos y él, tras protestar, acabó riéndose también, pero asegurando que lo escribiría. Mérel solo masculló *la putain de sa mère!*, me clavó los ojos azules y añadió *Alors, position centrale?*

Tracé mi plan y a él dedicaríamos nuestras fuerzas en los próximos dos años. No solo no trataríamos de impedir la guerra, sino que la avivaríamos por todos los medios. Suministraríamos armas y alcohol a ambos bandos por igual, abriendo o cerrando la mano siempre en función de quién fuera ganando para evitar su victoria sobre el otro. Yo visitaría a Shiakar y sellaría una alianza con él. Su orgullo no le permitiría aceptar otro interlocutor que el Mongo de Gallinas. Martínez, envuelto en gran pompa y ricos presentes, se presentaría ante el mandinga Amarar como otro gran factor de Solima y rival mío. Le contaría vivamente de mis planes, como el astuto Maquiavelo gaditano que había resultado ser, que si yo crecía en poder gracias a Shiakar sería el fin de su factoría, y le ofrecería suministros constantes de armamento y mercancías. Tanto Martínez como yo recalcaríamos que los enemigos muertos no podrían canjearlos por mosquetes, plomo, ron y pólvora, encareciendo mucho a los dos reyes, vey y mandinga, cautivar con vida al mayor número de ellos, encadenarlos y enviarlos ríos abajo para esclavizarlos. Antes de visitarlos también nos encargamos de armar a muchos caciques del curso medio y bajo de los ríos, venderles redes, cuerdas y *bois mayombes* para uncir a los prisioneros.

La orden era mantenerse en los bordes de la gran región en guerra, sin mezclarse ni incursionar, atrapar a cuanto hombre, mujer o niño huyera de ella y traérnoslos para el canje. Yo colgué un gran mapa de la región que había mandado dibujar en mi barraca principal y fui marcando la posición de cada reyezuelo aliado hasta cerrar, desde el oeste hasta el este, en un semicírculo perfecto de lanzas, mosquetes y codicia los dominios de Shiakar y Amarar, que para entonces, principios de 1826, ya llevaban un año acuchillándose con ganas. Por el río bajaban otra vez los muertos, la sangre y los cuerpos, algunos medio devorados pero otros enteros. Los caimanes debían de sentir hartazgo. Los dejábamos llegar al mar, desencallándolos de los regatos con palos y perchas. Los tiburones también tenían derechos. Yo solo veía flotar ante mí pesos, dólares y onzas de oro.

Pronto empezaron a llegar largas filas de esclavos, familias enteras capturadas en su huida. Tuve que ordenar la construcción de grandes barracones, con barras y puertas reforzadas con flejes de acero en un islote adyacente al de Lomboko, que decidí reservar exclusivamente para mi residencia, y la construcción de algunas casas individuales en las que alojé a las primeras cinco esposas que tuve que tomar, hijas de los caciques, para reforzar mis alianzas antes de la gran guerra. Todas jóvenes, negras afroditas, pues sus padres querían honrar al gran Mongo Blanco y su poderosa magia. Pronto me darían hijos... Sí, doctor, hijos. Los que nunca tendría con Rosalía. Yo tuve muchos hijos e hijas, doctor. ¡Imagínese, crecí en poder durante años, en aliados y creció mi harén! La diplomacia de alcoba de siempre, solo que allí el tálamo estaba en una isla, rodeado de selva, y se sudaba de fiebre y de lujuria por igual. Muchos hijos, doctor, aunque no tantos como Cha-Chá, que dejó en el golfo de Benín más de trescientos Souza de ojos verdes, reconocidos. A diferencia de él, yo nunca los estimé, ni los sentí míos. Fueron simples frutos de relaciones de conveniencia, por ninguno sentí un afecto sincero, real o lo vi como hijo. ¡Nunca estuvo en mí la necesidad de perpetuarme en pequeños Pedritos, mi ego lo satisfacía con mayores retos que la paternidad! No los cuidé. Tampoco los maltraté. Simplemente los dejé a un lado cuando mi vida me sacó de Gallinas para siempre... ¿Qué? ¡No, se me da una higa dónde estén! Ya os digo que... Solo Rosa es mi hija porque solo Rosa es hija del amor, del amor más grande que he sentido en toda mi vida. Quizá el único. Porque solo amé a su... ¡Bueno, ya llegaremos a eso, doctor! Si llegamos.

Antes de partir hacia la capital de Shiakar pasé revista a la factoría. Igual que llegaban las cuerdas de esclavos, lo hacían marineros y aventureros atraídos por la fama del pirata español, del negrero. Hombres decididos, con manos fuertes y sangre en el ojo que tripulaban nuestra flotilla, combatían, azotaban y construían barracones. También acudían cada vez más negros de la costa, fascinados por el poder de Mago-Espejo-Sol y su poderoso *ju-ju*. Venían también factores, buscando que les diera un destino y confederarse con los españoles de Gallinas. Ya se diseminaban por los islotes más de mil habitantes, entregados todos a la trata de esclavos. Teníamos incluso forjas donde trabajar el metal y fabricar todas las cadenas y grilletes que pudiéramos necesitar, nosotros y los barcos negreros, que así se evitaban tan delatores instrumentos en caso de inspección por los ingleses. Les vendíamos los bozales y las cadenas para aherrojarlos en los entrepuentes. Ya podíamos encerrar permanentemente más de tres mil negros con total seguridad y cierta higiene, alimentarlos con arroz, *cassava* y tasajo de cerdo. Mi negocio no era solo vender muchos negros sino también venderlos sanos, de calidad, que aguantaran el viaje. ¡Ya los reventarían trabajando y a latigazos en América! También un pequeño astillero donde repintar cascos y cambiar arboladuras para enmascarar negreros que hubieran sido conocidos o denunciados. Banderas, matrículas y manifiestos de carga falsos. Burón, Vicuña y el resto de los primeros factores, salvo un tal José Gurpegi que se arrepintió, pidió perdón a Dios y se fue a la nueva Monrovia a hacerse colono, todos los demás ya habían aceptado la realidad y entendido los beneficios de someterse a mi dirección.

Si llegué a gobernarlos fue porque supe tranquilizar sus conciencias, porque solo quien calma el desasosiego de los hombres puede llegar a dominarlos, a dirigirlos. Yo les ofrecí algo nuevo, un futuro donde todo les estaría permitido, violencia, codicia, lujuria... Pero donde solo yo sería el culpable de todo. Y eso los calmó. Les enseñé un futuro de riqueza, de excesos, solo a cambio de una cosa, de que me siguieran. Yo sería el único culpable y el único condenado por lo que allí pasara. Yo, el Mongo Blanco, yo, que no sentía culpa ni quería estar en ningún otro sitio. Esos hombres y los que fueron llegando luego no se diferenciaban del resto de los hombres. Solo buscaban quien les diera certezas, que no morirían de hambre e indefensión. Solo, como todos los hombres, mi idealista doctor Castells, buscaban ante quien inclinarse gustosos, a quien obedecer. Alguien que les quitara el peso insoportable de la decisión, de la libertad, de ser dueños de sus destinos.

Al comienzo de las lluvias del 26 inicié mi viaje hacia el reino de Shiakar. Llevaba conmigo a Mérel, una tropa entrenada por él de doscientos españoles y portugueses, piratas y negreros convertidos en disciplinados soldados, y el añadido de unos quinientos negros gallinas, mandingas y sossos, que hacían las veces de tropas auxiliares y porteadores. Una nube de bosquimanos nos precedía como exploradores, escalonados a un día y medio día de marcha antes que nosotros, cubriendo vanguardia y flancos de mi caravana. Entre ellos iban también docenas de ladradores que cantaban el poder del Mongo Blanco, el señor de Gallinas, su honradez en el trato y la riqueza de las mercancías. A nuestro paso, como moscas a la comida, se nos unieron varios centenares más de negros de las tribus aliadas que cruzábamos, las mismas que había yo dispuesto como una jaula en torno a la guerra de Shiakar y Amarar. Yo lo permitía, complacido por la importancia que me daría presentarme con tal número de gente ante las puertas de Shiakar. El río era perfectamente navegable en esa época y pudimos remontar hasta siete días curso arriba, repartidos en más de doscientas largas canoas los hombres y los fardos entelados con las mercancías. Luego proseguimos tres días más por caminos, bajo bóvedas de vegetación, y yo no desperdicié la ocasión de hacerme con la piel de dos hermosos leopardos y de otras piezas menores. Entonces dimos con una vanguardia de guerreros veys que el gran rey había enviado a nuestro encuentro; la mandaba su hijo Manna, un negro alto y fibroso de movimientos elegantes y palabras medidas. Nos saludó y nos dijo que estaba allí con sus guerreros para escoltarnos hasta la presencia de su padre. Dos días después salimos de la selva y dimos sobre una enorme llanura junto al río. Allí estaba la ciudad de Shiakar, grande como para un par de miles de almas, fortificada por un alto muro redondo de adobe y estacas. Me pareció imponente a su africana manera, sin duda la población indígena más grande que había visto con mis propios ojos. Además, en los campos de alrededor y junto al río acampaban al menos un par de miles de veys más, guerreros, pastores, agricultores y sus familias.

Ya antes de entrar salió una comitiva muy colorida con altos soldados armados de mosquetes, lanzas y escudos ovalados y muy hermosamente decorados, que nos recibieron disparando salvas al cielo y haciendo sonar gargantas y escudos. También había un grupo de músicos con tambores, trompas, güiros, arpas de boca y *koras*, como laúdes que hacían con caparazones de tortuga o calabazas y con mástiles de hueso y madera. Completaban el recibimiento veinte negras desnudas, untadas en aceite, que danzaban y saltaban haciendo sonar cascabeles, poniendo los ojos en blanco y sacando desmesuradamente la lengua. Cuando me detuve ante ellos siguieron con bailes y batahola por un rato, deteniéndose solo cuando el príncipe Manna hizo un gesto. Entonces llegó el momento de que los ladradores de Shiakar y los míos pugnaran por hacer las mejores *danticas*, los mayores elogios a sus amos, su poder y buenas intenciones. Esto llevó una media hora, que todos aguantamos ahí bajo el sol, a pie firme. Por fin se abrieron las puertas de la fortaleza para nosotros. Mi caravana y guerreros, músicos y bailarinas avanzamos hacia la gran explanada que era el corazón de la ciudad y donde se alzaba la gran choza palacio de Shiakar. Calculé que nos tomó otros buenos quince minutos avanzar por aquel dédalo de chozas de adobe y techos de rafia. Mérel parecía inquieto; no le gustaba la idea de que solo hubiera una puerta por la que entrar y salir de allí, ni lo fácil que sería atacarnos por los flancos al amparo de las viviendas. Tranquilo, le dije entre dientes, sonríe y muéstrate seguro. Somos sus invitados, somos ricos y tenemos lo que más desea en el mundo: armas para barrer a Amarar.

El gran Shiakar nos esperaba sobre un estrado tapizado con pieles de diversas fieras, sentado en un trono de madera y marfil sobre el que parecía rugir mostrando las fauces un gran león. Este era su animal totémico, el símbolo de su poder, y esa cabeza embalsamada sobre él y su trono así lo mostraba. A Shiakar lo rodeaban sus hijos, esposas, el brujo y algunos ancianos consejeros, todos ricamente vestidos con telas de algodón tintado, joyas, garras y plumas, amén de algún bicornio, pamela y una chistera de terciopelo rojo, mezclando en distintos grados elegancia africana y moda europea de manera nada ceremoniosa. Y, sin embargo, quedé impresionado por la majestad de Shiakar y su cortejo. Su pompa y circunstancia, equiparable a la de cualquier Borbón o Hannover. Manna caminó hasta ponerse al lado de su padre y entonces este me saludó, me dio la bienvenida e hizo que nos ofrecieran a Mérel y a mí calabazas con agua fresca, cuencos de arroz y pellizcos de sal, que probamos religiosamente. Fue el turno de hablar. De alabar su grandeza y contar cómo hasta mi factoría llegaba el eco de sus hazañas contra ese mandinga ladrón, amujerado y poseído por los peores demonios que era Amarar. Shiakar asintió complacido y yo di orden de que acercaran a él, al brujo y sus mujeres varias muestras de lo que traía. De armas de fuego, mosquetes y pistolas, a sables y cuchillos, de finas telas y tabaco a espejos, jarras y tazas esmaltadas, cuentas de vidrio y otras baratijas.

Todo fue del gusto de nuestros anfitriones, así que el rey dio orden de atender, refrescar y alojar a mis hombres, a los blancos, y a los más importantes de mis auxiliares negros, y por fin nos invitó a mí, a Mérel y a cinco de mis más allegados lugartenientes a entrar con él en palacio para comer y descansar. Por la noche habría un gran banquete en la explanada. Antes yo podría hacerle inventario de lo que traía, mis intenciones y mis deseos. Nos repartieron por frescas estancias donde pudimos sestear o revolcarnos con esclavas hasta la caída del sol. Antes de reunirnos con Shiakar le expliqué a Mérel que hacía un día que Martínez y Vellido debían haber salido hacia tierras de Amarar con una caravana solo un poco menos lucida que la nuestra y con las mismas intenciones: proveer, avivar y eternizar la guerra entre los reyes. Mérel se mostró asombrado y solo dijo que esperaba que esta vez Grouchy siguiera el eco de los cañones, pues aún temía que fuéramos pocos para salir con bien si algo se torcía en la negociación y que aquello se tornara otro Waterloo.

Nos reunimos con el rey, el príncipe Manna y los consejeros en una amplia choza y allí le expuse mi petición y mi oferta. Le ofrecí un número sin fin de fusiles, balas y pólvora, así como cualquier mercancía más que él pudiera desear y que pudieran fabricar los blancos. Le mostré modernos mosquetes de llave y alma rayada, pistolas. Encendimos pipas de arcilla y vegueros. Hice servir ron puro cubano para calentar gargantas y caletres, en especial de los nativos que no estaban hechos a cosas más fuertes que el vino de palma y se embriagaban pronto. Shiakar fue prudente al beber, Manna lo imitó, pero alguno de los viejos se dio a ello con mucha más liberalidad. El rey me preguntó qué quería a cambio de tanta generosidad. Le dije que quería a sus enemigos vencidos, derrotados, pero no muertos. Que a nadie sino a los caimanes, los buitres y las hormigas beneficiaban tanta mortandad como él hacía entre los mandingas de Amarar. Que entendía las muchas afrentas que aquella sangre maldita tendría que lavar, la justicia de su ira y la peste que eran los otros en la tierra. Pero que si en vez de matarlos a todos, los apresaba y me los vendía, me los cambiaba por mercancías, todos saldríamos ganando. Él sería un rey mucho más rico y poderoso. Yo también vería crecer mi fortuna, cosa que no debía preocuparle ya que yo era un blanco sin otra aspiración que negociar y sin derechos ni reclamaciones posibles sobre reinos y tronos en el Vey. Además, añadí mientras hacía servir más ron sin rebajar, dejar vivos a sus enemigos y vendérmelos como esclavos afianzaría aún más su poder. ¿Cómo?, me preguntó el rey. Llevará vuestro nombre y la fama de vuestro gran poder hasta más allá del gran mar, hasta las tierras de los reyes blancos. Cada esclavo contará que era libre hasta que el gran rey Shiakar lo encadenó y lo vendió, pues nadie hay en todo el Vey capaz de enfrentarle. Cada enemigo cautivo será el mejor aviso contra cualquier aventurero que lo escuche. Atravesarán encadenados, uncidos como ganado, todas las tierras de aquí a mi factoría de Gallinas y a los caciques y guerreros que se crucen les dirán entre lágrimas, yo me encargo de eso, que el gran rey Shiakar los derrotó y los vendió como esclavos al Mongo Blanco de Gallinas. Los muertos no hablan. Los esclavos sí, gran rey. Así le dije, doctor.

Claro que del hecho al dicho había un trecho. No se cambia en una noche la mentalidad de un pueblo guerrero que lleva acuchillándose con los vecinos desde siempre. Permanecimos allí una semana entera, atendidos a fuerza de banquetes en los que se asaban de mil ingeniosas maneras todos los animales que corrían, volaban, reptaban o nadaban en aquel reino y sus ríos, acompañados siempre de arroz, *cassava*, raíces y frutas. Mérel enseñaba a la guardia del rey el uso de los fusiles, haciendo prácticas de tiro con prisioneros, para ver los efectos que el plomo hacía en sus cuerpos y lo que tardaban en morir. Los guerreros de Shiakar aullaban de placer al acercarse y comprobar con los dedos el diámetro de los agujeros que las balas producían en los cuerpos atados a los postes. O cómo arrancaban de cuajo algún miembro a treinta pies. Nunca disparábamos por encima de cincuenta pies para no fallar y deslucir la representación. Mérel también les enseñó a calar la bayoneta y clavarla donde no se enganchara con las costillas de los cautivos. A desenclavarla girándola con un golpe fuerte de muñeca, desgarrando aún más a la víctima. Los veys o los mandingas de Amarar, protegidos y aislados por sus selvas y dédalos de ríos, no eran como los poderosos guerreros ashantis, que llevaban años combatiendo a los ingleses y conocían los efectos y capacidades de las armas del hombre blanco.

Esos ejercicios, ejecuciones en realidad, se incorporaron al programa de festejos que cada anochecer incluía danzas tribales, oráculos del hechicero y luchas entre negros gigantes y aceitados. Fue la primera vez que Mérel se me enfrentó y me llamó salvaje, diciéndome que no era mejor que un cosaco, que él consideraba el escalón más bajo y feroz de la humanidad tras helarse el culo en Rusia. También empleamos días en enseñarles a tender unas complicadas trampas en los estrechos caminos de la selva, dispositivos de redes y bambús afilados que se alzaban de improviso aislando y dividiendo a las tropas enemigas en grupos pequeños, que ni podían avanzar ni retirarse por estas ratoneras. Así los capturaría vivos y me los podría vender en Gallinas. Mientras les mostrábamos cómo tender esas trampas no podía evitar sonreír pensando que Martínez estaría contándole lo mismo a Amarar, actuando como un espejo mío, halagando su vanidad, encendiendo su codicia y dándole la misma solución para satisfacerla. Sellé mi alianza con Shiakar, le dejé bien provisto de fusiles y otros bastimentos, suficientes para un ejército de tres mil hombres, regresé a Gallinas con una esposa más, Nuba, una de las hijas del gran rey.

Martínez llegó días después con otro pacto similar con el rey Amarar. Una porción de caciques y factores más pequeños actuarían de intermediarios y pantallas para que ninguno pudiera rastrear hasta mi factoría de Lomboko el centro de esta tela de araña, de esta red que sirvió para armar y encender en todo el Vey una guerra que duraría cinco años, cinco estaciones de lluvias. Los mejores años del Mongo Blanco y de Gallinas. Ya lo dijo Napoleón, para hacer la guerra solo hace falta dinero, dinero y más dinero. El odio ya estaba allí. Así que yo, el negrero, me dediqué por años a financiar la guerra entre los negros. En cuanto dejaron de matarse los veys y los mandingas, de asesinarse más allá de lo inevitable para capturarse y esclavizarse mutuamente, faltaron canoas para bajar a tanto cautivo maniatado desde las factorías menores que establecí un poco más arriba de Lomboko y el estuario del Solima. Convertí toda una región de miles de millas en una enorme trampa: dentro una guerra sin fin, en sus bordes legiones de otras tribus y caciques aguardando con redes y cuerdas en la mano a cualquiera que quisiera huir de la carnicería, como pescadores cogiendo peces que la marea ha dejado atrapados en una poza con la mano. Pronto tuve que construir más barracones sobre los islotes, tantos como para encerrar a cinco mil esclavos de manera más o menos permanente. Nunca Mongo John o Cha-Chá habían llegado a tanto. Siempre habían dependido de los reyes del interior. Yo cambié las reglas del juego y hacía bailar a los reyes del Vey a mi conveniencia. Alzando a uno u otro según mi interés, fortaleciéndolos o debilitándolos por turno para que ninguno consiguiera una victoria definitiva sobre el otro que acabara la guerra.

Sí, doctor, yo fui un dios caprichoso e interesado que cambié el destino de miles, de cientos de miles de personas en una enorme extensión de África occidental. Por eso os digo que no creo en dioses e infiernos. Yo nací en el Perchel, en Málaga. No en el monte Olimpo. A mi madre no la embarazó una paloma, señor mío, sino un militar con bigotes. Y así y todo, fui un dios que manejó el destino de los hombres y al que muchos adoraron como tal: el Mongo Blanco, el Mago-Espejo-Sol... Sí, incluso desde vuestra mitología y modernidad, doctor Castells, fui el nuevo dios que adoráis... ¿Cómo?... ¡Oh, yo llevé el progreso a estos pueblos! La especialización es un rasgo del progreso, ¿me equivoco, doctor? Yo les cambié la vida. Les enseñé a hacer solo una cosa, pero a hacerla extremadamente bien y con una dedicación absoluta. Les enseñé a dejar cualquier otra distracción de lado y a esclavizarse los unos a los otros. Por supuesto era algo que llevaban en la sangre y en sus historias y cuentos, pero yo lo elevé a otro nivel nunca visto antes. Claro que no lo hubiera conseguido sin la ayuda de las fábricas inglesas, francesas, de los modernos telares, las máquinas de vapor, los avances químicos..., todo lo que vomitaba sin cesar mercancías prodigiosas en tal cantidad que para los salvajes de África no tenían otra explicación que la magia del hombre blanco. Para 1828 yo descargaba al año cerca de dos mil quinientas toneladas de mercancías en las factorías de Gallinas y Solima. Productos ingleses, norteamericanos, franceses, alemanes, cubanos... Todo ante la vista del *West Africa Squadron*, impotente para detener con su escasa flotilla los bosques de velas que llegaban y salían. ¡Dos mil quinientas toneladas cuando llegué a cambiar un negro por un mosquete! ¿No es eso el progreso? ¿La libertad de comercio en el mundo? Sí, doctor, hasta que yo llegué al Vey y sus costas, los gallinas, los veys, los sossos y los mandingas guerreaban entre ellos, claro, y se cazaban unos a otros, pero no había quien los comprara a todos, así que también criaban abundante ganado, comerciaban con el aceite de palma, algodón, el añil, maderas nobles, marfil y polvo de oro que traían del interior. Antes de mí, cultivaban arroz para alimentar al mundo, ahora lo tenían que comprar en la isla de Sherbo y en Pantian, traerlo de Cabo Verde. Trabajaban campos que daban ricas cosechas. Ahora estaban abandonados, cedidos a la selva o convertidos en osarios. Nadie empuñaba ya una azada.

A los pocos años de instalarme allí, fuera de decenas de miles de esclavos, todo lo que el Vey exportaba cabía en un barco pequeño. Todo lo que entraba y salía de allí pasaba por mis manos y almacenes. Llevaba tiempo devolviendo a Cha-Chá lo que me había prestado. Para cuando decidí visitarlo a fines del 28 ya le había devuelto todo con creces. Aun así, me presenté en Ajuda con tres goletas llenas hasta los topes de mercancías, incluyendo mucho marfil, varias libras de oro en polvo y piedras preciosas. Me acompañaban Martínez, Vellido, Mérel y un escuadrón de ciento cincuenta hombres blancos, escogidos por su porte marcial y buena talla, armados con modernos fusiles, pistolas y sables. Mi *Garde Impériale*. Mongo Souza no era un salvaje de las junglas del Vey al que se le impresionara fácilmente. Y eso era lo que yo quería esta vez, impresionarle. Mirarle a los ojos como un igual, de rey a rey. El mulato lo entendió al momento y se dejó regalar gustoso. Ajuda y su palacio ardieron en fiestas para recibirme y mucho más aún cuando le expuse el motivo de mi visita. Dijiste que tu hija sería solo para un rey, yo ahora lo soy. Quiero la mano de Elvira. Ella será la mejor garantía de nuestra mutua alianza, de la unión de los dos más grandes mongos de la trata.

El mulato y yo nos retiramos a deliberar. Los ingleses cada vez entorpecían más sus embarques y en su corte de las mil y una noches no se escatimaba en gastos, lujos y depravaciones. No podía desdeñar un poderoso aliado con factorías tan al norte. Yo le aseguré que ya tenía unos cincuenta armadores que, tras sociedades de lo más respetable, invertían el dinero de nobles, cardenales, políticos y príncipes en los armazones de negros. Cincuenta o más, que pronto serían cien. Tenía crédito casi en cualquier banco del este de la Unión, Inglaterra, Francia o España. Así le dije y Cha-Chá aceptó de inmediato. A Souza le gustó lo que oyó, la calidad y cantidad de mis presentes y séquito. Pero aún más lo que vio en mí. Tu cara ha cambiado, Pedrinho, África se te metió dentro, ¿eh? Ahora podrías matar a alguien con los dientes... Yo no le contesté a eso, ¿qué podía decir? Era cierto. Solo le pedí que no volviera a llamarme Pedrinho jamás. Pedro Blanco, Pedro, Mongo Blanco, le advertí, como mejor os cuadre. Pero no Pedrinho. ¡Otra piedra sobre la tumba del niño del Perchel, doctor! Le ofrecí colocar parte de su dinero en manos de mis socios cubanos. Pero ahí Cha-Chá se me rio. Tengo dinero más que suficiente para vivir como quiera hasta que me muera, Pedro, y aun para dejar una gran herencia. Mi riqueza se la prometí a Gezo, pero si te casas con Elvira y cuidas de ella será tuya. Podrás incluso dejar aquí gente tuya que vigile por tus intereses. Prometo no envenenarlos. Será cosa de ellos y del seso que tengan que no mueran borrachos o consumidos por las putas. Así me dijo. Yo acepté, claro. Me pedís que haga memoria, doctor, para llegar no se sabe bien adónde...

Y me doy cuenta, ahora, viejo, desdentado y loco, de que también al mirar al joven que fui, al hombre, hago refutación de mi vida. Me casé con Elvira por vanidad, por despecho bien alimentado por el astuto Cha-Chá. Quizá la desmesura de mi vida, lo prolífica que fue mi barbarie, se entienda solamente así. Nunca soporté el desprecio ajeno. Nunca soporté una mirada sobre el hombro o que me dijeran que no podía hacer algo.

Esas punzadas que sentía, los ahogos, eran las dentelladas de mi lobo, ¿verdad, doctor? Cha-Chá me dijo que no vería a Elvira hasta la boda. Mandó a sus mejores carpinteros de ribera, herreros y artesanos, construir de madera, pieles y sedas un pabellón que sería nuestro palacio nupcial, donde consumaríamos tras la ceremonia. Y meter dentro una gran cama europea, traída de su almacén y que nunca se hubiera usado en su burdel. Lo empezaron a levantar esa misma tarde en la gran explanada de la fortaleza, ante su propio palacio. Mérel, viendo la planta, se burló diciendo que era más grande y lujoso que el que construyó Napoleón sobre el Niemen para cortejar al zar Alejandro. Cha-Chá también repartió oro y pólvora entre un nutrido grupo de guerreros y negras para que recorrieran todos sus dominios anunciando que en dos lunas la princesa Elvira, hija del gran Cha-Chá, y el poderoso Mongo Blanco de Gallinas y Solima se casarían y Ajuda sería una gran fiesta para su pueblo. La noticia llegó a cada rincón entre cánticos, salvas al aire y bailes que parecían descoyuntar a las ejecutantes. En efecto, no se me permitió ver a Elvira. Pero a los dos días ya estaba concluido el pabellón y avisados los habitantes, que confluían como ríos en la fortaleza. Traían ganado, aves y manjares como presentes, esperando a cambio recibir la gracia del gran Cha-Chá y del Mago-Espejo-Sol. Fueron dos días con sus noches de fiestas que harían palidecer a los sultanes de la Sublime Puerta en cuanto a lujo, si bien desfilaban por allí constantemente brujos, guerreros desnudos, amazonas y embajadores de oídos y narices perforadas que enviaban Gezo y otros príncipes y que nos recordaban que aquella Constantinopla era, seguía siendo, una antigua fortaleza negrera en el golfo de Benín.

Cuando llegó el día de la ceremonia Cha-Chá decidió que nos casaría él, uniendo varios ritos de aquellas tierras. Me hizo esperar de pie ante las escaleras de su palacio, rodeado de mis hombres presentando armas bajo las ordenes de Mérel, que permanecía firme y con el sable desenvainado ante la cara. El sol sacaba estrellas de la hoja y los gavilanes. Sonó un cañonazo y las dos hojas del portón del palacio se abrieron. Aparecieron Cha-Chá y Elvira. El mulato se había vestido con un uniforme de *grand tenue* de mariscal francés, azul con hojas de roble bordadas en oro por todas partes, condecoraciones compradas incluidas y bicornio emplumado. Mérel masculló *sacrebleu! Ta putain de mère!* al ver el sacrilegio y tuve que frenarlo con la mirada. El padre caminaba solemne llevando del brazo a Elvira, que iba vestida con una túnica del más intenso añil, ceñida al cuello y cintura por cordajes de hilo de oro. Una corona también de oro ornaba su frente y sujetaba un delicado velo calado de la más fina seda blanca. De oro también las sandalias. Espolvoreada con oro su piel mulata. Cha-Chá quería dejarme claro que desposaba a una diosa y que él era el Zeus de este Olimpo. La gravedad de su paso, África al fin, contrastaba con la turba de bufones, enanos y acróbatas que se desparramaban tras ellos. Por el séquito de negras pintarrajeadas, cada una al estilo de su tribu, que formaban las mujeres del mongo, por los brujos cubiertos con pieles, garras, faldas de hierbas, que gritaban a los lados. Souza dijo unas palabras, intercambiamos anillos, unos brujos nos asperjaron, otros nos dibujaron en el aire con sus fetiches, compartimos sal y arroz, y Cha-Chá me entregó la mano de su hija. Sus hombres y los míos dispararon al aire, los tambores empezaron a sonar y no se detendrían hasta pasadas dos noches, manchados los cueros con la sangre de quienes los batían.

Novios y allegados nos sentamos a una larga mesa, cubierta con un fino mantel, y comimos en vajilla de oro. Bebimos *champagne* helado. El resto de la gente se fue acomodando en círculos concéntricos sobre pieles y esteras, hasta donde alcanzaba la vista. Acabado el banquete, Elvira y yo nos retiramos al pabellón. Dentro había comida y más *champagne*, bastante para dos días. Cha-Chá dispuso una guardia armada, un hombre cada diez pasos, formada por los míos y los suyos alrededor del pabellón. Tenían orden de matar a quien osara molestarnos.

Durante dos días y sus noches, Elvira y yo nos amamos más como fieras que como personas. En cada caricia había una advertencia, en cada mordisco una amenaza. Éramos dos animales oliéndonos antes de acoplarnos con furia, probando la fuerza de nuestros lomos, de nuestras piernas y brazos en cada acometida. La primera noche rompimos el bastidor metálico de la cama. Seguimos en el suelo. Apenas nos destrabábamos para comer y reponer fuerzas. No hablábamos. Solo gruñidos entre gemidos. Elvira me preguntó si sabía que me había casado con un demonio. Yo manejaba mis ansias y mi experiencia para hacerla gozar a ella, pues solo en el éxtasis me parecía manejable. A la segunda noche mi verga tenía más heridas que un sargento de granaderos y a Elvira le dolían las costillas. Decidimos salir y unirnos a los demás. La fiesta nupcial para entonces había devenido ya en orgía. Donde miraras veías cuerpos entrelazados. Todo bajo los ojos entornados y felices de Cha-Chá. Nunca creí en Satanás, pero de existir se vería como el mulato en su sillón.

Regresé a Lomboko con mi nueva esposa, destinada a ser mi favorita. Decidí que era el momento de trabajar en los islotes. Hice construir y artillar con cañones de doce libras dos fortines de piedra, dos colmillos que morderían a cualquiera que atacase desde el mar, si es que la barra no lo detenía antes. También reservé mi islote de Lomboko para residencia, llevando el resto de los almacenes, barracones y *captiveries* a otros islotes cercanos. Hice levantar doce barracones para encerrar esclavos, unos quinientos en cada uno. Todos con vigas de las maderas más duras de la selva cercana, bien hundidas en la tierra y reforzadas entre sí con dos hileras de barras de hierro. Los tejados estaban hechos de lo mismo pero, además, cubiertos de palma trenzada que permitían una buena ventilación. Junto a los barracones dispuse garitas y cada una estaba vigilada por una tropilla de españoles y portugueses, armados con mosquetes y sables para mantener el orden entre los negros. Construí una mansión de piedra y madera, amplia y con aire de palacete. Elvira pensó que viviría allí conmigo, pero la envié a mi harén, que construí alejado de mi casa. En herradura dispuse las casas de mis mujeres principales, cada una garantía de una alianza con su pueblo.

Hasta veinte edifiqué, todas de madera y amuebladas con camas, espejos y *boudoirs* a la europea, pero alfombradas de pieles de fieras africanas. Todas con puertas y pestillos que muchas de las princesas no querían cerrar, criadas ajenas a la moral y la privacidad, pues en sus aldeas es normal que se ayunten ante la vista de todos, en cualquier lugar donde los sorprenda el deseo o en sus chozas sin puertas. La hija de Cha-Chá sí disfrutaba de un aposento más grande y lujoso, en la clave de ese arco, de acuerdo a la importancia de su padre. A su lado alojé a una hija del gran Shiakar. Una de Amarar acompañaba a Martínez en su islote. En el centro de la herradura vivía una negra, una *mãe* que lo mismo las servía que las vigilaba. Para ayudarla compré e hice traer desde Zanzíbar varios eunucos, esclavos negros que los sultanes de la isla capaban para que cuidaran sus harenes. También levanté un barracón amplio y ventilado para que hiciera de comedor y unas cocinas en las que trabajaban mujeres de cada tribu, preparando guisos con ajís ardientes como es el gusto de estas tierras.

Elvira intentó arrancarme los ojos la primera vez que fui a visitarla allí, jurándome que me mataría por tratarla así. Luego hicimos el amor como fieras otra vez. Así estuvimos durante un par de semanas. Fueron las últimas veces que la visité, el placer que me proporcionaba no compensaba los gritos, las amenazas de muerte y la violencia de las despedidas. La hija de Cha-Chá, su favorita y reina consorte *de facto* de Ajuda, nunca se resignó a ser una más de un harén. Dio en hacer algunas crueldades para llamar mi atención. Estranguló con un cordón de seda a una recién llegada, una joven negra que me regalaba un reyezuelo con la idea de recibir más mosquetes y más ron. La ahogó y dejó el cadáver allí tirado, frente a la casa de la *mãe*, para que yo me enterara. Luego intentó enviar cartas y mensajeros a su padre, pidiéndole que la rescatara del ogro español. Las cartas no llegaron nunca y las hormigas y las hienas se comieron a cada mensajero lo bastante estúpido para aceptar el encargo y traicionarme. Pronto se quedó sin voluntarios. Ella mataba el aburrimiento y mi ausencia con un rico surtido de falos de madera y marfil pulidos y engrasados, aunque su juguete favorito era una enorme verga hecha de cristal de Murano, hueca y con relieves como venas, y que ella llenaba de agua caliente para sentir esa tibieza en sus adentros. Nunca dejé que ningún otro hombre aparte de mí entrase allí, no por mi honor sino por no mostrarme débil ante los ojos de los reyes, sus hijas y los negros de la factoría. Pero tampoco me importó que, con el tiempo, las lujurias de estas mujeres se ordenaran entre ellas, doctor. Cualquiera que se haya educado en un internado me entendería. Y un serrallo tiene mucho de internado de señoritas.

Mi cabeza estaba en otras cosas. Cada vez me llegaban más negreros consignados por mis socios de La Habana y Regla, tantos que inevitablemente pusieron Gallinas en la mira de los cruceros ingleses, que empezaron a estacionarse frente a la barra e intentar bloquearme. Fue ahí donde se demostró la valía de mi sistema de espionaje y comunicaciones, pues manteníamos avisados a los negreros con nuestras señales y estos no se acercaban sino cuando los cruceros marchaban para hacer aguada y por hastío. O también porque yo hacía salir desde Solima barcos que no eran sino señuelos, vacíos de negros, que los mareaban en persecuciones estériles y que al abordarlos los ingleses solo resultaban ser mercantes con manifiestos de carga legales y las bodegas vacías, rumbo a Cabo Verde, Freetown o Monrovia. Era entonces cuando una enorme flotilla de canoas *krumen* y de lanchones transbordaban miles de negros en unas pocas horas, muchas veces de noche, hasta los negreros puestos en facha frente a la barra. Era demasiada costa y demasiado abrupta para que los ingleses pudieran bloquearla con unos pocos barcos. La ratonera de Gallinas tenía mil bocas y solo desde mi oficina en Lomboko, mediante heliógrafos, fogatas, una enorme pizarra con las llegadas y salidas de los negreros, hombres preparados, manejaba yo como una enorme araña aquella tupida red. Yo mismo, doctor, gustaba de pilotar un rápido *cutter* y colarme entre los ingleses, provocarlos y hacer que me siguieran inútilmente cientos de millas. A veces me ahogaba en la factoría. Con la oscuridad de la noche apagaba los fanales de popa, cambiaba bruscamente de rumbo y así los perdía. No pocas veces me agujerearon las velas y cayeron cerca sus balas de cañón, llenando de espuma la cubierta, pero el pirata que había en mí rugía y se burlaba desde la popa. Tardaba luego varios días en volver. Me gustaba cambiar el pabellón negro y morado por cualquier bandera de conveniencia y fondear en la mismísima Freetown, quizá junto a los que me habían dado caza. Y bajar a tierra con papeles falsos como un comerciante, beber en las tabernas y oír las historias que los marinos británicos contaban del Mongo de Gallinas.

Martínez era mi segundo y se mostró especialmente dotado para la logística y organización; el gaditano quedaba a cargo de todo en mi ausencia. Empezamos, por entonces, a importar más prácticos, contables, mayordomos y contramaestres que negreros y piratas sin barco. La guerra entre Shiakar y Amarar seguía creciendo en virulencia y justo ahora que la trata era ilegal y los esclavos más caros que nunca en destino, eran más abundantes y baratos en origen. Mis almacenes estaban cada vez más llenos de mercancías y mis barracones a rebosar de negros. Tanto que empecé a cobrar en oro a los capitanes o en pagarés que hacían efectivos mis socios en Cuba, Nueva York o Londres, los mismos que se aseguraban de reinvertir parte de las ganancias en actividades legales. A través de Marchena compré un ingenio de azúcar en la parte de Matanzas. También me aseguraba de proveer generosamente de fondos a Rosalía. Era mi manera de comprar su olvido. Todo parecía funcionar en orden, doctor, sin obstáculos. Pero la vida es eso, ¿verdad?, confiar en que uno maneja el timón para que luego un golpe de mar, de esa puta tornadiza que es la fortuna, dé al través con nosotros. La vida es mudanza... ¡Miradme ahora! Y lo peor es que la vida nos da siempre señales, avisos del desastre, que nuestra vanidad nos impide ver o aceptar. Dejé de recibir correspondencia de Rosalía y como eso cuadraba con mi desinterés por ella no vi la señal. Ese silencio, ese no pedirme nada ni interesarse por mi vuelta no era comodidad o aceptación, era una tormenta de odio formándose y cogiendo fuerza, cargándose de rayos y turbonadas, esperando su momento para descargar sobre mí con toda la intensidad de un rencor macerado en la soledad, en la humillación de saberse abandonada, de que los demás supieran que su esposo había preferido vivir entre salvajes a compartir techo con ella. Se tomaría venganza. Ya lo creo, y desde hoy, desde mi yo de ahora, no la culpo. Todos con nuestros actos labramos los premios y castigos que el destino nos depara. Pero claro, doctor, ¿cómo saberlo antes? La vida la vivimos hacia delante, es un ansia de futuro. Luego la recordamos hacia atrás. Y ahí entendemos. Cuando ya no hay remedio...

Sí, sí, sigamos moviendo cuentas en el ábaco. En orden, en orden. Los marinos somos ordenados, nos va la vida en ello. El año de 1828 trajo otras señales. Una fue la muerte de Mongo John Ormond. El pobre diablo se pegó un tiro. Incapaz de cerrar ya los tratos con los negreros sin que alguno lo puenteara y lo dejara fuera de algún negocio, sus codiciosas mujeres se rieron de él, le llamaron poco hombre, borracho e impotente, incapaz de atenderlas en la cama o de proveerlas. Ormond, que ya pasaba más tiempo bebido y drogado que sobrio desde hacía años, entró furioso pistola en mano en su serrallo, dispuesto a ejecutar a alguna deslenguada. Pero fue tal el escarnio y burla que encontró de todas sus mujeres que ante la imposible elección de a cuál matar, volvió el arma contra sí mismo y se disparó en el corazón. No sentí lástima al oírlo de boca de un francés, un tal Canot que vino a Gallinas buscando trabajo tras la muerte de su patrón. Un tipo decidido este Théodore Canot. Y un pirata redomado. Al parecer él había hecho el trato con el negrero sin contar con Mongo John, lo que provocó el motín de sus mujeres, humillación y suicidio. Lo empleé de inmediato y por probarlo lo puse al frente de una pequeña factoría en Nuevo Sestros. Allí se ganó el mote de Pólvora Canot por su afición a usar este elemento con generosidad en sus disputas con unas tribus locales, llegando a secuestrar y amenazar a un reyezuelo con volarse junto a él con unos barriles que tenía escondidos. Me recordaba a mí de joven por la ferocidad, aunque tenía una teatralidad y grandilocuencia francesa que yo nunca tuve. Un buen elemento, sí. Me llamaba «el Rothschild de la trata». ¿Qué habrá sido de él?

La muerte de Ormond sí fue una señal que supe interpretar. Un mongo menos del que preocuparse para el *West Africa Squadron* significaría más cruceros ante la barra de Gallinas. Razón de más para dispersar más factorías por toda la costa y reforzar la idea de la confederación de negreros. Si la mayoría de los barcos venían consignados por mis socios y corresponsales, cargaran

491

donde cargasen los negros, lo justo era que yo me llevara una comisión sobre cada saco de carbón embarcado. La mayor presión británica también requeriría más y mejores flotillas de *krumen* y lanchones. La única manera de burlarlos era crecer más allá de sus efectivos destinados a la represión de la trata. Desbordarlos. Pero yo no me engañé. Ya por esa época supe que eso solo sería posible durante un tiempo, que el destino de Gallinas estaba sellado. Lo hablaba mucho con Martínez y ambos estábamos de acuerdo. Había que incendiar el Vey, mantener la guerra y vaciarlo de negros mientras nos fuera posible porque, entre tratados y cruceros, tarde o temprano seríamos nosotros los que arderíamos en un penal de Filipinas o nos balancearíamos en los *gallows* de Freetown. Y es que los ingleses se mostraban insaciables. Me inquietó especialmente que aprovecharan que todos los colonos y guarnición española en la isla de Fernando Poo habían muerto de fiebres y penurias, quedando esa posesión despoblada y abandonada por nuestra Corona, para crear allí una base para sus cruceros en una nueva población que bautizaron como Port Clarence. Hicieron alianza con el rey bubi Lopoa, que con su ayuda se impuso a los igbos y fangs de la isla. Desde allí los ingleses querían perseguir la trata de los portugueses, que aún era legal bajo la línea del ecuador pero que sería prohibida también en un año, y de paso vigilar de cerca a los franceses de Libreville. Fernando Poo quedaba lejos de Gallinas, sí, pero muy cerca de Ajuda y de Cha-Chá. Era evidente que estaban estrechando el cerco sobre él y que eso en nada me beneficiaría. Así es la vida, doctor, lo que te da con una mano te lo quita con la otra.

La guerra entre Shiakar y Amarar estaba en su apogeo y mi suministro de esclavos mejor que nunca, justo ahora que se sobrepreciaban en toda la América esclavista. Y así siguió ese fuego en las selvas del Vey, con marchas y contramarchas, sitios de aldeas, masacres y un equilibrio de poderes que Martínez y yo administrábamos desde nuestros almacenes, abriendo o cerrando la mano con los suministros según conviniera. Así y todo, aquella guerra había crecido tanto que se escapó de las manos definitivamente en 1829, en la estación seca. Shiakar reunió más coaligados y consiguió perseguir a Amarar hasta encerrarlo en su capital fortificada, con altos muros coronados de espinos y gente que ahora luchaba por sus casas y sus familias. Pensé en intervenir directamente, en socorrer al sitiado con una columna de hombres bien armados bajo el mando de Mérel, que rompieran el cerco y pusieran otra vez a los jugadores en tablas. No hubiera sido difícil, por más fusiles que les diéramos los salvajes no acababan de usarlos correctamente, agrupando el fuego al disparar en línea. Muchas veces confiaban más en el miedo que causaban llamaradas y detonaciones que en las balas. Disparaban mucho para matar poco, así que siempre andaban cortos de balas, armas y pólvora. Ya le digo, doctor, unos cientos de hombres bien mandados y disparando juntos hubieran bastado. Lo consulté con Martínez, Burón, Vicuña y otros factores. Todos se negaron. Temían que fuera demasiado tarde y que apostando al perdedor de la guerra lo perdiéramos también todo nosotros en Gallinas. Los mensajeros traían noticias de un cerco feroz que empezaba a eternizarse, de que muerto el ganado y escaseando los alimentos en la ciudad de Amarar se sacrificaba a los niños para alimentar a los guerreros. Y que usaban piel y tendones luego para trenzar cuerdas de arco, pues la pólvora se les había terminado también. Los dos reyes y sus brujos se lanzaban juramentos de odio, hechizos y maldiciones, reclamando la ayuda de la magia y sus espíritus para conseguir la victoria sobre el enemigo.

Tras un mes de sitio nuevos mensajeros de Shiakar, enviados a mí, y de Amarar, a Martínez, trajeron noticias sorprendentes. El brujo de Amarar le dijo que al igual que sus súbditos él también debía sacrificar a uno de sus hijos, al más joven, apenas un bebé, para contentar a los espíritus y acabar con el mal *ju-ju*. Solo entonces los dioses estarían de su lado. Amarar reunió al resto de su ejército y su pueblo, hombres y mujeres desesperados, en la explanada junto a la puerta principal. Allí, ante todos, les repartió todo el aguardiente que le quedaba e hizo que el brujo repitiera el oráculo. Según este terminó, agarró a la criatura de los brazos de su madre, la arrojó a un gran mortero de piedra y con un almirez enorme que manejaba con dos manos, destrozó su cuerpo hasta dejarlo hecho una pulpa sanguinolenta que se llevó a la boca y se untó por la cara. El pueblo y los guerreros enloquecieron e hicieron tal salida que desbarataron totalmente al ejército de Shiakar y este tuvo que huir para salvar la vida. Apenas acabó tan terrible relato, Martínez y Burón propusieron un brindis y todos encendieron unos cigarros, felicitándose por nuestra buena suerte: la guerra seguiría, volveríamos a armar a ambos bandos y los esclavos abundarían. Sí, doctor, ¡ya veo el horror en su cara! Lo entiendo, créame. Yo también miraba extrañado a mis socios. Su alegría. Comprendía los motivos de su celebración y, sin embargo, había algo en mí que me decía que esa guerra ya no bastaba, que esa salida desesperada de Amarar era un síntoma de que el conflicto agonizaba. Y no me equivoqué, en pocas semanas vimos cómo todo se detenía. Ambos reyes, veys y mandingas, sus pueblos y sus ejércitos estaban exhaustos. Amarar había roto el cerco, sí, pero a tal coste que no podía sino replegarse y refugiarse de nuevo tras los muros. Shiakar había perdido tantos guerreros que tardaría tiempo en salir de los suyos.

Una extraña paz, mentirosa, se instaló en el Vey y la gente se acostumbró a ella con rapidez, dejando fusiles y lanzas contra las paredes para retomar azadas y varas. Los bordes sangrantes de la región se calmaron y los *raiders* bosquimanos y gallinas no atrapaban familias en su huida. Yo andaba anublado, doctor, irritable. Algo me hacía desear huir de la compañía de mis semejantes, caminar errático por los islotes, los barracones... ¡El lobo, doctor, el lobo otra vez arañándome las tripas! No podía dormir. No podía conciliar el sueño y en mi mente se sucedían escenas de muerte, de combate. La escabechina de muchacho frente al fuerte de la Boca del Asno, en Málaga. Carnicerías sobre cubiertas ensangrentadas de mi vida negrera y pirata. Masacres en la selva. Mi lobo me pedía salir y unirnos a esa guerra, tomar parte, destrozar a esos reyes, destrozarlos yo a ambos y llevarme por delante a sus pueblos encadenados. Fueron días muy extraños, doctor. Sí. Sentí que, de alguna manera, la cabeza se me iba, que perdía la conexión con la razón, con la civilización que había hecho de esa razón su diosa. Y me sorprendió. Era algo que no había sentido nunca antes, no del todo, incluso en aquel lugar de barbarie, de desmesura, donde todos habíamos decidido abolir cualquier fe, cualquier moral. Incluso en Gallinas, en río Pongo o en Ajuda, imitábamos los usos europeos o lo que suponíamos era lujo oriental. Pero en aquella guerra entre Shiakar y Amarar sentí que mi lugar era otro, que estaba junto a esos que eran capaces de arrojar a sus hijos a un mortero para ganarse el favor de los espíritus de la guerra...

No sé, fueron tiempos oscuros. Solo me dormía cada noche después de estas vigilias de sangre, de soñar despierto con matar y morir. Y la noche que me era imposible satisfacía mis ansias de combate visitando a Elvira, que para entonces había jurado matarme, intentando que no me asesinara tras agotarme en ella. Martínez dirigía la operación de las factorías a la perfección. Burón parecía haber aceptado también su lugar en la confederación de Gallinas... Hablé con Mérel, equipamos ciento cincuenta hombres, españoles y portugueses, Vellido entre ellos como lugarteniente, y nos adentramos hacia el interior del Vey, hacia los límites difusos entre las tierras de Shiakar y Amarar. Mi idea era golpear a los dos por igual, agitar el avispero otra vez. Completamos el contingente con doscientos bosquimanos medio caníbales que me adoraban como el Mago-Espejo-Sol. Ellos nos servirían como exploradores, caminando desplegados en semicírculo ante nuestra columna, y como tropas auxiliares. Esta vez no llevábamos al interior mercancías, solo un aliento de muerte y de pillaje. Quería escuchar a la fiera, desatarla, enfrentar aún más a los pueblos que me cruzara entre sí. Quitar cualquier esperanza de una vida en paz a los hombres, mujeres y niños de aquellas selvas y aldeas. Me propuse que ellos mismos peregrinaran hacia la costa a ofrecerse como esclavos, a regalarse antes de vivir en el infierno, dejándoles siempre el paso franco hacia el mar con mis movimientos. Y para ello combatiría a todo el que me encontrase, vey o mandinga, pues el terror no puede hacer excepciones. Es precisamente su carácter irracional, aleatorio, la imposibilidad de prever a quién destrozará la vida, lo que hace al terror efectivo. Su arbitrariedad. Todos los humanos, vestidos con levita y chistera o taparrabos y lanza, nos creemos con derecho a cierta justicia por el simple hecho de respirar, de andar sobre la tierra. Nos cuesta comprender cuán fácilmente esa ensoñación desaparece y nos deja a merced del horror, de la tiranía.

En el final de 1829 y hasta mediada la estación lluviosa del 30, yo me dediqué a llevar el terror por el Vey, en marchas y contramarchas que imitaban la velocidad de la *Grande Armée* o a los griegos de Jenofonte. Reduje poblados a cenizas como castigo a traiciones nunca realizadas, imitando la fría crueldad del gran Cortés en Cholula. Pasamos a cuchillo a sus pobladores. O a bayonetazos. La bayoneta es aterradora, doctor. Mérel me contaba que muy pocas veces combatió de verdad a bayonetazos en los campos de Europa. Lo normal era que los enemigos, o uno mismo, huyeran y dieran la espalda a tan terrible instrumento. Pocos aguantaban a pie firme una carga a la bayoneta. Por eso siempre se usaba más para rematar heridos o ejecutar cuando no se quería malgastar plomo y pólvora. Así las usamos nosotros. Dejando luego sus cuerpos clavados en los troncos como advertencia a quien los viera de que solo la muerte señoreaba estas tierras. Cadáveres medio comidos por nuestro séquito caníbal. Las madres se arrodillaban ante nosotros alzando a sus hijos en brazos para que los perdonásemos. No había lugar para la clemencia. Perdonar a un inocente quitaría el sentido a la muerte de todos los asesinados hasta entonces. Atravesamos a criaturas con bayonetas y sables mientras sus madres los sostenían. A otros los arrancamos de sus manos y los arrojamos a las chozas incendiadas. Creamos bosques de cabezas empaladas. Puse guerra sobre la guerra durante meses. Por donde pasábamos los buitres que venían a alimentarse de los muertos oscurecían el sol.

Unos tras otros los supervivientes de las aldeas vencidas se postraban ante mí como ante un dios y sus brujos derramaban puñados de arena roja sobre mi cabeza, declarándome así el amo de la tierra. Y así, yo, el Mongo Blanco, arranqué cualquier rastro de cordura en tan extensa región de África. Dejé abiertos los caminos hacia la costa, hacia los barracones de los negreros de Gallinas. Y hacia ellos fluyeron solos miles de negros y sus familias, como mana la sangre por las venas abiertas de un suicida. Miles de personas que suplicaban que los encadenásemos y los hiciéramos esclavos. Ni siquiera hubo que pagar con mercancías por ellos. Mi particular *Anábasis* africana solo terminó cuando empezamos a sumar bajas, mucho más por fiebres y heridas gangrenadas que por combate, y Mérel me dijo que nuestra fuerza era apenas bastante para cruzar de vuelta nuestro reguero de muerte y regresar con vida a Lomboko. Yo me mostré reacio en principio. Mi fiera aún no se había saciado. Fue Vellido quien me hizo ver que nos arriesgábamos a desatar tanto odio y terror que todas las tribus, incluso las de Shiakar y Amarar, dejaran sus rencillas de lado y se revolvieran contra nosotros. Cuando volví ni Burón, ni Vicuña o José Ramón, ni el propio Martínez, ninguno se atrevió a preguntarme por mis actos. Evitaban mirarme a los ojos. Mérel me pidió permiso para visitar Freetown. Los últimos días de marcha me había mirado de manera extraña, con una mezcla de miedo y de reproche. África te ha comido el alma, me dijo apenado, no eres mejor que los salvajes que esclavizas. Yo me reí de él, del veterano *grognard* con mil heridas en gloriosas carnicerías que se estudiaban ya en los libros de historia. Me burlé de él y le pregunté si le impresionaba la sangre, si la edad nos vuelve débiles. Cabeceaba, bajaba la vista y seguía caminando sin hablar.

Lo cierto es que la vuelta de mi columna fue silenciosa. Yo preferí la compañía de los bosquimanos, sus danzas y cantos. Me sentí solo y no me importó. Me encerré en mi palacete de Lomboko y me pasé varios días borracho. Luego desembalé varios atados de libros que me enviaban libreros de París y Barcelona, que leí de manera febril, ansiosa, intuyendo que entre esas líneas de insectos negros sobre nieve blanca o arena amarilla, además de lo que cada autor había querido contar, se escondían nuevas señales para el Mago-Espejo-Sol. Y las había, claro que las había. En el 23 la Académie Française eligió la abolición de la trata de esclavos como tema para su concurso anual de poesía. Me leí varios. Ninguno me impresionó tanto como leer que en el 25 madame de Staël, tan odiada por Napoleón, compró a negreros de Nantes cadenas, grilletes y látigos de sus buques y los expuso en París causando gran sensación. Disfruté más por su calidad de *Bug-Jargal*, donde el gran Victor Hugo mezclaba los recuerdos de su propio abuelo negrero, Jean-Françoise Trébuchet, con la vida de un revolucionario negro. También leí *Tamango* de Mérimée, sobre un motín en un barco negrero. Arrebatado, lírico, pero era evidente que el bueno de Prosper no había pisado un barco de la trata en su vida. Bebía y leía. Algo cambiaba en Francia, pensé que pronto nos perseguirían por África también. De Barcelona me llegaron más señales. Un tal Pedro José Morillas acababa de publicar un ensayo con cierta fama, en el que explicaba que sería más rentable emplear blancos libres que esclavos.

Curiosamente me llegaron varias cartas de La Habana donde también se mencionaba este opúsculo. Mis socios me contaban en ellas que algunos plantadores como los Alfonso y los Aldama estaban poniendo en práctica la teoría, importando cierta cantidad de colonos gallegos, canarios e incluso chinos. Pero también me tranquilizaban. Todos los tomaban por excéntricos. La demanda de azúcar seguía creciendo, los cultivos de caña extendiéndose por toda la isla y los dueños pedían más y más bozales. Además, me explicaba don Joaquín, siempre tan al cabo del politiqueo, el gobierno y la Corona alentaban desde España la llegada de más esclavos. Pensaban que cuantos más negros en la isla, más miedo tendrían los criollos a ser degollados en una revuelta de negros y más dependerían de España y su ejército, dejándose de veleidades independentistas o aún peor, anexionistas con los estados de la Unión como querían algunos importantes criollos. De paso, seguía don Joaquín, las autoridades no se privaban de participar en tan lucrativo negocio. ¿Cansado, doctor? Yo también... Esta verborrea. Y vos no me detenéis con vuestras preguntas y reflexiones. ¿Tenéis prisa o acaso me dais por perdido? Dejémoslo aquí, doctor, por favor, me duele la quijada y tengo la garganta seca de tanto hablar. ¿Visteis que no bebí mucho? Me da miedo mearme encima sin darme cuenta... No espero cumplidos por ello, claro. Es simple urbanidad no mojaros otra vez el suelo... ¿Puedo retirarme? ¿Sí? ¡Gracias, gracias, doctor Castells! Mañana seguiremos hablando, echando la red en esta memoria agusanada que tengo... Mañana.

Gracias, doctor, porque ahora estoy solo, tumbado en el jergón, con los ojos cerrados para poder recordar lo que nunca os contaré. Loco o no, nunca sabréis de esto por mi boca. Para recordar la llegada de mi hermana Rosa a Lomboko en octubre de 1830. Sí, a veces los sucesos se amontonan y los años se hacen más largos, más intensos. Hacía tres meses que había recibido una última carta de mi hermana, reenviada desde La Habana. Ella la escribió por tanto unos cuantos meses antes. Era triste, llena de expresiones que denotaban beatería de monja, referencias al amor de Dios, al perdón de los pecados. Al principio me costó imaginar la mano de Rosa redactando eso. Me contaba que mi tío Fernando había desaparecido en una tormenta en el Estrecho entre turbonadas y sifones, y que ya nadie le quedaba fuera del convento. Sabía que anteriormente me había prometido no volver a escribirme y se disculpaba por hacerlo, que si lo hacía era para contarme lo de mi tío, que pasaría a un régimen de clausura total y voto de silencio y me encomendaba a Dios Nuestro Señor en la seguridad de que no expiaríamos nunca tan horrible pecado como cometimos. Amén. Se me hizo un nudo en la garganta, me ardían los ojos... ¡Mi propia hermana me negaba! ¡Mi amante! Y lo hacía resignada, sin pena y tildándome de monstruo. Tardé un día en organizar la tripulación de una veloz goleta, todos piratas escogidos y algunos conocedores del puerto y la ciudad, que envié a Málaga con el objetivo de raptarla. Nunca los postigos de un convento se resistieron a unas onzas de oro. El de Aurora María y la Divina Providencia no sería distinto. Una vez embarcada nadie saldría en persecución de una monja sin familia.

Todo salió según lo planeado, sin sangre ni escándalos y tan cierto como que Rosa ya no tenía a nadie fuera del convento fue que tampoco nadie de este dio la alarma. Nunca se publicó la noticia. En octubre de 1830 la goleta fondeó frente a la barra de Gallinas. Yo tenía treinta y ocho años. Rosa, treinta y seis. Hacía veinte que nos habíamos separado sin poder despedirnos, veinte años, y ahora que iba en una canoa a su encuentro me di cuenta de que recordaba, o creía recordar, la tibieza de su piel, la fuerza de sus muslos y su manera casi desesperada de besar. Recordaba a la mujer, a la amante, no a la niña. Y no quería saber nada de la monja. De eso estaba seguro. Mi hermana estaba en la mejor cámara del barco, la que habitualmente usaba el capitán. Este me dijo que había llorado durante días. Parecía no tomar con alegría que yo los hubiera enviado a por ella. No recibió mi nombre con alivio, parecía asustada de todo. Eso cuadraba con la personalidad medrosa de mi hermana. Su idea del paraíso hubiera sido detener el tiempo un año antes de mi huida de Málaga. Lloraba y rezaba, se negaba a comer, siguió el capitán. Luego se acomodó a su destino y solo oraba, por ella, por mí y por los canallas que la habían raptado. Nadie la había molestado y todo indicaba que se encontraba sana, aunque algo confusa. Antes de tocar en la puerta de la cabina me pregunté quién sería la persona con la que me iba a encontrar, cuánto quedaba en ella de la que yo recordaba y, sobre todo, cuánto quedaba en mí del muchacho que ella amó.

Un escalofrío me recorrió la espalda y me di cuenta de que yo era un extraño hasta para mí. Y de que no podría explicarle cuándo y por qué cambié tanto. En cuanto entré ella se puso a llorar, se derrumbó en una silla y ocultó el rostro con las manos. Yo me senté despacio frente a ella. La dejé desahogarse un rato. No decía nada, solo lloraba y de cuando en cuando murmuraba mi nombre y preguntaba por qué, por qué. Acaricié su pelo, que estaba cortado a tijeretazos destinado como estaba a estar cubierto por una toca de por vida. Lo llevaba más corto que yo el mío, eso me impresionó, y seguía siendo castaño aunque ya ceniciento por las muchas canas. Intenté que el roce de mi mano le dijera lo que mi garganta no profería, anudada por una angustia que rompería en llanto si intentaba hablar. La acariciaba despacio para que sintiera que todo estaba bien, que nada nos volvería a separar. Jamás. Quería que el calor de mi mano y la lentitud suave de mis caricias fueran una promesa de ello. Al fin alzó los ojos llorosos. Nos tomamos las manos en silencio y así, callados, nos quedamos reconociéndonos, recorriendo los rostros el uno del otro. Cada arruga, cada lunar, cada estrago que la vida y la tristeza habían esculpido en los dos adolescentes que se separaron amándose. Buscando la felicidad perdida, los juegos, los besos, la lascivia espontánea y sin malicia, de aquellos dos niños en nuestras cejas, en la dureza de los pómulos, las barbillas rotundas, las comisuras agrias y caídas de quien ha sufrido y de quien como yo ha matado.

Rosa notó la impresión que me causaba su pelo tan corto y lleno de trasquilones, rapado con el desgaire de quien ha renunciado a la vida, al amor, para entregarse al encierro fanático del convento, negándose la humanidad por la mentirosa promesa del más allá. Debí de mostrar furia y tristeza al recorrer la raíz de su cabello con los ojos. Rosa se disculpó, ¡mi pelo!, musitó. ¡Tus guedejas!, repliqué intentando sonreír. Pareció apenarse pero también esbozó una sonrisa resignada, que yo agrandé quitándole importancia. Crecerá, Rosa, crecerá y será largo y ondulado como antes. Eso le dije acariciando su cara, clavando mis ojos en los suyos. Habían pasado veinte años, pero nos entendíamos al instante, con solo mirarnos, así que seguí hablando para calmarla. Nadie nos separará otra vez, te lo juro. Y el tiempo ha pasado, pero te encuentro aún más bella que entonces, hermosa. ¡Soñé tu cara tantas veces, Rosa! Y es aún más bella de como la imaginaba. Rosa, ahora somos libres de vivir como queríamos. Somos libres porque soy poderoso, rico, temido por muchos y respetado por algunos. Y ahora, mirándote, entiendo el propósito de mi vida todos estos años. Nadie te va a herir, nadie te despreciará nunca más. Te servirán como a una reina. Nos servirán. A los dos, a los dos solos. Y te amaré y te contaré historias que te harán soñar. ¿Acaso no era yo el Mongo Blanco de Gallinas, el Mago-Espejo-Sol, rey *de facto* de muchos pueblos? Y mi hermana rio mientras lloraba, sin apartar sus ojos de mí, y en el fondo de estos adiviné una fragilidad de cristal. Una arboladura tan tensa que en cualquier momento saldría volando como una cometa en un huracán. Y me negué a aceptarlo. Se calmará, la calmaré. Y se repondrá.

Rosa me pidió no ver a nadie en el trayecto a la casa salvo a los remeros que nos llevarían hasta el islote. Todo el viaje lo hizo en silencio, con la cabeza cubierta con un velo. Ni una vez miró en derredor ni me preguntó por un paisaje que, por fuerza, debía de resultarle chocante y nuevo. Ya lo hará, pensé yo. Cuando llegamos a mi islote de Lomboko tampoco dijo nada sobre el palacete. Se limitó a entrar y preguntarme cuál sería su cuarto. Se lo mostré, una habitación grande, luminosa y decorada con muebles comprados en La Habana, Sevilla y Málaga, con finas taraceas y aires moriscos para que le recordaran nuestra tierra. Le presenté a dos mulatas que había traído de Cuba para que la sirvieran en todo. Y un ropero provisto de la última moda parisina en trajes, sombreros, zapatos y sombrillas. Rosa parecía no entender que todo aquello era para ella. Me preguntó si tenía un reclinatorio y un misal romano, pues el suyo quedó en el convento. Le dije que no, que ni yo era religioso ni Gallinas un lugar de virtud y oración. Se quedó en silencio otra vez como confundida. Yo la abracé para confortarla, tomé su cara entre mis manos. Lloraba. Le juré que le traería un misal, una talla de la Virgen o un Cristo bendito, que allí mismo en casa le alzaría una capilla. Ella aferró mis manos con las suyas y las besó, pero me dijo apenada que jamás aceptaría una copia burlona de la religión. Me acarició la cara y siguió buscando en ella a su hermano, al muchacho, aunque por su rictus debió de encontrarse con el mismo demonio. Me pidió descansar y la dejé sola. Di orden a una esclava de sentarse a su puerta, atenta a cualquier ruido o necesidad. Rosa no dio señales de vida en casi dos días. La esclava dormía en su dintel. Ni comió ni llamó. Yo anduve arriba y abajo como un animal enjaulado. Sin saber qué hacer ante el poder absoluto de su silencio, sin querer quebrantarlo. De su inacción. Intenté leer, pero no conseguía pasar de los mismos dos renglones.

Como si el cielo nos vaticinara ruina y muerte, se rajó tronando y diluvió mares para ocultar nuestra vergüenza. Volaron postigos y chinchorros, y tambores y voces roncas de negros contestaron a los truenos desde las orillas, pidiendo a los espíritus un día más en el mundo de los vivos. Yo bebía y jugaba con una pistola cargada mientras esperaba que Rosa rompiera su encierro. La apoyé en mi sien, bajo la barbilla, imaginando adónde se irían a pegar mis sesos. La amartillé y, por un segundo, la verdad explotó en mi cabeza mostrándome todas las variantes posibles de mi vida, la conexión oculta entre el pasado, el presente y el futuro... Intuí el universo, su mecánica y mi lugar en él. Mi dedo se curvó sobre el gatillo. En mi vida solo habría muerte. Eso no me hacía distinto a los demás, pues todos morimos al vivir. Pero es que en mi vida habría una cantidad exagerada de muerte y sufrimiento. Para no sentir más la herida, el dolor del amor interrumpido, inacabado, la pérdida del otro que era nosotros mismos, Rosa y yo buscamos huir de la razón, de la vida. Rosa desde la quietud, la calma, el encierro y la negación de la vida. Yo, por el contrario, desde la sangre, el movimiento continuo, la ferocidad, llevando mi guerra a los demás en el mar y en la tierra. El cañón frío se marcaba contra mi sien. ¡Sería tan fácil acabar con todo! Recordar es inventar. Ahora no sé si estuve realmente dispuesto a matarme, creo que sí. Pero justo en ese momento apareció Rosa en el umbral de la sala, sosteniendo un candelabro y con los ojos acristalados de lágrimas. Si te vas a matar, acaba primero conmigo. ¿No serás tan cruel de traerme hasta aquí para volver a dejarme sola? Así me dijo. Yo dejé la pistola sobre una mesa y fui hacia ella. La tomé de la mano, la hice entrar y cerré la puerta. Nos miramos en silencio y Rosa dejó el candelabro junto a la pistola. Y entonces, sin más palabras, empezó a besarme como si se le acabara el aire y solo de mi boca pudiera tomarlo. Dando y quitando vida en cada beso. Pegándoseme como si quisiera entrar en mí, fundirse conmigo. Como antes, como entonces. Rodamos sobre unas pieles, nos arrancamos la ropa y allí, de la unión feroz, desesperada, de nuestros cuerpos, brotó la higuera de nuestro patio, creciendo monstruosa hasta romper el techo de la casa y arañar el cielo negro y sin estrellas. Allí se desvanecieron a mordiscos, jadeos, empujones y caricias, veinte años de dolor, de nostalgia del otro.

Yo dejé de lado todo lo que no fuera Rosa. No por confianza en Martínez o en Burón, no. Fue simple desinterés. La pasión y la tristeza de mi hermana me devoraban por dentro como un parásito gigantesco. No había tiempo para nada que no fuera nosotros, como si al no separarnos en ningún momento nos tomáramos el desquite por los años de ausencia. A las pocas semanas de que Rosa llegara, preocupados por mí, se presentaron en la casa Martínez, Mérel y Vellido. Me negué a recibirlos. Mi pasión por mi hermana sería una abominación hasta para piratas, negreros y asesinos profesionales como eran mis amigos. Curiosa la mente humana, cómo la moldean usos e hipocresías. Los mismos que luchaban en la selva a la luz de las chozas que incendiaban, como demonios cubiertos de sangre, fruncirían el entrecejo y aun se persignarían de enterarse de que yo me encamaba con mi hermana. Oculto desde una ventana los vi alejarse hacia el bote que los había traído; meneaban la cabeza como negando y hacían aspavientos con las manos. Yo no quería ver a nadie, solo quería estar entre los brazos de Rosa. Besar sus lágrimas, hacerla gozar y reír. Mandé desalojar a todas las mujeres del harén, Elvira incluida, desmontar sus *bungalows* y volver a erigirlos en otro islote. Elvira gritó como una loca y montó un gran escándalo. A la mañana siguiente me encontré un gato clavado en nuestra puerta. Le habían arrancado los ojos y con su sangre dibujado hechizos en la madera. Era la despedida de Elvira. Pensé en ir a castigarla, pero luego decidí que le heriría más mi desprecio, mi desinterés.

En Lomboko solo quedamos Rosa, yo y el par de criadas mulatas. Al expulsar a los demás, nuestra intimidad se hizo más intensa y, por primera vez, Rosa aceptó salir de la casa y dar un breve paseo por el islote. Fuimos solos, ella protegida del sol por una fina sombrilla, yo por un sombrero alón de paja trenzada. Caminamos en silencio casi todo el rato. Al llegar al antiguo emplazamiento del serrallo, Rosa vio un pequeño cementerio y me preguntó quién estaba allí enterrado. Mis hijos, le contesté, algunos que han muerto de los que tuve con las hijas de reyes. Rosa me preguntó si estaban bautizados y reconocidos por mí. Yo le dije que no, que cada niño era enterrado según los rituales de la tribu de su madre y que a mí nada se me daban esos críos, ni vivos ni muertos. Vi cómo Rosa apretaba los dientes y me hundía los ojos con reproche. Pero no dijo nada. Caminamos de vuelta a la casa. A los pocos días llegó una talla de un Cristo, un misal romano y un reclinatorio, encargado todo a católicos de Cabo Verde. El día de Rosa pasó a dividirse entre rezos, algún paseo y lujuria. Entramos los dos en un tiempo circular. O mejor, en Lomboko abolimos el tiempo, este dejó de ser una línea recta entre la nostalgia mentirosa del pasado y la ilusión desesperada e igual de engañosa de un futuro para nosotros. Para los hermanos amantes. Vivíamos en un presente circular y por ello eterno, sin esas esquinas por doblar que son las ilusiones. No nos hacíamos ninguna. Sin hitos, pues ayer no era distinto de hoy y de mañana. Un presente enloquecedor, sólido, esférico y absoluto, que no era más que sentidos, sensaciones, silencios, caricias y lloros, una antesala interminable a la espera de eludir la vida real.

Rosa no tardó en volverse loca sin el asidero de una realidad ordenada. Esa sensación de no avanzar hacia nada, de inmovilidad febril anclada en deseos inmediatos y repetitivos, el deseo por el otro, cortó sus ya deshilachadas amarras con la realidad. Rosa fue un naufragio, un barco a pique en una tormenta de olas como castillos, espumantes, feroces de lujuria y culpa, pues se alzaban contra las leyes de Dios y de los hombres, contra el edicto tiránico del tiempo. Un temporal en su alma y su cabeza que terminó por destrozarla. Odiaba lo que hacía, pero se moría por volver a hacerlo. Una y mil veces hasta consumirse. Pensé en darle alguna ocupación y compré unos antiguos planos de jardines franceses de Le Nôtre, el que fuera jardinero de Luis XIV. Jardines, setos, columnas y enrejados, líneas rectas contra el caos telúrico de Lomboko, contra la fantasmagoría de nuestras almas. Plantar, ocuparse de la belleza gentil de las flores, verlas crecer en ese derroche de sol y agua, de tierra roja como la sangre fértil, ayudaría a la frágil razón de Rosa. ¿No es acaso curativa la belleza? A una recta le seguía otra en ángulo recto, y a esta otra esquina que daba lugar a otra recta. En ese orden geométrico, previsible, todo estaba claro. La gente asustada necesita certezas y allí, desmatando y domando la selva primigenia según los planos de un francés ya muerto, Rosa y yo las encontramos. Todo empezó a ser más amable. Hice traer bulbos de tulipanes y rosales de Cabo Verde y Freetown, que plantamos junto a violetas y lirios africanos, más resistentes, las campanillas moradas del agapanto y hermosas orquídeas leopardo y mariposa. Todo crecía con tal velocidad que bromeábamos con la necesidad de domar con un palo tan lujuriosas plantas. Rosa empezó a sonreír. Poco a poco, siempre protegida con un ancho sombrero y un velo, empezó a pasar más y más tiempo en el jardín, que en cosa de dos meses llegó a tener una considerable extensión y densidad en sus parterres. Al menos conseguí que le diera el aire a mi hermana y que soltara el misal cada vez con más frecuencia. Bautizaba a tal o cual flor, a este o aquel macizo, y le preocupaba que la fuerza vital de las flores africanas sobrepujara a los delicados tulipanes y rosales, más propios de las suaves primaveras europeas que de aquel infierno de fuego y lluvia. Solo las nubes de mosquitos que se alzaban al atardecer la devolvían al interior de nuestra casa. Tras asearnos, nos vestíamos y cenábamos atendidos por las cubanas. Rosa solía permanecer en silencio en presencia de las mulatas, incómoda por sus atenciones. Solíamos despedirlas pronto y era entonces, mientras bebíamos algún licor y yo fumaba un veguero, cuando Rosa se volvía locuaz, reía, gustaba de recordar cuentos y leyendas que compartimos en Málaga.

Nunca hablaba del mañana y si yo intentaba hacerlo se escurría como un pez entre las rocas. En su mundo solo existían el ayer y el ahora, segura como estaba de que el futuro solo depararía dolor, vergüenza y muerte. Nunca lo dijo así, pero me bastaba ver cómo me giraba la cara, bajaba los ojos y callaba, cómo sus labios se apretaban y tensaban como un arco, cada vez que yo pretendía soñar con un mañana. Ella era inmune al enfado que esta actitud me producía. Simplemente desaparecía. Estaba allí, ante mí, pero enclaustrada en sí misma, atrapada en quién sabe qué meandro de su mente. Entonces un manto de tristeza lo cubría todo. Y en esa negrura su belleza transparente, el alabastro ajado de su piel, me volvía loco y reptábamos el uno hacia el otro, enroscándonos hasta empaparnos en sudor. Como si metiéndome dentro de ella quisiera devolverla a la vida, a la casa, al momento, atar con verga, manos y piernas un globo que si no se iría volando quién sabe adónde. Sus jadeos, su placer, eran la única prueba de que estaba allí conmigo. Poseerla para no perderla, aunque cada vez viera menos luz en sus ojos. La cordura de mi hermana se me escurría entre los dedos como arena. Y eso me ponía furioso. ¿No era yo también, ahora lo veía ante mí, aquel niño asustado del Perchel, un joven enamorado de la única persona que le está prohibida y al que su propia madre quiere muerto?

En esos días vi con claridad los hilos de sangre, semen y miedo que unían a los dos Pedros de por vida. Cada noche, tras yacer con mi hermana, intentaba ahogar en alcohol a uno o a los dos fantasmas de mí mismo. Seguía pasándome la pistola por la cara y la sien. Durante más de dos meses ni salí de mi islote ni permití a mis hombres o mis socios que me visitaran. Todo lo más les dejaba hacerme llegar algún papel con un solitario *krumen*, que se iba sin respuesta, en la certeza de que un negro salvaje de Gallinas era demasiado puro para siquiera comprender la aberración que Rosa y yo disfrutábamos. Pero un día se apareció Martínez en la puerta, rehusando marcharse ante los avisos de mis criadas de que no quería verle. Decidle a don Pedro que necesito hablarle, les dijo, por asuntos de extrema gravedad. Cuando me encontré al fin con él, mi hermana permaneció escondida en su cuarto. Martínez me suplicó que le acompañase, que Burón y él mismo tenían noticias terribles y sorprendentes que no me dirían hasta estar con ellos y el resto de los factores de Gallinas. Accedí y en el trayecto en bote hasta el islote de Burón no cambiamos palabras. Ni él me preguntó ni yo le conté de mi hermana. De algún modo la presencia de Rosa había levantado un muro entre ellos, entre mi realidad, y yo. Solo sentí clavada en mí una mirada de extrañeza y con el aire fétido del río podía respirar también su inquietud.

Cuando por fin llegamos a la factoría de Burón, vi que él también se había ocupado de agrandar y enriquecer su casa y harén. Ahora parecía vivir como un gran señor oriental. Allí estaban él, Vellido, Mérel, Vicuña, José Ramón, el borracho de Kearney y algunos otros. Sus caras eran serias. Me explicaron primero que la guerra entre Shiakar y Amarar había llegado por fin a su fin y, fiel a su naturaleza, de manera terrible. Con el principio de la estación seca, coincidiendo con la llegada de mi hermana y nuestro encierro, Amarar había tomado impulso tras su última victoria y había cercado a Shiakar en el gran campamento fortificado que era su capital. Allí se estancó la situación en un cerco infructuoso para los dos reyes y malo para los negreros de Gallinas, pues eran pocos los enfrentamientos y, por ello, los prisioneros. Los negros cautivos empezaron a escasear. Amarar se desesperaba. Africano al fin, empezó a preguntarles a los espíritus qué mal *ju-ju* traía que no podía tomar esa Troya de los veys. Una vez más su brujo le dio la respuesta. Solo recuperaría la fuerza del león volviendo a nacer, a estar en las entrañas de su madre. Amarar entendió esto como una orden de los espíritus y pensó que la única manera de volver a estar dentro de su madre era poseyéndola. Así que ordenó a su ejército prepararse para un ataque frontal y definitivo sobre las defensas de Shiakar y pasó toda la noche fornicando con su progenitora. Debió de ser mi imaginación, pero cuando Burón relataba estos detalles me sentí escrutado y juzgado por los allí presentes, en especial por Martínez y Mérel. Yo me esforcé en no mostrar la menor emoción ni comentar nada. Amarar lanzó su ataque, fue rechazado con gran mortandad y volvió derrotado a su campamento donde, como primera providencia, le cortó la cabeza al brujo y se la echó a los perros. Siguiéndole los talones se presentó el ejército de Shiakar, mandado por uno de sus hijos y general, el bravo guerrero llamado Manna. Derrotó sin esfuerzo a los exhaustos mandingas de Amarar, capturó a este y le cortó la cabeza también, aunque esta la conservó como presente para su señor.

Estas noticias nos habían llegado con largas *coffles* de cautivos, entre ellos los hijos, hijas y mujeres de Amarar. También llegaron muchos mandingas huyendo, por su cuenta, a venderse a sí mismos como esclavos. Los barracones estaban a reventar, y entre los diferentes islotes y factorías no teníamos menos de quince mil negros presos. Mis socios me hicieron relación detallada de esto, del estado de nuestros almacenes, también llenos hasta el techo, tanto que hacía ya tiempo que no aceptábamos mercancías por negros y los cobrábamos en onzas de oro, dólares, pesos y letras de pago contra los mejores bancos de Nueva York, Londres, La Habana y Barcelona. Era continua la llegada de negreros consignados por don Joaquín, el genovés Carlo, los armadores de Regla, de Recife y Bahía y muchos otros respetables caballeros y sociedades. Inquietos todos por mi falta de correspondencia. Estábamos quizá en nuestro mejor momento, pero todos intuían problemas con un solo rey en el Vey, un Shiakar emperador que ya no necesitase tanto nuestra pólvora y armas a falta de un gran enemigo, no se plegaría tan dócilmente a nuestras demandas. Yo traté de tranquilizarlos asegurando que, con enemigo o sin él, Shiakar trataría ahora de expandirse hacia el sur, sí, pero también querría crecer el lujo y ostentación de su corte y eso solo saldría de nuestros almacenes. Le proporcionaríamos tales refinamientos que serían las nuevas bridas con que lo domaríamos. Algunos de mis socios intentaron preguntar por mi encierro. Una mirada mía bastó para acallarlos. Pero Burón y Vicuña sí fueron más insistentes en cuanto a mis planes. Tú eres la cabeza de este cuerpo, Pedro, porque así lo quisiste. ¿Qué haremos en caso de que Shiakar se muestre hostil? Al fin y al cabo, tú guerreaste por todo el Vey, a sangre y a fuego, y hay muchos hijos y viudas que piden venganza al nuevo rey. Burón tenía razón, lo que no me gustó fue la mal disimulada satisfacción con que me echaba en cara, ante todos los demás y con el apoyo de Vicuña, una guerra que nos benefició a todos. Yo les contesté que era muy fácil criticar a toro pasado y que el genio estratégico no está en crear planes perfectos, que no existen pues nunca ningún general puede calcular todos los efectos y consecuencias de sus actos, sino en la habilidad y determinación de reaccionar contra los imprevistos con ingenio, con valor. Si Shiakar se movía contra nosotros yo sabría qué y cuándo hacer. Dicho esto, me retiré a mi isla otra vez, no sin antes revisar estados de cuentas y cosas así con Martínez.

En el camino hacia el bote le pregunté a Mérel cómo iba el adiestramiento de nuestro ejército y le encargué redoblar los esfuerzos y además fundir varios cañones ligeros, muy móviles, que añadir a las diez piezas de mayor calibre y culebrinas que ya teníamos. También que reclutara más blancos y bosquimanos, pues esta vez nos íbamos a enfrentar a un ejército y un rey victoriosos. ¡Pronto estaremos otra vez en campaña, *mon vieux grognard*!, le dije palmeándole la espalda. Y Mérel me sonrió y asintió con la cabeza, pero no me pareció alegre sino preocupado. A la vuelta en mi palacio, mi hermana estaba rezando. Temía que no volvieras, Pedro. No puedes dejar que nada te pase, sin ti no duraría ni un día en este lugar. Seguramente tienes muchos enemigos aquí, imagínate lo que me harían, hermano. Rosa hablaba tranquila, convencida de las brutalidades que había imaginado que sufriría. Me pidió una pistola y que le enseñara a usarla. Me la llevé atrás de la casa, a un lado del jardín con la intención de mostrarle cómo hacer puntería. Rosa se rio y me acarició la cara. ¡No, bobo, no necesito apuntar para dispararme en la cabeza! Yo me quedé en silencio, mirándola, asombrado por su resolución. Luego mi hermana me besó en la boca y allí mismo, sobre la hierba del jardín, la poseí con furia. Ella me miraba fijamente mientras jadeaba, luchando contra la tentación de cerrar los ojos. Recuerdo que lloré cuando me derramé en su interior y que luego estuvimos largo rato abrazados, en silencio.

Por unos días nos encerramos el uno en el otro. A nadie veíamos fuera de las dos criadas cubanas y algún esclavo que trabajaba en la casa y el jardín de Rosa. Mi hermana cantaba canciones de nuestra niñez. A veces me preguntaba por mis hechos en los veinte años de separación. Mis aventuras, decía. Pero en cuanto yo, aunque intentaba suavizarlo todo, le daba detalles ella apartaba la vista horrorizada y me pedía que me callase. Pedro, calla, solo hablas de sangre, dolor y muerte... ¿Es que no hay nada bello en lo que has hecho? Así me solía cortar y yo me quedaba absorto, corrido, porque sí, no encontraba nada bello o bueno en mi vida. Yo intentaba entonces justificarme, decirle que no era yo el malvado sino los tiempos que vivíamos, que habían hecho de vender y torturar a otros seres humanos la principal fuente de riqueza. Al fin, yo solo era un magnífico ejemplar de nuestro tiempo. ¿Tanto miedo has tenido, Pedro? ¿Tan asustado has estado siempre para, teniendo tu inteligencia, haberte convertido en un monstruo? Eso y cosas así me preguntaba Rosa para zanjar la conversación. No era nada que yo ya no hubiera pensado por mí mismo, pero el golpe era brutal viniendo de ella. En aquella casa cada vez se hablaba menos y una pesadumbre ralentizaba nuestra vida. Agradecí la llegada de otro *krumen* con una nota urgente de Burón. ¡Ven, te necesitamos, Mongo Blanco! No decía más, pero yo imaginé al instante el motivo. Shiakar venía contra nosotros. Habría guerra. Sentí una alegría feroz, inexplicable. Le dije a Rosa que me iba por un tiempo, que tenía que batallar a un rey salvaje para defender mi factoría, nuestra casa y su jardín. Que no tuviera miedo ni hiciera tonterías. Nadie iba a molestarla en la casa y amigos muy fieles se encargarían de ello. Rosa me miró con tristeza y me echó en cara que le hiciera lo mismo que en Málaga, tantos años atrás. Dejarla para llevar la muerte a otros. ¿No te das cuenta, Pedro? Toda esta sangre se volverá contra nosotros de alguna manera. No nos dejará ser felices. Aun así, nos separamos con un beso y dejé que me bendijera y me colgara su rosario al cuello para protegerme.

La reunión con Martínez, Burón y Vicuña fue breve. Como era de esperar, el victorioso Shiakar renegaba de cualquier acuerdo anterior con el Mongo de Gallinas. El suministro de cautivos se había cortado desde sus cada vez mayores dominios. Solo nos llegaban unos pocos esclavos de algunas tribus que se mantenían independientes en los bordes del reino de Shiakar. Y este, con su general Manna al frente y no menos de tres mil guerreros, había empezado a avanzar hacia el sur, hacia nosotros, con el ánimo de engullir esas tribus y quién sabe si degollarnos y saquear las factorías.

Cuando me reuní con Mérel me dio el estado de las tropas, que había ascendido a trescientos hombres blancos, piratas y negreros españoles, portugueses, criollos y mulatos cubanos en su mayoría, aunque también había un buen puñado de mercenarios franceses e incluso un par de irlandeses llegados de Freetown. La tropa auxiliar de bosquimanos llegaba a los ochocientos cincuenta hombres, de los cuales unos doscientos podían disparar un mosquete para algo más que hacer ruido. Cada tirador, blanco o negro, tenía un moderno fusil de ánima rayada inglés y ochenta cartuchos, pistola y sable de abordaje. Había dos cañones de seis libras que arrastrarían búfalos y negros, diez culebrinas de bronce y cuatro nuevas piezas de dos libras fundidas por Mérel y los herreros de la factoría, cañones y ligeras cureñas que irían a lomos de mulos y negros. De munición llevábamos exclusivamente botes de estaño fino llenos con hasta ochenta balas de plomo. Los botes se deshacían al dispararse desplegando la metralla en un cono mortal de muchos pies. Mérel me aseguró que ni la mejor entrenada infantería de Europa aguantaría firme una descarga de metralla a trescientos pies de los cañones, así que mucho menos esos veys salvajes del diablo. No me tenía que convencer. El viejo soldado de Napoleón también había empleado semanas en enseñarles a todos a formar en columna para avanzar y cargar, desplegarse luego rápidamente en líneas de uno o dos en fondo para presentar un muro de fuego o protegerse en un cuadro, con cañones dentro, en caso de vernos rodeados por fuerzas superiores. Mérel se mostraba entusiasta con lo que había conseguido con una tropa de piratas y salvajes en tan poco tiempo. Los hombres lo adoraban.

Aún permanecimos una semana más ejercitando y equipando a mi ejército, el del Mongo Blanco. Cuando al fin salimos, remontamos el agua crecida y pizarrosa del Gallinas en canoas hasta más allá de tierras de los kusa, nuestros últimos aliados antes de toparnos con los guerreros veys. Navegamos seis días. Fue en ese sexto sol cuando el cielo se nubló y llenó de silbidos. Desde ambos márgenes nos llovieron flechas, lanzas y jabalinas que lanzaban con propulsores. Abrimos fuego. Nos mataron a unos cuantos negros de las primeras canoas y ordené vararlas y seguir a pie, donde nuestras formaciones de disparo serían más efectivas. Debía de ser una avanzadilla de Shiakar porque caminamos varios días más por la jungla, protegiendo nuestro flanco con el río sin toparnos con enemigos. Por el contrario, se nos unían grupos de fugitivos de las tribus más al norte que ya habían sido arrasadas por los veys. Marchamos en una larga hilera, siempre precedidos por una pantalla de bosquimanos. En el centro el bagaje y la artillería de más calibre, tirada por búfalos de agua que son buenos para tierras embarradas como los márgenes del Gallinas. Yo comandaba la tropa, Mérel era mi teniente y otros hombres escogidos y con experiencia en la guerra eran sargentos de diferentes pelotones, asegurándome siempre de colocar a los más nuevos en el centro de cada uno, encuadrados por los veteranos.

Tuvimos algunas escaramuzas más, pero nada importante hasta casi dos semanas después de partir de Lomboko, cuando salimos a una enorme llanura de hierba alta que nos llegaba hasta el pecho. Ahí decidí desplegar a todos los blancos en dos columnas que avanzaron paralelas, otra vez con los cañones en medio. Los bosquimanos que sabían tirar las precedían en un amplio semicírculo, a la manera de la infantería ligera. El resto de los negros se movían como una nube a nuestro alrededor. Vimos a la hierba tragarse sin ruido, de golpe, a una decena de los bosquimanos más en vanguardia. Los suyos los llamaron a gritos, pero nada. Todo estaba en un raro silencio y no se veían animales ni monos en los escasos pero gruesos árboles. Solo como a unos seiscientos pies a nuestro frente y a la derecha se levantaron bandadas de pájaros, graznando. Nos detuvimos, ordené adelantar y cargar con metralla los dos cañones de seis libras, los de más alcance, hice que elevaran el tiro con los tornillos. Nada. Ni un ruido. Mis hombres sudaban aferrando las armas hasta ponérseles los nudillos blancos. Miré a Mérel y este asintió. A una orden suya la pantalla de tiradores negros se dividió por la mitad y se movió hacia los lados. ¡Fuego!, grité, y los dos cañones rociaron con metralla la hierba hasta una distancia de quinientos pies. Oímos gritos de dolor. La hierba empezó a arder. Hicimos una segunda salva hacia las zonas inmediatas. Más fuego y gritos. Fue entonces cuando los guerreros de Shiakar, con Manna al frente, se alzaron del suelo en hileras perfectas de miles de hombres, gritando, disparando y lanzándonos flechas y dardos. Junto a mí oí el ruido inconfundible de una bala contra el hueso, el chasquido amortiguado por la carne, y vi caer a uno de mis españoles con un agujero en la frente. Pero lo cierto es que el fuego de los veys era desordenado y no lo concentraban en ningún punto lo suficiente para hacer daño. Aun así, era impresionante ver a miles de guerreros con el cuerpo pintado de ocre y rayas blancas, agitando sus largos escudos y lanzas, cantando y gritando ajenos a la hierba que ardía a su alrededor.

Los enemigos se desplegaron en un enorme arco y ahora el mismo río que protegía un flanco en nuestra marcha se convertía en una trampa mortal, una ratonera que nos daba a elegir entre morir despedazados o ahogarnos en caso de huida. Los veys avanzaron con la idea de rodearnos y si bien su fuego era más ruido que otra cosa, eran muy diestros con el arco y los propulsores de dardos, con los que nos tiraban las jabalinas desde muy lejos. Fue ahí donde se impuso el temple y nuestras mejores armas. De haber querido escapar nos habrían masacrado, nos salvó mantener las formaciones y aguantar a pie firme. La guerra es una monstruosidad, sí, pero también es un momento donde los sentidos y las emociones más extrañas se manifiestan en toda su potencia. Había algo hermoso en la calma de Mérel. A sus órdenes los bosquimanos corrieron a refugiarse tras las columnas de tiradores blancos. Y estas a su vez parecieron doblarse sobre sí mismas en un ángulo de cuarenta y cinco grados hasta unirse para formar un extenso cuadro, con cuatro líneas de fusileros de fondo en cada lado. Dentro del cuadro quedó la artillería, la más ligera y la pesada, asomando sus bocas para escupir metralla hacia donde fuera más conveniente por los huecos que abrían y cerraban los infantes. Las cuatro líneas de tiradores por lado, aunque el que daba al río y a nuestros auxiliares no disparaba y actuaba más como una reserva para suplir las bajas, hacían fuego perfectamente coordinados, turnándose para recargar y disparar.

Los miles de guerreros veys se detuvieron en seco, como si se hubieran topado con un muro. Y es que, en efecto, no hay mejor muralla que la que forman hombres decididos y bien armados. Los guerreros caían acribillados, unos sobre otros. O volaban desmembrados por la metralla. Eran muchos, más de tres mil, y valientes como demonios, así que la carnicería duró varias horas. Nuestro cuadro también sufría bajas y pronto la sangre convirtió la tierra en lodo. Yo recorría las filas animando a los hombres y dando indicaciones a la artillería, según me parecía que la ola enemiga se alzaba más de un lado o de otro. Miré a Mérel, la cara renegrida por la pólvora tallando aún más profundas sus arrugas, reordenando las filas cuando nos hacían huecos, llevando a los heridos hacia el centro del cuadro y taponando brechas con hombres frescos, incluso algunos de sus tiradores bosquimanos. Los hombres caían a su alrededor, pero él se mantenía erguido, ajeno al peligro. Cargaba y disparaba, cargaba y disparaba. Me acerqué y le oí cantar con voz gruesa:

Adieu, bonne mère,
mon amie;
adieu, ma chère,
ma bonne Sophie!
Adieu, Nantes, où j'ai reçu la vie;
adieu, belle France, ma patrie;
adieu, mère chérie:
Je vais quitter la vie...

Le grité y se giró hacia mí con cara de loco. ¿Qué cantas?, le pregunté. ¡Ah, monsieur Blanco, una canción que escribió un camarada de la *Garde Impériale* mientras agonizaba en la retirada de Rusia! Era para su madre y tal, pero se hizo muy popular en nuestras filas en esos tristes días... ¿Disfrutáis de vuestra carnicería? ¡Más vale que sigamos disparando contra esos demonios o acabaremos como el capitán Marbot y su cuadro de valientes en Eylau, una hermosa formación de muertos con el águila en medio! Dicho esto, me dio la espalda y siguió cantando y matando. Los veys parecían haber retomado el impulso y ahora usaban los cadáveres de sus caídos como escudos. Estaban cada vez más cerca. Entonces decidí tomar cincuenta hombres, Vellido y otros de confianza entre ellos, y salir del cuadro con ellos, los cañones más ligeros y la bandera morada y negra de mi reino. Corrimos hacia los auxiliares bosquimanos que estaban inactivos entre el cuadro y el río. Formé a todos en una columna bastante ancha, de unos quinientos hombres, unos veinte por fila, y me dirigí contra el extremo norte del dispositivo de Shiakar. Lo hicimos con tal rapidez que los tomamos completamente por sorpresa y los desbaratamos. Seguimos avanzando, cortando como un cuchillo. Mérel dirigía el fuego ahora contra los guerreros sobre los que caíamos, que así no sabían sobre qué lado hacer fuego para defenderse. Fue una matanza y el momento en que los veys empezaron a arrojar fusiles, lanzas y escudos y a correr hacia las selvas al norte de la gran llanura. Vi a Shiakar, su brujo e hijos emprender la huida también y me pregunté si podría alcanzarlo y matarlo como Alejandro al rey persa. Yo mismo me reí de mi idea y del símil. Alejandro Magno y el Mongo Blanco.

Una vez que los veys entraron en desbandada, Mérel ordenó deshacer el cuadro y formar en líneas que avanzaran en su persecución, nunca más allá del campo abierto de la llanura. Las frondosidades quedaban para los bosquimanos, y la carne de los muertos también. La línea que él mismo comandaba y mi columna cerramos una tenaza sobre los últimos resistentes, unos cientos de hombres que mandaba el mismísimo Manna. A este sí lo capturamos, herido pero con vida, junto a su guardia de cien guerreros. Fue el fin de la batalla. Pero aquello era África, la tierra donde la magia, los brujos y los espíritus deciden el destino de hombres y reinos... Una vez desarmados, y ante los ojos de mis hombres, los bosquimanos y aliados de otras tribus, de los veys cautivos, quise tener un último gesto que recorrería los ríos y las selvas, que se cantaría en canciones y asentaría la fama del poderoso Mongo Blanco, del invencible Mago-Espejo-Sol para siempre. Ordené que sostuvieran de pie ante mí al herido Manna, le abrí el pecho con un cuchillo con cuidado de no matarlo y le paré el corazón con la mano. Me miraba atónito mientras yo detenía así su vida. Luego se lo arranqué, como hice con el Rey Sapo, pero esta vez de tres bocados me comí más de la mitad y alcé el resto al cielo. Ahora con un público mucho mayor. Los negros, amigos, y enemigos, empezaron a gritar como locos y luego se postraron a mis pies. Los blancos, Mérel y Vellido sobre todo, se hacían cruces y me miraban con horror. Alguno vomitó. Otro lloraba temblando. Los saqué del estupor con otra orden. ¡Degollad a los prisioneros, a todos menos a dos! Así lo hicieron sin protestar. Solo Vellido me pidió que lo pensara, que era matar a cientos de buenos esclavos que dejarían oro en nuestra factoría. Le ignoré. El terror como política. A los dos que salvé, dos que me aseguré estaban sin heridas y fuertes, los dejé ir con el encargo de contarle todo al rey Shiakar. Que ahora el corazón del valiente Manna vivía en mí. Que yo nada quería en sus tierras, ni nada de él salvo volver a la alianza que tanto nos había enriquecido a ambos. Que sabía que tenía muchas hijas y que yo mismo tomaría a una como esposa. Qué otros blancos de Gallinas se casarían con ellas también para asegurar la paz y el comercio en el Vey. Así les dije mientras la sangre goteaba de mi bigote y mi boca. Pero decidle también que si guerrea contra mí y mi poderoso *ju-ju*, será su corazón el próximo que me coma. Y sí, ¡qué demonios!, en ese momento me sentí vivo, no sé si feliz, si sería monstruoso recordarme así. Pero sí más vivo que nunca, como una gran pitón que había cambiado la piel muerta.

Tras unos pocos días de marcha, embarcamos en las canoas que habían subido a nuestro encuentro. La fuerza de la corriente nos devolvió a Lomboko en menos de dos semanas. Alrededor solo había silencio y sorprendí varias veces a mis hombres cuchicheando a mis espaldas. Oí varias veces la palabra «loco». Solo los bosquimanos y otros negros se me acercaban con regalos y gestos amables. Cuando llegué a mi casa me encontré a Rosa en un enorme estado de nerviosismo. A la alegría de verme con vida se sucedían llantos y silencios herméticos. Me costó varios días conseguir que me dijera qué la tenía así. Estoy embarazada, Pedro, vas a ser padre. ¿No te alegra? ¡Por fin estamos seguros de arder en el infierno! Así me dijo. Sí, me alegra, le dije, me alegra porque esa criatura es hija del amor y no se me da nada lo que piensen los hombres, sus dioses y diablos de mentira. Mi hermana entonces se acurrucaba en mis brazos y me pedía que le hablase de La Habana. Me preguntaba si dejaríamos este hongo venenoso en el que vivíamos para ir allí y criar a nuestra descendencia de la mejor manera posible. Quizá así Dios pueda perdonarnos. Y yo entonces le hablaba de Cuba, de mi palacio y amistades. Nunca de Rosalía. Nunca de que no podríamos vivir jamás como esposos allí. Mi hermana pasó su embarazo en una tormenta de emociones, tan pronto exultante, feliz, aplicada a coser ropita para el bebé, como embargada de una pena negra que era casi una muerte en vida, un suicidio consciente. Apenas dormía y no fueron pocas las veces que, con la ayuda de las mulatas, tuve que forzarla a comer. Pasaba por episodios de histeria y unas enormes bolsas aparecieron bajo sus tristes pero hermosos ojos. Jacinta era la mulata de mayor edad y la que mejores migas hacía con ella. Angelines era la otra mulata, una cuarterona de Regla, más joven y a la que le costaba disimular el miedo que la locura de mi hermana, cada vez más evidente, le causaba. Les encargué no dejarla sola ni un momento.

Un día las sorprendí, con un catalejo desde una ventana, al atardecer bañando a Rosa en la orilla del río. Me acerqué hasta donde pude sin ser visto. Angelines cantaba en yoruba y Jacinta le pasaba un coco por el ya abultado vientre de mi hermana, sobre el camisón mojado y pegado a su cuerpo, mientras movía los labios. Alrededor, en el suelo, vi un par de *ngangas*. En una de ellas sobresalía una guedeja de mi hermana. Estaban haciendo un *enkangue* para proteger al bebé. Pensé en interrumpir aquello, que no me cuadraba con el catolicismo de Rosa. Pero desistí al ver una luminosa sonrisa en su cara. Una paz que no veía en días. Jacinta acabó con los pases y partió el coco con un machete, dándole a beber el agua a mi hermana. Luego arrojó los trozos al río mientras murmuraba alguna brujería. Yo volví a la casa y esperé fumando. Cuando regresaron Rosa subió corriendo a cambiarse y las dos mulatas desaparecieron en la cocina. Esa noche mi hermana estuvo muy habladora y sonriente. En un momento de la cena me dijo que sabía que sería una niña. ¿Cómo puedes saberlo?, le dije. Se quedó un momento en silencio y me contestó que las mujeres podían sentir eso y otras bobadas sobre la forma de la tripa. Yo sabía que se lo habrían dicho las cubanas, pero preferí no mencionar el tema. Rosa siguió hablando de cómo la llamaríamos y soltó un par de nombres, Gertrudis por nuestra madre entre ellos. ¡No!, contesté un punto molesto, nunca. Si de verdad es una niña se llamará como su madre, Rosa. Se rio y siguió haciendo planes. Fue quizá la única vez hasta entonces que salió de nuestro tiempo circular para pensar en el futuro. Un brillo de fragilidad, de indefinible locura, se asomaba a sus ojos y temblaba en sus palabras. Pero yo lo atribuí a las excepcionales circunstancias de nuestra vida.

Pasamos unos meses de cierta felicidad, endeble y sujeta a cualquier alunada de Rosa, pero felicidad. Yo temía la intrusión de alguno de mis socios, así que me rodeé de una guardia fiel de feroces bosquimanos, entregados en cuerpo y alma a los deseos del todopoderoso Mago-Espejo-Sol, al que debían tantos cautivos, victorias y saqueos. No me equivoqué. En el lapso de dos semanas atraparon a dos espías, un español y un portugués, gente de la factoría de Burón, que se habían venido nadando por la noche con la orden de averiguar qué me retenía apartado de todo. Esto lo sé porque me los llevé al islote del harén y los torturé allí para que Rosa no oyera nada. En ambas ocasiones premié a mis bosquimanos con partes de su cuerpo y así, medio comidos, devolví sus cadáveres al islote de Burón. No volvió a enviar a nadie. Comprendía su curiosidad, pero él entendió al fin que no debía sacrificar más gente para satisfacerla. Al fin y al cabo, los negocios iban bien. Yo me aislé aún más de la civilización de los blancos, siquiera de la torcida y viciosa que representaban los factores de Gallinas. De sus límites. Me dejé adorar como un rey, como un dios, por aquellos caníbales y de alguna manera sentí que mi islote de Lomboko, mi hongo, se desgajaba del lecho del río y navegaba río arriba hacia el corazón de África, de sus selvas y tambores. La felicidad junto a Rosa se acabó con la llegada de un *krumen* con un montón de correspondencia para mí. La mayoría eran cartas de don Joaquín, Martí y Torrents y otros socios y amigos. En general buenas noticias sobre la marcha de los negocios e informes acerca de ciertas inversiones que, sobre todo los dos primeros, se habían permitido hacer en mi nombre y que habían multiplicado mi ya importante fortuna en mucho. Sin embargo, entre tanta carta me sorprendió, tanto como ver un aparecido ante mí, una de Rosalía.

Tardé un par de días en abrirla, seguro de que serían malas noticias. Nunca me había escrito ni yo a ella, ¿qué demonios podía ser salvo reclamaciones o amenazas? Cuando al fin la leí me sorprendió no poco que me llamara querido esposo y que deseara que estuviera bien y sano a la recepción de la misma. Luego me anunciaba, ahí sí sin pedirme permiso, que había invitado a vivir con ella en nuestro palacio a dos sobrinos, jóvenes bien dispuestos y ansiosos por aprender sobre el negocio de la trata y los ingenios. Sobrinos que eran parientes míos en un grado lejano. Me pedía unas cartas de recomendación para ellos que los ayudaran a encontrar el patrocinio de don Joaquín Gómez y el señor Martí y Torrents. Por un momento me sentí decepcionado. ¿Tan bien estaba Rosalía sin mí? ¿Nada quería salvo este pequeño favor?

Escribí las cartas y las dejé en mi escritorio. Al bajar a la mañana siguiente me encontré a mi hermana con la de Rosalía en la mano. Temblaba y sus ojos lloraban como fuentes. ¿Querido esposo?, ¿querido esposo?, repetía ahogándose. Le arrebaté la carta y la abracé, sintiendo su enorme vientre contra el mío. Intenté explicarle que sí, que tenía mujer en La Habana, pero que ella nada me importaba. Que nunca la había querido y que su existencia no cambiaba nada ahora que nos habíamos reunido ella y yo.

Me miraba como si no me conociera. Yo seguía con mis torpes justificaciones. Hermana o no, Rosa era la mujer de mi vida, lo había sido siempre, y me había pillado engañándola. Rompió su silencio y en el tono de su voz estaba todo el dolor del mundo. ¿No lo entiendes, Pedro? ¡Ahora ya nada hay para nosotros y nuestra hija en La Habana! ¿Por qué me mentiste, por qué me dejaste soñar? ¡Solo nos queda este infierno en vida! Pudrirnos aquí escondidos de todos. ¿Qué será de nuestra niña? Yo balbuceé razones que ni a mí me convencían, excusas rebuscadas para quien como yo nunca se había disculpado ante nadie. Le prometí que encontraría la forma de solucionarlo, de vivir al sol los tres en La Habana. De tener un futuro... Entonces, en mayo de 1831, al sexto mes de su embarazo, mi hermana cortó para siempre amarras con la realidad. Apenas dormía o dormía drogada por días. Comía hasta vomitar o ayunaba y rezaba por la infeliz criatura que llevaba dentro. Un día azotó sin razón a Jacinta y las dos mulatas empezaron a tomarle miedo, pues se mostraba dulce o déspota con ellas según el día o las horas. Y nada asusta más a un siervo que la imprevisibilidad en el amo. Mi relación con Rosa también se tornó desquiciante. Tan pronto me rechazaba con odio como me pedía relaciones pese a su estado. ¡Empuja, empuja fuerte, Pedro! Quizá le llegues también a tu hija con la verga... Me gritaba cosas así. Y peores. Me arañaba hasta hacerme sangre. A decir verdad, yo también empecé a temerla.

Una noche, ya en el octavo mes, me despertaron las criadas llorando. La habían encontrado en el estudio murmurando sinsentidos y con la pistola en la mano apuntando a la enorme hinchazón de su vientre. No se atrevieron a acercarse. Yo bajé corriendo y allí seguía Rosa, llorando y diciendo locuras, apuntándose a la tripa. Me acerqué despacio, le supliqué que no lo hiciera. Que cualquiera que fuera la maldición por nuestros pecados esa niña tendría una oportunidad, podría ser feliz. Que sería amada. Que sus padres nunca la apartaríamos de nosotros como hizo la nuestra. ¡Ya está todo perdido, Pedro, matarla es salvarla! ¡Salvarla de los monstruos, de nosotros mismos! Conseguí acercarme lo bastante para meter a tiempo mi mano derecha, el pliegue que hay entre el pulgar y el índice, entre el martillo y la cazoleta de la pistola cuando Rosa apretó el gatillo. Con la izquierda la abofeteé tan fuerte que cayó de espaldas sin sentido. Los siguientes tres días los pasó dormida con unas cocciones que le dimos y la alimentamos por una sonda con papillas que preparaba Jacinta. Cuando se despertó vio que la habíamos atado a la cama. No luchó ni maldijo. Solo lloraba en silencio y nos preguntaba quiénes éramos y por qué le hacíamos eso. Yo no podía soportarlo. Me escurría cada noche hacia los fuegos de los bosquimanos, a escuchar sus historias. Dejaba que me pintaran el rostro. Nos emborrachábamos con vino de palma y aguardiente, mascábamos hierbas divinas y comíamos carne de fieras. Yo poseía por igual a jóvenes muchachos, de cuerpos duros y flexibles, que a muchachas de pechos breves y puntiagudos como cuchillos.

Angelines y Jacinta se encargaban de asear y alimentar a Rosa, que pasaba ya más tiempo ida que en este mundo. Una noche sorprendí a Jacinta y Angelines rodeando su lecho con cenizas. Se asustaron al verme, pero yo con una seña las dejé hacer. Ya conocía esa superstición desde Cuba. Esperaban que durante la noche el demonio de la enfermedad saliera del cuerpo de mi hermana y dejara allí sus huellas y así saber qué mal la aquejaba. A la salida del sol vimos el cerco de ceniza intacto. Entonces Jacinta arrojó treinta caracoles al aire, todos cayeron en la tarima con el agujero hacia arriba. Todos. Jacinta me miró y negó con la cabeza. Rosa moriría sin remedio. Nadie se ocupaba ya del jardín, que fue pronto pasto de la selva e imagen del caos en que vivíamos. En esas condiciones le sobrevino el parto, que también atendieron las mulatas mientras yo calentaba agua y me preguntaba en qué momento me fui al carajo, en qué momento me engañé a mí mismo pensando que podía tener amor y felicidad con la única mujer a la que amé siempre, en contra de las leyes de Dios, de todos los dioses y los hombres de cualquier color. El alumbramiento fue largo, duró muchas horas y Rosa sufrió una hemorragia incontenible. A la niña hubo que sacarla tirando. Sí, era una niña, y para cuando berreó su madre ya había expirado. Mientras sostenía a mi hija envuelta en un lienzo blanco y la acunaba contra el pecho, no dejé de preguntarme si Rosa no habría sobrevivido de haber traído un médico. Claro que eso me habría descubierto, a menos que hubiera asesinado luego al doctor... En esas estaba cuando la niña dejó de llorar y aferró uno de mis dedos con su manita. Me tragué una lágrima y sonreí como un bobo. Miré a las mulatas y estas también se secaron las lágrimas y rieron mostrando sus enormes y blancos dientes. De pronto en esa casa hubo silencio, un silencio sólido que se fue posando sobre todo, los muebles, nosotros, que sostenía en el aire motas doradas bailando mudas en un rayo de sol. Miré a mi hermana muerta y en su cara vi paz. Y lo tomé como su bendición hacia nosotros, hacia mi hija y yo. Me senté en un butacón con ella en brazos, dormida, y yo también fui feliz. Incluso sonreí cuando vi a Jacinta llevarse a escondidas un trozo del cordón umbilical, sin duda para sus brujerías y *enkangues*, pues nada había más potente y lleno de vida, de poderoso *ju-ju*, que un trozo de una nueva vida. En el universo ordenado por espíritus, sus bendiciones y maleficios, lo que la mulata acababa de escamotear era magia de la más poderosa. Sentí paz. Nunca fui de arrepentirme de lo hecho, ¿para qué?, pero la muerte de Rosa me dejó sereno y en paz.

Angelines me dijo que la niña pronto tendría hambre y que de nada valdría sacarle leche a la muerta, que esa estaba ya *salá*. Me propuso buscar a alguna mujer embarazada en el harén. Me sorprendió su propuesta. Angelines, le dije, ¿tú sabes que hace meses que no las visito y que si alguna tuviera leche tendría que matarla, a ella y a los eunucos que las guardan? Jacinta fue a buscar una mujer bosquimana con leche en las tetas. Sí, la primera leche que probó la hija del negrero Pedro Blanco fue de una negra salvaje. Dos mujeres con cicatrices en la cara, orejas y lóbulos perforados, se turnaron para amamantarla en lo que conseguí un par de amas de cría, gordas sonrientes, limpias y con tetas rebosantes, en Cabo Verde.

A los pocos días decidí enterrar lo más profundo posible el

cuerpo de mi hermana. Pero el brujo de los bosquimanos se mostró en contra, incluso asustado ante la posibilidad. Vino a decirme que enterrar a alguien tan próximo a mi corazón, hermana o esposa les daba lo mismo, alguien de mi misma sangre, era hacerles un regalo a los muchos enemigos que de por seguro tenía. Y no tan lejanos. Cualquier resto de mi hermana daría a brujos contrarios el poder de controlar su doble, el espíritu de la muerta que para siempre caminaría a mi lado mientras yo viviese. Si la enterraba sin más, sin los ritos apropiados, no tardarían otros feticheros en desenterrar y robar el cuerpo, entero o por partes, para fabricar un *orkindú*. Carnes, huesos, cabellos y dientes se quemarían hasta reducirlos a cenizas, que mezclarían con otros polvos poderosos, incluso con pólvora, y guardarían durante años en conchas, cuernos y saquitos para usarlo contra mí. Cuanto más noble fuera el muerto, con más ahínco intentarían robar el cuerpo pues más fuerte sería su magia. Y la hermana esposa del Mago-Espejo-Sol fue sin duda muy ilustre. A mí se me daba una higa esa cháchara, pero si lo creían era real para ellos. Enterrarla sin más menoscabaría mi poder, mi autoridad ante los únicos aliados fiables que me quedaban en Lomboko tras mi encierro voluntario. Le pregunté qué hacer al brujo y este me pidió hacerle ciertos cánticos, ofrendas y hechizos a la muerta antes de darle tierra. Y no muy profunda porque en la próxima luna llena habría que sacar el cuerpo, hacerle un banquete y decapitarlo por mayor seguridad. Jacinta, que estuvo escuchando y era medio bruja y palera, se atrevió a hablar sin que le preguntara por primera vez desde que me servía. *Hágale caso, amo Pedro, que en Cuba ya sabemo mucho del podé de lo muertito. Haga caso, su mersé. Que así ella tambié va a descansá.* Tras los rituales del brujo enterramos a Rosa. Y en la primera luna llena la desenterramos. El brujo puso la cabeza ya agusanada sobre un lienzo. Mató gallos y la asperjó con su sangre y aguardiente. Todo mientras guerreros bosquimanos batían tambores y bailaban junto a mujeres desnudas a la luz del fuego. Esta locura duró dos noches. Yo me arranqué la ropa y cubrí de ocre mi cuerpo y de cenizas mi cabeza. Dancé poseso con mis negros y aullé a la luna llena. Derramé sangre y semen sobre la tierra fangosa. Todos tenemos derecho a defendernos de la vida como Dios o el diablo, la sensatez o la locura, nos den a entender. A defendernos de haber nacido en este mundo sin haberlo pedido. Entonces el brujo decidió que mi hermana estaba feliz y volvimos a enterrar el cuerpo. A la cabeza le sacaron los sesos, los ojos y la lengua, todo lo que se iba a pudrir con rapidez. En las cuencas metieron una masilla blanca y en ella hundieron dos rubíes. ¡El rojo es su color, amo Pedro! Con los rubíes ella le verá mejor desde el otro lado. Luego la ahumaron durante una semana para que se amortajara y me la entregaron dentro de un cesto. Nunca te separes de ella, Mago-Espejo-Sol, su magia es poderosa. Es un gran fetiche y, si sabes cómo, será tu mediadora con los espíritus. Podrás pedirle, preguntarle por cosas.

Pasadas unas semanas arropé a mi hija con un ligero rebozo y un velito por protegerla del sol y los mosquitos, monté en una canoa y me presenté en el islote de Burón, en el palacete que hacía las veces de casa de juntas y casino para los demás factores. Como había previsto, a esa primera hora de la tarde estaban allí casi todos: Pedro Martínez, Burón, Vicuña, José Ramón, Mérel, Vellido, Kearney y otros más. Había algunas caras nuevas. Yo no sabía quiénes eran pero, por el silencio que se hizo cuando entré con mi bebé, ellos sí sabían quién era yo. Pedro Blanco, el Mongo de Gallinas. Los saludé y esa fue la señal para que rompieran a hablar. Vellido se mostró realmente feliz de verme. Pensábamos que ya te habrían comido esos caníbales que prefieres a tus paisanos, ¡gracias a Dios, Pedro! ¡Bienvenido! Otros muchos demostraron también su alivio y alegría. Burón tenía esa cara de siempre, indescifrable. Se le podía oír pensar, pero si le desagradó verme allí también lo ocultó muy bien. Se llenaron vasos y sacaron las tabaqueras. Yo interrumpí todo con un gesto y les hablé. Les mostré a mi hija. Se llama Rosa y su madre es Elvira, la hija de Cha-Chá. Vicuña se rio y me dijo que cuál era la novedad. Que ya tenía una pila de niños y niñas con mis negras, de hijos muertos y vivos. No, contesté, yo no tengo más hija que esta y como a tal la habéis de tratar todos, como la hija de Pedro Blanco. Se llama Rosa. Y me la llevo a La Habana a bautizarla y reconocerla. No sé cuándo volveré.

Embarqué con la niña y con la cabeza de Rosa en un cesto. Así me fui de Gallinas.

LA HABANA

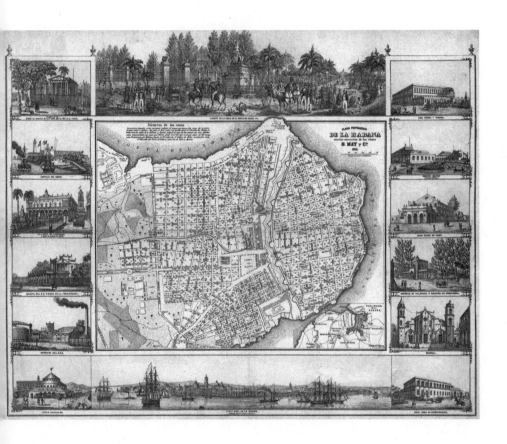

XXI

—Sí, doctor, tuve una hija. La que conocéis, Rosa. Su madre era la princesa Elvira, la hija de Cha-Chá. Nació a principios del verano de 1831 y sentí...

—Pero tu hija es blanca, Pedro.

—El padre de Elvira era mulato claro y ella misma una ochavona, hija de Cha-Chá con una blanca. Como os digo, sentí de pronto que Lomboko no era lugar para criarla. Quería reconocerla y bautizarla, no por mí que no soy creyente, sino para que ella no sufriera en el futuro entre católicos. Algún día se casaría. Podía haberla cristianado en Cabo Verde, pero creí mejor volver a La Habana y hacerme cargo de los muchos negocios que tenía allí en marcha, en manos de amigos. Y darle las mayores comodidades y cuidados en mi palacio, en un clima más suave.

—¿Y Rosalía?

—Haría lo que yo le dijese. Su bienestar iba en ello. Tardé poco menos de una semana en cerrar la casa, disponer de mis bienes en África y dejar ordenado todo entre el resto de los factores y empleados. Burón compartiría el mando con Martínez, que me mantendría puntualmente informado. Mérel sería el jefe militar, con autoridad sobre todos en esas cuestiones, y tendría a Vellido como ayudante, quien a su vez capitanearía nuestra flotilla. Elegí personalmente a los agentes de las nuevas factorías de la isla de Sherbro, plantada muy cerca de Freetown como un claro desafío a los ingleses, de Gran Bassa, Cabo Monte y Monte Chico, Gran y Pequeño Cestos y Digby. Todos estuvieron de acuerdo y diría que aliviados con mi marcha. Mientras hablábamos los miré, y comparé a estos negreros opulentos y panzones con los desarrapados que encontré cuando me instalé. Me iba dejando Gallinas como el corazón de la trata. Ordené también que nada faltara a las mujeres y los críos del harén, a las que se les diría que yo volvería pronto para tenerlas en calma. Separé mi parte de los esclavos y mercancías del almacén y las vendí a mis socios, convirtiéndolo todo en casi un millón de pesos que embarqué conmigo. Repartí mis negros por debajo de su precio. Solo me llevé conmigo a las dos amas de cría y a Jacinta y Angelines, que me besaron las manos por devolverlas a Cuba. Zarpé en una goleta rápida y bien artillada, tripulada por hombres escogidos. Tres barcos con el pabellón negro y morado nos escoltaron hasta más allá de Cabo Verde.

—¿No hubo contratiempos?

—Ninguno. Era como si el bebé espantara tormentas y calmas por igual. Buen viento toda la travesía. Pasamos bajo el Morro a fines de septiembre. En el muelle de la Caballería había un ejército de caleseros con libreas. Don Joaquín, Martí y Torrents, Pastor, hasta Verroni con sus mejores galas, habían venido a recibirme. Cuando me vestía en mi cabina me sorprendió la facilidad con que me despojé del salvaje mientras sentía la camisa de fino lino, el chaleco y traje de algodón blanco, me calzaba unos botines, enganchaba la leontina de mi reloj de oro y me encasquetaba un panamá alón festoneado en seda negra... Parecéis contento, doctor Castells, me alegro. ¿A qué se debe?

—A que veo resultados, Pedro. Tras unos días de verborrea incontenible, tu habla es pausada y la sucesión de tus recuerdos muy clara. Amén de eso estamos en La Habana, así que supongo que más cerca de destrabar la memoria que buscamos.

—¿Buscamos?

—Sí, por tu bien, por el interés de tu hija Rosa en esos papeles. En cuanto a mí, por la satisfacción de colaborar en tu mejoría y la vuelta a casa. ¿No crees que es para estar contento?

—¿Qué papeles, doctor?

—¡Uf, a veces creo que lo tuyo no es locura sino obstinación! Y muy cruel. Da igual, Pedro. Continúa.

—Mis amigos celebraron verme con un bebé en brazos y no pararon de elogiar la belleza de la niña. Cuando uno me preguntó con sorna quién era la madre, pues Rosalía no salía de casa sino para ir a misa y no se la había visto buscando barco para África, les dije que su madre era la hija del gran Cha-Chá. Como vos se asombraron de su blancura y buscaron a la madre con la vista. Yo les dije que si era princesa también era una salvaje que se les tiraría a los ojos al menor desaire, real o imaginado. Que la había dejado en Gallinas y que mi intención era bautizar y reconocer a la niña. Martí y Torrents se carcajeó. ¿Para qué? Si nosotros bautizáramos a todos los hijos que tenemos con las esclavas faltarían iglesias y agua bendita. Yo no me reí y ahí se acabó el chiste. Mis amigos me escoltaron hasta casa. Compartí volanta con don Joaquín, que me puso al día de los politiqueos. Ya es hora que te despabile de tanto negro salvaje, Pedrito. Vives sigue de capitán general, ha hecho cosas buenas por la ciudad y la isla. Tú estabas por aquí cuando el tesorero real Alejandro Ramírez se encargó de que hubiera una transición tranquila de la trata legal a la ilegal, tras los acuerdos impuestos por los ingleses. Vives siguió su obra con la ayuda de don Claudio Martínez Pinillos, el nuevo tesorero. Es un hombre recto, tanto como lo puede ser alguien que llega tan alto. Vive y deja vivir. ¿Sabes lo que dicen...? «Si vives como Vives, vivirás». No nos estorba y tampoco pide demasiado a cambio. Su preocupación es mantener al dinero tranquilo y a Cuba fiel. Se justifica diciendo que los favores a la trata y a los hacendados dueños de esclavos son el mejor antídoto contra el veneno del independentismo bolivariano que cada tanto llega de Venezuela. Sabe que de los bozales depende el mantenimiento y crecimiento de Cuba. Odia a los ingleses, aunque ante ellos y los yanquis presuma de combatir la trata. ¡Claro que del dicho al hecho...! Ampara cualquier desembarco de negros ante los cañones de las mismas fragatas británicas que los persiguen hasta la costa, negándose a llevar a los responsables ante el Tribunal Mixto. ¡El viejo tiene redaños! Cuando el cónsul Kilbee se queja y eleva quejas a su gobierno, él dice que no está obligado a perseguir esclavos una vez en tierra firme y lo agota en burocracias interminables que no llevan a nada más que a la mofa del común. Seguimos desembarcando bozales tranquilamente en los muelles. No se mete en nada, tanto que la ciudad se ha vuelto un tanto peligrosa por la noche, hay robos. A veces se inhibe en demasía, se rio, ¿sabes que unos piratas musulmanes atacaron la bahía de La Habana? ¡Como te lo cuento! Claro que también hay más garitos y casas de putas, se reía pícaro don Joaquín. Luego me comentó por encima algunas inversiones que había hecho en mi nombre, ingenios en el Oriente y bancos en Londres y Nueva York, que me parecieron bien. Me habló de nuevos amigos. ¡Tienes que conocer a Juan Manuel de Manzanedo! Lleva aquí desde el 23, cuando llegó de Santoña, pero es después de tu marcha que se ha revelado como un elemento importante, me explicó. Es negrero muy rico y un buen amigo. Algún gesto de impaciencia debió de notarme porque enseguida cambió de tema. Me dijo que se imponía visitar cada tanto a Rosalía, proveerla en mi nombre, ver cómo estaba. ¿Y cómo está?, pregunté yo. Felizmente amargada, te odia. Tu llegada imprevista con una niña de otra no creo que mejore la cosa. Asentí y volvimos a la política. Vives está muy mayor, no tardarán en relevarlo. Pero tranquilo, Pedro, en Madrid saben lo que les conviene. ¡No mandarán un abolicionista! Llegamos riendo a mi casa. La verdad es que me alegré de ver a mi amigo, de ver La Habana otra vez.

—¿El encuentro con tu esposa?

—Frío. No me había molestado en avisarla de mi llegada. Tomé la decisión tan de improviso que quizá hubiera llegado yo antes que la carta. Se sorprendió, me besó como quien besa a un pariente lejano, preguntó por la niña. Yo le di las explicaciones que juzgué pertinentes. Quizá recreándome demasiado en la hermosura de Elvira. Entre nosotros no había la menor calidez, solo repulsión. La primita de Matanzas, la chiquilla arrebatada, había crecido en una mujer seca y sin la menor belleza. Los años separados no habían enfriado su encono, más bien al contrario. Solo aflojó un poco cuando le conté mi intención de bautizarla. Sí, sería bueno que hicieras eso por el alma de tu bastarda. Ni un gesto hacia la niña, ni una caricia. La voy a reconocer como hija legítima, le dije. Ahí Rosalía bufó, inclinó la cabeza para hacerme sentir que la obligaba como a una esclava y me dijo que allá tú, tú sabrás. En mí no tendrá nunca una madre. Luego me presentó a Vicente y José María, sus dizque sobrinos, aunque lo eran en grado más lejano, y se fue. Dos Fernández de Trava en algún grado, sangre de esa familia que siempre se ocupó en despreciarnos en Málaga a mi madre, a mi hermana y a mí. Dos lechuguinos vestidos a la última a mi costa y que vivían allí de la sopa boba. Al contrario que Rosalía, se mostraron alegres y obsequiosos en exceso. Yo enseguida los catalogué de imbéciles. El más joven, José María, era tonto declarado. Vicente, el mayor, era aún más estúpido pues se creía claramente superior a su hermano y lo ninguneaba para parecer ingenioso. Nada más tonto que un listillo, ¿no, doctor? Bobos y rapaces, a duras penas esperaron para empezar a explicarme ideas sobre negocios, contactos e influencias. Antes de que el perfume de Rosalía se hubiera evaporado ya se habían vuelto contra su tía, la mujer que los alimentaba y cobijaba en su casa, y hablaban pestes de su carácter y actitud para conmigo. Estos dos sí que no dudaron en elogiar la belleza de Rosita y hacerle fiestas y cucamonas.

»No esperaba nada de ellos, por supuesto, pero su presencia se me hizo aún más molesta al mostrarme sin disimulo su condición de simpáticos profesionales, de aduladores en busca siempre de un beneficio. Les faltaba verdadera inteligencia y experiencia de la vida para ocultarlo. Yo olí su debilidad, sonreí y me juré vengarme en ellos de la frialdad cruel de Rosalía. Sería fácil manejarlos con simples promesas, corromperlos hasta el tuétano y luego destruirlos. Los primeros días en la casa se me hicieron extraños, me puse a leer a enloquecidos poetas alemanes. Mi esposa y yo dormíamos en habitaciones separadas. Jacinta y las amas de cría cuidaban de Rosa. En las cenas reinaba el silencio y... —Perdonad que me abstraiga. No eran pocas las noches que sacaba la cabeza de mi hermana y la colocaba en un aparador, junto a un candelabro. Hablaba más con ella que con Rosalía. Hablaba yo, doctor, que incluso loco sé que ella no me contestaba. Como sé que ahora estoy callado pensando lo que no os diría nunca. Lo recuerdo en mi interior para no perder el hilo. Y lo callo porque..., ¡bueno!, supongo que pese a ser tan comprensivo hasta vos, mi buen Castells, tenéis un límite frente a la depravación y la vileza. No me entenderíais. Aquel rito me devolvía a África. Allí es común guardar cosas así en muchas tribus. Honrarlas. Yo me sentía responsable de la muerte de Rosa, de su locura. Trataba de explicarme, supongo. Le decía que como creen los negros nada de lo que sucede es casual. Nada lo fue desde el Perchel y la higuera. Todo es obra de brujos, *chitomés*..., del *ju-ju*. Cualquier muerte, natural o violenta, se debe a la acción de alguien contra alguien. A la envidia. Ella pagó por mi poder, por el brillo de mi estrella, ya que la pobre jamás hizo mal a nadie. Nada es porque sí, doctor, de ahí la importancia de la magia. Yo le contaba mi día, la salud de Rosita, le juraba que nunca dejaría que nada malo le sucediese a nuestra hija. Y para ello le pedía su ayuda... Abría las ventanas en las noches de tormenta para que el bailar de las velas animaran la cara. Prohibí a todo el mundo acercarse a ese cesto, que de día escondía en un armario con pastillas de alcanfor. Encargué entonces un cofre de madera, hermético y aherrojado, para guardar la cabeza, sin miedo a curiosos. Tenía forma de barco... No os preocupéis, doctor, vuelvo con vos—. Por las mañanas visitaba a don Joaquín, quien seguía poniéndome al corriente y organizándome juntas con otros señores a los que yo no había conocido. Todos se mostraban deferentes e incluso admirados al conocer al Mongo Blanco, al poderoso y rico negrero. Cada cual se me acercaba con nuevas propuestas de negocios, así que yo me apliqué a menear con un palo a la serpiente del dinero.

—¿El dinero es una serpiente, Pedro?

—Sí, doctor, se arrastra por los peores fangos para multiplicarse, se escurre en los salones y ministerios, sisea amable a quien lo tiene y muerde a quien le falta, envenenándolo de deudas.

—Metafórico. Bien, tu cerebro funciona con claridad. Sigue.

—África se me metió dentro y me la llevé a Cuba. Supongo que nunca me sentí más fuerte y poderoso, y no quería renunciar a ello, a esa sensación de inmortalidad. Entonces no me di cuenta de lo que me iba a costar ser un león entre borregos.

—¿Te sentías así, como un león?

—Sentía que mi fiera por fin había tomado cuerpo en ese animal y que mis instintos reinaban sobre los hombres y sus convenciones sociales, sus hipocresías. El negro Oscár y la mulata Jacinta me guiaban por el mundo de la brujería. Me alertaban de que también los objetos tienen alma, espíritu, y se les ha de premiar o castigar según funcionen. Nada es casual, doctor. Y a falta de ciencia los espíritus lo explican todo.

—Pero tú eras un hombre educado en la razón...

—¡Como tantos otros que abrazan la brujería, la religión y la superstición cuando la razón no les basta, cuando la razón no les da la razón! La religión no es más que superstición más elaborada y llena de artificio. Y perdonadme el retruécano. La razón me hubiera vuelto loco antes. Lo creo firmemente.

—Entiendo.

—Fue por entonces cuando tomé la costumbre de nunca dejar sin enterrar o quemar mis restos, los recortes de mis uñas o el pelo de bigote, barba y cabeza cuando lo cortaba. O el pañuelo con la sangre de cualquier corte. Y por consejo de Oscár también hacía lo mismo con los restos de Rosita. *Hase mú bien su mercé, esos trosico de nosotro son arma poderosa para lo enemigo, ¡como que Dio é Cristo! Y lo de la niña Rosa pué también, que su piel, su pelo y su espíritu nació del suyo, don Pedro. Y a travé de ella lo puen dañá a usté...* ¿Os reís, doctor?

—Perdona, Pedro, pero la imagen me resulta atroz y cómica a la vez. Perdona, yo menos que nadie debo juzgar lo que me cuentas.

—Doctor, no me encontraba entre los míos. —Sí, nunca podría contaros de la cabeza de mi hermana sin espantaros—. Aquel desasosiego me roía.

—¿Qué quieres decir?

—Pues que intenté con toda mi alma participar del mundo y las diversiones de mis amigos. Frecuenté más sus salones, patios y *fumoirs* que los míos, solamente por evitarles la cara avinagrada de Rosalía. Esos modales irreprochables pero secos que eran una manera de hacerme sentir extraño en mi propia casa. La casa que ella había tomado. Iba a bailes, a banquetes y reuniones donde quemábamos vegas enteras de tabaco y bebíamos el mejor *champagne*. Me uní gustoso a todas sus pequeñas frivolidades, como la de enviar nuestras camisas de seda y el mejor algodón a lavar a cierto arroyo de Santo Domingo porque uno decía que quedaban más blancas. Participé de sus pequeñas conjuras, siempre para apartar o impulsar a alguien en la administración, y grandes negocios. Pero había un momento que quedaba silencioso, ajeno a todo. En mi mente bullía Gallinas, África me distraía y para cuando había vuelto a la conversación, por la interpelación de alguien o porque se requiriera mi opinión, parecía groseramente perdido. Muchas veces, mientras algún lechuguino hablaba me imaginaba levantándome, abriéndole el pecho y comiéndome su corazón a bocados. Entonces sonreía imaginando el espanto de damas y señores, a don Joaquín, mi buen amigo, carraspeando e intentando disculparme. O al viejo pirata de Martí y Torrents carcajeándose y palmeándose los muslos. Me habitaba una urgencia que el cuidado de los negocios no aplacaba. Mis amigos habían invertido bien y el dinero se multiplicaba sin yo tener mucho que hacer. Y no solo en Cuba, sino también en los estados de la Unión, Gran Bretaña, Francia y muchas ciudades de España, en Barcelona, Madrid, Málaga y Alicante. En especial resultó muy rentable invertir dinero de la trata en deuda pública en la recién creada Bolsa de Barcelona, que en 1830 rompió el monopolio de la de Madrid. Allí metimos todos dinero y los dividendos se reinvirtieron en banca y la pujante industria textil. No hubo negocio en España que no se regara y creciera con el oro de la esclavitud. Sí, doctor, os sorprenderían los nombres y las familias que se enriquecieron con la trata en Cataluña. ¡Tantos que en Cuba llegó a haber un llamado Partido Catalán, defensor acérrimo de la unión de la isla a la Corona española y de los privilegios de los esclavistas! Ya os contaré de ellos. Cuando toque. Sigamos hilando en el ábaco. Que no me pierda.

—Sí, Pedro, sigue así. Te escucho.

—Me sentía solo. Es curioso, nunca antes de esa época, por más que variara de paisajes y de gentes, me había pasado. Supongo que estaba muy ocupado devorando la vida. Pero ahora en la que se suponía mi casa, me sentía solo. Entre mis iguales, me sentía solo. Y cuando estaba solo me sentía aislado, angustiado. ¡Un hombre solo con una niña! Empecé los trámites para reconocer a mi hija, darle mi apellido. Para mi sorpresa, me topé con el silencio administrativo. Un caballero de la Audiencia se hizo cargo de los papeleos, pero pasaban los meses y nada. Fue una vez más don Joaquín quien me avivó. Tu mujer también ha hecho sus alianzas en tu ausencia, me dijo, es muy de ir a rezar con la esposa de ese señor. Cosas de beatas resentidas. E imagínate su vergüenza, Pedro. Madre de una bastarda medio negra. Sí, por más clara que sea para la sociedad, lleva la mitad de la sangre negra. Me enfurecí y me propuse encarar al tal Ildefonso Cuevas. ¡No puedes hacer eso, Pedro! Aquí no estás en Gallinas, no puedes matarlo ni amenazarlo. Es miembro de la mejor sociedad habanera, esa en la que quieres que tu hija viva, chupatintas de carrera y muy próximo a Capitanía General. Ya se ablandará. Por el momento confórmate con bautizarla. ¡Y trata de suavizar al basilisco de tu mujer, hombre! Yo agoté mi furia cabalgando por los bosques extramuros o nadando hasta la extenuación en los baños de mar de la Punta. También me escurría, a la vuelta de mis galopadas, hasta los antros de negros en El Horcón y Jesús María. Elegí esclavas y esclavos, jóvenes, de alguno de mis barcos, más de los que necesitaba mi casa. Menos de los que requería para saciar otros instintos.

—¿Muchachos también? Me dijiste que era cosa solo de los sueños. Que nunca estuviste...

—¡Ah, doctor, la necesidad del hombre de ponerle etiquetas a todo! Nos hacen sentir más cómodos, ¿verdad? Definir a alguien por una parte, por donde mete la verga, y no por el todo de su vida. No, yo no los tocaba. —Miento, doctor, miento otra vez. ¿Os engaño? No lo creo—. Pero me gustaba verlos aparearse con ellas. ¿No os gustaría ver algo así?

—No, si es a la fuerza, Pedro. Supongo que no podían elegir. No soy pacato, puedo entender la excitación. Y no digo que no admirara en mis tiempos a los libertinos. Pero lo que nos vuelve humanos es la aceptación de límites a nuestra animalidad, de ciertas reglas que pasan por respetar la voluntad y la humanidad ajena.

—Ya. ¡Difíciles conceptos para un negrero! Mi negocio era el opuesto. Y mi vida.

—Entiendo. Sigue.

—En 1832 relevaron a Vives como capitán general. Llegó el nuevo, Mariano Ricafort. No tuvo tiempo ni de robar, pues en febrero del 33 estalló una epidemia terrible de cólera morbo, que se extendió por la isla como el fuego en rastrojos. Murieron miles de personas y a manera de esos grabados medievales de la danza de la muerte, llevó bailando para la tumba a ricos y pobres, a españoles, criollos, mulatos libres y esclavos negros. A todos se los enterró deprisa y sin mucha ceremonia por atajar el contagio. Bueno, a los negros de los ingenios ni eso. Se apilaban los cuerpos y se les pegaba fuego. Hubo dotaciones que perdieron a la mitad de los esclavos. Martí y Torrents reía y se frotaba las manos. Si esta pestilencia no nos mata, caballeros, nos hará mucho más ricos. Los señoritingos de los ingenios van a pagar los esclavos a precio de oro. Espero, señor Mongo Blanco, que tengáis prevenida a vuestra gente en Gallinas y los corrales llenos. Yo decidí irme a mi ingenio de Matanzas, el que me compró Marchena, pensando que cuanto más retirados del gentío de La Habana, más seguros estaríamos Rosita y yo. Le ofrecí a Rosalía acompañarnos. Le hablé de que quizá fuera bonito volver a Matanzas juntos, recordar. Ella rehusó con altivez. Me dijo que ya recordaba muy bien todas las humillaciones a las que la había sometido, que no nos deseaba ningún mal pero que prefería una fosa común en La Habana a viajar conmigo y mi bastarda negra. Fue la primera vez que la abofeteé. Vicente y José María contemplaron la escena y ninguno fue capaz de salir en defensa de su tía, lo que acrecentó mi desprecio hacia ellos. Los dos me rogaron que los dejara acompañarme al ingenio. Sudaban de miedo. José María llegó a arrodillarse y tomarme las manos para besarlas y suplicar. Les dije que no, que los necesitaba allí para cuidar de la casa y de su tía en mi ausencia. Salimos en una calesa apresuradamente, las bocas cubiertas con pañuelos mojados en lavanda y vinagre, cruzando una ciudad teñida de muerte y llantos. Detrás nos siguieron un par más de coches con las nodrizas y esclavas. Nada más llegar al ingenio, Jacinta buscó herraduras y las clavó en las puertas de la casa, para alejar el mal. También masticábamos ajos. Di orden de ventilar los barracones de los negros y los bohíos, separar a los sanos de cualquiera, hombre, mujer y niño, que manifestara diarreas y calambres. Las viviendas, esquifaciones y enseres de los negros enfermos y de algún contramayoral ordené quemarlos.

—Y los enfermos, ¿qué hiciste con ellos?

—Lo que hubiera hecho en un barco en alta mar. A los que se podían mover los echamos al monte, a la manigua, con orden de matarlos si volvían. A los que ya no podían moverse los matamos y los quemamos.

—¡Dios mío, Pedro, me sigue sorprendiendo tu brutalidad!

—No podía hacerse otra cosa, doctor. Durante la epidemia no cabía esperar ayuda del exterior. Cada ingenio, cada pueblo, se encerró en sí mismo intentando evitar los contagios. No había médicos y los que había no hubieran venido. Tampoco podrían haber hecho gran cosa. No sé si a día de hoy la medicina habrá descubierto algo nuevo. Entonces no había nada. Murieron muchos, sí, pero salvamos a otros tantos.

—Y además eran esclavos, ¿verdad? Poco menos que animales que serían reemplazados por otros.

—Si lo queréis ver así... Yo hubiera echado a la manigua o a la pira a cualquier blanco enfermo también.

—Sí, Pedro, no lo dudo. No dudo del igualitarismo de tu crueldad.

—Debe de ser difícil ser tan...

—¿Qué?

—Que debe de ser difícil ser tan bondadoso en el mundo real, doctor. Hacer propios los interminables sufrimientos de los demás. Os admiro.

—Pues fíjate, Pedro, que para mí no es cosa de admirar ser humano con nuestros semejantes, sino obligación. No entiendo que se pueda vivir de otra manera sin odiarnos íntimamente. Sin despreciarnos. Sin...

—¿Volvernos locos, doctor?

—Quizá. Sigue, Pedro.

—Aún repicaban las campanas y salían los *tedeums* por las puertas de las iglesias cuando regresamos a una revivida La Habana. Siempre que la muerte pasa cerca y no nos toca, a todos nos entra un frenesí por celebrarlo. Volví a instalarme en mi casa junto a la Plaza de Armas con Rosita. A enfrentar la frialdad de Rosalía y el servilismo interesado de sus sobrinos gorrones. Volví a los negocios, las reuniones con socios y amigos, a mis escapadas en busca de desfogue. Era como si no pudiera estar quieto y le faltaban horas al día para satisfacer yo mis ansias de excesos. Me dediqué a fondo al más rapaz de los sobrinos, a Vicente. Quise medir con una sonda de tentaciones la profundidad de su ambición. Dejé algunos pequeños negocios a su cargo, sobornos a funcionarios del puerto y algún magistrado, que realizó con ganas de agradar y yo premié con onzas de oro que brillaban menos que sus ojos al verlas. Le permití intuir apenas un poco del río de riquezas que movía la trata, desatando en él una sed infinita de más. Al otro bobo, a José María, por el contrario, lo tuve apartado a propósito, reconcomiéndose por beneficiarse como su hermano, que no paraba de alardear de su nueva riqueza y mi favor. Introduje la envidia entre ellos. Vi que haría falta muy poco para enfrentarlos. Vicente se mostraba cada vez dispuesto a más cosas. José María me abordaba a solas y me suplicaba que lo usase como más me pluguiera. Mi león se relamía. Y no sentía ninguna culpa, pues ellos mismos se estaban labrando su ruina por codicia y poco seso.

—¿Qué les hiciste? Miedo me da preguntar.

—Seguí apresurando los trámites para reconocer y legitimar a Rosita. Gasté dinero en manos inútiles, sobornos que entregaba Vicente. Pero aquello no avanzaba y todos se remitían a la cerrazón del tal don Ildefonso Cuevas para darle curso en la Audiencia. Es más, me enteré de que este simple proceso administrativo quedaba muy por debajo de su rango y ocupaciones, pero que él mismo había sustraído el legajo de sus inferiores, mucho más dúctiles. Decidí encararlo en persona. No se negó a recibirme en su despacho. Cuando entré estaba mirando hacia la Plaza de Armas por la ventana, de espaldas a mí y al ujier que me anunciaba. Así siguió unos instantes mientras yo me acercaba al escritorio de caoba y me sentaba bajo la mirada de Fernando VII. Esto empieza mal, pensé, me está mostrando su desprecio. Al fin se giró, me miró con severidad y se sentó frente a mí, amurallado tras una enorme pila de papeles y una escribanía acribillada de plumas. Quise empezar a hablar y él me interrumpió con un gesto, carraspeó, se ajustó unos anteojos con montura de oro y, en cuatro palabras, me mandó al diablo con la mayor soberbia que yo había sufrido en mi vida.

—Pero ¿qué te dijo?

—Que no hacía falta que me presentase, que estaba muy al tanto del tipo de personaje que yo era... ¡Personaje! Por menos de eso he matado yo, pero me mantuve sereno por mi hija. Y que también sabía de mis pretensiones, del dinero que ya había regado a gente menos íntegra que él, que había sido magistrado en Madrid y Sevilla, gente de la que ya se encargaría a su debido tiempo. Que él era un fiel servidor de la Corona y buen católico, su mujer también lo era, y su amiga doña Rosalía mucho más. Una mujer honrada que vaya usted a saber por qué dio en casarse con un demonio, pero que había compartido con ellos su firme propósito de emplear lo que le quedara de vida en purgar ese error a fuerza de caridades, buenas obras, rezos, confesiones y flagelos. Debí de abrir mucho los ojos porque don Ildefonso me preguntó si yo no sabía que mi mujer usaba cadenillas, cilicios y disciplinas bajo la ropa. Le contesté que yo hacía años que no hurgaba bajo sus sayas. Si todo el desprecio de que es capaz un ser humano se pudiera recoger en una mirada, en un silencio, habría sido en los ojos y mudez del magistrado ante mi afirmación. Tras unos incómodos segundos, don Ildefonso Cuevas siguió su perorata. Me dijo que bien sabía de mi riqueza vergonzosa, sacada de los esclavos, y de mis muchos y altos contactos en la buena y no tan buena sociedad habanera. Lástima, añadió, que vuestro vuelo no baste para alcanzar la altura de un hombre honesto a carta cabal y temeroso de Dios como él era. Y que sabiéndome un rufián despreciable no me consideraba un cretino, así que esperaba de mí que yo no gastara tiempo y saliva en intentar comprarlo o amenazarlo. Que quien nada debe, nada teme. Y él solo tenía temor de Dios, al que todos le debemos todo. Intenté meter palabra, pero volvió a cortarme, me rogó que no le hiciera perder más el tiempo y me aseguró que mientras él estuviera a cargo de ese proceso, nunca permitiría que una bastarda medio negra de un traficante de esclavos pusiera en vergüenza a una santa mujer como su amiga doña Rosalía, alma pura y remedio de tantos pobres de La Habana. Mojó la pluma en un tintero ornado con el escudo real, bajó la vista y se puso a escribir en un papel. No volvió a mirarme. Cuando salí de allí me llevaban los demonios. Nunca había topado con tal orgullo y tozudez. No sabía qué hacer. Me metí a beber en una cantina del puerto. Necesitaba ver que la humanidad no había cambiado sin yo enterarme, así que les pagué unas rondas a los marineros y las putas. Estos sí que me trataron con respeto y amabilidad.

»Esa noche durante la cena intenté imaginarme a la tarada de mi mujer sorbiendo la sopa mientras pinchos de acero le mordían la piel. Imaginar qué oscuro placer encontraría en eso. Los sobrinos no se atrevían a mirarme o decir nada. Estalló una tormenta fuera y los truenos acompasaban mi corazón, mi rabia. Cuando Rosalía se retiró, los dos imbéciles me hicieron una reverencia y amago de irse. Yo ni les contesté. Entonces se detuvieron y Vicente me llamó querido tío y me preguntó qué podrían hacer para alegrarme, que no soportaban ver a su benefactor y amado pariente tan anublado. Os juro, doctor, que no había tramado nada. Que la idea surgió de improviso. ¿Queréis alegrarme? ¿Qué estaríais dispuestos a hacer? ¡Cualquier cosa que nos pidas, tío! Eso contestaron. Agarré una botella de ron y los llevé a mi estudio. ¡Bebamos, bebamos juntos! Los emborraché. Hay gente que no sabe beber, no como un pirata, no como un negrero. Empezaron a reír como estúpidos, a balbucear. Su estudiado servilismo se resquebrajó y se mostraban felices de compartir al fin mi intimidad. Yo los miraba bromear como lo que eran, dos muchachos sueltos por el alcohol, mientras me preguntaba si de verdad había topado con el único funcionario insobornable hasta la fecha en la siempre leal ciudad de La Habana, si esto era lo que podía esperar pese a mi fortuna. ¡Negrero, la hija bastarda de un negrero! ¿Era este en verdad mi poder entre la buena sociedad a la que tanto había contribuido a enriquecer? ¿Hasta aquí llegaba? Los dos borrachitos se me acercaron, otra vez preocupados por mi semblante y preguntando qué podían hacer. Entonces se me ocurrió. Pensé en degollarlos y dejarlos ahí para que los encontrara Rosalía. ¿Os asustáis, doctor? No, no hice eso. Ese sería un dolor intenso pero breve para tan santa mujer, que pronto lo viviría como el ascenso a los cielos de dos mártires, de dos angelitos. No; le dije a Vicente que abriera un cofrecillo que tenía yo allí. Le di la llave mientras José María se acurrucaba como un animalillo a mis pies. Yo le sonreí y le acaricié el pelo. Vicente se quedó pasmado cuando levantó la tapa. Su hermano reía como un niño y preguntaba qué hay, qué hay. Había oro, más oro del que estos dos hubieran soñado nunca. Cientos de onzas de oro. El tesoro de un pirata y negrero. Uno de ellos, Vicente, metió las manos y dejó escurrirse las piezas entre los dedos, boquiabierto pero incapaz de hablar. No, matarlos no era suficiente, quería que Rosalía se retorciera de dolor. José María corrió junto a su hermano y también empezó a levantar en el aire montones de oro. Estaban babeando. ¿Queréis ese oro? ¿Queréis alegrarme? ¡Sí! ¡Sí, tío! Entonces besaos. Vicente se quedó en silencio, extrañado. José María empezó a reírse nervioso y a decir que no entendía la broma. ¡Que os beséis como si fuerais hombre y mujer! ¡Pero antes llenaos los bolsillos de oro, por supuesto! Vicente no lo dudó mucho y le metió la lengua en la boca a su hermano. Este se resistió, corrió hacia una esquina, me llamó loco. Yo me reí. Luego le dije a Vicente que tenía mucho más oro, que podía cumplir sus ambiciones, pero que necesitaba una prueba absoluta de su fidelidad. Yo te ayudaré. Aquí el bobo entendió rápido. Y así fue, doctor, ayudé al mayor a doblegar y sujetar al más pequeño e hice que lo sodomizara. Sofocamos los gritos de José María con un almohadón. Desde ese momento los dos me pertenecían. No fue la última vez que los encamé en los siguientes meses. Yo diría que le fueron tomando gusto al asunto. Ellos jodían y yo los miraba perderse, disfrutando de la vergüenza indeleble que esto causaría a mi esposa cuando yo decidiera destaparlo. Esa fue mi venganza.

—¡Por Dios, Pedro, es una aberración, es...!

—¿Peor que vender seres humanos? ¿Que matar? Os olvidáis de a quién estáis tratando, doctor.

—No sé, tengo que escuchar lo que me cuentas, tratar de sanarte, pero esto... Me repugna y me duele el alma.

—Yo no hice nada más que alimentar la depravación de esos dos, que ya venían torcidos de la cuna. No podría haberlos obligado si ellos no llevaran dentro la codicia y un alma podrida. Solo quería vengarme, doctor. Vengarme en ellos de las humillaciones de los Fernández de Trava. Vengarme de Rosalía. Hacer el mayor daño posible a quien se oponía a la felicidad de mi hija, a que yo hiciera algo decente de una vez.

—No me vas a dar pena, Pedro. El mal ajeno no puede justificar el mal propio.

—¡A veces, más que un médico parecéis un jesuita, doctor! ¡Al diablo, hice lo que hice! Me vengué y me di el placer de alargar en el tiempo su corrupción y mi satisfacción.

—¿Rosalía no lo descubrió de inmediato?

—Os digo que no. Yo elegiría el momento. ¿Sigo?

—Sí, te lo ruego. Curioso lo que siento, tengo que estudiar la fascinación por espantarnos de los humanos. Supongo que en la capacidad de horrorizarnos ante las atrocidades de otros encontramos cierta superioridad moral, una lejanía que nos permite considerarnos casi de otra especie. Lo que me cuentas me resulta inconcebible, me asusta y a la vez me alivia porque estoy seguro de que yo nunca cometería actos así.

—¿Seguro? La vida es muy perra, doctor. Pero como dicen, el que no se consuela es porque no quiere. Para eso servimos los monstruos, ¿no? Para recibir el odio de las buenas personas. Deberíamos estar pensionados.

—Sigue con tu relato.

—Pues en aquel tiempo que yo pasé en corrupciones propias y ajenas, la siguiente gran sacudida fue la noticia de la muerte de Fernando VII, el Rey Felón. Ese canalla pudo haber llevado a España hacia una monarquía parlamentaria, hacia la modernidad. Haberse congraciado y aliado con algunas de las antiguas posesiones americanas, pero su rapacidad y su borbónica lujuria no lo permitieron. ¿Sabéis que al morir dejó un botín de quinientos millones de reales a su viuda, la reina gobernadora María Cristina, y a su hija Isabel? Sí, en bancos de Londres. España quebrada, pero estos Borbones siempre encuentran cómo rapiñar. El rey murió el 29 de septiembre y la noticia llegó a La Habana apenas un mes después, causando un gran revuelo. El imbécil tenía un badajo tan enorme que la sangre le iba ahí y no a la cabeza, se había pasado los últimos años de su vida de putas y aprobando y derogando la Pragmática Sanción, que anulaba la Ley Sálica y permitía a una mujer, a su hija Isabel, ser heredera al trono. Cuando al fin se lo llevó el diablo nadie parecía tener claro cuál era la situación. Así que María Cristina ocupó el trono en calidad de regente y su hermano don Carlos María

Isidro se proclamó legítimo heredero desde Portugal, apoyado por los apostólicos, los más rancios absolutistas, y la Iglesia. Bueno, el resto es historia y sin duda la conocéis, doctor. Esto echó en brazos de los liberales a María Cristina y se armó la primera guerra entre cristinos y carlistas. Había mucha inquietud. Los monárquicos de la isla vieron en la muerte del rey una señal funesta, que se agravó con la llegada de nuevas sobre el fervor liberal de la regente. Andaban como almas en pena a misas y réquiems, anticipando el mayor de los desastres para la isla. Cabildos de negros y mulatos llenaban las calles llorando al rey Fernando. De sus antros salían toques de tambor por su espíritu. Cerraron tabernas y casas de placer, que parece que cuando muere un poderoso han de quitársele a la gente la sed y las ganas de joder, ¿no, doctor?

»Mientras aún colgaban crespones negros en todos los balcones y edificios oficiales, se empezaron a reproducir en Cuba las divisiones peninsulares entre cristinos y carlistas y apostólicos. Don Ildefonso Cuevas resultó ser un ultramontano, enemigo decidido de cualquier gesto hacia los liberales. Andaba con su mujer de luto riguroso, con un bastón de estoque y un pistolete a la cintura. Rosalía solía acompañarlos a las misas por el alma del rey, compungida y de negro de pies a cabeza. Me di cuenta de lo poco que sabía de ella, pues nunca le adjudiqué yo una adscripción o fervores políticos. El capitán general Ricafort desplegó piquetes y se aquietaron unos y otros. Luego convocó a varios notables de la isla, muchos de ellos tratantes de esclavos, y entre ellos estuvimos don Joaquín, Salvador Samá y yo. Nos reunió en una gran sala del Palacio de Capitanía, bajo un retrato del difunto rey con lazos de luto y la bandera nacional a media asta. Nos hizo esperar una media hora, en la que se nos sirvió café, licores y vegueros. Todos estábamos expectantes. Los liberales españoles, sobre todo los más radicales, hacía unos años que se iban posicionando contra la esclavitud, a la que tachaban de oprobio nacional. Todos nos preguntábamos cómo nos afectaría la alianza entre la regente María Cristina y estos liberales. Corría ya el rumor, cierto, pues se realizaría muy poco después, de una amnistía total y vuelta a Cuba de los liberales y masones exiliados en los últimos años, todos fervientes abolicionistas. Las palabras y el humo de los cigarros se enredaban y subían hasta el techo. Por fin llegó el capitán general Ricafort. Nos saludó y sin muchas ceremonias alguien le preguntó si era cierto que volverían del exilio los abolicionistas. Lo es, señores, volverán los liberales castigados, y entre ellos muchos independentistas y abolicionistas. Es un gesto de la reina gobernadora más hacia sus nuevos aliados en la metrópoli que hacia la propia isla. Se alzó un gran murmullo y Ricafort movió las manos pidiendo silencio, luego empezó a tranquilizarnos. ¡Tranquilos, señores, la Corona y sus representantes en Cuba somos muy conscientes de la realidad!, así empezó y muchos respiramos aliviados.

—¿Por qué?

—Porque nosotros éramos la realidad, doctor. Los enormes caudales de la trata eran más importantes que nunca. Ya antes de la carlistada, que pasó de revuelta a guerra civil en pocos meses, España era un país en quiebra, adormecido económicamente. La enorme riqueza que generaba el azúcar, gracias a los esclavos, no podía ser absorbida más que en parte de los mercados y circuitos financieros de la metrópoli. Por eso todos hacíamos cada vez más negocios con los Estados Unidos y Gran Bretaña. España dependía económicamente, pues era un Estado en bancarrota permanente, de Cuba. Tanto, y sobre eso versó el discurso de Ricafort, que en contra de las veleidades liberales en la madre patria él nos garantizaba mano dura y estabilidad en la isla. Para eso existía la unión del poder militar y civil en la figura de los capitanes generales. La cosa en Cuba no pasaría de gestos como la mencionada amnistía. Ya dijo el gran Napoleón que para hacer la guerra hacen falta tres cosas: dinero, dinero y más dinero. Con la carlistada, Corona y gobierno pasaron a depender aún más fiscalmente de la colonia. El déficit del erario no hizo sino reforzar nuestro poder en Cuba, dejándola fuera de cualquier veleidad liberal en lo económico y lo político. Repitió que la Corona era muy consciente de nuestra importancia, la de la oligarquía esclavista, y no pensaba interferir en la buena marcha de nuestros negocios. Aplaudimos y don Joaquín habló por todos, de manera muy sentida. Era un gran orador. Dijo que era triste que tanta riqueza como creaba la trata en nada aprovechara al desarrollo de España y su sufrido pueblo. Que el dinero era un ser vivo, el más vivo de todos, un pez que en España se ahogaría por falta de agua. Que necesitaba los ríos profundos de Londres y Nueva York para multiplicarse. Que lo único que necesitábamos los negreros cubanos de la madre patria es que siguiera dejándonos a nosotros cuidar de nuestros negocios. Y que a cambio seríamos más que generosos con el esfuerzo bélico, la reina regente María Cristina y sus nobles funcionarios.

—O sea, que ofreció sobornos así, a la cara.

—Bueno, nada que ya no se hiciera. Pero sí, fue más lejos. Ofreció llanamente parte del negocio a la regente y las autoridades. Fue en esa época que María Cristina de Borbón se asoció con varios traficantes de esclavos e ingenios de azúcar.

—Entiendo.

—Sí. Y Ricafort también lo entendió. Nos anunció, más bien nos premió con una información que por entonces muy pocos tenían. Nos dijo que le relevarían a la brevedad y quizá él ya no estuviera en la isla, pero que el gobierno de Madrid pensaba sacar nuevas leyes fiscales y entre ellas el llamado «derecho de reserva», que entraría en vigor a principios del año próximo.

—¿Y en qué consistía?

—Pues en que se primaría el transporte de toda mercancía, desde negros hasta harina, en barcos españoles y cubanos, gravando con aranceles a los de cualquier otra nacionalidad. En efecto, entró en vigor en abril del 34, estando ya Tacón de capitán general. Ese soplo fue el último favor que nos hizo Ricafort.

—¿Favor?

—¡Claro, doctor, en los negocios como en la guerra tener la información de lo que va a pasar antes que los demás te da ventajas! En aquella reunión no había dueños de ingenios ni otros aristócratas de blasón sobre la puerta. Solo negreros. Lo que nos vino a decir es que con la entrada de aranceles en los embarques habría una gran oportunidad de negocio controlándolos. Controlando los puertos. Antes de 1834 el hacendado podía embarcar su azúcar directamente en barcos para Norteamérica y Gran Bretaña, Francia... Ahora iba a ser el comerciante portuario quien controlase la distribución más allá del Caribe. Nos dio meses de ventaja para posicionarnos. A cambio, se fue con los bolsillos bien repletos. Fue la ruina para muchos antiguos hacendados, que no hicieron sino endeudarse. Nosotros y una pléyade de recién llegados nos quedamos con sus ingenios. Ahora no solo controlaríamos la llegada y venta de bozales, el músculo del azúcar, sino también los embarques del oro blanco hacia los grandes mercados. Don Joaquín, Martí y Torrents, Salvador Samá, Manuel Pastor, todos nosotros empezamos a tener tanto dinero que por fuerza hubo que empezar a invertirlo en negocios lícitos. En la misma Cuba en el puerto y los fletes, en ingenios, fincas urbanas, en el ferrocarril. En España en bolsa e inmuebles. En otros países en sociedades inversoras.

—¿Y no gastabais?

—¡Claro que sí, doctor! La Habana se convirtió en la capital de la extravagancia y el lujo. En esa época se inició una era de derroche que llegaría a su cenit bajo el gobierno del nuevo capitán general don Miguel Tacón y Rosique, que asumió el cargo en junio de 1834. ¿La razón? Sencilla, había demasiado dinero. Muchos dimos en competir en gasto, lujo y extravagancia. No todos. Don Joaquín mantenía la vida mesurada de un rico burgués y buen católico. Pero otros, yo incluido, dilapidamos fortunas en simples caprichos, excesos y vicios. En mi caso, la cerrazón del magistrado Cuevas, el poder de un simple burócrata que contradecía mi cada vez mayor riqueza e influencia con su sola obstinación, me tenía fuera de quicio. Eso y una extraña nostalgia de Gallinas, de África, de un lugar salvaje que cuadraba mejor que La Habana con mi ferocidad, con mis instintos. Traté de sofocar ambos sentimientos en una locura orgiástica y en pugnar en vicio con algunos de mis conocidos. Vi destrozar una vajilla de Sèvres tras un banquete por el gusto de romperla y encargar otra más cara. Quemar en patios y jardines muebles carísimos al final de una borrachera simplemente para encargar otros nuevos con más pan de oro. A borrachos despanzurrando sillerías de Aubusson para demostrar sus habilidades con la espada. De París nos traíamos barcos con la bodega llena de *champagne* Cristal, el que fabricaba Louis Roederer para los zares rusos, y las recámaras llenas de putas. Se erigían palacios al estilo francés, *hôtels* de fachadas ligeras, curvas y alegre decoración que desmentían la seriedad de los antiguos palacios, sus columnas y escudos. Éramos el nuevo mundo que devoraba al viejo y nos gustaba demostrarlo. Los negreros rivalizábamos con el lujo ordenado de la antigua sangre. Al magnífico baile que dieron por la jura de la infanta Isabel los condes de Santovenia, que duró tres días, nosotros respondíamos con fiestas que duraban cinco y que eran motivo de murmuración y escándalo para los bien pensantes. Bailes de disfraces que harían ruborizarse al mismísimo Calígula. No era raro traerse compañías de teatro del extranjero, y orquestas, para amenizar las *soirées* que precedían a las orgías. Claro que cuando no venían de fuera siempre había dos orquestas de negros con pelucas empolvadas y libreas, que se turnaban toda la noche para animar las fiestas. Los banquetes podían tener hasta trescientos cincuenta platos y tras la silla de cada comensal siempre aguardaba atento un paje negro, un muleque especialmente gracioso. Las camas tenían doseles de seda y las abrían hermosas esclavas. Y esa ciudad de sueño, exceso y lujuria apenas estaba despertando. Era solo el anuncio de lo que vendría. Yo establecí correspondencia con Niccolò Paganini, el violinista endemoniado y celebrado por toda Europa. Llegué a acordar con él un precio, solo al alcance de un príncipe, para que viniera con su violín favorito, un Guarnerius que llamaba *Il Cannone*, y se alojara en mi palacio por una semana. Desgraciadamente un ataque de tisis le impidió viajar. Aun así, seguimos carteándonos hasta su muerte.

—¿Con Paganini?

—Sí, señor. Mis extravagancias no terminaron allí. Compré en Italia, en la Toscana, la fachada porticada de una villa renacentista, decían que de traza sacada del *De Architectura* de Vitruvio. La desmontaron piedra a piedra, cada una marcada con su número, la envié a Lomboko con instrucciones muy precisas, la levantaron de nuevo y quedó como el frente de la mansión del Mongo Blanco, el Mago-Espejo-Sol. Yo no podía evitar reírme pensando en la impresión que causaría, desde al ambicioso Burón hasta el último de mis bosquimanos. Y luego me apenaba preguntándome si ese postrer rasgo de razón en el caos del islote podría haber ayudado a mi hermana a no perder el seso.

—¿Así que realmente querías volver?

—Sí, doctor. Fue antes de lo planeado, pero sí. Quería ver crecer a mi hija en La Habana, pero los hombres hacemos planes solamente para que el destino se ría.

—¿Tu hija cómo estaba?

—Tenía apenas tres años y vestía las mismas ropas que cualquier infanta de los Borbones. Todo era poco para ella. Vivía en un ala aparte de mi palacio, ajena al desvarío de la otra y, sobre todo, al rencor de Rosalía. Seguía sin bautizar porque yo me negaba a cristianarla por la vía rápida como a cualquier esclavo. Yo quería llevarla a la pila y darle mis apellidos.

—¿Y por qué dices que no salió como lo planeaste, que volviste a Gallinas antes de lo esperado?

—Veréis, doctor. Tacón nunca, ni desde su llegada, se comportó como un capitán general sino como un antiguo virrey. Desde el inicio se puso al lado de los negreros, tanto que de los diez pesos que pagábamos en sobornos por cada negro desembarcado en los muelles de La Habana, ocho iban a su bolsillo. Era un hombre de carácter violento y que se tenía poco menos que por un César en Cuba. Un veterano de Trafalgar, derrota que le dejó un odio indeleble por los ingleses, y de Ayacucho, en las guerras de independencia de la Gran Colombia y que significó la destrucción de las tropas realistas en el continente y el fin del virreinato del Perú. Él se consideraba a sí mismo uno de los ayacuchos, uno del grupo de fieles militares que fueron traicionados por políticos liberales y masones en Madrid, en una derrota que estaba pactada de antemano, una batalla que se dio porque sin lucha la traición hubiera sido descarada. Así que a su odio cartaginés a los ingleses había que sumar el no menor que profesaba a los liberales y masones, cosa que cuadraba con su personalidad vesánica e ilógica, pues había estado en el levantamiento de Riego y debía su mando en Cuba al liberal Martínez de la Rosa. Tacón salvaba estas incongruencias diciendo que es que había liberales y liberales. Lo cierto es que la muerte de su esposa acabó por agriarle el carácter y lo volvió rapaz y misántropo. Odiaba a los criollos por perezosos, brutales y estrechos de miras. Detestaba también a los yanquis y al ferrocarril por ser «chatarra sajona». Pero no hacía ascos a la complicidad desde su llegada con mister Nicholas Trist, el cónsul de los Estados Unidos. El tal Trist nunca colaboró con su homólogo británico y feroz abolicionista, mister Kilbee. Había sido secretario del mismísimo Thomas Jefferson, tercer presidente y padre fundador de la Unión, poseía tierras en la isla, esclavos, y daba papeles de registro y falso pabellón yanqui a negreros cubanos para protegerlos de los ingleses. Así que con estas complicidades y don Joaquín y Martí y Torrents como escogidos consejeros, el capitán general don Miguel Tacón y Rosique inauguró la Edad de Oro de la trata. Claro que con él volvieron la cárcel y el garrote vil para los opositores a sus políticas en Cuba, que nada tenían que ver con las proclamas liberales de la regente en España, por supuesto.

»Ante el miedo de muchos de que una revuelta liberal en el Oriente de la isla triunfase y decretara, al hilo de los abolicionistas peninsulares, el fin de la esclavitud, Tacón reaccionó rápidamente y con contundencia. Primero aplastó a los sediciosos, que acabaron muertos, presos o exiliados. Y luego se encargó de tranquilizarnos del todo con anuncios en la prensa. Publicó en el *Diario de La Habana* y en *El Noticioso y Lucero* la orden de la reina regente de que ninguna reforma constitucional que se implantara en España sería aplicable a Cuba o Puerto Rico, que quedaban así en un limbo legal, sujetas a leyes especiales que no eran otra cosa que la voluntad del capitán general don Miguel Tacón, señor de horca y cuchillo y partidario nuestro. Gobernó como un auténtico déspota, apoyado en lo que llamaban «la camarilla del capitán General», que no éramos otros que los negreros y los nuevos ricos llegados de la Península al socaire de las recientes normativas coloniales y su desdén hacia los naturales de la isla. El trato era sencillo: a cambio de parte de nuestro dinero para la Corona y para él, Tacón gobernaría con puño de hierro a favor de la trata y la esclavitud y nos premiaría con favores, contratos públicos y exenciones fiscales. Un tipo listo este don Miguel Tacón, que dio en tapar su despotismo con obras públicas muy necesarias y el engrandecimiento de la ciudad, renovación de viaductos, pavimentos, alumbrado, el acueducto Fernando VII, edificios, el Gran Teatro... Lo llenó todo de estatuas. Se trajo de Italia una fuente de Neptuno que tenía argollas enormes para atar tres barcos y caños para que hicieran aguada a la vez. Claro que mientras el pueblo le veía cortar cintas inaugurales no tenía ojos para las detenciones arbitrarias y las desapariciones. La gente aceptaba mejor el rigor político y la falta de libertades si la ciudad estaba más limpia y segura.

—Sí, eso es del manual del tirano. La gente siempre parece deseosa de regalar su libertad por chucherías y falsas seguridades. En eso estoy contigo, Pedro.

—Poco a poco el poder de la camarilla, liderada siempre por don Joaquín, fue consolidándose, creciendo con las incorporaciones de Juan Manuel de Manzanedo, Manuel Pastor y los más avisados de entre las antiguas familias, gente que no hacía ascos al dinero de la trata, ¡ya sabéis, doctor Castells, que *pecunia non olet*!, títulos como los condes de Peñalver, de Cañango y de la Fernandina. Cierto es que la burocracia española, la fuerte reglamentación para todo, a veces era irritante y entorpecía las cosas. Pero ese desfase siempre se salvaba gracias a la corrupción y los sobornos, a untar con manteca las manos adecuadas. En mi plan para vengarme de Rosalía iba labrando la perdición de los sobrinos. Convertí a Vicente en mi Mercurio alado en cuanto soborno realizaba, y eran cientos al mes. Confiaba en la impunidad que me daba la cercanía al capitán general y en la indiscreción natural del petulante muchacho, que se ocupaba de alardear y dejar rastro de su paso por doquiera que iba. A los tontos solo hay que darles cuerda y se ahorcan solos, doctor. Lo envié a sobornar a don Ildefonso, así a las claras, diciéndole que tan amable señor lo esperaba con alegría. Vicente llegó aún más despreocupado que de costumbre, debió de tomarse demasiadas familiaridades, y el ogro de Cuevas lo echó a gritos y empellones de su despacho como yo suponía que pasaría, habiendo muchos testigos del enfado del magistrado y del enfrentamiento. Llegó el momento de la venganza, pensé. Esa misma noche monté una pequeña orgía entre los dos hermanos y un negro llamado Tomás. Pero esta vez, a diferencia de las otras, tras emborracharlos y drogarlos con opio, los arrastré hacia una sala que tenía Rosalía para sus devociones, llena de tallas y cuadros de ángeles barrocos que se traía de Méjico y el Perú. La sala estaba muy cerca de su dormitorio, oyó jaleo y se presentó a ver...

—¡Dios mío, Pedro!

—¡Sí, exacto, eso fue lo que dijo cuando entró y vio a Vicente enculando al negro y a José María con la verga en la boca del esclavo! Como era de noche y no llevaba corsé que le quitara el aire, sino su ropa de dormir, no se desmayó. Solo balbuceaba y lloraba. Los sobrinos sí gritaron aterrados. Luego ella agarró un candelabro y empezó a golpearlos, desnudos y abrazados como estaban, hasta hacerlos sangrar y chillar de dolor. Yo le hice una seña a Tomás para que desapareciera y me senté en un butacón a disfrutar de la escena con un ron en la mano. Cuando mi mujer perdió el resuello a fuerza de pegarles, se giró hacia mí furiosa y me llamó monstruo, hijo de Satanás, peste y aborto del infierno, lugar al que me juró que iría mi alma tan pronto muriera. Yo me encogí de hombros y le dije que no creía ni en cielos ni en infiernos, pero que estaba seguro de encontrarla allí si es que tal cosa sucedía. Luego salí. Tuve que alejarme bastante para dejar de oír los gritos desgarrados de Rosalía.

—¡Pobre mujer!

—Pobre no. Mujer sí, una mala mujer. Amargada e incapaz de mostrar esa caridad cristiana de la que alardeaba con mi hija. Nunca le pedí nada ni le regateé riqueza y bienestar. Su parte de la casa, su *boudoir* y recámara, era un joyel de oro, plata, azabache, granates, rojo coral y madreperla. Sus espejos, cajitas, polveras, alfileteros, joyeros, devocionarios y cosas de tocador nada tenían que envidiar en riqueza a los de una reina europea. A cambio solo le pedí que me dejara reconocer a mi hija. En su día, ya os lo conté, hicimos el pacto de vivir por separado. No fue mi culpa si ella, en el fondo de su alma, se mintió y fue incapaz de cumplirlo. Si se envenenó de odio. Lo que sí os concedo, ¡qué más da a estas alturas!, es que fui cruel y un mal enemigo.

—Pedro, no hay nada que justifique lo que hiciste.

—Pues espero estar en lo cierto en cuanto al infierno. No quiero imaginarme la eternidad en el mismo fuego que esa bruja.

—¿Tu venganza te hizo sentir mejor?

—Mentiría si dijera que no.

—¡Qué lástima, Pedro!

—Sí, visto desde ahora toda mi vida es lastimosa. Curioso, porque en un tiempo fui temido, respetado por unos y admirado por otros. ¡Fui el Mongo Blanco! Pero, como os digo últimamente, os estáis poniendo más en cura y censor que en médico de la cabeza. No me gusta desagradaros, doctor. ¡A todos nos gusta gustar a quien nos importa!

—¿Yo te importo, Pedro?

—¡Claro que sí, doctor! Hasta el viejo baboso que soy se da cuenta de que estas horas que paso con vos, narrando mis hechos, me han mejorado. Salir del encierro y compañía de otros locos está claro que me ayuda. Vos me ayudáis, doctor Castells.

—Ese es mi propósito. Ayudarte a recordar, poner orden en tu caos y así, quizá, encontrar la paz. Sigue, aún hay tiempo.

—¡Uf..., sí! Bueno, pues ese no fue el único disgusto que sufrió mi buena esposa. A los dos días toda La Habana se enteró de la muerte de don Ildefonso Cuevas y su esposa, asesinados por unos ladrones que entraron a robar en sus habitaciones.

—¿Ladrones?

—Sí, doctor, unos desalmados que dieron fin a tan buenos cristianos. A cuchilladas.

—Y tú no tuviste nada que ver, claro.

—No. No me apenó la noticia, pero yo no fui. Ese hombre debía de tener muchos más enemigos, lo digo por su carácter de mierda.

—Pero te vino muy bien, ¿no? ¿Y yo te tengo que creer?

—¡Doctor, a estas alturas una muerte más o menos! No, yo no fui. Y sí, al principio me alegré, pero pronto todo se tornó una pesadilla. Nadie creyó lo del robo. La policía se puso a investigar a Vicente, por la discusión y los gritos en el despacho de Cuevas. Vicente estaba aterrado y trató de explicar que estaba allí para sobornar al muerto, sin darse cuenta de que eso agravaba su situación. Y yo lo envié. Lo que no conté fue con los recursos y decisión de Rosalía, ni con los muchos amigos que el tal Ildefonso y su santa esposa tenían entre los apostólicos de la isla, muchos en la alta administración. ¡Qué cierto es eso de que si vas a vengarte, mejor caves dos tumbas! Quizá confié demasiado en mi cercanía a la camarilla, en el poder de mi riqueza. Y subestimé la fuerza de Rosalía entre las viejas familias y el clero de la isla, influencia que nacía de sus generosos donativos a costa mía. Rosalía no dudó en rodearse de un par de condes y marqueses antes de presentarse a Tacón y acusarme de ser el corruptor de sus pobres sobrinos, dos muchachos inocentes a los que había engañado y pervertido de la peor manera. Tampoco dudaba de que yo estuviera tras los sobornos de Vicente y, menos aún, que no tuviera parte en el cruel asesinato de tan queridos amigos y cristianísimas personas como eran los Cuevas, a los que por seguro Dios tenía ya en el cielo de los justos. Don Miguel Tacón sentía aversión hacia estos meapilas y valoraba y mucho mi importancia en la entrada de negros en la isla, pues Gallinas seguía siendo la meca para todos los negreros de La Habana, Matanzas y Regla. Prometió investigar el asunto, cumplió con ciertas formalidades y me mantuvo en arresto domiciliario, con un piquete de soldados ante mi puerta. Por medio de don Joaquín me tranquilizó, me aseguró que la cosa se taparía, que no iría a más y no habría consecuencias penales. Pero también, añadió mi amigo, este escándalo y los dimes y diretes tardarían años en apagarse, si es que lo hacían. De pronto, me había convertido en un apestado en La Habana. Y mi pobre hija conmigo. Don Joaquín me sugirió sin rodeos volver a Gallinas y hacerme cargo de mantener el flujo de esclavos en cantidad y tiempo. Lo cierto es que era el empujón que me faltaba. África cuadraba con mis deseos.

—¿Te fuiste?

—Sí, a fines del 34 fleté una goleta. La llené de mercancías y con una guardia de veinte españoles y criollos, tripulación aparte, feroces y armados hasta los dientes. Todos con cuentas pendientes con la justicia en Cuba y en España y deseosos de cambiar de aires. No las tenía yo todas conmigo en cuanto a qué me encontraría en África. Hice una última ronda de visitas a armadores y negreros y salí de La Habana con mi hija Rosita y un par de nuevas ayas.

Y con el cofre con la cabeza, que tenía el pelo largo, los ojos de fuego y la piel de los labios retraída, mostrando todos los dientecitos en una sonrisa eterna.

Volví a Lomboko.

XXII

Joseph me ha vuelto a pegar, quién sabe por qué. Y esta vez me ha dolido más que de costumbre. No solo por los golpes. Me ha dolido en el alma la crueldad arbitraria. ¿Me ha dolido más porque estoy menos loco? ¿Me duele la humillación, la impotencia? También ha pegado a un par más del dormitorio, al pobre Gaspar y al cretino de Manuel, que le ha dado las gracias y todo. ¿Hasta qué punto es deseable la cordura en el infierno? Quizá por eso en Gallinas siempre mi locura encontró acomodo, por infierno... ¿Saldré algún día de aquí? ¿Volveré a la torre de Sant Gervasi? ¿Volveré a ver a mi hija Rosa pasear por el jardín? Está claro que Castells hace avances conmigo. ¿Será posible que recordar ponga en orden las cuadernas desencajadas de mi cabeza? Obligarnos a recordar es forzarnos a mirarnos desde afuera... Quizá sea por eso. Quizá enloquecí porque nunca me detuve a mirarme, a juzgar lo que hacía... ¡Gigante o monstruo! Viví así. Negándome cualquier ternura a mí o a los demás. ¡Los ojos de mi hija, por ahí se coló una pizca de humanidad que acabó por destruirme! Me gustaría dormir, pero Gaspar no para de llorar y el cabrón de Joseph me ha pegado en ambos lados de las costillas, no hay lado sobre el que reposar sin que me duela. Y boca arriba me ahogo...

—Tienes cara de cansado.

—Soy viejo.

—¿No descansaste bien? ¿Pesadillas?

—Las de siempre... No, mis compañeros lloraban y se quejaban.

—¿Te llamaban?

—¿A mí?

—Sí, a su capitán. No hace tanto que tomaste el asilo por un negrero y los amotinaste contra los cuidadores. ¿No lo recuerdas?

—No.

—Ayer me decías que volviste a Gallinas.

—Sí, doctor.

—¿Qué te encontraste?

—Pues la fachada de una villa italiana, con sus mármoles y columnas, medio hundida por un lado en el suelo cenagoso del hongo de Lomboko. Como si esa triste asimetría fuera una burla por mis pretensiones de ordenar el caos. Puse de inmediato a un capataz y varias decenas de negros a enderezarla. También amueblé y decoré la casa para hacerla lo más hermosa posible. Un lugar digno de albergar a mi hija. Por entonces no sabía cuánto tiempo permaneceríamos allí. También encontré a Burón y Vicuña transformados en sátrapas orientales, con serrallos crecidos. A Mérel más viejo y gruñón, mirándome con un reproche en los ojos que su boca no acababa de expresar. Los corrales llenos de negros y los almacenes casi repletos, pero había un aire de disipación y pesimismo en los factores. Los ingleses acababan de abolir la esclavitud en sus dominios y parecían decididos a volcarse aún más en la persecución de la trata. Mis socios me recibieron bien, sobre todo mi leal Pedro Martínez, aunque a alguno le costó ocultar la sorpresa de verme por allí. Me di cuenta de que muchos, sobre todo Burón, estaban haciendo tratos con Shiakar por fuera de nuestros acuerdos. Se beneficiaban de todo lo hecho, pero no cumplían con sus cuotas, las que mantenían los heliógrafos y la flotilla de vigilancia, el ejército de piratas que teníamos, engrosado cada tanto con marineros sin barco dejados a su suerte en Freetown y que acudían a la mítica factoría del Mongo Blanco en busca de ocupación y salario. Muchos parecían pordioseros semidesnudos y se iban instalando en chozas con alguna negra, dedicándose a raptar a cualquier nativo que se cruzaran. Mérel echaba pestes de su falta de disciplina. Por un momento pensé en bajarme a Burón de una vez, allí, ante todos, volarle la cabeza y con ella su maldita displicencia hacia mí. Sería una buena manera de hacer ver que había vuelto. Pero lo cierto es que Burón era ya una pieza indispensable en el Vey y en Gallinas. Tampoco nunca se había atrevido a enfrentarse abiertamente a mí, a desairarme. Lo suyo siempre fue hacer cosas a mis espaldas.

»Cuando nos separamos me sorprendió ver que Mérel se fue con Burón y Vicuña, en vez de con Martínez y conmigo. Decidí esperar unos días antes de ocuparme de todo esto. Visité mi harén. Elvira estaba aún más hermosa de lo que la recordaba, pero se había vuelto una déspota sanguinaria para el resto de las mujeres y niños. Me acosté con ella y se mostró dulce y viciosa a partes iguales. Una pantera zalamera. No me atreví a dormirme con ella al lado y la devolví a su vivienda en el serrallo. Me miró en silencio y se rio. Estaba seguro de que me habría asesinado. No tardé en averiguar que tan pronto me fui retomó la comunicación con su padre, con Cha-Chá. Le pidió volver, pero el mulato le ordenó esperarme y ser su espía en Lomboko. Cha-Chá era ahora mi enemigo jurado. Ya no compartía conmigo sus riquezas y me había sacado de su testamento, declarando heredero de todo al rey de Dahomey. Y este andaba en combinación con los ingleses. Ajuda ya no era un problema para el *West Africa Squadron*, así que podían enviar más barcos hacia la barra de Gallinas.

»Los días siguientes los pasé haciendo revista de mi casa, de mi almacén y luego visitando el resto de los islotes y factores. Me di cuenta de cómo había crecido Gallinas. Seguían predominando los negreros españoles, pero ahora era una babel donde no se hablaban menos de diez lenguas, con multitud de nuevas casas, barracones, oficinas y polvorines. En el aire se mezclaban los olores pútridos del río y la selva con aromas de cocinas distintas, europeas, criollas y africanas. Pero un olor se imponía a los demás, el de miles de negros hacinados en barracones y corrales, sudando de miedo, cagándose encima y enfermando a la espera de embarcarlos a chicotazos en los entrepuentes de los negreros. ¡El olor de la trata! Al ruido incesante de la selva, de pájaros, monos y fieras, se unía un lamento interminable, gutural, que salía de sus gargantas y se oía desde cualquier punto. A nadie parecía importarle. Me apenó que Rosita se durmiera con ese sonido cada noche. Pero me dije que ella también se acostumbraría. Durante todo el primer año me apliqué en restablecer mis alianzas con el rey Shiakar y otros caciques menores, en hacerles saber que el Mago-Espejo-Sol y su poderoso *ju-ju* habían vuelto. Intercambiamos embajadas y regalos. Un año me costó poner orden en todo aquello, afianzar de nuevo la obediencia de tanto factor independiente. Lo cierto es que me sentí revivir allí, alejado del desprecio y el escándalo de La Habana, disfrutando mucho más del odio lujurioso de Elvira que del rencor sordo y frío de Rosalía.

—Todo era miel sobre hojuelas, ¿no?

—Pues no. Es cierto que los embarques de bozales seguían a buen ritmo y que los barcos consignados desde Cuba y el Brasil no paraban de llegar. Pero los ingleses empezaron entonces a ser un verdadero incordio, estacionando cruceros frente a la barra cada vez en mayor número y con más frecuencia. Aún podíamos sortear su vigilancia gracias a las señales y una flotilla de rápidos lugres que avisaban a los negreros de cuándo acercarse, pero al ser estos tantos y las oportunidades menores se formaba un cuello de botella que traía a todo el mundo nervioso. Como os digo, los británicos habían abolido al fin la esclavitud en sus dominios. Los asustó una sangrienta revolución de esclavos en Jamaica, en diciembre del 31, así que el gobierno *whig*, los liberales, se mostró mucho más receptivo a las ideas abolicionistas. Sacaron leyes en el 33 y emanciparon a setecientos cincuenta mil esclavos en el imperio. Después liberaron a los niños menores de seis años. Los mayores de esa edad y los adultos quedarían como aprendices de sus amos durante otros seis años, antes de ser emancipados. La ley fue aceptada por sus plantadores a cambio de una indemnización de veinte millones de libras. Creedme cuando os digo que las espaldas de esos negros no apreciaron tan sutiles distinciones legales, pero los plantadores y la opinión pública quedaron satisfechos. Además, ahora barcos yanquis también se unieron a la persecución de la trata. Curiosamente esto nos benefició a los negreros, pues el precio de los esclavos se hundió en África y subió como la espuma en el Caribe y el Brasil. ¡Maravillas del comercio, doctor!

—O sea, que tú y tus socios estaríais felices...

—No, la verdad es que no. Hasta entonces el *West Africa Squadron* había sido un destino maldito en la *Royal Navy*. Pocos y malos barcos, fiebres, calor insufrible. Oficiales y marineros lo vivían como un castigo y la moral era muy baja. Apenas algunos metodistas fanáticos que se creían en misión de Dios lo solicitaban.

—¡Curiosa manera de denigrar los sentimientos filantrópicos de esos marinos, Pedro!

—¿Filantropía? ¡No me hagáis reír, doctor, que ya no controlo tanto mi esfínter!

—¡Pedro!

—¡Si me río fuerte me cago! ¿Qué queréis que le haga? Bueno, supongo, porque a decir verdad no recuerdo haberme reído mucho aquí. Doctor, esos del *West Africa Squadron* no eran sino piratas uniformados, poco mejores que corsarios. Todos llevaban parte de lo apresado, desde el vigía para gritar la vela de un negrero y el oficial de presa, el que abordaba el barco si era capturado, hasta el comandante. Este se quedaba con un diez por ciento del valor de lo apresado. Nos perseguían como perros a una chuleta. Siempre fue nación de piratas. Todos muy abolicionistas, pero luego bien que compran el algodón para sus fábricas a los esclavistas del sur de la Unión. Lo cierto es que cada vez se atrevían a más, se venían más sobre nosotros. Con Burón, Vicuña y los demás decidí reforzar con baluartes artillados los accesos al río y los islotes principales, en previsión de un más que posible desembarco. Con Mérel escogí los emplazamientos para poder hacer tiro cruzado sobre los atacantes. ¡Ah, Mérel! Estaba cambiado. Se había juntado con una criolla francesa de Libreville, una mulata madura y hermosa que él llamaba su Joséphine por la Beauharnais de Napoleón, y se la había llevado allí con él. Costaba sacarlo de casa y si lo hacía era para juntarse con Burón y Vicuña. Desde mi llegada me sorprendió su cercanía con Burón y su desapego para conmigo.

—¿Te dolió?

—Siempre devolví lealtad por lealtad, doctor. Ahora en las juntas no eran pocas las ocasiones que Mérel se manifestaba si no en mi contra, sí muy a favor de las opiniones de otros. Sentía que de alguna manera me evitaba. Yo lo rescaté de las garras de Cha-Chá, yo le había dado mi confianza y puesto donde estaba.

—Interesante.

—¿El qué?

—Tendría que revisar mis notas, pero aseguraría que nunca mostraste la debilidad de sentirte defraudado, herido por alguien. De admitirlo.

—Puede ser.

—No es malo, Pedro.

—Tampoco es bueno. Quiero decir que tampoco fue bueno. Ya llegaremos a eso. El caso es que vivíamos con la barba sobre el hombro temiendo un desembarco inglés. Toda la operación se resentía. Yo mismo tuve que pilotar varias veces veloces lugres y goletas como señuelo, colarme entre los cruceros y hacer que me siguieran durante un par de días para abrir paso a los negreros. Así y todo, los burlábamos. Solo en 1837 los británicos apresaron veintiséis negreros, pero desde Lomboko coronamos más de setenta a Cuba y de noventa al Brasil. Llenos de esclavos por los que solo pagaba unos veinte dólares y en mercancía... Bozales que puestos en Cuba o el Brasil los vendíamos por entre trescientos cincuenta y cuatrocientos. Y metíamos hasta ochocientos en los barcos más grandes, alineados como arenques, al tresbolillo. Bastante más de cien mil sacos de carbón solo ese año. Echad cuenta del negocio. Ganábamos decenas de millones. Pese a todas las dificultades, Gallinas estaba en su apogeo.

—¿Y por qué no os atacaban?

—Los bajíos y las brumas que respiraba la selva constantemente nos protegían. Sabían que estábamos allí, pero no muy bien dónde. La propia dispersión de las factorías y los islotes impedían que fuéramos un blanco claro para sus cañones. Un desembarco en esas condiciones hubiera sido catastrófico para sus escasas fuerzas. No, por el momento se conformaban con cazar en el mar. Pero yo estaba seguro de que algún día lo harían y con fuerzas suficientes. Me llegaban noticias preocupantes de Port Clarence, el enclave que los británicos habían fundado hacía unos años en Fernando Poo, que legalmente era posesión española. Decidí verlo con mis propios ojos. Navegué hasta allí en la estación seca del 36 con un lugre, con matrícula de mercante portugués. Teníamos razón para preocuparnos. La rada era un bosque de mástiles de fragatas y cruceros ingleses. Más de los que habían reunido hasta la fecha. Dejé allí un par de espías y regresé con una nube negra sobre la cabeza. En esa travesía hacia Gallinas se me mezclaron varias tristezas. Pensamientos de derrota que nunca había tenido antes se unían a un sentimiento de despecho y preocupación por mi hija. Justo cuando el reino del Mongo Blanco embarcaba más negros comencé a intuir el fin de la trata como la había conocido, al tiempo que me dolía el rechazo de la sociedad habanera. Empecé a sentir su desprecio hacia el negrero como un estigma indeleble en el futuro de mi hija Rosa. ¡Las dudas, doctor, las dudas son las que nos matan! Nos detienen, nos vuelven débiles. Nunca, ni en un motín ni en un abordaje, había sentido tanto miedo como en ese viaje de vuelta. Tenía que buscar salidas, para Rosita y para mí. Ya no estaba solo.

—Te entiendo.

—Además, el destino es caprichoso. Juega con nosotros. Las dudas no me abandonaron en el siguiente año y yo tapaba esas voces multiplicando hasta lo imposible los embarques, como el que apura las copas de una fiesta que va a terminar. Entonces llegaron las lluvias de junio de 1838. Hubo grandes tormentas, oleaje. Un par de cruceros británicos perseveraron por demás en su vigilancia, a costa de su seguridad, que hubiera sido alejarse de la traicionera barra y los bajíos cambiantes, salir a mar abierto. El caso es que uno libró marchándose al fin, pero otro encalló y sufrió muchos daños. Así que héteme aquí a los negreros de Gallinas rescatando a la tripulación.

—¿Auxiliasteis a vuestro enemigo? ¡Noble acción!

—Bueno, no fue de inmediato. Primero vimos a los marinos ingleses luchar en la tormenta, bajo telones de agua e iluminados por los rayos, para no encallar en la barra. Algunos lo tenían por un buen espectáculo. El barco acabó por acostarse un tanto escorado en un bajío de la barra y hasta nosotros, pese al rugido del viento, llegó el crujido de sus cuadernas y arboladura. Los gritos de terror de los hombres. El capitán ordenó entonces abandonar el barco y echaron botes al agua. Algunos golpearon directamente en la arena de la barra y otros los arrastraron sobre ella con la idea de botarlos de nuevo al otro lado, en las aguas menos agitadas de la ensenada, y ganar tierra firme. La idea no era mala, pero el viento fuerte que venía del mar corría grandes olas que rompían en la orilla. Todos sabíamos que aquellos botes de proa redonda acabarían destrozados justo al tocar tierra. Solo las canoas con proas alzadas de nuestros *krumen* podrían salvar las vidas de muchos de esos hombres. Consulté con Martínez, Vellido y Burón. Decidimos ayudarlos. ¿Habéis estado alguna vez a merced del mar, doctor?

—Ya sabes que no, Pedro.

—Es uno de los mayores terrores que se pueden vivir, doctor. La fuerza de los elementos desatados, del mar... Algo que solo los marinos podemos entender y que nos une por encima de banderas, guerras y nacionalidades. Por eso los salvamos. Fue un momento curioso de fraternidad entre hombres del mar, dejamos de ser cazadores y presas por unos días. Por si la lluvia y el laberinto del delta no fueran bastante disfraz, a todos los ingleses, marinos u oficiales, se les obligó a vendarse los ojos antes de subir a las canoas. Y en vez de desembarcarlos por el camino más corto, así, ciegos, mis hombres les dieron un buen rodeo por la selva para que no llegaran orientados respecto a donde los habíamos rescatado. No quería que ubicaran exactamente los islotes principales en relación a la barra y la selva, ni que pudieran evaluar y reconocer nuestras defensas. A la vuelta se los vendaría otra vez. Se alojó a la marinería repartiéndolos por chozas, casas de factores y un par de barracones de los que desalojamos a los negros, que encerramos en corrales, limpiamos y dispusimos en ellos paja seca y mantas para dormir. Mérel maldecía por la presencia de los ingleses y nos preguntaba por qué demonios no los habíamos dejado ahogarse como ratas que eran.

»El comandante era el capitán Joseph Denman. A él y a su segundo, el teniente Harry Binstead, los alojé yo en mi casa. Martínez y Burón a oficiales inferiores, médico y contramaestre. Fue divertido encontrarme con mi némesis. Ambos, Denman y Binstead, eran abolicionistas convencidos, orgullosos de su misión. No dudaron en agradecerme el salvamento de sus hombres y en ser tan corteses como la situación obligaba. Incluso se mostraron comprensivos con mi precaución de vendarles los ojos. Pero no podían ocultar su desprecio por mí. Ni su espanto cuando vieron en mi palacio, que lo era y les sorprendió, a una niña de siete años vestida como una pequeña lady. Durante la cena, deliciosa cocina francesa regada con buenos caldos y servida en una vajilla de oro, Denman no pudo evitar preguntarme por Rosita. Empezó por alabar sus exquisitos modales. Los tres hablábamos en francés. Es mi hija, por eso vive aquí conmigo. ¿No tiene madre?, preguntó. No me preguntéis por qué, doctor, pero le dije que era viudo. Los dos oficiales me dieron el pésame. Luego hablamos sobre la operación de rescate, que agradecieron de nuevo, y coincidimos en que la terrible tormenta se agotaría en un par de días máximo. Denman confiaba en que para entonces fondearían un par de barcos ingleses frente a la barra, a los que enviar su tripulación. El capitán inglés esperaba que su barco no hubiera sufrido daños irreparables y que, tras ciertas reparaciones que, por supuesto pagarían, podrían remolcarlo hasta Freetown. Yo le aseguré que disponíamos en Gallinas de los mejores carpinteros de ribera, madera, velas y cordajes, que estarían a su disposición.

»Cuando la niña se retiró pasamos a una galería que usaba de *fumoir*. Allí, protegidos de la lluvia y el viento que aullaba, el tabaco y los licores calentaron los ánimos y soltaron las lenguas. Denman empezó por insistir en que, por favor, no dudara en pasarle la cuenta por la estancia, materiales y trabajos para reparar su barco. Cuenta que él personalmente remitiría al Almirantazgo de Su Graciosa Majestad la reina Victoria para que se me abonara. Que para él sería un placer traerme ese dinero en persona y luego encadenarme y llevarme ante los tribunales de Freetown. Binstead sonrió al escuchar a su superior. Yo también lo hice. Y le dije que no se preocupara, que cualquier gasto corría por cuenta de los honrados factores de Gallinas, que yo tenía el honor de encabezar. Que para mí sería un placer contribuir así a la maltrecha economía de la *Royal Navy* en estas latitudes. Ninguno pareció apreciar el humor del comentario. Hubo un silencio incómodo y los tres bebimos tragos largos de nuestras copas. Luego Binstead pidió a su capitán permiso para hablar, que este le concedió con un gesto. Mister Blanco, veo que no desconoce las dificultades de nuestra tarea y no le niego que, en ocasiones, hasta nosotros sentimos cierta frustración. Pero le aseguro que los días de los negreros están contados. Así me lo dijo con toda la arrogancia y nariz levantada que solo pueden tener de manera natural los ingleses de cierta clase. Puede, le dije, pero eso no será ni hoy ni mañana. ¿Verdad, señores? Fue entonces el capitán Denman quien tomó la palabra. Señor Blanco, no permitiré que nuestras convicciones desmerezcan su hospitalidad, por ello no le preguntaré qué hay en su alma que le permite dedicarse a un comercio tan atroz y criar a su hija en este sitio.

—Pues a mí, Pedro, me parece que fue grosero.

—¡Sí, lo fue! Siempre que alguien comienza una frase disculpándose es porque luego viene el garrotazo. Ahí cambié al inglés y mi fluidez y buen acento los sorprendió. Denman me preguntó dónde lo había aprendido. Y yo le contesté sonriente que en mi juventud, navegando con piratas y negreros ingleses, marinos de Manchester y Liverpool. Y que ya de más edad con banqueros londinenses y plantadores jamaicanos. Ustedes inventaron la trata moderna, esa que ahora persiguen con tanto afán. Son un pueblo pragmático. ¿Quién sabe mañana de qué lado estén? ¿Ustedes no se preguntan por qué su Almirantazgo los provee de tan pocos y pobres barcos hasta el día de hoy? Ahí los dos se miraron como si les hubiera mentado la bicha. Denman me contestó que las obligaciones del Imperio británico eran muchas, pero que aun con esos escasos medios en los últimos cuarenta años el *West Africa Squadron* había inspeccionado más de mil trescientos barcos y liberado a unos ciento treinta mil esclavos, negro arriba, negro abajo. Yo asentí, pero le dije que con que uno de cada tres de mis negreros llegara a La Habana o a Recife, aún sería un espléndido negocio. También el mar se cobraba su peaje.

»Denman me traspasó con unos ojos azules como el hielo antes de preguntarme por mi conciencia. Yo le dije que bien, gracias, que tan bien como la de los banqueros londinenses que guardaban mi oro, la de los lores que participaban de mis negocios o los honrados fabricantes que compraban el algodón de Virginia, regado con la sangre de los negros. Por cierto, seguí, también cultivo mi inglés con publicaciones que me envían buenos amigos londinenses. La lectura es el más sano de mis vicios. Llevo meses disfrutando de un folletín por entregas que publica un tal Charles Dickens, en el *Bentley's Miscellany*. Se titula *Oliver Twist*. Les pregunté si lo conocían y me dijeron que no. Bien, les expliqué, es la penosa vida de un niño en las duras calles de Londres. Cuanto más lo leo, más me convenzo de que la esclavitud se acabará pronto gracias a ustedes los ingleses. Ambos se removieron en los asientos y Denman me preguntó cómo era eso. Les expliqué con toda la seriedad del mundo que dentro de muy poco el mundo entraría en la *Pax Britannica*, ustedes nos mostrarán el camino. Bueno, ustedes y sus primos los yanquis. El mundo se llenará de talleres, de chimeneas humeantes y máquinas. Y de Olivers Twist. Se pueden permitir liberar a todos los negros del mundo, *my lords*, a todos los esclavos, porque los sustituirán por su propia gente famélica. Hombres pretendidamente libres que se matarán a trabajar por una miseria, un sueldo de hambre que además tendrán que gastarse en comprarles a sus nuevos dueños lo necesario para malvivir. Que tendrán que pagar los tugurios donde hacinarse. No como a estos negros vagos a los que hay que alojar, alimentar y cubrir sus vergüenzas. ¡Esa y no otra será la causa del fin del esclavismo! ¡El signo de nuestros tiempos, el progreso!

»Y lo mejor, y quienes mandan lo saben, es que podrán convertir a cualquiera en un obrero mal pagado. Sea negro, blanco, amarillo o cobrizo. Ustedes, señores oficiales imbuidos de un deber honorable, quizá no lo saben, pero no persiguen la esclavitud por inhumana. O no solo por eso. Sino por ineficaz en un mundo de manufacturas, fábricas y chimeneas. No son filántropos bien intencionados quienes impulsan las velas y cacerías del *West Africa Squadron*. Ni la bondad o el amor hacia unos negros que, permítanme decirles, desprecian aún más que nosotros desde su puritanismo anglicano. No. Es como siempre la codicia, la de los fabricantes de cuchillos y sartenes de Sheffield, la de los fabricantes de paños y sus representantes en el Parlamento. Producen tanto y tan rápido que no necesitan esclavos sino compradores.

—¡Al final serás un socialista *avant la lettre*, Pedro!

—No, no creo. Me falta calidad humana para preocuparme por los demás. Pero siempre fui curioso de mi tiempo. Entender las cosas para aprovecharte mejor de ellas, no para ayudar a nadie ni remediar miserias ajenas. Si convertí a Lomboko en el mayor éxito comercial de la trata fue por ser curioso, estar informado y aplicar novedades como los heliógrafos y sistemas de señales. Los barcos llegaban, pagaban y cargaban en una sola noche. Nada que ver con las semanas o meses de espera de antes de Gallinas.

—¿Y ellos qué te contestaron?

—El teniente Binstead estaba perplejo. Fue Denman el que reaccionó. Me dijo que yo era el mayor cínico que se había echado a la cara nunca. Luego me preguntó si acaso no estaba al tanto del tratado angloespañol del 35, que permitía las inspecciones conjuntas de los barcos negreros. Pronto, mister Blanco, serán sus compatriotas quienes también lo cacen. Yo sonreí con suavidad y le dije que no pusiera mucha fe en ello, que para muestra estaba el Tribunal Mixto de La Habana, bajo cuyas ventanas pasaban no pocas cuerdas de bozales.

»Al día siguiente amainó el temporal pero seguía jarreando. Pese a eso mis huéspedes insistieron en salir a dar un paseo como si estuvieran a la orilla del Támesis. Yo les expliqué que desgraciadamente eso no sería posible. Y que la casa estaba rodeada de hombres armados, muchos con rencillas con la Armada británica y comandados por un viejo *grognard* de Napoleón con muy pocas simpatías por los ingleses. Denman me preguntó si entonces eran mis prisioneros. Yo contesté que por supuesto que sí, éramos enemigos, pero que lo hacía para cuidar de su salud en lugar tan peligroso y habitado de criminales, piratas y negreros. Los tranquilicé. Sus hombres están bien atendidos y mis carpinteros están ya reparando los daños de su buque, surtiéndolo para la vuelta y recuperando los botes que arriaron. Lo que no le dije es que había encargado a uno de los carpinteros que tallase con un escoplo algo en la viga sobre la cama del capitán: "Todas estas refacciones son un regalo de Pedro Blanco y sus negreros. De nada".

—Muy sarcástico, Pedro. No creo que a Denman le gustase demasiado verlo después.

—Sí, no era un tipo especialmente cordial o con ese humor cosmopolita de los ingleses de buena crianza. Denman me pareció un hombre con problemas de ira. Alguien que a fuerza de reprimirla se vuelve un cruzado, un rigorista. En el fondo tanta virtud no es sino hipocresía. Me he topado con varios así, a algunos los maté. Son insufribles, sobre todo cuando adquieren mando.

—¡Curioso, Pedro, muy curioso! Estás diagnosticando caracteres. Eso me correspondería a mí, ¿no crees?

—¡Bueno, la práctica de la vida! Como siempre digo, ¡más sabe el diablo por viejo que por diablo, pero si es viejo...

—... sabe el doble!

—¡Así es, doctor Castells! Los hombres como Denman arden de ira en su interior, viven en una justa indignación y reproche hacia los pecados ajenos. Son personas que se consagran a luchar por una buena causa, pero es mentira que sea esa causa la que los lleva a luchar. *Au contraire*, su ira, su furia, necesita de una cruzada para sentirse justificada. De estos tipos salen los peores fanáticos. Los fanáticos de la razón o de la superstición religiosa, los fanáticos de lo humano. Los salvapatrias. Los que nos quieren enderezar a todos a ejemplo de su virtud, afectada y que no es sino un deseo de colocarse sobre los demás. Puritanos que se niegan cualquier debilidad, la pasión, el amor o simplemente emborracharse, porque dicen que va en contra de un deber superior, el que sea, que sienten que los coloca por encima de los demás mortales. Su rigidez para con Binstead, su subordinado, era cruel y risible a la vez.

—No sé si estoy tan de acuerdo con tu descripción, no del todo pues creo que sí hay gente buena que se consagra a los demás de corazón, por bondad. Pero lo has descrito de tal forma que creo reconocer a varias personas. ¿Y cómo sobrellevasteis el encierro juntos? ¿Cuánto duró?

—Apenas tres días. Bien, lo llevé bien, principalmente por el joven Binstead que resultó ser un ameno conversador y porque yo pasaba más tiempo fuera, en la factoría y revisando las reparaciones de su crucero, que en casa. Sentía que así les hacía más evidente su condición de prisioneros. Más humillante. Al cuarto día los vigías avisaron de la llegada de dos navíos británicos frente a la barra. Inmediatamente mandé veloces *krumen* con noticias sobre la buena salud de toda la tripulación y las reparaciones efectuadas, comprometiéndome a devolver a Denman y sus hombres tan pronto ellos iniciaran las maniobras para desencallar y remolcar su navío. Me despedí de los dos dentro de la casa. Denman me agradeció la ayuda y me aseguró que haría un asunto personal de volver a Gallinas con más barcos y hombres, para reducirla a cenizas y destruirme. Yo le dije que no lo dudaba y que sería un placer recibirlos a cañonazos. ¿Sabéis que la propia reina Victoria me envió luego un mensaje vía Freetown con los mismos agradecimientos y reproches?

—¡No te creo, Pedro! ¿De verdad?

—¡Os lo juro!

—¿Qué decía?

—«En nombre de la nación le doy las gracias siendo lástima que un hombre tan grande, tan generoso y tan noble se ocupe de la trata de esclavos.» No le faltaba ironía.

—¡Increíble! ¡Tu vida es increíble! Sigue. ¿Qué pasó con los ingleses?

—Que vendamos sus ojos y los devolvimos a su barco con las mismas precauciones que a su venida. Durante toda su estancia no había parado de llover, ni el sol ni las estrellas podían haberles dado referencias sobre nuestra ubicación exacta. Aunque sin duda se iban con una idea aproximada de nuestro emplazamiento. Sí, me quedó claro que volverían.

—¿Y lo hicieron?

—Sí, en 1840. Pero yo ya no estaba. Nunca lo volví a ver, aunque siempre me mantuve informado de su triste historia.

—¿Cómo que no estabas?

—Sí, en el 39 dejé Gallinas para siempre. Volví a La Habana con mi hija, decidido a legitimarla y darle la mejor vida posible. La visita de Denman me dejó claro que el futuro de Lomboko estaba condenado. Era cuestión de tiempo que el hacha cayera. Vendí mi parte de la factoría a Martínez y Burón y me fui.

—¿Y por qué hablas de la triste historia de Denman? Regresó y cumplió su amenaza. ¿Cómo fue?

—Bueno, aunque yo era el Mongo Blanco de un reino con su propia bandera, la negra y morada, lo cierto es que legalmente Gallinas era un enclave de comerciantes españoles, súbditos españoles. Los acuerdos de la trata permitían cazarnos en el mar, pero otra cosa muy distinta era atacarnos en tierra y destruir nuestras haciendas. Digamos que para eso hizo falta un *casus belli.*

—Explícate.

—Os digo que yo ya no estaba. Pero Martínez y Burón me tenían al tanto. Yo seguía consignando negreros a Gallinas desde La Habana, inundando la isla de bozales. A fines de 1840 un reyezuelo llamado Manua, uno de los que vivían en el río y nos surtían de esclavos, raptó, entre a otros muchos, a una negra y su muleque y los vendió en Gallinas como solía. El problema vino cuando la negra resultó llamarse Fry Norman. Tanto ella como su hijito eran de Freetown, libres y ciudadanos británicos. Nadie sabe muy bien cómo, pero el hecho llegó a conocimiento de sir Richard Doherty, a la sazón gobernador de Sierra Leona. Por fin tenían el pretexto para atacar, liberar a unos conciudadanos. Primero, con amenazas y sobornos, apretaron al cacique Manua y a este le faltó tiempo para contar con pelos y señales la ubicación exacta de las factorías, las fuerzas y número de cañones. Ante la barra y con la información necesaria, se presentó el capitán Joseph Denman con su conciencia reluciente por bandera y sus cuentas pendientes. Llegó con tres bergantines, el *HMS Wanderer*, el *HMS Rolla* y el *HMS Saracen*, con treinta y seis cañones y unos ochocientos de tropa. Cumplió su palabra, arrasó todo hasta los cimientos y obligó a Burón, Martínez y a los que sobrevivieron a huir con lo puesto río arriba y perderse en la selva. Y no fue solo Lomboko. Un tal capitán Nurse destruyó la factoría del río Pongo. El capitán Tucker desmanteló la de Corisco, capturó a Miguel Pons y lo envió ante los pelucas de Freetown. Hubo ataques en toda la costa. Mi instinto no me había fallado.

—Ya, pero insisto, Pedro. No veo lo triste en la historia de Denman. Fue una victoria para él.

—Sí, en principio sí. Pero para 1841, tanto Burón como Martínez se habían vuelto a instalar en las márgenes del Gallinas, levantando nuevas factorías. El negocio seguía boyante en Cuba y el Brasil, tenían los contactos, los negros, los barcos seguían llegando. En cambio, a Denman le empezó a cambiar la estrella. Suele pasarles a estos seres inmaculados que, al final, nadie soporta. Por su triunfo en Gallinas, lord Palmerston lo elogió en el mismísimo Parlamento, lo ascendieron y le dieron un premio de cuatro mil libras esterlinas. Un buen dinero. El hombre se pavoneaba por los mejores salones de Londres, donde le recibían como a un héroe. Entonces le cayó el zapatazo. El bueno de Pedro Martínez, por comisión mía y a través de mis abogados en la City, llevó al capitán a los tribunales bajo la acusación de destruir vidas y bienes españoles. Me costó dinero, pero aceptaron el caso. El orgulloso Denman se negó a cualquier acuerdo, como yo había previsto, y se vio de tribunal en tribunal hasta 1848. Se gastó la recompensa y mucho más. ¡Ah, doctor, los abogados pueden ser peores que el peor pirata cuando huelen sangre!

—Te creo. Te creo. Pobre hombre.

—Bueno, la justicia siempre es una puta complaciente con los poderosos. ¡Y nadie tan poderoso como don Dinero! Él se lo buscó.

—¿Tan poderoso como para sentar a un oficial de la *Royal Navy* en el banquillo durante años por cumplir con su deber?

—¡Claro, doctor! Denman cumplió con sus órdenes, pero nosotros teníamos dinero para embrollarlo todo e invocar el sacrosanto derecho a la propiedad privada que rige el mundo. Esclavos o no, esos negros, los barracones, almacenes y mercancías para el intercambio tenían dueños. Gente con nombre y apellidos y dinero para comprar buenos abogados y favores políticos. Inspiré a Burón, Martínez y mis socios en La Habana para que un año después, en agosto del 41, del ataque abrieran un proceso paralelo de reclamaciones al gobierno de Gran Bretaña. Las «diligencias» lo llamamos. Se escribieron hermosos e ingeniosos alegatos contra la arbitrariedad de los británicos, la destrucción de propiedad de súbditos españoles sin ninguna razón jurídica pues la ley solo permitía abordajes en el mar... Todo acompañado de listas y arqueos de lo quemado por valor de cientos de miles de libras. La verdad es que el cabrón revirado de Burón escribió una vibrante defensa de la esclavitud en Gallinas, muy ingenioso.

—¿Qué? ¿Cómo pudo?

—¡Pues poniendo una palabra detrás de otra!

—Pero, Pedro, ¿cómo podía escribir a un gobierno defendiendo la esclavitud?

—Bueno, presentando la esclavitud en esas partes de África como un verdadero signo de progreso. Liberaba a las aldeas de la carga de los prisioneros de guerra y al hacerlo fomentaba el comercio en pueblos donde la agricultura y las artes no habían salido de su infancia. Eso venía a decir.

—¡Qué cinismo!

—¡También tenía su punto de razón cuando manifestaba que ningún tratado internacional permitía a los ingleses desembarcar y guerrear en las factorías! ¡Los acuerdos solo impedían introducir ilegalmente negros en las posesiones españolas de las Antillas! Las diligencias llegaron al Parlamento y embrollaron aún más las cosas para Denman. También mandamos un manifiesto similar al gobernador de Cuba. Una vez más el gobierno de Espartero tuvo que templar gaitas para no enfrentarse a los negreros cubanos ni a sus cómplices ingleses, a los que él y sus ayacuchos debían tanto dinero y favores.

—Así que os salisteis con la vuestra, negreros orgullosos.

—Sí y no. Todos estos sucesos confirmaron una creencia en mí. La trata tradicional, la que yo había mejorado, llegaría pronto a su fin. Cada vez eran más los países que la perseguían. Más gobiernos se adherían a la persecución o a la abolición de la esclavitud. Los blancos se veían superados por la población negra en muchos sitios y vivían aterrados por los motines y revoluciones de esclavos. Cuba y el Brasil eran una excepción, un paraíso esclavista en contra de todos. En Cuba por la necesidad de dinero de los gobiernos españoles y el interés personal de María Cristina de Borbón en el negocio. Pero ¿cuánto duraría esto? El mundo estaba cambiando, doctor. Realmente pensaba lo que le dije a Denman. Era el momento de cambiar de modelo y seguir el neoesclavismo que ya funcionaba en Sierra Leona, Liberia, Monrovia...

—¿Cómo neoesclavismo?

—Sí, la utilización de colonos en vez de esclavos. De negros emancipados o libres sujetos a un contrato de trabajo. Libres, pero trabajando en condiciones penosas, no mucho mejores que las de los esclavos. ¡Traerlos de Cuba a África! Lo único importante era que vinieran contratados, por su propia voluntad. Cumplido este requisito nadie se pondría luego a llorar por sus condiciones laborales. Vi mi oportunidad, doctor, vi el momento de convertir al Mongo Blanco, al negrero, en don Pedro Blanco el colonizador. Colonizador de las islas de Fernando Poo y Annobón. ¿Por qué no del Vey? Guardar mi bandera pirata y envolverme en la rojigualda. ¡Prestarle un servicio a la patria ahora que todas las naciones se lanzaban voraces sobre África! Y así ganar un lugar bajo el sol para mi hija y para mí. La gloria borraría cualquier escándalo pasado. *Aut Caesar aut nihil!* Pero eso era algo que solo podía hacer desde La Habana. Necesitaría apoyo político y militar. Por eso dejé África para siempre.

XXIII

Ya va a amanecer. Asoma la claridad. ¡Gracias a Dios, he sobrevivido otra noche! No duermo mucho. Los viejos necesitamos menos sueño. Además, casi agradezco desvelarme para vaciar la vejiga tres y cuatro veces. Me da miedo soñar. Ahora que las charlas con el doctor me han ordenado la cabeza, me aterra la libertad feroz de mis sueños. De mis pesadillas. Solo sueño horrores. En cambio, mis vigilias son tranquilas. Yo hablo y hablo, Castells apunta. Hay una calma hermosa entre nosotros. Claro que solo dura lo que estoy en su despacho. Fuera de ahí caigo en las brutalidades de Joseph y otros cuidadores. Aquí, en el dormitorio, en una sinfonía de pedos y llantos de mis compañeros locos. No hay nada noble en la locura. Ahora que estoy más lúcido los veo y son repugnantes. Criaturas vencidas cada una por un demonio distinto, derrotadas por la vida. Aterradas y solas. A Gaspar, Roberto y Manuel les asusta también dormirse. ¡Quién sabe a qué monstruos se enfrentan! Lo malo de recobrar un tanto la lucidez es que este encierro se me hace mucho más insufrible. Cuando estaba ido lo llevaba mejor. Cuando pensaba que era un negrero y lo amotinaba. Ahora me parece que fue en otra vida. No me daba cuenta de la bazofia con que nos alimentan, ni de la miseria de nuestros jergones y el mal olor propio y ajeno. Por lo menos llevo días sin mearme ni cagarme encima. ¡Ya falta menos para ver al doctor y seguir poniendo orden en mi desván! ¿Cuándo chiflé? No hace tanto. Yo vivía tranquilo en la torre de Sant Gervasi, recibía alguna visita.

Compañeros catalanes de la trata como esos hermanos Mas de Vilassar de Mar, Joan y Pere el Pigat. O su primo Gaspar Roig. Gente bragada que seguía burlando a los ingleses y desembarcando negros hasta hoy. Me visitaban cuando estaban en Barcelona y me traían noticias de Cuba. También me pedían consejo. Lo pasábamos bien. De esto hará un par de años, no más. Pero entonces empecé a tener visiones, momentos de inconsciencia, raptos de ira. Ataqué a mis cuidadores. Casi mato a uno con mis manos. Las manos de un marino son siempre fuertes. Le vi tocando mi cofre, el cofre en forma de barco. Si sigo mejorando podré volver a la torre, ver a mi hija. Cuidar de la cabeza de Rosa. Beber buen ron y fumar vegueros. Recibir alguna visita de nuevo. Y morir. ¡Ojalá me lleven ya a hablar con Castells! ¡La puerta, ahí viene Joseph! Sobre todo, no le des motivos. No le mires a los ojos. No balbucees...

—Hola, Pedro. Siéntate, por favor. —El doctor se coloca sus antiparras, abre el cuaderno, lee un poco mientras tamborilea con un lápiz sobre la escribanía de cuero. La luz se filtra limpia y alegre por la ventana iluminando la mitad de su hermoso rostro. Levanta los ojos y ve algo en mí que le hace torcer el gesto—. Tienes un golpe en el pómulo. ¿Alguien te ha pegado? ¿Joseph? Ya sabes que puedes contarme.

—¡No, doctor, no! Me lo hice de noche al querer mear. Me tropecé con Manuel y me di un golpe. —Miento, claro que ha sido una caricia de Joseph. Pero la cordura en este sitio se acaba al salir del despacho de Castells. El resto es infierno y Joseph, Belcebú. En nada me iba a ayudar denunciarle—. ¿Sigo con mi historia? De verdad me hace bien. Ya ni siquiera siento que si callo se me cerrarán las branquias y me ahogaré. Eso es un avance, ¿no?

—¿Que no te creas un pez? ¡Sí, claro que es un avance! —Castells sonríe seráfico y me vuelve a sorprender su juventud y su belleza. Pero ya no pienso en violarlo. Me produce ternura.

—Pues como os decía, a fines del 39 tuve una iluminación y zarpé de Gallinas hacia La Habana. El Mongo Blanco, el Mago-Espejo-Sol, tenía que dejar lugar al civilizador, al colonizador. Yo había conseguido todo en los mares y factorías de África, pero tuve esa iluminación. Mi destino y, sobre todo, el de Rosita no se cumpliría allí. Me fui sin avisar a nadie salvo a mi querido Martínez y a Burón, que de hecho era el segundo factor en importancia en todo el Vey y al que expliqué mis nuevas trazas como colonizador y asigné un importante encargo. Poco antes de embarcar se me presentó Mérel acompañado de su esposa. Me rogó que los dejara embarcar conmigo y volver a Cuba. El francés se sentía viejo y deseaba una vida más tranquila para él y su Joséphine. Curioso, no lo tengo por virtud sino por defecto, doctor, pero nunca soporté la deslealtad. En especial de quien todo me lo debía. Cuando miré a Mérel sentí que me corría agua helada por las venas y la espalda. No hice reproches, eso hubiera sido rebajarme. Le dije que no había sitio en el barco ni trabajo para él conmigo en La Habana, que haría bien en quedarse y pegarse a sus grandes amigos Burón y Vicuña. Quiso decir algo, pero yo ya me había dado la vuelta. Dejando Gallinas tocaba también dejar lastres y desagradecidos detrás.

—¿No estás siendo muy duro con el francés? —pregunta el doctor con semblante bonachón—. Entiendo que siempre te fue fiel pero que en tus ausencias, viviendo en un lugar así, tuvo que buscarse aliados y amigos.

—Nada duele más que la traición de quien te fue cercano. ¡Las de los demás qué importan! Y precisamente por vivir jugándonos la vida día tras día, me resultaba imposible dar cabida a quien me había decepcionado.

—¿Supiste algo más de él?

—Sí, pasados los años recibí una carta de Burón. Tras el ataque de Denman y restablecer Martínez y él la factoría en Gallinas, hubo unos años de relativa tranquilidad. Pero con el paso del tiempo los *krumen*, bosquimanos y guerreros veys entendieron que el Mago-Espejo-Sol nunca volvería. Corrieron los rumores, que si me había ahogado, que si estaba preso de los ingleses. El caso es que en 1845 los nativos bajaron el río. Para entonces ya sabían dar un buen uso a los mosquetes y las defensas de Gallinas eran precarias. Atacaron la factoría, la saquearon y masacraron a casi todos los blancos, a Mérel, su mujer y Vellido entre otros. El escurridizo Burón escapó a Monrovia con Elvira, a la que había desposado en mi ausencia, y ya nunca más volvió. Su carta fue lo último que supe de él y de los demás.

—¿No sentiste pena, remordimientos?

—No. Para entonces eran recuerdos que parecían de otro. A veces el tiempo corre más deprisa, hay años que pesan más, ¿no? Yo ya no era el mismo. Tenía otros problemas.

—¡Caramba!... ¡Uf, volvamos a La Habana! Era mil ochocientos...

—Octubre del 39. Mi hija tenía ocho años y seguía bastarda y sin bautizar. En la cabina del barco, durante el viaje, empecé a dar forma a mi plan. Escribí un pliego con destino al Ministerio de Marina, Comercio y Ultramar. En él explicaba el peligro del establecimiento de los británicos de manera definitiva en las islas de Fernando Poo y Annobón, con el pretexto de así reprimir mejor la trata ilegal. Port Clarence era poco más que un puesto de avituallamiento, la isla seguía siendo de titularidad española pese a que los últimos compatriotas hubieran muerto de fiebres y penurias en 1829, vacío que aprovecharon los ingleses para meter la patita. Recalqué la importancia estratégica de esas islas para controlar el golfo de Biafra y las entradas por el río Níger para comerciar con vastísimos y muy ricos territorios. España no podía tolerar tal usurpación y yo, como honrado comerciante y muy experto en la zona, me permitía ofrecer una serie de iniciativas y a proponerme como el hombre idóneo, siempre al servicio de la patria y la Corona, para realizarlas. La principal era, aparte de defender la soberanía nacional, establecer allí colonos negros, ya contratados en África, ya traídos en mis propios barcos desde Cuba y Puerto Rico, como granjeros y plantadores en una tierra tan fértil. Quedando, claro está, la comercialización de sus productos en manos de españoles, peninsulares y cubanos. A Burón lo dejé al tanto de esto y con la orden de apoyar mi solicitud con sucesivos escritos al ministerio elogiando mi figura, mi labor en África y el visionario proyecto.

—Y llegaste a La Habana.

—Sí, y tan pronto desembarqué mandé el pliego a Madrid y le pedí a don Joaquín que me consiguiera una reunión con el capitán general Ezpeleta. Costó unos días, tiempo que aproveché para instalarme de nuevo y con más lujo aún que antes en mi palacio junto a la Plaza de Armas, reunirme con mis socios y amigos y enterarme de cómo estaban las cosas de la política en la isla. Decoré una recámara en oro para Rosita, la llené de carísimos juguetes, le puse profesor de francés, de música y de pintura. La rodeé de cuanta belleza pude a tan temprana edad, en la seguridad de que florecería en una hermosa joven con todo lo necesario para triunfar en sociedad. También de sirvientas, ayas y esclavas, todas con la orden de complacer hasta su más pequeño capricho. Si veo algún afán en su carita, os desollaré a latigazos. Así les dije.

—Muy cruel, tiránico, ¿no?

—A veces una amenaza evita un mal mayor, doctor. Las casas donde hay tanta gente contagian emociones y rumores al instante. Al llegar me extrañó no ver a Rosalía ni a los sobrinitos. Me enteré de que los muchachos habían tomado casa propia y que su tía estaba allí de visita día sí, día no. Cuando amenacé así a las esclavas y sirvientas, lo hice a sabiendas de que correrían con el cuento a Rosalía. La quería prevenida. Al menor desaire a mi hija en mi casa, correría sangre.

—Entiendo.

—Lo dudo, doctor. No sois así. ¿Sigo?

—Sí, por favor.

—Por fin me topé con Rosalía. La repulsión continuaba allí, pero hablamos pausadamente, con la extraña familiaridad que tienen los viejos enemigos. Solo hay una cosa que une más que el amor a dos personas.

—¿Cuál, Pedro?

—El odio, doctor. El odio antiguo, sin fisuras, que ha tenido años para fermentar, para obsesionar a uno con el otro. Un odio total que se filtra en los huesos, en todo lo que hacemos y pensamos. La razón de vivir de Rosalía no era otra que odiarme. Lo supe en cuanto la miré. Esta vez no hubo siquiera un beso frío y formal. Ni nos rozamos; una corriente de aire helado pasaba entre nosotros desmintiendo el calor húmedo de La Habana. Entramos en materia sin más preámbulos. Yo le dije que solo esperaba de ella corrección para conmigo, su esposo mal que le pesase, y mi hija. Solo corrección. A cambio ella podría hacer su vida. Nada le faltaría. Sus habitaciones serían sagradas para mí. Ni necesitábamos la pantomima de comer o cenar juntos. Ella asintió, me hizo la gracia de aceptar mostrándome todo el desprecio del que era capaz. Solo cuando íbamos a separarnos se giró y me preguntó si, realmente, suponía que mis escándalos habían sido olvidados. ¿Lo han sido?, le pregunté yo. No, te acompañarán hasta la tumba y a esa pobre niña que llamas tu hija, también. Ese es tu castigo, Pedro Blanco, el negrero. Apreté los puños y me controlé para no golpearla, que era lo que me apetecía. En cambio, le contesté que solo esperaba de ella que no avivara ese fuego de nuevo. Me miró inexpresiva, hizo una mueca que pretendía ser una sonrisa y se marchó. En los siguientes meses apenas la vi. Llegué a olvidarme de ella.

»Al fin don Joaquín me acompañó a ver al capitán general Ezpeleta. Antes estuvimos discutiendo cómo afectarían a mi plan los últimos hechos en España. A mí y a los negreros cubanos. Veréis, doctor, Espartero llevaba desde agosto negociando con parte de los carlistas la paz. Una paz que no satisfacía ni a parte de los cristinos, con la regente a la cabeza, ni a los más absolutistas del otro bando, los fieles a don Carlos María Isidro. Espartero y Maroto avanzaron un poco por su cuenta y se produjo el Abrazo de Vergara y la paz. La paz en España nunca era una buena noticia para los negreros en Cuba, siempre traía el peligro de que nos necesitasen menos y les diera por entrometerse. Especialmente Espartero, que debía su victoria a los fondos ingleses y quería mostrar su gratitud. El gobierno tenía una deuda millonaria con Gran Bretaña, por un empréstito de 1828, que no solo no podía pagar, sino que además generaba intereses y demoras también impagables. Fue entonces cuando el embajador británico en Madrid deslizó la idea de comprar a España las islas de Fernando Poo y Annobón, ofreciendo un dinero que por supuesto retornaría a ellos en pago de esa deuda inabarcable. En julio llegó la noticia de la primera oferta formal de los ingleses al gobierno, unas miserables cincuenta mil libras. Si algo impedía a Espartero acceder como era su deseo y desprenderse de unas islas que consideraba inútiles, era la regente María Cristina y sus inversiones en la llegada de negros a Cuba y el trabajo esclavo en los ingenios. Por ese lado, la cosa no pintaba tan mal. Con estas cábalas en la cabeza nos presentamos Gómez y yo ante Ezpeleta. No fue ni amable ni desatento. Nos dejó claro que estaba de salida, que ni miraría mi pliego y que probáramos suerte con su sucesor, que asumiría el cargo a la brevedad. Eso sí, antes de despedirnos soltó la bomba. Me dijo que estaba al tanto de mis andanzas, así las llamó, en la isla y que le asombraba mi cuajo al volver a ella.

—¿Y qué le contestaste?

—¿Qué podía decirle que no embarrara más mis aspiraciones? Sonreí, hice una reverencia y salimos. Me quedó claro el mensaje. Nadie se había olvidado y tenía enemigos en la isla.

—¿Y qué pasó después, Pedro?

—En el camino de vuelta le expresé mi preocupación a don Joaquín. Este se encogió de hombros y me dijo que nadie puede borrar el pasado, que hemos de vivir con él, aceptarlo. Pero enseguida mi amigo recobró su bonhomía habitual y trató de elevarme el ánimo. ¡Pedro, La Habana y la trata están muy vivas! No paran de llegar nuevos y valiosos elementos, amigos que tengo que presentarte. Me habló de Julián Zulueta, un alavés llegado en el 38 como agente de su tío Pedro Juan, tratante y mercader en Londres, el de Zulueta & Co. A ese sí lo conocía, le giraba letras cada tanto a cambio de suministros para mis barcos negreros. ¡Un tipazo, ya verás!, continuó don Joaquín. Se va a casar con Francisquita, la sobrina de Salvador Samá. Anda con muchas ideas. Algunas parecidas a las que traes. En previsión de que escaseen los negros se quiere traer chinos de Macao como colonos. Va a abrir una oficina en Nueva Orleans para la compraventa de negros. También anda con que invirtamos en un ferrocarril en Caibarién, para traer mejor el azúcar de los ingenios. ¡Muy emprendedor! Otro que conocerás es un francés de Burdeos, Pierre Forcade, socio de Forcade y Font, de Cádiz. Se acaba de comprar el ingenio El Porvenir, en Colón. Y dos hermosas mansiones aquí. Todo lo que tiene de lince para los negocios, lo tiene de libertino como buen gabacho y mantiene dos familias a la vez, una con una española y otra con una criolla. Y al que hay que echarle el lazo es a Antonio Parejo, acaba de bajar del barco con una fortuna para invertir. ¿Suya?, pregunté por decir algo. ¡No, hombre, no! Dinero todo de Su Majestad la reina regente María Cristina de Borbón, el ángel de los ingenios y los negreros. Buena cosa, mientras su dinero esté aquí nosotros estaremos tranquilos. Lo cierto es que los conocí pronto a todos y con todos hice tratos trayendo bozales de Gallinas, comprándonos y vendiéndonos participaciones de ingenios y negocios. Se fueron sumando más y más socios como Miguel Azopardo, Domingo Goicuría, el conde de Casa Brunet... Un buen e importante amigo fue el abogado Ramón de Armas, muy influyente en el Concejo Municipal de La Habana, presidente de la Sociedad de Amigos del País y apoyo de los negreros. Nadábamos en oro, así que me di el gusto de asociarme con un tal Carballo y fundar la naviera legal Blanco & Carballo, nada de negros, solo pasaje y carga. Hubiera sido el sueño de mi tío Fernando, me acordé de él con cariño.

—Así que la cosa iba sobre ruedas, ¿no?

—Pues sí. Pero yo seguía empecinado en mi proyecto colonizador. La esclavitud estaba claro que duraría aún mucho en Cuba, pero la trata estaba cada vez más perseguida. Yo tenía una visión de futuro. Si acerté con Gallinas y revolucioné la trata, ¿por qué no iba a acertar ahora?

—Supongo que tienes razón.

—En enero del 40 llegó el nuevo capitán general Telléz de Girón, príncipe de Anglona. Venía con la idea de estar poco tiempo y tampoco prestó atención a mi plan ni le dio curso a Madrid. Anduvo muy ocupado con el lío que le montó el abolicionista David Turnbull, que para colmo de males y gracias a su feroz militancia antiesclavista fue nombrado de inmediato cónsul británico en La Habana y en un santiamén organizó toda una red de espías. Acababa de publicar *Travels in the West: Cuba; with Notices of Porto Rico and Slave Trade*. Ahí exponía con todo lujo de detalles la impunidad con que trabajamos, siempre amparados por los sucesivos capitanes generales y pese a las amargas quejas de los miembros ingleses del Tribunal Mixto. Contaba, por ejemplo, la burla descarada que era haber erigido dos barracones para hasta dos mil quinientos esclavos al final del mismísimo Paseo del Prado y junto al ferrocarril. Y no dudaba en señalar Gallinas como el origen de los cargamentos. El escándalo en Inglaterra fue inmediato, la opinión pública se volvió contra su gobierno y este apretó a Espartero. Y como la mierda cae de arriba abajo, este lo hizo con Telléz de Girón, por muy príncipe que fuera. Así que este, consciente de la situación en España, no estaba por la labor de mover ni un dedo, ni a favor ni en contra de los todopoderosos negreros cubanos. Yo, mientras tanto, insistía a Burón que mantuviera los escritos con mis recomendaciones al Ministerio de Ultramar, cosa que hizo hasta que se presentó allí Denman y arrasó con todo, claro.

—Conociéndote debías de sufrir de impaciencia.

—Pues sí, yo soy... era, como un rabo de lagartija. Os confieso que solo encontraba paz en los ratos que pasaba con mi hija y en volcarme en otros mil negocios que multiplicaban mi dinero. Adquirí un lujoso palco, vecino del de los capitanes generales, en el Gran Teatro Tacón. Fue mi regalo a Rosita por su noveno cumpleaños. Aún era pequeña para disfrutarlo, pero lo hice pensando en su educación musical y su entrada en sociedad, en cómo luciría allí sus mejores galas.

—Me parece encomiable tu amor por ella, Pedro.

—Sí, la amo. La he amado siempre con locura.

—¿Y te comportabas bien por no azuzar el recuerdo de tu escándalo?

—Sí, todo lo bien que podía. Claro que cada tanto me salía el bicho y parecía endemoniado. Ningún placer me satisfacía si no lo apuraba hasta el exceso. Eso también ha estado en mí siempre y duró lo que me duró la carne. En cualquier caso, estaba en vísperas del cataclismo y como le sucedió a Pompeya ningún aviso tuve de mi destrucción.

—Explícate.

—La situación en España dio un vuelco inesperado. Al tiempo que Palmerston elevaba su oferta a unas aún mezquinas sesenta mil libras por Fernando Poo y Annobón, la situación política cambió. Estalló la revolución liberal, primero con pequeñas revueltas y luego con la formación de juntas revolucionarias. La de Madrid la impulsó el mismo ayuntamiento. Todo por un quítame allá unas elecciones y leyes municipales, luego por un supuesto ataque a la Constitución del 37. Era todo refriega entre liberales moderados, partidarios de María Cristina, y liberales progresistas. ¡Ya ni les hacían falta los carlistas para matarse entre ellos! Los progresistas no dudaron en airear con pelos y señales los amores de la regente con un capitán de la

Guardia de Corps, otro Godoy, pero con menos ambición, un tal Fernando Muñoz que le hizo hasta ocho tripas, que ella ocultaba con sus miriñaques. Era *vox populi*, pero hasta entonces no se había usado como arma política. Y ese es el fin de cualquier monarca, que la gente les pierda el respeto casi religioso que los coloca sobre ellos y se den cuenta de que a todos nos tira la sisa por el mismo lado. La gente cantaba coplillas, aquello de:

> *Clamaban los liberales*
> *que la reina no paría,*
> *y ha parido más Muñoces*
> *que liberales había.*

»La cosa derivó en revolución y acabó con que el 12 de octubre la reina gobernadora renunciaba y tomaba un barco en Valencia para exiliarse junto con su Muñoz y caterva de hijos en Marsella. Lo último que le dijo a Espartero fue aquello de «te hice duque pero no pude hacerte caballero». Este le devolvió la gentileza publicando que la Borbón se había casado en matrimonio morganático con el tal Muñoz solo tres meses después de enviudar. El escándalo fue mayúsculo. Así que héteme aquí a Espartero, el duque de la Victoria y lacayo de los ingleses, como regente único del Reino en cuestión de meses. Aquello no era una buena noticia para los negreros cubanos en general y ni para mí y mi proyecto en particular. Y eso que al principio pareció hasta favorecerme.

—¿Cómo? ¿Por qué?

—En mayo, como flamante nombramiento del regente único, llegó a la isla el capitán general don Jerónimo Valdés. Y la vida siempre te prueba, te da una de cal y luego otra de arena.

—¿Por qué dices eso?

—Porque los primeros días de Valdés trajeron muy buenas noticias. No para los negreros, pero sí para mis planes colonizadores. Veréis, Valdés llegó con órdenes claras de Espartero de hacer algo para ganar el favor de sus patronos ingleses. Y eso pasaba por encontrar alternativas al uso de esclavos en los ingenios. Mi plan parecía caído del cielo para las necesidades del duque de la Victoria, su gobierno y el nuevo capitán general. Valdés lo abrazó con entusiasmo y envió el pliego a Madrid con las mejores recomendaciones, insistiendo en su viabilidad y en lo bueno que sería prevenir el control británico de Fernando Poo. Yo me sentía en una nube. Pero de las nubes te baja siempre alguien a garrotazos. ¡Julio de 1841, mes maldito! Por un lado, Espartero presentó en las Cortes un proyecto para malvender a los ingleses las islas que yo ansiaba y, dado su control del Parlamento, tenía toda la pinta de aprobarse. Creó una Comisión con la orden expresa de informar favorablemente de la venta, cosa que hicieron gustosos Ferrer, el secretario Chacón, Primo de Rivera, Campuzano y Dionisio Capaz. El propio Valdés se mostró contrariado y me manifestó su fe en mi plan. El caso es que esa venta sería un golpe terrible no solo hacia mi sueño, sino también hacia la trata y los negreros antillanos.

»Todo parecía hecho pero los negreros supimos darle un vuelco a la situación. Tocó moverse, doctor, y rápido. Ríos de oro regaron las redacciones de los periódicos en Madrid. Espartero pagaba a los periódicos oficialistas, *La Constitución* y *El Eco del Comercio*, que se dedicaron a ensalzar el genio titánico del regente único y la inutilidad de esas islitas perdidas en quién sabe dónde. La prensa de la oposición, previo pago de su importe, se tiró al cuello de Espartero agitando la bandera de la patria y la soberanía nacional, que nunca falla cuando se trata de sacar turbas a la calle. Agitas la bandera y ahí que van todos como cabestros. Curioso el efecto que un trapo, el que sea, causa en las personas. *El Correo Nacional*, *El Cangrejo* y *El Corresponsal* encabezaron la cruzada. El director de este último, un tal Aribau, dio con un razonamiento incendiario, escribió que si el gobierno iba a pagar deudas y atrasos con islas de la patria, qué sería lo próximo, ¿malvender o regalar a los ingleses las Filipinas, las Antillas, las Canarias o las Baleares? La opinión pública se volvió furiosa contra Espartero y, sin preverlo, este tema que consideraba zanjado se volvió una herida por la que su reputación y crédito político se desangraba. Además, nosotros desde Cuba no parábamos de echar sal en la herida. Tanto es así que las Cortes acabaron desechando el proyecto del regente y al año, España mandaba desde El Ferrol buques de guerra al mando del comandante Lerena para recuperar el control efectivo de las islas de Fernando Poo y Annobón. Espartero nunca nos lo perdonó. Supongo que le dieron un buen tirón de orejas desde Londres.

—Pero entonces todo iba bien, Pedro. Tus planes de colonización podrían realizarse, ¿no? ¿Qué pasó tan terrible en junio?

—¡Pues Rosalía, doña Rosalía Pérez Rolo, mi señora esposa! Eso pasó. En julio se marchó de casa. Al principio no le di importancia, la creí enojada por alguna de las francachelas que tenía en casa, que las había por todo lo alto. Pero esta vez era mucho más. No sé de dónde sacó las fuerzas, quién la pudo aconsejar, pero el caso es que se refugió en casa del comandante don Pedro de la Roca, hombre de cierta importancia, y me denunció.

—¿Cómo que te denunció?

—Pues eso, que me denunció por sodomita, maltratador, poco aficionado al lecho conyugal, por abandono y por obligarla a convivir con una hija ilegítima, medio negra y sin bautizar. Luego fue añadiendo más cosas. Se buscó un buen abogado, un tal Joaquín Astray y Caneda, y pidió el divorcio, que ya supondréis que era separación de lecho y techo pues el sagrado vinculo era indestructible. Que así se especificaba en las aún vigentes Siete Partidas de Alfonso X el Sabio, que regían el derecho familiar en Cuba. Yo no daba crédito al principio, pero ahí empezó un largo proceso que se fue enredando durante años. El pasado me venía a buscar, doctor. Nuestros errores nos esperan siempre en algún recodo del camino. De repente todo se volvía contra mí. Espartero dio órdenes a Valdés y este empezó a tomar medidas contra la trata. Aún éramos poderosos, por supuesto, y conseguimos que el gobierno expulsara al agitador Turnbull del cargo. Alguno de sus espías apareció flotando en la bahía. Valdés, entonces, empezó a reprimir la trata para aplacar a los ingleses. Hizo lo que nunca había hecho ningún capitán general, aprehendió negreros y cargamentos de bozales ya desembarcados en la parte de Matanzas. Esta vez la campaña de descrédito la hicimos en Cuba, acusando a Valdés de ser tan lacayo de los ingleses como el mismo Espartero, de tener planes abolicionistas y atacar el corazón mismo de la economía cubana. La obstinación de Turnbull ayudó. Tras su cese permaneció en Cuba y descubrimos y aireamos su plan de levantar a los negros del Oriente, desencadenando una auténtica revolución de esclavos. Para ello tenía a un agente suyo, un tal Francis Ross Cocking, reclutando un ejército de dos mil negros en Jamaica. Le ofrecieron el mando a un general venezolano, veterano de Bolívar. La idea era invadir y apoyar la revuelta de bozales, acabar con la esclavitud y ganar la independencia de la isla frente a España. El gobierno inglés parecía al margen, pero sin duda andaba detrás en el convencimiento de que el anglófilo Espartero no haría mucho. Sacamos todo a la luz. ¡El miedo, doctor, siempre el miedo! Nada moviliza a la gente como el miedo. Les puedes razonar, prometerles el paraíso en la tierra, justicia, pan y libertad, pero solo el miedo hará que se pongan de tu lado. Turnbull acabó arrestado en el Real Castillo de la Fuerza y expatriado. Triunfamos, pero la situación derivó en un abierto enfrentamiento entre el capitán general y la élite negrera. Y en esas estábamos cuando Rosalía empezó a encontrar apoyos importantes. Al parecer nadie había olvidado mi escándalo. Y mi hija seguía sin legitimarse, por mucho que Ramón de Armas impulsaba el proceso. Me di cuenta de que si me revolvía sería peor, así que intenté lo más lógico, comprar a Rosalía y los suyos.

—¿Sobornarlos?

—¡Claro, doctor! A ella, al comandante que la alojaba y a Astray, su abogado. ¡Pobre idiota! Entonces me di cuenta de lo mucho que había subestimado el odio, el rencor apasionado de Rosalía hacia mí. Como a falta de amor, el odio había ocupado todo su ser y era el centro de su existencia. El odio es egoísta, absoluto. No se odia un poco, así que no deja espacio para ningún otro sentimiento. Al principio se negó en rotundo a aceptar verme y despachaba a mis emisarios con los peores insultos. Por fin accedió a encontrarnos, pero en casa de su protector y con su abogado al lado. Doctor, Rosita tenía diez años. Mi hija. Acepté, me humillé hasta lo indecible, hasta no reconocerme, pedí perdón, ofrecí el oro y el moro. Para pasmo de todos los presentes, no negué ninguna de las acusaciones.

—¿Eran ciertas?

—¿Qué más da, doctor? ¡Eran ciertas para ella y sus amigos!

¿De qué hubiera valido que las negara? ¿En qué hubiera ayudado a Rosita contrariar a mi mujer? Dije que sí, que perdón, que no volvería a pasar. Me arrastré para pedirle que volviera a casa, que todo sería distinto y que consagraría mi vida a hacerla feliz. No sirvió de nada. El proceso seguiría. Salí de aquella casa sintiéndome, yo, el Mongo Blanco, el más miserable de los hombres. No podía quitarme la imagen de mi hija de la cabeza.

—¿Y qué hiciste luego?

—Me reuní con mi único amigo cierto. Me dijo que La Habana era muy pequeña para que no se comentara este proceso, las acusaciones, el escándalo anterior. Me dijo que la buena sociedad habanera, los padres de familia, los ricos de cuna, condecorados y ennoblecidos, sus mujeres, no aceptarían en su círculo a plebeyos de moral dudosa, negreros con sangre en las manos e hijas mulatas y bastardas. ¡Critican en mí lo que hicieron sus abuelos, Joaquín!, estallé yo. ¡Nadie hace suyos los pecados de sus padres, Pedro! Mi amigo me calmó, me pidió que pensara en mi hija y me propuso una salida. Pedro, eres rico, vuelve a España, donde la gente ni se ocupa ni se preocupa de esta isla y sus habladurías. Vete allí y ayúdanos a derrotar a este Valdés de mis pecados. Usa bien tu dinero, tus contactos. Deja que Rosalía se agote. Ella arde con solo tenerte cerca. Pon el mar por medio. Y llévate a la niña.

—¿Y?

—Pues le hice caso. Hui una vez más de Cuba y regresé a España. A Málaga.

—Bien, Pedro, dejémoslo aquí. Estoy seguro de que lo que viene es importante y los dos estamos cansados. Tu memoria sigue ordenada, cuentas asuntos complejos sin dificultad. Quizá pronto lleguemos a esos papeles, ¿verdad?

—¿Otra vez esos papeles, doctor? No tengo idea de lo que habláis.

—Bien, mañana será otro día. —El doctor cierra su cuaderno, se quita los lentes y se frota los ojos cansados.

Yo me levanto y camino hacia la puerta. Justo entonces me detengo.

—Doctor.

—¿Sí?

—¿Quién está siempre al otro lado de la celosía? Sé que hay alguien. Puedo olerlo.

El doctor me mira en silencio, baja la vista como quien se prepara a mentir, suspira y se revuelve en la silla.

—Nadie, Pedro. No hay nadie.

—Hasta mañana, doctor.

—Hasta mañana.

Miente, el doctor Castells miente.

> *Artículo 24. Se encarga muy particularmente a los dueños y mayordomos la más exacta vigilancia para impedir el exceso en la bebida y la introducción en las diversiones de los esclavos de otra finca y de otros hombres de color libres.*

XXIV

—El resto de 1841 lo pasé en Madrid y Málaga, doctor, encargándome de visitar socios y amigos, políticos favorables que apoyaran nuestras quejas contra el capitán general Valdés, como había acordado con los demás negreros en La Habana. Lo acusamos de todo y más, de vendido a los ingleses y de afrancesado, que era el primer insulto que siempre se lanzaba contra los enemigos de la patria y la tradición. Visité al arzobispo en Toledo. Viajé también a Santander, bien provisto de fondos, y a ver a los amigos de Manzanedo, el esclavista de Santoña. Al mismo tiempo seguí impulsando mi proyecto colonizador. Me encontré varias veces con don Dionisio Capaz, ministro de Ultramar. Le sonó muy bien mi plan, que veía como una vía de agradar a Espartero. Me expresó sus dudas sobre si era realmente factible conseguir una cantidad suficiente de colonos, pues dudaba de que los africanos quisieran contratarse voluntariamente. Le tranquilicé cuando le dije que se trataba de un formalismo para cumplir los tratados, que mi idea era hacer acuerdos con todos los reyezuelos de la zona, del Vey que tan bien conocía y otras costas, para que ellos nos vendieran sus prisioneros como colonos. Todo consistía en cambiar la palabra «esclavo» por la de «colono». Y habría mucho que ganar y repartir con discreción. El tal Capaz resultó ser un tipo extremadamente razonable y fue él mismo el que me sugirió postularme al cargo de intendente honorario de Marina. La idea me gustó, entendí que semejante cargo, aparte del poder que me conferiría, era un paso más hacia la dignidad y un mejor futuro para Rosita. Nadie en La Habana querría indisponerse con todo un intendente de Marina.

—Entiendo. Supongo que así se toman las decisiones en este país.

—Así ha sido siempre, doctor.

—¿Y cómo fue tu vuelta a Málaga?

—¿Qué sentí?

—Sí.

—Nada, nada al principio. Ningún ser querido me quedaba allí. Me instalé en una buena casa. Visité a mis socios... Me encontré con algunos Fernández de Trava que ahora, vista mi opulencia, se mostraron de lo más afectuosos. Era evidente que o no conocían mis escándalos, la historia de los sobrinos y Rosalía, o preferían hacerse los tontos a la espera de bienes mayores. Me sorprendió mi propia calma, mi falta de ganas de degollar a alguno. ¿Dónde está mi fiera?, me pregunté. Lo atribuí todo al efecto benéfico que obraba mi hija en mí. A eso y al paso del tiempo. Málaga seguía igual, pero me parecía el escenario de la juventud de otro. Yo era el que había cambiado y nunca fui dado a la nostalgia. Ni visité mi casa, ni la tumba de mi madre, ni el colegio. Nada de eso tenía ya que ver con don Pedro Blanco, el colonizador, el rico potentado habanero y, mis dineros mediante, futuro intendente honorario de Marina.

—Ya veo. Supongo que no se pueden tener tantas vidas en una sin reinventarte cada tanto. Y eso es imposible si te atas a lo que fuiste, ¿no, Pedro?

—Eso creo. Así viví siempre. Y tanto me reinventé que decidí meterme en política.

—¿Y resultó?

—No, me equivoqué de medio a medio.

—¿Cómo?

—Sí, me creí más fuerte de lo que era. Conocí gente en Madrid cercana a la exiliada María Cristina, amigos que participaban con ella en la compra de esclavos e ingenios. La Borbón aparentaba conformarse con su papel de burguesa enriquecida, dispuesta a vivir de sus rentas. Pero nada más lejos de la realidad. Como todo el que ha probado el poder, le costaba renunciar a él y conspiraba en secreto contra Espartero desde Francia. Lo cierto es que a ningún negrero contentaban las políticas de Espartero y su capitán general. Me uní a la conjura que ya aglutinaba en torno a María

Cristina a esclavistas, carlistas, algunos moderados y cualquiera, y eran muchos, agraviado por el autoritarismo de Espartero. Los conspiradores contaban con que parte del ejército, entre ellos espadones como Narváez, Leopoldo O'Donnell y el *beau sabreur* de Diego de León, secundarían un levantamiento Y que este tendría gran apoyo popular. Pero como a todos los conspiradores, les faltaba lo más importante.

—¿El qué?

—Dinero. Contactos y dinero. Precisamente lo que yo más tenía. Le di a Antonio Alcalá Galiano un millón de reales y le prometí más. Me recibieron como agua de mayo. Pensad que la propia María Cristina y su Muñoz aportaron ocho millones a la causa. También puse a su disposición mis barcos para traer armas y bastimentos desde Londres a los puertos del norte, en especial a Santander y Bilbao. También a Burdeos. De alguna manera insuflé sangre en toda la confabulación. Todo esto mientras frecuentaba al ministro de Ultramar y enardecía a gente contra Valdés. Me sumé a la aventura de derrocar un gobierno. El levantamiento no era solo contra Espartero, era también antiliberal. Os sorprenderían los apellidos de nobles y potentados de este país que también se involucraron. Las familias de todos conocidas... Me parecía claro que con María Cristina de Borbón de nuevo en el trono la vida sería otra vez más fácil para un negrero y futuro colonizador. Algunos militares se alzaron en octubre; el propio Diego de León, un húsar a la antigua, se propuso raptar a caballo a la niña Isabel del Palacio Real. Un gesto romántico. Espartero reaccionó de manera no menos galante y lo pasó por las armas, aunque permitió a Diego de León vestir su uniforme de gala. El levantamiento fracasó. Fue aplastado. O'Donnell tuvo que exiliarse.

—Pero tú te quedaste con mucha documentación, ¿no? Pruebas contra la gente que participó en todo eso. ¿Son esos los famosos papeles que tu hija necesita?

—No sé de qué papeles me habláis. Si mi hija quiere algo de mí solo tiene que pedirlo. Yo borré cualquier rastro que me vinculase a ese *coup*, doctor.

—Ya.

—¿Lo dudáis?

—¿De doctor a paciente? Sí.

—A lo mejor es algo que en mi desordenada cabeza aún no aparece, ¿verdad? Quizá si sigo contando, surjan de entre las olas esos papeles en una botella.

—No creo que a tu cabeza le pase ya nada, Pedro. La ironía es incompatible con la locura, a mi entender. Y tú te estás burlando de mí ahora.

—Y vos, doctor, me estáis diciendo que ya no estoy loco. Por tanto, ¿puedo irme?

—No, aún no.

—Entonces soy vuestro prisionero.

—Mi paciente.

—Ya.

—Sigue.

—Pues fracasada la intentona, probé por otras vías. Iba a haber elecciones, así que compré una candidatura al Senado por el Partido Progresista en Málaga. Mi idea era ganar peso para impulsar mis proyectos y desbancar a Valdés desde España.

—¿Te eligieron?

—¡Pues no, doctor! Compré buena prensa, apoyos locales y en Madrid, pero no. Llegaron las elecciones y solo saqué unos insuficientes ochocientos dos votos, así que ¡mi gozo en un pozo! Claro que investigué y resultó que hubo órdenes e injerencias del mismo Espartero, según me explicaron gentes del partido. El duque de la Victoria se volvía a cruzar en mi camino para impedir mis deseos. La nube sobre mi cabeza pareció disiparse cuando recibí un par de buenas noticias. La primera era que mis movimientos en España empezaban a causar efecto. La acusación contra Valdés por colaboracionista con los ingleses en la abolición de la trata y contra los intereses de Cuba se extendió como el fuego, así que en junio del 42 se sumaron a la petición de su cese las Diputaciones Comerciales de Málaga, Cádiz, Alicante y Zaragoza, todas con fuertes vínculos comerciales con los esclavistas cubanos. Meses después el propio Valdés agravó su situación con una medida reformista cuando promulgó su Reglamento de Esclavos para la isla.

—¿Cómo un reglamento?

—Pues eso, un bando como gobernador y capitán general.

Cuarenta y ocho puntos donde se detallaban todas las obligaciones de los esclavos para con los dueños, pero también las de estos para con sus negros. Una medida sin duda bienintencionada, que elevaba a ley las prácticas de los mejores amos. Pero claro, por cada uno que lo aplaudió hubo diez que se quejaron amargamente. Decían que quién demonios era Valdés para decirles cómo tratar a sus negros, que para eso eran tan suyos como sus vacas, sus cerdos, sus mesas y sus sillas. Desde los amos de los grandes ingenios hasta el comerciante que solo tenía un negro en la tienda, todos clamaron contra ese ataque a su libertad y la propiedad privada. Ahí Valdés pinchó en hueso y se ganó la enemiga de muchos.

—Ya veo. ¿Y cuál fue la otra buena noticia?

—Pues vino de don Dionisio Capaz, el ministro de Ultramar. Sus elogios sobre las virtudes de mi plan de cara a los ingleses y mis cualidades como experto en asuntos africanos...

—¿Experto en asuntos africanos?

—Supongo que poner mis cualidades como Mongo de Gallinas y negrero quedaba peor, doctor.

—Sí, claro.

—Bueno, por lo que fuera. El caso es que el 30 de abril de 1843 fui nombrado intendente honorario de Marina. Esto y noticias de mi amigo Ramón de Armas, de La Habana, diciéndome que esperaba destrabar en breve el proceso para legitimar a Rosita, me decidieron a volver a Cuba. Era desde allí donde podría poner en marcha el asunto de los colonos. Y, además, volvía detentando un cargo importante. Llegué justo a tiempo para sumarme a la llamada «conjura de los negreros» contra Valdés, que se defendía con uñas y dientes.

—¿Y Rosalía?

—Seguía a lo suyo. Empecinada en lo del divorcio y refugiada en casa ajena. Yo al principio me lo tomé con calma. En efecto, en mayo De Armas consiguió la legitimación de Rosita. Así que yo era feliz y me mostré dispuesto a conceder a mi esposa lo que pedía. Solo pensaba en llevar a Rosita a la catedral, bautizarla, darle mis apellidos y una vida de lujo en La Habana. Tenía once años y seguía sin cristianar. Planeé una gran ceremonia para ella, que culminaría con una fiesta en casa donde la presentaría yo, el nuevo intendente honorario de Marina, a lo más granado de la buena sociedad. Sin embargo, las cosas no salieron así. A la catedral solo vinieron negreros y amigos como don Joaquín y Martí y Torrents. Muchos de ellos con sus queridas y no con sus mujeres e hijas. Este fue el primero de muchos feos que nos hicieron, a mí y a la pobre niña. La fiesta en casa fue más de lo mismo. Luego me enteré de la prohibición de muchas damas a sus esposos. Ninguna iba a juntar a sus nobles vástagos con la bastarda de un negrero. Los salones quedaron vacíos, sobró comida y solo yo bailé con mi hija. Mi orgullo me hizo llevar varias veces a la niña a nuestro palco del Gran Teatro Tacón, solo para ver miradas huidizas, espaldas, desplantes... Rosita ya se enteraba de todo y volvía a casa llorando, pidiéndome que no la llevara nunca más al palco. ¡Aquello me recordaba demasiado a mi niñez en Málaga, doctor! ¿Así que esto vale todo lo que he creado, todo el oro que he ganado para mí y para estos hijos de perra?, mascaba por dentro. ¿Ni siquiera puede comprar una sonrisa, unos compañeros de juego, un poco de amabilidad para mi hija? De pronto todo el lujo de mi casa, los esclavos, las volantas, mis trajes, me resultaron una burla atroz. Me sentía exhausto, desfondado. Solo, muy solo. La incapacidad de darle buena compañía a Rosita me hizo sentir muy solo. Como si en la carrera sin freno que había sido mi desaforada existencia, ahora sin sentido, la vida al fin me hubiera alcanzado y echado a un costado del camino.

—Es comprensible, Pedro. Pero no es lícito pensar que nuestros actos nunca tendrán consecuencias. Que la fortuna siempre nos va a favorecer.

—La fortuna no tiene nada que ver, doctor. Buena o mala, no es más que las decisiones que tomamos. La mala suerte es la manera que tienen los mediocres de llamar a sus errores. O a su falta de decisiones. Yo siempre hice mi suerte, hasta la peor. Pero eso lo entendí solo entonces, en la derrota. Doctor, sois joven y bueno, aprended de los viejos y malditos. Nunca vemos el mundo como es, lo vemos como queremos que sea. Nos engañamos. Y cuando somos jóvenes y feroces, ese momento en que el mundo es como queremos y si no nos creemos capaces de cambiarlo, ahí sembramos nuestra destrucción futura. Porque nosotros dejamos de ser, pero el mundo no. Y se ríe y se venga. Eso es envejecer. Yo, el Mongo Blanco, acabé siendo un esclavo de mis actos. ¡Qué ironía!

—De nada sirve lamentarse, Pedro, y mientras hay un hálito de vida podemos creer en ser mejores. No todo está perdido. Sigue.

—Yo por dentro ardía de furia y las lágrimas de Rosita se me clavaron en el alma. Me volví taciturno y volqué toda esa rabia contra Valdés y el mundo que él representaba. Una vez más caí en los excesos para vaciarme, para no pensar. Pero cuando no estaba borracho o jodiendo me aplicaba con saña en la destrucción del capitán general, que pronto me identificó como cabecilla de la conjura.

—Lamentable. Tu hija no era culpable de nada, Pedro.

—No, no lo era. Yo intenté hacerme aún más fuerte redoblando mis esfuerzos contra Valdés. Pero este decidió morir matando; vislumbraba su caída y quiso arrastrarme con él. Primero publicó, en mayo, su famoso informe contra los negreros. Escrito que elevó a Espartero. Nos llamaba torpes, malintencionados, obtusos, un lastre para el progreso de España y de Cuba. Nos echaba en cara nuestra falta de cautela, la ostentación estúpida y orgullosa de nuestro atroz comercio y la riqueza que nos generaba, siempre anteponiendo nuestros intereses a los de la nación y los tratados que la obligaban. Tras mordernos, Valdés se justificaba alegando que siempre actuó con tacto para no traspasar lo prevenido ni proteger lo absolutamente vedado por esos tratados. También decía que él no podía autorizar la entrada de más bozales, pero que siempre que se había producido, a pesar de su vigilancia, lo tomó como un hecho consumado y primó el respeto a la propiedad privada de plantadores y negreros. Al final me señalaba a mí como el cabecilla de todos ellos, contrabandistas de seres humanos enriquecidos de la peor manera.

—Tranquilo, Pedro, te estás exaltando y no es bueno.

—Al fin destituyeron a Valdés en octubre. Yo recé para que ahí quedara la cosa, pero fue entonces cuando él sacó a relucir el escándalo del 41, con pelos y detalles. Tus enemigos siempre guardan una última bala en forma de pasado. Nada se olvida. Solo se archiva y se espera el momento de usarlo para destruir a alguien. Esa fue la venganza de Valdés, publicar mi famosa *Hoja Biográfica*. ¿La conocéis?

—No.

—Fue el último hachazo. Mi fin. Se hizo eco de todas las denuncias de doña Rosalía, mi esposa, y añadió otros jugosos detalles. Narraba mis andanzas de negrero en África, mi aprendizaje con Cha-Chá, sumando sus depravaciones a las mías, mi reino de terror en Gallinas donde, para más escándalo, describía el harén de cientos de negras, herejes y caníbales, que tenía para satisfacerme. Contaba cómo volví en el 34 a reunirme con mi pobre y abandonada esposa, a la que pronto di muestras de mi escaso interés en las prácticas sexuales aceptables entre marido y mujer, obligándola a la sodomía y cosas peores. Por supuesto, tan católica dama se resistió a mis abusos, así que me dediqué a maltratarla de obra y palabra. No contento con esto, introducía sin cesar a jóvenes blancos y negros, libres y esclavos, putos con los que también me desfogaba. Sorprendido por mi mujer sodomizando a un esclavo llamado Tomás, ella me denunció y solicitó el divorcio, provocando mi huida a Gallinas. Pero volví en el 39, seguía detallando, y conmigo todas mis aberraciones, mis aventuras con marineros, mis sobornos, la posible incitación a un doble asesinato. Ni mis propios sobrinos se libraron del furor de mi pasión extraviada. Los corrompí y los acallé con amenazas y altas sumas de dinero. ¡Pobrecitos!

»Doña Rosalía fue obligada a participar en estas orgías como *voyeur* del monstruo de su marido. Ante lo cual, por fin se decidió a huir y buscar refugio en casa honrada, la del comandante don Pedro de la Roca, y obtener protección de los jueces y abogados. A los que, por supuesto, el tal Pedro Blanco intentó sobornar sin éxito. Confrontado con su mujer, el abogado y el protector de esta, el tal Blanco no solo no negó ninguna acusación, sino que las aceptó al pedirle perdón y prometer que trataría de contener y desterrar el vicio. Ante la negativa de su esposa a una conciliación, volvió a huir de Cuba. Aunque no tardó en regresar y reemprender, si es que alguna vez los había dejado, sus negocios como esclavista y las conjuras contra este capitán general... Esa *Hoja Biográfica* es la que Valdés hizo circular por la isla y la que remitió a Espartero. Fue su último acto antes de volver a España. Como comprenderéis, doctor, significó mi destrucción. El 19 de abril de 1844 el gobierno revocó mi nombramiento como intendente honorario de Marina y me apartó para siempre de la empresa de Fernando Poo. Serían otros los beneficiarios de mi visión, de mi idea.

»Aguanté poco en La Habana. Yo que fui emperador entre los reyezuelos de Gallinas, el Mago-Espejo-Sol, me vi zarandeado y convertido en juguete por los verdaderamente poderosos. Alguien a quien aún consentían mientras no pretendiera mezclarse con ellos, porque necesitaban quien hiciese el trabajo sucio. Ilustres hijos de puta, con blasones y títulos, a los que yo había enriquecido más allá de sus sueños. Me di cuenta de que nunca fui enemigo para ellos, solo un instrumento y desechado como tal cuando empecé a ser molesto. El único amigo fiel que me quedó fue don Joaquín Gómez. El burgués y cristianísimo negrero. ¡Pedro, Pedro, Pedrito, no has entendido nada!, me decía. En tu furia y batallar constante no has entendido de qué va este juego. Ninguno de estos a los que has hecho ricos con tus negros de Gallinas, moverá un dedo por ayudarte. Te desprecian, les eres incómodo. Te han soportado mientras llenabas sus arcas, pero ahora..., ahora eres una deformidad imposible de mirar, un monstruo. Nadie quiere alternar con un monstruo. A los de feria se los observa un rato y basta, lo justo para reafirmar en sus grotescas formas la normalidad de las nuestras a cambio de unas monedas. Nadie se va a cenar con ellos. Ahora casi todos nosotros vamos a ser títulos, condes, marqueses, premiados por la Corona por nuestros servicios. La mayoría somos aceptados. ¡Mira Manzanedo, va para marqués o duque de Santoña, acabará con una estatua en su pueblo y dueño de medio Madrid! Pero tú eres distinto, Pedro. Todos hemos sido tratantes de esclavos, pero ninguno hemos cometido tus salvajadas, las que tú mismo nos has contado. Tú o tantos marineros que agrandaron tu funesta leyenda. Ninguno hemos pisado el barro de África. Pedro, tú les repugnas porque les recuerdas que bajo las sedas, las bandas y las medallas, tras las paredes enteladas de sus palacios, corre sangre de los negros. Y eso es algo que la mayoría de nosotros, ¡yo me incluyo!, estamos deseando olvidar para fundar bancos, bolsas e industrias. Ya se encargará el tiempo, los títulos y el dinero de tapar nuestros orígenes... ¿Cómo? ¿Que el señor duque fue un negrero? ¡Inconcebible!, dirán. ¿Que la propia reina regente lo era? ¡Por Dios, qué barbaridad!... Pero tú, Pedro, les recuerdas la sangre, el olor a muerte... ¡Y eso es algo que está totalmente fuera de sitio! Márchate, Pedro, márchate y llévate a tu hija ahora que aún eres rico. Porque eso también te lo quitarán. Así me habló don Joaquín. ¡Quien a los cielos se atreve sin duda es gigante o monstruo! Ese era yo, un monstruo disminuido y sin fuerzas... Un patético ser contrahecho y sin fuerzas para asustar a nadie. La sensación de ridículo me asfixiaba. Pensé otra vez en matarme, pero entonces qué habría sido de Rosita, una niña de solo trece años y sin amigos en el mundo. Por ella no lo hice. A Gómez no volví a verle en los meses que permanecí en La Habana. Fue a él a quien le vendí la mayoría de mis activos. A él también le alcanzó la vida a la puerta de la catedral apenas dos años después, cuando un médico abolicionista, un catalán, le hizo un atentado y lo cegó para siempre con ácido vitriólico. ¡Pobre don Joaquín, fue el único que me mostró humanidad!

»Le hice caso y en 1845, Rosa y yo dejamos Cuba para siempre. Solo quería desaparecer, doctor.

—Pedro, estás llorando. ¿Estás bien?

—Estoy cansado.

—Dejémoslo aquí si te parece.

—Gracias. Doctor, por favor, ¿quién nos escucha del otro lado?

—Nadie, Pedro, no insistas.

—He oído ruido. El suelo ha crujido. Y os digo que huelo perfume.

—Nadie nos espía, Pedro. No inventes y vete a descansar. Hasta mañana, Pedro.

—Hasta mañana, doctor... ¡Doctor!

—¿Qué?

—En África tienen un dicho.

—¿Cuál?

—Cuando los elefantes luchan las hormigas mueren.

—¿Y?

—Nada, eso.

—Buenas noches.

—Buenas noches, doctor.

XXV

—¿Qué? ¿Qué pa...?

Y no digo más porque una mano enguantada en fino cuero me tapa la boca y me aprieta la cabeza contra el jergón. Entiendo rápido, ya no estoy enredado con dos jóvenes bozales, un chico y una chica, en mi recámara de capitán en un negrero. Ya no estoy soñando. La fuerza de la mano es real. Abro mucho los ojos, al principio no veo nada, luego un par de candiles mudos iluminan lo justo para adivinar a tres hombres de pie, detrás del que acuclillado me amordaza y me hace seña de que calle. A este lo distingo con claridad. Lleva encasquetado un sombrero y un pañuelo negro cubriéndole parte de la cara, pero sus ojos son de un hombre joven, en su treintena. Va también embozado en una capa negra. Me mira calmo, luego asiente, extrae un cuchillo de sus ropas y lo hace brillar ante mis ojos, un estilete fino, trilobulado, una herramienta de asesino. Mientras me lo muestra retira lenta la mano de mi boca. Me estudia un instante. Tranquilo, este loco está muy cuerdo, me gustaría decirle. No hace falta, este ha debido de mirar muchas veces en los ojos de sus víctimas, así que hace un gesto a los otros sayones y las tres sombras negras se despliegan por el dormitorio suaves y rápidas, deben de llevar fieltro en las suelas, cada uno hacia algún compañero de los que duermen. ¿Es que ninguno se va a despertar? Por un momento pienso en gritar y alertarlos, al menos a Gaspar. ¡Imbécil, mejor que no! ¡Que nadie moleste o se oponga a los ángeles de la muerte! El hombre a mi lado me gira sin brusquedad la cara en dirección a los otros jergones. Los asesinos se acercan, con las manos enguantadas mojan un trapo en frasquitos que llevan todos y lo sujetan sobre la nariz y boca de los locos durmientes. Ninguno se da cuenta de nada, apenas un espasmo del cuerpo. En un instante están los tres muertos y arropados hasta el cuello. Extraño..., no tengo miedo. Si acaso algo de envidia. ¿Por qué no yo? Los ayudantes se retiran con sigilo. Pedro, ¿te mientes aun en un trance como este? El hombre a mi lado me vuelve a clavar los ojos, me lee en ellos. Sabes muy bien por qué sigues vivo. La mano enguantada me cierra suavemente los ojos, me indica que duerma. Siento al hombre levantarse. Difícil, pero lo intentaré. Desde luego ya nadie ronca. Mis compañeros están muertos. Todo en calma. Nunca me asustaron los muertos y muy pocos vivos lo consiguieron. Me asusta, como a todos, creo, lo que no entiendo. Y sé muy bien quién y qué mensaje me manda. Ya no podré seguir navegando en círculos. Se me agota el tiempo como a la tripulación de un barco apestado, con galleta agusanada y el agua podrida. Ya no ruge en esta celda cochambrosa Huracán, el dios maya de las tormentas. No. Duerme y que tus sueños los impulsen los constantes alisios. Los alisios que aliviaban el olor a muerte de las bodegas de los negreros en regreso de África.

Duerme. Ahora sí, Pedro. Duerme. Duerme. Mañana será otro infierno. Duerme. Sueña.

No puedo. Mi cabeza no se detiene. Juego mil partidas de ajedrez con sus variantes y en todas pierdo. Me va a estallar.

Castells lo sabe, es imposible que no lo sepa. Hoy me recibió más tarde y era fácil adivinar por qué. A primera hora entró Joseph con un ayudante, supongo que para llevarnos a desayunar. Y ahí estaba yo, sentado en el jergón, en silencio, rodeado de tres cadáveres. Joseph no mostró gran sorpresa en un principio. Ordenó al otro que diera aviso y se quedó mirándome. ¿Qué habrás hecho, hijo de mil putas?, me dijo mientras se rascaba la cabeza. Luego vinieron más hombres y se llevaron los cuerpos. El doctor no apareció y me dejaron allí, solo y sin comer, hasta que me trajeron a su despacho Tengo hambre. Y cagalera. Bueno, eso es que estoy vivo. Mientras haya mierda en las tripas hay esperanza, eso lo aprendí en África, donde fiebres y diarreas secaban a los hombres hasta matarlos... El doctor tiene que saberlo. Aquí no pasa nada sin que él se entere. Ha tenido que ver los cuerpos y extrañarse de tan rara epidemia. Tres muertos de cuatro en un dormitorio, la misma noche. Castells evita mirarme. Está nervioso. Sí, lo sabe.

—Pedro, tenemos que volver sobre esos papeles que dices no recordar.

—Doctor, de verdad, es inútil.

Castells aparenta escucharme, pero parece pendiente también de alguna otra cosa, inquieto. A veces hace gesto de hablar, abre la boca pero no dice nada. Se remueve en su silla como si quemase y una gota de sudor le resbala por la sien. Quiere saber quién y por qué asesina a sus locos. Y por qué yo sigo vivo y no me uní a tan inesperada hecatombe. Pobre doctor, yo lo sé, lo intuyo, pero si se lo cuento él irá detrás de los locos. ¿Le tengo lástima? ¿Cariño? ¿Me he ablandado? No, no creo. Es solo que no veo ninguna ventaja en la muerte de la única persona que me ha demostrado algo de humanidad en este antro. Si hablo, si hablara y le contase solo precipitaría nuestro final. Yo elijo lo que cuento, doctor, por vuestro bien y por el mío.

—¿Qué hay en esos papeles? ¿Qué nombres? —¿Desde cuándo le interesan esos detalles? Sigue sudando y cada tanto mira de reojo a la celosía. Sí, seguro que hay alguien detrás. Siempre lo hay. Pero si están ahí, ¿a qué tanto preguntarme por los dichosos papeles y atreverse a pedir nombres? ¿Por qué no menciona la muerte de mis compañeros? ¿Se rebela Castells contra su destino? Interesante.

El doctor pregunta por preguntar. Ni siquiera toma notas como suele en nuestras sesiones.

Insisto en mi falta de memoria. El doctor me corta. Pobre Castells, debe de estar realmente asustado. Esta brusquedad no es propia de él. Y sin embargo está luchando, lo sé. No le gusta preguntarme lo que realmente le interesa, a él o a quien nos espía escondido. Mis papeles, el salvoconducto que nos mantiene vivos a mi hija y a mí. Pese a que anoche me mostraron lo fácilmente que pueden llegar hasta mí, hasta cualquiera. Si quisieran matarme no necesitarían tanto teatro, envenenarían mi comida. O Joseph me desnucaría de un golpe como a un conejo. Fue eso, un aviso de que se les acaba la paciencia y no dudaron en matar a tres desgraciados para dármelo en mano. Deben de estar informados al punto por el mismo Castells de cómo y qué voy recordando. Saben mi cronología, sabían cuáles serían las próximas cunetas en el ábaco de mi memoria. Que habíamos llegado a lo que les preocupa. Es un aviso, sí, pero bien pensado, ¿qué les asusta? Las muertes y ese dedo en la boca, ¿me dicen que calle o que recuerde? ¡Bien pensado, tan bien como puede pensar un loco que ya no sabe si es día o noche ni mirando por la ventana! ¡Mira, engáñate por tu ojo, que decía aquel tonto de Matanzas!

Niego y vuelvo a negar.

Por fin el doctor parece anotar algo de lo que digo, pero no en su cuaderno sino en un pequeño trozo de papel. Castells dobla el papelito en el que ha escrito algo para hacerlo más pequeño. Luego mira de soslayo hacia la celosía y lo cubre con la mano. Sin duda espera a que yo lo coja. O busca el momento de dármelo sin que lo vean los espías. Me está empezando a poner nervioso a mí también. ¿De qué tiene tanto miedo?... Bueno, quién sabe. ¿De qué se asustan los ratones? Hablo y no digo nada sensato.

—Sí, seguramente fuera eso...

No estoy seguro de que Castells me haya prestado mucha atención. Vuelve a mirar de reojo hacia la celosía, como midiendo. Se pone en pie y se para entre el entramado de madera y yo, cubriéndome de la vista de los espías. Desliza la mano sobre la mesa hacia mí y me da el papelito. Lo miro y le pregunto con los ojos. Con un gesto me indica que lo coja. El doctor Castells me mira con cierta pena. Cabecea levemente, como negando.

—Bien, Pedro, hasta aquí. Tu memoria, aunque siempre parcial, es excelente. Y eso está bien, muy bien. Seguiremos abriendo puertas a otros recuerdos. Más necesarios. Ahora vete a tu dormitorio junto a...

—¿Mis compañeros, doctor?

El doctor calla un instante.

—Vete, es tarde. Seguiremos mañana.

—Adiós, hasta mañana.

El joven Castells ya no me contesta, girado como está hacia la celosía.

602

Joseph me devuelve con más miramientos de los habituales, sin empellones y puntazos de porra en las costillas, a mi dormitorio. Cuando me deja allí, llega otro celador con la escudilla de la cena, un peltre con agua y un trozo de pan. Cuchichean entre ellos, me miran de reojo. No se ríen. Hay algo en sus miradas que es nuevo, una especie de respeto. Sonrío por dentro. Huelo lo que es. Es una emoción que usé mucho con otros. Es miedo. En la mente de estos dos brutos debe de haber algunas preguntas sin respuestas. ¿Por qué estoy vivo y los otros no? No creo que Castells estuviera en el ajo, pero sin duda a estos dos canallas les pagaron bien esos asesinos para que les franquearan entrada y salida. Asesinos bien vestidos, gente de calidad. Si unos caballeros así me quisieron dar un escarmiento y para ello despacharon a tres infelices tan finamente, sin sangre ni escándalo, es que yo debo de ser una especie de gran señor en desgracia y no el infeliz saco de pellejos, huesos y babas que ellos suelen maltratar. Los miserables son así de simples, difícilmente entienden la calidad de una persona por sus amigos o sus actos, pero les impresionan mucho sus enemigos.

En cuanto me quedo solo busco en la vuelta de mi manga el papelito. Lo abro: «Tienen a tu hija. Tienes que hablar». Así que es eso. Finalmente han perdido la paciencia. ¿Tanto miedo tienen? No le harán nada a Rosa, no. Saben que lo único que me impide sacar esos papeles e informaciones a la luz es su seguridad. Yo ya estoy muerto. Y si ella muere ya no habría motivo para seguir ocultando lo único que la protege. Esos hijos de perra no son tontos, no me dejarían sin razones para ser discreto. ¿Tienen a mi hija? No, tienen miedo. No tienen nada salvo miedo. Y más ahora que Espartero ha vuelto a presidir el Consejo de Ministros, el gobierno de esta reina gorda y ninfómana. Ahí está todo, con pelos y señales. Los nombres, las fechas y las cifras, la relación de todos los que conspiraron contra él. Y Espartero es vengativo. Mi hija viva es un seguro para ellos, como los papeles son un seguro para ella y para mí. No tiene sentido. No. ¡Yo elijo lo que cuento y aun dentro de este antro de desesperación, yo soy el Mongo Blanco, capitán y negrero!

Y Rosa es fuerte. Ni se asustará ni la doblegarán con facilidad. La hice fuerte. Le ahorré las ñoñerías ahora tan de moda con los críos. Le mostré la vida sin tapujos. ¿Pude ser más tierno? Sí, seguro... Pero la ternura de mi madre solo alimentó en mí ensoñaciones y me dejó indefenso ante la tristeza infinita de su traición, de su olvido. Y si la aparté de mí alguna vez, de muy niña, fue por apartarla del horror y la sangre que caminaban conmigo. Para vivir entre lobos hay que afilar los dientes y las garras. Rosa sabe que la quiero más que a nada ni a nadie en el mundo y que por eso fui duro y justo con ella. Sabe también que renegué del negrero para ser mejor padre, que gasté tesoros en ella. ¿Lo sabe? ¿Por qué ya no viene?

Mañana el doctor me volverá a preguntar por mis papeles y yo me haré el tonto y seguiré hablándole de mi vida, de cualquier cosa, divagando arborescente en tramas y personajes, enredando la madeja como Sherezade. Me pica la piel, ¿hace cuánto que no me lavan, que no me baño? De pequeño odié ser porcionero, estar señalado en el colegio por pudiente entre pobretones... Luego hice todo lo que hice primero por miedo a la miseria, supongo, y luego por simple vicio. ¿Así que mi hija y el pisaverde de su marido ya no pagan mis cuidados en este hotel de los aullidos? ¿Por qué? Dinero no les falta. A él, si acaso, vergüenza, pero no dinero. Los dejé bien provistos. ¿Mi hija no me quiere? ¿Me quiso alguna vez? ¿Nunca entendió que me bajé de la cima del mundo, de mi mundo, solo por ella? ¿Tanto me odia? ¿Tanto ha sufrido?

Hace rato que el sol se ha puesto. Ruido de llaves. Me giro en el jergón, dando la espalda a la puerta que se abre. Será Joseph con alguno de esos purés incomibles que me dan por cena. Solo deseo que lo deje ahí sin pegarme. Si cierro fuerte los ojos y pienso en el mar...

—Pedro, soy yo.

Me giro sorprendido, esa voz no corresponde a este lugar y este momento. Es el doctor.

—¿Qué hacéis aquí, doctor?

—Quería hablar contigo. Pedro, hay gente muy poderosa que quiere saber dónde guardas esos papeles. No sé qué puede haber en ellos, pero la muerte de tus compañeros demuestra que no se van a parar en barras para conseguirlos.

—¿Os abrió Joseph?

—No, a él lo distraje con otro encargo y se lo pedí a Esteban.

—Hacéis bien. Los asesinos no pudieron entrar sin ayuda de Joseph. Ese animal es un traidor, un mentiroso. Deberíais matarle.

—¿Cómo?

—Matarle, sí. Es lo que se hace con los traidores.

—¡Por Dios, esto no es un barco pirata ni una factoría esclavista! Tienen a tu hija, ¿es que no lo entiendes?

—Mucho mejor que vos. Y eso que yo soy el loco. Sé que nos espían en vuestro despacho, sé que hay alguien escuchando desde la otra habitación a través de la celosía. Y no sé su nombre, ni quién es. Pero me imagino para quién trabaja.

—Entonces ¿hablarás?

—No paro de hablar.

—De los papeles, Pedro, de los papeles.

—¿Qué papeles?

El doctor se mesa la barba, resopla, se desespera y sigue intentando asustarme con lo que él ni siquiera comprende, con maldades, violencias e intereses que ni conoce ni se imagina. Estoy por contarle cómo en los ingenios de azúcar ataban negros a un poste, y les abrían de un corte limpio la barriga para que se les desparramaran aún vivos las tripas hasta los pies. Ahí les echaban encima a unos perrazos para que los terminaran mientras los amos, ellos y ellas, se abanicaban, bebían limonada y apostaban sobre cuánto duraría el espectáculo. Que si mi hija, que si no temo que la maten. Yo le miro sin hablar, inexpresivo. Yo ya decidí hace mucho no hablar, pues hablar solo de lo que uno quiere nunca es dialogar sino hacer resonar la vanidad. ¿El orgullo de mis maldades y vida exagerada? Y por qué decidí no volver a hablar, no recordar.

¿En qué momento se rompió mi acero, mi bambú, y me quebré? Fue cuando después de haber vivido el horror, de haber creado el horror para otros, de haberme revolcado en el terror de quien no tiene más límite a sus instintos que su propia y torcida voluntad, empecé a temer que mis manos, mi cerebro y mi alma ya fueran para siempre las de un asesino, nunca asustado por el juicio de un Dios en el que no creo sino por el de una niña pequeña. Empecé a mirar a mi hija y a temer que esa ternura que sentía fuera fingida, fuera afectación, que ese amor incondicional que sentía fuera un espejismo, una ilusión vanidosa por vestir con algo hermoso, decente, la muerte andante que yo era.

Porque todo lo que había en mí de humano había muerto en años de tratante de esclavos, en años de látigo, de pólvora, de lascivia. ¡Ya le contaré al doctor el menú de castigos y torturas que usábamos para con los negros en Cuba! Quizá ahí entienda que traigo el alma perdida y mi silencio obstinado. No volví a hablar porque pensé que así nadie notaría la anormalidad monstruosa de aquel padre que quería una vida mejor que la suya para su hija, que nadie olería en mí el hedor a muerte, a bodega de negrero, cuando acompañaba a esa niña a sus primeros bailes o al Teatro Tacón. Pero cuando uno ha tenido las llaves del infierno no se libra tan fácil. Me reventó la cabeza, se me voló la arboladura, mis ataques me trajeron aquí a esperar la apoplejía que me mate. Pero nunca olvidé algo. Tener pruebas contra quienes han gobernado este país a su antojo, como si de una plantación con esclavos se tratara, evidencias de las traiciones de tan grandes patriotas, siempre envueltos en la bandera y con España en la boca. Nombres, fechas y cantidades, es lo único que nos mantiene vivos a mi hija y a mí. Y mi vida hace mucho que la detesto. Si no me mato es porque el principal anexo de esos codiciados papeles es que yo esté vivo para amenazar con ellos. Así que toca seguir malviviendo por mi hija.

¿Qué papeles?

—Mañana, cuando sigas contándome tu vida, sé consciente de que la gente que tiene a tu hija, gente capaz de matar, te estarán escuchando.

—¿Qué hija?

La cabeza me va a estallar.

XXVI

Padre, ¿reconoces dónde estás? ¿No? Estás en el jardín de la torre de Sant Gervasi. De vuelta aquí, ¿me escuchas? Encerrado y escondido tras asesinar al buen doctor Castells. Tranquilo, nadie te persigue. Mi marido y yo hemos acallado un posible escándalo y cerrado bocas a billetazos.

Otra vez en manos del doctor Prats. Está obsesionado con tus riquezas escondidas, tus tesoros piratas. Yo no le desengaño, claro. Ni a él ni a los otros dos esbirros que te vigilan. ¿Oyes eso? ¡Gritan tu nombre desde la calle! ¡Capitán Blanco, Mongo Blanco!... ¿Me entiendes? A la tapia de la torre se acercan marinos como ritual de buena suerte. «Si el loco te grita una orden tendrás buena singladura», eso dicen.

Es mi última visita. Así que necesito que me entiendas. Siempre fuiste un egoísta mentiroso. Siempre te has dicho loco por tanto que recordabas y hasta en eso mentías. No recordabas, fabulabas mientras te negabas a recordar y te fabricabas una memoria más amable. La realidad fue mucho más sórdida: miseria, Gertrudis era Clara, costurera, apestada socialmente y sí repudiada por su familia, viuda de pescador. Su casa no era grande y blanca sino una covacha de una pieza, de ladrillo sin revoque y con un patio sin solar. Allí te revolcaste con tu hermana. Tu padre no era soldado glorioso, todo un invento a partir de lecturas desordenadas.

607

¡Babeas, apenas reconoces a nadie! Sé por el doctor Prats que estás cerca del final y ya apenas entiendes palabra. Y quiero que a mí me entiendas. No me verás nunca más, de cualquier forma vas a morir pronto... Para mí es importante decirte algo y espero que si te queda un rastro de lucidez, de decencia ya sé que no, te duela. Que mueras con dolor. Y creo firmemente que nada te dolerá más que tener que mirarte a ti mismo sin el tamiz de tus mentiras.

¿No te acuerdas, padre, de tus fiebres en La Habana, las que trajiste de África? ¿De tus delirios? Te soltaban la lengua y liberaban la memoria, tus monstruos escondidos. No me dejaste a mí, una niña pequeña y asustada, moverme de tu lado durante varias noches. Me aferraste las manos hasta hacerme sangre con tus uñas. Lloré de miedo, oyéndote hablar entre gritos y quejidos mientras Oscár y tus negros cantaban con sus voces gruesas. ¡Aún tengo pesadillas con aquellos tambores del diablo y sus brujerías! Noches en las que, sepa Dios por qué, la verdad se abrió paso incontenible. Siquiera por esas pocas noches perdiste el timón mentiroso pero firme de tu memoria, padre, y yo, sin quererlo, sin entenderlo entonces, lo escuché todo. Tu padre fue un pescador miserable, por él dejó todo tu pobre madre, Clara y no Gertrudis, por él fue repudiada por los Fernández de Trava. Un pescador que se ahogó en el Levante siendo tú un bebé. Y solo otro pescador pudo reparar en aquella viuda pobretona y con dos críos. Gertrudis, tu madre niña, no fue tal, sino Clara, una mujer fea, dura, costurera, avinagrada, viuda de un pescador miserable, apestada para la sociedad, y luego mujer de otro pescador pobretón. El amigo familiar, don José Bonet, no lo fue de tu padre sino de tu tío Fernando, el único de su familia que no le dio la espalda a tu madre, el único que ayudó cuando pudo, que te pagó una educación que no merecías. Un marino este sí honrado que renegó de ti por tus pecados. Y al tal Bonet no lo encontraron muerto por los franceses saqueadores, lo asesinaste tú para robarle y dejaste un reguero de pistas falsas y un revuelo de pagarés de sus deudores para confundir a la justicia. Lo asesinaste para conseguir dinero con el que huir a Cádiz y de ahí a Cuba. Huir de la vergüenza y la muerte a manos de los vecinos que habían descubierto tu pecado. Ese amigo de tu padre imaginario no era para nada un gentilhombre. Era solo un prestamista y negociante en cosas robadas. Y un mariposón al que sedujiste con engaños, putañerías y visitas, hasta matarlo. ¿Cuántas veces te dejaste sobar por él o lo aliviaste hasta averiguar dónde escondía sus reales? ¡Asesino de uno, asesino de miles! Sangre, siempre sangre en tu camino.

Tu infancia fue pobreza. Y si aprendiste del mar en San Telmo y con tu padrastro, lo demás lo aprendiste entre marineros borrachos, putas y bujarras en las tabernas de Málaga.

¿Qué sabes del amor, de ser amado? Ese amor único y sobrepujante, del que blasonaste como punto de nobleza, de superioridad espiritual que, a tu enfermo parecer, te hacía caminar sin mancharte sobre la tempestad de sangre, semen y heces que desató tu vida, el amor inquebrantable por tu hermana Rosa, solo fue otra monstruosa mentira. Otra consecuencia de la miseria, de dormir juntos en el mismo jergón cuando ya habíais dejado de ser niños para siempre. De enroscaros como perros, como animales. La violaste en cuanto fuiste más fuerte que ella, en cuanto pudiste sujetarla. Y ella, ¡pobre tarada!, vivió siempre aterrada por ti, su hermano, su hombre, su mayor enemigo, su mayor tirano. Y en Lomboko ese miedo, la monstruosidad cotidiana, le quitaron cualquier rastro de cordura. El miedo y la locura la mataron. Tú la mataste. ¿La amabas? No, no sabes lo que es amar. Solo sentías el miedo a no ser amado nunca. Siempre te hiciste temer, odiar. Pero tu obsesión romántica por ella solo era la necesidad de poseer a la única persona que te quiso de niño, que te quiso cuando no eras aún una abominación y lo siguió haciendo, presa de su propio miedo a la soledad, cuando ya eras el Mongo Blanco, el Mongo de Gallinas. Almas deformes y asustadas ambas, Rosa y tú, mi madre y mi padre, amándoos contra las leyes de Dios y de esos hombres que siempre te miraron con odio y asco. ¡Era tu hermana, hijo de Satanás! ¡Tu hermana y mi madre! No tengo un recuerdo de ella, ni uno solo. ¡Miento, tú me regalaste uno imborrable en tus delirios! Me contaste que en Gallinas se acariciaba la hinchada tripa y llorando decía: «Eres mi monstruo, mi pequeña monstruo». Es lo único que recuerdo de mi madre.

Y en mí, en tu amor por mí, solo viste tu última oportunidad de salvarte, de redimirte, porque temes a la muerte tanto como otro cualquiera, como el más desgraciado de tus esclavos. Si de verdad me hubieras amado, me habrías estrangulado en la cuna.

Te odio, padre, porque me traspasaste la enfermedad de la vergüenza, porque me avergonzaste cada vez que intentaste que nos aceptaran, que me aceptaran en la sociedad de La Habana, cuando me exhibías en aquel palco del Teatro Tacón donde nadie nos saludaba. O en aquellos carísimos convites a los que nadie sino otros negreros y su también apestada prole, atendía nunca. Odio tu amor enfermizo, tu presencia constante, la locura que heredé de ti. El pecado que me engendró, tan horrible que preferiste decirme hija de una negra. ¿Cómo crees que pueda vivir entre burgueses cuando me criaste en el infierno, acunada por gritos y llantos, en una jungla sin otras leyes que el miedo al látigo, la crueldad con el prójimo y la lujuria? ¿Qué clase de niña crees que fui, que pude ser? Fui fruto maldito de tu capricho, de tu egoísmo, nací condenada a la infelicidad, me crie en el horror. ¿Cómo pude crecer sin taras? En mi vida siempre estuvo presente, rival mío en tus afectos, la cabeza de tu hermana Rosa, la mojama de mi propia madre, ¡animal! Ver el cofre en forma de barco te calmó siempre. Verlo cerrado, saber que ella estaba dentro como una reliquia blasfema a la que adorar. Tú, yo y la cabeza, el mismo cortejo macabro en Gallinas, en La Habana, en Málaga, en la huida a Génova y Barcelona.

No temas. Hoy, sujeto por esa camisa de fuerza, veremos qué queda de ella. ¿Te revuelves? El doctor y sus enfermeros están ansiosos, ya lo sabes. Me costó imponerme a su codicia todo este tiempo. ¡Creen que guardas un tesoro pirata! Los muy imbéciles no saben que los tesoros piratas se guardan en los bancos, ¿verdad, mongo? ¡Dios, si solo pudieras ver a través de mí por un instante para comprender cuánto te odio! Te odio porque volcaste en mí un ansia de belleza y de honradez que no nos pertenecía, me encerraste en una cárcel de encajes, costuras, institutrices y convenciones que en nada se acomodaban a los gritos de dolor, a las voces de mando y las blasfemias, a los gemidos de placer que me llegaban a través de los tabiques en Lomboko o las paredes de La Habana. A las brujerías de Oscár y Jacinta. Realizaste en mí la única fantasía que nunca fuiste capaz, con tus violencias, de forzar en otros. Me criaste como una damita angelical, pura, pero en el infierno. ¿Sabes cuán perdida me sentí siempre? ¿Lo terrible y absurdo de la existencia que me impusiste, la de un ángel siempre rodeada de demonios, depravados y asesinos? ¿No te diste cuenta, imbécil, de que aquella niña tenía ojos y oídos, tu sangre maldita, y creció ansiando ese sudor que hacía brillar los cuerpos, esas respiraciones profundas que se volvían aullidos animales? ¿No entiendes, hijo de perra, que por redimirte me condenaste a una pureza que me fue imposible de entender, de desear, rodeada de la orgía perpetua que fue tu vida, que me condenaste a la infelicidad y la desesperación? ¿A enterrar cada noche las manos entre mis piernas, los dedos en mis entrañas con furia, a retorcerme los pezones, sin atisbo de ternura, de acariciarme? ¿Que donde el vicio era norma la decencia impuesta me convertía en monstruo y me condenaba a la soledad, a la extrañeza?

¿Crees que no vi ya en La Habana que me deseabas, padre, que muchas veces los ojos y la voz te temblaban y me apartabas de ti, de tus caricias, para no violarme? ¡Tú, el hombre que nunca tuvo otro dios que sus deseos! ¡Tú, que nunca te negaste nada por aberrante que fuera! ¿Tenías miedo? ¿De qué? El alma ya la tenías perdida... ¿Y sabes lo peor, lo más triste? Que la niña necesitó crecer para poder entender por qué su padre pasaba de besarla a apartarla con brusquedad, a evitarla, a rodearla de ayas, tutores y domésticos. No para protegerme a mí de la fealdad del mundo, sino a ti de mi belleza. Sí, la niña perpleja creció y la joven ansiosa llegó a desear que su padre la poseyera, que hiciera con ella lo que hacía con los demás. Quise ser tu puta, tu esclava. Ahogarme en la maldición de nuestra sangre. Al menos hubiéramos estado juntos... ¿Me oyes? ¿Me entiendes? Sí, ya sé que me contaste que nunca fuiste tierno conmigo porque te sentías sucio, porque no querías tocar a tu hija con las manos llenas de sangre.

Me condenaste a la soledad, a la duda y a la culpa a esa edad en que los niños deben recibir ternura y seguridad. Te gustaba la mitología. ¿Recuerdas la historia de Aquiles y Pentesilea? Combaten, él la mata, pero en el momento de hacerlo, de atravesar su cuerpo, sus ojos se cruzan por primera vez y se enamoran. Demasiado tarde, ella ya está muerta. Para cuando me miraste con amor yo ya estaba seca por dentro, cuando nuestros ojos al fin se encontraron yo ya estaba tan muerta como Pentesilea. Y, sin embargo, para ti, mirarme dentro de los ojos, de los de aquella niña, fue tu perdición. Ese momento de afecto, de humanidad, resquebrajó la coraza monolítica del monstruo, del gigante. Y por esa rendija te entró la duda en el cuerpo. Y con ella la perdición.

Pero tranquilo, monstruo, soy tu hija, no tardé en ser tan puta como quise, en descubrir que mi coño, mi culo y mi boca eran tan fuertes como tus cadenas para hacer de otros mis esclavos. Soy una zorra maravillosa. Desde entonces cada vez que me empapo y grito de placer pienso en ti, en el hombre guapo y distante que fuiste. Me entregué a cualquiera que pudiera suponerte una humillación, a muchos de tus amigos, de los que se decían así. A algún socio y a muchos de tus empleados, segura siempre de que el terror que te tenían bastaría para guardar el secreto. Nunca busqué un escándalo, fui hábil en evitarlo, quería una venganza interminable. Sí, padre, yo contribuí a destruirte. No solo murmuraban a nuestro paso por negreros, también se burlaban a tus espaldas por mi causa... ¿Lloras? ¿Son eso lágrimas o es que se te suben las babas a los ojos?

Te odio, te odio tanto que me he casado con un miserable, con títulos pero sin honra ni decencia, un cretino al que lleno la cabeza de monsergas sobre tu riqueza para que con su nombre e influencias te mantenga aquí preso, loco, enfermo, pero vivo, con la esperanza de saquear tus tesoros. Prisionero de tu último crimen, que solo por el buen nombre de mi esposo y su familia no ha llegado a saberse. Al fin eres esclavo. Hiciste de tu memoria un teatro amable para contigo, romántico, al punto de olvidar los orígenes sórdidos del monstruo que, en el fondo, siempre quisiste ser... ¡Orgulloso de tu alma deforme que guio tu cuerpo hacia la perversidad, a un pecado más horrible que el anterior! Monstruo vanidoso porque siempre pensaste que esa degradación, esa *hybris* furiosa, el desprecio a las leyes de Dios y de los hombres te colocaba sobre ambos, te hacía especial, ¿verdad, padre? Siempre vive con grandeza quien hecho a grandeza está, ¿no? ¡Lástima que solo fueras grande en la aberración, en la inmoralidad, nunca en la decencia o la ternura, nunca en la honestidad! Todos los hombres son sabios, unos antes y otros al final. Pero tú ni siquiera ahora estás a salvo de ti mismo, soberbio hasta en tu demencia. Te negaste a recordar dónde escondiste las cartas y pruebas de la conspiración contra el gobierno. ¿Existen esos papeles? ¿O son otra de tus mentiras para sentirte importante, especial? Sí, ya sé que un día me dijiste que no me los dabas para protegerme, que estaban a buen recaudo y listos para ser usados en caso de necesidad, que dármelos sería firmar mi sentencia de muerte. No te creí. No te creo. Y tu silencio, tu supuesto amor, me privó de mi única oportunidad de ser rica por mí misma, sin encamarme con nadie, de ser libre.

Ya no importan. Tu amnesia le costó la vida al joven doctor. ¿Eso lo recuerdas? ¿No?... Yo te ayudo. Castells se llamaba y su empeño era curarte de verdad, recomponer tu memoria, ¡pobre, solo quería ayudarte! Puso en ello todo su conocimiento y aun técnicas que él decía nuevas y revolucionarias, ajeno a que a mí nada me importaba tu curación. Él estudiaba a los asesinos en Shakespeare, yo le hablé de ti, de mi monstruo. Se fascinó. Lo engañé. Lo seduje. Yo le aseguré que necesitaba recuperar parte de tus recuerdos. Localizar esos papeles del demonio, nombres, cifras y fechas que pondrían en jaque la gobernanza de este pudridero que es España y en peligro a muchos de esos que presumen de patriotas y padres de la patria. Papeles que en nombre de otros me exigían tus antiguos corresponsales, armadores y banqueros antes de volver a darme más de tu dinero. Yo misma corro gran peligro si no aparecen, le lloré... El doctor solo tenía que romper el bloqueo a que sometías tu cerebro. Así le lloré. Pero, hijo de perra como eres, lo embaucaste con tu cháchara y tus historias. Lo distraías para nunca llegar a puerto... Padre, ¿de verdad estás tan loco o solo finges?

En cualquier caso, a mí nada me importaban ya esos papeles sin valor alguno. Ya nadie te recuerda ni te teme. Ni Espartero ni los conspiradores. Te aferras a esas listas de conjurados por vanidad, ¿verdad? Esos papeluchos te hacen sentir que aún eres alguien. Desengáñate, este país va a escándalo por día. Aquello ya es pasado... No, yo... ¡Lo único que quería es que te devolviera la razón para alargar tu agonía, para que sufrieras! Vengarme en un viejo catatónico, que de nada se enteraba, no me valía. Te necesitaba despierto al dolor... Castells avanzaba y empezó a sospechar de mis verdaderos propósitos. Quizá la ansiedad me volvió imprudente. Me harté de su falta de progresos, de su paciencia para contigo. ¡Esa pobre rata de biblioteca no te conocía, no sabía que estabas jugando con él! Una tarde, mientras oía una de vuestras interminables sesiones a través de una celosía en el cuarto contiguo a su estudio, no pude más y entré. Solía espiar desde allí. Asombrarme con tu relato. Yo, que sabía la verdad. A Castells no le gustaba, pero los generosos donativos de mi esposo al asilo allanaban voluntades. Bueno, eso y que a él también lo enamoré.

Sí, padre, también a Castells le mostré la grupa unas cuantas veces y le dejé que me montara en su despacho. Era un amante torpe y nervioso, unos empujones, unos gemidos míos y se corría sobre mis nalgas. Luego se disculpaba avergonzado. Alguna vez hasta lloró y me juró que me amaba. Lo seduje y le hice el número de la pobrecita amenazada de muerte por sicarios misteriosos. Los mismos que yo pagué para que te aterrorizaran entrando en tu celda y despachando a tus compañeros. Tú no, pero Castells sí que se asustó. ¡El pobre desgraciado se ofreció a huir conmigo y ponerme a salvo en otras tierras! Pero no, yo le dije que era imposible, que nos perseguirían al fin del mundo. Así que Castells siguió prestando oídos a tu novelesca vida, en la esperanza de poder sacarte algo sin conseguirlo. ¿No recuerdas lo que pasó? Un día no pude más. Entré en mitad de vuestra charla, furiosa. ¿No lo recuerdas tampoco? ¿No recuerdas que te abofeteé? ¡No, claro que no! Solo recuerdas lo que quieres. Castells tuvo que emplearse a fondo para separarme de ti. Tú solo me mirabas boquiabierto, llorando sin hablar. Discutimos, el pobre muchacho mezcló en sus reproches su despecho como amante. Yo me reí, me burlé, él se enfureció y lo maté. Lo hice sin esfuerzo, no sentí nada especial. Llevo tu sangre.

Me gritó, me acusó y lo maté, lo degollé con un escalpelo que tenía en la mesa. Es gracioso y al César lo que es del César, siempre supiste manejarte con la muerte. No te pusiste ni nervioso, al contrario, fue ver el cadáver de Castells y mi miedo y calmarte tú. Me dijiste que me fuera sin ruido por donde entré, encerrándote allí con el muerto. Que me darías tiempo antes de gritar para que te encontraran junto a él con la cuchilla manchada de sangre en la mano, gritando y babeando como un loco, dijiste. Fue la última vez que me tocaste, que me acariciaste con suavidad la cara y me miraste a los ojos. He de confesar que por un momento hasta me engañaste y sentí algo parecido al amor. O al respeto... Tranquilo, se me pasó en cuanto llegué a la calle y tomé un coche. Tu plan funcionó, nadie dudó de que tú hubieras matado al doctor. Solo gracias a los buenos oficios de mi marido, sus apellidos y amistades, hemos evitado el escándalo. El tal Castells, ¡gracias a Dios!, no era más que un médico pobretón y extravagante, una víctima sin parentela importante. Joseph, testigo arreglado, pronto a cobrar por su silencio y señalar a otro. Sí, padre, otro pobre loco babeante cargó con mi crimen. Y eso les bastó a jueces y policías. Ya sabes, tú que compraste a tantos, que lo único que les importa es encontrar a un culpable, no la verdad, sino alguien que reconozca el crimen como propio y sobre el que descargar la santa ira de la ley y la gente bien. Nada tranquiliza más a las buenas gentes que una ejecución y si es de un pobre, de un cretino feo y desagradable a la vista, mejor. Los reafirma en el orden correcto del universo.

El imbécil que ajusticiaron nunca supo lo que firmaba, de hecho, hubo que guiarle la mano para que garabateara sus iniciales. Mejor para él. Solo dieron garrote a un muerto en vida. Fue la coartada perfecta, quizá alguien sospechó alguna vez de mí como encubridora, pero nunca como asesina. Gracias a ese desgraciado al que dieron garrote disfrutas de este tu último retiro. Pero descuida, ahora estás al cargo de este canalla y sus dos sayones. Este doctor no tiene interés en tu bienestar ni tu mejora, solo quiere mantenerte cuerdo y vivo hasta que le digas dónde ocultas ollas con oro, los tesoros de duendes con los que le llené la cabeza. Al fin soy tu hija y heredé tu gusto por las fantasías más extravagantes. Sin embargo, bien está ya de este juego. Como te dije, hoy es la última vez que te veré y me verás. ¿Gigante o monstruo? Adiós, padre; adiós, monstruo.

Ni un beso, ni el roce de una mano. Solo la mirada fría de mi hija por un instante. Querría decirle algo, pero sus ojos clavados como cuchillos me lo impiden. Se aleja por el jardín y solo puedo fijarme en el surco que el borde de su pesada falda deja sobre la hierba empapada. Parece caminar hacia uno de los charcos que dejó la lluvia, pero lo bordea con gracia. Ahora le hace un gesto a Prats, que se le acerca. Rosa le habla al oído, el otro escucha atento. No dice nada, solo escucha. Pocas palabras. Rosa se va. Prats me mira fijo, inexpresivo. Tengo miedo. Me pegan, me maldicen los dos esbirros mientras Prats revienta el cofre. Se espanta ante la cabeza de mi hermana, que rueda a sus pies. Algo se ha roto en mi cuello. Me dejan en el suelo. Descordado. No siento el cuerpo. Me han tirado en un charco y no puedo sacar la cara del agua. Yo, que sobreviví a todos los mares, me estoy ahogando en unas pulgadas de agua sucia. Llueve. Se van. Mi mujer es la única que me mira, sus rubíes clavados en mi único ojo sobre el agua. Me sonríe macabra, la piel de su boca fruncida y los dientes pequeños y amarillos a la vista. Tal como Oscár profetizó.

Nota del autor

La Corona española no abolió la esclavitud en Cuba hasta 1886. Último territorio americano en acabar con esa lacra junto a Brasil. La mantuvo por intereses de la oligarquía y la propia Corona y por no disgustar a la aristocracia y terratenientes cubanos.

Todavía once años después, el presidente del Consejo de Ministros, Antonio Cánovas del Castillo, decía esto en una entrevista:

> Los negros en Cuba son libres; pueden contratar compromisos, trabajar o no trabajar, y creo que la esclavitud era para ellos mucho mejor que esta libertad que solo han aprovechado para no hacer nada y formar masas de desocupados. Todos quienes conocen a los negros os dirán que en Madagascar, en el Congo, como en Cuba son perezosos, salvajes, inclinados a actuar mal, y que es preciso conducirlos con autoridad y firmeza para obtener algo de ellos. Estos salvajes no tienen otro dueño que sus propios instintos, sus apetitos primitivos.
>
> Gaston Routier, «La politique de l'Espagne a Cuba. Une interview sensationnel de don Antonio Cánovas del Castillo, President du Conseil de Ministres», en *L'Espagne en 1897.*

Cánovas ha pasado a la historia como un gran hombre, un gran político, y tiene estatuas en varias ciudades españolas.

Así se escribe la historia.

Agradecimientos

Esta novela debe mucho a mis visitas a Cuba. Escribir sobre ella es mi manera de agradecerle tantas cosas hermosas, emociones y momentos.

Debo agradecer también su amabilidad, disposición y ayuda a don Enrique Vila González, del Ministerio de Cultura cubano, que me permitió visitar algunos de los escenarios de esta novela.

Mi más profundo agradecimiento a don Jesús Guanche Pérez, historiador y etnólogo eminente de la Universidad de La Habana, que me recibió amablemente, soportó con paciencia mis preguntas y me proporcionó una orientación bibliográfica preciosa.

A Palmira Márquez y la Agencia Dos Passos por transmitirme su pasión por esta novela. Y, por supuesto, a David Trías y Alberto Marcos, de Plaza y Janés, que con el mismo entusiasmo la han editado, publicado y llevado hasta ti, que la has leído. Para ti se escribió esta historia. A ti te pertenece. Gracias.